DIE HEXE VON DUNWOOD

ROMAN

NINA WYLIE

INHALTSHINWEIS

Auch wenn dieser Text bewusst keine unnötig expliziten Darstellungen von Gewalt enthält, behandelt er einige sensible Themen. Für alle, die sich Inhaltswarnungen wünschen, befinden sich solche auf der letzten Seite des Buchs. Sie enthalten naturgemäß Spoiler für die gesamte Geschichte.

Bibliografische Information der Deutschen Nationalbibliothek:

Die Deutsche Nationalbibliothek verzeichnet diese Publikation

in der Deutschen Nationalbibliografie;

detaillierte bibliografische Daten sind im Internet

über http://dnb.dnb.de abrufbar.

ISBN: 978-3-7597-4382-4

Verlag: BoD • Books on Demand GmbH, In de Tarpen 42,

22848 Norderstedt

Druck: Libri Plureos GmbH, Friedensallee 273, 22763 Hamburg

Coverillustration und -gestaltung: Nina Wylie

Covertypografie: Sabine Pöstinger – Inspirited Books

Korrektorat: Lisa Boffenmayer

Für Tobi.

EINS

*D*unwood, Schottland. 30. April 1975

Am Tag des Beltane-Feuers waren genau siebenhundertzweiundachtzig Regentage vergangen, seit wir Mum verloren hatten. Und weil das Wetter in den Highlands mit Regen nicht gerade knausert, war diese Zahl in nur etwas über eintausend Kalendertagen angewachsen. Als Mums letzte Tage nähergekommen waren und ich endgültig begriffen hatte, dass wir sie verlieren würden, war ich überzeugt gewesen, dass mein Körper nach ihrem Tod ebenfalls den Betrieb einstellen würde. Mein Herz würde sich weigern, weiterhin Blut durch meine Adern zu pumpen, meine Lungen würden kollabieren, kurzum: Meine Zellen würden sich vor lauter Schmerz einfach in nichts auflösen.

Aber hier saß ich, siebenhundertzweiundachtzig Regentage später, schlagendes Herz und Milliarden unzerstörter Zellen inklusive, und betrachtete Regentropfen durch das Okular meines Mikroskops.

Vier Wochen nach Mums Tod hatte ich winzige Teile von mir auf den Objektträger gelegt – ein Haar, einige Hautzellen, sogar einen Tropfen Blut –, weil ich in tausendfacher Vergrößerung sehen wollte, was sich in mir verändert hatte. Ich weiß nicht, wonach ich suchte. Ob mein Blutfarbstoff verblasst war? Ob meine Zellkerne zu faulen begonnen hatten? Ich fand nichts dergleichen. Auf zellulärer Ebene war alles wie vorher, auch wenn ich mich wie ein völlig anderer Mensch fühlte.

Ich ließ vom Okular ab, steckte den Glasstopfen auf die Phiole, in der ich ein paar Tropfen des morgendlichen Aprilregens aufgefangen hatte, und stellte sie auf den Fenstersims. Später würde ich ihren Inhalt in das große Glas umfüllen, das bereits Proben aller anderen siebenhunderteinundachtzig Regentage enthielt.

»Anna?« Maries Stimme ertönte vor dem Schuppen.

»Nein!«, rief ich.

»Komm schon, Anna, wir gehen jetzt los.«

Ich entfernte den Objektträger und schob das Mikroskop über den Holztisch gegen die Wand.

»Viel Spaß.«

Stille.

»Sie würde sich wünschen, dass du sie besuchst. Das weißt du.«

Was klang wie ein ergebnisoffener Dialog, war in Wirklichkeit eine einstudierte Choreografie, wie wir sie jedes Jahr an Mums Todestag aufführten. Bei Erreichen der Coda war ich genervt, Marie enttäuscht und Vater in seinem Ausgangszustand. Wären Menschen chemische Elemente, dann wäre Dad ein Edelgas, vielleicht Xenon oder Radon. Er reagierte nur, wenn er dazu gezwungen wurde, und ging keinerlei Bindung ein. Von Cecile abgesehen. Mit meiner Stiefmutter hatte er in der Reaktionsgeschwindigkeit eines freien Radikals angebandelt, aber das war eine andere Geschichte.

»Es ist ein Friedhof, Marie, kein Krankenhaus. Man *besucht* keine Toten«, sagte ich.

»Ihre Seele ist noch da. Und *ich* bin auch noch da.«

Ich schob den Riegel zurück und öffnete die Tür des Schuppens. Meine jüngere Schwester stand vor mir. Sie hatte ihre blonden Haare zu einem Pferdeschwanz gebunden und trug ihre liebste Bluse, die mit Spitzenkragen und schwarzer Schleife drumherum.

»Bitte zwing mich nicht. Ich weiß nicht, ob es so etwas wie eine Seele gibt. Aber sollte es eine geben, hängt sie sicher nicht den ganzen Tag auf dem Friedhof rum. Zwischen lauter Greisen.«

Marie senkte den Blick und gab sich geschlagen. Wahrscheinlich fand sie meine Worte verletzend, aber es gab keinen Kompromiss, der uns beide glücklich gemacht hätte.

Ich lehnte mich zurück und zog einen Strauß Blauglöckchen aus einer Vase, die ich auf dem Heimweg von der Schule gepflückt hatte.

»Bring ihr die von mir mit, okay?«

Es war eine Versöhnungsgeste, und ich hoffte, dass Marie sie verstand.

»Okay«, sagte sie leise und wandte sich zum Gehen.

Wenig später hörte ich den Ford Escort meines Vaters in der Einfahrt wenden, und die drei fuhren davon.

Ich schloss die Tür hinter mir und atmete durch. *Jetzt nur nicht zusammenbrechen, Anna.* Die geologische Zeitskala, schnell, das war unverfänglich. Sie war meine Version eines Beruhigungsrituals. *Quartär, Neogen, Paläogen …*

Auf dem Tisch lagen zwei Bücherstapel, und ich begann, die Buchumschläge des linken Stapels zu entfernen und ordentlich zusammenzulegen. *Kreide, Jura, Trias, Perm …*

Ein Kieselstein prallte gegen das Schuppenfenster. »Was zum …?« War Marie noch mal zurückgekommen? Ich öffnete das Fenster und sah hinaus. Nichts rührte sich, weder im Garten noch im Haus. Wahrscheinlich hatte ein Vogel im Flug etwas fallen gelassen. Ich ließ das Fenster offen und widmete mich wieder meinem Projekt. Buch vom rechten Stapel in Umschlag vom linken Stapel und wieder von vorn.

Es klopfte an der Tür. Wenn das kein Vogel war, konnte derjenige was erleben. Mit einem Ruck riss ich die Tür auf, bereit, wem auch immer eine Standpauke zu halten – aber da war niemand. »Liv?«, rief ich probehalber. »Rahel?« Ich spähte um die Ecke. Eine Schneeammer saß auf der Regentonne und fixierte mich aus schwarzen Äuglein.

»Warst du das?«, fragte ich. Sie legte den Kopf schräg und flog einfach davon. Man konnte in einem Kaff am Ende der Welt wohnen, sich in einem Schuppen verbarrikadieren und trotzdem nirgendwo seine Ruhe finden. Zurück an meinem Arbeitsplatz tauschte ich die letzten Buchumschläge gegen solche aus, die ich eigens dafür vorbereitet hatte. Anschließend reinigte ich die Objektträger im kleinen Waschbecken neben der Tür, sammelte meine restlichen Sachen zusammen und machte mich daran, ins Haus zurückzukehren. Bis Marie, Cecile und Vater zurückkämen, blieben mir mindestens zwei Stunden friedliche Einsamkeit.

Ich öffnete die Tür des Schuppens und schrak zurück.

»Anna, Teufel noch eins!« Matt war beinahe so überrascht wie ich, seine linke Hand verharrte klopfbereit in der Luft.

Bei seinem Anblick durchfuhr mich ein Schauer. »Wie hast du mich hier gefunden?«

Matt gewann seine Fassung zurück und schob sich eine Locke hinters Ohr. »Niemand hat geöffnet, als ich klingelte, also ging ich ums Haus herum. Wieso verschanzt du dich hier?« Er musterte den Bücherstapel in meinem Arm.

»Lass mich dir helfen.« Bevor ich reagieren konnte, griff er sich nacheinander zwei Bücher.

»Die Bibel? Ein *Gesangbuch*? Hab ich was nicht mitbekommen?« Er blätterte durch die Seiten und fing an zu lachen. »Du bist der Knaller, ehrlich. Was hast du damit vor?«

»Die sind für die Kirche. Für Pfarrer O'Malley, genauer gesagt.«

»Und ich nehme an, dass er dich nicht beauftragt hat, das Wort Gottes gegen das Charles Darwins auszutauschen.«

»Ich möchte diese Annahme weder bestätigen noch bestreiten.«

Er tippte auf das Gesangbuch. »Und was ist hier drin?«

»Newton.« Ich nickte in Richtung der restlichen Bücher in meinem Arm. »Und Kepler und Galilei, um die Sache abzukürzen.«

»Ist das eine Art literarischer Rachefeldzug?«

»Nennen wir es Bildungsauftrag. Das klingt legaler.«

»Du musst es wissen, Frau Polizistentochter. Wann nehmen wir den Austausch vor?«

Ich schloss die Schuppentür hinter mir ab. »Wer ist ›wir‹?«

»Ich bin jetzt Mitverschwörer, ob ich will oder nicht.«

»Sonntag. Nach der Morgenandacht. Sagst du mir jetzt, warum du eigentlich hier bist? Und warum du Steine wirfst und dich versteckst, anstatt gleich anzuklopfen wie jeder normale Mensch?«

»Was für Steine? Ich bin gerade erst angekommen.«

Ich musterte ihn prüfend, aber er sah ehrlich verwirrt aus.

»Fanny sagt, im Tümpel bei den Felsen gäbe es Teichfroschlaich. Ich dachte, wir könnten welchen sammeln gehen. Und ein Picknick draus machen. Also, falls du Zeit hast.«

»Seit wann interessierst du dich für Froschlaich?«

Er zuckte mit den Schultern. »Seitdem *du* dich dafür interessierst.«

»Ich interessiere mich dafür, seit ich fünf bin.«

»Na gut, dann eben seit heute. Kommst du nun mit oder nicht? Ich habe Schinkenbrote und gekochte Eier.« Er klopfte zur Bekräftigung auf seinen grünen Leinenrucksack, den er lässig über eine Schulter geworfen hatte und aus dem der Zipfel einer Wolldecke hervorlugte.

Ich zögerte. »Ich hatte mich auf Alleinsein und ›Pilze und Kräuter des schottischen Hochlands‹ gefreut.«

»Allein sein kannst du, wenn du tot bist.«

»Wie charmant«, sagte ich.

»Wo ist dein unglaublich fesselndes Kräuterbuch? Wenn du brav bist, lese ich dir später daraus vor.«

»Du würdest es hassen. Viel zu viel Latein.«

»Für dich lese ich sogar tote Sprachen, Anna Cairns.«

Ich boxte ihm gegen die Schulter, um das Gespräch aus dieser verfänglichen Umlaufbahn zu kegeln. Das war das Problem mit Matt. Man durfte seine Deckung keine Minute vernachlässigen, oder man lief Gefahr, ihm schneller zu verfallen, als man bis drei zählen konnte.

»Wo ist überhaupt der Rest deiner Sippe? Vor denen du dich anscheinend sogar versteckst, wenn sie gar nicht zu Hause sind.«

»Am Grab.« Ich sah ihn nicht an, sondern studierte aufmerksam die Spitzen meiner Lederstiefel.

»Oh. Ich verstehe. Und du bist nicht dabei, weil …?«

»Ich war nicht mehr dort, seit sie beerdigt wurde.«

Er schwieg und biss sich nachdenklich auf die Lippen.

»Ich nehme an, dafür hast du gute Gründe. Und trotzdem scheint mir, dass du besonders heute nicht mit einem lateinischen Buch allein gelassen werden solltest. Gib dir einen Ruck, Anna. Euer armseliger Tümpel hier befroscht sich nicht von allein.«

Ich suchte halbherzig nach einer Ausrede, aber mein Mund war schneller. »Zwei Stunden. Danach muss ich bei Liv sein. Anscheinend benötigt man zwei Personen, um ein Kleid in einem Kleiderschrank zu finden.«

»Für das Beltane-Feuer heute Abend? Ist der Sinn der Sache nicht, dass es sowieso im Dunkeln stattfindet?«

»Das Herz begehrt, was das Herz begehrt.« Ich lächelte bedauernd.

»Amen«, sagte Matt und seufzte.

Wir nahmen den Weg hinter unserem Haus, der zur alten Eibe führte. In den letzten Wochen war der Wald förmlich in Farben explodiert und all seine Bewohner wieder zum Leben erwacht. Überall blühten gelbe und violette Wiesenblumen, die Lärchen trugen ihr volles Kleid, und das Brummen von Insekten mischte sich mit Vogelgezwitscher zu einer flirrenden Klangkulisse.

Ich rupfte im Vorbeigehen ein Blatt Zitronenmelisse ab und zerrieb es zwischen den Fingern.

»Hier, riech mal.« Ich hielt Matt meine Hand unter die Nase.

Er umfasste sie sanft und nahm einen tiefen Atemzug, ehe er mich ansah. »Betörend.«

Ich zog meine Hand zurück, als hätte er mich gebissen.

»Wem gehört eigentlich die Hütte dort drüben am Waldrand?«

»Bella McQuoid.«

»Der Hexe?« Matts Neugier war sichtlich geweckt.

»Unsinn. Das ist nur Gerede im Dorf. Selbst mich nennen sie manchmal Hexe wegen meiner roten Haare. Nur weil Bella als junge Frau allein lebt, sich mit Kräutern auskennt und streunende Katzen füttert …«

Bellas schmale Gestalt erschien vor meinem inneren Auge, wie sie an jenem Abend vor unserer Tür gestanden hatte, einen abgedeckten Korb in der Hand. Wie sie einen Blick auf Mum geworfen hatte, sehr ernst geworden war und gesagt hatte: »Ihr hättet mich früher rufen müssen.«

»Du magst sie nicht, oder?«

»Hm?«

»Dein Gesicht wurde ganz finster eben.«

»Nein, das ist es nicht.«

Matt begriff und wechselte das Thema.

Als wir den Felsenteich erreichten, breitete er seine Decke auf der Wiese aus, entledigte sich seiner Schuhe und krempelte Ärmel und Hosenbeine hoch.

»Na, dann wollen wir mal. Wenn Sie mir bitte folgen wollen, junges Fräulein!« Er stakste in den Tümpel, sein Einweckglas unter den Arm geklemmt.

»Weißt du überhaupt, was du da tust?«, fragte ich belustigt.

»Durchaus nicht. Aber bevor ich's nicht ausprobiere, finde ich es nie heraus.«

Es war schwer, seinem unzerbrechlichen Übermut zu widerstehen. Ich sah ihm eine Weile dabei zu, wie er konzentriert durch das Wasser watete, seine kurzen, braunen Locken hinter die Ohren geklemmt. Unter anderen Umständen wäre es so leicht gewesen, sich in ihn zu verlieben …

»Weißt du, wie man eine Gruppe von Fröschen nennt?« Er war endlich fündig geworden und versuchte, den Laich in sein Glas zu bugsieren.

»Eine Armee.«

Er sah überrascht auf, und sein Fang entglitt seinen Händen. »Teufel noch eins, Anna. Das hatte ich extra nachgeschlagen. Wie soll man dich nur beeindrucken?«

»Wer sagt, dass ich beeindruckt werden will?« Ich lächelte spöttisch. »Aber war da nicht die Rede von Schinkenbroten …?«

Eine kleine Weile und ein Glas Froschlaich später saßen wir auf der Decke und aßen.

»Ahhh.« Matt seufzte und streckte sich genüsslich. »So ungefähr stelle ich mir den Himmel vor.«

»Du bist leicht zufriedenzustellen.«

»Ich weiß, dass du es nicht so meinst, aber ich fasse das als Kompliment auf.«

Das Sonnenlicht spielte mit den Schatten auf dem Wasser, und einige Zeit lang sahen wir ihnen schweigend zu. Ich betrachtete den Laich im Glas, die amorphe, gallertartige Masse, aus der in wenigen Wochen eine kleine Froscharmee werden würde.

»Was hat es mit diesem Beltane-Fest auf sich?«, fragte Matt schließlich. »In Dover habe ich nie davon gehört.«

»Es ist eine Art Begrüßungsfest für den Sommer. Wir zünden Feuer an, um die bösen Geister des Winters zu vertreiben. Früher haben die Hirten ihre Herden zwischen den Feuern durchgeführt, um sie vor Krankheiten zu bewahren.«

»Ich hoffe, Sam Inglis verzichtet drauf, seine Schafe auch nur in die Nähe eines Feuers zu lassen.« Matt schüttelte sich. »Stell dir das Inferno vor!«

Ich unterdrückte ein Lachen.

»In Dunwood gibt es einen speziellen Brauch. Jedes Jahr lost der Bürgermeister zwölf Männer und Frauen aus, die sich als Hexen verkleiden und nach Mitternacht symbolisch von der Gemeinschaft aus dem Dorf gejagt werden.«

»Ihr meint es wirklich ernst mit eurem Aberglauben, was? Stimmt es, dass es seit Jahren kein Fest mehr in Dunwood gegeben hat? Paul hat so was erwähnt.«

»Seit fünf Jahren, um genau zu sein. Es gab damals einen … Zwischenfall.«

»Keine flambierten Schafe, hoffe ich.«

»Schlimmer. Die Hexen … Sie treiben jedes Jahr ihre Späße mit den Zuschauern und erschrecken sie ein bisschen. Nichts zu Wildes, aber als Kind hatte ich eine Heidenangst vor ihnen.«

Die Masken der Hexen mit ihren grotesk verbogenen Nasen erschienen vor meinem inneren Auge. Damals war ich sicher gewesen, sie würden mich in ihr Netz packen und einfach mitnehmen. Jedes Mal, wenn sich eine von ihnen näherte, hatte ich mich an Mums Hand festgeklammert, als ginge es um mein Leben.

»Vor fünf Jahren dann gab es auf einmal eine dreizehnte Hexe. Sie sah aus wie alle anderen, aber später wusste angeblich niemand, wer in dem Kostüm gesteckt hatte.«

Matt kaute auf einem Grashalm herum, seine Stirn konzentriert in Falten gelegt. »Und?«

»Die dreizehnte Hexe griff sich Ruby Pearson und tat, als wolle sie Ruby in den Kessel mit heißem Fett werfen, in dem die Makrelen frittiert werden. Niemand hat eingegriffen, weil so etwas normalerweise zum Spiel gehört.« Ich schluckte. »Doch dann fasste die Hexe in Rubys Haar und tauchte ihr Gesicht in das kochende Fett.«

»Heilige Sch…« Matt griff sich an die Brust und kniff die Augen zusammen, als hätte er Schmerzen.

Es war alles so schnell gegangen. Rubys Schreie würde ich nie mehr vergessen. »Bis die Leute begriffen hatten, was passiert war, hatte sich die Hexe in der Dunkelheit davon gemacht. Wir haben nie herausgefunden, wer es war.« Es hatte nicht lange gedauert, bis die Polizei – Dad inklusive – den Fall zu den Akten gelegt hatte.

»Das muss schrecklich für euch gewesen sein. Und … bedeutet das nicht, dass der Täter vielleicht noch immer hier in Dunwood lebt?«

»Genau das bedeutet es.« Trotz der milden Temperatur fröstelte mich bei dem Gedanken. »Ruby Pearson war vierzehn, als es passierte. Als klar wurde, dass niemand zur Verantwortung gezogen würde, zog die ganze Familie nach Surrey.«

»Kein Wunder. Ich hätte es hier auch nicht mehr ausgehalten. Wie soll man so etwas bloß hinter sich lassen? Aber es gab doch bestimmt Gerede, Vermutungen …«

»Laut Ruby war die Hexe groß und kräftig. Sie war überzeugt, dass ein Mann in dem Kostüm gesteckt haben musste. Es gab eine Ermittlung, aber am Ende konnte kein einziger Zeuge Hinweise auf seine Identität geben.«

Matt schwieg einen Moment lang. »Wie furchtbar. Wer tut nur so was?«

»Im Dorf einigte man sich darauf, dass es jemand von außerhalb gewesen war. Jemand aus Spean Bridge oder Brackletter. Seitdem wurde kein Fest mehr veranstaltet. Aber mit der Zeit wurden die Rufe immer lauter, man solle die Tradition nicht aufgeben, nur weil ein Fremder sie missbraucht hat. Und das Ergebnis findet heute Abend statt. Inklusive Hexen.«

Matt beugte sich auf der Decke zu mir und legte eine Hand auf meinen Arm.

»Ich weiß, dass es sinnlos ist, was ich jetzt sage: Aber bitte geh heute Abend nicht zum Fest. Ich habe ein ganz schlechtes Gefühl dabei. Lass uns was anderes machen. Irgendwas.«

»Ich habe es Liv versprochen. Sie würde es mir nie verzeihen, wenn ich sie im Stich lasse. Außerdem würde ich mir größere Sorgen machen, wenn ich nicht hinginge. In den letzten Monaten ist ihr Verhalten unberechenbar geworden.« Vor allem Livs Alkoholkonsum war außer Kontrolle geraten, aber sie von irgendetwas abzuhalten, hatte sich als schwieriges Unterfangen erwiesen.

Matt biss sich auf die Lippen.

»Sie hat Glück, so eine Freundin wie dich zu haben.«

Für einen Moment genoss ich die Anerkennung in seinem Blick.

»Nicht mehr Glück als ich mit ihr.«

»Ian, nimm die Wolle weg! Wieso passt du nicht auf?«

Livs Adoptivvater hatte sich ein Schaf rücklings zwischen die Knie geklemmt und ließ die Schermaschine routiniert über den Bauch des Tiers gleiten. Das Schaf hing schlaff in seinem Griff, nur die aufgerissenen Augen verrieten seine Angst. Man sagte Samuel Inglis nach, er wäre einer der Besten – dass die Schafe kaum wussten, wie ihnen geschah, bevor sie in eine luftigere Freiheit entlassen wurden. Dennoch sah es für mich jedes Mal barbarisch aus, wie ein Überfall, gegen den sich das Schaf vergeblich zur Wehr setzte und dem es nur traumatisiert entkam.

Livs ältester Bruder Ian sammelte die Wolle ein und warf sie in eine Holzwanne. Selbst sein Rücken strahlte Widerwillen aus. Als er mich entdeckte, nickte er missmutig. »Liv ist oben«, sagte er anstelle einer Begrüßung, als wäre ich eine weitere Komplikation in seinem Tag, die schnell behoben werden musste.

Ich ignorierte ihn und wandte mich stattdessen an Livs Vater, der gerade das nun nackte Schaf mit einem Klaps in Richtung Stall schickte.

»Hallo, Mr Inglis.«

»Anna!« Er schaltete die Schermaschine aus und musterte mich wohlwollend. »Gut siehst du aus. Bereit für das Fest?«

Ich nickte und sah an mir hinab, als hätte ich mein Kleid eben erst entdeckt. Komplimente erhielt man in Dunwood höchstens zu hohen Feiertagen, und Livs Brüder hätten sich eher die Zunge abgebissen, als Worte auf etwas zu verschwenden, das einzig der Erbauung eines Mitmenschen diente.

»Olivia verbarrikadiert sich seit Stunden in ihrem Zimmer. Wenn man ihr Glauben schenken darf, sind ihre Mutter und ich zwei Geizhälse, die sie in Kartoffelsäcken auf die Straße schicken.« Mr Inglis fuhr sich über den kurzen Bart auf seiner Wange. »Wahrscheinlich sucht sie gerade die Nummer der Adoptionsvermittlung heraus, um uns durch ein vermögendes Elternpaar aus London zu ersetzen.« Er lächelte und zwinkerte mir zu, aber sein Ton konnte eine Spur echten Bedauerns nicht überspielen.

»Ich werde sehen, was ich tun kann.« Ich liebte Liv, aber ihre Undankbarkeit gegenüber Eltern, die sich eine Hand für sie abgehackt hätten, war manchmal schwer zu ertragen. Liv war das Nesthäkchen: Nachdem ihre Adoptiveltern vier Söhne in Folge bekommen hatten, wünschten sie sich nichts sehnlicher als ein Mädchen. Seitdem die zweijährige Liv ins Leben der Inglisses transplantiert worden war, wurde sie behandelt wie eine Prinzessin. Und Liv molk diesen Status bis zum letzten Tropfen.

Ich bedachte Ian mit einem kalten Blick, der seinem in nichts nachstand, und wandte mich ab, bevor das nächste Schaf in die Mangel genommen werden konnte.

Schon an der Eingangstür empfing mich Musik von Livs Plattenspieler, die durchs ganze Haus dröhnte. »Stand by your man«, empfahl Tammy Wynette jedem in Hörweite. Es kam doch wohl auf den Mann an, wenn man mich fragte, aber für solche Feinheiten war in charttauglicher Popmusik kein Platz. Ich erklomm die Treppen zur Dachstube, ignorierte das gestohlene Hochspannungsschild, das Liv an ihrer Zimmertür angebracht hatte, und trat ein.

»Raus, verdammte Axt! Oh, Anna, du bist es. Ich schwöre, wenn es noch mal einer dieser Hirntoten wagt, hier reinzuplatzen … Ständig stehen die Eltern hier und wollen irgendwas.«

Sie sagte nie *meine Eltern. Die Eltern* war Livs Kompromiss für Eltern, die ihre waren, und doch auch wieder nicht.

Liv tauchte neben einem Stapel Klamotten auf, der auf ihrem Bett lag und sie um die Hälfte überragte. In der einen Hand hielt sie eine Kensington, von der sie einen tiefen Zug nahm, in der anderen eine Flasche Rotwein.

»Was ist denn hier passiert?« Ich sah mich besorgt um.

Das Zimmer wirkte, als wäre ein Altkleidercontainer explodiert. Jeder Zentimeter Boden war mit Stoff bedeckt. An einigen Kleidungsstücken hatte sich Liv offensichtlich mit einer Schere zu schaffen gemacht und mitten im Werk die Lust verloren. Sie selbst war stark geschminkt, trug ein Baseball Cap auf Lockenwicklern, einen BH und zwei Röcke übereinander. Immer wieder ließ sie Asche in die grobe Richtung eines Aschenbechers fallen, der gefährlich auf einem weiteren Kleiderstapel wackelte.

»Wenn das hier nicht eine zeitgemäße Kunstinstallation des verrückten Hutmachers ist, dann bin ich offiziell besorgt um dich.« Ich hatte beschlossen, dass kein Weg um die Kleider herumführte, und stakte mit möglichst wenigen Schritten durch den Raum, um Liv aus der Nähe zu begutachten. Sie lachte laut, schloss mich in die Arme, ohne Flasche oder Fluppe abzulegen, und drückte mich einige Sekunden lang.

»Mach wenigstens ein Fenster auf«, sagte ich und befolgte gleich darauf meinen eigenen Ratschlag.

Liv musterte mich missbilligend.

»Ein schwarzes Sackkleid, ernsthaft? Das wird ein Fest, keine Beerdigung –«

Meine Miene versteinerte.

»Scheiße, Anna, das war daneben. Ausgerechnet heute …« Livs

Zunge klang zu groß für ihren Mund. Sie legte eine Hand auf meinen Unterarm. »Aber hast du nicht Lust, mal was Niedlicheres anzuziehen? Es sind jede Menge Jungs dort.« Sie deutete mit generöser Geste durch den Raum. »Such dir was aus. Livs Boutique hat geöffnet, und hier wird jeder fündig.«

Ich konnte ein Lachen nicht unterdrücken. »Außer Liv selbst, wie es scheint. Wieso bist du nicht fertig? Du weißt, wie Rahel es hasst, wenn wir zu spät sind.«

»Was soll ich tun, Anna? Ich hab nichts zum Anziehen.« Ein dunkler Schatten huschte über ihr Gesicht. »Glaubst du, er wird da sein?«

»Wer?« Natürlich wusste ich, von wem sie sprach.

Sie rollte die Augen und brabbelte etwas vor sich hin.

»Er könnte dein Vater sein, Liv.«

»Ist er aber nicht.«

»Aber dein Lehrer ist er.«

Liv gab einen leidenden Laut von sich, ließ den Zigarettenstummel in die Weinflasche fallen und stellte diese auf dem Kleiderschrank ab.

»*Du* verstehst doch die Erwachsenen: Sag mir, was er mag.« Sie hob zur Anschauung ein Kleidungsstück nach dem anderen hoch und ließ es wieder fallen.

»Das Kleine Schwarze?«

»Es sind 9 Grad draußen.«

»Oder edel burschikos?«

»Gehst du zum Bewerbungsgespräch?«

»In gewissem Sinne …«, sagte Liv, verwarf den Hosenanzug aber trotzdem.

»Wie wäre es damit?« Ich zog eine Cordhose mit Schlag, einen breiten Gürtel mit einer Schnalle aus Metallmonden und ein gestreiftes Oberteil aus dem Kleiderberg.

Liv ließ sich frustriert auf ihr Bett fallen und schlug die Beine übereinander. »Damit sehe ich aus wie sechzehn.«

»Du *bist* sechzehn.«

»Aber daran soll er heute nicht denken!«

»Du könntest in Alufolie gekleidet erscheinen, und er würde trotzdem nicht vergessen, dass du in der Neunten wissen wolltest, wo Shakespeare heute wohnt.«

Liv seufzte theatralisch. »Vielleicht sollten wir einfach zu Hause bleiben.«

»Du bist nicht die Erste, die das vorschlägt.« Ich ließ mich neben Liv auf das Bett plumpsen und stieß meine Schuhe von mir. »Matt war auch besorgt. Wegen damals. Ich musste den ganzen Tag an sie denken.«

»Wie sie wohl heute aussieht?«

Das hatte ich mich in den vergangenen fünf Jahren hunderte Male gefragt. Man sagte, die Medizin habe große Fortschritte gemacht, was die Behandlung von Brandwunden betraf. Aber ein halbes Gesicht wiederherzustellen? *Ziemlich gelungen* war vielleicht ausreichend für eine Wade oder ein Ohr. Doch was Gesichtszüge anging, war das menschliche Auge detailversessen und gnadenlos.

»Lennox behauptet, man hätte ihr Haut von einem Schwein transplantiert.« Liv schauderte. »Glaubst du, das ist wahr?«

»Lennox sollte besser die Klappe halten. Für sein arrogantes Gesicht wäre eine Schweineschnauze eine Verbesserung.«

»Du kannst ihn immer noch nicht leiden, was?«

»Ich mag nicht, wie er Rahel behandelt.«

Es war das erste Mal, dass mir dieser Gedanke bewusst wurde. Bisher war mir meine Abneigung gegen Rahels Freund immer grundlos erschienen. Erst jetzt, da mein Unterbewusstsein mir – und Liv – geradeheraus mitgeteilt hatte, wo mein Problem lag, ergab es für mich Sinn. Es ging mir gegen den Strich, wie er ständig seinen Arm um sie legte, sobald andere Menschen in der Nähe waren. Keine liebevolle Geste, das war nur Tarnung. In Wirklichkeit demonstrierte er damit seinen Besitzanspruch.

»Und er wird so schnell ungeduldig, wenn sie redet«, fuhr ich fort. »Als wäre ihr Verstand eine unnötige Zusatzausstattung, die er lieber abbestellt hätte. Ginge es nach ihm, würde sie einfach nur lächeln und die Klappe halten.«

»Ich glaube, so sind die meisten Jungs in unserem Alter drauf.«

»Vielleicht. Aber Rahel hat so viel Besseres verdient.«

»Ich hab's!« Liv sprang mit einer solchen Energie vom Bett, wie ich sie ihr mit einer halben Flasche Wein intus nicht mehr zugetraut hätte.

Sie wühlte in einem der Kleiderberge unter ihrem Schreibtisch und förderte eine Jeans mit Mega-Schlag und schräger Ziernaht zutage. Dann zog sie eine senfgelbe Bluse vom Schirm ihrer Nachttischlampe und hielt beides vor ihren Körper.

»Was sagst du?«

»Leg noch dein gelbes Haarband drauf und wir haben einen Gewinner.«

Wenig später stand Liv vor dem Spiegel und begutachtete sich. »Wusstest du, dass seine Frau ihn verlassen hat?«

Wir waren zurück bei Livs Lieblingsthema. »Ganz Dunwood weiß das. Seltsam ist, dass niemand weiß, warum.«

»Vorsehung«, sagte Liv und lächelte geheimnisvoll.

Liv hatte versucht, meine Bedenken bezüglich ihres Trunkenheitsgrads zu zerstreuen, indem sie uns je einen starken Kaffee servierte. Ich trank in widerwilliger Solidarität, auch wenn ich nicht davon überzeugt war, dass eine Liv voller Alkohol *und* Koffein weniger Probleme versprach.

»Ich lasse mir als Allererstes die Karten legen«, sagte sie. »Nur damit ich weiß, was der Abend für mich bereithält.«

Ich sah unverbindlich auf meine Fingerspitzen.

»Du hältst es für Quatsch, ich w–«

»Es *ist* Quatsch. Du pickst dir das raus, was deiner Meinung nach ins Bild passt, und ignorierst den Rest. Bestätigungsfehler nennt man das.«

»Man kann es mit der Nüchternheit auch übertreiben, Anna.«

»Und das sagt die Frau, die ausschließlich flüssigen Proviant gepackt hat.«

Liv legte zärtlich ihren Arm über die grüne Armee-Umhängetasche, in der sie kurz zuvor zwei Flaschen Rotwein und Whisky sowie einige Dosen Bier hatte verschwinden lassen.

»Nicht meine Schuld, wenn die uns keinen Alkohol ausschenken. Wen wollen die damit verarschen?«

Ich sah auf die Uhr. »Wenn wir jetzt gleich losgehen, sind wir nur zwanzig Minuten zu spät am Treffpunkt.«

»Auf unsere Beinahe-Pünktlichkeit.« Liv öffnete mit einem Klick eine Bierdose und streckte mir eine weitere entgegen. »Hier, du hast einiges aufzuholen.«

Die Sonne verschwand gerade hinter dem Friedhof am Waldrand, als wir die alte Eibe am Kreuzweg erreichten. Laut Schätzungen war der Baum über siebenhundert Jahre alt. Der Fuß seines Stamms war in dicke Stränge unterteilt, die aussahen, als hätte eine Gruppe betender Frauen vor ihnen gekniet und wäre mit den Jahren ins Holz eingewachsen.

Als Kind hatte mir der Baum Angst gemacht. Ich lief jeden Morgen einen Umweg zum Kindergarten, außer wenn es sich partout nicht vermeiden ließ. An solchen Tagen redete ich mit leisen Worten auf den Baum ein, versuchte, ihn so lange in Hypnose zu versetzen, bis ich außerhalb der Reichweite seiner knorrigen Finger gelangt war.

All die Jahre lang hatte die Eibe mein Interesse geweckt, von der kindlichen Furcht über Neugier, bis sich vorsichtig eine Art Freundschaft entwickelte. Ich hatte die Insekten auf ihrer Rinde studiert und ihre roten Früchte gekostet, stets darauf bedacht, die giftigen Kerne auszuspucken. Längst war die Eibe zum Standard-Treffpunkt für Liv, Rahel und mich geworden. In ihrem hohlen Stamm hinterließen wir uns Nachrichten, versteckten Alkohol, Zigaretten und schlechte Noten. Sollte die Eibe so etwas wie eine Seele besitzen, dann kannte sie mehr unserer Geheimnisse, als unsere Eltern jemals hoffen konnten zu erfahren.

»Sie sind schon weg! Das ist so typisch.« Liv trat gegen einen Baumstumpf und jaulte vor Schmerz auf.

»Was kann der Wald dafür, wenn wir zu spät sind? Ich kapiere sowieso nicht, was der Sinn darin sein sollte, uns hier zu treffen.«

»Es ist einfach cooler, zu viert aufzulaufen als zu zweit, verstehst du?«

»Nicht, wenn einer davon Lennox ist.«

»Ach, hör schon auf, Anna. So schlimm ist er auch wieder nicht.«

Ich beschloss, das Thema fallen zu lassen. »Hat Rahel eine Nachricht hinterlassen?«

»Wozu? Wo sollen sie sonst sein als auf dem Fest?«

Liv stützte sich trotzdem an der Eibe ab und tastete im hohlen Stamm nach einem Zettel. Man musste wissen, wonach man suchte. Es gab einen kleinen Vorsprung im Holz …

Ihr Gesicht verfinsterte sich. »O nein.«

»Hab ich doch gesagt, sie sind einfach weiter.«

»Nicht das … Dort hinten.«

Ich drehte mich um und folgte Livs Blick den Weg entlang, auf dem sich zwei dunkle Gestalten näherten. Bei genauerem Hinsehen erkannte ich Alastair Brown und Caelan Welsh, die beide in die Stufe über uns gingen. Als sie Liv und mich bemerkten, winkten sie wild zu uns herüber.

»Scheiße.« Wir setzten uns wie auf ein stummes Kommando wieder in Bewegung und beschleunigten unsere Schritte.

»Hey, jetzt wartet doch mal!«

»Das ist doch die kleine Inglis-Schwester. Ihr sollt warten, verdammt!«, rief Alastair. Selbst an seinem besten Tag war er das, was Leute hier ›leicht entflammbar‹ nannten. Doch heute war wohl einer seiner schlechteren Tage, er lallte schwerfällig und steigerte sich innerhalb eines Satzes von verärgert zu aggressiv.

Mir wurde kalt in der Magengegend. »Dreh dich nicht um. Bestimmt sind da vorne irgendwo Leute.« Eigentlich hätten mehr Menschen auf dem Weg zur Kreuzeiche sein müssen, wo das Wechselfeuer stattfand. Wahrscheinlich waren wir die Letzten, von Caelan und Alastair abgesehen.

Hinter uns verwandelte sich der Klang von gemächlichen Schritten auf Kies in Laufgeräusche.

»Ich kann nicht schneller, meine Schuhe sind zu klein. Und mein Fuß tut weh.« Liv griff nach meiner Hand.

»Bleib ganz ruhig, okay? Was immer sie sagen, du lässt dich nicht provozieren.«

Etwas traf Liv am rechten Ohr. »Autsch! Was war d… Der wirft mit Steinen nach mir!«

Ich holte tief Luft, ließ Livs Hand los – wir sollten nicht aussehen wie zwei verängstigte kleine Mädchen – und drehte mich um.

Alastair bückte sich nach einem weiteren Stein, hielt aber inne.

»Oh, hi«, wandte ich mich an Caelan, den ich als den zurechnungsfähigeren der beiden einschätzte. Er schob sein Kinn vor und sah von mir zu Liv und wieder zurück.

»Wieso rennt die Dicke denn so?«, fragte Alastair. »Glaubt die, sie könnte noch schnell Bauchfett abtrainieren, bevor sie auf dem Fest ankommt?«

Von Caelans Gelächter ermutigt, trat er ein paar Schritte auf Liv zu. Er überragte uns beide um gut einen Kopf. Mit einem Mal kam mir der Gedanke, dass ich Alastair ohne Weiteres zutrauen würde, jemandes Gesicht in kochendes Fett zu tauchen.

»Hoffst du drauf, auf dem Fest endlich einen abzukriegen? Ich hab gehört, du stehst auf ältere Männer. Kein Wunder, mit dem Babyspeck hast du sonst eh bei keinem 'ne Chance.« Er tat einen Schritt nach vorn, griff blitzschnell zu und kniff Liv in die Wange. Ihre Haut zwischen zwei Finger geklemmt, zog er ihr Gesicht zu sich heran. Liv gab einen Schmerzenslaut von sich und bemühte sich vergeblich, ihren Mund zu schließen, aber Alastairs Griff blieb eisern.

Ich sah mich hilfesuchend um, in der Hoffnung, Matt oder wenigstens einen von Livs Brüdern zu sehen, aber wir waren allein auf weiter Flur. In Bella McQuoids Hütte am Waldrand brannte kein Licht, und sie war ohnehin zu weit entfernt, um uns zu hören. Was hätte sie auch gegen zwei betrunkene Männer ausrichten können?

»Lass sie in Ruhe, Alastair.« Meine Stimme klang leiser als beabsichtigt, mein Hals fühlte sich trocken und rau an. Mit Glück verwechselte er das mit Gelassenheit.

»Und was ist mit dir, hm?« Alastair ließ von Liv ab und drehte sich zu mir. Er musterte mich von Kopf bis Fuß. »Gehst du als Nonne?«

Ich zog meine Strickjacke fester zu, wich aber nicht zurück, obwohl ich seinen bitteren Bieratem durch die Abendluft riechen konnte.

»Schaut euch bloß mal an. Ihr könntet froh sein, falls sich einer für 'ne Mitleidsnummer erbarmt. Wer weiß, wenn sich nichts Besseres bietet, komm ich vielleicht später drauf zurück.«

»Ace, Mann, is' gut jetzt. Was willst du mit Miss Mastschwein und Blümchen Rühr-mich-nicht-an?« Caelan legte von hinten einen Arm auf Alastairs Schulter, ohne seinen Blick von mir abzuwenden.

»Halt's Maul, Welsh.« Alastair holte mit dem Ellbogen aus und versetzte seinem Kumpel einen Stoß ins Gesicht. Liv entfuhr ein kurzer Schrei.

»Was stimmt mit dir nicht, Mann?« Caelan rieb sich mit dem Handrücken die Oberlippe, versuchte aber gleichzeitig, Abstand zwischen sich und Alastair zu bringen.

»Ich rede, mit wem ich will, so lange ich will, verstanden?«

Caelan hob beschwichtigend die Hände, als Alastair sich vor ihm aufbaute.

Es schien mir ein guter Zeitpunkt, die Beine in die Hand zu nehmen. Ich zog Liv am Träger ihrer Armeetasche weiter den Weg entlang. Ihre Unterlippe hatte sich zu dem kleinen U geformt, das ankündigte, wenn sie kurz davorstand, loszuheulen.

»Wollt ihr etwa gehen, ohne euch zu verabschieden?« Alastair hatte sofort wieder zu uns aufgeschlossen. Er sah die Angst in Livs Gesicht, und das brachte ihn noch mehr auf.

»Was ist, Fettie? Heulst du jetzt schon? Dass ihr Weiber aber auch immer sofort die Schleusen aufmachen müsst.« Er zog an Livs Tasche, fasste hinein und förderte die Whiskyflasche zutage. »Weißt du, wie viele Kalorien der hat?« Er hielt die Flasche direkt vor Livs Gesicht. »Als wärst du nicht schon wabbelig genug.«

Liv und ich starrten entsetzt, aber regungslos, als Alastair den Whisky öffnete, einen großen Schluck daraus nahm und die Flasche auf dem Waldweg zerschellen ließ. Ich zuckte zusammen. Dann hakte er sich gewaltsam bei Liv unter und zerrte sie mit sich den Weg entlang in Richtung des Fests. Caelan warf mir einen unsicheren Blick zu. Selbst er wagte nicht, sich Alastair entgegenzustellen, obwohl er so breit war wie Liv und ich zusammen.

Mein Blick fiel auf die Eibe. *Wenn ihr mich hören könnt, ihr betenden Frauen, bitte macht, dass er uns in Ruhe lässt.*

Aber falls die Frauen mich hörten, so ließen sie sich nichts anmerken. Die Eibe stand ungerührt im rasch versiegenden Abendlicht.

»Caelan, komm schon, was soll das? Sag ihm, dass er aufhören soll!« Meine Stimme hatte jeglichen Anschein von Gelassenheit verloren, aber Caelan rührte sich nicht vom Fleck. Er stand wie erstarrt, als hätte ihn jemand pausiert. Wir würden uns selbst helfen müssen – aber wie?

Ein schwarzer Schatten glitt an mir vorbei, leise wie der Nachtwind, und bevor ich begriff, was geschah, hatte sich der Schatten in Alastairs Wade verbissen.

»Was zur –?« Alastair ließ Liv los und ging zu Boden, und im nächsten Moment war die Dunkelheit über ihm und fletschte knurrend die Zähne.

»Jaro, es genügt«, rief eine tiefe, sanfte Stimme. Bella McQuoid trat aus dem Unterholz hervor. Die Dogge ließ von Alastair ab und trabte zurück an Bellas Seite, die Ohren wachsam aufgerichtet. Herrin und Hund waren beide in schwarz gehüllt – kein Wunder, dass niemand von uns sie hatte kommen sehen. An Bellas Hals, umrahmt von langem, dunklem Haar, baumelte ein handtellergroßer Mondstein in einer Fassung aus Silber.

»Gibt es ein Problem?«, wandte sie sich an Liv und mich.

Alastair kam wieder auf die Beine und rieb sich die Kieselsteine von den Händen. Sein Gesicht war so rot wie Eibenbeeren. »Was geht es dich an, du –«

Bella hob eine Hand, ohne ihren Blick von mir abzuwenden, woraufhin Alastair verstummte.

»Mit dir spreche ich nicht. Ich frage noch mal: Gibt es ein Problem, Anna?« Ihre Stimme blieb ruhig und fest.

»Wir waren auf dem Weg zum Wechselfeuer«, erwiderte ich. »Dann ist er hier«, ich nickte in Alastairs Richtung, »aufdringlich geworden und hat Liv beleidigt.«

»Er nennt mich Fettie«, fügte Liv mit bitterer Stimme hinzu.

Bellas braune Mandelaugen verengten sich, als sie Alastair musterte, von den schmutzigen Turnschuhen über seinen Bauch, der über den Gürtel quoll, bis zu den runden Schultern. Alastair schien unter ihrem Blick zu schrumpfen.

»Sicher.« Sie war gänzlich unbeeindruckt. »Er glaubt, wenn er euren Selbstwert schwächt, seid ihr irgendwann dankbar für jede Aufmerksamkeit. Sogar von jemandem wie ihm.«

Liv schnaubte verächtlich. »Da kann er lange warten.«

Ein kleines Lächeln formte sich auf Bellas Lippen, und die Anspannung in meinen Muskeln ließ endlich nach.

»Nun, ich glaube nicht, dass diese beiden euch heute Abend noch einmal Probleme machen werden. Sie sehen so aus, als wären sie ihrer eigenen Späße etwas müde geworden. Und Müdigkeit ist ein gefährliches Gut. Der Sandmann hat ungern Konkurrenz, hab ich nicht recht, Alastair Brown?«

Ihre Worte ergaben für mich absolut keinen Sinn, aber Alastair wurde kreideweiß.

»Wir – wir wollten sowieso gerade weiter. Komm endlich, Welsh.«

Die beiden liefen in Richtung Kreuzeiche davon, aber Alastair ließ es sich nicht nehmen, sich noch einige Male umzudrehen, als erwarte er, Bella könnte ihn jeden Moment von hinten anfallen. Aus einem mir unverständlichen Grund schien sie ihm mehr Angst einzujagen als Jaro, der ihn problemlos überragte, wenn er sich auf die Hinterbeine stellte.

»Danke.« Ein warmes Gefühl der Erleichterung flutete meinen Körper. »Keine Ahnung, was passiert wäre, wenn ihr – wenn Sie …«

»Nichts zu danken, Anna. Passt auf euch auf, ihr beiden. Dieses Dorf –«, sie hielt inne, als müsste sie sich einer besseren Formulierung besinnen, »… wird es nicht.« Sie tätschelte Jaros Rücken, nickte Liv und mir ein letztes Mal zu und verschwand zwischen den Bäumen in der Dunkelheit.

»Sie ist der seltsamste Schutzengel, den ich mir vorstellen kann.« Liv gab sich Mühe, das Zittern in ihrer Stimme zu verbergen, während sie mit dem Fuß notdürftig die Scherben der zerbrochenen Whiskyflasche zu einem Häufchen am Wegesrand zusammenschob.

Mir fiel das letzte – und einzige – Mal ein, als ich mit Bella gesprochen hatte. »Das war noch gar nichts.«

Ich gab vor, Livs fragenden Blick in der Dämmerung nicht zu bemerken.

ZWEI

*L*iv und ich eilten zur Lichtung an der Kreuzeiche, so schnell uns die Füße trugen. Schon von Weitem empfingen uns die rhythmischen Klänge der Trommeln, und als wir um die letzte Ecke bogen, war auf einmal alles voll glänzendem Licht. Alastair und Caelan waren sofort vergessen beim Anblick der beiden gigantischen Beltane-Feuer, die meterhoch ihre Funken in den Himmel schleuderten. Zwischen den Feuern war eine schmale Gasse entstanden, die man nur einzeln passieren konnte.

Ganz Dunwood war auf den Beinen, aß gebackenen Fisch und den traditionellen Lammeintopf, bestaunte die bemalten Tänzer und die Feuerschlucker und wiegte sich im Einklang mit den urweltlichen Rhythmen.

Wir stürzten uns mitten ins Getümmel, froh, die waldschwarze Nacht hinter uns zu lassen, und hielten nach Rahel und Lennox Ausschau. Liv nahm wieder meine Hand, als wir drohten, von der Menge auseinandergerissen zu werden. Von Weitem sah ich Vater und Cecile mit einigen Nachbarn auf Holzbänken sitzen. Aber wo war Marie? Mir blieb keine Zeit, darüber nachzudenken, denn Liv zog mich zielstrebig weiter in Richtung eines Zeltes, das mit bunten Tüchern dekoriert war und in dessen Innern unzählige Kerzen brannten. ›Madame Colette‹ stand auf einem Schild vor dem Eingang. Ich bremste abrupt.

»O nein. Nein, nein, nein. Nicht mit mir –«

»Du brauchst überhaupt nichts zu tun, okay? Sei einfach nur dabei. Ich will nachher mit dir darüber reden können, und das geht nur, wenn du alles live miterlebt hast.«

»Wieso wartest du nicht auf Rahel? Die steht doch auch auf diesen Unsinn.«

»Genau deshalb brauche ich dich: als unparteiischen Beobachter. Verstehst du? Mir kann man alles erzählen. Ich brauche deinen kühlen Kopf, und der«, sie gestikulierte vorwurfsvoll von meinem Kopf in Richtung Schuhe und wieder zurück, »hängt nun mal an dem ganzen Rest von dir dran.«

Ich seufzte. Um so viel Scharlatanerie unbeschadet überstehen zu können, war ich deutlich zu nüchtern. »Gib mir was von dem Rotwein.«

»Mit Vergnügen.«

Wir traten in den Schatten hinter dem Zelt und genehmigten uns jede ein paar große Schlucke aus der Flasche. Der Wein schmeckte süß und klebte am Gaumen, vor allem aber stieg er sofort zu Kopf.

»Besser«, sagte ich. »Los geht's.«

Wir mussten kurz warten, bis die aktuelle Sitzung bei ›Madame Colette‹ beendet war, dann winkte uns die Wahrsagerin ins Zelt.

»Nein, oder?«, flüsterte ich Liv zu. »Das ist unsere *Bäckerin*?«

»Sch! Das spielt doch keine Rolle!«

Meiner Meinung nach spielte es eine sehr große Rolle, ob sich jemand mit Sauerteigbrot oder mit Weissagungen auskannte, aber ich hatte meinerseits die Vorahnung, dass Logik in diesem Zelt so wenig willkommen war wie ein Flutlichtstrahler. Also hielt ich den Mund.

Ich hatte noch nie einer Tarot-Lesung beigewohnt und konnte eine gewisse Neugier nicht leugnen. Aus psychologischer Sicht gab es sicher viel zu lernen. Natürlich kannte die Bäckerin Liv, aber nicht besonders gut. Würde das, was sie über Liv wusste, ausreichen, um ihr genau das zu sagen, was sie hören wollte? Vermutlich würde sie ihre Aussagen so vage fassen, dass sie auf Liv, mich, sie selbst und jede weitere Person auf dem Fest zutreffen konnte.

Liv sah mich an, fuhr sich mit dem Zeigefinger quer über den Hals, um mich zum Schweigen zu bringen, und wir nahmen auf den Klappstühlen Platz. Die Bäckerin – Verzeihung, Madame Colette – kam sofort zur Sache; eine Eigenschaft, die sie vermutlich aus ihrem Hauptberuf übernommen hatte. Sie wollte wissen, welche Frage Liv auf dem Herzen lag (»Habe ich eine Chance bei *ihm*?«), dann mischte sie die Karten, ließ Liv drei ziehen und legte sie der Reihe nach aus.

»Sehr interessant«, sagte sie nach einem prüfenden Blick. »Wirklich außergewöhnlich.«

Es kostete mich sämtliche Selbstbeherrschung, nicht mit den Augen zu rollen. Wie oft hatte sie dieses Theater heute schon gespielt?

»Du hast den Herrscher gewählt. Er steht für das Männliche, für

Kraft, für das Erwachsenwerden. Eventuell für eine Vaterfigur.« Sie sah von den Karten auf, erwartungsvoll, ob ihre Worte irgendetwas in Liv hervorriefen.

Beim Wort ›Vaterfigur‹ hatte Liv sich an ihre Silberkette gefasst und sie um den Finger gewickelt.

»Deine zweite Karte ist der Turm. Er steht für Befreiung, für wichtige Ereignisse und Energien. Ich fühle eine Zerrissenheit … Vielleicht gibt es da einen besonderen jungen Mann in deinem Leben, aber dein Vater kann nicht loslassen? Kann nicht akzeptieren, dass sein kleines Mädchen endgültig erwachsen wird und eigene Entscheidungen trifft, ohne seinen Rat zu suchen?«

Knapp daneben, Madame Baguette. Ich empfand beinahe Mitleid. Es war nicht ihre Schuld, dass Liv den verständnisvollsten Vater auf dem Planeten hatte. Sie hatte die naheliegendste Variante gewählt, in neun von zehn Fällen hätte sie damit recht behalten.

Liv hatte die Stirn in Falten gelegt, ihr Finger verharrte in einem Gewirr aus Kette. »Und weiter?«

Die Madame tippte nachdenklich auf die verbliebene Karte. Diesmal sprach sie nicht sofort, sondern kniff ein Auge zusammen und atmete scharf ein. »Die Acht der Kelche.«

Wenn die nicht für unseren geplanten Weinkonsum über den restlichen Abend standen, dann wusste ich auch nicht. Aber Madame Baguette war anderer Meinung.

»Diese Karte kann dafür stehen, dass du vor etwas wegläufst – oder etwas verdrängst. Etwas, von dem du glaubtest, dass es in der Vergangenheit läge … Wenn du dich der Situation stellst, wirst du feststellen, dass sie noch immer anhält. Vielleicht eine frühere Beziehung, mit der beide noch nicht abgeschlossen haben? Ich sehe große Verbundenheit in deiner Vergangenheit, aber auch Schmerz und gebrochenes Vertrauen.«

»Und um wen geht es?« Liv klang beunruhigt. Es war ganz offensichtlich nicht das, was sie sich von dieser Sitzung erhofft hatte.

»Das kannst nur du selbst wissen, mein Kind. Die Karten nehmen uns nicht die ganze Arbeit ab.« Die Madame schenkte ihr ein mitleidiges Lächeln, dann raffte sie auf einmal geschäftstüchtig die Karten zusammen und mischte sie zurück in den Stapel. »Das macht fünfzig Pence.«

Ich schwöre, ich hatte sie den exakt gleichen Satz im exakt gleichen Tonfall schon zig Mal in der Bäckerei sagen hören.

Liv kramte das Geld aus ihrer Tasche und drückte es der Wahrsagerin in die Hand.

»So viel dazu.« Liv zog eine enttäuschte Schnute, als wir wieder vor dem Zelt standen. »Und sag jetzt nicht, du hast mich gewarnt.«

»Tut mir ehrlich leid. Ich weiß, du hast dir was über McNeil erhofft –«

»Du glaubst doch nicht, dass sie Darren gemeint haben könnte? Klar, er ist jetzt mit Davina zusammen, aber neulich hat er auf dem Pausenhof die ganze Zeit zu uns herübergestarrt –«

»Lass uns bitte nicht auch noch dieses Fass wieder aufmachen.«

»Schon gut.«

Liv sah ernsthaft geknickt aus, und sofort tat sie mir leid. Ich musste sie auf andere Gedanken bringen.

»Wie wäre es mit was zu essen?«

»Alles außer Makrele.« Liv dachte sicher genau wie ich an die arme Ruby Pearson.

Wir stärkten uns mit dem Rest der Rotweinflasche und standen für eine Portion Pommes an, die wir wenig später verputzten und die sich geschmacklich kaum von ihrer Papierschale unterschied. Gedankenverloren kaute ich auf den Papp-Pommes, als mir jemand von links auf die Schulter tippte. Ich drehte mich um, doch da war niemand.

»Ach, wie herrlich!« Matt erschien rechts von mir. »Der älteste Trick der Welt, aber die Leute fallen jedes Mal drauf rein.« Er zwinkerte Liv zu und bediente sich an unserem Essen.

»Hi«, sagte ich eloquent und brauchte einen Moment, ehe die Umgebung aufhörte, sich zu drehen. *Memo an selbst: langsam mit dem Wein.*

»Ihr seid spät dran.« Matt kaute noch immer auf seinem Diebesgut. »Ich glaube, Rahel ist sauer.«

»Wo steckt sie überhaupt?«

»Sie sitzt mit Lennox und ein paar von seinen Leuten dort hinten und gönnt sich 'ne Kräutererfrischung.« Er deutete in eine unbestimmte Richtung an den Feuerschluckern vorbei. »Ganz schön riskant, wenn man mich fragt, wo das halbe Lehrerkollegium nur zwanzig Meter entfernt sitzt.«

»Wo?« Liv konnte ihre Aufregung nicht verbergen.

Ich hatte absolut keine Ahnung, was sie ausgerechnet an McNeil fand. Für mich sah er so unglaublich unscheinbar aus, dass jede Erinnerung an sein Gesicht schon verblasste, bevor ich die Augen von ihm abwandte. Wenn er auf diesem Fest jemanden ermordete und ich ihn für ein Phantombild beschreiben müsste, käme ein Ei mit Ohren heraus.

Matt legte je einen Arm um meine und um Livs Schultern und fragte munter: »Und was machen wir jetzt mit diesem angebrochenen Vormittag?«

»Es ist halb elf am Abend«, sagte Liv begriffsstutzig.

Matt grinste mich an.

»Oh. Schon klar.« Liv winkte ab. »Ich brauche mehr Alkohol.«

»Nicht, bevor du die hier aufgegessen hast.« Ich drückte Liv den Rest der Pommes in die Hand. »Wenn du dich vor Mitternacht übergibst, betrachte ich das als persönliches Versagen.«

Liv murmelte etwas, das ich nicht verstand.

»Was?«

»Sie meint, du hättest keinen Respekt vor lieb gewonnenen Traditionen.«

Matt knuffte mich sanft in die Schulter, und es könnte am Rotwein gelegen haben, aber in diesem Moment erschien mir seine Nähe nicht wie die schlimmste Sache der Welt.

Rahel, Lennox und seine Clique hatten sich hinter die Jägerhütte am Rand der Lichtung zurückgezogen, wo sie vor neugierigen Blicken verborgen waren. Auf dem Weg dahin verdrehte Liv sich den Kopf beim erfolglosen Versuch, einen Blick auf den Tisch zu erhaschen, an dem sich angeblich die Lehrer versammelt hatten.

»Was willst du tun, wenn du ihn findest? Er ist umringt von anderen Leuten – anderen *Lehrern*.«

»Weiß ich noch nicht. Aber wenn ich heute nichts versuche, wann dann? Mit etwas Glück ist er betrunken, gut drauf und sehnt sich nach Gesellschaft.«

»So betrunken, dass er vergisst, dass du seine Schülerin bist?«

»Genau.«

Mir wurde das Herz schwer. Ich wollte Liv nicht im Weg stehen, aber auf jeden Fall verhindern, dass sie etwas tat, womit sie sich lächerlich machen würde. Dunwood vergaß nichts.

»Da seid ihr endlich!« Rahel erhob sich von Lennox' Schoß und kam uns entgegen. Ihr langes, schwarzes Haar fiel ihr wie ein Wasserfall bis zur Taille, sie trug einen Kranz aus gelben Schlüsselblumen. Blicke folgten Rahel, wo immer sie sich aufhielt, wie bei einer umgekehrten Mona Lisa. Auch Lennox ließ sie nicht aus den Augen, als sie erst Matt, dann Liv und mich zur Begrüßung umarmte. Ich drehte mich mit dem Rücken zu ihm, damit ich seinen Anblick nicht länger ertragen musste, und zog Rahel etwas abseits zu einem anderen Grüppchen von Lennox' Freunden.

»Wir wurden aufgehalten«, sagte ich bedauernd, und lehnte mit einer Geste den Joint ab, den mir jemand reichen wollte.

Ich hatte nichts gegen etwas Gras, mischte aber meine Drogen grundsätzlich nicht. Es war eine Sache des wissenschaftlichen Prinzips – nur mit einem sauberen Versuchsaufbau konnte ich abschätzen, welche Folgen welchen Ursachen zuzuordnen waren.

»Ich bin seit zwei Stunden allein in Lennox' Männerrunde.« Rahels Ton war vorwurfsvoll. »Wenn ich noch einmal das Wort ›Getriebe‹ höre, falle ich tot um.«

»Sind Lennox' Freunde nicht auch deine Freunde?« Rhetorische Frage. »Tut uns leid, okay?«

Rahel schüttelte zwar den Kopf, sah aber bereits besänftigt aus. Sie war nicht der nachtragende Typ – nur einer der Gründe, warum ich so an ihr hing.

»Pass auf Liv auf. Sie ist schon ganz schön durch für diese Uhrzeit.«

Ich nickte nur und sah zu Liv, die jetzt einen Joint in der einen und eine neue Flasche Wein in der anderen hielt. Auch das war eine Art Versuchsaufbau, nahm ich an. Besorgt beobachtete ich, wie sie sich ihre Armbanduhr direkt vor die Nase hielt, als wolle sie die Uhrzeit von den Zeigern *abriechen*, wobei sie Wein über ihre Jeans goss. Sie bemerkte es nicht.

»Noch eine Stunde bis Mitternacht«, verkündete sie nach kurzem Überlegen.

»Und was ist dann?«, fragte Matt.

»*Hexenstunde.*«

Plötzlich verstummten die Trommeln, und alle Augen richteten sich auf die Feuer. Drei als Narren verkleidete Musiker stimmten eine Melodie auf Dudelsäcken an und schlängelten sich zwischen den Zuschauern hindurch, durch die Gasse zwischen den Beltane-Feuern bis zu einer Holzbühne, wo sie sich mit den Trommlern vereinten. Diese fielen jetzt in ein schnelles gälisches Tanzlied ein. Die Umstehenden begannen, in die Hände zu klatschen und zu tanzen. Es schien, als hätte sich die Nachtluft auf einmal um ein paar Grad erwärmt – und das Blut der Gäste gleich mit.

»Wie sieht's aus?«, fragte Matt.

»Wie sieht was aus?«

»Tanzen. Du und ich. Solange die Hexen noch nicht da sind.«

Beim Gedanken an die Hexen wurde mir flau im Magen. *Es ist fünf Jahre her*, beruhigte ich mich. *Überall sind Menschen, was soll schon passieren?* Aber damals hatte dasselbe gegolten, und trotzdem war etwas passiert – vor aller Augen, und der Schuldige konnte obendrein unerkannt entkommen. Ich schob den Gedanken beiseite.

»Auf ins Getümmel.« Ich reichte Matt graziös die Hand.

Wir ließen die anderen stehen und mischten uns unter das tanzende Volk. Matt war kein guter, aber ein sehr aufmerksamer Tänzer. Er manövrierte uns geschickt durch die Menge, und seine

Hand auf meinem Rücken gab mir ein wohliges Gefühl der Sicherheit.

»So ausgelassen habe ich dich noch nie erlebt«, sagte er, leicht außer Atem. »Es steht dir ausgezeichnet.«

Meine Wangen glühten, und er sah so glücklich aus, dass irgendwo in mir etwas Festes auf einmal sehr weich wurde. Bis sich in meinem Kopf eine bekannte Stimme meldete, die mich jedes Mal warnte, wenn wir uns zu nahe kamen. *Es hat keinen Sinn. In drei Monaten bist du hier weg. Bestenfalls ist das gerade lange genug, dir einmal gründlich das Herz zu brechen.*

»Wenn du auf ausgelassen stehst, würde ich dir eher Liv ans Herz legen –«

»Es gibt einen Unterschied zwischen ausgelassen und, na ja, was immer sie da tut.« Er nickte in die Richtung hinter mir. Ich folgte seinem Blick und sah Liv, die wie von Sinnen allein auf der Stelle tanzte, beide Arme wie eine Schlangenbeschwörerin über ihrem Kopf kreisend. Das Haarband war ihr auf die Stirn gerutscht und sie hatte Mühe, die Balance zu halten.

»O nein … Wir müssen uns um sie kümmern!«

»Wieso? Sie tut doch keinem was.«

»Nur aus Mangel an Gelegenheit.«

Matt hatte angehalten, ließ meine Hände aber nicht los. »Komm schon. Es ist gerade so schön bei uns.«

Ich seufzte. »Du verstehst das nicht. Es bleibt für immer meine persönliche Tragödie, dass das Ausmaß meines Beschützerinstinkts und meine Körpergröße konvers irrelier… korrier–«

»Invers korrelieren«, soufflierte Matt.

»Sag ich doch.«

»Mein Gott, Anna. Kannst du nicht mal wie vernünftige betrunkene Leute sprechen?«

Darüber mussten wir beide lachen.

»Noch einen Tanz, okay? Danach können wir Liv vor jedem bösen Monster retten, das du hier in der Menge vermutest.«

Es war erst wenige Stunden her, dass er selbst in dieser Menge ein Monster vermutet hatte – so sehr, dass er verhindern wollte, dass ich überhaupt herkam –, aber ich überging diesen Punkt.

»Na gut.« Ich legte meine rechte Hand wieder auf seine Schulter. »Einen Tanz.«

Wir wirbelten zum nächsten Lied über die Lichtung, und ich konnte mich beim besten Willen nicht daran erinnern, wann ich zum letzten Mal so sorglos in der Gegenwart gelebt hatte. Matts Augen glänzten im Feuerschein schwarz wie Turmalin, und sein Gesicht war meinem so nah, dass ich die Bartstoppeln auf seinem frisch rasierten Kinn hätte zählen können. Er war mir auf einmal ganz fremd und vertraut gleichzeitig, und die Erkenntnis verwirrte mich auf äußerst angenehme Art.

Der Trommelrhythmus steigerte sich in einen immer schnelleren letzten Refrain, mit dem einige der Tanzpaare nicht mehr Schritt halten konnten, und endete dann abrupt mit einem kollektiven ›Hey‹-Ruf.

»Ich kann nicht mehr«, japste ich, als wir genauso plötzlich zum Stillstand kamen. »Und ich brauche einen Drink. Nichts Alkoholisches, bitte.«

»Rühr dich nicht vom Fleck, bin gleich wieder da«, sagte Matt und verschwand in der Menschenmenge.

Ich wischte mir unauffällig den verschmierten Kajal unter meinen Augen weg und hielt Ausschau in die Richtung, in der wir Liv zuletzt gesehen hatten.

Sofort wünschte ich mir, ich hätte es nicht getan. Schlimmer als jede peinliche Vorstellung von Liv war das Spektakel, eine ganze Herde Lehrer – wie nannte man eine Gruppe Lehrer? Eine Rotte? Einen Tumult? Ich entschied mich für *Stampede* – tanzen sehen zu müssen. Unser Mathelehrer Doctor Byrne schwang im rotschwarzen Kilt das Tanzbein mit Mrs Kealey, der Sekretärin. Mrs O'Farells Französischlehrerinnengesicht klebte an der Wange von Mr Fitzgerald, der Chemie unterrichtete und als Sadist bekannt war. Und – o nein – da war McNeil, in seiner ganzen Eierkopfpracht, und hatte den Arm eng um Ms White geschlungen. Ich fragte mich gerade, ob die Tatsache, dass sie Referendarin und somit alterstechnisch am nächsten an uns dran war, für Liv ein Hoffnungsschimmer sein sollte, da wurde Ms White auf einmal rüde von hinten angerempelt, verlor das Gleichgewicht und stürzte außer Sicht.

Livs gelbes Haarband hing jetzt wie ein Halstuch unter ihrem Kinn, und sie tanzte weiter, als hätte sie gerade keinen menschlichen Auffahrunfall verursacht, in Richtung McNeil. Dieser wiederum versuchte, Ms White auf die Beine zu helfen, und hielt Liv mit einem gestreckten Arm auf Abstand. Verwirrung war ihm ins gerötete Gesicht geschrieben, und für einen Moment fühlte ich mit ihm, bis endlich ein Ruck durch mich ging. Wieso hatte ich so lange nutzlos herumgestanden?

Dann geschahen mehrere Dinge zugleich. Die Musik verstummte und wurde vom Klang eines Gongs abgelöst: Zwölf Schläge verkündeten die Mitternacht. Ich wollte sofort zu Liv, um ihr Beistand zu leisten, aber die Menge hatte sich um uns geschlossen, und ein Raunen ging durch sie hindurch.

Aus dem Dunkel am Ende der Lichtung erschien die erste Hexe.

Sie trug ein schwarzes Tuch über Kopf und Schultern und hielt einen Reisigbesen in der Hand. Ihre Maske sah genauso aus wie in meiner Erinnerung: eine groteske, mehrfach gebogene Nase zwischen eng zusammenliegenden Augen, darunter ein spitzes Kinn. Direkt hinter ihr löste sich die nächste Hexe aus der Nacht. Ihr Kostüm war identisch, aber sie überragte die erste um fast einen Kopf. Sie trug ein Netz über der Schulter – zum Kinderfang, wie ich mich gut erinnerte. Obwohl keiner der Musiker auf der Holzbühne noch spielte, war von irgendwoher eine hämische Kindermelodie zu hören, zu der die Hexen in ihrer immer länger werdenden Reihe von einem Bein auf das andere sprangen. Ich zählte acht, neun, zehn Hexen.

Die Menschen bildeten eine Gasse, um sie durchzulassen. Die erste Hexe schlug im Takt der Musik mit dem Besenstiel auf den Boden, woraufhin die anderen es ihr gleichtaten. Elf, zwölf … Die letzten Hexen waren auf die Lichtung getreten. Ich wartete gebannt, ob eine weitere erscheinen würde, und atmete erleichtert aus, als das nicht geschah.

Der Hexenzug bewegte sich in enger werdenden konzentrischen Kreisen um die Feuer. Immer wieder näherten sie sich einzelnen Zuschauern, meist Kindern, brachten ihre maskierten Gesichter direkt vor das ihres Gegenübers und schrien und kreischten wie besessen. Die Erwachsenen schienen ihren Spaß am Spektakel zu haben, sie klatschten im Rhythmus der klopfenden Besen. Die Kinder jedoch versuchten, sich hinter Elternbeinen vor den Blicken der Hexen zu verstecken. Ein kleines Mädchen mit Ringelstrümpfen fing an zu weinen, als eine der Hexen sie an den Händen packte und gegen ihren Willen ein bizarres Tänzchen hinlegte.

Plötzlich griff mir jemand von hinten an die Schulter, und ich stieß einen kleinen Schrei aus.

»Hey.« Rahel stellte sich neben mich. »Ich bin's doch nur.«

»Hast du mich erschreckt.« Ich nahm Rahels Hand, und gemeinsam betrachteten wir das Spektakel. Langsam wurde die Situation chaotisch. Eine Hexe rempelte Doyle an, den Floristen von Dunwood, woraufhin beide zu Boden stürzten und eine Weile miteinander im Dreck herumrollten. Als Doyle wieder auf die Beine kam, sah er verärgert aus und inspizierte sein ehemals weißes Hemd mit zusammengekniffenen Lippen.

Dann packten zwei der Hexen wie auf ein geheimes Kommando hin eine Frau mit blondem Zopf an Händen und Füßen. Eine dritte Hexe sprang hinzu, und zusammen verpackten sie die Blonde in eines ihrer Kinderfänger-Netze, wickelten sie ein, bis sie völlig verschnürt war, und transportierten sie wie einen Weihnachtsbaum davon. Die Blonde kicherte, wehrte sich wenig überzeugend und war sichtlich darum bemüht, keine Spielverderberin zu sein.

»Ist das die Freundin von Connor O'Flynn?«, fragte Rahel.

»Ich glaube, ja«, sagte ich, als der Hexenzug sich näherte, und ich das Gesicht besser erkannte. »Ist die nicht aus Wanlockhead?«

»Keine Ahnung, aber … denkst du, sie weiß von – also, was damals –«

»Hoffentlich nicht.« Das immer gleiche Kinderlied ging mir langsam auf die Nerven und verstärkte das wachsende Unwohlsein in meiner Magengrube.

Die Hexen passierten uns stampfend und hüpfend, zwei ihrer ›Gefangenen‹ zwischen sich tragend – die ins Netz verschnürte Blonde und einen kleinen Jungen in einem Hexenkessel, der sich alle Mühe gab, nicht zu weinen.

Die letzte Hexe trötete mit einem Luftrüssel mitten in Rahels Gesicht, die keinen Millimeter zurückwich, dann war der Tross endlich vorüber. Beunruhigenderweise drehte sich mein Gesichtsfeld, wenn ich versuchte, einen festen Punkt zu fixieren.

»Wo hast du deinen Macker gelassen?«, fragte ich Rahel, um mich abzulenken.

»Wir haben uns gestritten.«

»Schon wieder? Ehrlich, Rahel, der Typ versaut dir jedes einzelne Fest mit seinen Launen. Was war es diesmal? Lass mich raten: Er war angepisst, weil du Matt zur Begrüßung umarmt hast.«

Rahel guckte betreten.

»Im *Ernst*? Das sollte ein Scherz sein –«

»Ich weiß, du kannst ihn nicht leiden. Aber er hat seine guten Seiten. Wenn wir zu zweit sind, ist er ganz anders.«

Ich warf frustriert den Kopf in den Nacken, was sich als schlechte Idee herausstellte. »Wow, kannst du mich bitte mal kurz festhalten? Der Himmel schwankt.«

Rahel tat wie geheißen, legte einen Arm um meine Schulter und sah mich besorgt an. »Es hilft übrigens nicht, wenn du versuchst, Liv den Alkohol einfach wegzutrinken, damit sie weniger davon hat –«

Ein Schrei gellte über die Lichtung und fuhr mir durch die Eingeweide wie ein Skalpell.

»O Gott!« Ich griff wieder nach Rahels Hand, und wir bahnten uns hektisch einen Weg durch die Menge.

Am größeren der Feuer hatte sich ein Halbkreis aus Menschen gebildet. In seinem Zentrum standen zwei Hexen, die zwischen sich an Händen und Füßen einen Körper schaukelten, als wollten sie ihn beim nächsten Schwung loslassen und in die Flammen werfen. Livs blonde Locken streiften bei jedem Durchgang über den Waldboden. Sie zappelte und wand sich und kreischte unablässig.

»Habt ihr den Verstand verloren?« Ich stieß Alastair Brown zur Seite, der die Hexen mit erhobener Faust anfeuerte.

»Verbrennt die Hexe! Verbrennt die Hexe!«

Einer von Caelans breitschultrigen Freunden stellte sich uns in den Weg. »Was' los mit euch, versteht ihr keinen Spaß?«

Rahel versuchte, an ihm vorbeizukommen, aber er packte sie am Arm und zog sie an sich. Ich zögerte einen Moment, doch Liv war in größerer Gefahr, und ich nutzte den Augenblick, um zu entkommen. Im Laufschritt nahm ich die letzten Meter zum Feuer und brüllte die Hexen an.

»Lasst sie auf der Stelle los! Lasst sie *los*!«

Ich packte die nächststehende Hexe von hinten am Gewand und riss sie mit aller Gewalt zurück.

Ein Paar kräftiger Arme schloss sich wie ein Ring um meinen Oberkörper und hob mich in die Luft. Ich war vollkommen bewegungsunfähig und ließ einen frustrierten Schrei los. Wieso half uns niemand? Wieso sah niemand, dass das hier kein Spaß mehr war? Und wo blieb Matt nur so lange? Die beiden Hexen schaukelten Liv immer höher, zur Freude der Umstehenden, deren Rufe immer wütender wurden.

»Verbrennt die Hexe! Verbrennt die Hexe!«

Plötzlich löste sich der eiserne Griff um meinen Brustkorb, sodass ich unsanft auf dem Boden landete. Ich fuhr herum und sah Matt, der eine Hexenmaske in der Hand hielt, die er kurz zuvor meinem Angreifer vom Kopf gerissen haben musste.

»Welsh? Was fällt dir ein? Ist *das* deine Vorstellung von Spaß?« Matt stieß Caelan vor die Brust.

Gleichzeitig mit Rahel und Lennox, der ebenfalls aufgetaucht war, erreichte ich Liv. Zu dritt schafften wir es, sie aus ihrer misslichen Lage zu befreien.

Die Menge buhte, und die beiden beteiligten Hexen schlossen sich hüpfend und winkend den restlichen an, die sich bereits das nächste Opfer suchten.

»Alles okay?«, fragte ich Liv, die sich einfach an Ort und Stelle auf den Boden hatte fallen lassen. Liv sagte nichts, sondern vergrub ihren Kopf in den Ellenbeugen und fing an zu schluchzen. Ich strich ihr unbeholfen über die zerzausten Locken und wünschte die Hexen und all jene, die sie angefeuert hatten, zur Hölle.

»Hey.« Rahel umarmte Liv sanft von hinten. »Alles gut. So geschmacklos das Ganze war, ich glaube nicht, dass sie ernsthaft vorhatten –«

»Er steht auf Miss *White*!« Livs Gesicht tauchte wieder auf. Die Locken klebten ihr an den feuchten Wangen, und unter dem zerlaufenen Make-up sah sie auf einmal sehr kindlich aus. »Und ich hab mich komplett zum Affen gemacht.«

Matt und Lennox zogen sich betreten zurück. Hoffentlich würde es Matt erspart bleiben, sich mit Lennox unterhalten zu müssen. Ich konnte mir nicht vorstellen, dass sich die beiden irgendetwas zu sagen hätten.

»Er hat nur mit ihr getanzt. Das heißt doch überhaupt nichts«, sagte ich.

»Hast du ihr Gesicht gesehen? Sie sieht aus wie eine verdammte Grace Kelly.«

»Was will sie dann mit einem wie McNeil?« Zu spät bemerkte ich meinen Fauxpas. »Komm schon, wir machen dich wieder hübsch. Die Hexen sind gleich fort, und die Nacht ist noch jung.«

Livs Gegenargument bestand aus einem Schwall gemischter Alkoholika und halbverdauter Pommes, der knapp meinen rechten Schuh verfehlte.

Ich sah auf die Uhr. »Zeitpunkt des Erbrechens: null Uhr dreiundvierzig.«

»Meine Haarwurzeln tun weh.« Liv hing wie ein Sack Pflaumen zwischen mir und Matt, der mit der freien Hand sein Fahrrad schob. Rahel und Lennox waren allein gegangen, um ihren Streit fortzuführen, und es war an uns, Liv nach Hause zu bringen. Kurz nach dem ersten Donner hatte der Himmel sich geöffnet und es hatte angefangen zu regnen. Es war der erste Mairegen, und ich fing einige Tropfen in einer Phiole auf, die ich immer in der Jackentasche trug.

»Verrätst du mir irgendwann, was es damit auf sich hat?«, fragte Matt.

»Hmmm«, sagte ich unverbindlich. »Wahrscheinlich nicht.« Es sollte nicht abweisend klingen, aber selbst durch die Dunkelheit spürte ich Matts Enttäuschung. Ich wäre ihm so gerne entgegengekommen, aber jede Erklärung, warum ich diese Sache unbedingt für mich behalten musste, hätte wie eine Ausrede geklungen.

Die Regenwolken verdunkelten den Mond vollständig, und ohne meine Taschenlampe hätten wir kaum die Hand vor Augen, geschweige denn den Weg nach Hause gefunden.

Anfangs überholten uns mehrere Festbesucher, die nicht wie wir durch eine Schnapsleiche ausgebremst wurden, aber als wir an der

Kreuzung zur alten Eibe abbogen, lag nichts mehr als einsame Finsternis vor uns.

Liv gab ein Seufzen von sich. »Hoffentlich halten deine Batterien, sonst mache ich mir vor Angst auch noch in die Hose.«

»Danke für die Vorwarnung.« Ich versuchte, ihren Arm in eine bequemere Position zu bringen, die mir nicht die Halsschlagader zudrückte. Wir kamen nur im Schneckentempo voran, und Matt war auffallend schweigsam.

Als wir die Eibe erreichten, verkündete Liv: »Ich fühle mich schon viel fitter. Aber gleich platzt mir die Blase.«

»Hältst du es nicht noch zehn Minuten bis zu mir aus?«, fragte ich.

»Ich würde nicht drauf wetten.«

Wir hielten an, und Liv löste sich aus unsrer Mitte.

»Schaffst du es allein?«

»Oder ich werde beim Versuch sterben.«

Ich überreichte Liv die Taschenlampe und sie tastete sich am Stamm der Eibe entlang ins Gebüsch. Sie summte, wahrscheinlich ohne es zu bemerken, das Kinderlied, zu dem die Hexen auf dem Fest ihr Unwesen getrieben hatten. Entweder steckte ihr der Schreck noch in den Knochen oder sie hatte sich überraschend schnell erholt, das war schwer zu sagen. Livs Launen und das Wetter in den Highlands waren ähnlich beständig.

Matt und ich wandten uns ab und standen im Dunkeln, und auf einmal wusste keiner von uns mehr etwas zu sagen. Der Regen hatte sich zu einem leisen Nieseln abgeschwächt, und obwohl ich halb durchnässt war, fühlte ich die Kälte in diesem Moment kaum.

»Ich liebe diesen Geruch. Regen auf Waldboden.«

»Petrichor.«

»Wie meinen?«

»So heißt er. Der Geruch. Petrichor.« Ich scharrte mit dem Schuh Halbkreise in den nassen Kies. »Viele Pflanzen bilden während trockenen Phasen ein bestimmtes Öl, welches sich in der Erde und im Gestein anlagert. Wenn es regnet, steigt der Geruch auf.«

»Wow. Ich wusste nicht, dass es dafür ein Wort gibt.«

»Ein schönes sogar.«

»Ein schönes, ja.«

Wieder breitete sich Stille aus. Alle Leichtigkeit von vorher war verflogen. Wie immer, wenn ich angespannt war, spielte ich abwesend mit der kleinen Phiole in meiner Tasche. Matt und ich gaben beide vor, die raschelnden Geräusche aus Livs Richtung nicht zu bemerken. Ich hoffte inständig, dass es beim Rascheln bliebe.

»Das war also dein erstes Beltane-Fest«, sagte ich schließlich. »Und wie lautet dein Urteil?«

»Es hatte seine Highlights.« Bildete ich es mir ein, oder hatte seine Stimme einen ungewohnt kühlen Unterton?

»Immerhin wurde niemandes Gesicht frittiert –« Ich biss mir auf die Oberlippe. Etwas Besseres fiel mir nicht ein?

»Wenn das der Maßstab ist …«

»Nein, du hast recht, das war geschmacklos.«

»Du weißt, dass ich dich sehr mag, Anna, oder?«

Ich schwieg. Da waren wir wieder, auf hauchdünnem Eis, und ich hatte keine Ahnung, wie man darauf navigierte.

»Ich wünschte, alles wäre einfacher. Aber ich stecke mitten in meiner Bewerbung für die *Academy* –«

Zum zweiten Mal in dieser Nacht zerschnitt Livs Schrei die Luft. Ich fuhr herum, aber der Schein der Taschenlampe war erloschen.

»Was um Himmels willen ist denn jetzt schon wieder? Liv?«

Etwas raschelte im Gebüsch.

»Ich habe die Lampe fallen lassen!«

»Kein Problem. Beweg dich nicht vom Fleck und such den Boden um dich herum ab. Sie kann ja nicht weit sein.«

»Schhh, sei still … Hörst du das?«

Ich hielt inne. »Was?«

Wieder knackten im Baum hinter Liv Zweige.

»Bestimmt nur ein Reh«, sagte Matt.

»Mach einfach die Lampe wieder an, was soll –«

Ein weiteres Knacken, und ich hörte deutlich etwas durchs Unterholz streifen.

»Rahel, bist du das?« In Livs Stimme lag jetzt Nervosität.

»Die Lampe, Liv, mach sie –«

»Ich kann sie nicht finden, sie müsste hier irgendwo sein … *Wer ist da*?«

Ich tastete mich in der Dunkelheit in Richtung Livs Stimme vor und suchte den Waldboden nach der Lampe ab. Wenn das einer von Livs geschmacklosen Scherzen war, ich schwor, i–

»Was war das? O Gott, etwas hat mich angefasst … Hier ist jemand! Hallo? *Hallo*?«

»Beruhig dich, Liv. Das ist nur ein Tier. Wo ist diese verdammte Taschenlampe?«

Endlich bekam ich den kalten Stahl der Lampe zu fassen. Sie ließ sich nicht einschalten.

»Anna, mach schnell, ich habe Angst!«

»Ich versuche es ja!«

»Braucht ihr Hilfe?«, fragte Matt, aber ich verneinte.

Ich schlug zweimal mit der Lampe gegen meine Hand, und das Licht erwachte wieder zum Leben.

Im Schein der Lampe sah ich Liv, die in die Zweige hinter sich gefasst hatte und mit ihnen wedelte. Sie brach in betrunkenes Gelächter aus.

»Dein Gesicht, Anna – zum Schreien! Ich wünschte, du könntest dich grade sehen. Augen wie ein Reh!« Sie bog sich vor Lachen.

Mit einem Plopp fiel etwas aus der Eibe neben Livs Schulter. Sie schien es nicht zu bemerken.

»Beweg dich nicht, da ist was über deiner –«

»Ach komm, Anna, glaubst du ernsthaft, darauf falle ich jetzt rein?«

»Das ist kein Scherz! Geh weg von dem Baum, mach schon!«

»Was soll da sein? Das war alles *ich*, verstehst du?«

Ich richtete den Schein der Lampe auf das Objekt über Livs Arm und näherte mich vorsichtig.

»Ist das ein … Schuh?«

»Was redest du da?«, fragte Liv. Ihre Belustigung schwand, als sie mein ernstes Gesicht sah, und sie kam langsam aus dem Geäst hervor.

Auch Matt war nähergekommen und stellte sich zwischen uns.

Der Schein meiner Taschenlampe erhellte einen schwarzen Schnürstiefel, der einige Male leise hin und her schaukelte, bis er zur Ruhe kam. Wie seltsam. Wer würde hier einen Schuh in den Baum hängen – und warum? Ich trat näher und bog einige Zweige auseinander. Ich erstarrte, und im selben Moment stieß Liv einen entsetzten Schrei aus.

»O Gott –«

In dem Schuh steckte ein Bein.

Mein Puls beschleunigte sich, bis ich ihn im Kopf hämmern fühlen konnte, aber ich ließ die Lampe nicht sinken. Ihr Lichtstrahl erfasste schließlich das ganze Bild:

Im Baum hing eine junge Frau an einer Schlinge um den Hals. Ihr Kopf war zur Seite gefallen, die toten Augen starrten unbewegt auf uns herab. Der Wind spielte sanft mit ihrem schwarzen Haar, ihr rechter Arm hing angewinkelt wie der einer Marionette.

Neben mir wimmerte Liv leise: »Rahel?«

Aber auch, wenn sie ihr ähnlichsah: Die junge Frau im Baum war nicht Rahel. In einer silbernen Fassung, auf Höhe ihres Herzens, hing ein handtellergroßer Mondstein.

DREI

Unser Haus lag im Dunkeln, als wir ankamen. Matt lehnte sein Fahrrad gegen die Wand, ich tastete nach dem Schlüssel. Die Tür öffnete sich mit einem sachten Klick, und wir traten in den Flur. Liv lehnte sich aus Versehen gegen den Lichtschalter, und plötzlich blinzelten wir ins Grelle. Die beiden anderen sahen so aus, wie ich mich fühlte: Matts Gesicht war fahl, über Livs verquollene Wangen zogen sich schwarze Mascaraspuren.

»Glaubst du, sie sind schon zu Hause?« Ihr vermeintlicher Flüsterton war mit Sicherheit noch im ersten Stock zu hören.

Ich vermutete, dass meine Familie lange vor uns das Fest verlassen hatte, zumindest hatte ich sie seit unserer Ankunft nicht mehr gesehen.

Im Wohnzimmer ging das Licht an, und mein Vater erschien im Türrahmen. Hatte er etwa im Dunkeln dort gesessen? Seine Augen wanderten von einem Gesicht zum nächsten.

»Was ist passiert?«, fragte er. Nicht mit seiner Vaterstimme, sondern mit der des Polizisten.

Es dauerte eine Weile, bis es ihm gelang, unsere wirren Schilderungen zu einem Puzzle zusammenzufügen. Livs Schock entlud sich in einer Flut an Worten; Matt und ich ergänzten, was sie ausließ. Liv und ich berichteten, wie wir Bella nur Stunden vor dem Fest noch lebend gesehen hatten, als sie uns vor Alastair und Caelan beschützt hatte.

Vater hatte genug gehört. Er zog sich Schuhe und Mantel an und gab kurze Anweisungen: Liv solle heute Nacht bei uns schlafen, er würde ihre Eltern informieren. Er stellte sicher, dass Matt in der Verfassung war, heil nach Hause zu kommen, dann griff er seinen Hut vom Regal und machte sich auf in die Nacht.

»Geh schon vor«, sagte ich zu Liv und nickte in Richtung Treppe zum ersten Stock. Sie blickte von einem zum anderen, verstand und hangelte sich am Geländer nach oben.

Ich begleitete Matt zur Tür.

»Kommst du klar?« Es lag so viel Sorge um mich in seiner Stimme, als wäre ich die Einzige, die gerade eine Leiche im Baum entdeckt hatte.

»Ja.« Ich hätte gerne mehr gesagt, aber kein Wort der Welt hätte irgendetwas an unserer Situation geändert. Für einen Moment sahen wir uns schweigend an. Auch in Matts Augen sah ich Bedauern. Er presste die Lippen zusammen, als wollte er etwas zurückhalten.

»Ich mach mich besser auf den Weg …« Er beugte sich vor, legte eine Hand auf meine Wange und strich mit dem Daumen vorsichtig über die Haut unter meinem Auge. Dann drehte er sich um und ging.

Ich erwachte zum Geräusch der zuschlagenden Haustür. Im ersten Moment hatte ich keine Ahnung, wo ich mich befand – oder warum. Hätte ich ein Mitspracherecht gehabt, hätte ich mich überhaupt noch nicht befunden. Mein Kopf fühlte sich an, als wäre er von innen mit Stahlwolle poliert worden, meine Zunge klebte trocken am Gaumen.

Es war Donnerstag, aber traditionell fand am Tag nach Beltane keine Schule statt. Neben mir stöhnte Liv im Schlaf auf, schlug mit einem Bein ins Leere aus und wühlte sich tiefer in die Decke. Ich rieb mir die schmerzende Stirn und kniff die Augen zusammen, nur um sie im nächsten Moment wieder aufzureißen.

Vor dem Inneren meiner Lider war sofort das Bild von Bella in der Eibe erschienen, jedes Detail gestochen scharf, für immer in meine Netzhaut eingebrannt. Ihre wachsartige Porzellanhaut, bläuliche Fingerspitzen, die baumelnden Schnürstiefel … Mein Magen krampfte sich zusammen, und ich kämpfte einen Würgereiz zurück. Auf leisen Sohlen, um Liv nicht zu wecken, lief ich ins Bad und ließ Wasser über mein Gesicht und in den offenen Mund laufen. Erst jetzt erreichte das Geräusch der zuschlagenden Haustür mein Denkzentrum. Wenn Vater zurück war, musste ich sofort mit ihm sprechen. Ich schlich mich die Treppe hinunter zur Küche.

Vater saß mit Marie am Küchentisch. Er trug noch seinen Mantel, obwohl dieser vom Regen durchweicht war. Cecile, im seidenen Bademantel und mit Lockenwicklern, brühte gerade Schwarztee auf, dessen Aroma den kleinen Raum erfüllte. Sie hatte die Angewohnheit, jeden Beutel zweimal zu verwenden, was den zweiten Aufguss bei uns sehr unbeliebt machte. Aus irgendeinem Grund schien es mir wichtig, dass dieser heutige Tee aus einem frischen Beutel kam.

Vater musterte mich mit zusammengezogenen Brauen. Marie erhob sich von ihrem Stuhl, kam auf mich zu und schlang die Arme um mich.

»Es tut mir so leid, wie furchtbar das alles ist. Sie war doch noch so jung.«

Ich nahm ihre Umarmung unbewegt hin, dann ließ ich mich auf einen Stuhl fallen und zog die Knie bis unters Kinn.

»Anna!« Cecile schnalzte tadelnd mit der Zunge.

Natürlich. Wasser mit Andeutungen von Teearoma gingen für sie in Ordnung, aber wehe, wehe jemand stellte die Füße auf ein Sitzmöbel.

Ich ignorierte sie und wandte mich an Vater.

»Habt ihr schon irgendwelche Erkenntnisse?«

Seine Finger umschlossen die Tasse, die Cecile vor ihm abgestellt hatte.

»Das ist jetzt eine polizeiliche Ermittlung, Anna. Du weißt, dass ich nicht mit dir darüber sprechen kann.«

Ich griff mit beiden Händen nach der Tischkante und zog mich auf dem Stuhl näher in seine Richtung.

»Was soll das heißen? Wir sind Zeugen, Liv, Matt und ich. Haben wir kein Recht darauf, zu erfahren, was passiert ist? Wir haben sie gesehen. Nur Stunden vorher. Sie wirkte überhaupt nicht, wie jemand, der kurz davorstand –«

Mein Vater zog mahnend eine Augenbraue hoch. »Du kannst in niemanden hineinsehen. Eine junge Frau hat sich erhängt. Ich weiß, dass das für uns alle schwer zu verstehen ist. Aber solche Dinge geschehen nun einmal.«

»Um ehrlich zu sein, mich wundert es nicht.« Cecile trat hinter meinen Vater und legte ihm eine Hand auf die Schulter. »Was man sich über sie erzählt ... Eine Frau Anfang dreißig, ohne Mann und Kinder. Und sie lebt da draußen in dieser Hütte, ganz allein. Hat nicht mal Strom oder fließendes Wasser. Da muss man ja trübsinnig werden.«

»*Du* hast keine Kinder«, erwiderte ich. »Hängst du dich deshalb bald im Baum auf?«

»Anna!« Marie presste sich erschrocken beide Hände vor den Mund.

Vater war zurückgewichen, als hätte ich ihm einen Stoß versetzt. Er atmete tief ein und räusperte sich. »Du stehst unter Schock, und wir haben alle Verständnis, aber das gibt dir nicht das Recht –«

Cecile machte auf dem Absatz kehrt und verließ die Küche.

»Ist doch wahr«, sagte ich und stand vom Stuhl auf. »Wieso geht ihr alle so selbstverständlich davon aus, dass sie sich das selbst angetan hat? Warum sollte sie? Weil sie allein lebt und keine Kinder hat? Ernsthaft?«

Vater stellte geräuschvoll seine Teetasse ab.

»Wenn du darauf hinaus möchtest: Morde durch Erhängen sind extrem selten, Anna. Wir haben keinerlei Hinweise –«

»Seid ihr sicher, dass ihr überhaupt danach gesucht habt? Es hört sich so an, als sei für euch der Fall schon klar.«

»Ich kann dir versichern, dass wir der Sorgfalt Genüge tun werden. Zerbrich dir darüber nicht den Kopf.« Er deutete in Richtung Flur. »Und jetzt erwarte ich, dass du dich bei deiner Stiefmutter entschuldigst. Seit drei Jahren behandelt sie euch wie ihr eigenes Fleisch und Blut. Und du machst es ihr weiß Gott nicht immer leicht.«

Ich dachte nicht daran, mich für die Wahrheit zu entschuldigen. Cecile mochte Vater etwas vormachen, und Marie hing an ihr wie ein Schoßhündchen, aber meine Abneigung ihr gegenüber beruhte auf Gegenseitigkeit, und das vom ersten Tag an. »Sie ist Lydia wie aus dem Gesicht geschnitten«, hatte Cecile über mich zu Vater gesagt. Sie und ich wussten beide, dass das aus ihrem Mund kein Kompliment war. Ich hatte Mums rote Haare geerbt, und anders als Maries Blondschopf zerstörte allein meine Gegenwart Ceciles Illusion einer perfekten Familie. Mein Gesicht erinnerte sie jeden Tag daran, dass sie sich wie ein Kuckuck ins fremde Nest gesetzt hatte, ganz gleich, wie sehr sie es gerne verdrängt hätte.

»Anna –« Marie sah mir mit großen Augen nach, als ich aus der Küche stürmte.

Livs Lockenkopf ragte seitlich unter einem Deckenberg hervor, sie schnarchte leise mit offenem Mund.

Ich setzte mich dort, wo ich ihre Füße vermutete. »Psssst, Liv! Aufwachen … Wach auf!«

Liv regte sich nicht. Sie war dafür berüchtigt, jederzeit und überall schlafen zu können, aber wie sie nach einer solchen Nacht bis in die Puppen pennen konnte, war mir ein Rätsel. Ich tastete unter der Decke nach einem Bein und rüttelte daran.

»Verpiss dich, Ian«, murmelte sie und trat nach mir.

Ich nahm eine der Bibeln, die ich von Pfarrer O'Malley gestohlen hatte, von meinem Schreibtisch und ließ sie flach zu Boden fallen. Liv fuhr in die Höhe und sah sich verwirrt um.

»Hi«, sagte ich liebevoll, rückte näher und kämmte ihr mit den

Fingern durch die verstrubbelten Locken. Innerlich zählte ich langsam von zehn rückwärts, und als ich bei drei ankam, dämmerte endlich die Erinnerung an vergangene Nacht auf Livs Gesicht.

»O nein, Anna … Ist das wirklich passiert?«

»Ich fürchte, ja.«

Sie rieb sich ungelenk mit dem Handrücken über die Stirn. »Shit.«

Vogelgezwitscher drang durch das gekippte Fenster zu uns herein, so ungerührt wie an jenem Morgen genau drei Jahre zuvor, dem ersten Tag ohne Mum. Damals war es mir grausam und pietätlos erschienen, aber heute hatte der Gesang etwas Tröstliches.

Liv schlug die Bettdecke zurück und zog die Beine an. »Wie schrecklich … Wieso hat sie das nur getan?«

»Ich weiß es nicht. Sie schien so normal, als wir sie sahen. Wenn man bei ihr von ›normal‹ sprechen kann – konnte …«, verbesserte ich mich. »Oder kam sie dir vor wie jemand, der kurz davorsteht, sein Leben zu beenden?«

»Woher soll ich wissen, wie so jemand wirkt?«

»Deprimiert doch zumindest.«

»Sie schien weniger deprimiert als wir. Und wir waren auf dem Weg zu einer Party.«

Wieder erschien vor meinem geistigen Auge das Bild von Bella in der Eibe. Irgendetwas störte an dieser Szene, aber ich kam nicht drauf, was. Etwas ergab keinen Sinn, ganz abgesehen davon, dass Bella von allen Menschen, die mir am Tag zuvor begegnet waren, die Letzte war, die wie eine Suizidkandidatin gewirkt hatte. Vielleicht abgesehen von Matt … Der Gedanke an ihn versetzte mir einen Stich in die Magengrube.

»Dad weigert sich, mehr zu sagen, aber es sieht so aus, als ziehen sie gar keine andere Möglichkeit in Betracht.«

Liv kniff nachdenklich die Augen zusammen. »Ich brauche was zu trinken.«

Ich holte ihr aus dem Bad etwas Wasser in meinem Zahnputzbecher. Unter keinen Umständen wollte ich wieder in die Küche, wo Cecile sich vermutlich gerade bei meinem Vater darüber ausweinte, was für ein Scheusal ich war und warum ich nicht so artig sein konnte wie Marie.

»Was mich nicht loslässt«, ich setzte mich auf meinen Schreibtischstuhl gegenüber dem Bett, »ist der Gedanke, was wir gerade taten, während sie da … da hing und … War es, als wir bei Madame Colette waren? Oder als wir getanzt haben? Oder erst kurz bevor wir sie fanden?«

»Gott, Anna … Was ist, wenn Caelan und Alastair noch mal

zurück sind und sie umgebracht haben? Sie müssen so sauer gewesen sein. Wie Ace sie angestarrt hat, als hätte er sie am liebsten erwürgt –«

Aber meine Erinnerung sah ein wenig anders aus. Natürlich musste es für die beiden demütigend gewesen sein, sich von einer kleinen, zerbrechlichen Frau den Schneid abkaufen zu lassen. Aber wenn ich mich an die Szene vor dem Fest erinnerte, sah ich auf Alastairs Gesicht vor allem eines: Angst. Und ich konnte mich nicht daran erinnern, jemals einen solchen Ausdruck auf seinem Gesicht gesehen zu haben.

Je länger ich darüber nachdachte, umso weniger Sinn ergab die Abfolge der Ereignisse.

»Vielleicht war es eine überstürzte Handlung?« Liv unterbrach meine Gedanken. »Sie könnte einen Anruf bekommen haben. Vielleicht hat ihr Freund mit ihr Schluss gemacht.«

Das schien für Liv die naheliegendste Referenz an Selbstmordgründen zu sein.

»Wissen wir, ob sie einen hatte? Freund, meine ich.«

»Klar hatte sie einen. So, wie sie aussah.«

Ich war mir nicht so sicher. Obwohl Bella nur ein paar Steinwürfe außerhalb des Dorfs gelebt hatte, wusste man sehr wenig über sie. In Dunwood traf man sie selten, nicht einmal zum Einkaufen. Am ehesten war sie mit Jaro im Wald unterwegs oder im Garten ihrer Hütte beschäftigt gewesen. Einen Mann hatte ich nie bei ihr gesehen.

»Oder sie hat Geld verloren. Bei einer Pferdewette zum Beispiel.«

Ich verdrehte die Augen.

»Was? Man kann sogar telefonisch auf Pferde wetten. Onkel Ralph hat so seinen Hof verloren. Und danach er hat zweimal versucht, sich umzubringen, aber selbst dazu war er zu blöd. Und jetzt steht er alle paar Wochen vor der Tür und der Vater muss wieder irgendeinen Mist für ihn ausbügeln.«

Ich kannte Livs Onkel. Er war ein Trinker und Spieler, und nur dank seines Bruders – Livs Adoptivvater – wohnte er wieder im eigenen Haus. Allerdings ohne seine Frau, die endgültig die Reißleine gezogen hatte, nachdem der alte Hof weit unter Wert zwangsversteigert worden war, um die Spielschulden zu begleichen. Ich konnte es ihr nicht verübeln.

»Vielleicht hat Dad auch Recht. Wir wissen eigentlich nichts über sie.«

Fast nichts, jedenfalls.

Liv blieb nicht mehr lange, nachdem ihr Vater besorgt angerufen und sie nach Hause beordert hatte, und ich verbrachte den Rest des Tages in verkatertem Stumpfsinn auf meinem Zimmer. Immer wieder sah ich Bellas toten Körper in der Eibe vor mir, und je länger ich darüber nachdachte, umso weniger ergab alles für mich Sinn. Aber wen interessierte schon, was ich dachte?

In meinem Traum war alles weiß; der Himmel, die Bäume, mein Kleid. Barfuß lief ich über den Waldweg, ein warmer Wind verfing sich im Stoff meines Rocks. Ich musste zu ihr, musste schnell zu ihr, bevor es zu spät war. Der Weg teilte sich in drei, und eine weiße Eibe wuchs an der Kreuzung. Dort hing sie wieder, von einem Schein erhellt, der mich blendete. Sie trug den Kopf in der Schlinge aufrecht, gelbe Blumen schmückten ihr Haar. Der abgewinkelte Arm schien mir zu winken, und als ich näherkam, sah ich, dass er etwas festhielt: einen kleinen, kupfernen Schlüssel. Sie streckte den Arm aus, bot mir den Schlüssel dar, und erst dann bemerkte ich die beiden anderen Köpfe. Zur Linken starrte unbewegt der Kopf eines Schimmels mit goldenen Augen, zur Rechten der eines Froschs. Ich verbeugte mich, streckte meine Hand aus, um den Schlüssel zu empfangen, und die drei Köpfe wandten sich mir zu und nickten.

Der Frosch öffnete sein Maul und bellte.

Ich öffnete die Augen. *Jaro.* Hatte sich jemand um Bellas Dogge gekümmert? Oder war sie seit zwei Tagen ohne Futter und Wasser allein? Ich hatte Jaro nie angeleint gesehen. Wenn er nicht in der Hütte eingesperrt war, würde er sich hoffentlich zu helfen wissen. Hatte die Polizei Bellas Haus durchsucht? Etwas ließ mich daran zweifeln. Besser, ich überzeugte mich selbst davon, dass Jaro versorgt war. Ich schlug die Bettdecke zurück und tappte barfuß ins Bad.

Es war noch vor sechs, das restliche Haus schlief fest. Im spärlich grauen Tageslicht schmierte ich mir in der Küche ein Brot und suchte in der Vorratskammer nach hundetauglichen Snacks. Ich packte meine Tasche mit einigen weiteren Utensilien, zog eine Strickjacke unter meinen Mantel und ein Paar Wollhandschuhe an.

Der Maimorgen fühlte sich geradezu winterlich an. Auf den Wiesen lag ein dichter Nebel, und die feuchte Kälte kroch mir sofort in die Glieder. Ich rieb die Hände gegeneinander und verfiel in einen Laufschritt, um nicht auszukühlen. Bellas Hütte tauchte erst aus dem Nebel auf, als ich fast mit dem Gartentor kollidierte. Polizeitape war quer über das Tor und den Zaun geklebt. Ich spähte zwischen den dichten Sträuchern beidseits des Tors hindurch, aber Jaro war nirgends zu sehen. Leise rief ich seinen Namen. Nichts rührte sich. Ich öffnete das Törchen, duckte mich unter dem Absperrband durch und folgte dem schmalen Kiesweg zwischen Beeten und Sträuchern hindurch, vorbei an einem Brunnen, bis zu Bellas Holzhütte. Auf einer Matte vor der Eingangstür stand ein Paar brauner Schnürstiefel, ähnlich denen, die Bella am Tag ihres Todes getragen hatte. Etwas an ihrem Anblick fand irgendwo in meinem Kopf eine Resonanz, brachte eine Erinnerung zum Schwingen, die ich nicht zuordnen konnte. Ich stand einen Moment unschlüssig vor der Tür und versuchte, durch ein Fenster ins Innere der Hütte zu sehen. Es war zu dunkel, um etwas zu erkennen. Obwohl es jeder Logik widersprach, klopfte ich drei Mal an die Tür. Ich zählte innerlich bis fünf, dann griff ich nach dem Knauf. Er ließ sich nicht drehen.

»Jaro!«, rief ich ein weiteres Mal und ging ein Stück um die Hütte herum, um durch die seitlichen Fenster zu sehen. Links von mir ertönte ein schwaches Seufzen. Erschrocken drehte ich mich um, und erst jetzt entdeckte ich die Hundehütte, leicht nach hinten versetzt zwischen zwei hoch bewachsenen Kräuterbeeten. Zögerlich näherte ich mich, darauf gefasst, dass die Dogge jeden Moment aus ihrer Hütte geschossen käme. Ich holte aus meiner Tasche das Stück geräucherte Wurst, um meine Verhandlungsposition zu stärken, näherte mich, und als nichts geschah, bückte ich mich zum Eingang der Hütte. Jaro lag zusammengerollt auf der Seite und atmete schwer. Jedes Ausatmen wurde von einem rasselnden Geräusch begleitet, und an seinen Lefzen hing weißer Schaum. Als ich mich zu ihm niederkniete, versuchte er, seinen Kopf zu heben, musste ihn aber sofort wieder sinken lassen.

Mit ruhiger Stimme redete ich ihm zu, während ich langsam meine Hand in Richtung seiner Schnauze schob. Er knurrte leise, und ich zog die Hand zurück.

»Jaro, Junge … Du siehst gar nicht gut aus. Was ist mit dir?«

Als hätte er mich verstanden, stieß Jaro erneut einen resignierten Seufzer aus. Seine Augen folgten meiner Hand, aber er bewegte sich nicht, als ich behutsam über sein Ohr strich. Es war eiskalt. Ich hielt ihm das Stück Wurst hin, sodass er es beschnuppern konnte, ohne den Kopf anzuheben, aber er öffnete nicht einmal das Maul.

»Was fehlt dir denn nur, Großer? Bist du krank? Wir werden jetzt zusammen etwas trinken, und danach bist du ein braver Junge und knabberst ein bisschen an der Wurst. Cecile würde einen Anfall kriegen, wenn sie wüsste, dass ich dir die teure Rauchwurst füttere. Allein deshalb musst du mir den Gefallen tun, verstanden?«

Ich packte meine mitgebrachte Holzschale und die Flasche Wasser aus, goss ihm etwas ein und stellte die Schale vor Jaro. Als er keine Anstalten machte, etwas zu trinken, tauchte ich meine Hand ins Wasser und benetzte damit sein Maul. Er leckte es mit rauer Zunge auf und sah mich aus feuchten Augen an. Wir wiederholten die Prozedur einige Male, dann bot ich erneut das Stück Wurst an, das er jedoch weiterhin verweigerte. Immerhin hatte er getrunken, dachte ich, als er ein jämmerliches Geräusch von sich gab und in einem Schwall das Wasser erbrach. Es war erschütternd, ihn so zu sehen, den stolzen, beeindruckenden Jaro, der bei den Kindern im Dorf gefürchtet war. Ich strich ihm mit sanfter Berührung über die eiskalte Schnauze.

Ich hätte eine Decke mitbringen sollen; Unterkühlung schien mir augenblicklich die größte Gefahr, aber ich hatte nicht damit gerechnet, ihn in so schlechtem Zustand vorzufinden. Wie wahrscheinlich war es, dass mangelnde Versorgung allein ihn so schnell so geschwächt hatte? Er war nicht angeleint und hätte sich jederzeit im Wald oder im Dorf auf die Jagd machen können. Wenn es uns an irgendwas nie mangelte, dann an Regenwasser.

In Gedanken ging ich durch, was ich zu Hause alles für ihn einpacken musste, als das Gartentor leise quietschte und sich vor dem Haus auf dem Kiesweg Schritte näherten. Die Nachricht von Bellas Tod hatte sich wie ein Lauffeuer im Dorf verbreitet. Wer würde in aller Herrgottsfrühe hierherkommen, obwohl er wissen musste, dass Bella nicht mehr da war? Na gut, ich, zum Beispiel. Aber ich hatte meine Gründe.

Ich erstarrte. Ein Schritt, dann ein schleifendes Geräusch, wieder ein Schritt. Der Briefkastendeckel klapperte. Jetzt wagte ich es, um die Ecke zu spähen, und tatsächlich: Es war Mr Everard, der Briefträger, der sein Holzbein mit jedem zweiten Schritt leicht schlurfend nachzog.

Ich wartete kurz, bis er sich entfernt hatte, und wandte mich wieder Jaro zu. Noch einige Male befeuchtete ich sein Maul mit Wasser, das er träge von den Lefzen leckte, dann machte ich mich daran, zusammenzupacken, als erneut Schritte auf dem Kiesweg knirschten. Leiser dieses Mal, und gewandter. Sie kamen schnell näher.

Aus irgendeinem Grund wagte ich es nicht mehr, aus der Hütte zu lugen, stattdessen verharrte ich in meiner kauernden Position und lauschte. Die unbekannte Person rüttelte an der Tür, genau wie ich es wenig vorher getan hatte. Wenn sie weiterhin meinem Beispiel folgen würde, stünde ich kurz davor, entdeckt zu werden. Ohne zu zögern, quetschte ich mich zu Jaro in die Hütte. Er verriet mit keiner Reaktion, dass er sich darüber wunderte.

Um die Ecke gelaufen kam ein Mann in heller Jacke, Jeans und schwarzen Stiefeln. Er wirkte nervös; immer wieder fuhr er sich mit der Hand durch das dunkelblonde Haar, während er die Fenster seitlich an der Hütte abging und gegen die Rahmen drückte. Sein Gesicht kam mir vage bekannt vor. Irgendwo hatte ich ihn schon einmal gesehen, konnte ihn jedoch nicht zuordnen. Er lief weiter ums Haus, außer Sicht, und ich überlegte, was zu tun sei. Wahrscheinlich war es das Beste, wenn ich einfach wartete, bis er verschwand. Vorausgesetzt, Jaro blieb ruhig und verriet unsere Anwesenheit nicht …

Von der Hinterseite der Hütte erklangen kratzende Geräusche. Moment mal, er würde doch nicht –

Ich kroch aus der Hundehütte und lief ums Haus.

»Hey! Was tun Sie d–« Ich stockte.

Der Mann hatte ein längliches Werkzeug an einem Fensterrahmen angesetzt und versuchte, ihn damit aufzuhebeln. Als er mich sah, ließ er den Eisenstab fallen und griff sich an die Brust, als wäre er gerade dem Leibhaftigen begegnet. Ein routinierter Einbrecher sah anders aus, und das war vermutlich mein Glück, denn erst jetzt wurde mir die Brenzligkeit der Situation bewusst.

»Um Himmels willen, hast du mich erschreckt.« Er fuhr sich nervös durchs Haar. »Ich weiß, das hier sieht nicht gut aus … aber ich bin ein … Freund.«

Von Nahem sah ich die Erschöpfung in seinen Gesichtszügen: stumpfe Augen, unrasierter Bart, eine tiefe Falte zwischen den Brauen. Wie bei jemandem, der drei Tage nicht geschlafen hatte.

Ich stemmte eine Hand in die Hüfte. »Ein Freund wovon? Dem Hab und Gut verstorbener Menschen?«

Sein linkes Auge zuckte, wie von einem kalten Wind gestreift.

»Von ihr«, erwiderte er. »Von Bella.«

Die Art, wie er ihren Namen aussprach – beinahe zärtlich –, verriet mir, dass er die Wahrheit sagte.

»Und wieso versucht ein *Freund*, ins Haus seiner toten Freundin einzubrechen?«

Er bückte sich, um die Eisenstange aufzuheben, und kratzte sich damit unbeholfen an der Schulter, als wolle er Zeit schinden.

»Ich wollte nach ihren Blumen sehen.«

»Ihren *Blumen*?«

»Einige davon sind ihr sehr – *waren* ihr sehr wichtig.«

Man hatte mir öfter gesagt, ich sähe aus wie die buchstäbliche

Unschuld vom Lande, aber für so dämlich konnte er mich unmöglich halten.

»Mein Vater ist Polizist. Mir fällt absolut kein Grund ein, warum ich nicht direkt zur Wache spazieren sollte, um ihm hiervon zu berichten –«

»Ach, du meine Güte.«

Er sackte in sich zusammen und sah so zerknittert aus, dass er mir beinahe leidtat, aber ich ließ nicht locker.

»Geben Sie mir die Stange.« Ich streckte meine Hand aus.

Er zögerte, die Brechstange fest umklammert, und maß mich von oben bis unten, als hätte er mich erst jetzt richtig wahrgenommen. Dann sah er sich suchend um, und mir wurde plötzlich flau im Magen. Ich trat einen Schritt zurück.

»Mir scheint, wenn jemand erfährt, dass wir hier waren, stecken wir beide in Schwierigkeiten«, sagte er. »Soweit ich das beurteilen kann, bist *du* die Fremde, die sich unerlaubt auf Bellas Grundstück herumtreibt –«

»Und doch hält nur einer von uns eine Brechstange in der Hand.«

Ich biss mir auf die Lippe. Aus irgendeinem Grund wollte ich Jaro auf keinen Fall erwähnen. Es war vielleicht kein Zufall, dass Hund und Herrin sich zur gleichen Zeit in schlechtem Zustand befanden. Und egal, wie zerstreut und besorgt der Mann wirkte, etwas in mir ahnte, dass er mehr zu verbergen hatte. Nicht nur vor mir.

»Vorschlag: Sie geben mir die Brechstange und versprechen, keine weiteren Einbruchversuche zu unternehmen. Wir räumen beide das Feld, und ich erzähle niemandem, dass ich Sie hier gesehen habe.«

Er dachte kurz nach und scannte wieder unauffällig unsere Umgebung. Meine Waden spannten sich an wie die einer Katze vor dem Sprung.

»Deal«, sagte er schließlich, nicht ohne Resignation. Er wandte sich zum Gehen.

»Das Brecheisen …«

»Oh.« Er reichte mir die Stange, als habe er vergessen, dass er sie überhaupt in der Hand hielt. »In Ordnung. Wir sehen uns …« Er machte eine auffordernde Geste, ich solle an dieser Stelle meinen Namen einfügen.

»Jenny«, sagte ich, ohne nachzudenken.

»Ich war nie hier, Jenny.« Er tippte sich an einen imaginären Hut und lief davon.

Ja, klar. Das konnte er Jenny erzählen.

Egal, wie lange man Zeit hat, sich auf den Tod vorzubereiten, er kommt immer überraschend. Meine Mutter musste schon monatelang gewusst haben, dass ihre Zeit bald kommen würde. Ich habe Vater nie gefragt, wie lange genau.

Marie und ich dachten uns erst nichts dabei, als Mum mehrmals die Woche nach Broachfield fuhr, um ›Besorgungen zu erledigen‹. Wenig später musste sie für eine Woche nach Inverness in die Klinik. Es handle sich um eine Vorsichtsmaßnahme, beruhigte sie uns. Cecile, Tochter einer Bekannten unserer Großmutter, bot an, für Marie und mich zu kochen und unsere Hausaufgaben zu überwachen, bis Vater vom Dienst nach Hause kam. Als Mum aus der Klinik zurückkehrte, hatte sie violette Ringe unter den Augen, schien aber voller Optimismus. Am selben Abend kochte sie Kakao für Marie und mich, forderte uns auf, unsere Gummistiefel anzuziehen, und sagte: »Lasst uns was Verrücktes machen.« Zu dritt wanderten wir durch den Bach hinter dem Friedhof, ich an Mums linker Hand, Marie an ihrer rechten, und sammelten geschliffene Glasscherben, bis die Sonne unterging. Rückblickend war das der Zeitpunkt, von dem an es stiller wurde in unserem Haus.

Nach dem Abendessen saßen unsere Eltern üblicherweise am Küchentisch. Dad schälte sich einen Apfel und teilte ihn in Achtel, und sie sahen ›Ask the Family‹ auf BBC1. Früher war es dabei äußerst lebhaft zugegangen, wenn sie versuchten, sich gegenseitig mit Antworten zuvorzukommen (»Legende!«, »Legislatur!«, »Legion!«) oder wenn mein Vater mit der flachen Hand auf den Tisch schlug, sodass das Teeservice klapperte, weil ihm eine Antwort auf der Zunge gelegen, er sie aber nicht rechtzeitig gerufen hatte.

Jetzt saßen sie schweigend vor dem Fernseher, mein Vater spielte abwesend mit den Apfelkernen auf seinem Teller, und die Entrüstung blieb aus, wenn ein Quizteilnehmer im Brustton der Überzeugung eine abwegige Antwort von sich gab. Ab und zu holte Vater tief Luft und ließ hörbar den Atem entweichen.

Eine Weile lang war ich überzeugt, dass meine Eltern kurz vor der Scheidung stünden. Und über Scheidungen sprach man nicht in Dunwood. Eine Ehe galt dann als erfolgreich, wenn man über einem der Teilnehmer den Sargdeckel zuschlug. Es gab genau zwei Scheidungskinder im Dorf, und die Vorstellung, mich zu Weihnachten zwischen zwei Elternteilen entscheiden zu müssen, erschien mir als größtmögliches Unglück. Marie war erst zehn und sah eher aus wie acht, mit riesigen braunen Kinderaugen. Sie war leise und schüchtern und immer um alle besorgt. Sie weinte um tote Schnecken und vertrocknete Regenwürmer, schlief noch immer mit einem kleinen Stoffhund, dem die Schnauze abgefallen war, und erschien mir so zerbrechlich wie der Flügel eines Schmetterlings. Wie sollte sie damit fertig werden, wenn unsere Familie zerrissen würde? Und wie sollte ich es selbst?

Ich begann, die Gespräche unserer Eltern zu belauschen, wenn sie uns außer Hörweite wähnten. Connor Levys Eltern hatten sich gestritten, dass man es bis über die Straße gehört hatte, bevor Mrs Levy eines Tages in ihrem gelben Kastenwagen davongefahren und nicht mehr wiedergekommen war.

Erst war ich beruhigt, dass unsere Eltern sich überhaupt nie anschrien. Aber auch die sich ausbreitende Stille erschien mir nicht wie ein gutes Vorzeichen.

Als Vater uns eines Abends bat, nach dem Essen noch sitzen zu bleiben, blieb mir beinahe das Herz stehen. Es war so weit: Sie würden ihre Trennung verkünden, und wir müssten uns entscheiden, bei wem wir zukünftig leben wollten. Meine Unterlippe zitterte, und ich tastete unter dem Tisch nach Maries Hand.

»Wir müssen etwas sehr Ernstes mit euch besprechen«, sagte Vater. Ich weiß. Eine Falte bildete sich zwischen seiner Augenbraue und dem Nasenrücken, die ich noch nie zuvor gesehen hatte.

Das Pendel der Standuhr im Wohnzimmer schwang zwei Mal hin und wieder zurück, tick, tack, tick, tack, bis die Worte schließlich aus ihm herausbrachen.

Nur wenige davon blieben in meinem Gedächtnis haften, der Rest rauschte einfach an mir vorbei und riss Dinge mit sich fort, von denen ich bislang gar nicht gewusst hatte, dass ich sie besaß.

Bösartiger Tumor, Metastasen … Chemotherapie … Ärzte tun, was sie können … Keine Aussicht auf Heilung … Nicht mehr viel Zeit, nicht viel Zeit, nicht viel Zeit.

Von da ab ging alles sehr schnell. Erst verbrachte Mum mehr Zeit in der Klinik als daheim, sie ließ ihre Haare, Wimpern und die weichen Stellen an ihrem Körper dort. Dann war sie auf einmal nur noch zu Hause. Mit jedem Tag verkleinerte sich ihr Bewegungsradius, und im selben Maß wuchs in mir die Angst. Ich hörte Telefonate mit, in denen sie mit dem Arzt um mehr Schmerzmittel feilschte, ihn vergebens anbettelte, nur um kurz darauf erst den Hörer auf die Gabel und anschließend die Schlafzimmertür hinter sich zuzuknallen. Irgendwann hörten die Anrufe auf.

Mittags kam Cecile und lockte Marie und mich unter den lächerlichsten Vorwänden aus dem Haus, aber wir verließen Mum immer widerwilliger. Stundenlang saßen wir an ihrem Bett und sprachen über alles, außer dem Offensichtlichen. Marie las ihr aus Grimms Märchenbüchern vor, bis Mum sagte, sie brauche etwas anderes. Etwas, in dem es um nichts ging, damit ihr Geist sich ausruhen konnte. Marie suchte eine Weile ziellos im Haus herum, aber schließlich wurde sie fündig: Sie rezitierte die Rückseite der Kekspackung und die von Mums Vanille-Körperlotion. Am gleichmäßigsten aber ging Mums Atem zur Bedienungsanleitung des Backofens, also lasen wir im Wechsel Sicherheitshinweise, Aufbauanleitung und Schritte zur Erstreinigung vor. Die kornblumenbemusterte Bettdecke über Mums Brustkorb hob und senkte sich, gleichmäßig wie das Uhrenpendel, und in manchen Momenten war alles ganz friedlich. Dann verhandelte ich mit dem Universum; ich würde mir nie wieder irgendetwas wünschen, wenn es nur nicht mehr schlimmer würde als jetzt. Es würde keine Rolle spielen, wenn wir das Zimmer nie mehr verließen, wenn man uns das Essen hierherbringen musste und die Hausaufgaben, solange sich nur immer weiter die Kornblumen hoben und senkten.

Das war, bevor die Schmerzen stärker wurden.

Man sagt, der Mensch kann jeden Schmerz aushalten, solange es nicht sein eigener ist. Das ist Unsinn. Mums Gesicht veränderte sich. Es fiel ihr immer schwerer, eine Liegeposition zu finden, in der sie es mehrere Minuten am Stück aushielt. Hatte sie vorher die meiste Zeit geschlafen, blieb der Schlaf jetzt fern. Wir karrten Schlaftees und Baldrian und Hopfen heran, kochten Kamille-Essenzen und brachten ihr sogar Bier. Es half nichts.

Sie wurde ungeduldiger und herrschte uns wegen Kleinigkeiten an, nur um sich im nächsten Moment selbst nicht wieder zu erkennen und sich unter Tränen zu entschuldigen.

Nicht mal die Backofenanleitung half mehr. Dad betrat ihr Zimmer nur noch selten und blieb gerade, so lange er musste. Nach einigen Tagen ohne Schlaf gelang es Mum, ihn dazu zu bewegen, persönlich zu Dr. Murray zu gehen und ihn um stärkere Schmerzmedikamente zu bitten. Als er wiederkam, schickte er Marie und mich aus dem Zimmer und schloss die Tür. Kurze Zeit später hörten wir sie schluchzen. Ich zog Marie in unser Zimmer, schloss die Tür und legte die ›Alice im Wunderland‹-Kassette in den Recorder – Maries Lieblingsgeschichte, für die sie sich eigentlich seit einem Jahr zu ›erwachsen‹ fühlte – und drehte auf laut.

Wieder zu Hause angekommen, rief ich den Tierarzt in Brackletter an und bat ihn, nach Jaro zu sehen. Er fing an zu lachen und meinte, ich müsse den Hund schon zu ihm bringen, wenn ich etwas von ihm wolle. Außerdem sei Jaro ein Fall für den Tierschutz, jetzt, wo er keine Besitzerin mehr habe. Es sei unverantwortlich, den Hund verwildern zu lassen, wo er bei umliegenden Bauernhöfen das Geflügel räubern würde. Als er daraufhin in eine regelrechte Tirade gegen die Plage streunender Hunde verfiel und verkündete, ein

Gnadenschuss sei in neun von zehn Fällen das einzig Richtige, legte ich einfach auf.

Dunwoods Bauern gingen alles andere als zimperlich mit Streunern um. Am besten wäre es wohl, Jaro in seiner Hütte aufzupäppeln – sofern er überhaupt durchkommen würde – und mir erst anschließend darüber Gedanken zu machen, wie es mit ihm weitergehen könnte. Wenn er nur fit genug würde, ein paar hundert Meter zu laufen, dann hätte ich ihn in unserem Schuppen unterbringen können …

Gegen Nachmittag packte ich Decken, Näpfe, Wasser und Verpflegung zusammen und machte mich erneut auf den Weg zur Hütte. Ich hatte Mühe, mein ganzes Gepäck den Waldweg entlangzuschleppen, ohne dass eine Decke im Matsch schleifte oder mir etwas aus den Armen purzelte. Als ich den Gartenzaun der alten Pomeroy passierte, fiel mir klirrend ein Metallnapf zu Boden. Ich ging wackelig in die Knie, um ihn aufzuheben, ohne dass mir mein voller Rucksack über den Kopf rutschte und mich zu Boden riss, und angelte nach dem Napf.

Die Tür zu Mrs Pomeroys Haus öffnete sich.

»Mädchen, was machst du für einen Krach?«

»Hi, Mrs Pomeroy«, ächzte ich, um mein Gleichgewicht bemüht. »Wie geht's?«

»Ganz ausgezeichnet. Mein Sohn war hier. Zum Tee. Es war sehr schön.« Ihre Augenwinkel waren rosa und wässrig, und sie sah knapp an mir vorbei.

Ich nickte freundlich. »William? Wie läuft's in Birmingham?« Ich packte den Napf wieder oben auf meinen Turm aus Habseligkeiten.

»Nicht William, Liebes. Andy. Sie haben ihn von der Front nach Hause geschickt, weil er einen Streifschuss abbekommen hat. Böse Geschichte, seine Wade hat sich entzündet. Aber als Mutter bin ich ja so dankbar, wenn er überhaupt zu Hause ist.«

Oh. Mrs Pomeroy litt seit einigen Jahren an Demenz, und mittlerweile war nicht immer sofort zu erkennen, in welcher Zeitschiene ihr Gehirn gerade unterwegs war. Andy war 1940 verletzt aus Dünkirchen in die Heimat geschickt worden, kurz bevor die Wehrmacht die britischen Truppen zur Evakuierung gezwungen hatte. Es war für Mrs Pomeroy die letzte glückliche Erinnerung mit ihrem Andy, der kurz vor Kriegsende in der Normandie gefallen war.

Früher hatten mich ihre endlosen Erzählungen gelangweilt. Der Krieg erschien so weit weg, aus einer schwarz-weißen Zeit, in der Menschen an Entbehrung und Tod gewohnt waren. Erst seitdem wir Mum verloren hatten, ahnte ich auf einmal, wie groß ihr Verlust gewesen sein musste. Und wenn ich mich für Mums Tod mitverantwortlich fühlte – wie musste es erst einer Mutter gehen, die ihre Söhne nicht davor beschützen hatte können, zwischen den Interessen der Weltmächte zerrieben zu werden?

»… mit all den Sachen überhaupt hin?«, fragte die Pomeroy und riss mich aus meinen Gedanken.

»Was?«

»Es heißt: wie bitte. Wo du hinwillst. Ziehst du um?«

Ich lachte freudlos. »Schön wär's.« Mein Gepäck wurde langsam schwer in meinen Armen, aber Mrs Pomeroy war noch nicht bereit, mich ziehen zu lassen.

»Ich kümmere mich um Bella McQuoids Hund. Sie wissen schon … jetzt, wo sie –«

Mrs Pomeroys Blick verfinsterte sich, und als würden wir von einem Unsichtbaren dirigiert, sahen wir beide synchron Richtung Waldrand.

»Immerzu hat sie Besuch, die junge Frau. Es ist nicht richtig, weißt du. Zu meiner Zeit hat man sich für einen Mann entschieden, und man blieb dabei. Man verkostete sich nicht durchs halbe Dorf, als wäre es ein Buffet.«

Es war nicht ganz klar, in welcher Zeitschiene Mrs Pomeroy jetzt herumirrlichterte. Aber Bella sollte viele Besucher gehabt haben? Das war mir neu.

»Ich dachte, sie war die meiste Zeit allein. Im Dorf kriegte man sie selten zu Gesicht.«

»Ich sehe nicht mehr sehr gut, seit mein grauer Star zurück ist, Liebes. Aber hören kann ich noch wie eine Eule. Und bei ihr gibt es immer Geräusche … Besucher … Abends, oft nachts. Und die Scheinwerfer leuchten mitten in der Nacht in mein Fenster, wenn sie wieder fortfahren. Dann bin ich wach und bleib es auch. In meinem Alter schläft man nicht einfach wieder ein, als habe man keine Sorgen im Leben.«

Aus irgendeinem Grund ärgerten mich ihre Worte.

»Damit ist wohl ab jetzt Schluss.« Ich wandte mich zum Gehen.

»Glaub nur das nicht, mein Kind. Die Hütte ist bewohnt – ob die Hexe drin ist oder nicht. Es gibt immer Geräusche … und Schatten. Halt dich besser fern … Du wirst in Sachen hineingezogen, die nicht gut enden. Es endet nie gut, das sieht man ja.«

Anscheinend hatte sich Mrs Pomeroy spätestens jetzt in der Gegenwart eingefunden, und die Missbilligung auf ihrem Gesicht vertiefte sich.

»Passen Sie auf sich auf, Mrs Pomeroy«, sagte ich und setzte mich endlich in Bewegung.

»Dasselbe wollte ich dir gerade raten. Aber die jungen Leute wissen ja eh immer alles besser.«

Als ich an Bellas Hütte ankam, lief ich zuerst einmal ums Haus und stellte sicher, dass alles verschlossen und – noch wichtiger – einbrecherfrei war.

Jaro hatte sich nicht bewegt, seit ich ihn am Morgen verlassen hatte, und er öffnete nur ein Auge, als ich mich zu ihm in die Hütte quetschte. Die Wurst lag unangetastet da, aber ich bildete mir ein, dass der Wasserpegel im Napf etwas gesunken war.

Ich bettete ihn, so gut man 120 Pfund halb bewusstlose Dänische Dogge bewegen kann, in die Decken und flößte ihm mehr Wasser ein. Dann kam mir ein Gedanke, der gleichzeitig genial und ekelhaft war, aber was hatten wir zu verlieren? Und ich kaute ihm die Wurst vor und bestrich mit der Paste seine Lefzen. Jaro leckte sie auf, und ich beschloss, eine Weile abzuwarten, was sein Magen zu all dem sagen würde.

»Eigentlich solltest du bei der Pomeroy leben. *Du* wärst noch in deinem Revier, und *sie* hätte jemanden, der auf sie aufpasst. So, wie die Dinge stehen, rennt sie eines Tages einfach in den Wald und kommt darin um …« Ich biss mir auf die Zunge. Liv würde mich ermahnen, dass ich solche Dinge nicht herbeireden solle, und obwohl ich wusste, dass das Unsinn war, bekam ich selbst in ihrer Abwesenheit ein schlechtes Gewissen.

Ein Luftzug streifte mich, und im Reflex drehte ich mich um. Licht spiegelte sich in einer der Fensterscheiben – vermutlich die Abendsonne, die im Begriff stand, hinter dem Horizont zu versinken. Es blinkte zweimal, und dann: Ich hätte schwören können, dass ich im Innern der Hütte einen Schatten vorbeihuschen sah. Ich blinzelte und folgte der Bewegungsrichtung ins nächste Fenster, aber dort war nichts zu sehen. Wahrscheinlich machte mich das Gefasel der alten Pomeroy schon ganz kirre …

Jaro seufzte tief und berührte mit seiner kalten Schnauze meine Wursthand.

»Einmal Paté nach Anna-Art, kommt sofort«, sagte ich beherzt und lieferte Nachschub.

»Ich wünschte, dein Frauchen wäre noch hier. Sie hätte ganz sicher gewusst, wie dir zu helfen ist.« Für eine Weile hielt ich seine riesige, kalte Pfote. Ich hätte viel dafür gegeben, wenn die Kraft der Gedanken heilen könnte.

Aber niemand wusste besser als ich, dass dem nicht so war.

Mums vorletzter Tag war ein Sonntag. Es war immer ihr liebster Wochentag gewesen. Sie nannte ihn den ›Wollen-Tag‹, weil er der einzige Tag der Woche sei, an dem man morgens früh aufstehen konnte, weil man es wollte, und nicht, weil man dazu gezwungen war. Marie und ich hatten Einwände, weil unsere Sonntagmorgen üblicherweise damit begannen, dass Mum uns bei Sonnenaufgang weckte, damit wir den ›Zauber eines faulen Vormittags‹ nicht verpassten. Zugegeben, unser Widerwille reichte nur bis zur Bettkante, denn sobald wir einmal auf den Beinen waren, steckte Mums Enthusiasmus an. Wir unternahmen Dinge, die man ausschließlich an einem Sonntagmorgen tat: Frühstück auf einer Decke im Garten im kühlen April, Wiesenblumensträuße pflücken im Juni, der ganzen Straße selbst gebackene Weihnachtsplätzchen in die Briefkästen werfen im Dezember.

An diesem Aprilsonntag jedoch war all das bereits eine verblassende Erinnerung. Mum war längst zu schwach für Ausflüge jeglicher Art geworden, der Anblick von Keksen bereitete ihr Übelkeit, und das Funkeln in ihren Augen war nach Wochen kaum beherrschbarer Schmerzen erst stumpf geworden und schließlich ganz erloschen.

Das ganze Haus hatte seit über einer Woche kaum ein Auge zugetan. Vater schlief auf dem Sofa, um Mum nicht zu stören, und Marie kroch jede Nacht zu mir ins Bett, ihren Stoffhund mit der abgefallenen Schnauze fest an sich gedrückt. Ich hatte den Kassettenrecorder auf meine Kommode gestellt und drehte wie ein Nachtwächter die Seite um, sobald sie zu Ende war, in der Hoffnung, dass Marie die Laute aus Mums Zimmer nicht hören würde. So schleppte ich mich durch die Nacht in 25-Minuten-Einheiten, während die eisige Bleikugel aus Angst in meinem Magen bei jeder Bewegung hin und her rollte.

Um halb sechs stand ich auf, kochte zwei Kannen Tee und brachte Mum eine davon ans Bett. Sie versuchte zu lächeln, als ich ins Zimmer trat. Ich brauchte nicht zu fragen, wie es ihr ging, ihre Augen verrieten es. Ich schenkte ihr eine Tasse ein, rührte Honig hinein und setzte mich zu ihr ans Bett. Die Wiesenblumen im Strauß auf ihrem Nachttisch ließen die Köpfe hängen, von den Margeriten ging der süßliche Duft beginnender Verwesung aus. Mum nahm meine Hand und streichelte mit dem Daumen darüber. Ihre Haut war ganz weich, wie die einer viel älteren Frau.

»Es riecht nach Regen.« Ich sog die Morgenluft ein. Mum und ich waren immer die beiden Einzigen in der Familie gewesen, die den Regen liebten.

»Ja.« Sie drückte meine Hand fester. »Es ist ein guter Tag«, sagte sie leise. »Ein guter letzter Sonntag.«

Der Atem gefror mir in der Lunge. Ich öffnete den Mund, um zu widersprechen, darauf zu bestehen, dass diesem Sonntag noch viele folgen würden, aber mir fehlte ganz einfach die Kraft zu lügen. Niemand von uns hatte darüber gesprochen, dass Mums letzte Tage näher kamen, auch wenn sie vor unseren Augen dahinschwand. Wir wussten es, und dennoch hatte ich gehofft – gegen alle Hoffnung –, dass es irgendwie trotzdem weiterginge. Dass wir leise einen Tag nach dem anderen am Tod vorbeischmuggeln könnten, ohne dass es auffiele, und irgendwann würde er Mum einfach vergessen haben, den einen Namen unter all den vielen auf seiner endlosen Liste.

Aber irgendwann wollte Mum nicht mehr. Die Schmerzen ließen ihr nicht einmal mehr kurze Verschnaufpausen, und man sah ihr an, dass alle Reserven aufgebraucht waren. Uns stellte es vor die schreckliche Zwickmühle, nicht loslassen zu wollen – zu können – und ihr gleichzeitig nichts mehr zu wünschen, als dass sie nicht mehr leiden musste.

Dr. Murray hatte unmissverständlich klargemacht, dass jede weitere Erhöhung der Schmerzmittel einem Mordversuch gleichkäme. Er sei Arzt und kein Henker, so leid ihm Mum täte.

»Ich habe einen Auftrag für dich«, sagte Mum an diesem Sonntagmorgen.

»Alles, was du willst.« Ich stand sofort auf, ohne ihre Hand loszulassen, bereit, ihr jeden Wunsch zu erfüllen. Es war so viel leichter, mit dem Gefühl der Ohnmacht umzugehen, wenn man etwas tun konnte, ganz egal, was.

»Ich möchte, dass du jemanden für mich um Hilfe bittest.«

Ich schluckte trocken. »Wen?«

»Die Kräuterfrau aus der Hütte am Wald. Bitte hol Bella McQuoid.«

VIER

Der dritte Tag nach Beltane war ein Samstag. Mir blieben nur 48 Stunden, um den Essay für meine Bewerbung an der *London Academy for Advanced Sciences* fertig zu stellen, und mein Kopf war zu voll und meine Batterien zu leer, um mich richtig konzentrieren zu können. Bellas Bild erschien noch immer vor meinen Augen, sobald ich die Lider schloss, und deshalb hielt ich sie offen, wann immer ich konnte.

Jaro hatte ich vor dem Frühstück besucht – er wirkte deutlich kräftiger, hatte die ganze Wurst verputzt und sich sogar kurz aufgesetzt, als ich ihm Nachschub servierte. Zum ersten Mal war ich optimistisch, dass er durchkommen würde.

Nach dem Frühstück packte ich meine Unterlagen und Bücher und wollte mich in den Schuppen zurückziehen, als Cecile mich abfing.

»Wo willst du hin?«

»Wenn ich die freie Wahl hätte? Neuseeland, vielleicht.«

Ceciles Parfumwolke nahm mir beinahe den Atem. Sie legte eine Hand auf die Terrassentür; anscheinend hatte sie eine ziemlich gute Vorstellung von meiner Wegplanung.

»Dein loses Mundwerk wird dich noch mal Kopf und Kragen kosten. Glaubst du, Männer finden das attraktiv?«

Das war Ceciles ultimativer Norden im Moralkompass – ob sich etwas dazu eignete, einen Mann anzuziehen. Man sollte meinen, bei so viel Konsequenz in der Sache wäre etwas Besseres für sie herausgesprungen als ein frischer Witwer mit zwei trauernden Kindern. Aber wer weiß, worin die Konkurrenz bestanden hatte.

»Ich muss bis Montag meinen Aufsatz fertig schreiben. Und um zwei beginnt meine Schicht –«

Ceciles Augen leuchteten auf, und ich wusste, dass ich die falsche Karte ausgespielt hatte. Nichts bereitete ihr mehr Freude, als sich zwischen mich und meine Ziele zu stellen, nur um mich anschließend darüber aufzuklären, dass alles meine eigene Schuld war.

»Du wolltest unsere Sachen aus der Reinigung holen.«

»Du meinst *deine* Sachen.« Als hätte in unserer Familie jemals jemand etwas professionell reinigen lassen, allein der Gedanke war lachhaft. Weder besaßen wir Kleider, die das gerechtfertigt hätten, noch das Geld für solchen Luxus.

»Kann das nicht bis Montag warten? Oder könnte Marie nicht –«

»Nein. Marie ist in der Bibeljugend. Und du musst lernen, dass Verlässlichkeit eine wichtige Tugend ist. Besonders innerhalb der *Familie*.« Sie betonte das Wort wie eine Drohung. »Beeil dich, sie machen um elf zu.«

Wir hatten schon hunderte solcher Zwiste ausgefochten, und immer ging ich als Verliererin daraus hervor. Wenn Cecile allein nicht weiterkam, spannte sie Dad ein, und mir war fast alles lieber, als in seine enttäuschten Augen zu sehen.

»Wo ist der Abholschein?«, fragte ich, um die Sache abzukürzen. Wenn ich mich beeilte, blieben mir noch zwei Stunden für meinen Essay – nicht annähernd genug, aber besser als nichts. Nur noch zehn Wochen, dann könnte Cecile nie mehr meine Pläne sabotieren. Und wenn sie gewusst hätte, wie wichtig dieser hier für mich war, hätte sie mich jede Socke einzeln nach Hause tragen lassen. Ich schnürte betont langsam meine Stiefel – ein winziger Protestakt – und machte mich auf den Weg.

Gleesons kleine Reinigung war dankbarerweise beinahe leer. Martha Gleeson und ihre Schwägerin Abigail, die halbtags dort arbeitete, saßen im Hinterzimmer und tratschten, als ich eintrat. Ich hatte die Tür nur einen Spalt weit geöffnet, sodass das wachsame Besucherglöckchen stumm blieb. Es hatte seine Vorteile, schmal zu sein. Der Geruch von Zigarettenrauch und starkem Kaffee drang mit den Stimmen der beiden Frauen in den Vorraum.

»… war am Sonntag vorher noch bei ihr«, sagte Martha gerade.

»Ich dachte, es sei nur ein Gerücht. Es ist doch immer etwas dran. Arme Beth, wusste von nichts –«

Abigails Stimme triefte vor schlecht verhohlener Schadenfreude.

»Selbst wenn sie es gewusst hätte – was hätte sie tun wollen? Sich mit der Hexe anlegen? Wir haben gesehen, wie das ausgeht.«

»Und jetzt wird er zu ihr zurückgehen, als sei nichts geschehen. Du wirst sehen.«

Ich räusperte mich geräuschvoll. Marthas Kopf erschien im Türrahmen.

»Bin gleich da.« Sie zerdrückte vorwurfsvoll ihre erst halb gerauchte Zigarette im Aschenbecher.

Martha hatte ein hartes Gesicht und tiefe Falten zwischen Nasenflügeln und Mundwinkeln, die Jahre von abschätzigen Blicken in ihre Wangen gegraben hatten.

Ich kramte in meiner Hosentasche nach dem Abholschein, aber sie winkte ab.

»Ceciles Sachen, ja? Du kannst ihr ausrichten, wir bekommen den Fleck auf ihrer roten Bluse nicht raus. Ich könnte mit Bleiche drangehen, aber keine Garantie, dass die Farbe es überlebt.« Sie hievte einen Stapel in Zellophan gehüllte Kleider auf den Tresen und zeigte auf die uneinsichtige Bluse. »Hat sie damit einen Reifen gewechselt?«

»Oh … ich weiß nicht.« Ich klang schuldbewusst, als wäre ich persönlich für den Fleck verantwortlich.

»Sie sollte wirklich besser aufpassen. So teure Kleider …« Sie kniff die Lippen zusammen, und die Falten um ihren Mund vertieften sich.

»Ich richte es aus«, sagte ich knapp, damit Martha es nicht als weitere Einladung zum Gespräch verstehen konnte. Wenn sie einen erst einmal an der Angel hatte, kam man aus der Sache nur schwer wieder heraus.

»Das sind dann drei Pfund und vierzig.«

Beinahe ein Viertel dessen, was ich Rahels Schwester in London monatlich für mein Zimmer zahlen würde, einfach davongespült in Wasser und Spezialreiniger. Was für eine Verschwendung.

Ich bezahlte, legte die verpackten Kleider über den linken Arm, und noch bevor ich zur Tür hinaus war, hatte Martha sich wieder zu Abigail gesetzt und einen neuen Glimmstängel angezündet.

Als ich zu Hause ankam, empfing Cecile mich mit einem überaus ungewohnten schuldbewussten Blick.

»Anna, es war keine Absicht … Er ist mir einfach heruntergefallen, als ich den Tisch abgewischt habe.« Sie öffnete beide Hände: In der einen lag der zerbrochene Körper eines kleinen, getöpferten Salzstreuers in Form eines Schäfchens. In der anderen Hand lag sein Kopf. Mum hatte den Salzstreuer gemacht, es war eines ihrer ersten Werke gewesen, nachdem sie kurz vor ihrer Krankheit das Töpfern angefangen hatte. Die ganze Familie hatte über das unförmige Schaf gelacht, das eher an eine Kartoffel mit Öhrchen erinnerte, aber es hatte etwas so Anrührendes, dass wir es Tessie tauften und auf unserem Esstisch wohnen ließen. Es war einer der wenigen Gegenstände im Haus, die noch immer an Mum erinnerten, und genau deshalb Cecile ein Dorn im Auge. Erst vor Kurzem hatten wir darum gestritten. Cecile war der Streuer vor Gästen peinlich, die wir sowieso selten empfingen, und sie fand, es wäre Zeit für einen neuen. Dad sagte nichts, wie immer. Marie traten die Tränen in die Augen bei der Vorstellung, dass Tessie uns nicht mehr bei jeder Mahlzeit Gesellschaft leisten sollte, und ich hatte Cecile angebrüllt, was ihr einfiele, uns noch die letzten Erinnerungen an Mum nehmen zu wollen. Das Thema war vom Tisch gewesen, oder das hatte ich zumindest gedacht. Und jetzt sollte ich glauben, dass sich Tessie zufällig kurz danach das Genick gebrochen haben sollte?

Cecile tat zerknirscht, aber ich glaubte ihr kein Wort. Das war genau ihre Art, sie löste die Dinge auf ihre Weise. Wenn sie auf direktem Weg nicht durchkam, rammte sie einem die Klinge eben in den Rücken.

Ich hielt wortlos die Hände auf und ließ mir die Scherben hineinlegen. Und dann schaffte ich es gerade rechtzeitig bis in den Schuppen, bevor mir die Augen überliefen.

»Warum möchte ich mich an der *London Academy for Advanced Sciences* bewerben?«, überschrieb ich meinen Essay-Entwurf. Ich unterstrich die Frage zweimal und starrte gedankenverloren auf das zerbrochene Tonschaf auf meinem Schreibtisch.

Die Antwort war so offensichtlich, dass es mir kaum möglich war, sie in Worte zu fassen.

Weil Naturwissenschaften das einzig Verlässliche auf diesem Planeten waren. Weil ich mir nichts Befriedigenderes vorstellen konnte, als den Geheimnissen des Universums auf den Grund zu gehen, vom kleinsten Quark bis zu den Bahnen von Sternen und Galaxien. Weil ich mich nach Antworten sehnte und weil ich sie selbst finden wollte. Mit Mikroskopen, Massenspektrometern und Teleskopen, mit Skalpellen und Zirkeln und Bunsenbrennern.

Weil ich aus Dunwood wegmusste, dem Ort, an dem meine Mutter sich mit jeder Sekunde mehr zu Staub verwandelte. An dem mein Vater mich mit leerem Blick ansah und meine Schwester so tat, als wäre nichts passiert. Weil jeder Tag unter einem Dach mit Cecile einer zu viel war. Weil mir davor graute, auf mich allein gestellt zu sein, und ich mir gleichzeitig nichts sehnlicher wünschte. Weil ich hier keine Luft mehr bekam, und weil sich irgendetwas ändern musste, weil ich mich sonst in ein paar Jahren von den Klippen stürzen würde. *Oder vom Baum hängen.*

Für einen Moment sah ich Bellas Gesicht vor mir. Nicht das bläuliche, entstellte nach ihrem Tod, sondern das gutmütige, lebendige von zuvor. Ob sie dasselbe gefühlt hatte? Hatte Dunwood sie erstickt? Hatte sie geahnt, wie man im Dorf über sie dachte, über sie *redete*, und wie schulterzuckend man es hinnehmen würde, dass sie ein so schreckliches Ende fand? Vielleicht war es wirklich nicht so weit hergeholt.

Andererseits: Bella war frei gewesen. Sie war weder in Dunwood geboren noch durch Kinder oder einen Ehemann, ja, noch nicht mal durch einen Job an diesen Ort gebunden. Sie hätte gehen können, aber sie hatte es nicht getan. Ich hätte sie gerne gefragt, warum.

Gedankenverloren hatte ich angefangen, mit dem Füller eine kleiner werdende Spirale auf das Blatt zu zeichnen, ohne es zu merken. Ich riss das Blatt vom Block und begann von Neuem.

The Three Brewers
Lunch 12–3 pm
Dinner 5:30–10 pm

Wenn das Leben dir Zitronen gibt
Frag nach Salz und Tequila

stand auf der schwarzen Klapp-Schiefertafel vor dem Pub. Gary hatte darauf bestanden, dass ich den Spruch anfügte, und dann war er mit aufgestellten Fingern über die Tafel gefahren, weil er wusste, dass ich das Geräusch hasste. Und das beschrieb ihn als Chef und als Person recht gut.

Der Gastraum war voll, selbst für einen Samstag, und ich nahm einen letzten Zug kühler, nikotinfreier Luft, bevor ich durch die Tür trat.

Die Samstagsluft im Pub ist anders als die an anderen Tagen. Nicht weniger stickig, im Gegenteil – aber mit mehr Vorsatz angefüllt. Die Trinker haben noch ein Ziel, sie riechen nicht so abgestanden, manche sind sogar frisch rasiert. Das unterscheidet sie vom Sonntagspublikum. Von denen, die schon dienstags lostrinken, ganz zu schweigen.

Ich bahnte mir meinen Weg durch die eng gestellten Tische zur Vorratskammer, wo ich mir eine weiße Schürze umband und meine

Sneaker gegen ein Paar schwarzer Pumps mit Pfennigabsätzen tauschte. Gary bestand darauf, dass wir weiblichen Bedienungen hohe Schuhe trugen. Er war der Meinung, das sei gut fürs Trinkgeld und daher in unserem eigenen Interesse. Ob er eine Ahnung hatte, wie viel Druck auf diesen 1,5 Quadratzentimetern Stöckel lastete, hatte ich ihn einmal gefragt. Bis zu 300.000 Pascal (ich hatte es ausgerechnet).

»Wer ist Pascal?«, hatte er wissen wollen, aber als ich zu einer Antwort ansetzte, hatte er mich lachend stehen gelassen.

Die Tür zur Vorratskammer flog auf und Helen stöckelte herein. Sie knallte die Tür hinter sich zu, lehnte sich mit dem Rücken dagegen und knurrte in sich hinein wie ein frustrierter junger Hund.

»Was war es diesmal?«, fragte ich.

Helen fuhr sich mit beiden Händen übers rote Gesicht, öffnete sie zu einem V und sah mich jämmerlich zwischen den kleinen Fingern hindurch an.

»Ich hab ihm gesagt, wenn es noch einmal passiert, dann kündige ich.« Sie sank an der Tür hinab in die Hocke. »Wieso tu ich mir das an? Verrate du's mir!«

»Grabscher?« Ich stellte meine Schuhe unter das Weinregal.

»Kneifer«, sagte Helen. »Und ich meine richtig. Das gibt 'nen blauen Fleck, und ich hätte beinahe das Tablett fallen lassen. Und wem hätte er das vom Lohn abgezogen? Natürlich mir. Weil ich die dämlichste Kuh auf der Welt bin. Weil er weiß, dass ich mir alles gefallen lasse.«

»Hast du gesehen, wer es war?«

Jemand hämmerte gegen die Tür.

»Helen!«, rief es von draußen.

Helen griff nach der Klinke und hielt sie fest.

»Einer bei den Darts. Hundert Pro ein Inglis-Bruder, aber keine Ahnung, welcher.« Livs Brüder traten fast immer im Viererpack auf, und das Letzte, was man ihnen nachsagen konnte, waren gute Manieren.

»Hast du's ihm gesagt?«

»Wem, Gary? Natürlich. Was glaubst du, war seine Antwort?«

»Mal sehen: Du verstehst keinen Spaß? Du solltest nicht als Kellnerin arbeiten, wenn du damit nicht klarkommst? Oder sein Evergreen – es ist gut fürs Trinkgeld?«

»B und C. Mit einer Zugabe von ›sieh es als Kompliment‹.«

»Widerling.«

»Und was bleibt mir übrig? Ich hab keine Ausbildung, keinen Plan … Wohin soll ich schon gehen? Wer stellt eine Schulabbrecherin ein, die mit fünfzehn schwanger wurde und noch nicht mal selbst ihr Kind aufzieht?« Sie spielte nervös an den silbernen Initialen ihrer Tochter, die an einer Kette um ihren Hals hingen.

Die Tür erbebte, als jemand von außen mit der Faust dagegen trommelte.

»Helen! Verdammt noch mal! Tisch drei wartet seit zwanzig Minuten auf sein Essen. Wenn du nicht sofort rauskommst –«

Ich legte Helen eine Hand auf die Schulter und drückte sie beruhigend.

»Zähl auf drei und atme tief durch. Und dann gehst du da raus und behandelst ihn wie Luft. Wie ekelhafte, schlechte Luft. Okay?«

»Wie einen Inglis-Furz.«

»Einen lauten, fetten.«

Das entlockte uns immerhin ein bitteres Lachen.

Garys Gesicht war sogar noch röter als das von Helen, und er warf uns vernichtende Blicke zu, als wir hinter der Theke erschienen.

Ich nahm die ausstehenden Getränkebestellungen auf und bediente zuerst die Wartenden an der Bar, die sich in zwei Reihen drängelten. *Komm nicht zwischen einen Schotten und seinen 14-Uhr-Whisky.* Alle vier von Livs Brüdern spielten mit ein paar ihrer Kumpels Dart und kommentierten jeden Wurf mit wenig geistreichen Obszönitäten. Wenn die vier ein Talent hatten, dann war es Lautstärke.

»Ian, Mann, hast du Schafsköttel statt Augen? Meine blinde Oma trifft besser als du!«

»Na und? Wenigstens hat meine Mutter kein Gesicht wie ein toter Arsch –«

»Wir haben dieselbe Mutter, du Hornochse!« Wie üblich hatte Archie auch mit einfachen Sätzen Verständnisprobleme, und es wäre zu Handgreiflichkeiten gekommen, hätte einer der Kumpel die beiden nicht rechtzeitig getrennt.

Die Schicht verlief bis zum frühen Abend ohne große Zwischenfälle. Ich übernahm für Helen die Bedienung der Inglis-Brüder – mich ließen sie in Ruhe. Nicht aus erweiterter Fürsorglichkeit, weil ich Livs beste Freundin war, sondern weil Liv laut eigenen Aussagen all ihre Leichen im Keller kannte und alle vier ans Messer liefern könnte, wenn sie wollte. Ich fragte nie genau nach, was sie damit meinte. Manchmal war es besser, Dinge nicht zu wissen.

Nach der Mittagspause, während der wir spülten und putzten, fing der Laden erst gegen sechs wieder an zu brummen. An einem der langen Tische saßen jetzt einige Mitschüler, hauptsächlich aus der obersten Klasse. Anfangs war es mir unangenehm gewesen, Klassenkameraden zu bedienen, aber mittlerweile war ich daran gewöhnt. Gerade zapfte ich eine Runde Bier, als die Tür aufging und vier weitere Personen hereinkamen. Ich wollte den Blick schon wieder senken, da erkannte ich den hochgewachsenen Jungen mit den braunen Locken. *Shit.* Matt war ein seltener Gast im Pub, aber heute schien er sich dazu durchgerungen zu haben, sich der Gruppe aus seiner Klasse anzuschließen. Kaltes Bier lief mir über die Hand, und ich ließ erschrocken den Zapfhahn los. Gary hatte es gesehen und schnalzte missbilligend mit der Zunge.

»Pass gefälligst auf, sonst muss ich dir das vom –«

»… Lohn abziehen, jaja.« Nur die Verwirrung ließ mich so flapsig werden. Gary zog eine Augenbraue hoch, er war Gegenwind von mir nicht gewohnt. Ich wischte den kleinen Biersee auf und versuchte, nicht zu Matt und seinen Freunden hinüberzuspähen. Er war in Begleitung zweier Mädchen, die ich zwar vom Sehen kannte, deren Namen mir jetzt aber nicht einfallen wollten. Tat ja auch nichts zur Sache, ermahnte ich mich, aber mein Gehirn fischte sofort weiter. Irgendetwas mit S und E? Sibyl und Elaine? Sandra und Elsa?

»Anna, *Tisch fünf!*«, rief Gary genervt.

Ich setzte mich sofort in Bewegung, bis ich bemerkte, dass ich mein Tablett auf der Theke stehen gelassen hatte. Mit leeren Händen vollführte ich eine halbe Pirouette. *Gehe zurück auf Los. Ziehe keinen Lohn ein …* Wieso zum Teufel war ich so durcheinander?

Die vier Männer an Tisch fünf kamen von außerhalb. Obwohl sie laut Gary kurz vor dem Tod durch Verdursten standen, genügte ein Lächeln, um sie zu besänftigen.

»Wir sind nicht von hier«, sagte einer zur Begrüßung, während ich ihre Biere verteilte.

»Nicht eure Schuld«, erwiderte ich.

Die Männer lachten, aber sie hätten vermutlich auch gelacht, wenn ich ihnen das Telefonbuch ab dem Buchstaben ›Q‹ vorgelesen hätte.

»Man hört, hier hat sich diese Woche eine in den Baum gehängt«, sagte einer mit dünnem Ziegenbärtchen und noch dünnerem Haar.

»Mhmm«, brummte ich abweisend. Der Laden war viel zu voll für Smalltalk, aber um der Wahrheit die Ehre zu geben, vermied ich ihn generell.

»Jammerschade. Was man hört, soll es ’ne wirklich Hübsche gewesen sein.«

»Ja.« Ich verzog keine Miene. »Genau das macht es natürlich so traurig.«

Der Mann mit dem Ziegenbärtchen sah als Einziger so aus, als zweifle er an der Ernsthaftigkeit meiner Aussage, der Rest nickte zustimmend. Ich musste mich wegdrehen, bevor mir die Augen aus dem Kopf rollten.

»Helen, kannst du für mich Tisch eins übernehmen?«

»Klar.«

Vier Inglis-Brüder gegen einen Matt. Für Helen ein traumhafter Wechselkurs. Matt war alles, was Ian und seine Brüder nicht waren. Höflich, respektvoll, gepflegt. Smart. Humorvoll. Matt winkte mir mit drei Fingern, eine winzige Geste, und erst jetzt wurde mir bewusst, dass ich ihn angestarrt hatte. Ich versuchte es mit einem Lächeln, fühlte mich aber so elend, dass es schmerzverzerrt ausgesehen haben musste.

»Hallo, Miss? Wir hatten drei Bier und ein Cider bestellt, nicht vier Bier –« Der Ziegenbart bewahrte mich vor weiteren Peinlichkeiten, und ich zog mich hinter den Zapfhahn zurück.

Die folgenden Stunden zogen sich endlos, während ich versuchte, nicht hinzusehen, wie Matt sich mit Elsa/Elisa/Emilia unterhielt und sie immer wieder in helles Lachen ausbrechen ließ. Er saß Matt-üblich zurückgelehnt auf der Bank und knibbelte mit seinen langen Fingern den Aufkleber von einer Bierflasche. Er hatte wirklich schöne Hände. Diese Feststellung musste mir auch als platonischer Freundin zukommen. Oder etwa nicht?

Kurz vor der letzten Runde, es muss also gegen zehn gewesen sein, kamen Alastair und Caelan durch die Tür. Alastair humpelte, und als er sich der Theke näherte, bemerkte ich ein Veilchen um sein rechtes Auge. Er winkte Gary zu sich, der tatsächlich hinter der Theke vorkam, und die beiden unterhielten sich mit eng zusammengesteckten Köpfen. Garys Miene verfinsterte sich zusehends, und ich hätte gerne gewusst, wie Alastair das hingekriegt hatte. Auch Ian Inglis, Livs ältester und übelgelauntester Bruder, der sich nur noch mit Mühe auf den Beinen halten konnte, ließ die beiden nicht aus den Augen.

Irgendwann hatte Gary die letzten Gäste in die samstägliche Nacht gejagt. Matt und Elvira/Elisa waren schon vor einer Weile mit ihrer Gruppe weitergezogen, wahrscheinlich zu einem von ihnen nach Hause, wo es auch nach zehn noch Alkohol gab. Ich wollte gar nicht daran denken, wie der Abend für sie weitergehen würde.

Gary war mit der Kasse beschäftigt, als ich endlich die Schürze an den Nagel hängte und die schmerzenden Füße in meine Sneaker steckte.

»Mach die Tür hinter dir zu«, rief er mir nach. *Nichts lieber als das.*

Draußen war die Straße wie leergefegt, und ich genoss für einige Sekunden die unverbrauchte Luft und die nächtliche Stille. Ich wandte mich zum Gehen, und mein Blick fiel auf die schwarze Tafel vor dem Pub. Jemand hatte die Öffnungszeiten und Garys Aphorismus über das Leben und Zitronen weggewischt. Stattdessen stand dort in gelb-glänzender Farbe und Großbuchstaben eine Frage. Es war die Frage, die mich unterbewusst seit Tagen beschäftigt hatte und die ich bis jetzt nicht gewagt hatte, laut auszusprechen:

WER HAT
DIE HEXE
IN DIE EIBE GEHÄNGT?

Ein Schauer überlief mich. Das Gefühl, welches ich die letzten drei Tage erfolgreich verdrängt hatte, kam jetzt zehnfach verstärkt zurück. Etwas stimmte nicht an dieser Sache, und mein ganzer Körper rief es mir aus jeder Zelle zu. Etwas stimmte ganz und gar nicht. Im ersten Reflex wollte ich versuchen, die Schrift wegzuwischen, aber ich besann mich eines Besseren. Das hier war nach allen Regeln polizeilicher Kunst ein Indiz.

Ich lief im Stechschritt los. Wenn Dad das erfuhr … Dann mussten sie ermitteln. Bevor ich mich versah, war ich auf meinen Schnürsenkel getreten und stellte mir selbst ein Bein. Mit den Händen fing ich den Sturz ab, schmerzhaft krallte ich mich ins Kopfsteinpflaster und rappelte mich wieder auf. Meine Finger zitterten, als ich den offenen Turnschuh schnürte.

Ich gefror mitten in der Bewegung. In meinem Kopf war ein Dominostein umgefallen, hatte einen weiteren mitgerissen, und am Ende einer Kettenreaktion erschien ein mittlerweile wohlbekanntes Bild vor meinem inneren Auge. Es war Bella in der Eibe, mit baumelnden Schnürstiefeln. Mit baumelnden, *offenen* Schnürstiefeln.

Von Bellas Hütte bis zur Eibe waren es mehrere hundert Meter, über ein Stück Feld und über Kiesweg. Niemand lief diesen Weg mit offenen Schuhen.

Es war ein Ding der Unmöglichkeit.

FÜNF

»Wo ist Dad?«, fragte ich Cecile, die auf der Couch lag und in einer Zeitschrift mit einer platinblonden Frau auf dem Cover blätterte.

»Schuhe aus«, sagte sie, ohne aufzusehen.

»Cecile, bitte, es ist dringend –« Ich beugte mich vornüber, nach Luft ringend. Sprints waren nicht meine Stärke.

»Nichts ist so dringend, dass du mit nassen Schuhen durch mein Treppenhaus läufst.«

An einem anderen Tag hätte mich dieses Possessivpronomen auf die Palme gebracht, aber heute hatte ich dafür keine Zeit. Ich streifte die Schuhe ab, knallte sie auf die Fußmatte im Flur und baute mich wieder vor Cecile auf.

»Wo ist er?«

Cecile unterdrückte ein Gähnen und blätterte eine Seite um. »Im Arbeitszimmer.«

Noch immer außer Atem nahm ich drei Stufen auf einmal in den ersten Stock. Ich klopfte nicht an.

»Anna?« Dad drehte sich auf seinem Schreibtischstuhl um und legte sofort sein Buch zur Seite. »Was ist los?«

Ich hielt mir die stechende Flanke und rang nach Luft.

»Du musst mitkommen. Und bring einen Fotoapparat mit. Auf der Tafel vor dem Pub … Jemand hat eine Nachricht –«, japste ich. »Das war kein Suizid, ganz sicher nicht. Jemand weiß etwas. Und ihre Schuhe –«

»Setz dich wenigstens hin.« Dad deutete auf einen grünen Samthocker, von dem er einen Stapel Zeitungen fegte. »Und dann bitte langsam und von vorn.«

»Dazu ist keine Zeit. Jemand könnte die Nachricht entfernen, und sie ist vielleicht ein Beweis. Eventuell kann man die Handschrift identifizieren –«

Es gab Graphologen bei der Polizei, das wusste ich. Sicher nicht in Dunwood, aber in Edinburgh möglicherweise, ganz sicher in London.

Ich berichtete ihm von der Nachricht auf der Tafel. *Wer hat die Hexe in die Eibe gehängt?* »Wer würde diese Frage stellen, wenn nicht jemand, der weiß, dass es ein Mord war?«

Jedes Anzeichen von Dringlichkeit wich aus Dads Gesicht.

»Jemand hat sich einen Scherz erlaubt, Anna. So was passiert ständig. Du würdest kaum glauben, wie oft – Leute wollen sich wichtigmachen. Oder Unruhe stiften.«

»Das glaub ich nicht. Du hast sie nicht gesehen … Sie hätte sich nicht erhängt, ich weiß es einfach.«

Ein bedauernder Ausdruck lag jetzt in Dads Augen, als wollte er mich vor einem bekannten Schmerz beschützen und wusste nicht, wie. Am liebsten hätte ich ihn geschüttelt, um ihm begreiflich zu machen, wie falsch er lag.

»Ihre Schuhe waren offen.« Das war meine Trumpfkarte. Die konnte er nicht ignorieren. »Sie trug Schnürstiefel, so ähnliche wie ich sie habe. In denen kommt man keine fünf Meter weit, wenn sie nicht gebunden sind. Nie im Leben kann sie damit zur Eibe gelaufen sein –«

»Vielleicht sind sie erst unterwegs aufgegangen. Oder als sie in den Baum geklettert ist.«

»Alle beide?«

»Vielleicht waren sie nicht anständig geschnürt.«

Ich lachte ungläubig auf. »Sie war Anfang dreißig. Denkst du nicht, dass sie in der Lage war, ihre Schuhe richtig zu binden?«

»Die Fakten sprechen dagegen. Wir haben keinerlei Hinweise auf ein Fremdverschulden gefunden. Keinen einzigen.« Dad kniff die Lippen zusammen.

»Was ist mit Fußabdrücken?«

»Gab es keine. Dafür hat der Regen gesorgt.«

Ich holte Luft, aber für einen Moment fehlten mir die Worte. Ich war überzeugt gewesen, dass diese beiden Hinweise mehr als genug wären, um eine Ermittlung zu Bellas Tod in Gang zu bringen. Bei allem, was ich meinem Vater in den letzten Jahren vorzuwerfen hatte – dass er seinen Job nicht gut machte, hatte nie dazugehört. War wirklich ich diejenige auf dem Holzweg?

»Was ist mit Hinweisen *für* einen Selbstmord? Gab es einen Abschiedsbrief? War sie wegen Depressionen beim Arzt? Irgendetwas, das eure These untermauert?«

Dad lehnte sich auf dem Stuhl zurück und faltete die Hände.

»So funktioniert das nicht. Wir müssen einen Suizid nicht beweisen. Solange es nichts gibt, was dagegenspricht –«

»Es spricht aber etwas dagegen. So ziemlich alles. Man muss es nur sehen wollen.« Ich zwang mich, ruhig zu sprechen. »Wir haben sie Stunden vor ihrem Tod gesehen, und sie schien völlig normal. Die Tatsache, dass sie den ganzen Weg mit ungeschnürten Stiefeln gelaufen sein soll … Und dann gibt es offensichtlich jemanden, der etwas weiß. Solltet ihr nicht zumindest herausfinden, wer das ist?«

»Ich sage das jetzt in aller Deutlichkeit, Anna. Eine junge Frau ist tot, und das ist furchtbar. Aber du machst es nicht besser, indem du etwas herbeifantasierst, das nicht der Wirklichkeit entspricht. Bist du nicht immer diejenige, die alle anderen dafür schilt, wenn sie Glauben über Fakten stellen?«

Das Blut stieg mir ins Gesicht. Ich konnte kaum glauben, was ich da hörte.

»Wissen erlangt man durch die Einbeziehung *aller* Fakten, nicht nur derer, die das eigene Vorurteil bestätigen.«

»Der Arzt hat Miss McQuoids Tod als Suizid ausgewiesen. Wie viele Expertenmeinungen braucht es, um dich zu überzeugen? Wenn dir meine zwanzig Jahre bei der Polizei nicht genügen?«

Da war er wieder, dieser Blick. Als wären hinter seinen grauen Augen die Vorhänge zugegangen. Wieso war ich davon ausgegangen, dass seine Resignation sich auf unsere Familie beschränkte? Es war nur folgerichtig, dass er im Beruf genauso emotionslos geworden war.

»Ich hatte nur gedacht …« Ich schluckte trocken.

Dad begann, seine Zeitungen wieder auf den grünen Samthocker zu schichten. Für ihn war das Thema erledigt. Genauer gesagt, war das Thema für ihn schon erledigt gewesen, als ich zur Tür hereingekommen war. Ich hatte es nur nicht gewusst.

»Ich hatte gedacht, nach allem, was sie für Mum getan hat, haben wir eine Verantwort–«

»Schluss, Anna. Sofort.« Sein Ton war jetzt scharf.

»Aber wie kannst du –«

Vater biss die Zähne zusammen, sodass ich jeden Muskel auf seinen Wangen erkennen konnte, und wies, ohne mich anzusehen, in Richtung Tür.

Vorhang zu, Lichter aus. Die Vater-Vorstellung war vorbei. Sie war seit drei Jahren vorbei.

Ich ging an jenem Sonntag, vier Tage nach Beltane, nicht zum Gottesdienst. Normalerweise hätten Dad und Cecile darauf bestanden, aber sie waren beide so schlecht auf mich zu sprechen, dass sie mich einfach in meinem Zimmer sitzen ließen und ohne mich losfuhren. Mir war es recht. Ich kauerte mit angezogenen Knien auf dem Bett und blätterte in einem Buch. Meine Augen glitten über den Text, aber mein Gehirn war anderweitig beschäftigt. Nicht einmal meine geplante Büchertauschaktion für Pfarrer O'Malley schien mir mehr wichtig. Dann fiel mir ein, dass Matt angekündigt hatte, sich an der ›Verschwörung‹ beteiligen zu wollen. Ob er nach dem Gottesdienst auf mich warten würde? Ich hätte nicht darauf gewettet. Und nach allem, was ich wusste, war er ohnehin mit diesem Mädchen aus seiner Stufe unterwegs. *Melinda.* Das war der Name. Er fing nicht einmal mit E an. Aber wieso machte ich mir darüber Gedanken? Ich war diejenige, die ihn abgeblockt hatte. Es war meine Entscheidung, und jetzt musste ich mit den Konsequenzen leben. Und das war okay, es *musste* okay sein. Was mir zu schaffen machte, war, dass ich ihn als Freund nicht verlieren wollte. Aber ich wusste, wie diese Dinge liefen – Freundschaft war der Trostpreis, den niemand wollte, der um einen Hauptgewinn gespielt hatte.

Dabei wechselten meine Mitschülerinnen ihre Liebeleien häufiger als den Inhalt ihrer Turnbeutel, während meine Freundschaften zu Rahel und Liv die einzigen Konstanten in meinem Leben darstellten. Ob sie auch meinen Wegzug nach London im Sommer überstehen würden? Rahel würde ich zumindest hin und wieder sehen, wenn sie ihre Schwester besuchte, bei der ich wohnen würde. Aber Liv? Funktionierten Freundschaften, die nichts anderes als räumliche Nähe kannten, über Telefonate und Briefe und hunderte Meilen hinweg?

Ich klappte meine Biografie über Isaac Newton zu. Die ganze Zeit hatte ich nur das eine Ziel vor Augen gehabt: raus aus Dunwood und an der *Academy* aufgenommen zu werden. Weiter hatte ich nie gedacht, als würden diese beiden Puzzleteile wie von selbst mein restliches Leben in Ordnung bringen. Jetzt kam mir zum ersten Mal der Gedanke, dass ich Liv und Rahel hier zurücklassen würde. Ein Stück weit sogar Marie, auch wenn sie so sehr an Cecile klebte, dass ihr meine Abwesenheit vielleicht gar nicht groß auffiele. *Und Bella.* Wenn Mum wüsste, was mit der Frau passiert war, die als Einzige nicht ihre Tür verschlossen hatte, als wir sie um Hilfe gebeten hatten … Die – was immer sie in diesen Stunden in Mums Zimmer mit ihr gemacht hatte – dafür gesorgt hatte, dass Mum anschließend ganz ruhig wurde, die Schmerzfalte zwischen ihren Augenbrauen sich glättete, und sie eine ganze Nacht lang durchschlief. Am nächsten Morgen hatte ich ein letztes Mal mit Mum gesprochen, und den Inhalt dieses Gesprächs trug ich tief in meinem Innern und hütete ihn als Geheimnis und als Schatz.

Jemand hatte Bella das Leben genommen, dessen war ich fast sicher. Und nun würde dieser Jemand einfach davonkommen, würde vielleicht sogar unbehelligt mitten unter uns leben, wie damals die Hexe, die Ruby Pearson angegriffen hatte. Er könnte beim Bäcker in der Schlange hinter uns stehen, ohne dass wir es ahnten, sie könnte unsere Lehrerin sein, oder der Postbote. Sogar Polizist.

Gerechtigkeit ist nichts, was geschieht – sie ist etwas, das wir schaffen, hatte Vater mal gesagt. Und ein anderer schlauer Mann hatte gesagt: »Die einzige Voraussetzung für den Triumph des Bösen ist, dass gute Menschen nichts tun.«

Ob ich ein guter Mensch war, darüber mussten andere urteilen. Aber ich wollte zumindest keiner von jenen sein, die nichts taten.

Ich versuchte, Liv anzurufen, aber ihre Mutter nahm ab und erklärte, Liv sei mit ihrem Vater bei einem Bauern in Spean Bridge, dessen Schafe vermutlich die Räude hätten. Rahel war im Gottesdienst und danach bei einer Tante, bei ihr brauchte ich es gar nicht erst zu versuchen. Am liebsten hätte ich Matt angerufen, aber stattdessen las ich zum hundertsten Mal die Info-Broschüre der *Academy* und ging auf dem Londoner Stadtplan den Weg von meiner zukünftigen Wohnung zum Schulgelände mit den Fingern ab.

Später stattete ich Jaro erneut einen Besuch ab. Als ich mich seiner Hundehütte näherte, stand er auf und wedelte vorsichtig mit dem Schwanz. Sein Wassernapf war leer bis auf den letzten Tropfen, und er hatte die Hälfte des Futters verspeist. Zwar fand ich vor der Hütte Reste von Erbrochenem, von dem er einen Teil offensichtlich noch mal gefressen hatte, aber es war nicht zu übersehen, dass er zunehmend wieder zu Kräften kam. Ich verbrachte eine gute Stunde bei ihm, füllte seine Vorräte nach und kraulte ihn unterm Kinn, was seine Lieblingsstelle zu sein schien. Er fixierte mich aus seinen intelligenten, wachen Augen.

»Wir sind jetzt Freunde«, sagte ich. »Vergiss das nicht, sobald du wieder ganz der Alte bist.«

Jaro seufzte. Ob bezüglich der Offensichtlichkeit meiner Aussage, oder weil er das für ein gewichtiges Opfer hielt, war nicht ganz klar.

SECHS

»Wartest du nicht auf mich?« fragte Marie, als ich mich am Montagmorgen eine halbe Stunde vor unserer üblichen Zeit auf den Weg zur Schule machte.

Ich schnürte gerade meine Stiefel, den Frühstückstoast zwischen die Zähne geklemmt, und schüttelte nur mit dem Kopf. Mein geplanter Zwischenstopp bei Jaro würde mich die Zeitdifferenz kosten. Ich schnappte meine Tasche und stürmte aus der Tür.

Der Frühling war nach seiner kurzen Auszeit zurückgekehrt, und die milde Luft roch nach Nachtregen und Kiefernnadeln. Mich überkam das überwältigende Bedürfnis, zurück ins Haus zu laufen und Mum davon zu erzählen. Noch immer kreierte mein Gehirn diese verwirrenden Millisekunden, in denen Mum noch am Leben war, legte die Bahn eines parallelen Universums über die Wirklichkeit wie ein doppelt belichtetes Foto. Arme Mrs Pomeroy, wie anstrengend das ständige Taumeln durch Zeitleisten für sie sein musste … Ich griff den Riemen meiner Schultasche fester und begann zu laufen. Als ich jedoch an Bellas Hütte ankam, stand das kleine Gartentor offen, und von Jaro war weit und breit nichts zu sehen.

Das Schulgebäude der Gesamtschule Dunwood erinnerte an ein Gefängnis, grau, schnörkellos und mit vergitterten Fenstern im Erdgeschoss. Natürlich war ich jetzt viel zu früh dran, also setzte ich mich auf ein Mäuerchen vor der Sporthalle und wünschte mir nicht zum ersten Mal, ich wäre Raucherin, um etwas zu tun zu haben. Als Raucher brauchte man keine Rechtfertigung, um allein irgendwo herumzuhängen: Die Zigarette war Daseinsberechtigung genug.

Sobald sie einen Stoff erfänden, der nach Minze oder Bratensauce schmeckte und die Bronchien regenerierte, anstatt sie mit Teer zu verkleben, wäre ich die Erste in der Schlange. Ich holte mein Analysis-Buch aus der Tasche und las den Stoff der letzten Mathestunde nach, bis die ersten Schüler eintrudelten. Dann räumte ich das Feld – ich wollte Matt nicht begegnen – und lief zum Klassenzimmer, wo die erste Doppelstunde Mathe stattfand.

Ich legte meine Tasche ab, ignorierte die eintröpfelnden Mitschüler und wartete vor der Tür auf McNeil. Für das, was ich von ihm wollte, brauchte ich kein Publikum.

McNeil erschien zwei Minuten nach dem Klingeln. Wie so oft trug er einen Gesichtsausdruck irgendwo zwischen Gestresstheit und Verwirrung, auf seiner ausladenden Stirn glänzte es feucht. Wenn man seinen Eierkopf zu Ostern bemalen wollte, würde man ständig mit dem Pinsel abrutschen, dachte ich, aber ich rief mich selbst zur Ordnung. Ohne eine gute Portion Demut würde ich bei ihm überhaupt nichts erreichen. Trotz der Aura des gutmütigen zerstreuten Akademikers strahlte er eine lebenslange Unsicherheit aus – die Art, die sich nur beruhigen ließ, indem man sich selbst noch kleiner machte.

»Mr McNeil, dürfte ich bitte kurz mit Ihnen sprechen?«

Er sah auf seine Armbanduhr und runzelte die Stirn.

»Wir sind spät dran, Anna. Kann es nicht bis nach der Stunde –«

»Es braucht nur eine Minute, versprochen.«

Er seufzte, blieb aber stehen. Wahrscheinlich erwartete er wieder eine verwirrende Frage zum Stoff von mir. Als ich ihn letztes Mal gefragt hatte, ob die Zeit eigentlich auch ein Vektor sei, hatte er sich gewunden wie ein Aal und war sichtlich erleichtert abgezogen, als Dr. Byrne über den Flur nach ihm gerufen hatte.

»Mr McNeil: Ich möchte mich für das Abschlussjahr an der *London Academy for Advanced Sciences* bewerben. Mit einem Abschluss der *Academy* hätte ich gute Chancen, in eins der Wissenschaftsprogramme an einer Top-Uni aufgenommen zu werden. Ich erfülle alle Aufnahmekriterien, aber meine Familie ist nicht … Wir haben nicht viel … Jedenfalls habe ich nur eine Chance, wenn ich eins der beiden jährlichen Stipendien bekomme. Und dazu benötige ich eine Referenz aus dem Bereich Naturwissenschaften. Nur einen formlosen Brief, aus dem hervorgeht, warum Sie mich für eine geeignete Kandidatin halten. Ich habe Ihnen Kopien meiner Zeugnisse und ein paar Musterschreiben vorbereitet –« Beinahe hätte ich mich beim Reden selbst überholt, aber McNeil ließ mich mit einer Geste verstummen.

»Wozu denn das, wenn ich fragen darf? Bist du mit dem Angebot bei uns nicht zufrieden?«

Das fehlte noch, dass er das Ganze als persönliche Kränkung interpretierte.

»Das wollte ich damit nicht –«

»Diese Schule bietet eine absolut solide Ausbildung«, unterbrach er mich, »auch für das Abschlussjahr.« Seine Stimme wechselte in ein tieferes Register. »Ich sehe keine Notwendigkeit, warum du für das letzte Jahr noch mal neu anfangen solltest. Und was ist mit deiner Familie, sollen die alle umziehen – nur wegen dir?«

Mein Gesicht wurde heiß, und ich hoffte, dass er mir die Erregung nicht ansah.

»Das ist alles geklärt. Ich kann bei Rahels Schwester im East End wohnen. Sie hat ein Zimmer für mich, und ich kann bei ihrem Mann als Aushilfe –«

Erst jetzt sah McNeil mich direkt an.

»Aber Mädchen … Wozu möchtest du dir das antun? Die *Academy* stellt enorme Ansprüche an ihre Studenten. Du würdest eines der besten Jahre deines Lebens opfern. Nur um nachher sowieso …« Er ließ den Satz unvollendet.

Ich hatte keine Ahnung, worauf er hinauswollte. Ging er davon aus, dass ich an einer der Top-Unis ohnehin nicht bestehen könnte? Oder dass ich es mir in jugendlichem Übermut morgen anders überlegen würde?

»Ich verstehe nicht –«

»Anna –« Er sah jetzt mitleidig aus, als würde ich ihn zwingen, eine unangenehme Wahrheit auszusprechen, die zwischen den Zeilen offensichtlich sein sollte. »Ohne dir zu nahe treten zu wollen, aber … Junge Mädchen ändern ihre Meinung wie der Wind. Heute hü, morgen hott, ich sehe es jeden Tag im Unterricht. Und daran ist nichts Verwerfliches. Aber findest du es nicht unfair, einem jungen Mann den Platz wegzunehmen, für den das Ganze nicht nur ein Hobby ist? Der anschließend eine Familie zu ernähren hat?«

Mir blieb die Luft im Hals stecken. War das sein Ernst?

»Überleg es dir noch mal gut. Bis wann brauchst du das Schreiben?«

Erst in acht Wochen, aber das würde ich McNeil nicht auf die Nase binden.

»In vier Wochen. Spätestens.«

»Geh noch mal in dich. Du bist doch eine ansehnliche junge Frau. Was sollte dich daran hindern, einen netten Mann zu finden und eine Familie zu gründen?«

»Nichts, aber –«

»Ja, siehst du. Denk mal darüber nach. Und wenn du in ein paar Wochen noch immer von deinem Plan überzeugt bist, wäre ich unter Umständen bereit, dir ein Schreiben aufzusetzen.«

Ich atmete innerlich auf.

»Aber um es ganz offen zu sagen: Es mag nicht das sein, was du dir davon erhoffst. Und jetzt bitte –« Er nickte in Richtung Klassenzimmer und geleitete mich mit ausgestrecktem Arm zur Tür.

Meine Wangen glühten, als ich meinen Platz neben Rahel einnahm. Sie warf mir einen fragenden Blick zu, aber ich winkte ab, noch immer im Schockzustand. Schwer vorstellbar, wie es hätte schlechter laufen können, ohne dass er mir vor versammelter Klasse einen Faustschlag versetzt hätte.

Während der Stunde vermied ich McNeils Blick und meldete mich nicht zu Wort. Liv hielt es genauso, allerdings war für sie mangelnde Beteiligung in Mathe nicht ungewöhnlich. McNeil verriet mit keiner Miene, dass ihm die Situation unangenehm sein könnte, während er an der Tafel Gleichungen integrierte und differenzierte und sich zwischendurch mit dem Ärmel seines Jacketts den Schweiß von der Stirn wischte. Wieso um alles in der Welt schwitzte dieser Mann so? Es war Mai, Grundgütiger. Fünfzehn Grad. Mit einem Mal erschien mir sein Eierkopf nicht mehr komisch, sondern grotesk, sein abwesendes Lächeln nicht mehr zerstreut, sondern nachlässig.

»Olivia, auf ein Wort«, sagte McNeil, als wir nach der Stunde das Klassenzimmer verließen.

Liv warf uns einen alarmierten Blick zu. Wir erwiderten ihn mit hochgezogenen Augenbrauen, konnten aber nichts für sie tun.

Gut zehn Minuten später stieß sie auf dem Pausenhof zu uns, wo Rahel und ich Schwarztee aus gelben Plastikbechern tranken und das ›Rate, was Lennox dann gesagt hat‹-Spiel spielten. Anscheinend hatte er sein Veto eingelegt, als Rahel verkündete, sich einen Bob schneiden lassen zu wollen wie Dusty Springfield.

»Wieso brauchst du dafür seine Erlaubnis?«, fragte ich. »Er muss doch deine Haare nicht jeden Tag pflegen. Außerdem würde ein Bob super an dir aussehen. Diese Wangenknochen hinter Haaren zu verstecken, ist ein Verbrechen, wenn du mich fragst.«

»Er sagt, er blamiere sich vor seinen Freunden, wenn ich rumlaufe wie ein Typ.«

»Das Einzige, was dich von einem Typen unterscheidet, sind also zwölf Zoll abgestorbener Zellen? Hat ihm schon mal jemand gesagt, dass Haare ein nachwachsender Rohstoff sind?«

Ich nahm den letzten Schluck Schwarztee und zerdrückte mit einer Hand den Becher, der ähnlich fragil war wie Lennox' Vorstellung von Männlichkeit. Oder McNeils Rückgrat.

»Du weißt doch, wie er ist –«

»Leider, ja.« Ich dachte an das, was Bella kurz vor ihrem Tod zu Liv und mir gesagt hatte. *Wenn er euer Selbstbewusstsein schwächt, seid ihr irgendwann sogar dankbar für Aufmerksamkeit von jemandem wie ihm.*

»Er schreibt dir vor, was du anziehen darfst, wie du deine Haare tragen sollst, mit wem du sprichst … Hast du eigentlich kürzlich mal in den Spiegel geguckt? Du könntest jeden Typen haben, den du willst. Jemanden, der dich dafür liebt, dass du empathisch bist. Und lustig. Für deine Lord-Byron-Zitate und deinen tödlichen Volleyball-Aufschlag. Und nicht für deine *Haare*.« Ich warf den Becher in den nächsten Mülleimer und atmete tief aus.

»Es tut mir leid, das ist deine Angelegenheit. Du weißt, ich steh zu dir, egal, was ist. Aber –«

»Ich gebe Menschen nicht auf, sobald es mal nicht rund läuft«, sagte Rahel ruhig.

»Und das ehrt dich auch, wirklich. Aber ich werde das Gefühl nicht los, dass der Grund, warum es bei euch nicht rund läuft, sein sturer, eifersüchtiger Quadratschädel ist.«

»Das war schwach, Anna.«

»Ich weiß. Ich bin nicht in Form.« Die Erinnerung an das Gespräch mit McNeil und so viel Schwarztee machten mich zittrig.

»Hat eine von euch Feuer?«

Ein blondes Mädchen mit riesiger Brille und geflochtenen Zöpfen war aus einer Gruppe zu uns herübergelaufen.

»Nein«, sagten Rahel und ich gleichzeitig – ich genervt, Rahel freundlich.

Die Blonde grinste süffisant und entfernte sich. Wir blickten ihr nach, und ich erkannte in der Gruppe Mädchen, der sie sich wieder anschloss, Melinda. Sie tuschelten und sahen zu uns herüber, gaben aber gleich wieder vor, uns nicht zu beachten.

»Das da hinten ist die Tussi, mit der Matt am Samstag im Brewers war.«

»Aaah.« Verständnis dämmerte auf Rahels Gesicht. »Dann hat er ihr von dir erzählt.«

»Glaubst du?«

»Ganz sicher. Und es hat ihr nicht gefallen, das heißt, du bist ziemlich gut dabei weggekommen.«

Ich biss mir auf die Lippen, um ein Lächeln im Keim zu ersticken.

In diesem Moment stieß Liv zu uns.

»Hey«, begrüßte ich sie, froh um die Ablenkung. »Na, was wollte McNeil?«

»Ach, nichts.«

»Für nichts hätte er dich wohl kaum dabehalten.«

Liv sah mit glasigen Augen in die Ferne und kaute auf ihrer Unterlippe.

»Erde an Liv … Kannst du mich hören?«

»Verdammt noch mal, Anna – musst du eigentlich immer alles wissen? Er wollte, dass ich mich bei Miss White entschuldige. Reicht dir das? Oder willst du am besten gleich mit dabei sein? Bring doch auch noch Rahel mit und einen Fotoapparat, dann können wir alles in ein Album kleben und ausdiskutieren, bis wir blau anlaufen wie ein Haufen Schlümpfe, denn Gott bewahre, dass irgendjemand in diesem verkackten kleinen Dorf auch nur einen *Hauch Privatsphäre haben darf*!«

Liv hatte die letzten Worte über den Pausenhof gebrüllt, sodass alle im Umkreis zu uns hersahen, dann machte sie auf dem Absatz kehrt und ließ uns stehen.

»Was war das denn? Ich wollte ihr nicht …«

Rahel legte eine Hand auf meinen Arm.

»Wahrscheinlich knabbert sie noch an ihrem Auftritt beim Beltane. Blamagen sind nie leicht zu verkraften, schon gar nicht für so stolze Menschen wie Liv.«

»Bin ich wirklich zu neugierig? Ich meine, hast du auch das Gefühl, dass ich eure Privatsphäre nicht respektiere?«

»Nein. Du interessierst dich für uns, weil du eine gute Freundin bist. Mach dir keinen Kopf. Die kriegt sich schon wieder ein.«

Ich sah Liv zweifelnd nach, als sie in Richtung Musikraum davonstürmte. Rahel und ich hatten Kunst als Wahlfach. Unsere Aussöhnung musste warten.

»Wer kann mir sagen, um welches Werk es sich hier handelt?«, fragte Mrs Guthrie. Im Kunstsaal war es dunkel, und sie hatte mit dem Diaprojektor ein Gemälde an die Wand geworfen, auf dem ein junger Mann auf schwarzen Felsen stehend in eine neblige Landschaft blickte.

»Der Wanderer über dem Nebelmeer«, sagte Rahel.

»Von?«

»Caspar David Friedrich –«

»Danke, Miss Azara. Ganz recht: Es ist Friedrichs bekanntestes

Werk aus dem Jahre 1818.« Mrs Guthrie schob mit einem Klicken das nächste Dia ein. »Dieses Bild dürfte ebenfalls bekannt sein.«

Das Gemälde zeigte einen Mann mit einem Holzkarren, der seine Pferde durch einen Fluss in knietiefem Wasser trieb, inmitten idyllischer Landschaft.

Nur Rahels Hand hob sich.

»Constable?«

»Korrekt.« Mrs Guthrie nickte Rahel wohlwollend von hinter ihrem Projektor zu. »Lassen Sie das Werk einen Moment auf sich wirken. Was fällt Ihnen auf? Welche Stimmung ruft es in Ihnen hervor?«

Ich studierte die Szene einige Momente. Es war eben eine Landschaft in Öl, wie es sie zu tausenden gab. Ich konnte ihr nicht viel abgewinnen. Aber war es nicht faszinierend, dass wir sie mit einem Fingerklick hier in unser Klassenzimmer zaubern konnten? Nur mithilfe von Licht, welches durch eine Anordnung von Spiegeln und Linsen geleitet ein kleines Diabild zum Leben erweckte?

Wieder klickte der Projektor, und ein drittes Bild erschien an der Wand.

Eine mystische Szene diesmal, in gedeckten Farben, die drei Figuren in beieinander kauernder Position zeigten. Nur das Gesicht der mittleren Person war zu erkennen; sie hatte langes, dunkles Haar und eine markante Nase. Ihr Finger ruhte auf den Seiten eines aufgeschlagenen Buchs, aber ihr Blick zeigte in die andere Richtung, zu einigen seltsamen Tieren, von denen die drei Figuren umgeben waren: ein grasender Esel, eine Eule, eine Echse oder Schlange. Über ihnen durch die Luft flog ein fledermausähnliches Wesen mit monströs anmutendem Gesicht.

»Soll das ein Typ oder 'ne Frau sein?«

Die halbe Klasse lachte über Andrews Frage, aber Mrs Guthrie ließ sich nicht aus der Ruhe bringen.

»Was glauben Sie, Mr Boyle? Und wieso ist es Ihnen unangenehm, es nicht auf Anhieb erkennen zu können? Wie würde eine Antwort die Wirkung des Werkes auf Sie verändern – und warum?«

»Für eine Frau wäre sie ziemlich hässlich. Und wenn's ein Mann wäre, wozu zieht er seinen Umhang so weit hoch?«

Mrs Guthrie hatte anscheinend nicht vor, Andrews Qualen zu beenden. Mit einem feinen Lächeln wandte sie sich wieder an Rahel.

»Miss Azara, haben Sie dieses Bild schon einmal gesehen?«

»Nein … Ich glaube nicht.«

»Und haben Sie trotzdem eine Ahnung, wer sein Urheber sein könnte? Ein kleiner Tipp: Sie kennen ihn bereits aus einem anderen Fach.«

Rahel dachte kurz nach. »Könnte es von Blake sein?«

Mrs Guthrie schnalzte anerkennend mit der Zunge. »William Blake, den Sie als einen der bedeutendsten Poeten der englischen Literatur kennen, und seine ›Hekate‹ – später auch ›die drei Parzen‹ genannt. Nun die Preisfrage: Was verbindet alle drei Werke, die ich Ihnen eben gezeigt habe?«

Wieder meldete Rahel sich.

»Ich weiß, dass Sie es wissen, Miss Azara, aber es wäre schön, wenn wir diese Stunde nicht nur zu zweit stemmen müssten. Niemand sonst? Mr Boyle, wagen Sie einen Versuch.«

Andrew rutschte auf seinem Stuhl hin und her; jetzt war es ihm unangenehm, im Mittelpunkt der Aufmerksamkeit zu stehen.

»Sie sind alle drei deprimierend?«

Wieder lachten einige.

»Damit liegen Sie nicht so weit daneben, wie man vermuten könnte. Miss Azara, klären Sie uns auf.«

»Sie werden alle drei der Romantik zugeordnet.«

Mrs Guthrie nickte und schob wieder das erste Dia von Friedrichs Wanderer über dem Nebelmeer ein.

»Was soll daran romantisch sein?«, fragte Andrew. »Ist er unterwegs zu einem Date?«

»Der Begriff ›Romantik‹ leitet sich von ›Lingua Romana‹ ab, also der romanischen Sprache, in der zu dieser Zeit zunehmend Texte verfasst wurden – nicht mehr wie zuvor auf Latein. Die Romantik als Epoche umfasst natürlich nicht nur die bildenden Künste, sondern auch die Literatur – in der sich unter anderem der vorhin genannte William Blake hervorgetan hat –, die Musik und sogar die Natur- und Geisteswissenschaften.«

»Romantische Mathematik?«

Andrew und ich stimmten selten in irgendetwas überein, aber ich musste zugeben, dass ich die Vorstellung romantischer Wissenschaft ähnlich lachhaft fand wie er.

»Sobald Sie verstanden haben, was die Romantiker umtrieb, Mr Boyle, werden Sie sich auch die romantische Mathematik vorstellen können. Zumindest, wenn Sie genau aufpassen.«

Ich lehnte mich auf meinem Stuhl zurück und verschränkte die Arme. Das wollten wir doch mal sehen, was eine Kunstlehrerin – auch wenn Sie so belesen und clever war wie Mrs Guthrie – uns über Mathematik beibringen wollte.

»Jede Art von Fortschritt definiert sich über Erweiterung, aber auch durch Abgrenzung zu dem, was vorher da war. Um die Wende vom achtzehnten ins neunzehnte Jahrhundert kristallisierte sich eine Strömung heraus, die sich als Gegenpol, ja: Gegenbewegung zu den

Idealen der Aufklärung und des Klassizismus verstand. Bewusst und unbewusst lehnte sie die Idealisierung des Verstandes als höchste Instanz ab und propagierte eine Rückbesinnung auf die Emotion, auf Natürlichkeit in einer immer stärker industrialisierten Welt.«

Mrs Guthrie durchschritt, während sie sprach, das halbdunkle Klassenzimmer.

»Wir sehen also in den Werken der Romantik einen Fokus auf das *Gefühl*. Der Wanderer über dem Nebelmeer verkörpert diese Sehnsucht und Melancholie. Er wendet dem Betrachter den Rücken zu, wodurch wir uns automatisch in seine Perspektive begeben: den sehnsuchtsvollen Blick in die Ferne.«

Mrs Guthrie legte erneut Constables Ölgemälde auf.

»Aus heutiger Sicht scheinen Constables Landschaften wie ein Klischee. Tatsächlich war er zu seiner Zeit in vieler Hinsicht Revolutionär: Statt pompöser Bauwerke, Burgen und Schlössern malte er die alltäglichen Landschaften seines geliebten Suffolk. Die einfache, idyllische Natur als ›Star‹ der Show. Die Romantiker fühlten, dass der Mensch nicht nur aus Ratio besteht, sondern als spirituelles Wesen im Einklang mit der Natur existieren muss. Sie rückten den Künstler und dessen Gefühle in den Vordergrund.«

Ich hob die Hand.

»Miss Cairns?«

»Und inwiefern hatte das Einfluss auf die Naturwissenschaften? Ein Naturgesetz ist ein Fakt, egal, wie der Beobachter dabei fühlt.«

Und das war ja das Schöne daran. Verlässlichkeit – emotionslos und allgemeingültig.

»Die Art, wie wir Erkenntnisse gewinnen, also der epistemische Prozess, aber auch Rahmenbedingungen, Anwendung und Ziele sind Teil der Wissenschaft. Die Aufklärer, wie Newton oder Leibnitz, sahen den Menschen – speziell seinen Verstand – als über der Natur stehende Instanz, welcher die Natur um ihn herum sezieren und zu seinem Vorteil manipulieren konnte. Dagegen wehrten sich die Romantiker, die glaubten, dass zum wirklichen Verstehen eine persönliche Bindung, ja: Liebe und Respekt vonnöten seien. Constable zum Beispiel studierte die Wolken, die er malte, mit wissenschaftlicher Zuneigung. Seine Darstellungen sind meteorologisch akkurat, wie kaum jemand zuvor sie umzusetzen vermochte.«

Ein weiteres Mal klickte der Projektor.

»Blakes ›Hekate‹, die den armen Mr Boyle so sehr verwirrt hat«, sie zwinkerte Andrew spöttisch, aber nicht unfreundlich zu, »zeigt ein weiteres Spielfeld der Romantiker: Mystik, Magie und Okkultismus.«

»Das würde Liv gefallen«, flüsterte ich Rahel zu, die gebannt das Bild der drei Gestalten studierte. Sie warf mir einen unergründlichen Blick zu.

Mrs Guthrie fuhr fort, über William Blakes Leben und Werk zu referieren, der es ihr anscheinend besonders angetan hatte, und Rahel hing an ihren Lippen, als offenbarte diese die Weltformel. Was für einen Unterschied es machen musste, ein solches Vorbild zu haben. Der jüngste unserer Lehrer aus der Wissenschaftsfakultät war McNeil, und mit ihm hatte ich mich nie identifizieren können, auch, bevor ich seine Einstellung zu meinen akademischen Ambitionen gekannt hatte. Wieso hatte eine Mrs Guthrie nicht Physik studiert? Ich hatte absolut keinen Zweifel daran, dass Sie McNeil und seinen weißhaarigen Kollegen intellektuell das Wasser reichen konnte.

Als Mum gestorben war, hatte ich zwei Wochen lang in der Schule gefehlt. Ich wollte sofort am nächsten Tag wieder hingehen, weil es zu Hause unerträglich war ohne sie, aber Cecile hatte darauf bestanden, dass Marie und ich ›Zeit zum Trauern‹ bekämen. Zwei Wochen, so viel war uns zugeteilt worden nach dieser willkürlichen Erwachsenenlogik, in der man sich besser zu fühlen hatte, weil die vorgesehene Zeitspanne abgelaufen war. Die Lehrkräfte hatten vorgeben, von nichts zu wissen, aber aus den Augenwinkeln sah ich die nervösen Blicke, die sie mir zuwarfen. *Hoffentlich fängt sie nicht an zu heulen.* Aber sie hätten sich nicht zu sorgen brauchen. Ich hatte in Mums finalen Wochen alles leergeweint, bis meine Hornhaut sich anfühlte wie Schmirgelpapier, und als ihre Kornblumenbettdecke sich das allerletzte Mal hob und senkte, war ich leer bis auf den letzten Tropfen.

Mrs Guthrie hatte keine solchen Berührungsängste an den Tag gelegt. Sie hatte mich nach der Stunde abgefangen, unauffällig, sodass nur Rahel es überhaupt mitbekommen hatte. »Es tut mir so leid, Anna.« Sie hatte mir direkt in die Augen gesehen. »Meine Tür ist immer offen, egal, worum es geht.«

»Es ist alles ok«, sagte ich vorwurfsvoll. »Ich bin nicht so schwach, wie alle denken.«

»Genau deshalb weiß ich, dass du kommst, wenn es nötig wird«, hatte Mrs Guthrie geantwortet.

Das Licht im Klassenraum ging wieder an, Rahels Pupillen verengten sich zu schwarzen Stecknadeln, ihr Gesicht wie verzaubert. Wir packten unsere Sachen zusammen. Andrew war als Erster aus der Tür.

Nach der letzten Stunde schlenderten Rahel und ich aus der Schule. Normalerweise trafen wir uns zu dritt und quatschten den ganzen Heimweg lang, sodass wir für gut zehn Minuten Wegstrecke manchmal eine Stunde brauchten. Liv war schon fort – dafür wartete jemand anderes auf mich.

»Jaro!« Die Dogge hatte wie eine Statue am Fuß einer Tanne gesessen. Als er mich sah, trabte er auf mich zu. Ich beugte mich zu ihm, und er drückte seine Schnauze in meine Hand. Es tat gut, ihn wieder gesund zu sehen. Womöglich würde aus mir doch noch mal eine Heilerin werden.

»Du hast mir gar nicht von deinem neuen Freund erzählt«, sagte Rahel.

»Wir wollten es noch ein bisschen geheim halten. Bis klar war, ob ich nur eine Futteraffäre bin, oder ob echte Gefühle im Spiel sind.« Ich grinste. Jaro begleitete uns auf dem Heimweg, als hätte er nie etwas anderes getan, und ich berichtete Rahel von meiner Unterhaltung mit McNeil. Sie war aufgebracht, aber weniger überrascht, als ich vermutet hatte.

»*Junge Mädchen ändern ihre Meinung wie der Wind*, pff. Gibt es keinen anderen Lehrer, den du darum bitten kannst?«

»Er ist der Fachbereichsleiter. Ich müsste eine gute Ausrede haben, warum er den Brief verweigert. Und das tut er ja vielleicht nicht mal. Ich muss nur damit rechnen, dass er mir irgendeine lauwarme Nicht-Empfehlung ausspricht. Was schlimmer ist als gar nichts.« Ich seufzte nachdrücklich.

»Dann musst du ihn eben überzeugen. Du bist doch sonst so gut im Debattieren.«

»Es debattiert sich eben schlecht mit Messer im Rücken.«

»Nächstes Mal hat er den Überraschungseffekt nicht auf seiner Seite. Ich glaub an dich.« Rahel stupste mich sanft in die Seite.

»Das unterscheidet dich von dem schwitzigen Eierkopf.«
Sie lachte.

Wir erreichten die Abzweigung, an der sich unsere Wege trennten. Eigentlich wollte ich Rahel endlich von meinen Erkenntnissen zu Bella erzählen, aber zwei Mädchen aus der Klasse unter uns standen auf der Kreuzung und quatschten, also beschloss ich, es zu verschieben.

Mein üblicher Heimweg führte an der alten Eibe vorbei, und ich fühlte mich noch nicht bereit dafür. Nur die winzige Hoffnung, dass Liv mir eine Nachricht in unserem geheimen Briefkasten hinterlassen hatte, ließ mich den Mut finden. Ich verabschiedete mich von Rahel, bevor Jaro und ich auf den Waldweg einbogen.

Von Weitem sah die Eibe aus wie immer. Kein Absperrband, kein

Schild, nichts deutete mehr darauf hin, dass nur fünf Tage vorher dort ein Mensch seinen letzten Atemzug getan hatte. Strangulation erschien mir als eine der schlimmsten Todesarten. Wenn man Glück hatte, brach man sich das Genick, und alles ging ganz schnell. Aber man hatte nicht immer Glück. Wie lange war Bella noch bei Bewusstsein gewesen?

Das Gras um die Eibe war zertrampelt. Ich konnte nur hoffen, dass die Polizisten – inklusive Dad – die Gegend genau untersucht hatten, bevor sie den Tatort überrannt hatten. Früher einmal wäre ich mir dessen sicher gewesen, aber jetzt? Trotzdem suchte ich den Boden um den Baum herum ab, nur für den unwahrscheinlichen Fall, dass doch etwas zurückgelassen worden war. Jaro schnüffelte an jedem Grashalm und den Stamm der Eibe hinauf, stellte sich sogar auf die Hinterbeine. Ich gab mir Mühe, nicht hoch in die Äste zu sehen, in denen Bella gehangen hatte. Die Dogge sah mich fragend an. Ich hätte jeden Eid geschworen, dass sie wusste, dass Bella hier gewesen war, vielleicht sogar, dass sie diesen Ort nicht mehr lebend verlassen hatte. Mit geübtem Griff fühlte ich in unser geheimes Fach im hohlen Stamm, aber es war leer.

SIEBEN

Cecile hatte Wirsingeintopf gekocht. Das ganze Haus stank danach. Dad war über Mittag auf der Wache, deshalb saßen nur Marie und ich am Mittagstisch, als Cecile den dampfenden Topf servierte. Der Wirsing schwamm in einer wässrigen Brühe, von vereinzelten Speckstückchen umkreist. Mir drehte sich der Magen um, aber ich löffelte schweigend eine Anstands-Portion in mich hinein. Auch die anderen beiden blieben außergewöhnlich stumm, bis Cecile es nicht mehr aushielt.

»Wie war es in der Schule?«

Die Frage galt Marie, nicht mir.

»Wie immer.«

»Hattest du heute nicht diesen Mathe-Test?«

»Das war letzte Woche.« Maries linke Hand spielte abwesend mit den Fransen der Tischdecke.

Cecile legte geräuschvoll den Löffel ab.

»Was ist denn in Gottes Namen mit euch los? Man könnte meinen, das sei ein Leichenschmaus hier. Gebt euch doch wenigstens ein bisschen Mühe, den Anschein zu wahren.«

»Entschuldigung«, sagte Marie.

Ich schluckte mühsam meinen letzten Bissen herunter. »Ich wusste nicht, dass du wieder mit mir sprichst.«

Cecile fixierte mich ausdruckslos. »Nun, eine von uns beiden muss ja die Erwachsene sein. Auch wenn dein Vater dich gerne wie eine behandelt, fehlt dir offensichtlich noch ein gewaltiges Stück geistige Reife –«

»Musst du ständig auf ihr herumhacken?«

Wir starrten Marie überrascht an.

»Ist doch wahr. Nie kann Anna es dir recht machen. Du lässt

kein gutes Haar an ihr, egal, was sie tut. Kannst du es ihr verübeln, dass sie es mittlerweile nicht mal mehr versucht?«

Cecile blinzelte verwirrt, als wollte sie sagen: ›Auch du, Brutus?‹ – dann nahm sie ihren Löffel wieder auf und aß weiter, als hätte Marie nichts gesagt.

Marie und ich wechselten einen Blick, und zum ersten Mal bemerkte ich die dunklen Ränder unter ihren Augen. Seit Bellas Tod war ich so in Aufruhr gewesen, dass ich kein einziges Mal darüber nachgedacht hatte, wie Marie sich damit fühlen mochte. In mancher Hinsicht war sie die weisere von uns beiden – schon immer gewesen. Sie wusste, was sich gehörte, wie man Menschen tröstete, wann man besser den Mund hielt. Sie war es gewesen, die Bella wenige Wochen nach Mums Tod einen Brief geschrieben hatte. Ich erinnerte mich nicht mehr, was daringestanden hatte, nur dass sie mit Buntstiften rote und gelbe Blümchen auf den Rand gemalt und darauf bestanden hatte, dass ich ebenfalls unterschrieb.

»Darf ich auf mein Zimmer gehen?« Ich hätte nicht fragen müssen, aber ich wusste, dass Cecile Wert darauf legte.

Sie war bemüht, ihre Gesichtszüge zu beherrschen, rang sich ein Nicken ab und tupfte ihren Mundwinkel mit einer Serviette trocken.

Als ich die Treppe zu meinem Zimmer hochstieg, klingelte das Telefon. Cecile nahm ab.

»Anna? Für dich.«

»Ich nehme es oben«, rief ich. Ich trug den Apparat vom Flur im ersten Stock in mein Zimmer und schloss dir Tür.

»Jetzt!«, rief ich, und es klickte in der Leitung, als Cecile das Gespräch übergab.

»Anna?«

»Gott sei Dank rufst du an. Hey, es tut mir leid, dass ich wegen McNeil so nachgebohrt habe. Ich wollte dich nicht –«

»Schhh. Hier gibt's nur einen Arsch, und der bin ich. Ich weiß nicht, warum ich so ausgetickt bin. Da quatsche ich dir wochenlang die Hucke voll, McNeil hier, McNeil da, und dann reagiere ich so ätzend, wenn *du* ihn ansprichst. Es war alles so viel letzte Woche, und ich hab mich so vor ihm geschämt –«

Erleichterung stieg in meinem Brustkorb auf.

»War er fies zu dir?«

»Nicht *mal*. Er war ganz nüchtern, aber irgendwie war das noch schlimmer. In dem Moment ist mir einfach klargeworden, dass er mich nicht als Frau sieht, sondern als Mädchen … Als dämliches, kleines Mädchen.«

Ich setzte mich im Schneidersitz auf den Boden und zog das Telefon nach.

»Du bist nicht die Einzige, die er für dämlich hält.«

Ich berichtete von meiner Auseinandersetzung mit ihm.

»O Mann … Das ist mies, Anna. Und jetzt?«

»Ich finde schon einen Weg, mach dir keine Sorgen. Aber hör zu: Ich brauche deine Hilfe. Eure Hilfe, genauer gesagt, Rahel muss auch dabei sein. Können wir uns heute Abend bei dir treffen?«

Wir verabredeten uns für sieben bei ihr und legten auf.

Mein Magen knurrte. Das bisschen Wirsing hatte mich nicht annähernd gesättigt, aber hätte ich mir vor Ceciles Augen noch ein Brot geschmiert, wäre das einer offenen Kriegserklärung gleichgekommen.

Ich holte eine Tafel Trauben-Nuss-Schokolade aus meinem Geheimversteck, die ich in der Woche zuvor von Mr Donnelly, unserem über 80-jährigen Nachbarn, dafür bekommen hatte, dass ich ihm seine Fernbedienung repariert hatte. Ich brach die Tafel in zwei Hälften und klopfte an Maries Tür.

»Oh, Himmel sei Dank, ich hatte schon gedacht, ich muss verhungern.« Sie biss ein großes Stück Schokolade ab.

»Danke, dass du mich in Schutz genommen hast.«

»Nicht, dass du ihn bräuchtest. Du teilst besser aus als sie … Mittlerweile.« Sie grinste schwach.

»Trotzdem. Es ist so lange her, dass …« Ich brach ab.

»… dass wir im selben Team waren.«

»Sozusagen.«

»Ich war immer in deinem Team, Anna. Auch wenn du mich nicht haben wolltest.«

Es klingelte an der Haustür.

»Das ist Bernadette. Wir gehen in die Bücherei. Ich muss noch meinen Ausweis suchen –«

»In deinem Utensilo. Vorne rechts.«

»Wow, Tatsache!« Sie schnappte sich den Ausweis, steckte sich den Rest der Schokolade auf einmal in den Mund und war aus der Tür.

»Schüff, Amma.«

»Ciao, Marienkäferchen.«

Livs Mutter öffnete die Tür, als ich kurz nach sieben auf dem Inglis-Hof ankam. Sie lächelte auf ihre übliche Art: gutmütig, aber leicht abwesend. »Du kennst ja den Weg.« Sie wies in Richtung Treppe.

Rahel war schon da, und die beiden saßen inmitten von verstreuten Schallplatten auf Livs Sitzkissen vom Flohmarkt und diskutierten, was der Soundtrack unseres Abends sein sollte. Weder Rahel noch ich besaßen einen eigenen Plattenspieler, weshalb wir unsere überschaubare Anzahl an Vinyl-Schätzen bei Liv bunkerten. Ganze Nachmittage und Abende verbrachten wir in Livs Dachgeschosszimmer, hörten eine Platte nach der anderen, redeten oder schwiegen, wie man es nur mit sehr vertrauten Menschen kann. Manchmal rauchten wir Gras, das Liv von Ian oder einem anderen ihrer Brüder gestohlen hatte. Wir hörten Queen und Donavan, Deep Purple und Fleetwood Mac. So laut, dass selbst die Schafe auf der Weide etwas davon hatten. Als Rahel eines Tages Joni Mitchells ›For the Roses‹ mitbrachte, war es wie eine Offenbarung für uns. Queen mussten warten, während Jonis zarte Melancholie uns hypnotisierte, und wir setzten die Nadel zurück, sobald der letzte Ton verklungen war.

»Scott MacKenzie, das ist mein letztes Angebot.« Liv nahm eine Platte aus der Hülle. »Hey, Anna!«

Ich setzte mich zu den beiden auf ein Kissen, und endlich konnte ich alles erzählen, was seit Samstag im Three Brewers vorgefallen war. Von der Nachricht auf der Tafel und der Reaktion meines Vaters, von Alastair und seinem blauen Auge.

»Ich bin sicher, dass Bella sich nicht umgebracht hat. Und ich werde rausfinden, was passiert ist«, schloss ich.

»Jede Wette, das waren Alastair und seine Jungs«, sagte Liv.

»Aber wir haben sie vor dem Fest gesehen, und sie waren um Mitternacht dort. Beide«, gab ich zu bedenken. »Hat eine von euch sie dazwischen gesehen?«

Liv schüttelte den Kopf.

»Ich war die ganze Zeit bei Lennox und seinen Freunden, bis ihr kamt«, sagte Rahel.

Ich überlegte kurz. »Das würde ihnen ein Zeitfenster von mindestens eineinhalb Stunden lassen. Mehr als genug Zeit.«

»Und Ace ist definitiv zu so was fähig.« Liv richtete sich auf ihrem Sitzkissen auf. »Wusstet ihr, dass er Fynn mal beinahe umgebracht hat?«

Ich drehte den Plattenspieler leiser, was mir einen strafenden Blick von Rahel einbrachte. »Er hat *was*?«

Liv setzte sich auf ihre Unterschenkel und legte eine Hand auf ihre Herzgegend. »Ich schwöre, dass das wahr ist. Fynn wollte nie damit rausrücken, worum es bei ihrem Streit ging – aber er hat sich mit Ace in die Wolle gekriegt. So richtig. Das war beim Sommercamp mit den Scouts am Loch Lochy. Es gab eine Prügelei, da haben sie sich gegenseitig ganz schön zugerichtet. Für Fynn war die Sache damit erledigt, aber Ace hat ihn ein paar Tage später am See abgepasst, als Fynn mit Elaine dort schwimmen gehen wollte –«, Liv holte tief Luft, um den eigenen Redeschwall auszubremsen, »und dann hat er ihn in den See gezerrt, unter Wasser gedrückt und beinahe ertränkt. Ich habe gehört, wie Elaine es Mum erzählt hat, sie war komplett außer sich.«

Rahel sah so entsetzt drein, wie ich ausgesehen haben musste.

Livs ganze Familie war bei den Scouts engagiert, so lange ich denken konnte. Sogar Ian, der nie irgendetwas ohne Gegenleistung tat, betreute regelmäßig die Kanu-Camps am Loch Lochy, seit er zu alt war, um selbst teilzunehmen.

»Und das war nicht das erste Mal, dass er so was gemacht hat,« fuhr Liv fort. »Der Typ hat nicht alle Latten am Zaun. Und erinnerst du dich, was Bella zu ihm gesagt hat? Irgendwas über ein Sandmännchen –«

»Der Sandmann hat nicht gerne Konkurrenz«, zitierte ich Bellas Worte. »Was soll das bedeuten?«

»Ich hab keine Ahnung. Aber sie wusste irgendwas über Ace. Und das gefiel ihm überhaupt nicht. Vielleicht musste er sicher gehen, dass sie es für sich behielt.« Liv zog vielsagend die Augenbrauen hoch.

Ich wippte im Takt zur Musik mit dem Fuß und dachte nach. »Der Sandmann … Was, wenn das ein Pseudonym ist? Von jemandem, der was gegen Alastair hat? Oder zumindest etwas gegen ihn in der Hand? Wer könnte so was wissen?«

»Wenn, dann Ian. Der kennt jeden um zwei Ecken über die Scouts. Und ganz sicher jeden, der in Dunwood Dreck am Stecken hat.«

»Und du glaubst, der rückt so eine Info einfach so raus?«

Liv lächelte. »Die Brüder finden es manchmal sehr schwer, ›nein‹ zu mir zu sagen. Und keiner ist so sehr drauf angewiesen, dass ich gewisse Dinge für mich behalte, wie Ian.«

»Okay, das ist ein Anfang. Aber da ist noch jemand, der infrage kommt.« Ich berichtete von meiner Begegnung mit dem Mann vor Bellas Hütte und seiner fragwürdigen Ausrede, er habe nur nach Bellas Blumen sehen wollen.

»Seltsam ist es allemal.« Rahel spielte nachdenklich mit einer Strähne ihrer schwarzen Haare. »Scheint so, als wäre Bella gar nicht so einsiedlerisch gewesen, wie wir dachten.«

»Das sind immerhin zwei Spuren, denen ich nachgehen kann.«

»Alles schön und gut – aber wo willst du anfangen zu suchen?« Liv sah mich mit weiten Augen an und kaute auf ihrem Daumennagel.

»In ihrer Hütte. Das ist der logischste Ausgangspunkt.«

Kurz blieben beide still, dann äußerte Liv als Erste ihre Bedenken. »Glaubst du, da kann man einfach so reinspazieren? Ich meine, zutrauen würde ich ihr, dass sie nicht mal die Tür abschließt –«

»Es ist abgesperrt. Ich war dort. Und die Fenster sind alle zu.«

»Okay. Aber was dann? Kennst du jemanden, der einen Schlüssel hat?«

»Wir brechen ein.« Ich sagte es so nüchtern wie möglich.

»Anna, bitte denk doch mal nach.« Rahel bedachte mich mit einem ernsten Blick. »Die Hütte ist noch immer ein Tatort, selbst wenn du davon ausgehst, dass die Polizei nicht mehr ermittelt. Wenn wir erwischt werden, dann war es das mit deiner Empfehlung für die *Academy*. Und das wäre noch unser kleinstes Problem.«

»Dann dürfen wir uns eben nicht erwischen lassen.«

»Wir sind zu dritt«, sagte Liv. »Ein Wachposten, zwei Einbrecherinnen. Wir machen es morgen Abend, wenn es dunkel ist, da kommt doch eh kein Schwein mehr dort vorbei.«

Rahel schwieg.

»Du musst nicht mitmachen, wenn du nicht willst. Ich bin dir nicht böse, ehrlich.«

»Lennox hat Recht. Ihr seid ein schlechter Einfluss für mich.«

»Also Moment mal –«, begann Liv, aber Rahel brach in Gelächter aus.

»Natürlich bin ich dabei. Ich hab zwar das Gefühl, dass wir dafür heftig eine draufkriegen werden, aber eine von uns Dreien muss ja –«

»Wenn du jetzt ›erwachsen sein‹ sagst –«

»… vernünftig sein«, endete Rahel. »Aber wie willst du überhaupt da reinkommen? Durch den Kamin einsteigen? Ein Fenster einschlagen?«

»Zufällig«, ein Lächeln breitete sich auf meinen Lippen aus, »bin ich im Besitz einer wunderschönen Brechstange.«

ACHT

»Wie spät?« Wir hatten einige Minuten in der Dunkelheit vor Bellas Hütte gewartet, bis wir sicher sein konnten, dass die Luft rein war.

»Was macht das für einen Unterschied? Sehen wir zu, dass wir hier schnell wieder wegkommen.« Liv wippte auf den Fersen auf und ab.

»Viertel vor zwölf«, sagte Rahel. »Liv: Willst du Wache halten oder bei Anna bleiben?«

»Ich stehe ganz bestimmt nicht im Stockdunkeln allein hier rum.«

»Also gut. Wenn sich jemand nähert, pfeife ich zwei Mal. Ansonsten macht ihr mir auf, sobald ihr drin seid.«

»Roger«, sagte ich. Liv und ich gingen um die Hütte herum zu einem der hinteren Fenster. Jaro umkreiste erst uns und dann die Hütte, er schien aus irgendeinem Grund völlig aus dem Häuschen. Dann verschwand er in die Nacht.

»Na toll, selbst der Hund verlässt uns.«

»Halt du die Taschenlampe.« Ich zog die Brechstange aus meinem Rucksack und legte diesen zu meinen Füßen ab. Eine Eule rief im Dickicht, vielleicht hatte Jaro sie aufgeschreckt. Doch ihre Warnung blieb unbeantwortet.

Ich setzte das Eisen am Fensterrahmen an und hebelte vorsichtig, während Liv leuchtete.

»Mist.« Es war rutschiger, als ich gedacht hatte. Einige Zentimeter weiter links fand ich eine kleine Kuhle und versuchte es erneut. Als sich nichts bewegte, lehnte ich einen Teil meines Körpergewichts auf die Brechstange. Wieder rutschte ich ab, und in der instinktiven Ausgleichsbewegung verlor ich die Kontrolle über das

Werkzeug. Die Fensterscheibe gab ein beunruhigendes Knacken von sich und verwandelte sich in ein weißes Spinnennetz, zerfiel aber nicht in Bruchstücke. Jaro kam um die Ecke galoppiert und bellte zwei Mal.

»Sei still! Guuuter Jaro –«

»Das verdammte Flohtaxi verrät uns noch.«

»Er kann nichts dafür«, sagte ich. »Also gut. Ab jetzt gibt es eh kein Zurück mehr.« Ich ballte die Faust in meinem Jackenärmel und drückte damit gegen das geborstene Glas, bis die Scheibe nach innen wegbröselte.

Ich hielt kurz inne, aber als von Rahel kein Signal kam, schlug ich mit der Stange die restliche Scheibe ein und entfernte so gut es ging die scharfen Überbleibsel am Rand.

»Wollen wir das wirklich tun?«, fragte Liv.

»Der sinnvolle Zeitpunkt für diese Frage liegt ungefähr eine Minute in der Vergangenheit.« Ich fasste durch den Rahmen nach dem Fenstergriff. Das Fenster öffnete sich schwerfällig. Ich zog den Arm zurück – und fluchte. Von meinem Handgelenk tropfte dickes Blut.

»Mensch, Anna, pass doch auf!« Liv ignorierte meine Gegenwehr und zog den Arm zu sich heran. »Das sieht richtig tief aus.«

»Halb so wild. Wir haben vielleicht nur diese eine Gelegenheit, also bitte lass uns einfach weitermachen. Ich verspreche, frühestens zu Hause zu verbluten.«

Das brachte mir einen skeptischen Blick ein, aber Liv versuchte nicht, mich aufzuhalten, als ich mich anschickte, durchs Fenster zu klettern. Etwas fiel von der Fensterbank und zerschellte, als ich es mit dem Fuß umstieß, aber mit einem Sprung war ich drin.

Der Holzboden knarrte unter meinen Füßen, und die Luft war drückend. Ein durchdringender Geruch lag im Raum, nach Kräutern, Lavendel und Rosmarin vielleicht, mit einer süßlichen Note, die über allem schwebte. *Der Geruch von Fäulnis.* Irgendetwas Organisches hier drin zerfiel. Aber das war nicht das Seltsamste: Der Einstieg durchs Fenster hatte sich angefühlt wie der Übergang von einem Aggregatzustand in einen anderen. Als wäre ich unter Wasser getaucht, oder als läge eine sachte Elektrizität in der Luft.

Liv reichte mir eine kleine Öllampe durchs Fenster, die ich auf einen Holztisch in der Mitte des Raumes stellte, von wo aus sie die Umgebung in zartes Licht tauchte.

Für einen Moment stockte mir der Atem, als ich den Raum vom Lampenschein erhellt sah. Die Wände des kleinen Zimmers waren deckenhoch mit Holzregalen verkleidet – jedes ihrer Fächer voller …

Absonderlichkeiten. Regalböden bogen sich unter dem Gewicht voller brauner Apothekergläser, in denen die verschiedensten Objekte und Zutaten lagerten: von Pulvern in allen erdenklichen Farben bis zu trüben Essenzen, von in Flüssigkeit schwebenden Insekten bis zu glänzendem Quecksilber. Von der Decke hingen getrocknete Kräuter in Sträußen, und überall stapelten sich Bücher über Bücher. Ich studierte die Etiketten auf einigen Gläsern. Kamille, Holunder und Silymarin waren darunter, aber auch Salpeter, Mondbeeren – und Fledermauszähne. *Was um alles in der Welt …*

In meinem Augenwinkel blinkte etwas, und als ich mich umdrehte, bemerkte ich einen sich drehenden Kristall in einer komplizierten Schwebekonstruktion, der den Lichtschein wie Morsecode in den Raum reflektierte.

Nichts hier drin deutete auf eine stattgefundene Auseinandersetzung hin. Ein Strauß vormals frischer Wiesenkräuter war in seiner Vase vertrocknet, aber nichts war umgestoßen oder zu Bruch gegangen. Kein Hinweis darauf, dass es sich hier um einen Tatort handelte.

»Anna!«, rief es von der Eingangstür her. Ich beeilte mich, Rahel und Liv zu öffnen, und in ihren Augen spiegelte sich mein eigenes Staunen über die seltsame Höhle, die wir betreten hatten. *Die Höhle der Hexe,* kam mir ein fremder Gedanke in den Sinn, aber ich schob ihn sofort beiseite. Mit der Kerze entzündete ich zwei von Bellas Öllampen, die ein helles Licht verströmten.

»Was zum Henker ist *das*?« Rahel stand vor einem kleinen Erker, in dem ein riesiger Rabe mit matt-silbernem Schnabel auf einem Sockel angebracht war. Er sah so lebendig aus, dass ich erst auf den zweiten Blick erkannte, dass es sich um ein ausgestopftes Tier handelte.

»Ist ja gruselig …« Liv wich einen Meter zurück.

Ich wollte widersprechen, aber der Vogel hatte tatsächlich etwas Beunruhigendes, wie er den Raum aus seiner Ecke heraus mit schwarzfunkelnden Augen überwachte.

»Wonach suchen wir noch mal genau?«, fragte Liv. »Ich will hier so schnell wie möglich wieder raus. Diese Hütte macht mir Gänsehaut.«

»Ich weiß es erst, wenn ich es sehe. Briefe vielleicht, oder einen Kalender. Vielleicht war sie an dem Tag mit jemandem verabredet. Alles kann wichtig sein.«

Rahel begann, systematisch Schubladen zu öffnen und ihren Inhalt durchzugehen, während Liv in der Mitte des Raums stand und die Arme um sich selbst geschlungen hatte, als wäre ihr kalt.

Mein Blick fiel auf einen schwarzen Dolch, der waagerecht an der Wand über einer Kommode angebracht war. Als ich ihn aus seiner Halterung nahm und genauer inspizierte, entdeckte ich einen Satz eingravierter Runen auf seinem Griff. Wofür hatte Bella einen Dolch besessen? Zur Verteidigung? Als Werkzeug?

Plötzlich kam mir ein ganz anderer Gedanke. Die Hütte war bis obenhin voll mit Gegenständen aller Art, doch etwas fehlte entschieden: Es gab hier drin keine einzige Blume. Was auch immer der Mann, der sich als ihr Freund ausgegeben hatte, hier gewollt hatte – zum Gießen war er nicht gekommen. Nicht, dass ich je etwas auf seine Ausrede gegeben hatte.

Wo würde Bella Dinge verstecken, die nicht jeder sehen sollte? Ich tastete unter Tisch und Stühlen nach versteckten Fächern oder Einschüben, nahm das Foto einer kleinen Gruppe Frauen aus seinem Rahmen und sah hinter der Rückwand nach.

»Anna, schau mal hier.« Rahel reichte mir ein in Leder gebundenes Fotoalbum. »Vielleicht ist da was dabei.«

Ich blätterte kurz durch die Seiten und beschloss, das Album mitzunehmen.

Ein massiver Holzschrank beherbergte Bellas Kleidung; lange Regenmäntel, Umhänge und einfache Hauskleider.

Probehalber rüttelte ich an jedem Einlegeboden, ob einer lose war. Eine der beiden Laden unterhalb des Schranks gab beim Schließen ein klackendes Geräusch von sich, und ich öffnete sie wieder. Mit den Fingernägeln hakte ich mich am Rand des Bodens ein, und siehe da: Er ließ sich anheben. Unter dem doppelten Boden lag ein Stapel zusammengebundener Briefe, mit Paketschnur über Kreuz zusammengeknotet. Ich legte ihn auf den Tisch und versuchte, den Knoten zu lösen, aber er saß zu fest. Für einen Moment zögerte ich. Es war eine Sache, das Band mit den Fingern zu lösen. Es durchzuschneiden würde sich endgültig wie eine Verletzung von Bellas Privatsphäre anfühlen. Was gab mir das Recht? Sie war tot und konnte nicht mehr widersprechen, sich nicht wehren. Aber wenn ich wollte, dass Bella Gerechtigkeit widerfuhr, musste ich solche moralischen Bedenken hintanstellen. Vielleicht wäre es nicht ganz richtig – aber es nicht zu tun, wäre falsch.

Ich nahm den Dolch von der Wand und zerschnitt die Paketschnur.

Draußen fing Jaro an zu bellen. Wir drei sahen einander alarmiert an.

»Macht die Lampen aus, schnell.« Ich selbst löschte die Kerze auf dem Tisch, Liv und Rahel die beiden Lampen. »Seid ganz still. Vielleicht ist es nur ein Spaziergänger.«

Jaro steigerte sich immer mehr in Empörung, sein dunkles Bellen nur von gelegentlichem Knurren unterbrochen. Wir verharrten im

Stockfinstern und lauschten, aber außer Jaro, dessen Bellen sich immer wieder ein Stück entfernte, um sich gleich darauf wieder zu nähern, war kein Laut zu hören. Schlagartig herrschte Stille.

»Was hat das zu bedeuten?«, fragte Liv.

»Ich weiß es nicht«, sagte ich. »Schhh …«

Ich tastete mich an der Flurwand bis zur Eingangstür und spähte durch das Guckloch hinaus. Ich konnte niemanden erkennen. Entweder hatte sich jemand in der Dunkelheit genähert – jemand, der den Weg im wahrsten Sinne blind kannte – oder Jaro war einem Tier nachgejagt.

Ich drehte mich wieder um in Richtung Tisch, als ich Jaros lautes Hecheln durch die Tür hörte. Nur Momente später gab es ein kratzendes Geräusch an der Tür. Dann ein Klopfen. Ich blieb wie angewurzelt stehen.

»Was machen wir jetzt?«, flüsterte Liv in Panik. »Wer auch immer da draußen ist, weiß, dass wir hier sind.«

»Dass *jemand* hier ist«, sagte ich. »Woher soll er wissen, dass wir es sind?«

Wieder klopfte es an der Tür, diesmal lauter als zuvor.

»Du versteckst dich«, wies Rahel mich an.

»Wieso ich?«

»Weil du am meisten zu verlieren hast. Liv, ab in den Schrank.«

»Aber –«

»*Sofort*!«

Ich kletterte die Leiter hoch in das kleine Loft, in dem Bellas Bett unter einem Dachfenster stand. Mein Herz pochte bis zum Hals. Waren wir in Gefahr, entdeckt zu werden – oder Schlimmeres?

Die Tür öffnete sich quietschend.

»Guten Abend«, Rahel klang überrascht, »Mrs Pomeroy?«

Ich atmete auf.

»Sie stören meine Nachtruhe mit Ihrem Gepolter … und der Hund bellt viel zu laut –«

»Tut mir leid, Mrs Pomeroy. Ich nehme ab jetzt Rücksicht, versprochen –«

»Ist das Mädchen wieder hier?«

»Welches Mädchen?«

Hatte sie uns doch gesehen? Selbst wenn, beruhigte ich mich, niemand würde die alte Frau als glaubwürdige Zeugin ernst nehmen. Jeder im Dorf wusste, dass ihr Verstand einen Wackelkontakt hatte.

»Ich weiß, was ihr hier tut … Sie und die andere. Ihr ruft Geister an, die ihr nicht mehr loswerdet –«

»Wir rufen überhaupt niemanden an. Hier gibt es nicht einmal ein Telefon.« Zu spät war Rahel aufgefallen, dass sie die Mehrzahl von Mrs Pomeroy übernommen hatte.

»Ich meine, *ich* rufe nicht … Seit wann siezen Sie mich überhaupt?«

Mrs Pomeroy lachte ein tiefes, knarzendes Lachen. In diesem Moment wurde mir klar, was vor sich ging – die Pomeroy hielt Rahel für Bella. Sie war gedanklich in einer Zeit unterwegs, in der Bella noch am Leben war. Ich hoffte, Rahel würde es auch kapieren – ein besseres Alibi hätten wir uns nicht ausdenken können.

»Sie werden schon sehen«, fuhr die Pomeroy mit brüchiger Stimme fort. »Nichts bleibt ewig begraben, früher oder später kommt alles ans Licht. Und dann muss wer bezahlen …«

Rahel schien langsam die Geduld auszugehen. Mit jeder Minute, die sie an der offenen Tür palaverte, stieg die Wahrscheinlichkeit, doch noch entdeckt zu werden.

»Ist gut, ja. Ich verspreche, für alles zu bezahlen. Aber jetzt tun Sie mir einen Gefallen und legen Sie sich wieder hin. Niemand wird Sie mehr stören heute Nacht.«

»Sie mögen den Leuten im Dorf was vormachen, aber mir nicht. Ich bin schon zu lange auf dieser Welt, und ich habe schon mehr solche gesehen wie Sie –«

»Gute Nacht, Mrs Pomeroy.« Rahel schloss die Tür mit Nachdruck.

»Ist sie weg?«, fragte ich nach einer guten Minute.

»Ja. Ihr könnt wieder rauskommen.«

Rahel entzündete die Öllampen von Neuem. »Und was nun? Machen wir weiter?«

»Beeilt euch.« Liv spielte nervös mit dem silbernen Kreuz an ihrer Halskette. »Mir ist fast das Herz stehengeblieben.«

Ich nahm das Bündel Briefe und steckte es in meine Jackentasche. Zu Hause könnte ich sie in aller Ruhe lesen, doch jetzt musste ich sichergehen, dass wir nichts übersehen hatten. Zu gerne hätte ich jeden einzelnen Buchtitel studiert, aber so lange würde Livs Nervenkostüm nicht mehr durchhalten. Ich konzentrierte mich auf die Bände auf dem Tisch, die so aussahen, als wäre kürzlich in ihnen gelesen worden. *Heilkräuter, Wickel und Umschläge, Die Weisheit der Natur …*

»Was machen wir mit dem kaputten Fenster?«, fragte Rahel. »Es gibt nur noch einen Fensterladen, so können wir ihn nicht schließen.«

Das stimmte. Wir sahen uns nach geeigneten Materialien um.

»Schau mal in den Ordnern da drüben nach«, schlug Liv vor. »Vielleicht hat sie Klarsichtfolien.«

Tatsächlich wurde ich fündig, und Liv klebte das zerbrochene Fensterstück so gut es ging mit der Folie ab.

Wir verließen die Hütte durch den Vordereingang. Ich ging als Letzte, und als ich gerade hinaus in die Nacht treten wollte, fiel mein Blick auf einen Schlüssel, der neben der Tür an einem Haken hing. Es gab nur einen Haken und einen Schlüssel. Egal, wie und warum Bella ihr Haus verlassen hatte – anscheinend hatte sie nicht damit gerechnet, wiederzukommen.

Ich nahm den Schlüssel an mich und schloss die Tür hinter mir in dem unbestimmten Gefühl, dass die Hütte nur einen Bruchteil ihrer Geheimnisse freigegeben hatte.

Ich schlief kaum in dieser Nacht. Nachdem Dad als Letzter endlich zu Bett gegangen war, schlich ich mitsamt meinem Diebesgut nach draußen in den Schuppen. Das Schlafzimmerfenster lag zur Straße hinaus, nur Marie hätte bemerken können, dass ein schwaches Licht durch mein Schuppenfenster in den Garten fiel, und sie würde mich nicht verpfeifen.

Ich legte Bellas Fotoalbum und das Bündel Briefe auf den Tisch und begann sie zu sezieren wie Objekte unter dem Mikroskop. Das Album war nicht sehr dick, es hatte einen altmodischen, blumengemusterten Einband. Die ersten Fotos waren Gruppenbilder, ähnlich dem, welches Bella gerahmt auf ihrem Schreibtisch stehen hatte: Sie zeigten eine jüngere Bella zusammen mit fünf weiteren Frauen verschiedenen Alters, alle in Schwarz gekleidet. Die älteste Frau musste um die siebzig sein, sie blickte durchweg streng in die Kamera, als wollte sie den Fotografen hinter dem Bildrand mit Blicken züchtigen. Der weibliche Teil von Bellas Verwandtschaft, vermutete ich, auch wenn den Fotos eine befremdliche Note innewohnte – vielleicht, weil keine der Frauen lächelte. Ich blätterte weiter, versuchte, mir die Gesichter auf den Bildern einzuprägen, falls ich einem von ihnen in einem anderen Zusammenhang wieder begegnen sollte. Es folgte eine Reihe von Landschaftsaufnahmen, ein Brunnen, Blumenwiesen, verschiedene markante Orte im Wald. Die nächste Seite enthielt ein einzelnes Foto, und es zeigte Bella Arm in Arm mit einem Mann. Er trug eine Cordmütze und lachte so breit, dass seine Augen ganz klein wurden, von tiefen Sonnenfältchen umstrahlt. Ich erkannte ihn sofort wieder: Es war der Unbekannte, der versucht hatte, in Bellas Hütte einzubrechen. Wieder beschlich mich das unbestimmte Gefühl, sein Gesicht schon einmal gesehen zu haben. Wer konnte er sein? Bellas Freund? Ihr Bruder?

Aber wieso sollte einer von beiden kurz nach ihrem Tod bei ihr einbrechen wollen? Ich nahm das Foto heraus. Wenn er zuvor schon in Dunwood gewesen war, dann wusste ich, wer ihn kennen musste.

Ich blätterte zügig die folgenden Naturaufnahmen durch, sie würden mir kaum Hinweise liefern. Die letzte gefüllte Seite im Album zeigte wieder die Gruppe von Frauen – aber dieses Mal waren sie zu siebt. Obwohl das Foto weiter hinten im Album klebte, sah Bella jünger darauf aus, ich schätzte sie auf Anfang zwanzig. Und sie war nicht das einzige bekannte Gesicht. Ich musste zweimal hinsehen, weil die Frau auf dem Foto jünger und blonder war als heute. Aber ich kannte die Frau mit den Ringellocken. Ich kannte sie sogar sehr gut.

Ich legte das Album beiseite und wandte mich dem Stapel Briefe zu. Einen nach dem anderen entfaltete ich und las konzentriert. Die meisten waren nicht mit vollem Namen unterzeichnet, manche überhaupt nicht.

»Bella,

Es tut mir leid wegen gestern Nacht. Du hast Recht, und ich hatte Unrecht. Wie so oft … Ich werde ihr nichts erzählen. Sie ist labil. Und die Wahrheit wird sie mir nie glauben. Wie sehr ich wünschte, die Umstände wären andere. Wie sehr ich wünschte, du wärst zuerst da gewesen. Aber das Schicksal hat seine eigenen Pläne.

Bitte behalte den Ring. Er gehört dir.

IeL

N«

Wer war ›N‹? Ein Verehrer? Ein Ex-Freund? Der Unbekannte in Bellas Arm auf dem Foto? Wenn man der Pomeroy Glauben schenken konnte – ein großes ›Wenn‹ – dann hatte Bella nicht nur einen Mann zu Besuch gehabt. War er der Typ, über den die Frauen in der Reinigung getratscht hatten?

»Bella,

Ich bin in Eile, deshalb diese Notiz. Bitte denk darüber nach, was ich dir angeboten habe. Ich mache mir Sorgen. Du solltest diese Sache ernst nehmen. Wer auch immer dahinter steckt – er sieht das nicht als Spiel. Pass auf dich auf. Wenn nicht für dich, tu es für mich.

IL,

N«

Von ›N‹ stammte die Mehrzahl der Briefe, die überhaupt unterschrieben waren. Weshalb hatte er sich so um Bella gesorgt? War sie vor ihrem Tod bedroht worden?

Bei den meisten anderen Briefen schien es sich um Dankesschreiben zu handeln. Wofür die Schreiber Bella dankten, war äußerst vage gehalten, keiner erwähnte genau, was Bella für ihn getan haben mochte.

»Isabella,

Ich weiß nicht, wie ich jemals aufwiegen könnte, was Sie für mich getan haben. Bitte denken Sie nicht schlecht von mir, das wäre mir furchtbar zu wissen. Ich sah keinen anderen Ausweg.

Von Herzen«

So reihte sich Brief an Brief. Als ich einen der letzten auseinanderfaltete, krampfte sich mein Herz zusammen, bis mir übel wurde. In sauberer Kinderschrift hatte jemand seinen Dank an Bella verfasst und die Seitenränder mit bunten Blumen verziert:

»Danke, dass du Mummy geholfen hast, in den Himmel zu gehen. Ich hatte Angst, sie findet den Weg nicht, und was dann mit ihr passiert. Auch wenn wir sie so sehr vermissen, wissen wir, dass sie es jetzt besser hat und sie nicht mehr so schreckliche Schmerzen leiden muss.

Marie-Rose und Anna Sophie Cairns«

Vielleicht war es nur dem Mut eines Kindes zuzuschreiben, dass Marie als Einzige ihren vollen Namen genannt hatte. Vielleicht war es gefährlich gewesen. Nicht für uns, sondern für Bella. Der Geschmack von Blut auf meiner Zunge verriet, dass ich meine Lippe aufgebissen hatte. Ich holte tief Luft, dann öffnete ich das letzte Blatt.

Darauf stand nur ein einziger Satz.

Erzähle jemandem, was du vermutest, und es wird das Letzte sein, was du tust.

NEUN

*D*as Brewers war voller als gewöhnlich um sechs. Helen hatte alle Hände voll zu tun; hektische Flecken krochen ihren Hals hinauf, während Gary seelenruhig hinter der Bar stand und mit zwei Männern palaverte. Zu gerne wäre ich ein andermal wiedergekommen, wenn weniger los war – aber ich tat das hier nicht für mich, sondern für Bella.

Ich lehnte mich an das andere Ende der Theke und versuchte, mich unsichtbar zu machen. An keinem Ort der Welt blieb man als Frau weniger lang allein als an einer Bartheke – völlig gleich, ob davor oder dahinter.

»Helen, hättest du einen Moment Zeit für mich?«

Sie sah alles andere als begeistert aus.

»Ganz kurz. Ich weiß nicht, wieso der Laden heute schon so früh aus den Nähten platzt, und es ist mir auch egal, aber ich habe Kopfschmerzen, mein Absatz ist lose, und wenn der Tag so weitergeht, breche ich mir heute noch das Genick –« Sie seufzte dramatisch und trommelte mit ihrem Kuli gegen den Daumen der anderen Hand.

»Kennst du diesen Mann?« Ich streckte ihr das Foto von Bella und dem Unbekannten entgegen, in der Mitte geknickt, sodass Bellas Gesicht auf der Rückseite verschwand. Helen brauchte nicht zu wissen, wieso ich fragte.

»Kann sein, ja.«

»Hast du eine Ahnung, wie der Typ heißt? Irgendwas mit ›N‹ vielleicht?«

Sie nahm mir das Foto aus der Hand und hielt es näher vors Gesicht.

»Aus Dunwood ist der nicht. Aber er war schon ein paar Mal hier, ziemlich sicher.«

Bevor ich reagieren konnte, hatte sie das Foto aufgeklappt und strich mit dem Finger vorsichtig über Bellas lächelndes Gesicht.

»Wieso? Oh, Anna … Ist das der Grund, warum du fragst? Glaubst du, dieser Typ hat was mit Bellas Selbstmord zu tun?«

»Ich weiß es nicht«, sagte ich wahrheitsgemäß. »Aber ich muss ihn finden.«

Helen nickte langsam. »Sie war eine Gute, weißt du. Kann man nicht von vielen hier behaupten –«

Gary war den Tresen entlanggeschlendert und steckte seinen Kopf zwischen Helens und meinen.

»Och, die Damen halten ein Kaffeekränzchen, wie schön! Darf ich euch vielleicht noch etwas Kuchen servieren? Mit Sahne oder Amarena-Kirsche?« Sein falsch-freundlicher Ton wechselte abrupt. »Oder soll ich euch die Beine abhacken und Räder dranschrauben, damit hier endlich was läuft?«

Helen rollte mit den Augen, warf mir einen entschuldigenden Blick zu und schwirrte davon. Garys Nase leuchtete so hell wie das Innere der Sonne, und das bedeutete, er war voll bis obenhin und dem oberen Ende seiner Reizbarkeitsskala gefährlich nahe.

»Was stehst du noch rum? Bring den Müll raus, Mädel, aber plötzlich.«

»Ich habe heute keine Schicht, Gary.«

»Dann soll Helen deine Bestellung aufnehmen. Oder du verziehst dich.«

»*Oder*«, sagte ich und unterbreitete eine dritte Alternative, »du erinnerst dich daran, wer regelmäßig nach Schichtende *ohne Bezahlung* deine Kaffeemaschine putzt, damit das Ordnungsamt dir nicht wegen dreißig unbekannter Schimmelarten den ganzen Laden dicht macht – und lässt mich *zwei* Sätze mit Helen wechseln.« Ich betonte meine Worte, als redete ich mit einem Kleinkind. Gary hob das Kinn und kniff die Augen zusammen. *Jetzt feuert er mich. Und dann kann ich sehen, wie ich die Aufnahmegebühr für die* Academy *zusammenkratze.*

Er schlug mit der flachen Hand auf die Theke und zeigte mit Pistolenfingern auf mich. »Zwei Minuten. Und achte auf deinen Ton, Frollein.«

Es dauerte über eine Viertelstunde, bis Helen das nächste Mal vorbeikam.

»Ich weiß nicht, wie der Typ heißt, tut mir leid, Anna –«

»Kein Problem. Sorry für die Störung –«

Helen bedeutete mir, zu schweigen. »Aber wenn ich mich recht erinnere, war er mit Ole hier. Von der Tankstelle? Frag doch den mal.«

»Du bist spitze. Danke.« Ich stand auf und nahm meine Jacke

vom Barhocker. »Ach, und Helen? Du hast Größe 39, oder? Nimm meine Pumps. Bevor dich Gary auf Schadensersatz verklagt, wenn du hinfällst und einen Krater in den Boden schlägst.«

Helen formte im Weglaufen die Hände zu einer ›Tausend Dank‹-Geste, bevor sie im Hinterzimmer verschwand.

Von da an war es ein Kinderspiel. Ich erwischte Ole noch am selben Abend hinter der Kasse im Tankraum. Sein Begrüßungslächeln entblößte eine Lücke zwischen seinen Schneidezähnen. Ole musste Anfang dreißig sein, aber er hatte mit fünfzehn die Schule abgebrochen und schlug sich seitdem mit Gelegenheitsjobs durch, und er wirkte wie ein schlecht konservierter Neunzehnjähriger.

»Wie hältst du das nur aus?« Ich deutete in die Luft, als Anspielung auf die Kaufhausmusik, die im Hintergrund dudelte.

»Ich hör das gar nicht mehr«, sagte er leichthin.

Als ich ihm das Foto des Unbekannten vors Gesicht hielt, warf er nur einen flüchtigen Blick darauf. »Der? Nathan ist das. Nathan Meitner. Wohnt in Spean Bridge, gleich neben dem Bahnhof. Aber was willst'n von dem? Der ist ja nicht ganz deine Altersklasse.«

»Betriebsgeheimnis.« Ich zwinkerte verschwörerisch.

»Verstehe«, sagte er und verstand natürlich nichts. »Na denn, viel Spaß.«

Ich bezahlte mein Päckchen Wrigley's, das ich anstandshalber gekauft hatte, und verließ vom Türglöckchengeläut begleitet den Verkaufsraum.

Am Abend zog ein Gewitter herauf, wie es Dunwood seit Jahren nicht gesehen hatte. Der Dunehoig, sonst ein zahmes Bächlein hinter unserem Haus, schwoll an, bis ich sein Rauschen sogar im Wohnzimmer hören konnte. Regen peitschte aus abwechselnden Richtungen gegen die Hauswand – und dann setzte der Donner ein. Krachend schlug er über dem Dorf zusammen wie ein Becken über einem schlafenden Säugling, und mir wäre beinahe das Herz stehen geblieben vor Schreck. Ich half Cecile dabei, die Fensterläden zu verriegeln, und verkroch mich auf mein Zimmer. Immer wieder flackerte das Licht, und ich gab den Versuch, mein Kräuterbuch weiterzulesen, irgendwann auf.

Gedankenverloren starrte ich vor mich hin, während mein Gehirn ein Medley aus Erinnerungen, Assoziationen und Sorgen abspielte. Bella in der Eibe, baumelnde Schnürschuhe, Jaro mit Schaum vor dem Mund … Mums Blick, als Bella damals im

Türrahmen stand, Mums Lieblingskleid, in dem sie begraben werden wollte, Pfarrer O'Malleys Rede bei ihrer Beerdigung. Marie, die Cecile ›Mummy Cecile‹ nannte. Bellas Hütte und das seltsame Gefühl, das mich dort überkommen war ... Der Rabe im Erker, mit seinen funkelnden Augen und dem matten grauen Schnabel ...

Wieder rollte Donner über das Haus hinweg. Ich schaltete das Licht aus und beobachtete die nachfolgenden Blitze durch die Ritzen des Fensterladens.

Der Schnabel des Raben ... An ihm blieb die Diashow vor meinem geistigen Auge hängen. Alt und matt sah er aus, im Gegensatz zu den lebhaften Augen des Tiers. Matt und irgendwie ... abgegriffen. Wie ein Fenstergriff. Oder der einer Schublade. Niemals hätte ich es vor jemandem zugegeben, aber Bellas Hütte hatte eine Aura. Es war eine Aura der Möglichkeiten. Als wäre sie ein Ort, an dem Dinge geschehen konnten, die nirgendwo anders Sinn ergäben. Die angehende Wissenschaftlerin in mir lachte zynisch bei diesen Gedanken. Aber Wissenschaft bedeutete, den Spuren zu folgen, egal, wohin sie führten. Und das würde ich tun. Nervöse Unruhe breitete sich in meinem Magen aus, als hätte ich zwei Tassen von Helens starkem Kaffee getrunken. Vielleicht war es Unsinn, aber ich musste zurück in die Hütte. Sofort. Ich hatte jetzt einen Schlüssel, theoretisch wäre es nicht mal mehr ein Einbruch. Und dieses Mal brauchte ich keine Hilfe.

Ich hastete die Treppe hinunter, zog meine Stiefel an und warf mir den Regenmantel über.

»Wo willst du hin?«, fragte Marie, die am Esstisch Hausaufgaben erledigte.

»Spielt keine Rolle. Sag Cecile, ich musste zu Liv. Ich bin in zwanzig Minuten wieder da.«

»Anna, es ist zu gefährlich! Draußen geht die Welt unter! Was immer es ist, kann es nicht bis morgen früh warten?« Marie war aufgestanden und kam auf mich zu.

»Auf keinen Fall«, sagte ich. Und wusste selbst nicht genau, warum.

Bevor Marie reagieren konnte, war ich aus der Tür und zog mir die Kapuze tief ins Gesicht. Der Regen kam beinahe waagerecht, und ich konnte nur hoffen, dass mich auf der kurzen Strecke nicht der Blitz traf.

Wenig später stand ich schwer atmend vor Bellas Haustür. Jaro kam aus seiner Hütte angelaufen und sah mich entgeistert an, als wolle er sagen: »Bist du noch bei Sinnen, Mensch? Meine Herrin wäre bei einem solchem Wetter nie in den Wald gerannt.«

Schon als ich die Tür öffnete, war klar, dass etwas nicht stimmte.

Der Wind entriss mir die Klinke und knallte die Tür gegen die Flurwand. Jaro bellte in kurzen, rhythmischen Abständen, und als es mir endlich gelang, meine Taschenlampe in Betrieb zu nehmen, sah ich den Grund dafür: Die Folie war von der Fensterscheibe gerissen, und es regnete direkt in Bellas Wohnzimmer hinein. Ein Rinnsal schlängelte sich bis in den Flur, und der Schreibtisch und alle Regale standen bereits im Wasser – verschiedene Blätter weichten darin auf.

»Verdammt«, entfuhr es mir. Jaro zog es vor, draußen zu bleiben, und ich suchte nach der Folie, um das Fenster besser abzudichten. Als ich sie nach längerer Suche nirgendwo fand, ging mir endlich ein Licht auf: Einige Schubladen standen offen, die wir definitiv wieder geschlossen hatten. Nicht der Sturm hatte die Folie eingerissen. Jemand war hier gewesen. Ich zog wahllos Schubladen auf, um Streichhölzer oder ein Feuerzeug zu finden. Schließlich entdeckte ich eine Schachtel Zündhölzer unter dem Herd und steckte damit die Öllämpchen an.

Zuerst schloss ich die Haustür, dann stand ich eine Weile ratlos im Zimmer herum und überlegte, womit ich das Fenster abdichten konnte, bevor der Regen noch mehr Schaden anrichtete. Eine weitere Suche förderte einen Hammer und ein paar Nägel zutage, aber nichts Stabiles, womit ich die Scheibe ersetzen konnte. Mir blieb nur eine Wahl: Ich zog meinen gewachsten Regenmantel aus und nagelte ihn vor die zerbrochene Scheibe. Das würde mir Riesenärger mit Dad und Cecile einbringen, und außerdem hätte ich genauso gut ein Schild mit der Aufschrift ›Anna war hier‹ hinterlassen können, aber für den Moment war es die einzige Lösung.

Ich fand einen Eimer und Handtücher, mit denen ich den Boden aufwischte, bis er halbwegs trocken war, dann räumte ich auf, bis alles wieder so aussah, als hätten weder Mensch noch Sturm eingebrochen, und fiel erschöpft auf einen Stuhl. Seit meinem Aufbruch zu Hause war mindestens eine Dreiviertelstunde vergangen – ich konnte nur hoffen, dass Marie nicht in Panik geriet. Sie war immer schon ein ernstes Kind gewesen, aber die letzten Monate hatten neue, erwachsene Sorgenzüge auf ihrem Gesicht gebracht.

Von meinem Stuhl aus betrachtete ich den Raben im Erker, dem der Sturm nichts hatte anhaben können. Seine Augen glänzten im Schein der Öllampe, deren Flackern seinen Schatten an der Wand zum Tanzen brachte. Auf einmal war ich mir vollkommen sicher, dass der imposante Vogel etwas verbarg. In der Mythologie galt der Rabe als Wahrer von Geheimnissen, als Bote zwischen den Welten. Würde er etwas preisgeben, das mir helfen konnte, Bellas Mörder zu finden?

Ich stand auf und näherte mich dem Vogel. Meine Erinnerung

hatte nicht getrogen: Der dunkelgraue Schnabel wies zwei matte Einkerbungen auf, wie über die Jahrhunderte abgetretene Steinstufen einer Kathedrale. Ich schloss die Finger so um den Schnabel, dass sie genau die Kuhlen verdeckten, und drehte ihn nach rechts wie einen Schlüssel. Von einem fächernden Geräusch begleitet, das mich zurückschrecken ließ, breitete der Rabe seine Schwingen aus, bis er den gesamten Erker einnahm. Wie ein Wächter, der sich zum Angriff bereit machte. Mein Herzschlag beschleunigte sich; beinahe rechnete ich damit, dass das Tier sich in die Luft erheben würde, aber nichts weiter geschah. *Und was jetzt?* War das alles, was er konnte – ein Partytrick, ein kurzer Schockeffekt? Ich inspizierte den Raben erneut, die riesigen Schwingen, seinen jetzt um 90 Grad gedrehten Schnabel … Etwas musste mir entgangen sein.

»Sesam, öffne dich!«

Der Rabe starrte mich unverwandt an, überlegen und provokant wie eine Sphinx. Ich wollte sein Rätsel zu gerne beantworten – aber wie, wenn ich nicht einmal wusste, worin es bestand? Ich begutachtete ihn von allen Seiten. Schließlich strich ich vorsichtig über sein Gefieder, von seinem Kopf über die gefächerten Flügel, kraulte sogar den zarten Flaum seines Bauchs. *Klick.*

Im Sockel des Ständers war eine vorher unsichtbare Schublade aufgesprungen, etwa einen Fuß breit und mit violettem Samt ausgelegt. Ich zog sie zu voller Länge auf und nahm ein schlankes, in Leder gebundenes Buch heraus. Es trug keinen Titel oder Namen eines Autors, und als ich es aufschlug, sah ich, dass es auf Gälisch verfasst war. Meine Großmutter – Mums Mutter – war die Letzte in unserer Familie gewesen, die Gälisch gesprochen hatte. Immer wieder hatte sie versucht, Marie und mir Ausdrücke beizubringen, aber wir hatten keinen Sinn darin gesehen, eine tote Sprache zu erlernen. An eine Handvoll Wörter konnte ich mich erinnern, aber das würde mir jetzt nicht weiterhelfen. Unter dem ledernen Buch lag ein weiteres, kaum mehr als ein Heft. Kleiner und moderner, seine Seiten von Hand in schwarzer und blauer Tinte beschrieben. Die Einträge waren mit Datum versehen, es folgten je zwei oder drei Kürzel, die ich noch nie zuvor gesehen hatte, dann jeweils eine Zeile oder ein kurzer Absatz Text. Eine Art Tagebuch? Ich nahm die Bücher an mich und fuhr mit der Hand durch die Schublade, um sicherzugehen, dass ich nichts übersehen hatte. Meine Finger stießen gegen etwas Metallisches, und ich zog es heraus: In meiner Handfläche lag ein silbernes Amulett an einer langen Kette. Ich ließ es in meiner Jeanstasche verschwinden, dann schloss ich die Schublade, strich die Flügel des Raben wieder in ihre Ruheposition und drehte den Schnabel zurück. Ich hatte gefunden, wonach ich gesucht hatte.

Die Krähen kreisten tief am nächsten Morgen, als Marie und ich zur Schule liefen, und ihre Rufe begleiteten uns den ganzen Weg. Jaro ließ sich nicht blicken. Er war in den vergangenen Tagen immer wieder an meiner Seite aufgetaucht und wieder verschwunden. Ab und zu brachte er mir ›Geschenke‹ mit. Eine tote Maus, den Knochen eines Lamms, einen alten Stiefel. Noch immer versorgte ich ihn regelmäßig mit Hundefutter, das ich von meinem Brewers-Lohn bezahlte, aber ich war mir ziemlich sicher, dass das nicht seine einzige Nahrungsquelle darstellte. Meine Pläne, ihn unbemerkt in unserem Schuppen schlafen zu lassen, hatte ich aufgegeben: Jaro war sein eigener Herr, so viel hatte er mir schnell klargemacht.

Ich stapfte vor mich hin, tief in Gedanken versunken. Auch nach den Ereignissen der letzten Tage war ich keinen Schritt weiter darin, Bellas Mörder ausfindig zu machen. So viele Fragen, so wenige Antworten. Ihr Tagebuch schien mir wie die heißeste Spur bislang. War es das gewesen, was der andere Einbrecher gesucht hatte? Wohl nicht umsonst hatte Bella ihre Einträge in Kürzeln anonymisiert. In der Nacht zuvor hatte ich ihre Aufzeichnungen nur oberflächlich durchsehen können, aber die meisten Einträge verzeichneten am ehesten medizinische Behandlungen – im weitesten Sinne. Oft waren Kräuter und Substanzen aufgelistet, manchmal nur Symbole, die mir nichts sagten. Es war nicht sehr weit hergeholt, anzunehmen, dass Mum nicht die Einzige im Dorf gewesen war, der Bella geholfen hatte.

War dabei etwas schiefgegangen? Hatte sie jemanden verärgert? Jede einzelne Interaktion könnte zum Motiv für den Mord geworden sein. Oder keine von allen. Es half nichts – ich musste irgendwo anfangen. Es war wahrscheinlicher, dass der Mord in zeitlicher Nähe zu seinem Auslöser geschehen war, deshalb würde ich hinten anfangen, bei den neuesten Daten, und mich nach vorn durcharbeiten. Wenn es mir gelänge, wenigstens ein paar Einträge zu entschlüsseln, könnte ich weitere ableiten und der Prozess würde sich exponentiell beschleunigen. Aber es war wie mit einer Rolle Klebeband – wie fand man den verdammten Anfang?

Erst als das Schulgebäude am Ende der Straße auftauchte, fiel mir auf, dass Marie auf dem ganzen Weg kein einziges Wort mit mir gesprochen hatte.

In der Zweiten hatten wir Mathe bei McNeil. Während er verpeilt vor der Tafel herumschwitzte und Blickkontakt im Allgemeinen und mit mir im Speziellen vermied, beschloss ich, mich von diesem armseligen kleinen Mann mit dem Selbstbewusstsein eines Fluchttiers nicht kleinkriegen zu lassen. Wenn er glaubte, mir Steine in den Weg legen zu müssen, dann würde ich sie beseitigen. Wir würden ja sehen, wer von uns den längeren Atem hatte.

Ich meldete mich bei jeder Frage, suchte seinen Blickkontakt. Erst als sich niemand sonst für eine Antwort fand, rief er mich auf.

»Ja, äh – Anna?«

»Logarithmus von x mal acht x hoch drei.«

McNeil nickte beinahe bedauernd.

Nach der Stunde passte ich ihn am Pult ab, bevor er sich aus dem Staub machen konnte. Er musste mir meine Entschlossenheit angesehen haben, denn er drehte sich zur Seite, als wollte er einen Angriff abwehren. Ich zog ein Blatt aus meiner Mappe und legte es vor ihn auf das Pult, wo er es sehen musste.

»Ich habe Ihnen eine Übersicht meiner Noten zusammengestellt. Mündlich und schriftlich, über die letzten fünf Jahre. Vielleicht hilft Ihnen das für mein Empfehlungsschreiben. Zusammen mit den Musterbriefen, die ich Ihnen schon gegeben habe.«

Er rückte die Krawatte zurecht, die er nicht trug – einer seiner nervösen Ticks –, dann sprach er mit dem Pult:

»Ich werde sehen, wann ich dazu komme. Und jetzt entschuldige mich, ich bin sehr beschäftigt –«

»Kein Problem.« Ich blieb betont freundlich. »Sie haben ja noch drei Wochen Zeit. Einen schönen Tag, Mr McNeil.«

»Ja.«

Es heißt ›danke‹, sagte Ceciles Stimme in meinem Kopf, aber ich drehte bei und überließ den Eierkopf sich selbst.

Danach hatte ich eine Hohlstunde, während Liv und Rahel sich in Religion quälten. Es war das erste Fach gewesen, das ich abgewählt hatte. Wenn ich Geschichten über leicht erzürnbare Männer wollte, konnte ich immer noch Jekyll und Hyde lesen. Apropos lesen: Ich steuerte zuerst unsere winzige Schulbibliothek an und lieh mir ein Schottisch-Gälisches Wörterbuch aus.

Inzwischen hatte sich der Morgennebel gelichtet und die Maisonne gab ein Gastspiel, deshalb zog ich einen Tisch im Außenbereich der Cafeteria dem stickigen Pausenraum vor. Es war nicht viel los um diese Uhrzeit. Fynn Inglis, Livs jüngster Bruder, saß mit einem Kumpel an einem der Plastiktische. Die beiden sprachen kein Wort, sondern schnipsten einen Kronkorken zwischen sich hin und her, als wäre es eine Form der Meditation. Ich fand einen ungestörten Ecktisch, auf dem ich Bellas mysteriöses, in Leder eingeschlagenes Buch und das Wörterbuch ausbreiten konnte. Das Buch musste sehr alt sein. Es war handgeschrieben, wirkte aber eher wie eine gebundene Sammlung von Kochrezepten. Es gab kein Inhaltsverzeichnis, also begann ich in mühevoller Fußarbeit, die Seitenüberschriften zu übersetzen.

Erwirkung einer Betörung, lautete die erste. Ich zog die Augenbrauen zusammen und blätterte weiter. *Schutzbann für Haus und Heim … Schutzzauber für den Vertrauten.* Ich ließ den Stift auf meinen Block fallen und seufzte. War das Bellas Ernst? Wenn die nächste Überschrift ähnlicher Unsinn war, würde ich meine Übersetzung hier und jetzt einstellen. *Beschwören einer Erleuchtung.* Ich klappte das Buch zu. Hatte Bella wirklich an diesen Quatsch geglaubt? Ich hatte sie für zurechnungsfähig, ja, sogar sehr intelligent gehalten. Mit einem Hippie-Vibe, okay. Aber gerade das hatte sie so anders gemacht, sie geheimnisvoll und unangepasst wirken lassen. Hätte ich geahnt, dass sie die Grenzen der Realität und des gesunden Menschenverstands womöglich nicht akzeptiert – oder noch schlimmer, nicht erkannt – hatte, wäre meine Achtung vor ihr geringer ausgefallen. Andererseits war es unfair, sie in ihrer Abwesenheit zu verurteilen, ohne ihre Version der Dinge zu kennen. Vielleicht war das Buch ein Erbstück und nur deshalb so schützenswert, dass der seltsame Rabe es bewachte? Oder war auch dieses Buch codiert, genau wie ihr Tagebuch – nur weniger offensichtlich?

»Hey«, rief eine bekannte Stimme hinter mir. Ich zuckte zusammen, als wäre ich bei etwas Verbotenem ertappt worden, und ließ das Buch in meinem Rucksack verschwinden, als Matt sich mit einer Dose Cola an meinen Tisch setzte.

»Hallo«, sagte ich, hochinnovativ. Auf einmal hatte ich keine Ahnung mehr, wie eine natürliche Ruheposition für Hände aussehen könnte, ich verschränkte sie zweimal neu und setzte mich als letzten Ausweg einfach drauf.

»Du sahst so konzentriert aus, dass ich es fast nicht gewagt hätte, dich zu stören. Planst du wieder Informationsanschläge auf den Klerus?«

»Wie? Ach so … nein.« Mein Gesicht wurde heiß.

»Du warst am Sonntag nicht da. Ich hab nach der Andacht extra gewartet.«

Er strahlte, als wäre das etwas durchweg Positives und nicht etwa eine Anklage.

»Ehrlich? Tut mir leid. Ich konnte mich nicht aufraffen. Nach allem, was passiert ist –«

»Dann machen wir es eben nächsten Sonntag. Es gibt da einen neuen Referendar … Ganz junger Typ, nicht viel älter als wir. Vielleicht ist bei ihm noch nicht alles verloren, und du kannst das arme

Lamm zur guten Seite der Wissenschaft führen, bevor sein Verstand auf ewig in der Desinformationshölle schmort.«

Ich lächelte verlegen, weil er mich zu gut durchschaute. »Ich werde mein Bestes geben.«

»Oh, fast hätte ich's vergessen. Ich hab da was für dich.«

Er kramte in seinem Rucksack, förderte nach einiger Suche etwas zutage und ließ es quer über den Tisch zu mir schlittern.

»Eine Kassette?«

»Ein Mixtape.« Matt sah auf einmal verlegen aus. »Es gibt da ein paar Songs, die perfekt zu dir passen, und wenn du sie noch nicht kennst …«

Ich befreite meine Hände, die unter meinem Hintern langsam taub wurden, und musterte das Tape. Er hatte fein säuberlich eine Titelliste erstellt. Wenn es lauter schnulzige Balladen waren, würde ich vor Peinlichkeit sterben. Aber ich hätte ihn besser kennen müssen: Die meisten der gelisteten Bands kannte ich nicht einmal. Neue Musik! Der unverschämte Kerl machte es einem wirklich schwer, ihn nicht zu mögen.

»Danke«, sagte ich, gegen meinen Willen lächelnd, und steckte das Tape in meine Tasche. »Ich weiß zwar nicht, womit ich das verdient habe …«

»Ich dachte, nach der Sache an Beltane … könnten wir alle ein bisschen Aufmunterung vertragen. Aber mal im Ernst – wie geht's dir? Ich muss dauernd an sie denken. Das Bild kriegt man nicht mehr aus dem Kopf, oder?«

Sein abrupter Themenwechsel ließ mich schwindelig werden. »Der Trick ist, nie mehr die Augen zu schließen. Dann geht's eigentlich.«

»Das war mein Fehler. Wir hatten Englisch bei der White. Chinesische Wasserfolter, nur mit Wörtern.«

Wir grinsten uns an.

»Glaubst du, sie war das wirklich selber?«, fuhr er fort. »Ich meine, ich kannte sie ja nicht. Aber irgendwie … Wahrscheinlich denkt man das immer. Dass ein Mensch zu jung oder zu happy oder zu egal was ist, um wirklich keinen anderen Ausweg zu sehen.«

Sollte ich Matt anvertrauen, was ich dachte – was ich wusste? Klatsch verbreitete sich schneller als die Pest in Dunwood. Wenn Bellas Mörder zu Ohren kam, dass jemand herumspionierte …

»Ich glaube, dass es zumindest noch andere Erklärungsansätze gibt.«

Matt nickte nachdenklich. »Aber darum kümmert sich die Polizei sicherlich.«

Ich verzog das Gesicht wie ein Showmaster, der die falsche Antwort eines sympathischen Kandidaten bedauert.

Seine Augen wurden groß. »Nein? Echt nicht? Aber das ist doch … Sie können doch nicht –« Er fuhr sich aufgebracht durch die Haare. »Man müsste doch … Man muss –« Dann beugte er sich über den Tisch. »Anna. Was tun wir dagegen?«

»Gar nichts«, sagte ich nüchtern. Ich betrachtete Matts Hände. »Und wenn jemand etwas täte, dann täte er auch gut daran, es für sich zu behalten.«

»Oh. Nein, ja klar. Ich verstehe.«

Er sah mich an, als ginge er im Kopf zwanzig verschiedene Erklärungsansätze durch und einigte sich schließlich darauf, dass ich eine seltsame Kreatur wäre, die man unerklärt akzeptieren musste.

»Du machst dein Ding, wie immer.«

»So in etwa, ja.«

»Aye aye. Wenn du Hilfe brauchst: Du weißt ja, wo du mich findest.«

»Das ist gut zu wissen.«

Matt klopfte zweimal auf den Tisch und erhob sich. »Ich pack's dann mal … Aber Anna: Wenn du ›nichts‹ tust … – sei vorsichtig, ja?«

Ich gab ihm ein ›Peace‹-Zeichen, und er nickte, drehte sich um und ging.

Die Stimme in meinem Kopf nannte mich einen Feigling, aber ich gebot ihr, zu schweigen. Es war schlimm genug, dass ich Liv und Rahel in Gefahr brachte. Aber ich weigerte mich, auch noch Matt in diese Sache hineinzuziehen.

ZEHN

Für den Nachmittag war ich mit Liv im *Driftwood Café* verabredet, aber zuvor hatte ich eine andere Mission. Nach dem Mittagessen holte ich mein Fahrrad aus dem Schuppen und radelte durch den Wald nach Spean Bridge, um Nathan Meitner zu suchen. Ole hatte gesagt, sein Haus läge direkt neben dem Bahnhof, es konnte nicht schwer zu finden sein.

Ich stellte mein Fahrrad am Bahnhofsrestaurant ab, das bis zum Abend geschlossen hatte, und kettete es an einen Blumenkübel. Der Bahnhof lag am Ortsrand, nur in östlicher Richtung schlossen sich Häuser an. Ich lief die kurze Strecke zu den ehemals weißen Reihenhäusern und checkte die Klingelschilder. ›Philipps‹ stand auf dem ersten, auf dem zweiten ›MacDonald‹, und ich fragte mich schon, ob Ole mich eiskalt veräppelt hatte, aber dann, tatsächlich: ›Meitner, Elizabeth und Nathan‹. Das langgezogene Hupen eines vorbeifahrenden Autos ließ mich zusammenfahren. Als ich mich umdrehte, hatte sich ein Mann aus dem Fenster eines Trucks gelehnt, lachte und winkte mir zu. *Schön, dass dich mein Herzinfarkt erheitert.* Bevor der Typ auf weitere geniale Einfälle kam, lief ich das kurze Gartenwegchen zum Haus der Meitners, in der Hoffnung, dass er es für meines hielt und nicht noch mal umdrehte.

Ein Blumenkranz hing an der Tür, der auf einem Komposthaufen besser aufgehoben gewesen wäre, und ein Paar lehmverkrusteter Wanderstiefel stand auf dem Schuhabstreifer. Ich fasste mir ein Herz und drückte die Klingel.

»Moment!«, rief eine Frauenstimme von innen. Es verging eine ganze Menge von Momenten, bis sich die Tür öffnete und eine Frau Mitte dreißig mit straffem, blondem Pferdeschwanz auf die Schwelle trat.

»Ja?«, fragte sie missgelaunt und hielt das womöglich für eine Begrüßung. Sie strich mit den Händen über eine farbverschmierte Schürze.

»Mrs Meitner, nehme ich an?« Sie bestätigte die Annahme nicht. »Hallo. Mein Name ist … Jennifer White. Ich komme im Rahmen eines Schulprojekts der Dunwood Gesamtschule –«

»Nein, danke.« Die Frau machte Anstalten, mir die Tür vor der Nase zuzuschlagen.

»Moment! Ich wollte sowieso mit Ihrem Mann sprechen. Ist er zu Hause?«

Sie hielt inne und kniff die Augen zusammen.

»Was willst du von ihm?«, fragte sie ohne einen Hauch von Wärme in der Stimme.

»Wie gesagt, es geht um ein Projekt. Ein Geschichtsprojekt. Und Ihr Mann wurde mir als Ansprechpartner für …«, ich sah mich suchend um, »die historische Entwicklung des Bahnhofs Spean Bridge genannt.«

Sie öffnete die Tür wieder ein Stück, aber ihr Gesichtsausdruck verdunkelte sich weiter.

»Wer sagt das? Wer schickt dich her?«

Ihr Blick hätte Metall korrodieren können, aber ich hielt ihm stand. »Ole Jonasson. Ich soll schöne Grüße von ihm bestellen«, log ich.

»*Der*«, sagte sie, »soll sich um seine eigenen Angelegenheiten kümmern.«

»Ich richte es gerne aus. Eigentlich wollte er mir Mr Meitner beim Beltane-Fest vorstellen, aber da müssen wir uns verpasst haben –«

»Weil er zu Hause war, wie jeden Abend. Wir gehen nie zum Wechselfeuer. Heidnischer Unsinn. Und jetzt sieh zu, dass du Land gewinnst, bevor ich die Polizei rufe.«

»Natürlich. Entschuldigen Sie die Störung.« Ich trat einen Schritt zurück. »Nur eins noch: Wir sammeln Spenden für die Beerdigung von Bella McQuoid, der Frau, die sich letzte Woche in Dunwood das Leben genommen hat –«

Ein entsetzter Ausdruck huschte wie ein Schatten über ihr Gesicht. »Für wen?« Ihre Stimme klang auf einmal brüchig.

Ich ließ mir nicht anmerken, dass ich die Veränderung registriert hatte. »Ich dachte, die Nachricht hätte sich schon in allen Ortsteilen herumgesprochen –«

»Der Name sagt mir nichts. Und meinem Mann auch nicht.«

Danach habe ich nicht gefragt, dachte ich, aber ich unternahm keine weiteren Versuche, sie aufzuhalten, als sie endgültig die Tür zuschlug.

Auf dem Rückweg zu meinem Fahrrad ließ ich unser Gespräch Revue passieren. Mein eigener Bluff hatte mich daran erinnert, dass ich nicht einmal wusste, wann Bellas Beerdigung stattfand. Oder ob sie längst begraben war. Ich würde Dad fragen müssen. Oder Cecile. Pest oder Cholera.

Auch wenn Mrs Meitner mich am liebsten mit einer Fliegenklatsche erschlagen hätte, so hatte sie mir doch unfreiwillig vier Dinge verraten. Erstens: Die Meitners waren nicht beim Wechselfeuer gewesen und hatten, was mich betraf, für die Mordnacht kein Alibi. Zweitens: Elizabeth Meitner kannte Bella. Entweder hatte sie wirklich erst durch mich von ihrem Tod erfahren – unwahrscheinlich, aber nicht ausgeschlossen –, oder die Erwähnung von Bellas Namen allein genügte, um sie aus der Fassung zu bringen. Drittens: Elizabeth Meitner war Malerin, und sie war im Besitz von Farben ähnlich jener, mit der die Nachricht auf Garys Tafel vor dem Brewers gepinselt worden war. Und viertens: Nathan Meitner war verheiratet, und Elizabeth war seine Frau. Aber dort, wo ihr Ehering hätte sein müssen, trug sie nur eine Delle im Finger.

Auf der Rückfahrt hatte mein Fahrrad kurz vor der alten Eibe einen Platten, und ich musste den Rest des Wegs schieben. Deshalb erschien ich eine Viertelstunde zu spät im Driftwood Café, wo Liv ausnahmsweise pünktlich war. Gelangweilt hatte sie sich anscheinend nicht: Sie saß mit einer Gruppe Leuten am großen Fenstertisch und unterhielt sich mit Tom Riley aus der Stufe unter uns. Ich sah sofort, dass sie auf Flirtmodus geschaltet hatte – oder vielmehr hörte ich es. Ihre Stimme übertönte alle anderen Geräusche in dem überfüllten Café. Sie unterhielt Tom und seine Freunde mit der Anekdote, wie sie als Zehnjährige die Adoptionspapiere der Inglisses verbrannt hatte, weil sie glaubte, dass man sie ohne ›Kassenbon‹ nicht mehr umtauschen könnte.

»Und es hat funktioniert«, sagte sie kokett, »hier bin ich, sechs Jahre später. Jetzt werden die mich nicht mehr los!«

Tom warf den Kopf in den Nacken und lachte, ohne Liv aus den Augen zu lassen. Ich trat neben sie, nickte in die Runde und sagte: »Können wir? Ich muss was mit dir besprechen.«

Tom sah aus, als hätte ich soeben Weihnachten abgesagt, und griff nach Livs Arm. »Du rufst mich an, ja?«

»Klar.« Liv zwinkerte ihm ein letztes Mal zu und ließ sich von mir ganz ans Ende der Theke steuern, wo uns außer ein paar älteren Damen niemand hören konnte.

»Wie lange bist du schon hier, um Himmels willen?«

»Knappe halbe Stunde. Der Vater wollte, dass ich beim Scheren helfe, deshalb bin ich getürmt. Und Tom hat sich solange um mich gekümmert.« Sie strahlte selbstzufrieden wie ein Hollywood-Starlet.

»Und, wirst du ihn anrufen?«, fragte ich.

»Wen, Tom? Mal sehen.«

Die Bedienung kam und nahm unsere Bestellung auf.

»Übrigens«, sagte Liv, »ich hab Ian nach dem Sandmann gefragt. Gestern Abend. Celtic haben das Spiel gewonnen, deshalb war er bester Laune, da dachte ich: ›jetzt oder nie‹.«

»Und?«

»Sagen wir so: Seine Laune war schlagartig im Eimer. Er wollte ständig wissen, woher ich den Namen kenne. Bestimmt fünf Mal hat er das gefragt. Ich sagte, das gehe ihn überhaupt nichts an, aber da wurde er richtig wütend. Wenn das keiner meiner blöden Witze sei, dann solle ich mich unbedingt da raushalten, ob ich das verstanden hätte. Danach ist er in seinen Schuppen gestürmt und kam den ganzen Abend nicht mehr raus.«

»Seltsam.«

»Selbst für Ian.« Wir dachten nach, aber da keine von uns sich einen Reim darauf machen konnte, erzählte ich Liv stattdessen von meinem Besuch bei Elizabeth Meitner und von meinem zweiten Abstecher in Bellas Hütte. Sie war sofort ganz Ohr.

»Ich wusste gleich, dass mit dem Raben etwas nicht stimmt«, sagte Liv. »Glaubst du, sie war wirklich eine Hexe?«

»Nein.«

»Das erzählt man sich aber. Und in jedem Gerücht steckt ein Körnchen Wahrheit.«

Ich seufzte. »Ich glaube, dass Bella sich vielleicht selbst in dieser Rolle gefallen hat. Hat sie absichtlich mit den Erwartungen der Leute hier gespielt? Möglich.«

»Und was sind das für Bücher, die du da gefunden hast?«

Ich beschrieb ihr Bellas Tagebuch und das alte ›Zauberbuch‹, das ich am Morgen begonnen hatte zu übersetzen.

»Was soll das heißen: ›so was wie ein Zauberbuch‹?«, fragte Liv und saß auf einmal kerzengerade.

»Na, offensichtlich ist es *kein* Zauberbuch. Weil wir nicht mehr fünf sind und das hier kein Märchen ist.«

»Woher willst du das wissen? Glaubst du, die Leute im Märchen wussten, dass sie im Märchen waren?«

Das war die Art von Liv-Logik, zu der mir nicht mal eine Replik einfiel.

»Hör zu, das Tagebuch ist der interessante Part. Wenn es uns gelingt, die Einträge zu entschlüsseln –«

Liv hielt mir eine Handfläche vors Gesicht.

»Stopp. Du willst mir also erzählen, dass du im Haus der toten Hexe ein Buch mit Zaubersprüchen findest, das in einem magischen Raben versteckt war –«

»Es war nicht *im* Raben, und magisch ist er ganz sicher nicht –«

»*Du willst mir also erzählen*«, sprach Liv über mich hinweg, »dass du das aufregendste Buch findest, das vielleicht jemals in Dunwood existiert hat, und du willst es nicht einmal ganz übersetzen, sondern einfach zurück in den Schrank stellen? *Bist du noch ganz dicht, Anna Cairns?*«

Ich war kurz davor, die Geduld zu verlieren. »Und was sollen wir deiner Meinung nach damit machen?« Zwei ältere Frauen neben uns an der Theke drehten sich bei meinen Worten zu uns, und ich mäßigte meinen Ton. »Sollen wir Bella wieder zum Leben erwecken, damit sie uns selbst erzählt, wer sie ermordet hat?«

Liv sah mich unbeeindruckt an. »Dein Engagement in allen Ehren, aber es gibt noch ein Leben außerhalb deiner Detektivkarriere. Denk doch mal an die Möglichkeiten! Was wir mit Magie alles anstellen könnten –«

»Lass mich raten, du denkst an einen Typen.«

»Was ist daran verkehrt? Ach, komm schon, Anna. Du musst ja nicht daran glauben, tu es mir zuliebe. Stell dir vor, es wäre ein Experiment, wie Krachgas oder –«

»Es heißt Knallgas. Und das wüsstest du, wenn du Chemie nicht nur für deinen Schönheitsschlaf nutzen würdest.«

»Hey«, sagte Liv verteidigend, »all das hier«, sie gestikulierte an sich auf und ab, »muss irgendwie erhalten werden. Aber lenk jetzt nicht ab! Ich will zaubern. Mit dir und Rahel.«

»Lies es mir von den Lippen ab: n-e-i-n«, sagte ich.

Die Bedienung stellte Livs Cappuccino und meinen Kaffee vor uns ab. Liv versenkte zwei Beutelchen Zucker in ihrer Tasse, nahm einen großen Schluck und fuhr mit der Hand zum Mund, als sie sich die Zunge verbrannte.

»Was hast du zu verlieren?«, lispelte sie. »Wenn auch nur eine winzige Chance besteht, dass es funktioniert, ist es einen Versuch wert.«

»Es besteht eine winzige Chance, dass Außerirdische in Dunwood landen. Trotzdem schlafe ich nachts lieber, als mit einem ›Willkommen im Nirgendwo‹-Schild auf dem Dach zu warten.«

»Du musst nichts machen. Nur dabei sein.«

»Um zuzusehen, wie nichts passiert? Wie spannend.«

»Ernsthaft, Anna: Wenn du nicht mitmachst, bin ich bis an dein Lebensende sauer. Ich gebe keine Ruhe, bevor du ja sagst. Oder mir zumindest das Buch überlässt.«

»Das Buch bleibt bei mir. Falls du es schon vergessen hast: Die Frau, der es gehört hat, wurde *ermordet*. Und aus unerfindlichen Gründen versucht niemand außer mir, ihren Mörder zu finden.«

Livs Gesichtszüge wurden weich. »Ich weiß. Und Rahel und ich tun alles, um dir zu helfen. Was immer du für richtig hältst: Wir sind dabei.«

Sie streckte mir ihren gebogenen kleinen Finger entgegen. Ich zögerte kurz, dann hakte ich meinen unter und wir beschrieben in der Luft eine Abfolge von Kreisen und Figuren, die wir uns irgendwann in der Grundschule ausgedacht hatten.

»Geschworen.«

»Geschworen.«

Ich lächelte matt. »Also gut.«

»Also gut – lass uns zaubern?«

»Lass uns zugucken, wie nichts passiert.«

Livs Augen leuchteten auf.

»Ich wusste es, Anna Cairns. All dein ›Braves Mädchen‹-Gehabe ist nur Tarnung.«

Wieso musste ich bei diesen Worten an Matt denken?

ELF

Am darauffolgenden Samstagvormittag fuhr Cecile mit Marie zu einem Ausflug nach Fort Williams. Dad hatte unserem Nachbarn Mr Gladys versprochen, die Tür seines Hühnerstalls zu reparieren, und ich hatte abends meine übliche Samstagsschicht im Brewers, deshalb blieben wir zu Hause. Obwohl ich Cecile unterstellte, dass die Terminplanung mich absichtlich ausgeschlossen hatte, war es mir nicht unrecht, ein paar Stunden mit Dad allein zu sein. Als er gegen zwölf nach erfolgreicher Reparatur zurückkam, hatte ich einen Topf Cullen Skink gekocht, nach einem Rezept, das Mum mir beigebracht hatte. Kochen gehörte nicht zu meinen Stärken. Mir gefiel die Ungenauigkeit von Rezepten nicht. ›Mittlere Hitze‹ war kein Wert auf der Kelvinskala, kein Stück Fleisch verhielt sich wie sein Vorgänger, und die unzuverlässige Größe von Eiern konnte ganze Gerichte zu Fall bringen.

»Du hättest doch nicht kochen müssen«, sagte Dad mit einem besorgten Blick in die blubbernde Suppe.

Ich drehte das Gas aus und klopfte den Kochlöffel am Topfrand ab. »Zu spät.«

Wir aßen am kleinen Küchentisch, und Dad langte nach anfänglicher Zurückhaltung – die ich ihm nicht verdenken konnte – kräftig zu. Er wischte sich den Schnurrbart mit einem Stück Küchenrolle sauber und grunzte zustimmend.

»Gut?«, fragte ich.

»Nicht übel.«

Ich lächelte zufrieden.

»Mum hat Cullen Skink geliebt«, sagte ich.

Er warf mir einen argwöhnischen Blick zu.

»Oder hast du das schon vergessen?«

»Natürlich nicht«, sagte er. Und dann, zu meiner Überraschung: »Wir waren fünfzehn Jahre zusammen. Da lernt man sich kennen.«

Wir sprachen so selten über Mum. Weil Cecile es respektlos fand, und weil Dad sofort das Thema wechselte, sobald ihr Name fiel, als wäre er ein Fluch.

»Vermisst du sie manchmal noch?«

Dads Nasenflügel blähten sich, sein Gesicht wurde hart.

»Welchen Sinn hat es, darüber zu sprechen? Sie ist weg. Wir haben uns angepasst. Das zählt.«

Ich nickte resigniert. Er stellte meinen Teller in den seinen und wollte abräumen, aber ich griff nach seinem Arm.

»Ich muss dich was fragen. Bitte werd nicht sauer.«

»Was denn noch?«

Ich ließ seinen Arm nicht los. »Wann ist Bellas Beerdigung?«

Er wollte zuerst nicht antworten, es war ihm anzusehen, aber dann rang er sich doch dazu durch. »Letzten Mittwoch. Es gab eine informelle Beisetzung, nachdem der Leichnam vom Amtsarzt freigegeben war.«

Mein Herz wurde schwer. »Du meinst, ohne Zeremonie? Keine Gäste, kein Gottesdienst, nichts?«

»Bella war konfessionslos. Es gab keine Angehörigen. Das ist Standardprozedere.«

Der Gedanke, dass Bella ihre letzte Ruhe ganz allein gefunden hatte, nur in Gegenwart eines Friedhofsgräbers, war mir kaum erträglich.

»Wir wollten nicht, dass es noch mehr Gerede gibt. Deshalb gab es keine Anzeige im Herald. Der Fall hat für genug Ärger und Gerüchte gesorgt.«

»Wo liegt sie?«

Dad sah mich jetzt abschätzig an. »Wieso? Willst du hin? Nachdem du deiner Mutter seit drei Jahren den Besuch verweigerst?«

Ich wusste nicht, was ich wollte. Wenn Bella auf einem anderen Teil des Friedhofs lag … Vielleicht könnte ich ihr wenigstens ein paar Blumen aufs Grab legen. Als das Danke, das ich nach Mums Tod nie ausgesprochen hatte. Vielleicht würde mich mein Mut aber auch am eisernen Friedhofstor verlassen, wie damals an Mums erstem Todestag.

»Ich weiß, dass mein Rat dir nicht viel gilt, Anna. Aber du solltest diese Sache auf sich beruhen lassen. Sie war kein Unschuldsengel, diese McQuoid. Weiß Gott nicht. Manche Menschen ziehen das Unglück an, selbst wenn sie gar nicht mehr da sind.«

Seine Worte erinnerten mich an die von Mrs Pomeroy. Auch sie hatte kein gutes Haar an Bella gelassen, und wie Dad war sie nicht überzeugt gewesen, dass Bellas Einfluss mit ihrem Tod erloschen war. War es guter, alter Aberglaube? Oder wussten sie etwas, das ich nicht wusste?

Meine Schicht im Brewers zog sich wie Kaugummi. Helen hatte frei, stattdessen stand Penny Blackwood hinter der Bar. Penny war zweiundvierzig, zum dritten Mal verheiratet und hatte die Ausstrahlung eines Chihuahuas, der jeden Schäferhund in seine Schranken weisen konnte. Keine Ahnung, wie sie es anstellte, aber in ihrer Gegenwart verwandelte Gary sich in einen zahmen Stubentiger. Er ließ sie Schichten tauschen, wann immer sie danach fragte, auch wenn es bedeutete, dass Helen, Julie oder ich zehn Stunden am Stück schuften mussten. Wir brauchten das Geld, und das wusste er.

»Penny, Schätzchen, wenn du gleich mal eine Minute hättest …? Tisch eins ist grade reingekommen.«

Penny warf ihm einen Kussmund zu, den Gary auffing und in seine Brusttasche steckte. Wenn ich's genau bedachte, gefiel mir Arschloch-Gary immer noch besser als sein Schleimer-Alter-Ego.

»Anna, die zwei Hockey-Pucks für die acht, aber ein bisschen zackig.« *Sei vorsichtig mit deinen Wünschen*, dachte ich, während ich zwei durchgebratene Hamburger zu Tisch acht balancierte.

»Oh, hallo.«

Livs Adoptivonkel Ralph saß allein am Tisch.

»Beide für Sie?«

Er nickte und schob sein Bier zur Seite, und ich stellte die Teller nebeneinander ab. »Wir hätten sie auf einem Teller bringen können, tut mir leid«, sagte ich, aber ihm hätte es wohl egaler nicht sein können. Er sah schlechter aus, als ich ihn in Erinnerung hatte, und das hieß schon etwas. Sein Gesicht war gleichzeitig ausgezehrt und aufgequollen, und selbst über die allgemeine Rauchkulisse hinweg konnte ich alten Schweiß riechen. Mit zittrigen Händen griff er zum Besteck, und ich wandte mich taktvoll ab.

»Du bist Livs Freundin, oder?« Ralphs Finger bohrten sich in meinen Arm, als er mich festhielt. »Setz dich zu mir.«

»Tut mir leid«, sagte ich und wollte einen Schritt zurück machen. Sein Griff wurde fester.

»Ich bin mitten in meiner Schicht –«

Er ließ seinen Blick über die leeren Tische schweifen. »Nur für fünf Minuten. Bitte.« Die Finger um meinem Arm lösten sich. Seine Augen waren so blau, sie passten nicht zum Rest seiner Erscheinung, als hätte man sie von einem jungen, gesunden Menschen in seinen verfallenden Körper transplantiert. Als wären sie der einzige

Teil von ihm, der noch nicht ganz aufgegeben hatte. Er tat mir leid, aber gleichzeitig strahlte er Unberechenbarkeit aus wie ein in die Enge getriebener Luchs.

»Anna! Ich bezahl dich nicht fürs Rumstehen! Hältst du dich für die Monroe, oder was?«

Selten war mir Garys Schelte so willkommen gewesen. Ich bedachte Ralph mit einem Schulterzucken und machte, dass ich in die Küche kam.

»Penny? Übernimmst du mal die acht für mich?«

Penny nickte im Vorbeigehen. Bei ihr würde sich Ralph bestimmt nichts trauen. Irgendwie hatte sie eine Art zu flirten, die den Typen das Gefühl gab, sie kämen gut dabei weg, aber in Wirklichkeit war zu jeder Zeit klar, wer die Regeln machte. Nur die betrunkensten Idioten wagten hin und wieder, sich über sie hinwegzusetzen.

Livs Onkel bezahlte, sobald er seine Burger gegessen hatte, und verschwand kurz darauf. Ich atmete auf. Eine Weile lang spülte ich Gläser an der Bar, und allmählich füllte sich der Laden wieder. Ein Typ aus Spean Bridge, von dem ich genau wusste, dass er eine Frau und zwei kleine Kinder zu Hause hatte, lehnte an der Theke und versuchte den ganzen Abend, mich in einen Flirt zu verwickeln. Als ich nicht darauf einging, fing er an, mich zu beschimpfen, brüllte mir Beleidigungen nach und empfahl Gary, er solle mich feuern. Ein ganz durchschnittlicher Samstagabend eben.

Es war weit nach zehn, als ich mich endlich auf den Heimweg machte, meine Lider schwer wie Blei, meine Füße zu pochenden Fleischklumpen verwandelt. Unter anderen Umständen hätte ich den längeren Weg durchs Dorf genommen, um nicht an der alten Eibe vorbeizumüssen, aber in diesem Moment zählte nur eins: der direkteste Weg ins Bett. Ich schleppte mich in fast vollständiger Dunkelheit über den Waldweg, nur begleitet vom Zirpen der Grillen. Eine verliebte Grille konnte bis zu einhundert Dezibel laut singen, hatte ich mal gelesen. Das war so laut wie eine Kettensäge aus einem Meter Abstand. Darauf konzentrierte ich mich, als ich mich der Eibe näherte, um Bellas Bild in meinem Kopf zurückzudrängen. *Wenn ich doch nur nicht so unendlich müde wäre. Wenn ich doch nur meine Augen für ein paar Minuten schließen könnte* … Drei Schritte Augen zu, zwei Schritte Augen auf. So ging es auch. Drei Schritte Augen zu – dann sah ich das Flackern. Wäre Adrenalin radioaktiv, hätte ich im Dunkeln geleuchtet, so schnell war ich hellwach. Ich rannte los, und schon bevor ich die Eibe erreichte, wusste ich, woher der Feuerschein stammte. Der Baum stand lichterloh in Flammen; sie züngelten an seinem riesigen Stamm empor und umschlangen seine Äste. Die Eibe hob sich gegen die Nacht ab wie eine gigantische brennende Fackel. *Mrs Pomeroy*. Ihr Telefon war das nächste. Ich sprintete zu ihrem Haus, hämmerte gegen die Tür und ließ die verwirrte alte Frau im Türrahmen stehen, während ich von ihrem Apparat aus die Feuerwehr rief.

»Sind sie da? Sind es die Deutschen?« Mrs Pomeroy sah mich mit dem Ausdruck eines verstörten Kindes an. Das weiße Haar umgab ihren Kopf wie eine zerfetzte Wolke, und in diesem Moment tat sie mir so leid, dass ich sie am liebsten in den Arm genommen hätte.

»Die Deutschen sind besiegt. Vor denen brauchst du keine Angst mehr zu haben, Amalia«, sagte ich. »Leg dich wieder hin. Alles ist gut.«

Sie brabbelte weiter besorgt vor sich hin, machte sich aber auf den Weg zurück ins Schlafzimmer.

Es dauerte nur Minuten, bis in der Ferne Sirenen ertönten, und ich lief über den Waldweg zurück zur Eibe. Wozu, das wusste ich selbst nicht genau. Oder vielleicht doch. Die Eibe war eine Freundin, und meine Freundin war in Gefahr, kämpfte sogar um ihr Leben. Ich konnte nichts tun, aber ich wollte sie nicht allein lassen. Wer hatte sie angezündet? Es schien außer Frage, dass dieser Anschlag etwas mit Bellas Tod zu tun haben musste. Wollte jemand sicher gehen, dass alle Beweise vernichtet waren? Aber wieso erst jetzt und nicht direkt nach dem Mord? Ich stand in einigem Abstand bei dem brennenden Baum, sah hilflos zu, wie das Feuer ihn bei lebendigem Leib verschlang, und wartete auf die Hilfskräfte. Erst jetzt fiel mein Blick auf den Kanister, der nur einige Fuß weiter im Gras lag. Brandbeschleuniger. *Natürlich.* Das erklärte, warum die Eibe unter den gegebenen Bedingungen so entflammbar gewesen war. Ich trat gegen den Kanister, und als er sich ein Stück bewegte, entdeckte ich darunter etwas Glänzendes. Ich hob es auf. Es war ein silbernes Benzinfeuerzeug. Ich drehte es zwischen den Fingern. Auf der Rückseite trug es eine Gravur, aber selbst im Feuerschein konnte ich sie nicht entziffern.

In diesem Moment fuhr das Löschfahrzeug vor, drei Männer sprangen heraus und forderten mich auf, mich zu verziehen. Ohne nachzudenken, steckte ich das Feuerzeug in meine Tasche.

»Mrs Guthrie, könnte ich bitte kurz mit Ihnen sprechen? Unter vier Augen?«

Während meine Mitschüler lärmend und schwatzend das Klassenzimmer verließen, hatte Mrs Guthrie an ihrem Pult die Lektion der vergangenen Stunde ins Klassenbuch eingetragen.

»Natürlich, Anna.« Sie schlug das Buch zu, rückte ihre Brille zurecht und lächelte. Ihre blonden Locken waren von weißen Strähnen durchzogen, und ihre Brille moderner, weniger streng als die auf dem Foto in Bellas Album.

Ich wartete einen Moment, bis Siobhan und Claire als Letzte den Raum verlassen hatten. Ich hatte für heute verschiedene Gesprächseinstiege vorbereitet, die in der Theorie total unverfänglich geklungen hatten, aber auf einmal erschienen sie mir alle plump. Vermutlich hätte ich Rahel um Rat fragen sollen, sie hatte mehr Feingefühl im kleinen Finger als Liv und ich zusammen.

»Es geht um Bella McQuoid. Soweit ich weiß, kannten sie sich recht gut?«

Mrs Guthries Lächeln bekam kleine Risse.

»Wir kannten uns, ja.«

Sie ließ den Satz zwischen uns fallen wie ein Stück trockenes Brot. Am liebsten hätte ich mich umgedreht und wäre gegangen, aber ich zwang mich, an meinem Plan festzuhalten.

»Darf ich fragen, woher?«

»Fragen dürfen meine Schüler alles, das wissen Sie. Bella und ich haben im selben Ort gewohnt, bevor erst ich und dann sie nach Dunwood zogen. Wir teilten ein paar gemeinsame Interessen – und einen Bekanntenkreis.«

»Hatten Sie den Eindruck, dass Bella vor ihrem Tod unglücklich war? Waren Sie überrascht, als sie von ihrem Suizid erfahren haben?«

Mrs Guthrie wählte ihre Worte mit Bedacht.

»Ihr Tod war ein Schock. Wir hatten in den letzten Monaten keinen sehr engen Kontakt … Vielleicht ist es unangemessen, Ihnen das zu erzählen, aber: Ich mache mir deswegen Vorwürfe. Dass ich nicht für sie da war, als sie anscheinend dringend Unterstützung brauchte.« Mrs Guthries Stimme war leiser geworden, sie sprach mehr zu sich selbst.

»Ist Ihnen je der Gedanke gekommen, dass Bella sich nicht selbst das Leben genommen haben könnte?«

Sie zögerte nur den Bruchteil eines Moments. »Nein.«

Die Schulklingel läutete. Mrs Guthrie erhob sich und griff nach ihrer Ledertasche. »Beeilen Sie sich, Miss Cairns, sonst kommen Sie zu spät zur nächsten Stunde.«

»Die Sechste fällt aus«, log ich. »Hat Bella Ihnen irgendwann davon erzählt, dass sie von jemandem bedroht wurde?«

»Worauf wollen Sie hinaus, Anna? Das hier klingt allmählich wie ein Verhör.« Sie lachte auf, aber ihr Mund wirkte angespannt. Ich musste mein wichtigstes Anliegen loswerden, bevor sie mich abwürgen konnte.

»Wissen Sie etwas über Bellas Verhältnis zu Nathan Meitner?«

Mrs Guthrie hob eine Augenbraue, zum ersten Mal verließ etwas von ihrer Gutmütigkeit ihre Züge.

»Bei allem Verständnis für Ihre Neugier: Sie glauben doch nicht ernsthaft, dass ich das Privatleben einer verstorbenen Freundin mit einer Schülerin diskutiere –«

»Es geht nicht um meine persönliche Neugier, ehrlich.« Der Ansatz von Enttäuschung in ihrem Blick tat weh, aber ich hatte keine andere Wahl.

»Nur noch eine Frage … Und die ist vielleicht die seltsamste von allen. Sie wissen, dass man in Dunwood gewisse Dinge über Bella erzählt. Sie wäre eine … eine –«

»Eine was?«

»Eine Hexe.« Ich begleitete das Wort mit Luftgänsefüßchen. »Nicht, dass ich selbst was drauf geben würde. Aber ich habe Anhaltspunkte, dass Bella vielleicht nicht ganz unbeteiligt an diesen Gerüchten gewesen sein könnte.«

»Und es wäre nicht das erste oder letzte Mal in der Geschichte der Menschheit, dass jemand für diesen Verdacht mit seinem Leben bezahlen müsste. Das wollen Sie sagen, richtig?«

»So in etwa.«

Mrs Guthrie stellte ihre Ledertasche wieder ab. »Haben Sie sich jemals gefragt, warum die Menschen solche Angst vor Hexen hatten … und nicht vor jenen, die sie lebendig verbrannten?«

Sie musste mir meine Verwirrung angesehen haben.

»Sie sind eine außergewöhnliche junge Frau, Miss Cairns. Als Lehrerin sollte man keine Lieblinge haben, und noch weniger solche, die einen an ein jüngeres Selbst erinnern – aber Sie sind klug, Sie haben einen inquisitiven Geist …« Sie sah mich prüfend an. »Doch nicht alle Fragen sind so gestellt, dass Vernunft und Wissenschaft sie beantworten können. Wenn Sie einen Menschen sezieren, wo finden Sie das, was ihn ausgemacht hat? In den Überresten seines Gehirns? In seinem Herzen? Denken Sie an die Romantiker, Anna. Folgen Sie zur Abwechslung ihrer Intuition … Mit demselben Forschergeist, derselben Unvoreingenommenheit. Und sehen Sie, wohin es Sie führt.«

Sie nickte mir ein letztes Mal zu und ließ mich stehen.

»Was hat die Guthrie erzählt?«, fragte Liv wenig später auf dem Heimweg.

»Pfff … Einen Haufen heißer Luft.«

»Wie ätzend. Aber was erwartest du von einer Kunst-Trulla?«

Das war eben die Sache: Ich erwartete von Mrs Guthrie eine ganze Menge.

Ich hing meinen Gedanken nach, während Liv über ihre Fort-schritte bei der Übersetzung von Bellas ›Zauberbuch‹ schwadro-nierte. Ich hatte ihr nach längerem Hin und Her das Buch schließlich doch ausgehändigt. Mir würde es nichts nützen, und sie schien darauf versessen zu sein. Über die vergangenen zwei Wochen hatte sie – entgegen ihrer sonstigen Abneigung gegen jede Art von vermeidbarer Arbeit – Stück für Stück das Buch aus dem Gälischen übersetzt.

»So, wie ich es verstehe, gibt es sieben Wirkungsfelder der Alten Magie. Erkenntnis, Gelingen, Schutz. Betörung. Rache, Gerechtigkeit und Tod.«

»Für Hausarbeit ist nichts dabei? Cecile hat einen Riesenstapel Bügelwäsche für mich bereitgestellt –«

Liv fuhr fort, als hätte ich nichts gesagt. »Aber die letzten Seiten fehlen. Das müssen die Sprüche oder Tränke des Todes sein. Sie brechen mitten in einem Spruch ab, der Rest ist einfach rausgerissen worden. Das warst nicht du, oder?«

Ich verneinte und machte mir innerlich Vorwürfe, dass mir eine so offensichtliche Tatsache bei meiner eigenen Inspektion des Buchs entgangen war.

»Ich dachte, wir fangen mit dem harmlosesten Zauber an. Und ich weiß jetzt, was unser erster Spruch sein wird.«

Ich seufzte wirklich nur ganz leise. »Erzähl.«

»Ein Schönheitszauber. Besser gesagt: ein Spruch zur ›Verwand-lung der weltlichen Hülle‹.«

»Du willst dich verwandeln? In was? Die Froschkönigin?«

Liv hielt mich an der Schulter fest und blieb stehen.

»Anna, verdammt noch mal. Zieh dir bitte nur ein einziges Mal deinen Wissenschafts-Stock aus der Sitzfläche und leg deine Vorur-teile ab. Ich mein's ernst. Mir ist das wichtig, und weil du meine beste Freundin bist, muss es dir auch wichtig sein. Egal, was du dahinter«, sie tippte mir gegen die Stirn, »in Wirklichkeit darüber denkst.«

»Schon gut. Also: In was verwandeln wir dich?«

»So funktioniert das nicht.«

»Wie funktioniert es dann?«

»Das weiß ich doch auch nicht! Aber zusammen können wir es

rausfinden. Ich will eine Taille wie Twiggy, kapiert? Oder zumindest wie Rahel.« Sie straffte ihr T-Shirt um den Bauch, wo sich die leiseste Andeutung eines Röllchens gebildet hatte.

Ich hatte es aufgegeben, Liv klarmachen zu wollen, dass sie schön war, so, wie sie war. Obwohl Jungs wie Mädchen sie seit dem Kindergarten mit wenig kreativen Beschimpfungen für ihre Figur beleidigt hatten, waren solche Unverschämtheiten lange an ihr abgeperlt, als wäre sie aus Teflon. Doch dann änderten sich zwei Dinge: Liv entdeckte ihr Interesse am männlichen Geschlecht, und Rahel zog nach Dunwood. In ihrer Gegenwart wurde für die meisten Männer jedes andere weibliche Wesen unsichtbar. Wie oft war es vorgekommen, dass Liv sich auf einer Party in jemanden verguckt hatte, und als er nach Dutzenden sehnsuchtsvoller Blicke in seine Richtung endlich angeschlendert kam, hatte er nur Rahels Namen oder Telefonnummer gewollt? Und mit jedem Mal war Livs Selbstbewusstsein weiter erodiert, bis sie irgendwann einen Hauptschuldigen ausgemacht hatte: ihr Gewicht. Seitdem kaufte sie jede Zeitschrift, die zehn Pfund Gewichtsverlust in fünf Minuten versprach, obwohl sie sich nie länger daran hielt als bis zum nächsten Dessert. Kleidungsstücke wurden danach ausgesucht, wie gut sie Bauch, Hüften und Po ›kaschierten‹, und Komplimente für ihre Figur, die Liv regelmäßig bekam, wies sie entrüstet als Lügen zurück.

Ich seufzte. »Und wann verhexen wir dich? Ich hab morgen Abend Zeit.«

»Morgen kann ich nicht.« Auf Livs Wangen zeigte sich ein Anflug von Röte.

»Was steht an?«

Doch Liv wollte den Grund ihrer Verhinderung nicht rausrücken. Was übersetzt hieß: Es hatte was mit einem Typen zu tun, und ich hätte es nicht gutgeheißen. Wahrscheinlich hatte sie Tom aus dem Café doch angerufen und rechnete damit, dass Rahel oder ich sie für ihre Flatterhaftigkeit aufziehen würden (da gab es Präzedenzfälle). In Wahrheit wären wir einfach nur froh gewesen, wenn ihr nächster Angebeteter noch ledig wäre und eine grobe Ahnung davon hatte, was gerade in den Charts lief.

»Dann am Sonntag? Bei mir?«, fragte Liv. »Und zieh ein schwarzes Kleid an.«

»Müssen wir unsere eigenen Besen mitbringen oder werden die gestellt?«

Liv trat in Richtung meines Schienbeins und bedachte mich mit einem spöttischen, aber warnenden Blick.

Rahel und ich nutzten Livs Abwesenheit am folgenden Abend, um ihre Familie um Hilfe für unser Geburtstagsprojekt zu bitten: Für Livs Siebzehnten hatten wir eine Diaprojektor-Show geplant, und dafür brauchten wir Fotos aus dem Familienalbum der Inglisses. Mrs Inglis war begeistert von der Idee und schleppte alles an Fotomaterial heran, was das Archiv hergab. Bald saßen wir inmitten von Fotobergen, und Mrs Inglis erzählte eine Anekdote nach der anderen. Ich hatte die meisten davon schon oft gehört, aber für Rahel war vieles neu, und Mrs Inglis schien die kleine Zeitreise aus ihrem üblichen Phlegma zu reißen. Wir sahen die fünfjährige Liv auf der Schaukel, die siebenjährige Liv nach ihrem ersten Sturz vom Pony, ungefähr einhundert Mal ›Liv mit Lämmchen‹, Fotos von den Sommercamps bei den Scouts, die Wintercamps bei den Scouts, Liv, die sich zwei Liter Body-Lotion über den Körper verteilt hatte und ›offizielle‹ Familienfotos, bei denen sich alle sieben Inglisses der Größe nach aufgereiht hatten. Besonders die Fotos kurz nach der Adoption ließen Mrs Inglis' Augen feucht werden – Liv war ein Wunschkind und die Erfüllung eines verloren geglaubten Traums. Mein Blick blieb an einem der Campfotos vom Loch Lochy hängen, es musste bei einem der Kanurennen vor einigen Jahren entstanden sein: Ian, damals selbst noch Scout, lachte über das ganze Gesicht; etwas, das ihm heute nicht mehr passieren würde. Er war umringt von Brüdern und seinem Onkel, der schon damals ziemlich abgerissen daherkam, und – und das hatte meinen Blick magisch angezogen – in ihrer Mitte strahlte die junge Ruby Pearson, noch mit unversehrtem, sommersprossigem Gesicht. Sie trug eine Medaille um den Hals und hatte nicht den Hauch einer Ahnung davon, was ihr in den Jahren darauf bevorstehen würde. Ich schluckte und legte das Bild zurück zu den anderen.

Mr Inglis, der zuvor länger in der Küche gewerkelt hatte, gesellte sich zu uns und stellte ein Tablett mit Likörgläsern auf den Tisch.

»Bedient euch«, sagte er mit einem Augenzwinkern und nahm sich selbst das erste Glas.

»Sam, da ist Whisky drin …«

»Wo kein Kläger, da kein Richter. Glaubst du, sie trinken in diesem Alter nicht sowieso? Dann lieber hier, wo wir gut auf sie aufpassen.« Er lächelte und reichte mir ein Glas. Rahel war verunsichert, ob das Ganze nicht nur ein Test war, aber als Mrs Inglis ihren Protest einstellte, tranken wir schließlich. Der Eggnog schmeckte cremig und süß, aber nicht zu süß, und es kostete mich einiges an Überwindung, das leere Glas nicht noch auszulecken.

»Bei uns gibt's Eggnog nur zu Hogmanay«, sagte Rahel und stellte ihr leeres Glas zurück aufs Tablett.

Mr Inglis legte das Foto von Liv im Kanu bei der Scoutfreizeit zurück auf den Stapel, das er gerade betrachtet hatte. »Den Fehler machen viele. Aber wenn etwas so gut ist, wieso soll man es sich das Jahr über versagen? Scheiß auf die Regeln.«

»Samuel …«, protestierte Mrs Inglis schwach, aber wir drei tauschten einen verschwörerischen Blick.

»Was haltet ihr davon, wenn wir für das Fest unsere Dia-Leinwand außen am Schuppen aufhängen? Ihr habt die ganze Wiese dort hinten für euch. Claudia und ich werden uns unsichtbar machen, ihr könnt das ganze Haus benutzen, wenn ihr wollt.«

Das war typisch für Mr Inglis – man brauchte ihn selten um etwas zu bitten, weil er immer einen Schritt voraus und auf eine leise, beiläufige Art großzügig war.

»Das wäre fantastisch«, sagte ich. Liv würde die halbe Schule einladen, und die andere Hälfte würde trotzdem auftauchen, aber der Inglis-Hof bot Platz für halb Dunwood, wenn es sein musste. Wir sammelten die ausgewählten Fotos und ihre Negative zusammen, aus denen wir Dias erstellen lassen wollten, bedankten und verabschiedeten uns, bevor Liv nach Hause kam. Von wo auch immer sie den Abend verbracht hatte.

Die Woche war vorbeigerauscht, ohne dass ich auch nur eine halbe Stunde Zeit gefunden hatte, mich ausführlicher mit Bellas Tagebuch zu beschäftigen. Ich hatte zwei Extra-Schichten im Brewers übernommen, auf die ich absolut keine Lust hatte, aber seit Jaros Futter von meinem London-Budget abging, wuchs es viel zu langsam. Ich brauchte genug für die Einschulungsgebühr, alle Fachbücher, drei Monate Miete, und falls möglich, hätte ich gerne hin und wieder etwas gegessen. Hundefutter war teuer, und in eine Dogge passten Unmengen davon hinein. Wahrscheinlich wäre es unwesentlich teurer gewesen, einen Löwen durchzufüttern, und den hätte ich wenigstens ausstellen können. Ich hatte bis jetzt nicht darüber nachgedacht, was aus Jaro würde, wenn ich nach London zog. Wer sollte sich dann um ihn kümmern?

Statt am Samstagabend nach der Schicht todmüde ins Bett zu fallen, schleppte ich mich noch mal in den Schuppen, Bellas Tagebuch und das Telefonbuch unter den Arm geklemmt und das Feuerzeug in der Tasche.

An meinem Tisch untersuchte ich zuerst das Feuerzeug, welches ich bei der brennenden Eibe gefunden hatte. Bei Licht gab es bereitwillig seine Gravur preis: 30.04.68. Ein Datum. Was hatte an Beltane 1968 stattgefunden? Die Geburt eines Kindes? Wenn ja, wäre es heute sieben Jahre alt. Aber das Datum konnte alles bedeuten. Den Beginn einer Beziehung, eine Hochzeit, den Geburtstag eines Haustiers. Es konnte der Tag sein, an dem jemand knapp dem Tod entronnen war oder an dem er aus dem Gefängnis entlassen wurde. Das Datum einer Scheidung. Aber wie sollte ich die wahre Bedeutung herausfinden? Ich würde zumindest die Augen danach offenhalten.

Mich fröstelte. Ich hüllte mich in eine Wolldecke, zog die Beine an und begann, Bellas Tagebuch Mal von vorn bis hinten durchzublättern. Die erste Seite war leer, bis auf ein kleines Zifferblatt in der unteren rechten Ecke, dessen Zeiger auf zehn Uhr standen. Was mochte das bedeuten? Der allererste Eintrag stammte aus dem Mai 1973, beinahe genau zwei Jahre alt, der letzte vom 26. April – vier Tage vor Bellas Tod. Ich würde mich zunächst auf die letzten fünf Einträge beschränken, die sich über einen Zeitraum von sechs Wochen erstreckten, und sehen, wohin mich das führte. Ich übertrug die entsprechenden Einträge auf einen Zettel, damit ich sie immer bei mir tragen und Bellas Tagebuch im sicheren Versteck meiner doppelbödigen Schreibtischschublade aufbewahren konnte.

25. März: J. E. – LT
26. März: C. I. – Wis, Ole, SZ
8. April: E. K. – Gin, Ing, Lav, EZ
20. April: O. P. E. – Asaf, Ing
26. April: O. V. – Joh, Bal, GZ

Ein paar der Abkürzungen waren nicht schwer zu erraten: Ingwer, Lavendel, Ginseng … Wisteria? Dass Bella sich mit Heilkräutern beschäftigt hatte, war mir nicht neu. Doch was bedeuteten die anderen Kürzel? Initialen waren es nicht, diese trennte Bella mit einem Punkt. Medizinische Prozeduren?

Im Telefonbuch für Dunwood und Umgebung gab es zwei Einträge für Personen mit den Initialen ›J. E.‹: Jennifer Everard, die Mutter einer Klassenkameradin, und einen gewissen John Einbaum. Zur Sicherheit glich ich die Liste auch mit unserem Schulregister ab, falls es sich um eine jüngere Person handelte, aber dort fand sich niemand mit diesen Initialen.

Weder im Schulregister noch im Telefonbuch für Dunwood, Brackletter oder Spean Bridge wohnten O. V. oder E. K. Das war seltsam, aber ich konnte wohl nicht sicher ausschließen, dass jemand von weiter weg Bella aufgesucht hatte. Vielleicht aus ihrem früheren Wohnort, wo auch Mrs Guthrie gelebt hatte? Eine O. P. E. gab es ebenfalls nicht, aber immerhin eine O. E.: Ophelia Elphinstone. Laut

Telefonbuch wohnte sie gleich neben der Kirche, dem Namen nach tippte ich auf eine ältere Dame. War das P. ein zweiter Vorname oder Teil eines Nachnamens? Es konnte nicht schwer sein, das aus Mrs Elphinstone herauszukriegen.

Eine C. I. kannte ich persönlich, und sie war auch der einzige Treffer für diese Initialen: Claudia Inglis – Livs Mutter. Ob Liv das wusste? Etwas sagte mir, dass das nicht der Fall war. Wenn ich Bellas Aufzeichnungen richtig deutete, dann war sie eine der Letzten gewesen, die Bella vor ihrem Tod behandelt hatte. Von allen Namen auf der Liste kannte ich sie am besten, dennoch würde es Fingerspitzengefühl erfordern, herauszufinden, wieso genau sie Bella aufgesucht hatte. Ich starrte noch eine Weile auf den Zettel, aber als die Buchstaben begannen, vor meinen Augen zu verschwimmen, steckte ich ihn in die Tasche meiner Jeans und ging zu Bett.

ZWÖLF

Der Himmel hatte sich bedrohlich zugezogen, als ich mich am Sonntagabend zu Liv aufmachte. Mein schwarzes Kleid bauschte sich im Wind auf, und ich drückte es im Laufen gegen meine Beine. Mir war flau im Magen. Vermutlich lag das am Kaffee, mit dem ich versucht hatte, mich lange genug wachzuhalten, aber mich ließ das vage Gefühl nicht los, etwas Wichtiges vergessen zu haben. Am Horizont flackerte der Himmel, ein fernes Wetterleuchten, und für einen Moment fühlte sich der Maiabend gleichzeitig dicht und unwirklich an.

Und plötzlich roch die Luft nach Mum. Mein Herz flatterte, und ich drehte mich einmal um mich selbst, obwohl ich genau wusste, dass sie nicht da war. Aber das bewahrte mich nie vor dem Gefühl, ins Leere zu fallen, in ein gigantisches schwarzes Loch in mir selbst, einer Singularität, die das unmögliche Ereignis von Mums Abwesenheit enthielt. Ich brauchte einen Moment, um mich wieder zu orientieren. Den Rest des Wegs rannte ich.

»Ihr seid beide zu früh, ich habe gesagt nach Sonnenuntergang.«

»Mich hast du auf halb zehn bestellt«, sagte Rahel.

»Aber *gemeint* habe ich, wenn es dunkel ist.« Liv wirkte angespannt. »Aber gut, jetzt wo ihr nun mal da seid: Trinkt erst mal euren Tee.«

Rahel und ich ließen uns auf Sitzkissen nieder, die Liv um eine Art Altar in der Mitte ihres Zimmers platziert hatte, und Liv goss uns Tee aus einer silbernen Kanne ein.

»Habt ihr euren Text gelernt?«, fragte sie.

»Mist, das hab ich völlig verg– … *Scherz*«, sagte ich, als Livs Miene sich verdüsterte.

»Du hast versprochen, es nicht ins Lächerliche zu ziehen.«

»Ich weiß, ich weiß. Ich gelobe Besserung«, sagte ich, nahm einen Schluck aus der Tasse und verzog das Gesicht. »Wie lang hast du den ziehen lassen, der ist ja bitter wie –«

»*Dann nimm mehr Honig.* Wenn er für Rahel gut genug ist, wirst du ihn wohl auch runterkriegen.«

Rahel warf mir einen Blick zu, der etwas anderes verriet, aber wir schlürften gehorsam. Liv zündete die Kerzen auf einem sechsarmigen Leuchter an, den sie zusammen mit weiteren Utensilien auf dem Behelfsaltar hergerichtet hatte, und schaltete den Plattenspieler ein. Nach Sekunden des Knisterns erklang Donavans ›Legend of a Girl Child Linda‹; der demokratische Prozess zur Liedfindung war anscheinend einer musikalischen Autokratie gewichen, aber was immer dabei half, dass Liv sich locker machte, war Rahel und mir recht.

»Eigentlich ist das hier nicht der beste Ort zum Zaubern«, sagte Liv, »zumindest, wenn es nach Bellas Buch geht. Aber weil das heute nur ein erster Versuch ist, sollte es okay sein. Außerdem sind wir zu dritt, und das bedeutet, dass sich unsere natürlichen Kräfte gegenseitig verstärken.«

Mein Augenlid zuckte, aber ich erinnerte mich daran, dass ich mir fest vorgenommen hatte, Liv zuliebe auf sarkastische Kommentare und Kritik zu verzichten. Vielleicht – nur vielleicht – konnte ich für einen einzigen Abend ein kleines bisschen ›Romantikerin‹ sein.

»Was wäre ein besserer Ort?«, fragte Rahel eifrig.

»Solche mit magischer Tradition, natürliche Kraftorte. Schottland ist voll davon, und ein paar Orte sind im Buch genannt. Der Hexenring auf unserer Schattenwiese? Das soll ein richtig mächtiger sein.«

»Was ist ein Hexenring?«, fragte Rahel.

»Ein Ring aus Pilzen. Alles biologisch erklärbar.« Ich versuchte vergeblich, auf meinem Sitzkissen eine bequemere Position zu finden. »Aber die Menschen früher glaubten, sie seien magisch. Versammlungsorte von Hexen und Feen oder so was. Und es galt als schlechtes Omen, sie zu betreten oder Getreide auf ihnen zu pflanzen.«

»Es gibt eine Geschichte über den Ring von Dunwood. Hast du nie vom Mord an Elizabeth Winley gehört?« Liv schenkte Tee nach, aber keine von uns rührte ihre Tasse an.

Rahel verneinte.

»Ist jetzt auch nicht wichtig«, sagte ich. »Lass uns anfangen.«

»Früher haben wir dort Mutproben veranstaltet«, fuhr Liv unbeirrt fort. »Wer traut sich, den Ring zu betreten oder einen Schuh über Nacht darin stehen zu lassen und ihn am nächsten Tag wieder zu tragen, obwohl man riskiert, verflucht zu werden? Solche Sachen. Ian schwört, dass er selbst eine ganze Nacht darin geschlafen hat, aber niemand hat es gesehen, und wenn du mich fragst, lügt er wie gedruckt.«

»Und was hat das mit diesem Mord zu tun?«, fragte Rahel.

Spätestens jetzt war mir klar, dass ich Liv nicht mehr würde bremsen können.

»Es war im Jahr 1890«, begann sie. Sie liebte es, diese Geschichte zu erzählen. »Damals wohnte in Dunwood eine junge Frau namens Elizabeth Winley. Ihr Mann, ein Bauarbeiter, war bei der Errichtung der Forth Rail Bridge in den Tod gestürzt und hinterließ Elizabeth als Witwe mit ihrem sechs Monate alten Säugling. Eines Tages wurde das Baby plötzlich krank und entwickelte hohes Fieber. Ein hinzugerufener Arzt diagnostizierte Scharlach und teilte der schockierten Mutter mit, er könne nichts mehr tun, das Kind würde binnen drei Tagen sterben.« Liv ließ eine kurze Pause eintreten.

»In purer Verzweiflung, nach ihrem Mann auch noch ihr einziges Kind zu verlieren, wandte sich die junge Mutter an eine Frau im Dorf, der man nachsagte, sie sei eine Hexe.

Die Frau besah sich das vom Fieber gebeutelte Kind, woraufhin ihre Miene sehr ernst wurde. Es gäbe nur eine letzte Möglichkeit, ihr Baby zu retten, sagte sie. Aber sie sei gefährlich. Die Mutter müsse sich bis aufs Haar genau an ihre Anweisungen halten und dürfe in keiner Weise davon abweichen.

Sobald der Mond aufging, solle sie das Baby, nur in ein dünnes Wolltuch gewickelt, in den Hexenzirkel auf der Schattenwiese legen. Sie müsse sich dann entfernen und dürfe bis zum nächsten Morgen nicht mehr nach ihrem Kind sehen, egal, was geschehe. Die Mutter tat, wie ihr geheißen, und legte das Baby dort ab. Zurück in ihrer Hütte versuchte sie, zu schlafen, konnte aber kein Auge zutun. Kurz nachdem die Turmuhr zweimal schlug, hörte sie plötzlich ein Wimmern. Sie glaubte, die Stimme ihres Babys zu erkennen, obwohl das Feld einige hundert Meter von ihrer Hütte entfernt lag.

Doch sie erinnerte sich daran, was die Hexe gesagt hatte, und es zerriss sie innerlich beinahe, weil sie nicht wusste, was geschah. Schließlich hielt sie es nicht mehr aus und eilte zur Wiese. Sobald der Hexenzirkel in Sichtweite gelangte, erstarb das Schreien. Die Mutter geriet in Panik, fürchtete, das Kind sei in der kalten Nacht erfroren, und hätte sich in seiner ärgsten Not von der Mutter verlassen gewähnt. Aber als sie hinzukam, war das Baby wohlauf, seine Stirn kühl, aber nicht kalt. Sie nahm es mit nach Hause, und dort erst, im Schein der Öllampe in ihrer Stube, entdeckte sie, dass die Augen des Kindes ihre Farbe gewechselt hatten: Ehemals von dunklem Blau, glänzten sie nun hell wie Quarz. Die Mutter war beunruhigt, und sie beobachtete das Kind in der folgenden Zeit genau, aber es wurde wieder ganz gesund und wuchs zu einem wohlgenährten jungen Mädchen heran.

Einige Jahre lebten sie so glücklich und zufrieden, die schwerste Zeit war beinahe ganz vergessen. Eines Morgens kam die Nachbarin vorbei und sah das kleine Mädchen im weißen Rüschenkleid im Garten hinter dem Haus mit ihrer Puppe spielen. Sie winkte ihr zu und betrat das Haus – und fand dort Elizabeth Winley mit durchgeschnittener Kehle in ihrem Bett liegen. Schreiend rannte sie zurück in den Garten, um das arme Kind vor der grausigen Entdeckung zu schützen. Sie näherte sich von hinten, und als sie das Mädchen erreichte, sah sie es für ihre Puppe kochen, leise vor sich hin summend. Vor ihr lagen ein Holzlöffel, eine Gabel und ein langes, blutiges Küchenmesser.«

Liv ließ eine dramatische Pause eintreten.

»Man sagt, die Leiche von Elizabeth Winley liegt nicht auf dem Friedhof, sondern wurde auf der Schattenwiese begraben … und dass ihr Geist in hellen Mondnächten noch dort unterwegs ist. Manchmal hört man sie nach ihrem Kind rufen.«

»Was man da hört, sind eure Lämmer«, sagte ich trocken. »Und jetzt lass uns anfangen.«

»Ich wünschte, ich hätte die Geschichte nie gehört.« Rahel schüttelte sich. »Jedenfalls werde ich um die Schattenwiese ab jetzt einen weiten Bogen machen.«

Während Livs Erzählung war die Dunkelheit hereingebrochen, nur der Kerzenleuchter erhellte noch unsere Gesichter. Es war ungewöhnlich still im Inglis-Haus.

Liv atmete geräuschvoll ein und strich ihr Kleid glatt. »Bereit? Wenn wir angefangen haben, dürfen wir nicht mehr unterbrechen. Ihr habt gehört, wie das enden kann.«

Rahel und ich nickten.

Bellas Buch lag aufgeschlagen neben Livs Knien, einige handbeschriebene Zettel drumherum verstreut. Sie begann, zu rezitieren.

»Nehmt mit mir teil an einem Ritual der Alten Magie, nach dem Vorbild unserer Mütter und Müttersmütter. An einer Zeremonie der Hexen, in der wir die Weisheit und Kraft unserer Vorfahrinnen beschwören.«

Während sie die Worte sprach, steigerte sich das flaue Gefühl in meinem Magen zu einer leichten Übelkeit. Ich setzte mich gerader auf und versuchte, nicht darauf zu achten.

In der Mitte des Altars befand sich eine steinerne Schale, aus der Liv jetzt ein zusammengewickeltes Bündel entnahm. Rahel setzte zu einer Frage an, aber Liv bedeutete ihr mit warnendem Blick, zu schweigen. Sie entzündete das Bündel, und der Geruch von Zedernholz breitete sich aus. Liv schwenkte das rauchende Holzbündel einmal in Richtung jeder Zimmerecke, dann legte sie es zurück in die Schale, wo es stumm vor sich hin glomm und meinen Blick hypnotisierte.

»Ich reinige diesen Raum von weltlicher Energie, um die Geister des hiesigen Reichs, des Zwischenreichs und des jenseitigen Reichs zu uns einzuladen. Um die Grenzen zwischen den Welten durchlässig zu machen, um diesen Raum mit allen Räumen der Vergangenheit und der Zukunft zu verbinden. Wir sprechen gemeinsam die Worte unserer Ahninnen.«

Wir reichten uns zu dritt im Kreis die Hände, und Rahel und ich stimmten mit den Worten ein, die Liv uns Tage zuvor ausgegeben hatte. Zuerst asynchron und zögerlich, aber nach und nach verbanden sich unsere Stimmen zu einer, fanden einen gemeinsamen Rhythmus und gewannen an Stärke.

Wir rufen die Hüterinnen der Alten Magie
Und all die Hexen, die vor uns kamen
Die Namen der Druidentöchter
Und die Heilige Mutter Natur
Stark wie die Wurzel
Wendig wie das Wasser
Frei wie die Krähe
Mutig wie der Donner.
Wir rufen euch
Wir rufen euch
Wir rufen euch.

Die Übelkeit wurde stärker. Ein Unwohlsein breitete sich von meiner Magengegend über den ganzen Körper aus, wie tausend kleine Nadelstiche direkt in meine Nervenbahnen, und es fiel mir schwer, meinen Blick scharfzustellen. Das Kerzenlicht schien mir auf einmal sehr hell, als hätte es begonnen, zu pulsieren. Liv sah nervös von Rahel zu mir, und ich wollte ihre Hand fester drücken, aber mein Körper gehorchte mir nicht.

Dann ließ Liv meine Hand los und öffnete den schmalen Stoffgürtel, der um ihr Kleid geschlungen war. Wie eine umgekehrte Schlangenbeschwörung ließ sie ihn in die Steinschale gleiten, wo er sich am glimmenden Zedernbündel entzündete. Eine Stichflamme schoss in die Höhe, aber keine von uns zuckte zurück. Liv schloss die Augen und holte tief Luft.

Bilbeth naragh ashai.
Nam thrarnch o harr' thaoivay.

Sie hatte die seltsamen Worte nur geflüstert, aber sie trafen mich mit einer Intensität, die ich kaum aushielt. So musste sich ein Blitzableiter fühlen, wenn hundert Millionen Volt auf ihn einwirkten; gleißendes Licht und ein Brennen, als würde man direkt in die Sonne blicken. Doch dann bündelte sich die Energie, beruhigte sich zu einem Summen, das jede Zelle in mir vibrieren ließ. Die Übelkeit war verschwunden, und alles, woran ich denken konnte, war die überirdische Schönheit des Kerzenlichts, das so alt war wie das Universum und so unteilbar wie ein Augenblick.

Als Liv die Lider wieder öffnete, stand ein Glanz in ihren Augen. Stumm bedeutete sie uns, die letzten Zeilen gemeinsam zu sprechen. Meine Lippen bewegten sich wie von allein.

Stark wie die Wurzel
Wendig wie das Wasser
Frei wie die Krähe
Mutig wie der Donner.
Wir danken euch
Wir danken euch
Wir danken euch.

Ein Windhauch fegte durch den Raum und löschte alle sechs Kerzen auf dem Altar. Wir saßen im Dunkeln, keine bewegte auch nur ein Augenlid, ich weiß nicht, wie lange. Das Feuer in mir kühlte ab, und ich vermisste es jetzt schon, als wäre es der beste Teil von mir gewesen, und nun hatte ich ihn verloren.

Schließlich war ich diejenige, die das Schweigen brach. »Liv«, fragte ich mit heiserer Stimme. »*Was zur Hölle war in diesem Tee?*«

»Woher wissen wir, ob es funktioniert hat?«, fragte Rahel, nachdem Liv das Licht eingeschaltet hatte. Ihre Augenlider hingen tief, Livs dagegen waren weit aufgerissen.

»Wir wissen es, wenn es so weit ist«, sagte Liv.

»*Liv, verdammt noch mal! Was war in diesem Tee?*«

Die beiden schienen erst jetzt ganz aus ihrer Trance zu erwachen.

Livs Blick war ein Schuldeingeständnis, sie war schon immer eine erbärmliche Lügnerin gewesen.

»Bellas Buch sagt, dass Zauberpilze die Wirkung eines Zaubers unterstützen können. Weil sie Bereiche im Verstand öffnen, an die man sonst nicht rankommt.«

Ich stand auf. Das Blut rauschte mir in den Ohren, vor Wut oder weil mein Blutdruck noch nicht wieder aufgewacht war. *Weil man mich gegen meinen Willen mit Halluzinogenen vergiftet hatte.*

»Ohne uns zu fragen? Bist du noch ganz dicht?«

»Es war nur eine winzige Menge, ich schwöre. Ihr hättet es nicht mal bemerken sollen.«

Rahel streichelte über meine Wade, es war der einzige Teil von mir, den sie erreichen konnte. »Das war ein unglaubliches Erlebnis, oder? Ich habe mich noch nie so … friedlich gefühlt. Als ergäbe auf einmal alles Sinn.«

»Du hast dir echt schon ein paar Kracher geleistet, aber *das* geht zu weit. Ich dachte, ich verliere den Verstand –«

»Komm schon, Anna. Du weißt doch nicht mal, was davon der Pilz war und was das Ritual … Hast du das nicht gespürt? Sag mir, dass das nicht absolut einmalig war.« Liv schien erst jetzt zu verstehen, wie ernst es mir war.

»Ganz sicher war das einmalig, weil ich deinen Mist nicht noch mal mitmache. Wieso hast du nicht einfach gefragt?«

»Weil du nein gesagt hättest.«

Ich suchte meine Jacke, die irgendwo auf dem Kleiderberg auf Livs Sessel sein musste. Ich hatte genug. Liv klappte Bellas Buch zu und kam mir entgegen, versuchte, mich aufzuhalten.

»Es tut mir leid, okay? Ich hatte wirklich nicht damit gerechnet, dass ihr irgendwas davon spürt. Es war so wenig, Ian hat nicht mal gemerkt, dass was fehlt –«

»Das spielt keine Rolle. Das Traurige ist, dass du gar nicht kapierst, warum das 'ne komplette Arschlochaktion war!« Ich riss meine Jacke an mich und lief aus der Tür. Liv verfolgte mich die Treppe hinunter bis vors Haus. Es schüttete, und ich hielt die Jacke über meinen Kopf, statt sie anzuziehen.

»Anna, bleib doch stehen! Lass es mich wieder gut machen, bitte. Sag mir, was ich tun kann –«

»Ich will nichts mehr damit zu tun haben. Endgültig. Und du, schwöre, dass du nie wieder so einen Mist abziehst.«

»Hoch und heilig.«

Sie streckte mir ihren kleinen Finger entgegen. Der Regen lief ihr in die Augen, und sie sah geradezu jämmerlich aus.

»Geschworen?«

Ich ließ sie einfach stehen.

———————

Die Eibe sah aus wie ein verkohlter Leichnam. Nur der ausladende Stamm war weitgehend unversehrt geblieben, ihr Geäst jedoch war stark ausgedünnt, zwei schwarze Stumpen ragten in den Himmel und verliehen ihr die Aura eines Mahnmals nach einem Massaker. Jeden Morgen, wenn ich sie auf dem Schulweg passierte, krampfte sich mein Herz zusammen. Nicht nur für den Baum, der siebenhundert Jahre friedlich hier gestanden hatte, bis es irgendeinem Widerling in den Sinn gekommen war, ihn auslöschen zu wollen. Sondern auch für Bella, weil die beiden in meiner Vorstellung untrennbar miteinander verbunden waren, im Leben wie im Sterben. *Ich finde raus, wer dir das angetan hat,* dachte ich. Und etwas sagte mir, dass mich der Brandstifter der einen auch zum Mörder der anderen führen würde.

»Wo ist Liv?«, fragte Rahel, als McNeil in der Ersten die Hefte für einen unangekündigten Mathetest austeilen ließ.

»Noch ein Wort, Rahel und Anna, und das ist eine sechs für euch beide.« McNeil warf mir einen warnenden Blick zu, obwohl ich keinen Ton gesagt und noch nicht mal einen Blick auf die Testfragen geworfen hatte.

Ich zuckte mit den Schultern, öffnete mein Heft und überflog die Aufgaben. Nichts dabei, was mir Sorgen bereitet hätte; einfache Ableitungen und Integrale, Nullstellen und Wendepunkte von Funktionen bestimmen. Ich ging im Kopf grob die Rechenwege durch, um abzuschätzen, wie viel Zeit ich pro Aufgabe benötigen würde. Wenn ich mich nicht verkalkuliert hatte, wäre ich in etwas über der Hälfte der Zeit fertig. War das möglich? Dieser Test war ein Argument, das ich für meine Empfehlung von McNeil brauchte – oder das er gegen mich verwenden konnte, wenn ich nicht perfekt ablieferte. Ich durfte nichts übersehen. Ein zweites Mal sah ich die Aufgaben durch und blieb an der vorletzten hängen. Normalerweise war die letzte Aufgabe bei McNeil der wahre Test: Hier stellte er mit der Unberechenbarkeit einer Schweizer Taschenuhr eine Falle für alle, die stur nach Schema lernten, ohne den Stoff wirklich verstanden zu haben. Dieses Mal war die siebte und letzte Aufgabe zwar schwieriger als die übrigen, aber eine Falle hatte ich nicht entdeckt. Weil der Schweinehund sie in der sechsten versteckt hatte. Um sie zu lösen, war eine komplizierte Partialbruchzerlegung nötig, die geschätzt fast die Hälfte meiner Zeit in Anspruch nehmen würde. Ich sah von meinem Blatt auf zu McNeil und begegnete seinem Blick. Und in diesem Moment wusste ich, dass er nur für mich von seinem Rezept abgewichen war. Aufgabe sechs war seine Rache für meinen selbstbewussten Auftritt von neulich, eigens dazu da, mir zu beweisen, dass ich vielleicht für Dunwood-Verhältnisse begabt war, aber nicht gut genug für die ehernen Hallen der *Academy*. Woher nur rührte diese Ablehnung? Sie war für einen Lehrer zu … persönlich. War es möglich, dass … Hatte McNeil sich einmal selbst an der *Academy* beworben – und war abgelehnt worden? Und jetzt kam ich, noch dazu ein Mädchen, und bildete mir ein, schaffen zu können, was ihm verwehrt geblieben war? Er sah sofort weg, als mein Blick den seinen traf, und gab vor, eine Amsel vor dem Fenster zu beobachten.

Ich sah auf die Uhr und legte los.

Ich steckte mitten in Aufgabe sechs, als es draußen anfing, zu regnen. Es war der erste Regen des Tages, ich hatte noch keinen aufgefangen. Wieso ausgerechnet jetzt? Hilflos beobachtete ich, wie sich weitere Tropfen zu den ersten gesellten, wie die kleine Tropfenfamilie zu einer Population anwuchs und ineinander verlief. Ich versuchte, mich wieder auf die Aufgabe zu konzentrieren. Wo war ich stehen geblieben? Limes von x strebt gegen unendlich … *Klopf, klopf, tropf*, hämmerte es in meinem Gehirn. Wie viel Zeit blieb mir? Am Horizont schien es hell, das hier war ein Schauer, es würde sich nicht einregnen. Er könnte in fünf Minuten vorbeigezogen sein.

Ich hob die Hand.

»Anna?«

»Dürfte ich bitte kurz zur Toilette?«

McNeil seufzte künstlich, aber sein Mundwinkel hob sich leicht. Meine Finger schlossen sich um die Phiole in meiner Jackentasche.

»Du kennst die Regeln. Gib mir dein Heft, und ich markiere, wo du aufgehört hast. Wenn ich später irgendeinen Verdacht hege, dass du betrogen hast …« Er ließ den Rest des Satzes unausgesprochen in der Luft schweben. Dann bekäme ich null Punkte. Ich sah zu Rahel, die mir einen fragenden Blick zuwarf. Ich drückte das Kreuz durch, stand auf und händigte McNeil mein Heft aus.

Ich nahm den Hinterausgang aus der Schule, damit ich vom Klassenzimmer aus nicht gesehen werden konnte, ging ein paar Schritte in Richtung des Bachs, der sich unbeeindruckt von meinen Irrwegen durch die Landschaft schlängelte, und fing einige Tropfen in meiner Phiole auf. Erst als ich den Stopfen wieder aufsteckte, beruhigte sich endlich mein Herzschlag.

McNeil lächelte, als ich meinen Platz wieder einnahm. Wenn

mich nicht alles täuschte, hatte ich ihm gerade einen großen Gefallen getan.

»Warst du schon fertig, oder was sollte das eben?«, fragte Rahel nach der Stunde. Ihr Zopf hatte sich zur Hälfte gelöst, sie sah aus wie nach einem Kampf.

»Beinahe«, erwiderte ich. Ich wollte nicht darüber reden. »Und wie lief's bei dir?«

»Beschissen.«

»So schlimm?«, fragte ich abwesend.

»Egal, was Liv hat«, fuhr Rahel mit finsterer Miene fort, »es kann unmöglich schlimmer sein als dieser Test. Das kleine Glücksschwein.«

Ich fand es einen seltsamen Zufall, dass Liv ausgerechnet am Tag nach ihrem Hexenritual in der Schule fehlte. War es etwa die Reue über das, was sie Rahel und mir angetan hatte? Rahel hatte ihr bereits vergeben. Nicht nur das, sie hätte das Ganze am liebsten sofort wiederholt. Meine größte Wut war verraucht, aber der Vertrauensbruch würde nicht so schnell heilen. Dennoch hätte ich erwartet, dass Liv heute vor Redebedürfnis platzend in der Schule erschienen wäre und uns alle fünf Minuten gelöchert hätte, ob sie schon dünner aussah, bis wir aus lauter Verzweiflung bejahten. Dass sie sich diese Gelegenheit entgehen ließ, musste bedeuten, dass es ihr wirklich dreckig ging.

Auf dem Flur stieß Lennox zu uns. »Liebling, wie siehst du denn aus? Bring mal deine Frisur in Ordnung«, begrüßte er Rahel.

Er sagte tatsächlich ›Liebling‹, als wäre er Cary Grant. Der eitle Pfau. Rahel zog ihr Zopfgummi aus den Haaren und kämmte sich mit den Fingern. »Unangekündigter Mathe-Test. Ich glaube, McNeil wollte uns richtig reinreiten. Ich bin fix und alle.«

Lennox lachte gönnerhaft. »Ach, was soll's. Mathe brauchst du doch eh nie wieder.« Er legte einen Arm um Rahels Hals und zog sie zu einem Kuss aufs Haar an sich.

»Woher willst du das wissen? Für meinen Schnitt ist das egal. Schlechte Note bleibt schlechte Note.«

»Du bist süß, wenn du so ambitioniert bist.«

»Wir sehen uns«, sagte ich und lief davon, bevor ich Lennox auf seine Wildlederstiefel kotzte.

Nach der Schule gab ich mir einen Ruck und rief bei Liv an. Ihr Vater ging ans Telefon und teilte mir mit, Liv läge flach und könne nicht mit mir sprechen. Ich solle mir keine Sorgen machen, spätestens Ende der Woche sei sie wieder auf dem Damm und zurück in der Schule. Ich bot an, ihr die Hausaufgaben vorbeizubringen, aber er sagte, das sei nicht nötig und in ihrem Zustand könne sie erst mal sowieso nichts nacharbeiten. Da er von sich aus nicht erwähnte, was genau Liv hatte, fragte ich nicht nach. Vielleicht hatten auch nur ihre Tarot-Karten in Tradition des blinden Huhns einen Mathetest für heute vorausgesagt, und Liv hatte beschlossen, den Vormittag lieber aus-dem-Fenster-rauchend und Bob-Dylan-hörend zu verbringen. Ich würde es früh genug erfahren.

Als ich am Donnerstag noch immer nichts von Liv gehört hatte, beschloss ich, der Sache selbst auf den Grund zu gehen. Sie und ich hatten noch nie mehr als zwei Tage am Stück nicht miteinander gesprochen, das kam einfach nicht vor. Wenn Livs Adoptiveltern nun doch ihre Papiere wiedergefunden und sie zurückgegeben hatten? Sie hätte schon in Südamerika sein können, ohne dass ich davon wusste. Auch wenn der Gedanke albern war, ich musste mich persönlich davon überzeugen, dass es Liv gut ging. Nachdem ihre Mutter mich abermals am Telefon abwimmelte, machte ich mich kurzentschlossen auf den Weg zum Inglis-Hof.

Schon bevor ich um die Ecke von Ians Schuppen zum Haupthaus bog, hörte ich laute Männerstimmen. Wahrscheinlich war Ian mal wieder mit einem seiner Brüder aneinandergeraten, weil er vergessen hatte, dass er betrunken sein letztes Weed geraucht hatte, und nun beschuldigte er die anderen, es gestohlen zu haben. Doch dann erkannte ich Sam Inglis' Stimme als einen der beiden Kontrahenten, und ich verlangsamte meine Schritte. Ich hatte Livs Vater noch nie hochfahrend erlebt, weder gegen Liv noch ihre Brüder. Wie unangenehm wäre es, in einen Streit hineinzuplatzen? Aber ich wollte auch nicht unverrichteter Dinge wieder umkehren. Unschlüssig blieb ich stehen.

»… und du glaubst im Ernst, dass ich nicht weiß, was dein Problem ist? Guck in den Spiegel, Ralph. Schaut da ein Junkie raus? Ja? Das würde mir auch Angst machen. Herrgott noch mal, du findest jedes Mal wieder eine Ausrede, und ich bin es so leid, dich immer wieder rauszupauken, nur damit du direkt in die nächste Scheiße rennst –«

»Das sind nicht die Drogen, ich schwöre es –«

»Sondern? Glaubst du jetzt an Geister? Du musst von dem Zeug runter, das weißt du genau. Dann erledigt sich das alles von allein.

Und ich kann dir nicht dabei helfen. Diesmal nicht. Ich will dich in diesem Zustand nicht mehr hier sehen. Ich habe Familie –«

»Ja. *Du* hast noch Familie.« Ralphs Stimme wurde brüchig. »Und was ist mit mir? Ich habe niemanden mehr, seit Emily weg ist. Den ganzen Tag hocke ich allein in dieser Bruchbude und denke an *sie* …«

Das sah Ralph ähnlich. Seiner Ex-Frau nachzutrauern, die er wie den Rest seiner Familie belogen und betrogen hatte, die wegen ihm erst den gemeinsamen Hof und daraufhin den Mut verloren hatte, ihr Gesicht überhaupt noch in Dunwood zu zeigen. Liv hatte erzählt, dass sie zu ihrer Schwester gezogen sei und den Kontakt zum Inglis-Clan komplett abgebrochen hatte. Ich hoffte, dass es ihr heute besser ging, ohne Ralph und seine Eskapaden –

Ich schrak zusammen, als jemand um die Ecke gebogen kam und mich anrempelte. Ralphs Augen waren gerötet, seine Pupillen riesig. Im Hintergrund knallte Sam Inglis die Haustür zu. Ralph blieb stehen und starrte mich an, als sei ich eine Erscheinung. Keiner von uns machte Anstalten, um den anderen herumzugehen.

»Es ist ein Dopamin-Problem«, hörte ich mich sagen.

Er kniff die Augen zusammen, als blendete ich ihn.

»Sucht, meine ich. Drogen aktivieren das Belohnungssystem im Gehirn. Das schüttet haufenweise Dopamin aus, und das führt dazu, dass man immer mehr davon will und irgendwann bereit ist, alles andere dafür zu opfern. Obwohl man es eigentlich besser wüsste –« Ich biss mir auf die Lippen. Was zum Teufel …? Wenn er mir jetzt eine reinhaute, hätte ich ihm keinen Vorwurf gemacht.

»Und was soll das heißen? Gibt's dieses Podamin –«

»Do-pa-min –«

»… Dopamin irgendwo zu kaufen?«

»Nein. Aber es gibt Ersatzdrogen. Die nicht high machen.«

»Schöner Ersatz.« Für einen Moment war in seinen Augen ein Funke erglommen und sofort wieder erloschen. Er wischte sich mit dem Ärmel seiner schmutzigen Camouflage-Jacke über den Mund. »Du verurteilst mich.«

Ich zuckte mit den Schultern. Wieso interessierte es ihn überhaupt, was ich dachte?

»Du guckst mich an und denkst: ›Schau dir den kaputten Sack an, wie der sich hängen lässt.‹ Und schwörst dir insgeheim, dass du es nie so weit kommen lassen würdest. Stimmt's?«

»Das hab ich n–«

»Aber ich sag dir, was gute Vorsätze wert sind, wenn es hart auf hart kommt: einen Dreck. Es geht nur abwärts im Leben, weißt du? Immer nur abwärts. Das kapierst du noch nicht, weil du jung bist, und alles, was man dann sieht, sind offene Türen und Blödsinn ohne Konsequenzen. Aber irgendwann klatschen sie dir die Türen vor der Nase zu, eine nach der anderen. Und dann drehst du dich um, und die Leute, die mal da waren, sind alle weg. Und du stehst dumm da und musst dich dafür verurteilen lassen, wie du damit umgehst. Von Leuten wie dir, die keine Ahnung haben, wie das ist, jemanden zu verlieren –«

»Ich weiß genau, wie das ist.« Der Ärger über seine Worte nahm Anlauf in mir, aber aus irgendeinem Grund blieb er auf halbem Weg stecken und schaffte es nicht bis ans Ziel. Niemand kam freiwillig so auf den Hund wie Ralph Inglis, das wurde mir in diesem Moment klar. Er war ein armes Schwein. Ob das Leben ihm besonders übel mitgespielt hatte oder ob er einfach sehr schlecht gerüstet gewesen war, die Schläge abzufangen, das war im Endeffekt egal.

»Hast du Geschwister?«, fragte er unvermittelt.

»Eine Schwester.«

»Älter oder jünger?«

»Jünger. Wieso?«

»Ach, nichts.« Er sah hinter sich, in Richtung Hof. »Gar nichts.«

Ralph räusperte sich und zog den Reißverschluss seiner Jacke bis zum Kinn. »Bis dann.«

Ich sah ihm nach, wie er mit eingezogenem Genick davonschlurfte, dann schüttelte ich den Kopf, als müsse ich mich aus einem Tagtraum wecken. Ich gab meinen Beinen den Befehl, zu laufen.

DREIZEHN

»*S*chaut mich an! Was fällt euch an mir auf?« Liv drehte sich einmal um die eigene Achse und winkelte graziös die Arme ab.

Rahel nahm einen Bissen von ihrem Apfel und musterte sie genauer. »Du bist blass wie ein Glas Milch?«

»Tiefer!«

Ich wagte einen Versuch. »Deine Absätze sind schief?«

Liv verzog das Gesicht. »Meine Güte, habt ihr Tomaten auf den Augen? Meine Taille! Ich hab zwei Gürtellöcher Umfang verloren!«

Wir standen nach der Zweiten auf dem Pausenhof. Es war neun Tage her, seit wir Liv zum letzten Mal gesehen hatten, und es ließ sich nicht leugnen – sie war weniger geworden. Nicht nur um die Taille, auch ihr Gesicht hatte sich verändert – unter den Wangenknochen deuteten sich Hohlräume an, die vorher nicht da gewesen waren. Es verlieh ihr einen kränklichen Look, aber sie schien hochzufrieden.

»Es hat funktioniert. Unser Zauber. Sieben Pfund! Die Sieben ist eine wahnsinnig wichtige Zahl in der Magie –«

»Du hattest einen Magen-Darm-Infekt. Natürlich bist du leichter, wenn du dir eine Woche lang die Seele aus dem Leib kotzt und nichts bei dir behältst. Das nennt man Physik.«

Liv zerbarst beinahe vor Entrüstung.

»Anna, meine arme, an der Realität klebende Freundin: Willst du mir erzählen, es sei *reiner Zufall*, dass ich zum ersten Mal in meinem Leben so einen Infekt habe, der mir *zufällig* genau das beschert, was ich mir einen Tag zuvor gewünscht habe?«

»Genau das will ich damit sagen. Hättest du es dir nicht

gewünscht, wäre es trotzdem passiert, nur dass du dann keinen Kausalzusammenhang gesehen hättest, wo keiner ist.«

Rahel warf das Kerngehäuse ihres Apfels hinter sich in die Hecke. »Und woher willst du wissen, dass es nichts damit zu tun hat? Ist das nicht ein genauso voreiliger Schluss?«, fragte sie.

»Aus demselben Grund, aus dem ich nicht jedes Mal die Schwerkraft beweisen muss, wenn dein Apfel auf den Boden und nicht ins Weltall fällt. Liv ist diejenige, die außergewöhnliche Behauptungen aufstellt, also muss sie auch die außergewöhnlichen Beweise liefern.«

Liv plusterte sich auf wie ein Sittich. »Hallo? Ich *bin* der Beweis. Wann hast du mich das letzte Mal so dünn gesehen? Nie! Weil ich's nie war!«

»Weil du, wie du selbst vorhin gesagt hast, noch nie einen so heftigen Magen-Darm-Infekt hattest. Wozu brauchst du noch eine übernatürliche Erklärung? Das ist der ganze Grund.«

»Und woher kam dieser Infekt, den, nebenbei bemerkt, niemand außer mir in einer siebenköpfigen Familie bekommen hat?«

Die Pausenklingel läutete zur nächsten Stunde. Rahel setzte sich in Bewegung, aber Liv und ich blieben stehen. Eine Aussprache zwischen uns war sowieso fällig.

»Wieso ist es dir so wichtig, was ich darüber denke?«, fragte ich. »Können wir uns nicht einfach darauf einigen, dass wir die Dinge unterschiedlich interpretieren?«

»Weil ich es hasse, wie stur du sein kannst. *Nichts* könnte dich jemals überzeugen. Du hängst so fest an deinem Weltbild, dass du Magie nicht mal erkennen würdest, wenn sie dir ins Gesicht springen und auf die Nase kacken würde.«

»Schönes Bild.«

»Ich finde auch.«

Ein unversöhnliches Schweigen breitete sich zwischen uns aus.

»Wenn du an Magie glaubst: cool. Ich steh dir nicht im Weg. Ich habe für dich an einem verdammten Ritual teilgenommen, obwohl ich es für Unsinn halte. Geht's darum nicht in einer Freundschaft? Sich zu unterstützen, selbst in den Dingen, die man nicht versteht?«

»*Du* verstehst nicht, dass es mir überhaupt nicht um mich geht. Ich brauch dich nicht, um weiterzumachen. Es wäre besser, wenn du mit dabei bist, weil wir zu dritt stärker sind als allein oder zu zweit. Aber es geht auch ohne dich.«

»Und wieso musstest du mich dann unbedingt mit reinziehen?«

»Weil ich glaube, dass die Magie dich nicht braucht, Anna Cairns. Aber *du* brauchst *sie*. Du hast es nur noch nicht begriffen. Du bist so damit beschäftigt, alles wegzurationalisieren, was passiert ist, seit Bella tot ist. Ich weiß ganz genau, dass du was gespürt hast in ihrer Hütte. Genau wie Rahel und ich – ja, wir haben darüber gesprochen. Ohne dich, weil du es nie zugegeben hättest. Und ganz tief in dir drin weißt du, dass Bella weder durchgedreht noch eine Scheiß-Lügnerin war. Du wusstest, dass das Buch wertvoll ist, deshalb wolltest du es nicht aus der Hand geben. Und du bist lieber stinkwütend auf mich wegen ein paar Krümeln Zauberpilz, als dir einzugestehen, dass da etwas passiert ist, was du dir nicht erklären kannst. Dass deine Angst dich zurückhält, weil du weißt, dass dir all deine Physik und deine Bücher und deine Messinstrumente nicht mehr weiterhelfen, und dass das hier alles auf den Kopf stellt, was du jemals geglaubt hast zu wissen.«

Livs Wortschwall hatte sich entladen wie ein Gewitter. Ich wollte dazu ansetzen, alles ein weiteres Mal zu erklären: Zufälle und Bestätigungsfehler und Wunschdenken. Wollte mich verteidigen, obwohl ich wusste, dass es sinnlos wäre. Aber das war nicht der einzige Grund, warum ich schwieg. Eine winzige, leise Stimme in mir säte Zweifel. Was, wenn Liv nicht mit allem Unrecht hatte? Ich hatte mir geschworen, den Spuren zu folgen, egal, wohin sie führten. Ohne meinen Verstand oder wissenschaftliche Methodik über Bord zu werfen, das stand fest. Aber wie waren die beiden Vorsätze in Einklang zu bringen? Schlossen sie sich nicht in diesem Fall grundsätzlich aus?

»Es tut mir leid«, sagte ich leise. »Aber ich kann nicht anders.«

Liv blieb einen Moment stehen, dann drehte sie sich um und lief zurück ins Schulgebäude.

»Sieben Punkte? Obwohl ich jede Aufgabe korrekt gelöst habe?«

McNeil strich sich über die Vorderseite seines Hemds. Die Klasse hatte den Raum schon geräumt, mir als Einziger hatte er den Test nach der Stunde zurückgeben wollen.

»*Nachdem* du das Klassenzimmer verlassen hast. Exakt zu einem Zeitpunkt, als du in der schwierigsten Aufgabe nicht weiterkamst.«

»Das ist nicht wahr! Es lief alles wie am Schnürchen, ich musste nur einfach dringend … raus.« Selbst für meine Ohren klang das wie eine Ausrede. Nur, dass ich nicht das verbarg, was McNeil mir unterstellte.

»Es wäre den anderen gegenüber unfair. Unter den gegebenen Umständen sind sieben Punkte mehr als großzügig. Ein Teil des Kollegiums war dafür, dich glatt durchfallen zu lassen. Du kannst von Glück sagen, dass sich eine Kollegin für dich stark gemacht hat –«

Der Raum begann sich zu drehen, als mir klar wurde, was seine Worte bedeuteten. Der Mistkerl hatte mir nicht nur über zwei Noten abgezogen, sondern das komplette Kollegium von meinem angeblichen Betrug in Kenntnis gesetzt. Von jetzt an war mein Ruf dahin. Ich würde unter besonderer Beobachtung stehen, jeder guten Note würde der Verdacht einer Täuschung anhaften. Es war eine mittlere Katastrophe. Und all das, weil ich keine Viertelstunde hatte warten können, bis …

Schweigend nahm ich den Test entgegen.

»Wenn ich dir einen Rat geben darf, Anna: Es zeugt von Charakter, mit dem zufrieden sein zu können, was man hat. Ehrgeiz ist gut – in gewissem Rahmen. Aber der Zweck rechtfertigt nicht alle Mittel, und du solltest deine Ambitionen nicht um jeden Preis durchzusetzen versuchen.«

Hätte er diese kleine Rede auch Lennox gehalten? Ich bezweifelte es.

»Ich denke, wir sind uns einig«, fuhr er fort, »dass es in deinem eigenen Interesse liegt, wenn ich unter diesen Umständen auf eine Beurteilung für dein Stipendium verzichte.«

Ich hätte ihn anbetteln können, ihm versichern, dass ich nicht betrogen hatte. Dass niemandem eine gestohlene Note weniger wert wäre als mir selbst. Dass er besser wissen müsste als jeder andere, dass ich in der Lage war, diese Aufgaben zu lösen, vielleicht als Einzige in der Klasse. Aber genau das wollte er, ich konnte es ihm an den Mundwinkeln ablesen, an der Art, wie er mit dem Mittelfinger pointiert seine Brille den Nasenrücken hochschob. Er wollte, dass ich mich klein machte, bis ich mich selbst kaum wiedererkannte, damit sein Triumph noch etwas süßer schmeckte.

»Da sind wir uns einig«, sagte ich, und ließ nicht zu, dass sich nur ein einziger Muskel in meinem Gesicht bewegte.

Liv und ich hatten es seit unserem Streit vermieden, miteinander allein zu sein. Rahel hatte als Vermittlerin alle Hände voll zu tun, wenn wir in den Pausen zusammen rumstanden. Das war die erste Stufe ihrer Diplomatie: Das Problem zu ignorieren, in der Hoffnung, die beteiligten Parteien würden es über kurz oder lang einfach vergessen. Aber meine Sturheit stand Livs in nichts nach, und so fiel Rahel die Rolle der Alleinunterhalterin zu, die uns abwechselnd Bälle zuspielte, nur damit wir sie bei der ersten Gelegenheit fallen ließen.

»Irgendwie schmeckt der Tee diese Woche besser als sonst. Oder bilde ich mir das ein? Liv, probier du auch mal.«

Wir saßen vor dem steinernen Mäuerchen auf dem Pausenhof.

»Nein, danke, mir ist eh schon übel.«

»Schon wieder? Tut mir leid. Dann du, Anna.«

Ich nahm einen Schluck. »Schmeckt okay.«

»Okay ist eine Steigerung zu sonst, oder? Was meinst du, woran liegt das?«

»Er hat den Wasserkocher geputzt?«

Rahel lachte pflichtschuldig. Als daraufhin wieder eine drückende Stille einsetzte, begann sie, uns mit Anekdoten aus dem Berufsalltag ihres Vaters zu unterhalten, der Journalist war. Weder Liv noch ich schenkten ihr mehr als ein halbes Ohr, als sie von einem neuen Gerät berichtete, das ihr Vater sich zugelegt hatte, ein sogenanntes Diktaphon. Es sei kaum größer als zwei Hörspielkassetten, sagte Rahel, und man könne jedes Gespräch im Raum aufnehmen. Es erspare ihrem Vater jede Menge Schreiberei in Interviews.

Liv gähnte demonstrativ, setzte ihre Sonnenbrille auf und lehnte sich zurück gegen die Mauer, bis ihr komplettes Gesicht von Sonnenstrahlen bedeckt war.

»Heute Nachmittag im Driftwood?«, fragte ich schließlich.

Rahel sah betreten von Liv zu mir. »Sorry, Anna, heute nicht.«

»Warum? Was hast du –« In diesem Moment fiel der Groschen. »Oh.«

»Es ist nicht, dass wir dich ausschließen wollen. Das weißt du. Aber du hast klar gemacht, dass du nicht mehr dabei sein willst, wenn –«

»Alles klar. Kein Problem.« Ich stand auf und klopfte meine Jeans sauber. »Ich wollte eh noch in der Bücherei vorbei, also …«

»Anna, sei doch nicht sauer«, rief Rahel.

»Bin ich nicht.« Und ich war es auch nicht. Aber als wäre unsere Freundschaft an einer Weiche angelangt, führten unsere Wege auf einmal auf verschiedene Gleise, und ich musste Liv und Rahel dabei zusehen, wie wir uns immer weiter voneinander entfernten.

Es sagte viel über meinen derzeitigen Zustand aus, dass ich die Stunden im Brewers fast schon als Erholung empfand. Hier immerhin hatte sich nichts geändert, die Welt stand still hinter der Eichentür zum Pub. Einzig Garys Tageslaune schwankte wie das Wetter, und wir Kellnerinnen lasen sein Gesicht wie ein Barometer, um einzuschätzen, wie warm wir uns am fraglichen Tag anzuziehen hatten. Heute hingen ihm die Mundwinkel beinahe in den Achsel-höhlen, zur Begrüßung brummte er nur vage in meine Richtung. Gott sei Dank war Helen da. Mit ihr arbeitete ich am liebsten, sie war umgänglich und hilfsbereit. Manchmal nahm ich sogar einen Zug von ihrer Zigarette, ganz gegen meine Prinzipien, weil es mich so rührte, dass sie mich in ihr Stressritual einschloss.

Seit mich Elizabeth Meitner von ihrer Türschwelle verjagt hatte, hielt ich im Brewers Ausschau nach Nathan. Irgendwann musste meine Schicht mit einem seiner Besuche zusammenfallen, und ich wollte nach wie vor unbedingt mit ihm sprechen.

Es war ein ruhiger Nachmittag, ich spülte und putzte mehr, als ich bediente, und die monotonen Bewegungsabläufe beruhigten meine Nerven. Dass zwischen Liv und mir Eiszeit herrschte, belastete mich, aber ich sah keinen Ausweg aus unserer Misere. Unsere Freundschaft hatte nie darauf basiert, dass wir uns so ähnlich waren, aber irgendwie hatte immer Einigkeit geherrscht über die Dinge, die uns wichtig erschienen. Jetzt war es, als hätte Liv einen unsichtbaren neuen Freund und bestünde darauf, dass ich so tat, als sehe ich ihn auch.

Irgendwann gegen sieben brachte ich den Müll raus. Die Tonnen waren in einem abgeschlossenen Kabuff untergebracht, dessen Schlüssel in Garys Büro hing. Ich hielt die Luft an, als ich den Sack über den Tonnenrand hievte. Unter meinen Füßen knirschte es – jemand hatte eine Flasche zerdeppert und die Scherben nicht wegge-fegt. Ich seufzte und atmete resigniert einen Zug stinkender Müllluft ein. Mit dem Handfeger beseitigte ich die Glasreste, klopfte sie in die entsprechende Tonne ab und schloss das Kabuff hinter mir zu.

Stimmen drangen aus Garys Büro, als ich den Schlüssel zurück-bringen wollte. Als ich die Tür aufstieß, prallte sie gegen etwas Unbewegliches, Elastisches. Die Spitze eines weißen Adidas-Turn-schuhs lugte in den Spalt.

»Gary?«

»Jetzt nicht«, schnauzte es von drinnen, und jemand drückte mir die Tür ins Gesicht, bis sie ins Schloss fiel. Ich hätte mir nichts weiter dabei gedacht, aber im Zimmer wurde es plötzlich still. Ich verstand, lief laut stöckelnd ein paar Schritte durch den Flur Rich-tung Gastraum und knallte geräuschvoll die Tür zu. Von innen. Die Stimmen klangen jetzt gedämpft, und ich schlich mich zurück zur Bürotür. Zunächst konnte ich keine Worte ausmachen, aber es dauerte nicht lange, bevor Gary wieder die Stimme erhob.

»… ist mir egal, wie du es anstellst. Das ist dein Job. Ich trage bei der Sache das unternehmerische Risiko –«

Die andere Stimme lachte bitter.

»Einen Scheiß trägst du. *Ich* bin derjenige, der die Dresche einsteckt, während du dich hinter deinem Tresen besäufst und abkassierst.«

Ein Stuhl wurde knarrend beiseitegeschoben. Ich hielt die Luft an, falls als Nächstes die Tür aufflöge – und ich mit ihr. Stattdessen kam Garys Stimme hinter der Tür näher.

»Ich wiederhole mich nicht. Es läuft so, wie ich es sage, oder ich lass dich hochgehen. Dann wird dir alles, was bisher passiert ist, wie Kinderkram vorkommen. Du weißt, mit wem wir es zu tun haben.«

Mein Puls beschleunigte sich. Wer war die zweite Person in Garys Büro?

»Du kannst mich nicht ans Messer liefern, ohne selbst mit draufzugehen. Und das weißt du. Also überleg dir gut, wen du hier genau erpresst. Die Sache ist zu heiß. Wenn sie davon wusste – wer noch? Wenn du den Hals nicht vollkriegen kannst, such dir einen anderen Dummen. Ich bin raus.«

Mit einem Ruck flog die Tür auf – und Alastair stand mir gegenüber. Er registrierte mich perplex, dann zog er die Tür weiter auf, sodass Gary mich ebenfalls sehen konnte.

»Wie lange stehst du da schon?«, fragte Gary.

»Tut mir leid, wenn ich euer Schäferstündchen störe«, sagte ich und warf Gary den Mülleimerschlüssel zu, der ihn gerade noch auffing. »Aber der Zapfhahn streikt schon wieder, und gerade ist eine Horde Rugby-Fans aus Brackletter reingekommen. Also wenn du nicht willst, dass sie dir die Bude abbauen –« Ich verzog den Mund, deutete mit dem Daumen Richtung Gastraum und machte mich schleunigst selbst auf den Weg, bevor mich jemand aufhalten konnte. Gary kam Sekunden später nach, gerade rechtzeitig, um zu sehen, wie ich am Zapfhahn herumriss. »Aus dem Weg«, sagte er und stieß mich zur Seite. Seine Oberlippe war weiß vor Zorn.

Alastair erschien kurze Zeit später und verließ das Brewers, ohne Gary und mich eines weiteren Blickes zu würdigen.

Später, als der letzte Gast fort war und Gary die Tür zu seinem Büro zugeknallt hatte, sprach ich Helen an, die gerade Aschenbecher leerte.

»Darf ich dich etwas Persönliches fragen?« Mit der Tür ins Haus zu fallen war anscheinend der einzige Diplomatie-Stil, den ich beherrschte.

Helen klopfte den Aschenbecher am Mülleimerrand ab und ließ den Deckel zufallen.

»Das kommt darauf an«, sagte sie.

Das genügte mir als Ermutigung.

»Neulich, als ich dir Bellas Bild zeigte, da hatte ich das Gefühl, dass du vielleicht mehr über sie weißt –« Ich geriet ins Stocken. »Also es ist so: Kennst du vielleicht jemanden, der sich von ihr ›helfen‹ lassen hat? Du weißt, was man sich so erzählt hat … Dass sie gewisse Dinge konnte –«

Helen lachte auf. »Du meinst, dass sie eine Hexe war. Sag's doch, ist ja nichts dabei.«

»Nein?«, fragte ich. »Also gut. Jedenfalls weiß ich, dass sie auch Leute aus dem Dorf behandelt hat, und –«

»Und was versprichst du dir davon, das herauszubekommen? Bei aller Freundschaft, Anna, aber selbst wenn ich was wüsste – ich müsste es für mich behalten. Die Frauen, denen Bella geholfen hat, sind aus gutem Grund nicht zu einem Arzt gegangen, so viel kann ich dir sagen.«

Ich stutzte. »Du denkst, dass sie ausschließlich Frauen geholfen hat?«

»Ich hab keine Liste ihrer Kunden«, sagte Helen, ohne die Ironie zu erahnen, dass ich eine solche in diesem Moment in meiner Hosentasche trug. »Aber es wäre mir neu, dass auch Männer sie aufgesucht hätten.«

Helen schnappte sich einen Putzlappen und begann, die Theke abzuwischen. »Darum geht's doch im Grunde, oder? Dass wir Frauen uns gegenseitig helfen, wenn die Kacke am Dampfen ist. Sagen wir, du bist verheiratet und hast zwei kleine Kinder. Das eine lernt gerade laufen, das andere steckt noch in den Windeln … Du hast keinen Job, *er* verdient die Kohle allein, und das Einzige, was noch schneller alle ist als das Geld am Monatsende, ist seine Geduld. Wenn ihm jeden zweiten Tag die Hand ausrutscht, selbst vor den Kindern?« Helen schrubbte das immer gleiche Stück Theke so heftig, dass es quietschte. »Wenn es immer schlimmer wird, und dir die Ausreden für die blauen Flecke ausgehen … Aber alle, an die du dich wenden könntest, sind andere Männer. Männer, die mit deinem Ehemann im Rugbyverein spielen oder seine Skatbrüder sind oder mit ihm um drei Ecken verwandt – wohin gehst du dann?«

»Denkst du an jemanden Bestimmtes?«, fragte ich leise.

»Ich wünschte, es wäre so, Anna. Aber solche Geschichten sind so alt wie die Menschheit. Die Namen wechseln, aber die Beschissenheit ist die gleiche.«

Eine Pause entstand.

»Okay, verstanden«, sagte ich und räumte ein paar saubere Gläser in den Schrank. »Aber in so einem Fall wie dem, den du gerade beschrieben hast: Was hätte Bella dagegen tun können? Ein prügelnder Ehemann ist keine Krankheit, die man mit ein paar Kräutern heilen kann –«

Helen warf den Lappen in die Spüle und sah mich vielsagend an. »Genau deshalb nenne ich sie auch nicht ›Kräuterfrau‹.«

Ich nickte langsam. »Wie geht's Lucy?«, fragte ich, das Thema wechselnd, um die aufgebrachte Helen ein wenig zu beruhigen. »Warst du nicht kürzlich erst bei ihr in Applecross?«

Helen schloss automatisch die Hand um die beiden Initialen an ihrer Kette.

»Es geht ihr gut. Sie lernt schon lesen … Mit fünf! Also von mir hat sie das nicht. Aber ich habe ja auch wegen ihr mit fünfzehn die Schule abgebrochen …« Ihre Augen begannen, zu glänzen.

»Helen, in mein Büro! *Sofort*!«, rief Gary.

Sie seufzte und lief davon, und ich zog mich in die Abstellkammer zurück, um mich umzuziehen. Mit dem jeweils anderen Fuß streifte ich die verhassten Pumps ab und suchte meine Sneaker im Weinregal, aber sie waren nicht da. Das hatte noch gefehlt. Vielleicht hatte eine der Aushilfen sie für ihre gehalten? Aber dann hätten fremde Schuhe dastehen müssen, und außer Helens Stiefeletten standen nur zwei Paar ausgetretener Pumps im Regal. Ich fluchte halblaut und zog wohl oder übel meine Pumps wieder an.

Die Straße war menschenleer, wie meist nach einer Schicht, aber irgendein Idiot musste die Straßenlaternen ausgetreten haben, denn es war beinahe stockdunkel. Nur der Mond reflektierte spärliches Licht in die Gasse vor dem Brewers. Auch gut, dachte ich mir. Ich mochte die Dunkelheit. Ich sah niemanden, niemand sah mich, und das war ein guter Deal. Allerdings machten mir meine Schuhe einen Strich durch die Rechnung, denn ihr *Klack-klack* hallte durch die Gasse, die den Schall zwischen den Häuserwänden hin- und herspielte wie einen Pingpong-Ball. Ich stöckelte schneller, in winzigen Schrittchen. Wer auch immer Pfennigabsätze erfunden hatte, er konnte Frauen unmöglich gemocht haben.

Unter dem Vordach von Gleesons Reinigung löste sich ein Schatten. Es war zu spät, ihm auszuweichen, und fast wäre ich gegen einen breiten Oberkörper geprallt. Die Gestalt streifte die Kapuze ihres schwarzen Hoodies ab.

»Wohin so eilig, Rotkäppchen?«, fragte Alastair.

Ich trat einen Schritt zur Seite, den er parierte.

»Lass mich durch, Ace.«

»Holla, wieso denn so unhöflich? Ich will mich nur ein bisschen mit dir unterhalten …« Seine Stimme klang schmeichelnd, auf eine ironische Weise. Er war ausnahmsweise nüchtern, wurde mir klar, aber die Erkenntnis beruhigte mich kein bisschen.

»Ach Rotkäppchen, kleines Rotkäppchen«, sagte Ace gespielt mitleidig. »So spät allein unterwegs … Weißt du nicht, wie gefährlich das ist? Stell dir vor, du hättest nicht mich getroffen, sondern den großen bösen Wolf …« Er lief um mich herum und sah sich sorgenvoll um, als wären wir zwei Verbündete in unserer gemeinsamen Furcht vor einem Monster in der Dunkelheit. Dann blieb er dicht neben mir stehen, und plötzlich begann er, zu knurren, aber so, als meine er es gar nicht ernst. Er brach in ein Lachen aus, kriegte sich kaum wieder ein. Ich stand stocksteif da wie eine Statue.

»Fast hätte ich's vergessen: *Ich* bin ja derjenige, vor dem du dich fürchten solltest.« Sein Gesicht wurde ernst. »Es ist doch unfair, Anna, findest du nicht? Hat sich eigentlich noch nie jemand gefragt, wieso alle auf dem Wolf rumhacken? Woher wollen die wissen, ob die Großmutter nicht eine richtige *Bitch* war, die den Wolf so lange gereizt hat, bis er ihr Geschwätz einfach nicht mehr ausgehalten hat? Es gibt immer eine zweite Seite der Geschichte.«

»Lass mich vorbei, oder ich schreie die ganze Straße zusammen«, sagte ich, obwohl meine Knie ganz weich waren und ich daran zweifelte, dass meine Beine mich noch zuverlässig tragen würden.

Ace lachte leise auf. »Das würde ich dir wirklich nicht empfehlen.« Eine schnelle Handbewegung entblößte die Klinge eines Butterflymessers. Er drückte sie quer gegen meine Kehle. »Ein Laut, und du kannst höchstens noch um Hilfe gurgeln.«

Er lehnte sich vor und flüsterte direkt in mein Ohr. »Und du weißt, was mit der letzten Hexe passiert ist, die mir dumm gekommen ist, stimmt's, Anna?«

Ich wagte nur ein winziges Nicken. Mein Atem ging schnell und flach. Dort, wo die Klinge in meinen Hals drückte, pochte mein Puls hektisch, nur Millimeter trennten sie von einer Arterie. Eine Bewegung seinerseits – selbst in Unachtsamkeit – wäre genug, und keine Hilfe der Welt würde mich rechtzeitig erreichen.

»Pass jetzt genau auf, Rotkäppchen«, sagte er und berührte beim Sprechen mit seinen Lippen mein Ohr. »Was immer du dir einbildest, im Brewers gehört zu haben: Du hältst deinen vorlauten, feigen kleinen Mund, verstanden? Du redest mit niemandem über Gary oder mich. Nicht *einen* Ton. Nicht mit deinen Freundinnen, nicht mit deiner Schwester, nicht mit deinem *Hund*. Wenn ich erfahre, dass du meinen Namen auch nur in einem Alptraum geflüstert hast, dann schneide ich dir deine vorlaute Zunge raus und lege sie der fetten Inglis aufs Brot. Haben wir uns verstanden?«

Mein Nicken war kaum wahrnehmbar.

»Sag: Ja, Ace.«

»Ja, Ace.« Meine Stimme zitterte. Hinter uns erwachte eine Straßenlaterne wieder zum Leben. Aces Pupillen wurden klein, er schob sich mit der Linken die Kapuze wieder über und zog sie tief ins Gesicht. Er trat ein Stück zurück, strich mit der Klinge meinen Hals hoch und hob mit der Messerspitze mein Kinn an.

»Jetzt gib mir deine Kohle.«

»Was?«

»Bist du dumm? Dein Trinkgeld von heute Abend. Alles. Mach schon.«

Instinktiv war meine Hand schützend über das Portemonnaie in meiner Jackentasche gewandert, aber mir blieb keine Wahl. Alastair zog das Messer zurück. Ich holte die kleine Lederbörse aus der Tasche, die Liv und ich zusammen bei einem Ausflug nach Inverness gekauft hatten, sie in Flieder, ich in Grün, und reichte Alastair das Geld. Futter für Jaro, das Geld für die *Academy* von diesem Abend ... Alles weg.

»Und jetzt hau ab. Und wenn ich dich noch mal beim Spionieren erwische, dann ...« Er zeichnete mit der Klinge ein Kreuz in die Luft, von oben nach unten über mein Gesicht und den Hals, dann quer über meine Kehle.

***

Am nächsten Morgen passte ich Liv vor der ersten Stunde auf dem Flur vor dem Klassenzimmer ab.

»Können wir reden?«

Sie zuckte mit den Schultern, ihr Gesicht blieb ausdruckslos. Ich bugsierte sie in eine Ecke hinter zwei Betonpfeilern.

»Was soll das? Wenn es wegen Rahel und mir ist –«

»Darum geht's nicht. Beschwört zusammen, wen oder was ihr wollt, das geht mich nichts mehr an.«

Liv kniff die Lippen zusammen.

»Aber Folgendes: Woher kriegt Ian sein ›Zeug‹? Die Pilze, Gras, was auch immer er sonst noch hat. Woher kommt das?«

»Woher soll ich das wissen? Er kennt wen, der jemanden kennt. Wie alle eben. Warum ... Brauchst du was? Sag nicht, du bist auf den Geschmack gekommen.« Der Spott in ihrer Stimme versetzte mir einen Stich.

»Blödsinn«, sagte ich. »Aber ich muss es wissen. Weißt du, ob er je was von Ace gekauft hat?« Ich hatte seinen Namen nur geflüstert und sah mich um, ob mich wirklich niemand gehört hatte.

»Ich sag dir doch: Ich. Weiß. Es. Nicht. Ich hole mir von Ian oder Alec, was ich brauche, und im Gegenzug halt ich den Mund. Was interessiert es mich, wo das Zeug herkommt, solange es nichts kostet?«

»Alles kostet irgendwas. Sei nicht so naiv –«

»Sind wir hier fertig?« Liv stemmte einen Arm in die Seite.

Jetzt war ich an der Reihe, mit den Schultern zu zucken. Liv streifte meine Schultasche, als sie sich an mir vorbeidrängte; sie rutschte mir vom Arm und fiel mit einem *Fump* zu Boden.

McNeil hatte außerordentlich gute Laune an jenem Tag. Er spielte mit der Kreide, warf sie in die Luft und fing sie schwungvoll wieder auf, zwinkerte Andrew jovial zu, als dieser eine Aufgabe löste, und pfiff leise vor sich hin, während er sich nach dem Läuten im Klassenbuch verewigte.

»Wie ein frischgevögeltes Eichhörnchen«, sagte Rahel angewidert, als wir wieder auf dem Flur standen. Liv lief kommentarlos an uns vorbei.

Ich erzählte niemandem von meiner Begegnung mit Alastair. Natürlich hätte ich es Dad sagen können, vielleicht sogar sagen müssen, aber ich zweifelte keine Sekunde daran, dass Ace seine Drohung wahrmachen würde. Dass er trotz der ganzen Nummern, die er schon abgezogen hatte, auf freiem Fuß war, sprach Bände darüber, dass andere vor mir zu ähnlichen Schlüssen gekommen waren. Leute, die ihn besser kannten. Aber war er auch mit einem Mord durchgekommen? Und was hatte er mit Gary am Laufen? Irgendein Geschäft, über dessen Aufteilung sie gestritten hatten. Drogen – das war die naheliegende Antwort. Gäbe es Stellenausschreibungen für Dealer, wäre Ace sicher ein Top-Kandidat. Connections im Dorf? Vorhanden. Lose Auffassung des Gesetzes? Und wie. Empathiebefreiter Soziopath mit dem Körperbau eines Türstehers? Check und check. Aber Gary? Zugegeben, ich hatte keine Ahnung, wie gut er mit Geld umgehen konnte – abgesehen davon, dass er ein echter Geizhals war, was unsere Löhne betraf –, aber das Brewers lief gut, er war seit dem Tod seines Bruders der letzte lebende ›Brewer‹ und Alleineigentümer. Wozu mit einem Bein im Knast stehen, wenn man mit beiden bequem hinter einer Theke stehen und mit Penny flirten konnte? Es ergab für mich keinen Sinn.

VIERZEHN

Die letzten Glockentöne verklangen gerade, als Dad, Cecile, Marie und ich in der dritten Reihe der St Mary's Church Platz nahmen. Ich hatte meinen Jutebeutel voller Lesematerial dabei – heute wäre endlich Gelegenheit für meine Austauschaktion – und legte ihn neben mich auf die Bank.

Pfarrer O'Malley betrat die Kanzel, schlug seine Bibel an einer mit Seidenbändchen markierten Seite auf und begrüßte die Gemeinde. Ich tat es ihm nach, zog ein Buch aus meinem Jutebeutel und schlug es an der zuletzt gelesenen Stelle auf. Es war eine als Gesangbuch getarnte Ausgabe von Keplers *Harmonice Mundi*, die ich im Anschluss an die Kirche ›spenden‹ wollte.

Man benötigte einiges an Konzentrationsfähigkeit, um zu lesen, während O'Malley in monotonem Bariton seine Andacht hielt, aber ich hatte Übung darin und blendete seine Stimme bald aus.

Marie knuffte mich in die Flanke, als sich die Gemeinde zum Singen erhob, und ich legte widerwillig mein Buch zur Seite. Während der Predigt konnte ich mich anderweitig beschäftigen, ohne dass es auffiel, aber beim Singen kannte die Gemeinde keine Gnade. Man hatte aufzustehen und mit ausdruckslosem Gesicht den Mund zu bewegen wie ein Karpfen an Land, oder man lief Gefahr, die Nächste zu sein, die an ein Kreuz genagelt wurde. Also stand ich auf und bewegte meinen Mund und ließ meinen Blick über die Versammlung schweifen. Die Familie Inglis saß in der Reihe schräg gegenüber. Sam Inglis neben den vier leiblichen Söhnen, Livs Mutter, deren Blick unruhig und ohne besonderes Ziel durch den Raum wanderte, und ganz außen Liv. Wann genau hatte es angefangen, dass mich jedes Mal bei Livs Anblick ein ungutes Gefühl überkam? Ein kurzer Übelkeitsimpuls, als wäre mein Magen für einen

Moment in eine Zone höherer Schwerkraft geraten. Es gefiel mir überhaupt nicht.

In der ersten Reihe saß der junge Referendar, von dem Matt erzählt hatte – ich erkannte ihn an seinem weißen Kragen und dem beseelten Gesichtsausdruck. Eigentlich sah er ziemlich sympathisch aus, aber offensichtlich stimmte etwas nicht mit ihm, sonst wäre er jetzt nicht hier. Was musste im Leben eines jungen Menschen schiefgelaufen sein, damit ihm nichts Besseres einfiel, als sein Leben der Religion zu widmen?

Wir sind alle Kinder des Herrn. Und wenn wir am Ende eines irdischen Lebens gehen, dann gehen wir nicht ins Ungewisse, wir gehen heim zum Vater. Und für diesen Trost können wir, die wir noch im Diesseits weilen, unendlich dankbar sein, hatte Pfarrer O'Malley bei Mums Beerdigung gesagt, während der Sarg mit Mum darin im Kirchengang stand, und ich wäre ihm am liebsten ins Gesicht gesprungen. Mit dreizehn hatte ich längst verstanden, dass das alles Märchen waren, aber aus irgendeinem Grund durfte das niemand laut aussprechen. Wir mussten so tun, als fänden wir all den Unsinn über ein Paradies und einen Himmel einleuchtend, von dem aus Mum jetzt auf uns herunterschaute, obwohl sie viel lieber hier unten bei uns geblieben wäre. Stattdessen war sie endlich vereint mit einem Gott, der so voller Liebe war, dass er seinen eigenen Sohn ans Kreuz schlagen ließ, nur um ein paar Menschen das Konzept der Sünde zu verklickern. Ich verübelte es den Erwachsenen in meinem Leben, dass sie dieses Spiel mitspielten, ich verübelte dem Pfarrer, dass er es aufführte, und am meisten war ich sauer auf einen Gott, an den ich gar nicht glaubte.

»… *Saints bright above the Sun, we reign for aye …*«

Marie strich mir eine Haarsträhne aus dem Gesicht und lächelte mir zu, und die Anspannung, die ich gar nicht bemerkt hatte, wich aus meinen Gesichtszügen. Die letzten Töne der Orgel verstummten, und mit dem Geräusch vieler scharrender Füße nahm die Gemeinde wieder Platz.

Statt Pfarrer O'Malley stieg der junge Referendar auf die Kanzel. Für einen Mann des Klerus trug er seine aschblonden Haare entweder ein wenig zu lang oder um einiges zu kurz, und ich musste widerwillig feststellen, dass zwei überaus sympathische Grübchen seinen Mund flankierten. Er wirkte so jung, wie er unmöglich sein konnte. Ich ermahnte mich innerlich und nahm mein Buch wieder zur Hand, aber es gelang mir auf einmal nicht mehr, mich auf Planetenumlaufbahnen zu konzentrieren.

»Hand aufs Herz, liebe Gemeinde, wer von uns trägt heute einen Groll in sich?«, fragte der Referendar und sah aufmerksam in die

Runde. Es herrschte betretenes Schweigen, ein paar Leute sahen einander verstohlen an und zogen die Brauen hoch.

»Kein Grund zur Zurückhaltung.« Der Referendar lächelte aufmunternd. »Wer ist heute hierhergekommen mit einem Gefühl, dass ihm oder ihr Unrecht getan wurde? Dass jemand sich so richtig falsch verhalten hat, obwohl derjenige es besser wissen hätte müssen … Wer von uns ist vielleicht sogar so richtig stinksauer auf jemanden?«

Die Verwirrung war jetzt beinahe mit Händen greifbar. Handelte es sich um eine rhetorische Frage? Eine Fangfrage? Pfarrer O'Malley stellte niemals Fragen. In gewisser Weise predigte er so, als sei die Gemeinde für ihn unsichtbar, als sei unsere Anwesenheit komplett irrelevant für seinen Job. Und jetzt war man plötzlich in eine Art Quizshow geraten? Was erlaubte der Neue sich? Man kam schließlich nicht zum Spaß her. Es erheiterte mich, die vorwurfsvollen Blicke der alten Frauen in der ersten Reihe zu studieren, sie waren sichtlich aufgewühlt.

»Wirklich niemand? Das ist beeindruckend. Ich gebe zu, das kann ich von mir selbst oft nicht behaupten. Als ich heute zum Gottesdienst kam, lag mir der Austausch mit einem Mitmenschen auf der Seele. Wir hatten eine kleine Auseinandersetzung – keinen Boxkampf, keine Sorge –« Er grinste schief und ließ seinem Publikum die Chance, über das, was er offensichtlich für einen Gag hielt, zu lachen. Niemand tat ihm den Gefallen.

»Jedenfalls kam ich heute in die Kirche mit einem Grummeln im Magen, das sich einfach nicht auflösen wollte. Das Gespräch mit jener Person führte sich in meinem Kopf fort, und auf einmal fielen mir all die guten Antworten und Argumente ein, die ich zuvor nicht gegeben hatte. Ich steigerte mich immer mehr hinein in einen Streit, der ganz ohne diese andere Person stattfand. Ich brauchte sie dazu überhaupt nicht. Es ging mir einzig und allein nur noch darum, die Auseinandersetzung zu gewinnen und dieses bedrückende Gefühl loszuwerden, welches mich seitdem verfolgte.«

Die Gemeinde war totenstill, in einer Art Schockzustand. Nein, so predigte man nicht, schienen ihre Blicke zu sagen, ein Pfarrer hatte nicht zu sprechen wie ein etwas zu zutraulicher Bekannter. Man kam in die Kirche, um sich Verhaltensregeln diktieren zu lassen, unter der Woche grandios an ihnen zu scheitern, und sich am Sonntag drauf dafür verurteilen zu lassen und Buße zu tun. Darauf fußte das ganze System. Und jetzt kam ein junger, viel zu gutaussehender Typ daher und rüttelte an den Fundamenten dieses Gesellschaftsvertrags. Die Gläubigen waren entsetzt.

Ich war begeistert.

»Aber dann kamen mir die Worte Jesu aus dem Matthäus-Evangelium in den Sinn: *Ich aber sage euch: Liebet eure Feinde, segnet, die euch fluchen, tut wohl denen, die euch hassen, bittet für die, die euch beleidigen und verfolgen.*« Der Referendar blickte überwältigt drein, wich sogar ein Stück zurück bei diesen Worten. Ich krallte meine Hand um die Sitzbank.

»Wahnsinn, oder? Das ist *gelebte Liebe*. Nicht nur unseren Freunden gegenüber, das wäre einfach. Aber es beginnt genau da: Wenn sich Zwietracht breitmacht, eine Meinungsverschiedenheit, ein Streit. Wenn der eine Freund den anderen verletzt, vielleicht ungewollt, vielleicht im Affekt. Oder weil beide Freunde sich stur zeigen, weil keiner nachgeben will, keiner *sich* etwas vergeben möchte. Wieso dann dem anderen vergeben? Soll *er* doch den ersten Schritt tun. So wie in meinem Fall heute Morgen. Wie leicht ist es dann, aus den Augen zu verlieren, was wirklich wichtig ist? Die Liebe zu einem Mitmenschen, einem Mitgeschöpf Gottes. Jesus hat immer wieder betont, dass keine Kraft auf der Welt so revolutionär ist wie diese. *Liebe deinen Nächsten.* Da gibt es kein Sternchen dran mit einer Fußnote: Aber nur, wenn dein Nächster sich so verhält, wie du es dir wünschst. Nein, Jesus geht noch viel weiter: *Liebe deine Feinde.* Jene, die dir ganz absichtlich weh tun, die es auf dich abgesehen haben.«

Er ließ eine Pause eintreten. Dieses Mal blickte er nicht in die Gemeinde, sondern schien versunken in einen Gedanken. Ich hatte eine ungefähre Vorstellung davon, was er gerade fühlte.

»Das ist schon einiges, was da von uns gefordert wird. Aber Jesus glaubt daran, dass es möglich ist. Noch mehr: Dass es *uns* möglich ist. Dass jeder Einzelne von uns über seinen Schatten springen kann. Und muss. Immer wieder. Weil der andere es wert ist.«

Ich sah nicht zu Liv hinüber.

»Ich möchte, dass wir jetzt gemeinsam beten. Denkt genau an diese Person, die euch gerade eingefallen ist. Diese Person, bei der es euch schwerfällt, zu vergeben. Lasst eure ganze Liebe in dieses Gebet für sie fließen.«

Die Gemeinde mochte aufgebracht sein, und sobald sie aus der Kirchentür träte, würde sie diesen Auftritt verbal in Fetzen reißen, aber solange man im Haus des Herrn war, befolgte man die Anweisungen der Person auf der Kanzel. Wir neigten unsere Köpfe und falteten die Hände.

Natürlich betete ich nicht. Normalerweise nutzte ich diese Zeit, um Dinge auswendig zu lernen, für die mir meine ›richtige‹ Lernzeit zu schade war. Ich begann damit, die Planeten des Sonnensystems und ihre Monde aufzulisten, aber wieder gelang es mir nicht, mich zu konzentrieren. Eine Erinnerung drängelte sich vor.

Es war zehn Tage nach Mums Tod. Die Trauer hatte noch nicht voll eingeschlagen, sie wartete in Sichtweite wie ein sich auftürmender Tsunami, aber der Schock hielt sie für den Moment noch fern. Ich hatte seit Tagen kaum etwas gegessen, weil mein Hungergefühl einfach verschwunden war und ich nichts anrühren wollte, was Cecile gekocht hatte. Am Tag nach Mums Tod, noch vor ihrer Beerdigung, war Cecile offiziell bei uns eingezogen, als wäre sie ihr Ersatz, so, wie man einen kaputten Reifen auswechselt.

Die Erwachsenen drängten mich ständig, etwas zu essen, sie wurden ganz besessen davon. Wenn ich nur etwas äße, würde alles gut. Aber je mehr sie mich zu zwingen versuchten, umso mehr schnürte sich mein Magen zu; wenn ich überhaupt etwas fühlte, dann war es Übelkeit. Liv hatte jeden Tag bei uns geklingelt, aber ich hatte mich in meinem Zimmer eingesperrt und wollte niemanden sehen. An jenem Abend lag ich angezogen auf meinem Bett und starrte in die Luft, als vor meinem Fenster seltsame Geräusche ertönten. Ich regte mich nicht – nicht aus Angst, sondern weil es mir egal war, woher die Geräusche kamen, solange Mum sie nicht verursachte –, aber plötzlich tauchte Livs blonder Lockenkopf vor meinem Fenster auf. Als ich nicht reagierte, klopfte sie gegen die Scheibe und rief etwas, das ich nicht verstand. Endlich erhob ich mich und öffnete das Fenster. Liv stand auf einer Leiter, die sie gegen die Hauswand gelehnt hatte, auf ihrem Rücken trug sie ihren Schulrucksack.

»Würde es dir was ausmachen, mich reinzulassen? Ich komme mit Gaben.«

Ich trat vom Fenster zurück, und Liv stieg umständlich ins Zimmer. Ihre aufgesetzt fröhliche Art verblasste, als sie mich sah. Sie streifte den Rucksack ab und begann, ihm etliche Tupperboxen zu entnehmen.

»Wenn du was zu essen bringst: Ich hab keinen Hunger.«

»Mach dir keinen Kopf, leg dich einfach wieder hin, okay? Du sollst zu überhaupt nichts gezwungen werden. Tu einfach, als wäre ich nicht da.«

Das Angebot war zu verlockend, um es auszuschlagen. Liv werkelte eine Weile weiter, dann legte sie sich neben mich aufs Bett, zündete einen Joint an und begann, schweigend zu rauchen. Zuerst fühlte ich mich gestört, aber irgendwann hatte ich nicht mehr die Kraft, Körperspannung aufrechtzuerhalten, und ließ einfach los. Nach einer Weile reichte Liv mir den Joint, und ich nahm einen Zug. Dann noch einen, und noch einen. Wir wechselten uns ab, schweigend, bis die Wirkung einsetzte und ich zum ersten Mal seit Ewig-keiten so etwas wie innere Ruhe einkehren fühlte. Wir kifften den ganzen Abend weiter. Liv holte ein Kaleidoskop aus ihrem Ruck-sack, um das ich sie als Kind immer beneidet hatte, und ich schaute den sich immer wieder neu bildenden Mustern zu, als wäre die Zeit stehen geblieben und das wäre alles, was ich je machen wollte. Ich weiß nicht, wie viele Stunden vergangen waren, es war jedenfalls längst dunkel geworden, als ich Liv fragte: »Was hast du denn da sonst noch in deinem Rucksack?«

Tupperdosen wurden geöffnet und gaben ein Sortiment an Räucherwurst, Käsespießen und süßem Buttergebäck frei. Ich knab-berte an einem Schokoladenkeks, und ehe die nächste Stunde ver-gangen war, hatte ich zwei der Dosen allein leergegessen. Liv umarmte mich eine gefühlte Ewigkeit lang, bevor sie durchs Fenster verschwand, genau wie sie gekommen war. Eine Woche lang aß ich nichts als Kekse mit Milch, die Liv mir täglich vorbeibrachte, bis ich zum ersten Mal wieder am Frühstückstisch Platz nahm.

»Amen.« Der Referendar riss mich aus meinen Gedanken, und ich packte mein Buch wieder ein. Nach dem Gottesdienst trödelte ich, bis die Kirche sich geräumt hatte, und wies meine Familie an, nicht auf mich zu warten. Der junge Referendar stand auf der Treppe vor der Tür und verabschiedete einzelne Gemeindemitglie-der, Pfarrer O'Malley verzog sich wie immer sofort in die Sakristei. Das war meine Gelegenheit. Ich packte meinen Jutebeutel, stieg die Stufen zum Altar empor und tauschte die dort liegende Bibel und das Gesangbuch gegen meine präparierten Bücher mit den entspre-chenden Covern. Nachdem Matt mir vom neuen Referendar erzählt hatte, hatte ich Einsteins Aufsatz *Religion und Wissenschaft* mit dazu gepackt. Eine Art versöhnlicher Geste meinerseits; immerhin schloss Einstein eine göttliche Existenz nicht aus. Auch wenn das, was er sich darunter vorstellte, nichts mit den Vorstellungen der Kirche gemein hatte.

Schnell tauschte ich ein paar Gesangbücher in der ersten Reihe gegen Kopien von Keplers *Harmonice Mundi* aus, die ich in einem Antiquariat in Fort William zu Spottpreisen ergattert hatte.

»Anna?«

Ich schrak zusammen. Der Referendar musste durch die Seiten-tür eingetreten sein, ohne dass ich ihn bemerkt hatte. Er kam auf mich zu und lächelte freundlich.

»Woher wissen Sie –«

Sein Lächeln breitete sich nun über das ganze Gesicht aus und betonte die Grübchen um seinen Mund.

»Tut mir leid, dass ich dich in deiner Mission störe, aber würde es dir etwas ausmachen, uns ein paar Bibeln übrig zu lassen? Wir sind berufsmäßig auf sie angewiesen, und es wäre reichlich peinlich, wenn sie uns ausgingen.«

O'Malley musste also gewusst haben, wer ihm seit Monaten wissenschaftliche Literatur unterjubelte, und den Referendar vor mir gewarnt haben. Ich sann fieberhaft nach einer glaubwürdigen Ausrede, aber mein ausgebeulter Büchersack ließ wenig Interpretationsspielraum.

»Ich wollte es erst nicht glauben, als man mir sagte, dass ein junges Mädchen regelmäßig aus unserer Kirche stiehlt –«

»Es ist kein Diebstahl«, sagte ich, aufrichtig empört.

Der Referendar studierte mein Gesicht mit amüsierter Neugier. »Ich weiß nicht, was deine Eltern dir diesbezüglich beigebracht haben, aber siehst du: Diese Bibel gehörte uns. Und jetzt steckt sie in deiner Tasche. Nenn mich kleinlich, aber da, wo ich herkomme, nennt man das stehlen.«

»Wenn ich jemandem einen Penny wegnehme und ihm dafür ein Pfund gebe, ist ›Diebstahl‹ nicht das passende Wort.«

Wieder lachte er auf. »Aaah, wir nähern uns dem Kern der Sache. Du siehst dich also als eine Art Robin Hood der Wissenschaft, kann man das so zusammenfassen?«

Einen solch grandiosen Titel hätte ich mir selbst nicht verliehen, aber wenn der Schuh passte …

»Nur zum Spaß: Lass uns in eines deiner Bücher schauen, und du zeigst mir etwas Bestimmtes, wonach ich suche.« Er griff sich den als Gesangbuch getarnten Kepler.

»Würdest du mir die Stelle zeigen, an der ich etwas darüber erfahre, wie Menschen zu einem guten Miteinander finden?«

Ich schwieg und kaute auf der Innenseite meiner Wange herum. Er wusste so gut wie ich, dass es diese Stelle nicht gab.

»Na gut. Dann vielleicht etwas über den Sinn des Lebens. Oder darüber, was mich nach dem Tod erwartet …?«

Er streckte mir das Buch entgegen. Ich ließ es zwischen uns in der Luft hängen.

»Darum geht's hier drin nicht. Es geht um Fakten, nicht um Spekulation. Deshalb steht auch nicht ›Grimms Märchen‹ vorne drauf.«

Er machte große Augen. »Tatsächlich? Kein Wort zu Leben und Tod? Du hältst sie doch offenbar für einen – sogar qualitativ höherwertigen – Ersatz für unsere Bücher. Und jetzt erzählst du mir, dass die wichtigsten Fragen darin überhaupt gar nicht behandelt werden? Verstehe ich nicht.«

Ich räusperte mich. »Es geht um den ganzen Ansatz. All das

Zeug, das die Kirche einem erzählt – es ist einfach nicht vereinbar mit den Erkenntnissen der Naturwissenschaften. Gott hat die Welt nicht in sieben Tagen erschaffen, die Sonne dreht sich nicht um die Erde, es gibt kein Paradies. Im besten Fall sind es nette Märchen. Und im schlimmsten Fall glatte Lügen. Es tut mir leid, aber ich bin der Meinung, dass eine unbequeme Wahrheit immer besser ist als eine schöne Lüge.«

»Das ist ein einleuchtendes Argument, wenn es denn stimmt. Aber Religion und Wissenschaft schließen sich nicht zwangsläufig gegenseitig aus, Anna. Bestimmt weißt du, dass viele deiner Wissenschafts-Idole selber gläubig waren. Newton, zum Beispiel. Gerade weil er von der Schöpfung, die ihm seine Forschung offenbarte, so überwältigt war.«

»Niemand ist perfekt. Und das ist dreihundert Jahre her.«

Der Referendar dachte einige Augenblicke nach, ohne den Blick von mir abzuwenden.

»Pfarrer O'Malley hat mir erzählt, dass wir hier vor drei Jahren deine Mutter beerdigt haben.«

Ich zuckte mit den Schultern. »Was hat das mit irgendwas zu tun?«

»Vielleicht gar nichts. Aber ich frage mich, was du glaubst, warum wir Menschen mit einem Gottesdienst beerdigen, anstatt sie einfach sang- und klanglos unter die Erde zu schieben?«

Ich musste an Bella denken, auf deren Begräbnis diese Beschreibung schmerzhaft genau passte.

»Wäre es dir sympathischer, wenn wir den Hinterbliebenen sagten: Tut uns leid, Leute, aber bis heute konnten wir physikalisch nicht nachweisen, dass da nach dem Tod noch etwas kommt. Aller Wahrscheinlichkeit nach ist eure geliebte Person einfach fort, verschwunden – *puff*.« Er schnipste mit den Fingern. »Was würdest du sagen, wenn eine Beerdigung statt eines Gottesdienstes mit einer Vorlesung über biologischen Zerfall einherginge? Wenn wir wissenschaftlich korrekt beschrieben, wie die Verstorbenen langsam von Würmern und Mikroben zersetzt werden, bis nichts mehr von ihnen übrig ist als Erde und Staub? Das wäre doch ›ehrlich‹, oder nicht?«

Ich wandte den Blick ab. Genau daran wollte ich nicht denken. Wie im Zwang überfiel mich in regelmäßigen Abständen die Vorstellung, was von Mum zu jeder gegebenen Zeit noch übrig war, und ich wünschte mir, ich hätte mich zuvor nicht so genau mit dem Prozess der Verwesung beschäftigt.

»Es muss unglaublich schwer sein, mit dreizehn seine Mutter zu verlieren.« Seine Stimme war jetzt ganz sanft. Er sah mich so mitleidig an, dass mir übel wurde. »Darf ich fragen, wer dir in all dem Trost spendet? Wer dich in deiner Trauer begleitet, dich auf-fängt?«

Beinahe wäre mir ein Lachen herausgeplatzt. *In deiner Trauer begleitet.* Auf welchem Planeten lebte er? Er nahm meinen zynischen Ausdruck besorgt zur Kenntnis.

»Falls das ein Verkaufsgespräch werden soll: Ein paar Märchen darüber, wie lieb uns ein unsichtbarer alter Mann im Himmel hat, würden genau null Komma null dabei helfen.«

»Davon rede ich eigentlich gar nicht. Wie wäre es einfach mit einem Paar ziemlich großer, ziemlich gut im Zuhören geübter Ohren?« Er legte die Hände hinter seine Ohrmuscheln und wackelte damit wie ein Kaninchen.

Ich konnte nicht anders, ich musste lachen.

»Ganz im Ernst. Hier geht's nicht immer nur um Gott. Wir können über alles reden, was dir am Herzen liegt.«

»Danke«, sagte ich, nahm meinen Jutebeutel auf und drückte ihn an mich. »Aber ich komm schon klar.«

Er nickte langsam, und ich wandte mich zum Gehen.

»Äh, Anna?«

Oh. Richtig. Ich streckte ihm den Beutel voller Bücher – *seiner* Bücher – entgegen.

»Können wir uns darauf einigen, dass du bei Redebedarf über Himmelsmechanik oder Evolution künftig einfach auf ein Gespräch vorbeikommst? Der Pfarrer und ich sind jederzeit da. Du sparst dir das Geld für all die Bücher, und wir behalten die, die wir eh am liebsten mögen.«

»Okay«, sagte ich.

»Aber wenn du nichts dagegen hast, dann behalte ich den Aufsatz von diesem Herrn … Einstein bis nächsten Sonntag. Soll ja ein cleveres Kerlchen gewesen sein, was man so hört.«

»Kein Ding.« Ich grinste schief. »Nur eine Frage noch –«

»Ja?« Es klang hoffnungsvoll.

»Wie heißen Sie?«

Die Wangengrübchen erschienen tiefer denn je.

»Nenn mich einfach Noah.«

»Wie der mit dem Kahn?«

»Genau der.« Er stellte mit zwei Fingern beider Hände auf die Arche laufende Tierpärchen nach und imitierte dazu mit schnal-zender Zunge Hufgetrappel.

Na gut, dachte ich, als mein Grinsen auf den Stufen vor der Kirche noch immer nicht von meinem Gesicht verschwunden war.

Vielleicht war in seinem Leben doch nicht komplett *alles* schief-gelaufen.

Danach verschwendete ich keine Zeit und rannte den ganzen Weg zum Inglis-Hof, wo Sam Inglis mit Fynn und Ian auf dem Vorplatz zum Haupthaus an einem Traktor herumschraubte.

»Liv, wo …?«, stieß ich völlig außer Atem hervor.

»Da hat es jemand wichtig«, sagte Mr Inglis und zwinkerte mir zu. »Olivia ist vorhin aus dem Haus. Aber wenn du Glück hast, ist sie nicht weiter als bis zur Lämmerweide.«

Ich bedankte mich mit einem Nicken und trabte, jetzt um einiges gemächlicher, den Weg hinterm Haus in Richtung Weide entlang. Als diese in Sichtweite kam, verlangsamte ich meinen Lauf – von Liv weit und breit keine Spur. Erschöpft beugte ich mich vornüber, stützte mich auf den Knien ab und hechelte wie ein Chihuahua, der seine Sprintkapazitäten deutlich überschätzt hat.

»Anna?«

Ich sah nach oben. Liv beugte sich über den Rand des Hochsitzes, der etwas zurückgesetzt zwischen zwei Fichten stand. Eigentlich war die Konstruktion seit Jahren zu morsch, als dass sich noch irgendwer hinauf getraut hätte – ein strategischer Windstoß von Westen her hätte sie erledigt. Livs Vater hatte es sogar explizit verboten, hochzusteigen, aber er hätte wissen müssen, dass er die Sache damit für Liv überhaupt erst wieder interessant machte.

»Ich muss mit dir reden«, rief ich. »Kommst du runter?«

»Komm du doch rauf, wenn du was willst!«

Anscheinend war ich die Einzige, bei der Noahs Predigt einen Sinneswandel angestoßen hatte. Ich sah mich um, ob Mr Inglis irgendwo des Wegs kam – ich legte Wert auf den guten Eindruck, den er von mir hatte –, dann erklomm ich zögerlich die halb verrottete Leiter. Ich hatte es fast bis nach oben geschafft, als die Sprosse unter meinem linken Fuß einfach wegbrach. Zum Glück hielt der Rest stand, und es gelang mir, mich abzufangen, aber mein Herz brauchte ein paar Momente, bevor es sich wieder beruhigte.

Liv saß auf der schmalen Jägerbank und schien gänzlich unbeeindruckt davon, dass ich nur für eine Audienz bei ihr meine Gesundheit aufs Spiel setzte. Sie zündete sich eine Zigarette an, blies den Rauch in einer dünnen Linie aus und sah mich unverwandt an. Ich untersuchte meine Hände auf Holzsplitter und fragte Liv mit einer Geste um Erlaubnis, mich neben sie zu setzen. Sie zuckte gelangweilt mit den Schultern und nahm einen weiteren Zug.

»Wie anders alles von hier oben aussieht«, sagte ich, weniger, weil es stimmte, als dass mir nichts Besseres einfiel.

»Was willst du?«, fragte Liv.

»Nur ein bisschen quatschen.« Ein orange gepunkteter Käfer krabbelte den Holzbalken neben mir empor. Ich legte meinen Zeigefinger quer über seinen Weg; er zögerte kurz, suchte nach einem Umweg, und als er keinen fand, stieg er schließlich doch auf meinen Finger. Ich zog die Hand samt Käfer zurück und ließ ihn auf mir weiterlaufen, drehte meinen Arm, sodass er zu einer endlosen, immer gleichen Käferlandschaft wurde.

»Was hältst du vom neuen Referendar?«, fragte ich schließlich.

Liv warf mir einen schrägen Blick zu. »Ganz ansehnlich. Aber der macht's nicht lange.«

»Mhmm«, brummte ich, und obwohl mir der Gedanke selbst schon gekommen war, missfiel er mir jetzt.

Der Käfer musste bemerkt haben, dass er am selben Muttermal schon dreimal vorbeigekommen war, und bewegte sich nicht mehr vom Fleck.

»Als er wollte, dass wir für jemanden beten, mit dem wir Streit haben … Woran hast du da gedacht?«

»Dass es mich an einer Stelle juckt, an der ich mich in der Kirche unmöglich kratzen kann.« Liv nahm einen letzten Zug, drückte die Zigarette aus und schnipste sie nach hinten vom Hochsitz. »Wieso? Sag nicht, du hast für mich gebetet.«

Ich wusste nicht, was mich mehr ärgerte: ihr verächtlicher Ton oder die Tatsache, dass mir jemand unterstellte, einen Gott angerufen und um einen persönlichen Gefallen gebeten zu haben.

»Hey, wenn du keinen Bock auf das hier hast –«

Ich erhob mich von der Bank und klopfte meine Hose sauber. Liv packte mich am Handgelenk.

»Setz dich wieder hin, Cinderella, jetzt sei mal nicht so.«

»*Du* bist doch so. Ich weiß langsam gar nicht mehr, wieso wir eigentlich sauer aufeinander sind, aber es gefällt mir nicht. Es gefällt mir überhaupt kein Stück. Und vorhin, als alle still waren und der Referendar seinen Seelen-Strip aufgeführt hat, da wurde mir klar, wie beschissen das ist … Dass ich dir nicht mal erzählen wollte, dass Ace mich überfallen hat. Wie soll das erst werden, wenn ich in ein paar Wochen weg bin –«

»Moment, warte … Langsam. Ace hat *was*?« Endlich wandte sich Liv mir zu, sie schien aus allen Wolken zu fallen.

»Am Donnerstag. Nach dem Brewers.«

Ich erzählte ihr vom Gespräch in Garys Büro und wie Ace mich anschließend bedroht und um mein Trinkgeld erleichtert hatte.

»Der Bastard«, sagte Liv. Dann dämmerte es auf ihrem Gesicht. »Deswegen hast du wegen der Drogen gefragt? Mensch, Anna, wieso hast du nichts gesagt! Das ist so –«

»Ich dachte nicht, dass du es wissen wolltest. Du warst so sauer. Und ich auch.«

Liv rückte auf der Bank näher, legte einen Arm und mich und den Kopf auf meine Schulter. Um ein Haar hätte sie den Käfer zerquetscht, aber er rettete sich in letztem Moment und flog empört davon.

»Wir haben gestritten – na und? Das ändert doch nichts dran … Du bist meine beste Freundin. Also wirklich: *beste* beste Freundin. Es gibt keinen Ersatz für dich. Du bist ein Einzelstück, und ich hatte dich zuerst! Natürlich muss ich wissen, wenn dir jemand fast den Hals abschneidet!« Sie ballte die Faust, ohne zu bemerken, dass sie mich dabei an den Haaren zog. »Den bring ich um, diesen psycho-pathischen *Fleischsack* –«

»Lass mal«, sagte ich. »Hilf mir lieber dabei, rauszufinden, was die beiden am Laufen haben. Und ob das was mit Bellas Tod zu tun hat.«

Liv nickte nachdenklich. Sie holte eine zerknautschte Packung Kensingtons aus der hinteren Tasche ihrer Jeansshorts, bot mir geis-tesabwesend eine an, dann gab sie sich selbst Feuer. Eine Weile herrschte Stille.

»Ich hab mit McNeil geschlafen.«

Mein Lachen blieb mir im Hals stecken, als ich ihr Gesicht sah. Ein winziger Teil von mir hatte es geahnt, aber dieser Teil hatte es nicht gewagt, den Rest darüber zu informieren.

»Und … wie war's?«

Eigentlich wollte ich es gar nicht wissen, ich wollte noch weniger als nichts davon wissen, aber was ich wollte, war jetzt zweitrangig.

»Ging so. Das erste Mal.«

»Es gab mehr als ein Mal?«

Sie nickte schicksalsergeben. »Ich bin verknallt. Gott weiß, warum, ich versteh's selbst nicht richtig. Und es fühlt sich wie Verrat an, weil er dich so unfair behandelt. Aber ein Teil von mir dachte: Okay, es kann für Anna nur gut sein, wenn ich einen direkten Draht habe, vielleicht kann ich irgendwie vermitteln –«

»Ach, Liv …«

Wie sich herausstellte, war McNeil der Grund für ihre geheim-nisvollen verplanten Nachmittage. Er hatte sie an jenem Tag nach dem Unterricht nicht wegen der Sache beim Beltane abgekanzelt und gezwungen, sich bei Mrs White zu entschuldigen. Stattdessen hatte er ihr angeboten, ihr nach der Schule zu helfen, weil sie sich offensichtlich mit dem Stoff schwertat. Und so hatten sie sich erst in der Schule und dann bei ihm zu Hause getroffen, und am Ende war

Liv nicht mal mehr sicher, wer eigentlich wen verführen hatte wollen.

»Und jetzt? Wie geht das mit euch weiter? Was, wenn euch jemand erwischt?«

Liv winkte ab. »Uns erwischt schon niemand. Und selbst wenn, ich bin sechzehn, es ist nicht verboten.«

»Für ihn ziemlich sicher schon.« Hoffte ich zumindest, aber es hätte mich andererseits kaum gewundert, wenn der Staat eher ein Auge bezüglich Sex mit Schutzbefohlenen zugedrückt hätte, als wenn McNeil sich mit einem Mann seines Alters vergnügt hätte.

»Weiß Rahel davon?«

»Nein«, sagte Liv. »Sie würde ihn dafür nur verurteilen. Und er ist nicht so einer, ehrlich. Er ist total feinfühlig und lieb. Er sagt, wenn er mich nicht aus der Schule kennen würde, hätte er mich für mindestens neunzehn gehalten. Und dass ich sehr weit bin für mein Alter.«

Darauf möchte ich wetten, dachte ich, aber ich durfte mir nichts anmerken lassen, oder ich würde Livs Vertrauen in dieser Sache sofort wieder verlieren. Ich wollte auf keinen Fall zulassen, dass McNeil sie von all ihren Vertrauten isolierte, nur weil ihm sein ekelhafter Arsch zurecht auf Grundeis ging.

»Ich muss dich noch was fragen«, sagte ich.

»Raus damit. Wenn wir schon dabei sind –«

»Es geht um deine Mutter.«

»Was ist mit ihr?«

Eines schönen Tages würde ich damit anfangen müssen, mir vorher zurechtzulegen, was ich in wichtigen Gesprächen sagen wollte, aber dieser Tag war es jedenfalls nicht.

»Wenn mich nicht alles täuscht, war sie eine von Bellas letzten Kundinnen. Hast du irgendeine Ahnung, was sie von ihr wollte?«

Liv sah irritiert aus. »Kann ich mir nicht vorstellen. Wie kommst du darauf?«

Ich erzählte von den Einträgen in Bellas Tagebuch und dass Livs Mutter die Einzige mit diesen Initialen in Dunwood und Umgebung war. Unerwähnt ließ ich, dass ich nachgeschlagen hatte, wofür die eingetragenen Kräuter verwendet wurden: Wisteria und Oleander hatten gemeinsam, dass sie unter anderem bei Herzschwäche Verwendung fanden – und dass sie beide schon in geringen Dosen toxisch wirkten. Aber hätte Mrs Inglis Herzbeschwerden, würde sie sich damit nicht an einen Arzt wenden?

»Sie ist oft müde … Aber das ist sie schon, seit ich denken kann. Vielleicht ist es in der letzten Zeit ein bisschen schlimmer geworden? Alec hat erzählt, dass er sie vor ein paar Wochen in der Vorratskammer gefunden hat. Sie war auf einem Stuhl eingeschlafen, mit dem Kopf auf den Marmeladengläsern …«

»Das klingt nicht unbedingt normal«, sagte ich vorsichtig.

»Nein, jetzt wo du es sagst: Es ist seltsam, selbst für ihre Verhältnisse.«

»Kannst du rausfinden, ob sie Medikamente nimmt? Vielleicht sagt uns das irgendwas.«

»Ich weiß nicht, Anna. Selbst wenn, ich verstehe nicht, was das alles mit Bellas Tod zu tun haben soll –«

»Wahrscheinlich gar nichts. Aber wenn ich weiß, was die Einträge im Tagebuch bedeuten, ergibt sich vielleicht ein Bild.«

Liv rang mit sich. »Also gut. Aber egal, was es ist, es bleibt unter uns, okay? Ich will nicht, dass ganz Dunwood darüber tratscht, was mit der Mutter nicht stimmt.«

»Geschworen«, sagte ich. Liv schien zufrieden.

»Sind wir wieder gut?«

»Wir waren immer gut«, sagte Liv. »Du musst echt mal lernen, ein bisschen Streit auszuhalten.«

Eine Tonne Blei fiel von meinen Schultern. »Dann kommen wir jetzt dazu, wieso ich eigentlich hier bin. Wenn ihr das nächste Mal ›zaubert‹, bin ich wieder dabei.«

»Ernsthaft?« Liv sprang von der Bank auf und riss die Arme in die Höhe wie ein Boxer, der kaum glauben konnte, dass er den Kampf gewonnen hatte.

»Aber keine Pilze mehr, verstanden?«

»Aye aye, Alice. Ich würde dir nicht mal mehr eine Pilzcremesuppe servieren, wenn du darum bettelst. Wir kommen auch so ins Wunderland. Aber woher der Sinneswandel? Ich dachte Newton persönlich hat dir verboten, zu zaubern –«

Ich dachte an mein Gespräch mit Noah. »Newton saß im Glashaus, er sollte besser nicht mit Steinen werfen.« Das war nur die halbe Erklärung. »Und du hattest recht: Was dir wichtig ist, ist mir auch wichtig. So funktioniert eben dieses Freundschaftsding.«

Außerdem hatte ich mir ins Gedächtnis gerufen, dass eine gute Wissenschaftlerin nicht nur versucht, ihre eigene Hypothese zu untermauern: Sie sollte auch versuchen, sie zu widerlegen. Würde ich also alles in meiner Macht Stehende tun, um zu beweisen, dass Magie existierte, und es gelänge trotzdem nicht, würde das meine Hypothese stützen – nämlich, dass das alles großer Quatsch war.

Liv schlang die Arme um mich, und ich drückte sie fest.

»Ich weiß auch schon genau, was wir machen. Es wird schwieriger als der Letzte … Und gefährlicher. Aber wenn es funktioniert, wissen wir anschließend, wer Bella ermordet hat.«

»Wow! Und damit rückst du erst jetzt raus? Schieß los, wie geht das?«

»Durch die *Heraufbeschwörung einer Erleuchtung*. Ein Zauber der Erkenntnis.«

»Morgen Abend bei dir?«

»Nein«, sagte Liv. »Diesmal machen wir es richtig. Und es gibt nur einen Ort, an dem das Sinn ergibt.«

FÜNFZEHN

*I*ch musste kurz eingenickt sein, denn als der erste Stein gegen meine Scheibe schlug, fuhr ich erschrocken hoch. Das mitternächtliche Glockengeläut hatte ich verschlafen – oder Liv war zu früh.

»Bin unterwegs«, rief ich im Flüsterton nach unten in die Dunkelheit. Schnell zog ich mir das schwarze Kleid über, schlüpfte in die schwarze Strumpfhose und schnürte meine Stiefel. Ich schlich mich die Treppe hinunter und zur Tür hinaus und hoffte inständig, dass niemand uns gehört hatte, aber im Haus blieb alles still.

Liv empfing mich stumm, aber mit einem feierlichen Blick, sie glühte beinahe vor Aufregung. Zu zweit liefen wir den Weg entlang zu Bellas Hütte, wo Rahel schon auf uns wartete. Als wir sie begrüßten, sprang Jaro aus dem Unterholz; er musste auf einem seiner nächtlichen Streifzüge gewesen sein und stupste mit seiner Nase gegen meinen Bauch. Er legte sich vor die Eingangstür, als ich uns mit Bellas Schlüssel hineinließ, seine ständig neu ausgerichteten Ohren verrieten volle Aufmerksamkeit.

Wieder überkam mich jenes seltsame Gefühl, das ich jedes Mal in Bellas Hütte spürte, aber entweder gewöhnte ich mich langsam daran, oder es wurde schwächer. Liv gab Kommandos.

»Rahel: Du zündest die Kerzen an. Anna – du holst einen Eimer Wasser aus dem Brunnen. Ich bereite solange den Altar vor.«

Liv wirkte wie jemand, die genau weiß, was sie tut, also stellten wir keine Fragen, sondern taten wie geheißen.

Jaro begleitete mich zum Brunnen hinter dem Haus und sah mir dabei zu, wie ich den Eimer hinabließ, bis ich ein sanftes Platschen hörte und ihn gefüllt wieder nach oben zog. Mir fiel das Foto eines

Brunnens in Bellas Album ein, aber in der Dunkelheit konnte ich nicht sagen, ob es sich um diesen hier handelte oder nicht.

In der Hütte prasselte mittlerweile ein kleines Feuer im Kamin, und Rahel hatte alle Öllampen angezündet. Ich nutzte die Gelegenheit, meinen Regenmantel vom Fenster zu lösen und ihn durch eine Plane zu ersetzen, die ich von zu Hause mitgebracht hatte. Der Mantel war nicht ganz hinüber, Gott sei Dank, auch wenn er deutlich gelitten hatte.

»Hört zu«, sagte Liv, die in der Mitte eines Kreises aus Kerzen einen Behelfsaltar errichtet hatte. »Das hier ist eine Nummer größer als beim letzten Mal. Dieser Ort hat so viel Alte Magie … Und der Zauber verlangt mehr als der letzte. Haltet euch genau an den Ablauf, egal, was passiert. Kein Wort, außer denen des Rituals, bis wir fertig sind, verstanden? Denkt an Elizabeth Winley.«

Rahel und ich bestätigten mit einem Nicken, und allmählich wirkte die Aufregung der beiden ansteckend. Dieses Mal hatte ich keinen Kaffee getrunken, es wäre nur Störrauschen in meinem Versuchsaufbau. Ich hatte fest vor, unvoreingenommen an die Sache heranzugehen; als wäre ich ein Säugling, der noch nichts weiß und nichts erwartet. Mein Geist wäre ein weißes Blatt, und dieser Abend würde die Geschichte schreiben – wie auch immer sie ausging.

Ein leiser Wind wehte durchs Fenster herein und ließ die Kerzen flackern, als wir ein Dreieck im Kerzenkreis bildeten. Rahel hatte ihre Haare zu einem kunstvollen Zopf geflochten, Livs Locken umrahmten ihr schmal gewordenes Gesicht. Mich überkam auf einmal Dankbarkeit für die beiden, und als mir jede eine Hand reichte, drückte ich sie ein wenig zu fest.

Liv holte tief Luft und warf ihr Haar zurück. »Bereit?«

»Bereit«, bestätigten Rahel und ich.

Wieder vollführte Liv ein Reinigungsritual, indem sie die Hütte mit Zedernholz einräucherte und ihre Worte dazu sprach. Es musste für den kleinen Raum zu großzügig bemessen gewesen sein, denn der Rauch wurde schnell dicht, stand unbewegt in der Luft und reizte unsere Lungen. Ich unterdrückte nur mühsam ein Husten. Rahel fing etwas von dem Zedernrauch in einem Glas ein, fügte ein Stück Eibenholz hinzu, das ich mitgebracht hatte, und stellte es umgekehrt auf den Altar.

Wir rufen die Hüterinnen der Alten Magie
Und all die Hexen, die vor uns kamen
Die Namen der Druidentöchter
Und die Heilige Mutter Natur

Vor der Tür jaulte Jaro auf, ein langgezogener Laut in der Nacht.

Stark wie die Wurzel
Wendig wie das Wasser
Frei wie die Krähe
Mutig wie der Donner.
Wir rufen euch
Wir rufen euch
Wir rufen euch.

Liv reichte mir einen kleinen Hammer, und während ich das rauchgefüllte Glas zerschlug, rezitierte sie den Erleuchtungszauber aus Bellas Buch.

Sol sedach garmein
Ad ver feroight karbat.
Bilbeth naragh ashai.

Dann geschahen mehrere Dinge zugleich. Mir wurde auf einmal schwindelig, der Raum verschwamm vor meinen Augen zu einem Strudel aus Lichtern und Farben, in meinen Ohren dröhnte ein dumpfer Basston; Rahel stieß einen erstickten Schrei aus und Liv fiel vornüber mit dem Gesicht in die Scherben auf dem Altar.

Von hinter der Hütte ertönte ein scharrendes Geräusch.

Rahel packte mich an der Schulter und schüttelte mich in Panik, und ich suchte meinen Weg zurück an die Oberfläche meines Bewusstseins, durch die verschwommenen Farben hindurch, hinter denen Liv noch immer regungslos auf dem Altar lag.

»Anna, wach auf!«, rief Rahel, zum zweiten Mal, wie ich jetzt gewahr wurde, und eine Stimme aus den Tiefen meines Unterbewussten flüsterte: *Nicht sprechen, bis das Ritual vorbei ist.* Aber ich lachte sie aus, bis mir das Lachen verging.

Gemeinsam richteten wir Liv auf, Blut lief ihr über das Gesicht aus einer Wunde über der linken Braue, Scherben klebten auf ihrer Stirn und dem Nasenrücken, die wir vorsichtig wegzuwischen versuchten.

Vor der Hütte begann Jaro jetzt aus vollem Halse zu jaulen, die scharrenden Geräusche wurden lauter.

»Was ist passiert?«, fragte Liv, halb benommen und tief besorgt. »Ist das Ritual zu Ende?«

Rahel schüttelte den Kopf, die beiden tauschten einen entsetzten Blick. Liv wischte sich mit der Hand über das Gesicht und verteilte das Blut über ihre Wange. Sie streckte uns die Hände entgegen, als wollte sie sagen »Worauf wartet ihr?«, und obwohl ich das dringende Bedürfnis hatte, ihre Wunden zu versorgen, war mir klar, dass sie mich erst daran lassen würde, wenn wir das Ritual zu Ende gebracht hatten. Ich ergriff ihre blutige Hand, und über die unablässigen Geräusche von draußen hinweg skandierten wir zusammen die letzten Zeilen der Beschwörung:

Stark wie die Wurzel
Wendig wie das Wasser
Frei wie die Krähe
Mutig wie der Donner.
Wir danken euch
Wir danken euch
Wir danken euch.

Alle drei fuhren wir zusammen, als es an der Vordertür kratzte.

»Das ist Jaro«, beruhigte ich die beiden, aber auch mein Herzschlag verlangsamte sich nur zögerlich.

Unterdessen gewann das Kratzen an Dringlichkeit, und es blieb mir nichts anderes übrig, als mich schwerfällig zu erheben und zur Tür zu wanken. Ich fühlte mich, als sei ich von einem Karussell abgestiegen, und musste mich an der Wand stützen, um nicht umzufallen.

Als ich die Tür öffnete, trabte Jaro eilig an mir vorbei in die Hütte, legte etwas im Kerzenkreis ab, kläffte zweimal und kniete sich mit den Vorderpfoten davor.

»Jetzt ist keine Zeit zum Spielen«, sagte Liv, schwach und noch immer benommen, und betastete ihre Stirn.

»Anna –«, begann Rahel, aber ich brauchte keine Aufforderung. Ich näherte mich dem Objekt, das Jaro abgelegt hatte. Es hatte ungefähr die Größe einer Honigmelone und war umhüllt von Erde, aber die charakteristische Farbe, die an vielen Stellen frei lag, verriet mir, wie der Rest der bleichen Kugel darunter aussehen würde.

»Such nach hochprozentigem Alkohol oder Honig in Bellas Regalen«, wies ich Rahel an. Sie brauchte einen Moment, bis sie verstand, und machte sich auf die Suche.

»Liv, lass deine Hände aus dem Gesicht, du machst es nur schlimmer.«

Ich machte eins von Bellas Handtüchern mit dem Brunnenwasser nass, rollte es zusammen und legte es Liv in den Nacken.

»Du siehst übel aus.«

»Das ist das kleinste unserer Probleme! Wir haben das Ritual gestört … Ihr wisst, dass wir nicht unterbrechen durften, egal, was geschieht. Das ist gar nicht gut …«

»Bleib ruhig«, sagte ich. »Wir desinfizieren alles und gucken uns an, ob du genäht werden musst –«

»Auf keinen Fall!« Livs Stimme wurde panisch. »Wie soll ich das meinen Eltern erklären?«

»Du siehst aus, als hättest du zu tief in den laufenden Mixer geguckt. Irgendwas musst du ihnen sowieso erzählen. Denk dir was aus! Du bist doch sonst so gut im Ausreden erfinden.«

»Geht Wacholderlikör?«, fragte Rahel, die Flaschen im Regal durchsuchte.

»Nein«, sagte ich. »Nichts Trinkbares, wir brauchen mindestens 60 Prozent Alkohol.«

»Gib mir den Likör«, verlangte Liv. Als Rahel zögerte, wurde sie laut. »Gib mir den verdammten Likör! Ich brauch was für die Nerven.«

Rahel zuckte mit den Schultern und warf mir einen Blick zu, aber schließlich überreichte sie die Flasche doch. Liv nahm ein paar große Schlucke und verzog das Gesicht. »Das Zeug ist widerlich.«

Rahel fand eine Flasche Isopropyl-Alkohol und begann, die Scherben aus Livs Gesicht zu entfernen und die Wunden zu desinfizieren. Bis auf den größeren Riss über der Augenbraue handelte es sich nur um Kratzer. Eine weitere Suche förderte Pflaster und sogar Verbandszeug zutage, und ich ließ Liv eine Mullbinde auf die Wunde drücken, um die Blutung zu stoppen.

Dann fiel mir etwas ein, das ich Rahel hatte fragen wollen, seitdem alles aus dem Ruder gelaufen war.

»Du hast geschrien, *bevor* Liv umgekippt ist … Wieso?«

Rahel nickte kaum merklich, ihr Blick wanderte nach draußen.

»Weil ich jemanden gesehen habe. Nur für einen Augenblick. Da stand jemand am Fenster.«

»Wer?« Die Information beunruhigte mich mehr, als sie sollte.

»Ich weiß es nicht. Eine Frau … oder ein Mädchen.«

»Wie sah sie aus?«, fragte Liv.

»Ich kann es wirklich nicht sagen. Es war nur für eine Sekunde. Ich bin mir nicht mal mehr sicher, ob ich sie wirklich gesehen habe –«

»Vielleicht war sie es, wegen der Jaro gejault hat?«

Fast zeitgleich fiel unser Blick auf das Etwas auf dem Boden, das Jaro hereingetragen hatte.

Ich nahm die Kugel auf und entfernte notdürftig die Erde um sie herum. Als ich sie auf den Tisch legte, brachte keine von uns ein Wort heraus, bis Liv die Stille beendete.

»Ist das …«

»Ein Schädel. Ja.« Ich versuchte, nüchtern zu klingen.

»Was für ein Tier soll das sein? Ein Hund? Eine Wildkatze?« Rahel trat einen Schritt zurück.

»Die sehen anders aus. Siehst du dieses Loch hier und die Spalten, die von ihm ausgehen?«

»Heißt das – was immer das war … wurde erschlagen?« Liv sah angewidert aus.

»Nein,« sagte ich leise. »Das sind Fontanellen. Weiche Knorpelverbindungen, die erst nach einer Weile verknöchern.«

»Sprich Klartext«, sagte Liv. »Was heißt das?«

Jetzt war ich an der Reihe, einen Schritt zurückzuweichen.

»Wenn mich nicht alles täuscht, ist das da der Schädel eines Säuglings.«

SECHZEHN

»*B*ella hatte ein Kind?«, fragte Rahel. »Habt ihr davon gewusst?«

Liv und ich schüttelten den Kopf. Ich fühlte mich zittrig und … seltsam.

»Wie lange kann es da gelegen haben?«, wollte Liv wissen.

Ich dachte eine Weile nach. »Mehrere Jahre, bestimmt. So schnell skelettiert eine Leiche nicht, schon gar nicht in unserem Klima.«

Diese Entdeckung warf so viele Fragen auf, dass mir beinahe der Kopf platzte. War der Zeitpunkt des Funds tatsächlich nur Zufall? Es konnte nicht anders sein: Die Alternative würde mein ganzes Weltbild infrage stellen. Aber wo hörte eine Aneinanderreihung von Zufällen auf, und wann wurde eine andere Erklärung, egal wie absurd, die naheliegende?

»Ich hab es gespürt … während des Zaubers. Es war wie ein Strudel, der mich eingesogen hat. Ganz anders als beim letzten Mal. Furchteinflößender …« Liv spielte mit ihrer Halskette.

Rahel nickte ernst. Noch mehr schien beide zu beunruhigen, dass wir den Zauber unterbrochen hatten. Obwohl es mir zutiefst widerstrebte, fragte ich nach, was genau Bellas Buch über eine solche Eventualität sagte, aber die Auskünfte blieben äußerst vage. Nur dass man es unter allen Umständen vermeiden musste, in dieser Hinsicht war das Buch deutlich. Mit Grausen dachte ich an Elizabeth Winley, die von ihrer eigenen Tochter ermordet worden war.

»Wer auch immer der Vater dieses Babys war – er hat auch Bella getötet«, sagte Liv unvermittelt.

Ich musste sofort an Nathan Meitner denken. Er war der Einzige, von dem ich fast sicher wusste, dass er etwas mit Bella gehabt hatte. Auch wenn Mrs Guthrie jede Aussage dazu verweigert hatte – ihre

Reaktion hatte mich in der Annahme bestärkt. Hatten er und Bella tatsächlich ein Kind zusammen gehabt? Und falls ja, wie war es gestorben? Wieso lag es nicht auf dem Friedhof, sondern hier, in Bellas Garten? Ohne Grabstein, ohne Kreuz … Und wenn – und das war trotz allem ein gigantisches Wenn – das alles mit Bellas Tod zu tun haben sollte, wieso war der Mord erst jetzt geschehen, Jahre später?

Ockhams Rasiermesser: Die einfachste logische Erklärung ist die wahrscheinlichste. Vielleicht hatte Bella damit gedroht, Nathans Frau von dessen Affäre mit ihr zur erzählen? Nathan wollte seine Ehe retten, und dafür musste Bella sterben. Es wäre ein Mordgrund so alt wie die Menschheit. Und als ich ihn bei seinem versuchten Einbruch ertappt hatte, hatte er Spuren beseitigen wollen. *Die Briefe.* Aber er hatte sie nicht gefunden, weil ich ihm zuvorgekommen war.

Dagegen sprach, dass Elizabeth Meitner nicht ahnungslos gewirkt hatte, als ich ihr gegenüber Bellas Namen erwähnt hatte. Eher wie jemand, der seinem Partner um jeden Preis ein Alibi geben wollte. Hatte sie selbst von der Affäre erfahren und Bella in einem Anfall von Eifersucht ermordet? Wäre sie dazu überhaupt in der Lage gewesen – als Frau, allein?

»Wir müssen es der Polizei melden«, sagte Rahel und holte mich wieder in die Gegenwart zurück.

»Damit sie wieder nichts tun, wie bei Bella?«, fragte Liv. »Nichts gegen deinen Vater –«

»Rahel hat recht, das können wir nicht verheimlichen. Außerdem hat nur die Polizei die Mittel, um rauszufinden, wie lange das Baby schon tot war … und wie alt es genau war.«

Wir debattierten eine Weile darüber, was genau ich meinem Vater erzählen sollte, und einigten uns auf die unverfänglichste Version: Dass ich gerade zufällig nach Jaro gesehen hatte, als er den Schädel ausbuddelte. Es gab keinen Grund, von Einbrüchen und Hexenritualen anzufangen, das würde die Dinge nur unnötig eskalieren.

»Glaubst du es nun endlich?«, fragte Liv, die fröstelnd die Arme um sich geschlungen hatte. »Oder willst du ernsthaft behaupten, dass das da«, sie zeigte auf den Schädel, »nur ein weiterer ›Zufall‹ ist?«

Zum ersten Mal seit langer Zeit wusste ich auf eine Frage beim besten Willen keine Antwort. Die Realität oder das, was ich dafür gehalten hatte, war löchrig geworden. Über die letzten Wochen hatte sie winzige Risse bekommen – nichts, was ich mit guten Argumenten nicht hätte kitten können. Aber heute Nacht, während des Rituals, hatte einer dieser Risse sich geweitet, bis er auseinanderklaffte wie die Wunde auf Livs Stirn, und durch diesen Riss hatte ich *hinübergeblickt*, wohin, das vermochte ich nicht zu sagen. Und dann, als Liv ohnmächtig geworden war und Rahel die Frau am Fenster gesehen hatte, da hatte ich für die Dauer eines schrecklichen Blitzleuchtens meine eigene Erscheinung gesehen. Und nun war nichts mehr wie vorher.

Dad zuckte nicht einmal mit der Wimper, als ich ihm am nächsten Morgen von unserem Fund berichtete. Kurz arbeitete es hinter seiner Stirn angestrengt, bis sich die Puzzleteile zu einem Bild zusammensetzten, das Sinn ergab.

Cecile ersparte ihm die Verlegenheit, es aussprechen zu müssen, indem sie es für ihn tat: »Kein Wunder, dass sie sich umgebracht hat.«

Bevor sie auf die Idee kam, Bella des Mordes an ihrem eigenen Baby zu beschuldigen, wollte ich mich aus dem Staub machen.

»Einen Moment, Fräulein«, sagte sie. Sie rief Marie hinzu, die damit beschäftigt gewesen war, eine kaputte Musikkassette per Bleistift aufzuwickeln, und verkündete, dass ihre, Ceciles, Eltern für kommenden Freitag einen Besuch angekündigt hatten und dass sie uns ordentlich bekleidet, höflich und zuvorkommend vorzufinden erwartete.

»Und das bedeutet keins von deinen ausgebleichten T-Shirts mit Bandnamen«, fügte sie an mich gewandt hinzu. »Du kannst meine violette Bluse ausleihen, ausnahmsweise.«

»Schönen Dank auch«, sagte ich monoton. Ich ertrug den Gedanken daran, wie ein Zirkusäffchen ausstaffiert und vorgeführt zu werden, nur deshalb, weil Liv am darauffolgenden Tag siebzehn wurde und nach eigenem Bekunden die ›krasseste Party des Jahrzehnts‹ schmeißen wollte. Ob Keith Richards davon wisse, hatte ich gefragt, und sie hatte mir versichert, er würde vor Neid heulen, wenn er anschließend davon erführe.

In McNeils Stunden konnte ich ihn kaum ansehen, was er sicher für eine Folge meines aufgeflogenen ›Betrugs‹ hielt und nicht der Vorstellung geschuldet, dass Liv jetzt wusste, wie er unter seinen verschwitzten Klamotten aussah, und noch schlimmer: er umgekehrt auch.

Ich hatte noch immer keinen Plan, wie ich an eine Empfehlung für die *Academy* kommen sollte, und die Zeit wurde allmählich knapp. Täglich konnte die Rückmeldung zu meinem Bewerbungsessay eintrudeln, und ich wagte nicht einmal daran zu denken, was es bedeuten würde, wenn sie schlecht ausfiele. Ich hatte mein ganzes Herzblut in diesen Aufsatz gesteckt, es musste einfach gereicht haben. Alles, was mich dann noch von einem Platz dort trennte, war McNeils glühende Empfehlung und einhundertfünfzig zusätzliche Pfund. Ich biss auf meinem Bleistift herum, während ich McNeil in einem Tagtraum vor die Wahl stellte, entweder seine Unterschrift oder seinen Frontallappen auf besagtem Schriftstück wiederzufinden. Aber sollte ich jemals ins organisierte Verbrechen einsteigen, wäre ich definitiv nicht die Frau fürs Grobe.

Liv hatte mir durch ihr Geständnis über ihre Affäre mit McNeil einen Dolch in die Hand gegeben, mit dem ich ihm alles hätte abverlangen können, was ich wollte. Aber um den Preis, Liv damit genauso zu verletzen. Ich musste einen anderen Weg finden.

Zwischen Rahel und Lennox herrschte dicke Luft, weil er in der Frisurenfrage nach wie vor nicht zu Kompromissen bereit war und obendrein vorgeschlagen hatte, wir sollten Liv eine Küchenschürze zum siebzehnten schenken, weil jede Frau eine brauche.

»Manchmal glaube ich, ein Schwein mit Perücke würde seine Anforderungen an eine Freundin genauso erfüllen.« Rahel seufzte.

»Sei nicht unfair«, sagte ich.

»*Du* schlägst dich auf seine Seite?«

»Nein. Aber Schweine sind äußerst intelligente Tiere.«

Liv schüttelte nur mit dem Kopf. Es war gleichzeitig schmerzhaft und befreiend zu sehen, wie Rahel Lennox langsam als das erkannte, was er wirklich war. Für ihn erfüllte sie hauptsächlich den Zweck einer Trophäe. Wie sie aussah, war wichtiger als alles, was sie je sagen oder tun, was sie je erreichen oder vollbringen konnte. Selbst ihre Eltern schlugen in diese Kerbe. Das war der Fluch weiblicher Schönheit, nahm ich an. Wie tragisch, wenn dahinter ein so besonderer Mensch wie Rahel einfach verschwand.

Als Rahel in Richtung ihres Hauses abgebogen war, fragte ich Liv: »Siehst du McNeil diese Woche?«

»Er heißt Morton. Und ja, wir sind für morgen verabredet.«

Morton. Mich schauderte. Ich hatte nur gefragt, weil Rahel und ich Geburtstagsvorbereitungen zu treffen hatten, aber mir wurde in diesem Moment klar, dass ich das Thema nicht vermeiden würde können, wenn ich für Liv da sein wollte. Ganz gleich, wie unangenehm es mir war.

Nach einem Moment des Schweigens sagte Liv:

»Sie nimmt Pillen. Die Mutter.«

Oh. »Was für Pillen?«

Liv ließ ihre Hand im Gehen durch die Sträucher am Wegrand gleiten.

»Das ist das Seltsame daran: Ich weiß es nicht.«

»Was soll das heißen? Was steht auf der Packung?«

Liv blieb stehen. »Sie bewahrt sie in einer Spieluhr auf ihrem Nachtkästchen auf. Ich weiß nicht mal, warum ich da reingeguckt habe, aber die liegen da einfach lose drin.«

»Hm.«

»Es steht ein ›M‹ drauf. Auf jeder einzelnen Tablette. Sagt dir das was?«

Das tat es nicht, aber es konnte nicht allzu schwer herauszufinden sein.

»Könnte es auch ein ›W‹ sein?«

»Ich nehme schon an«, sagte Liv achselzuckend.

Wenn ich auf der richtigen Fährte war, handelte es sich um Herztabletten, aber ich wollte Liv nicht unnötig mit Spekulationen belasten.

————

An jenem Nachmittag beschloss ich, dass ich dem Universum lange genug Zeit gegeben hatte, mir Nathan Meitner auf dem Silbertablett zu servieren. Wenn ich schon Detektivin spielen musste, dann würde ich nicht um eine gute alte Observierung herumkommen. Ich packte eine gebrauchte Kopie von ›Einführung in die Vererbungslehre‹, ein Brot mit Cheddar und ein Fernglas in meinen Rucksack, schwang mich aufs Rad und saß wenig später auf einem Mäuerchen neben dem Bahnhof in Spean Bridge auf der Lauer. Das Fernglas hätte ich mir sparen können, denn die Haustür der Meitners war von meinem Beobachtungsposten ohne Weiteres einsehbar, aber das Käsebrot schmeckte nach einer Stunde im warmen Rucksack noch besser als sonst. Zweieinhalb Stunden waren vergangen, und ich war ganz und gar in die Welt der Chromosomen vertieft, als ein kleiner VW-Bus vorbeifuhr und auf der gegenüberliegenden Straßenseite vor dem Meitner-Haus parkte. Erst beim zweiten Hinsehen erkannte ich den Mann, den ich vor Bellas Hütte mit einer Brechstange erwischt hatte. Ich sprang von der Mauer und lief zum Wagen, dessen Fahrertür Nathan gerade abschloss.

»Hallo«, sagte ich. Obwohl er mich dieses Mal hatte kommen hören müssen, schrak Nathan zusammen. Vielleicht war es einfach seine Art, Menschen zu begrüßen. Nathan sah ungepflegter aus als bei unserem letzten Aufeinandertreffen; Bart und Haare waren fernab der Pflege eines Friseurs gewachsen wie Unkraut; seine

Augenringe hatten mittlerweile selbst Augenringe. Er zeigte mit einem verwirrten Finger auf mich und grübelte wie in Zeitlupe.

»Jennifer, richtig?«

»Eigentlich Anna. Aber man kann bei Einbrechern, die man gerade erst kennengelernt hat, nie vorsichtig genug sein.«

Er drehte sich suchend um, realisierte, dass wir die Einzigen auf der Straße waren, und sagte: »Willst du zu mir?«

Ich bejahte, und er warf einen Blick in Richtung seines Küchenfensters. Wahrscheinlich überlegte er, wie lange er hier mit mir palavern konnte, bis seine Frau wie ein Terrier aus der Tür geprescht kam und mich davonjagte.

»Haben Sie kurz Zeit für mich? Nur ein paar Minuten?« Ich deutete hinüber zum Bahnhof. »Es geht um Bella.«

Die Erwähnung ihres Namens traf ihn wie ein Tiefschlag, fast bereute ich, ihn ausgesprochen zu haben.

»Nicht wirklich, nein.«

Ein weiß-blauer Aufkleber auf seinem Bus warb für *Meitner Holz und Handwerk*, mein Blick fiel auf den Werkzeugkasten in seiner Hand.

»Haben Sie Bella so kennengelernt? Durch Ihren Job?« Ich deutete auf sein Werkzeug und dachte an Bellas kunstvoll verzierte Eingangstür.

»Ich wüsste wirklich nicht, was dich das angeht.« Er warf mir einen abschätzigen Blick zu und wandte sich zum Gehen. Sobald er sein Haus erreichte, hätte ich verloren. Ich schnitt ihm die Bahn ab – so leicht konnte ich ihn einfach nicht ziehen lassen.

»Ich habe etwas, das Ihnen gehört. Das heißt, eigentlich gehört es Bella, aber ziemlich sicher hätten Sie es gerne wieder.«

Sein Blick bohrte sich in den meinen, dann – für den Bruchteil eines Moments – legte sich eine Erscheinung vor sein blasses Gesicht, als sähe ich in Nathans Augen, aber etwas anderes blickte aus ihnen heraus; eine unmenschliche, *wütende* Gestalt. Ich schrak zurück.

Nathan spiegelte meine Bewegung, als wäre mein Erschrecken auf ihn zurückgeprallt. »Ich wollte dir keine Angst machen«, sagte er leise.

Er sah auf seine Uhr. »Fünf Minuten. Aber hier können wir nicht reden.«

Wir liefen um das Bahnhofsgebäude herum, einige Meter in eine Unterführung hinein, bis der stärker werdende Uringestank uns bremste. Ich hatte Mühe, mich wieder zu sammeln, zu groß war der Schock gewesen, die Erscheinung wiederzusehen, und ich vermied es, Nathan direkt anzuschauen. Was hatte ich ihn noch mal fragen wollen?

Schließlich sah er sich genötigt, mir mit einem Stichwort auf die Sprünge zu helfen. »Es geht um Bella?«

»Richtig.« Ich begann eine konfuse Zusammenfassung der Ereignisse, soweit ich sie ihm offenlegen wollte, und erklärte, warum ich großen Zweifel daran hegte, dass Bella sich selbst das Leben genommen hatte. Während ich sprach, wurde er immer blasser, auf eine nicht sehr überraschte Weise; mir wurde klar, dass ich nur aussprach, was er selbst befürchtet hatte.

»Ich habe einen Drohbrief bei ihr gefunden. Zwischen vielen anderen Briefen. Die meisten stammten von Ihnen, glaube ich.«

»Was für einen Drohbrief?«

»Jemand wollte, dass Bella etwas für sich behielt, oder er würde sie umbringen. Haben Sie eine Ahnung, von wem diese Drohung stammen könnte? In Ihren Briefen erwähnten Sie etwas in diese Richtung –«

Nathan holte ein Stofftaschentuch aus seiner Hosentasche und putzte sich umständlich die Nase.

»Nein, hab ich nicht. Selbst wenn die Briefe von mir wären – und ich sage nicht, dass sie es sind … Bella hat viel mit sich allein ausgemacht. Sie war eine geborene Heilerin. Eine Beschützerin. Aber vielleicht war sie in nichts so gut wie darin, ein ihr anvertrautes Geheimnis zu bewahren. Und viele Menschen haben ihre Geheimnisse in Bellas Hände gelegt.«

»Halten Sie es für möglich, dass eins dieser Geheimnisse Bella zum Verhängnis wurde?«

»Sie war manchen immer ein Dorn im Auge …« Er unterbrach sich. »Bist du ganz sicher, dass sie sich wirklich nicht …? Die Polizei hat doch offiziell einen Suizid festgestellt –«

Nach kurzem Zögern erzählte ich ihm, wie wir Bella aufgefunden hatten und warum das meiner Meinung nach mit der Version der Polizei unvereinbar war.

»Hattest du nicht gesagt, dein Vater sei Polizist? Oder war das auch gelogen?«

»Nein, das ist er wirklich. Aber das hilft uns nicht weiter. Er glaubt mir nicht.«

»Wenn du recht hast: Wie kommst du darauf, dass ausgerechnet du den Mord aufklären kannst?«

Es war eine faire Frage, und trotzdem ärgerte sie mich. Ich holte tief Luft. »Weil ich die Einzige bin, die es versucht.«

Er musterte mich einige Sekunden, und ich vermied es angestrengt, seinem Blick direkt zu begegnen.

»Ich hatte mir solche Vorwürfe gemacht. Sie war verändert, in den Wochen vor ihrem Tod. Irgendetwas hat sie belastet, aber sie wollte nicht darüber reden, und ich habe mich abwimmeln lassen.«

»Hat Bella neue Drohungen bekommen?«

»Das weiß ich nicht. Sie hat es zumindest nicht erzählt. Aber ja, möglicherweise. Es ist gefährlich, die intimsten Angelegenheiten von Menschen zu kennen. Selbst wenn die Angelegenheiten zu einem kommen ... Und was war der Dank?« Seine Stimme wurde lauter. »Die Leute haben sie auf der Straße nicht mal *gegrüßt*. Sie kamen zu ihr bei Nacht und Nebel, und am nächsten Tag haben sie sich dafür geschämt. Bella hätte sie alle hängen lassen sollen, und stattdessen –« Er griff sich an die Nasenwurzel und kniff die Augen zu, als führe ihm ein Schmerz in den Schädel. *Stattdessen hatten sie Bella gehängt.*

»Ich muss wissen, wen Bella in den letzten Wochen vor ihrem Tod behandelt hat.« Nathan hatte ein kleines Muttermal unterhalb seines rechten Auges, das ich fixierte, um seinem Blick auszuweichen. Ich wollte nicht noch mal das *Etwas* sehen.

Wieder schnäuzte er sich, vermutlich, um Zeit zu schinden. An seinem linken Ringfinger trug er einen schlichten Goldring.

»Das weiß ich nicht. Ehrlich nicht. Bella hat niemals Namen erwähnt. Und ich habe nicht danach gefragt. Das war vielleicht ein Fehler.«

Ein Typ auf Rollerskates bretterte in die Unterführung, fuhr haarscharf an uns vorbei und verschwand auf der anderen Seite des Tunnels.

»Verzeihen Sie die Frage, aber: Wie war Ihr Verhältnis zu Bella? In Ihren Briefen –«

»Du weißt doch gar nicht, ob es meine Briefe sind.« Sein Protest klang halbherzig.

Ich zog ein Bündel aus meiner Tasche und streckte es ihm entgegen. Er griff danach, aber ich zog es zurück, ehe er es erwischte.

»Wenn es nicht Ihre Briefe sind, dann behalte ich sie. Ich dachte nur, es wäre Ihnen vielleicht lieber –«

»Gib sie her.«

»Tut mir leid, aber ich kann sie nur dem Absender aushändigen.«

»Was bildest du dir eigentlich ein? Hältst du dich für Miss Marple?« Er trat einen Schritt auf mich zu und streckte abermals die Hand nach dem Bündel aus. »*Ich* war Bellas Freund. Ich habe ein Recht auf ... Sag mal, wie bist du überhaupt an die gekommen –« Er hielt inne, als ihm klar wurde, dass ich genau das getan haben musste, woran ich ihn gehindert hatte. »Du bist bei ihr eingebrochen? Da beiß mich ein Pferd. So eine bist du also.«

Ich ging nicht darauf ein. »Nennen Sie mir einen guten Grund, warum *Sie* Bella nicht umgebracht haben sollen, und die Briefe gehören Ihnen.«

Er kämpfte mit sich, wahrscheinlich, ob er mich einfach stehen lassen oder lieber direkt ohrfeigen sollte, aber am Ende fiel er wieder in sich zusammen zu dem Häufchen Elend, das ich vorhin angetroffen hatte.

»Sie war die Liebe meines Lebens.«

Ich ließ den Satz so stehen, begutachtete ihn einmal von allen Seiten.

»Was sagt ihre Frau dazu?«

»Sie weiß es nicht! Natürlich nicht. Was glaubst du denn –«

»Dann macht Sie diese Tatsache in meinen Augen nur verdächtiger. Wollte Bella Sie auffliegen lassen? Mussten Sie sie deshalb zum Schweigen bringen?«

»Oh, Kind, du weißt so wenig vom Leben, und noch weniger über Bella. *Ich* war derjenige, der es meiner Frau sagen wollte. Ich wollte die Scheidung, einen Neuanfang mit Bella, irgendwo weit, weit weg von Dunwood. Aber Bella wollte nicht. Irgendetwas hielt sie hier …«

Vor meinem geistigen Auge erschien das Grab in Bellas Garten. War ihr totes Baby der Grund, warum Bella nicht fortgewollt hatte?

»Was ist mit Ihrem Kind?«, fragte ich. Ohne Vorwarnung, ich wollte seine ungefilterte Reaktion, den ganzen Schreck darüber, dass ich wusste, was niemand wissen konnte. Aber für einen Moment registrierte er die Frage gar nicht, dann trat milde Verwirrung auf seine Züge.

»Wir haben keine Kinder. Meine Frau, sie –«

»Ich spreche von Ihrem Kind mit Bella.«

Er schüttelte nachdrücklich mit dem Kopf.

»Unsere Beziehung war nicht so … Wir hatten keine Affäre, falls du das denkst. Wir waren Freunde, mehr als das. Verbundene Seelen, wenn man an so was glaubt, und ich tat das nie, bevor ich Bella kannte. Ich hätte sie geheiratet, von Anfang an. Ein Wort von ihr hätte genügt, aber für sie kam es nicht infrage. Obwohl sie genauso gefühlt hat, das weiß ich. Und jetzt –« Sein Unterkiefer spannte sich an, und er wandte sich ab, aber ich hatte den Schmerz längst gesehen. Zu gerne hätte ich gefragt, von wem Bellas Kind sonst gewesen sein konnte, aber es kam mir zu herzlos vor, besonders, weil er noch nicht begriffen zu haben schien, dass ich nicht ins

Blaue hinein gefragt hatte. Vielleicht log er, was die wahre Natur seiner Beziehung mit Bella anging, aber seine Trauer war echt.

»Wie lange kannten Sie und Bella sich?«

Er stieß einen resignierten Seufzer aus. »Ich weiß nicht, warum ich dir das alles erzähle. Vielleicht fühlt es sich einfach gut an, überhaupt wieder über sie sprechen zu können …« Er lehnte sich gegen die schmutzige Wand der Unterführung und verschränkte die Hände vor dem Oberkörper. Sie wären ein schönes Paar gewesen, Bella und er, fuhr es mir durch den Kopf.

»Bella kam im Herbst '68 nach Dunwood. Die Hütte am Wald hatte zuvor einem Jäger gehört, stand dann ein paar Jahre leer. Es musste einiges gemacht werden, am Kaminabzug, die Fenster und Türen, ich war stundenlang dort draußen. So haben wir uns kennengelernt. Wir waren wie zwei Puzzleteile, die sofort gepasst haben. Mich hat ihre Ausstrahlung umgehauen. Vom ersten Moment an wusste ich, dass sie anders ist. Da hatte ich noch gar keine Ahnung von ihren Fähigkeiten! Wir konnten stundenlang über alles reden, haben lange Spaziergänge gemacht. Seitdem haben wir uns fast jede Woche gesehen, immer heimlich, auch wenn es gar nichts zu verheimlichen gegeben hätte. Aber meine Frau ist … nicht stabil, nimmt Medikamente. Nur helfen die nicht immer. Man darf sie nicht aufregen, dann hat sie sich nicht mehr unter Kontrolle …«

Es fiel mir schwer, diese Version von Mrs Meitner mit der resoluten, missgelaunten Frau in Einklang zu bringen, die ich kennengelernt hatte.

»Warum bleiben Sie mit ihr verheiratet? Wenn sie doch eine andere lieben.«

Er legte den Kopf schräg. »Weißt du, genau dasselbe habe ich mal meinen Vater gefragt. Und meine beste Antwort ist, dass du manche Dinge erst später im Leben verstehst. Wenn nicht mehr alles nur schwarz und weiß ist … Wenn man weiß, dass Liebe in vielen Formen daherkommt und sie einen manchmal beinahe zerreißt.«

Nathan Meitner sprach nicht wie ein Handwerker, und er sah auch nicht wie einer aus. Seine Nase war fein und spitz, sein Blick weich, und selbst in seinem aktuellen Zustand verrieten die Sonnenfältchen um seine Augen, dass Nathan viel und gerne gelacht hatte in seinem Leben.

»Es wäre wirklich wichtig, dass Sie sich an irgendein Detail erinnern, wen Bella kurz vor ihrem Tod behandelt hat. Sie haben sich anscheinend häufig gesehen, hat da nie jemand gerade ihr Haus verlassen, als Sie kamen? Haben Sie nie ein Auto gesehen? Oder ein Fahrrad, eine vergessene Jacke, irgendwas?«

Sein Kopfschütteln kam zu schnell, er hatte nicht einmal eine

Sekunde darüber nachgedacht. »Wirf eine Münze, such dir einen beliebigen Frauennamen aus dem Telefonbuch. Die Chance ist hoch, dass sie irgendwann mal bei Bella war.«

»Das hilft mir nicht weiter.«

Er zuckte bedauernd mit den Schultern. Dann kam mir ein anderer Gedanke.

»Wie haben die Leute Bella bezahlt? Wenn es stimmt, was Sie sagen, muss sie doch ziemlich viel Kohle damit verdient haben. Es kam mir nicht so vor –«

»Die meisten haben ihr kein Geld gegeben. Sie bekam alles Mögliche im Gegenzug, von Feuerholz über frischen Zitronenkuchen, von Blumensamen bis hin zu diesen hässlichen kleinen Kristallfiguren. Sie wusste oft gar nicht, wohin mit dem Zeug. Hat vieles weiterverschenkt.«

Ich nickte nachdenklich. Irgendwo in Nathans Erinnerungen waren Hinweise auf Bellas letzte Kundinnen gespeichert, selbst wenn er sie nicht als solche erkannt hatte. Aber wie konnte ich ihn auf die richtige Spur führen?

»Als wir uns vor Bellas Haus getroffen haben … da stand ihr Bus nicht vor der Hütte.«

»Natürlich nicht. Den hätte doch jeder sehen können.«

»Wo haben Sie geparkt, wenn Sie Bella besuchten?«

»Was tut das zur Sache? Ich denke, du suchst einen Mörder. Wen interessiert, wo ich mein Auto parke?«

Ich klopfte nur vielsagend auf meine Jackentasche, die das Bündel Briefe enthielt.

»Du bist echt die Pest, hat dir das schon mal jemand gesagt?« Nathan presste die Lippen zusammen. »Ich habe meistens auf dem Parkplatz hinter dem Friedhof geparkt. Und was hilft dir das jetzt?«

Ich zog das Bündel wieder hervor, holte einen Kuli aus meiner Jackentasche und schrieb damit meine Telefonnummer auf einen der Umschläge.

»Rufen Sie mich an, wenn Ihnen noch was einfällt. Egal was, egal, wie unwichtig es Ihnen erscheint. Oder hinterlassen Sie bei Helen im Brewers eine Nachricht.«

Er lachte spöttisch. »Na sicher, Miss Detective.«

»Und beinahe hätte ich es vergessen: Ich habe ihr Feuerzeug gefunden.« Ich streckte ihm das Benzinfeuerzeug entgegen, das ich bei der brennenden Eibe gefunden hatte. Er warf kaum ein Auge darauf.

»Das ist nicht meins.«

»Oh. Da habe ich wohl etwas verwechselt.«

Er bedachte mich mit einem misstrauischen Blick. »Kann ich sonst noch was für dich tun?«

Ich deutete auf die Straße hinter ihm. »Gehen Sie heim, bevor Ihre Frau Sie als vermisst meldet. Wenn sie mich noch mal hier sieht, erschlägt sie mich wahrscheinlich mit dem Besen.«

Nathan blickte fragend, aber ich lief ihm voraus aus der Unterführung und bog mit einem Gruß zu meinem Fahrrad ab.

»Jen– äh, Anna?«, rief Nathan plötzlich.

»Ja?«

Ich war gerade dabei, mein Schloss zu öffnen, und hielt inne.

»Wenn es wirklich stimmt, was du vermutest, und Bella sich nicht …« Er konnte die Worte nicht mal aussprechen. »Dann will ich, dass der Mörder gefunden und belangt wird. Ich habe mir solche Vorwürfe gemacht … Und die ganze Zeit hätte ich sie jemand anderem machen müssen.«

Er warf einen Blick in Richtung des Reihenhauses, in dem seine Frau auf ihn wartete. »Ich habe Bella Verschwiegenheit geschworen. Aber es war nie die Rede davon, dass dieses Versprechen auch über ihren Tod hinaus galt. Ich kann dir nicht viel sagen, nur das: Als ich Helen das letzte Mal gesehen habe, war das nicht im Brewers.«

Er nickte, wie um sich selbst zu versichern, dass er das Richtige getan hatte, dann wandte er sich ohne weiteren Gruß um.

Zu Hause hängte ich mich sofort ans Telefon.

»Die Apotheke in Fort William, bitte? Ja, ich bleib dran …«

Ich erzählte der Apothekerin, ich sei neu in die Stadt gezogen und suche einen Arzt. Ich brauche ein Rezept für meine Arznei, fände aber die Packung nicht mehr. Es seien kleine, weiße Pillen mit eingestanztem ›M‹ oder ›W‹, ob sie wisse, um welches Medikament es sich handele.

Sie sagte, es gebe einige Präparate, die auf meine Beschreibung passten. Was genau auf der Rückseite stünde und wofür ich es einnähme?

»Ich habe leider keine mehr da. Ich nehme mehrere Medikamente, manchmal fällt es mir schwer, den Überblick zu behalten.« Ich lachte unsicher. »Was käme denn infrage?«

Die Apothekerin stutzte, ihr Ton wurde eine Spur förmlicher. »Das sollten Sie besser mit Ihrem neuen Arzt besprechen. Es kann zu unerwünschten Wechselwirkungen kommen, und Sie sollten den Überblick nicht verlieren, auch in Bezug auf die Dosierungen –«

»Könnte es mein Herzmedikament sein?«, fragte ich aufs Geratewohl.

Nach einer kurzen Pause bejahte sie. »Atenolol, ein Betablocker, passt auf ihre Beschreibung.«

»Danke, das wird es wohl gewesen sein. Aber nur zur Sicherheit, gibt es noch andere häufig verschriebene Pillen, die darauf passen? Es war bestimmt nichts Exotisches.«

»Einen Moment«, sagte sie und ließ mich in der Leitung warten, während ich am anderen Ende leise Stimmen und das Rascheln von Papier hörte.

»Miss...«

»Woodhouse«, sagte ich schnell.

»Miss Woodhouse, es gibt eine ganze Reihe von Medikamenten, die infrage kommen, von Beruhigungs- über Schlafmittel bis hin zu Cortison. Sie sollten unbedingt mit Ihrem Arzt Kontakt aufnehmen, um sicher zu gehen.«

Ich legte auf, frustriert über die alles andere als definitive Antwort. Was nun? Ich musste noch mal mit Helen reden, so viel stand fest. Auch wenn ich nicht sehr optimistisch war, dass sie mit der Wahrheit herausrücken würde. Wieso nur hing über allem, was mit Bella zu tun hatte, ein Mantel des Schweigens?

Ich zog den zerknitterten Zettel mit Bellas letzten Tagebucheinträgen aus der Tasche, den ich immer bei mir trug. Es gab drei weitere mögliche Spuren: Zum einen war da Jennifer Everard, die Mutter meiner Klassenkameradin Pauline. Zum anderen O. P. E., zu der Ophelia Elphinstone passen könnte. Und zu guter Letzt ein gewisser John Einbaum. Sowohl Helen als auch Nathan waren überzeugt gewesen, dass Bella keine Männer behandelt hatte, dennoch wollte ich zumindest versuchen, etwas über ihn herauszufinden. Ich suchte die Adressen der beiden Letzten heraus – wo Pauline wohnte, wusste ich schon – und schwang mich wieder aufs Rad.

Mrs Ophelia Elphinstone war nicht wie vermutet eine ältere Dame, sondern eine junge Frau um die dreißig, die gerade ihre Rosen goss, als ich sie vor ihrem Haus antraf. Ich hatte die Kräuter recherchiert, die Bella ihr verabreicht hatte: *Asaf* stand für Asafoetida und konnte genau wie Ingwer eine Schwangerschaft abbrechen, wenn sie früh genug eingenommen wurde. Dazu konnte ich Mrs Elphinstone natürlich nicht direkt aushorchen, also begnügte ich mich damit, sie nach ihrem vollen Namen zu fragen. Für ein Schulprojekt, angeblich. Das sei ihr voller Name, sagte Mrs Elphinstone, und verneinte, als ich ausdrücklich nach einem Zweit- oder abgelegten Doppelnamen fragte. Es gab keinen Grund, warum ich ihr nicht glauben sollte, aber das bedeutete: Sie war nicht O. P. E. aus

Bellas Tagebuch, und sie hatte mutmaßlich auch nicht versucht, eine Frühschwangerschaft zu beenden. Gut für sie, nahm ich an, aber mir half sie damit nicht weiter.

Ich bedankte mich und fuhr weiter zur Adresse von John Einbaum. Dieser wohnte am Ortsrand von Brackletter in einem heruntergekommenen Bauernhof, der so verlassen wirkte, dass ich beinahe sofort wieder umgekehrt wäre. Trotzdem drückte ich auf den Klingelknopf, dessen Abdeckung längst weggebrochen war. Eine Weile lang bewegte sich nichts, dann hörte ich Geräusche hinter der Tür, und schließlich öffnete ein alter Mann, der dem Äußeren nach ein Zeitzeuge Jesu von Nazareth hätte sein können.

»Mr Einbaum? Volkszählung«, sagte ich laut und klopfte mit dem Stift auf mein mitgebrachtes Klemmbrett.

»Bitte was?«

»Wir führen eine inoffizielle Erhebung zur Bevölkerungs-struktur –«

Er legte eine Hand hinter sein Ohr und kniff die Augen zusammen.

»Du musst lauter sprechen«, krächzte er.

»WIE VIELE MENSCHEN WOHNEN HIER?«

Er ließ die Hand sinken. »Ich bin allein, seit siebzehn Jahren. Frau ist tot, Kinder weggezogen, bin ganz allein.«

So viel dazu. Aber wie kam ich jetzt aus dieser Nummer wieder heraus? Ich konnte ihn doch nicht einfach so stehen lassen. Er sah noch viel zerbrechlicher aus als die Pomeroy. Wie lebten alte Menschen in diesem Zustand ganz allein? Und wieso ließen wir das zu?

Ich deutete auf seinen überquellenden Briefkasten.

»SIE HABEN POST.«

Er zuckte unbeeindruckt die Achseln, als hätte ich ihn auf den berühmten Sack Reis hingewiesen.

Ich fragte, ob er bei etwas Hilfe brauche, jetzt gerade oder allge-mein, aber er verstand mich auch nach der dritten Wiederholung nicht. Ich wünschte ihm einen schönen Tag, und er verschwand in Zeitlupe wieder hinter seiner verlotterten Haustür.

Die Begegnung lag mir noch den ganzen Tag schwer im Magen. Ich fragte mich, was man für Mr Einbaum tun könnte, der halb blind und fast völlig taub am Allerwertesten der Welt lebte, aber mir fiel darauf nichts Schlaues ein.

Ich schlief spät ein an jenem Abend, den Kopf so voller Gedanken, dass erst die Bewusstlosigkeit mich für eine Weile erlöste.

In meinem Traum schwebte ich abwärts durch einen langen Tunnel. *Ich kann mich gar nicht erinnern, ins Kaninchenloch gefallen zu sein*, wunderte ich mich, als links und rechts von mir Türen auftauchten und wieder verschwanden. *Ich weiß nicht, wo Bellas Schlüssel ist.*

Ich fiel und fiel, immer tiefer in die Dunkelheit hinein. Am Ende des Tunnels erschien die Eibe am Kreuzweg, weiß wie Elfenbein und schwach in der Dunkelheit leuchtend. *Alle Wege führen ins Nichts, Anna*, sagte eine tiefe, weibliche Stimme, und ich glaubte ihr aufs Wort. *Pass auf, dass du dich nicht verlierst.* Aber wie? Drei Wege, eine Hüterin, kein Schlüssel. Die Eibe fing Feuer und brannte schwarz, zerfiel vor meinen Augen zu Asche. Dort, wo sie vergangen war, stand nun ein Kreuz. Ich schwebte näher heran, um die Inschrift zu lesen, obwohl ich sie bereits erahnte. *Lydia Kate Cairns, geliebte Ehefrau und Mutter.* Ich verkrampfte. *Nein, bitte nicht* –

Die Asche geriet in Bewegung, begann zu brodeln wie Lava, dann erhob sich aus ihr der Leib einer Frau. Sie trug Mums weißes Kleid und einen Mondstein um den Hals und schien die Würmer nicht zu bemerken, die überall an ihrem Fleisch nagten. Ihr Haar war voller Erde, ihre Augen schwarze Höhlen ohne Anfang und ohne Ende. *Nein, nein, nein ...* Ich wollte mich entfernen, versuchte, den Blick abzuwenden, aber etwas hielt mich wie gebannt an Ort und Stelle. Die Frau schlug ihre Lider auf, und aus den Höhlen starrte mich die wütende, grausame Wesenheit an, die mir während des Rituals erschienen war. Ihr Blick durchbohrte mich bis ins Innerste, und ich wusste, vor ihr gäbe es niemals ein Entrinnen. Ich öffnete den Mund, wollte schreien, aber statt meiner Stimme erklang ein tiefes Grollen, das aus der Erde selbst zu kommen schien – die Stimme der schrecklichen Gestalt.

Ihr habt mich gerufen?

Ich schreckte hoch, fand mich in meinem Bett wieder, durchgeschwitzt und eiskalt. Die Szenerie war verschwunden, aber die Augen starrten noch, sie starrten drei Augenblicke lang, bevor sie sich endlich schlossen und durch einen Riss in der Realität verschwanden.

Den Rest jener Nacht verbrachte ich mit eingeschaltetem Licht hellwach im Bett, bei jedem Geräusch irgendwo im Haus fuhr ich zusammen. Es war das dritte Mal innerhalb weniger Tage, dass ich in diese Augen geblickt hatte, und mit jedem Mal erschienen sie mir realer, näher. Es war, als fiele der Boden vertrauter Realität unter mir zusammen wie in einem Erdrutsch.

Glaubst du es nun endlich, hatte Liv gefragt. Ich wusste nicht mehr, was ich glauben sollte, aber alles deutete darauf hin, dass die Welt, in der ich lebte, eine andere war, als ich mein Leben lang gedacht hatte – oder ich war dabei, den Verstand zu verlieren. Es war schwer zu sagen, welche dieser Möglichkeiten mir mehr Angst machte.

Als endlich blasses Tageslicht durchs Fenster fiel, stand ich auf und duschte heiß, bis mein ganzer Körper brannte.

Dad saß schon am Küchentisch, als ich herunterkam. Wann hatte es angefangen, dass er zu allen Tages- und Nachtzeiten allein hier herumsaß? Er stand auf und kochte mir einen Tee, und ich zwang mich, zwei Scones mit Marmelade zu essen, obwohl ich keinen Appetit verspürte. Ich starrte auf den leeren Platz auf dem Tisch, an dem Tessie, das Tonschaf, gewohnt hatte, bis Cecile ihm ein Ende bereitet hatte.

»Wisst ihr schon mehr über die Knochen in Bellas Garten?«, fragte ich mit halb vollem Mund. Ich erwartete eine Zurechtweisung, aber Dad hielt kurz inne, faltete die Zeitung zusammen und räusperte sich.

»Wir haben einige weitere Skelettteile des Fötus dort gefunden. Die Pathologie in Fort William wertet derzeit alles aus.«

»Moment – sagtest du Fötus?«

»Vermutlich, ja. Circa sechs bis acht Monate alt. Aber es wird wohl nicht mehr sicher festzustellen sein, ob das Kind bereits geboren war oder nicht.«

Machte das irgendeinen Unterschied? Fakt war: Bella musste einmal schwanger gewesen sein, und es war anscheinend niemandem aufgefallen. Nathan war vermutlich nicht der Vater. Aber wer dann?

Dad räumte das Geschirr in die Spüle.

»Wenn Ceciles Eltern morgen kommen, erwarte ich, dass du dich benimmst wie eine verantwortungsbewusste Siebzehnjährige. Nicht so wie beim letzten Mal.«

Ich schlug die Augen nieder. Ceciles Eltern waren wohlhabend auf eine Art, die vor Dunwoods Kulisse obszön wirkte. Vom ersten Moment an hatten sie Marie und mich spüren lassen, dass sie uns nicht als gleichwertigen Ersatz für leibliche Enkel betrachten würden, schon gar nicht finanziell. Sie sorgten dafür, dass Cecile nur so weit an ihrem Luxus teilhaben konnte, dass wir nicht aus Versehen ebenfalls davon profitierten. Seitdem hatten wir sie erst zwei Mal gesehen, und ihr letzter Besuch war – gelinde gesagt – weniger als harmonisch verlaufen. Hauptsächlich dank mir.

»Okay«, sagte ich, und es fiel mir nicht einmal schwer. Ceciles Eltern belegten einen der hinteren Plätze auf der Liste der Dinge, denen ich Hirnkapazität zu gewähren bereit war. Ich würde dasitzen und den Mund halten, wie schwer konnte das sein?

Das Telefon klingelte, und Dad und ich tauschten einen verwirrten Blick. Es war halb sieben, wer rief um diese Zeit schon an?

Dad nahm ab und hörte dem Anrufer ein paar Sätze lang zu, stellte immer wieder kurze Zwischenfragen.

»Ist ein Krankenwagen gerufen? War sonst noch jemand im Haus? Ja, ich verständige die Familie und komme sofort auf die Wache.«

Er legte den Hörer auf die Gabel. »Ich muss zum Inglis-Hof. Es gab einen Zwischenfall … Ralph Inglis ist schwer verletzt, wurde offenbar vor seinem Haus niedergestochen.«

»Du liebe Güte –«

»Kümmere dich um Liv. Ich weiß nicht, wie nahe sie ihrem Onkel steht, aber …«

Ich bezweifelte, dass Liv auch nur eine Träne geweint hätte, wenn Ralph an Bellas statt in der Eibe gegangen hätte, aber ich dachte an mein letztes Zusammentreffen mit Ralph und seinen Blick, der an ein verwundetes Tier erinnerte. »Wird er durchkommen?«

»Ich hoffe es.«

Liv wusste schon Bescheid, als wir uns vor der Schule trafen. Tatsächlich schien die Nachricht sie nicht kalt zu lassen.

»Wir wissen nicht, was passiert ist. Als die Nachbarin ihn gefunden hat, war er schon bewusstlos. Die Klinge steckte noch in seinem Bauch.«

Es grauste uns bei der Vorstellung.

»Es ging ihm nicht gut in letzter Zeit. Dad wusste, dass er wieder konsumiert, aber es war lange nicht so schlimm wie dieses Mal. Er halluziniert, ist paranoid, will nicht mehr allein in seinem Haus bleiben, weil er ständig das Gefühl hat, jemand starre ihn aus der Hecke heraus an … Wir haben es für Unsinn gehalten! Und jetzt hat jemand versucht, ihn umzubringen!«

Keine von uns sprach es aus, aber wir stellten uns dieselbe Frage: Ging ein Mörder um in Dunwood? War Bella nur sein erstes Opfer gewesen?

»Und das alles kurz vor meiner Party. Ich kann doch jetzt nicht mehr allen absagen!«

Nachdem Liv wochenlang die Werbetrommel für ihre Feier gerührt hatte, befürchtete ich, dass bei einer Absage kaum weniger Leute kommen würden, als wenn das Fest wie geplant stattfand.

Rahel war hinzugekommen, stellte ihre Schultasche ab und umarmte Liv.

»Alles okay? Ich habe Fynn getroffen, er hat's mir erzählt. Wie furchtbar –«

»Dad ist sofort ins Krankenhaus gefahren. Auch wenn er Onkel Ralph manchmal am liebsten selbst umgebracht hätte – jetzt kommt er fast um vor Sorge. Selbst Ian war total geschockt.«

Wir standen eine Weile betreten da, bis die Klingel ertönte.

»Ach, Anna, beinahe hätte ich's vergessen –«

Rahel zog einen Umschlag aus ihrer Tasche. Ich erkannte sofort das Absendersiegel der *Academy*, Adrenalin flutete meinen Körper. Ich hatte Rahels Adresse als Kontakt angegeben, damit Cecile oder Dad meine Post nicht abfangen konnten – ich würde die beiden vor vollendete Tatsachen stellen, wenn es so weit war. Mrs Guthrie betrat mit uns den Kunstsaal, und ich musste den Brief wohl oder übel in meine Tasche stecken.

SIEBZEHN

*M*rs Guthrie hatte den Diaprojektor heute nicht ange-
worfen, stattdessen ließ sie uns Aquarellfarben und
Wassergläser, Pinsel und Malerschürzen holen und ohne weitere
Anleitung ein Bild entwerfen, das wir mit der Romantik assoziier-
ten. Porträt, Landschaft, abstrakt, das überließe sie uns, und wir
wiederum sollten einfach unserer Intuition freien Lauf gewähren.

Während wir pinselten, las Mrs Guthrie in ihrer angenehmen,
tiefen Stimme Gedichte von Blake, Byron und Keats vor.

Neben mir ging Rahel ganz in der Aktivität auf, sie war so
vertieft, dass ich es nicht mehr wagte, sie anzusprechen. Ich fühlte
mich schläfrig. Die vergangene Nacht hatte mehr Energie gekostet,
als sie zurückgegeben hatte, und ich überließ meine Gedanken ganz
den Worten der alten Romantiker und ihrer Sicht der Welt, die mal
staunend, mal trübsinnig, mal schwer zu ergründen war wie ein
Fiebertraum. Ich verteilte Ultramarinblau und Cobaltgrün auf
meinem Blatt, einfach, weil es meine liebsten Farben waren, sah den
Pigmenten dabei zu, wie sie sich im Wasser verteilten, Klümpchen
und Muster bildeten, und gerade bevor sie es sich auf dem Papier
dauerhaft gemütlich machen konnten, scheuchte ich sie mit einem
Tropfen klaren Wassers wieder auf, und ihr Tanz begann von
Neuem.

Mrs Guthrie las Keats' *Ode an eine Nachtigall*. Ich schob es auf
meinen angeschlagenen Zustand, dass ich mich zum ersten Mal den
Worten eines Poeten wirklich nahe fühlte. Jeder kennt diese Empfin-
dung, wenn die Realität einen Stich ins Unwirkliche erhält, sobald
man eine Weile nicht geschlafen hat, und Keats verlieh diesem
Gefühl Worte. Strophe um Strophe verknüpfte er das Hier und Jetzt,
die Schönheit der Schöpfung mit Vergangenheit und Vergänglich-

keit, begehrte im einen Moment dagegen auf, um sich im nächsten beinahe euphorisch dem Tod hinzugeben, »Ach, schmerzlos mich zu lösen in die Nacht«. So gewandt verband er die verschiedenen Welten, dass er sich zum Ende des Gedichts nicht einmal mehr sicher war, in welcher er jetzt weilte: »Wer sagt mir, ob ich schlafe oder wache?«

Hier im Kunstsaal, mit Mrs Guthries beruhigender Stimme im Ohr, konnte ich an die Träume der letzten Nacht zurückdenken, ohne in Panik zu verfallen. Wohin auch immer die Augen gerade blickten, wen auch immer sie suchten – hier war ich für den Moment sicher. Aber ich konnte mich nicht mein restliches Leben lang im Kunstsaal einschließen.

Vor meine Landschaft aus Blau und Grün malte ich ein paar abstrakte Baumformen, einen blassen, silbernen Mond, der zu tief am Himmel hing, und zu guter Letzt einige helle Pilze.

»Wo ist das?«, fragte Rahel, als sie auf mein Blatt blickte.

»Keine Ahnung. Nirgends.« Ich klappte meinen Block zu und wusch den Pinsel aus.

Nach der Stunde packte ich in Windeseile meine Sachen zusammen, sauste zum Mädchenklo und schloss mich in einer Toilettenkabine ein, bevor ich den Brief der *Academy* aus der Tasche zog.

»Sehr geehrte Miss Cairns,

wir freuen uns, Ihnen mitteilen zu dürfen, dass Ihr Essay von unserem Zulassungsgremium unter die besten zwanzig Einsendungen gewählt wurde.

In diesem Jahr haben uns außergewöhnlich viele Bewerbungen für die verfügbaren Stipendiaten-Plätze im kommenden Wintersemester erreicht. Aus diesem Grund sind wir darauf bedacht, jenen Schülern Vorrang zu gewähren, die neben dem erforderlichen Zensurenschnitt weitere Qualifikationen mitbringen, die wir an unserer Institution zu fördern bestrebt sind.

Wir würden Sie daher gerne zu einem persönlichen Gespräch an der *London Academy for Advanced Sciences* einladen, zu dem Sie bitte auch das Empfehlungsschreiben Ihres Fachbereichsleiters Naturwissenschaften mitbringen mögen.

Ihr Termin findet am Montag, den 16. Juni, um 14 Uhr im Büro des stellvertretenden Dekans, Raum 110, statt. Sollten Sie an diesem Termin verhindert sein, melden Sie sich bitte zeitnah im Sekretariat, um einen Ausweichtermin zu vereinbaren.

Hochachtungsvoll

Camille VanHouten
Zulassung und Studentensekretariat
London Academy for Advanced Sciences«

Ich atmete einige Male tief ein und aus, legte den Kopf in den Nacken und wartete, dass die Aufregung nachließ. Das waren hervorragende und schockierende Neuigkeiten. Bisher hatte ich es kaum gewagt, darüber nachzudenken, was passieren würde, sollte mein Essay nicht ausgewählt werden. Normalerweise bewarben sich bis zu zweihundert Schüler auf die wenigen Plätze. Gott sei Dank hatte ich nicht gewusst, dass meine Konkurrenz dieses Jahr offenbar deutlich größer gewesen war. Und trotzdem war ich ausgewählt worden. Ich zwickte mich in den linken Oberarm. *O Nachtigall, wer sagt mir, ob ich schlafe oder wache?*

Die schlechte Nachricht: Ich hatte eine zusätzliche Hürde zu nehmen, mit der ich nicht gerechnet hatte. Ein Vorstellungsgespräch. Allein der Gedanke bereitete mir Übelkeit. Ich war nicht gut in persönlichen Gesprächen, noch weniger in solchen, in denen ich mich selbst anpreisen sollte. Unter anderem deshalb wollte ich Wissenschaftlerin werden – meine Arbeit sollte für mich sprechen. Und jetzt würde meine ganze Zukunft an einem einzelnen Nachmittag hängen, an dem ich so nervös sein würde wie noch nie in meinem Leben. Ich wünschte, Mum wäre hier, um mich zu beruhigen, um mir zu sagen, dass ich das alles meistern würde. Auch wenn ich ihr kein Wort glauben würde, irgendein winziger Teil meines Unterbewusstseins würde ihr Vertrauen an mich gut bewahren und es zum entscheidenden Zeitpunkt in Selbstbewusstsein umwandeln. Früher war es egal gewesen, wenn ich nicht an mich selbst geglaubt hatte – weil sie es für mich tat. Ihr Tod hatte alles beendet, inklusive ihres Vertrauens in mich. Wohin war es verschwunden? Aus irgendeinem Grund sah ich für einen Augenblick Maries blasses Gesicht vor mir.

Aber mangelndes Selbstvertrauen war nicht mein einziges Problem: Ich müsste die Zugfahrten nach London bezahlen und mir ein taugliches Outfit kaufen. Ob ich wohl von Cecile …? Aber nein, das Letzte, was ich brauchte, war auszusehen wie eine überkandidelte Dreißigjährige mit fragwürdigem Modegeschmack.

Die größte Hürde aber blieb McNeil. Wie zur Hölle sollte ich so schnell ein Schreiben aus ihm herauspressen? Ich dachte kurz, aber ernsthaft darüber nach, es einfach zu fälschen. Aber selbst wenn ich es übers Herz gebracht hätte – ich würde sofort auffliegen, wenn sie McNeil für Rückfragen kontaktierten. Doch was blieb mir übrig außer Fälschung, Erpressung oder einem zum Scheitern verurteilten Versuch, vor McNeil zu Kreuze zu kriechen?

»Anna, bist du hier drin?«

Ich öffnete die Tür der Kabine und fand Rahel davor.

»Alles okay?«

»Mein Essay wurde angenommen.«

»Im Ernst? Das ist … Das ist fantastisch!« Rahels Stimme überschlug sich. »Mann, ich bin so stolz auf dich!«

Sie zog mich in eine Umarmung und vergrub ihr Gesicht in meinem Haar. Ich erwiderte den Druck, doch Rahel gab einen erstickten Laut von sich und ich fühlte etwas Nasses an meiner Wange.

»Sorry«, sagte sie und wischte sich eine Träne weg. Ich freu mich so für dich, ehrlich. Aber dann bist du tatsächlich weg … Und unser Trio bricht auseinander –«

»Wir sehen uns so oft wie möglich. Du und Liv, ihr besucht mich ständig, und dann zeigen wir den Londonern mal, wo man den Whisky holt.«

»Und du willst nie mehr nach Dunwood kommen?«

Ich schwieg.

»Tut mir leid, ich bin so durch den Wind momentan. Alles verändert sich … Und das soll es ja auch, aber … ich werde dich einfach so sehr vermissen.«

Wir tauschten einen betretenen Blick.

»Ich werde euch auch vermissen. Aber es ist doch nur auf Zeit. Noch ein Jahr, und ihr könnt endlich raus hier! Ein kurzes Jahr. Das halten wir durch, oder?«

Rahel nickte tapfer. »Ich hab immer gewusst, dass Dunwood dir zu klein ist. Du gehörst hier nicht her.«

»Quatsch nicht. Keine von uns gehört hierher. Du gehörst an die Kunsthochschule, wo du endlich mit Gleichgesinnten über Constables Landschaften schwärmen kannst, statt dich von Liv und mir dafür aufziehen zu lassen, weil wir so viel Kunstverstand haben wie zwei Brüllaffen.«

Rahel lächelte schwach.

»Da ist immer noch Lennox. Ich glaube nicht, dass er einverstanden sein wird.«

»Wenn du mich fragst«, sagte ich, »wird es Zeit, dass Lennox die wahre Rahel kennenlernt.«

»Das klingt wie eine Drohung.«

»Ich finde, es klingt wie ein Versprechen.«

Rahel seufzte. »Wenn du glaubst, das hilft, damit ich dich weniger vermisse, bist du vielleicht nicht ganz so schlau wie gedacht.«

Ich drückte neckend mit dem Zeigefinger auf Rahels Nasenspitze, als die Schulglocke klingelte.

———

Violet Guthries Apartment lag unter dem Dach eines Fachwerkhauses am westlichen Ortsrand von Dunwood. Jaro hatte mich auf dem Weg dorthin begleitet, er entwickelte ein immer besseres Gespür dafür, wann ich wo anzutreffen war, und schien es zu genießen, mit mir durch die Gegend zu streifen.

»Warte hier«, wies ich ihn an und drückte auf den Klingelknopf.

»Ja bitte?«

»Mrs Guthrie, hier ist Anna Cairns. Aus dem Kunstunterricht«, fügte ich unnötigerweise hinzu.

Sie schien verblüfft, rang einige Sekunden lang mit sich, doch dann summte der Buzzer.

Ich erklomm die Stufen in den zweiten Stock, wo Mrs Guthrie im Türrahmen wartete.

»Anna? Ist alles in Ordnung?«

»Ja. Und nein. Ich weiß, es ist unverschämt von mir, hier aufzukreuzen, aber ich muss mit Ihnen sprechen. Privat.«

»Wenn es kein Notfall ist, sollten wir das auf morgen und in die Schule verlegen. Nicht, weil ich Sie abwimmeln will«, sagte sie, als sie meinen Gesichtsausdruck sah, »sondern weil es gute Gründe dafür gibt, dass Lehrer ihre Schüler nicht privat empfangen.«

Die Gründe mochten gut sein, aber was half das, wenn nur die falschen Lehrer sich daran hielten?

»Was ich zu besprechen habe, eignet sich nicht für ein Schulgespräch. *Bitte.* Sie haben mir damals versprochen, dass ich jederzeit zu Ihnen kommen kann. Es hat eine Weile gedauert, aber hier bin ich. Und ich brauche Ihre Hilfe.«

»Und ich halte mein Versprechen. In der angemessenen Umgebung. Gehen Sie nach Hause, und wir sprechen morgen, gleich vor der ersten Stunde, wenn Sie mögen.« Sie nickte bedauernd, aber bestimmt, und trat zurück in ihre Wohnung.

»Wir haben einen Säugling in Bellas Garten gefunden.«

Jetzt hatte ich ihre Aufmerksamkeit.

»Bitte wie?«

»Ich erzähle Ihnen alles, wenn Sie mich nur reinlassen.«

Sie kniff die Lippen zusammen und musterte mich durchdringend. Dann zog sie die Tür ganz auf.

»Tee?«, fragte sie, als ich auf ihrer grünen Samtcouch Platz genommen hatte. Ich nahm dankend an.

Mrs Guthries Wohnung war klein und beengt; die Zimmerdecken hingen so niedrig, dass ich sie mit halb durchgestrecktem Arm berühren konnte. Es roch angenehm nach Zimt und Schwarztee, und das ganze Wohnzimmer stand voller Krimskrams – Skulpturen aus Stein und Ton, verzierte Kästchen, Öllandschaften, Kohlezeichnungen und Bilder. Während Mrs Guthrie in ihrer winzigen Küche Tee zubereitete, betrachtete ich die Fotos an der Wand.

»Milch und Zucker?«

»Nur Milch, danke«, sagte ich. »Das hier habe ich schon einmal gesehen.«

Ich deutete auf ein Gruppenfoto, auf dem neben Mrs Guthrie und Bella fünf weitere Frauen abgebildet waren, unter anderem die streng dreinblickende Alte mit den dunklen Augen, die mir schon in Bellas Album aufgefallen war.

»Es ist in St Margret entstanden, auf der Insel Orkney. Ungefähr ein Jahr danach zog ich nach Dunwood. Bella folgte Monate später.«

Und endlich fiel der Groschen bei mir.

»Sie sind eine Hexe. Wie Bella. Das sind alles Hexen auf dem Foto, richtig?«

Mrs Guthrie betrachtete das Foto mit versonnenem Blick. »Wir waren ein Zirkel. Mehrere Jahre lang. Bis wir nicht mehr dieselben Vorstellungen teilten, was Magie kann und darf und welchen Preis wir dafür zu zahlen bereit waren.«

Ich konnte nicht fassen, dass sie es so einfach zugab. War Mrs Guthrie von Sinnen? Vielleicht psychotisch? Sollte sie besser in einer Klinik sitzen als im Sessel mir gegenüber? Was hatten Bella und die anderen sich eingeredet – was hatten sie getan? *Wer sagt mir, ob ich schlafe oder wache*, was real ist und was nicht? Und wer definierte das überhaupt? Ich nahm einen weiteren Schluck Tee, um zu verbergen, dass ich mich schwindelig fühlte.

»Erzählen Sie mir, weshalb Sie hier sind, Miss Cairns.«

Auf einmal wollte ich Mrs Guthrie überhaupt nichts mehr erzählen. Ihr gelbzahniges Lächeln machte mir Angst, ich wollte raus aus dieser bedrückenden, stickigen Wohnung, raus aus diesem Haus, raus aus dem Ort, in dem Realität und Märchen immer mehr verschwammen und alles sich bis zur Unkenntlichkeit veränderte. Am allermeisten ich selbst.

Ich stand auf, stieß dabei gegen den Couchtisch, sodass der Tee aus meiner Tasse schwappte und sich auf der Tischdecke verteilte. »Wo ist meine Tasche?«, fragte ich.

»Setzen Sie sich, Anna.« Ihre Stimme war nun viel tiefer als zuvor. »Ich kann Sie so nicht gehen lassen.«

»Ich muss hier weg, bevor es mich findet.« Meine eigene Stimme klang, als käme sie aus weiter Entfernung. Das Rauschen in meinen Ohren wurde lauter, der Boden schien plötzlich auf mich zuzukommen, und ich fühlte mich einer Ohnmacht nahe. Dann: Jemand half mir, mich auf die Couch zu legen und die Füße hochzulagern, kurz darauf etwas Kühles auf meiner Stirn und etwas Süßes auf meiner Zunge.

»Ich fühle mich gar nicht gut –«

»Ruhig, ganz ruhig. Hier bist du sicher. Was immer dich verfolgt, es kann nicht über diese Türschwelle gelangen.«

Langsam erschien Mrs Guthrie wieder scharf in meinem Blickfeld. Ihre kurzen, von weißen Strähnen durchzogenen Locken waren aus der Ordnung geraten, aber sie wirkte so präsent, so vollkommen bei sich, dass mir klar wurde: Wenn eine von uns beiden den Verstand verloren hatte, dann nicht Violet Guthrie.

»Es tut mir leid«, sagte ich. »Ihre Tischdecke …«

»… ist jetzt nicht wichtig. Bleib noch ein bisschen liegen, ich bereite dir etwas zur Stärkung.«

Wieder verschwand sie in der Küche. Es kam mir vor wie eine halbe Ewigkeit, aber das Klappern von Töpfen und der herbe, nussige Geruch, der irgendwann meine Sinneszellen erreichte, beruhigten mich bald. Bella sah mich unbewegt von ihrem Foto aus an, und ich zwinkerte ihr zu wie eine Katze, die Zuneigung signalisiert. *Ich lass dich nicht hängen*, dachte ich und bereute sofort die unglückliche Wortwahl.

Mrs Guthrie servierte mir aromatischen Kräutertee und süße Kekse und sah mich aufmunternd an, während ich aß und trank. Obwohl mir nicht mehr nach reden war, wollte ich auch nicht gehen, und ich schuldete Mrs Guthrie eine Erklärung. Schließlich ging es um ihre verstorbene Freundin.

»Wir haben ein Skelett in Bellas Garten gefunden. Das heißt, eigentlich hat Jaro es gefunden, aber wir … wir waren zufällig dabei. Laut Polizei handelt es sich um einen etwa acht Monate alten Fötus. Wussten Sie, dass Bella einmal schwanger war?«

Mrs Guthrie nahm mit einer beherrschten Bewegung ihre eigene Teetasse auf und trank einen Schluck, bevor sie antwortete.

»Wessen Baby auch immer dort lag: Es war nicht Bellas.«

»Woher wollen Sie das wissen? Ich habe gehört, dass Schwangerschaften manchmal bis zur Geburt nicht deutlich sichtbar verlaufen, sodass selbst die Schwangere erst davon erfährt, wenn es so weit ist —«

»Das mag sein, aber Bella war rein anatomisch nicht mehr in der Lage, ein Kind auszutragen.«

Ich wartete, dass sie ihre Aussage begründete, aber Mrs Guthrie betrachtete wieder das Foto der sieben Frauen.

»Was weißt du über Hexen, Anna?«

Ich zuckte mit den Schultern. »Langsam glaube ich, ich weiß überhaupt nichts. Über irgendwas.«

Sie ignorierte meinen Einwand. »Wir Menschen verwenden gerne die Worte ›übernatürlich‹ oder gar ›unnatürlich‹, wenn wir von Hexerei sprechen. Dabei ist Magie nichts anderes als die gebündelte Kraft der Mutter Natur. Weibliche Energie, die einzige und wahre Schöpfungskraft, aus der alles entsteht. Eine Art von Macht, die allem innewohnt, das lebt, selbst nachdem es physisch längst vergangen ist.« Mrs Guthrie sprach jetzt, wie sie der Klasse einen Vortrag halten würde, langsam und betont.

»Sie ist eine direkte Verbindung zu unseren Vorfahrinnen, und im Gegensatz zur männlichen Macht eine Kraft, die wächst, wenn man sie teilt. Weshalb ein Hexenzirkel stärker ist als die Summe der Hexen in ihm. So haben wir uns in Orkney zusammengefunden, wir wollten mehr bewirken, als jede von uns allein es hätte tun können.«

Ich dachte an das Gefühl während unseres ersten Rituals. Bislang hatte ich es auf die Pilze geschoben, die Liv uns untergejubelt hatte, aber was, wenn es mehr gewesen war? Ich hatte eine große Verbundenheit gespürt, nicht nur zu Rahel und Liv, sondern zu etwas Älterem, Universellerem.

»Die Macht einer Hexe wird größer, je länger sie lebt«, fuhr Mrs Guthrie fort. »Weißt du, warum Hexen auf Bildern immer als uralte Weiber dargestellt wurden? Weil sie diejenigen auf dem Höhepunkt ihrer Fähigkeiten sind. Oft gab man ihnen abstoßende Züge: Warzen, Buckel, riesige Hakennasen, um sie wie eine Warnung für jede junge Frau wirken zu lassen. ›Strebe nach Macht, und du bezahlst den Preis dafür.‹ Aber nicht alle ließen sich davon abschrecken, und die Hexen durch alle Zeitalter gaben ihr Wissen weiter, von Generation zu Generation. Bis zum heutigen Tag.«

Ich hatte den angebissenen Keks in meiner Hand ganz vergessen. Jetzt legte ich ihn zurück auf meinen Teller.

»Sie glauben das wirklich?«

Mrs Guthrie lächelte nachsichtig, beinahe so, wie sie vor Kurzem Andrew angesehen hatte, als er im Unterricht dumme Fragen gestellt hatte.

»Ich weiß es. Und ich glaube, du weißt es mittlerweile auch.«

Ich ließ meinen Blick durchs Zimmer schweifen, und er blieb an einer tönernen Figur hängen. Auf ihrem Hals saßen drei Frauen-köpfe, einer jung, einer ungefähr in Mrs Guthries Alter und der einer alten Frau.

»Mrs Guthrie?«

»Ja?«

»Ist jemals etwas … schiefgelaufen? Bei Ihren Ritualen?«

Sie sah mich lange an, bevor sie antwortete.

»Ja. Mehr als einmal. Du musst wissen: Es gibt unendlich viele Arten von Magie. Die Weiße Magie ist die Kunst der Heilerinnen. Von allen ist sie die schwächste, sie verlangt der Hexe am wenigsten ab, beruht vor allem auf Kenntnissen und Erfahrung. Am anderen Ende dieses Spektrums steht die Alte Magie. Sie ist urtümlich, chao-tisch, beinahe grenzenlos potent.«

»Dass Bella keine Kinder bekommen konnte … War das die Folge eines solchen missglückten Rituals?«

Mrs Guthrie nickte. »Sie wäre um ein Haar daran gestorben. Das war für mich der letzte Anstoß, ich habe den Zirkel verlassen. Seitdem praktiziere ich ausschließlich Weiße Magie.«

»Und Bella?«

»Sie auch. Zumindest hatte ich das bis zu ihrem Tod geglaubt. Aber was ich seitdem über sie gehört habe …«

Wir schwiegen eine lange Weile, jede in ihre eigenen Gedanken versunken.

»Ist da noch etwas, das du mich fragen möchtest, Anna? Haben du und deine Freundinnen …«

»Nein«, sagte ich, ohne nachzudenken. Was wir getan hatten, war nicht nur mein Geheimnis, es preiszugeben nicht allein meine Entscheidung. »Nein. Aber ich habe Dinge gehört …«

»Die Alte Magie ist eine Verbindung durch alle Dimensionen, ein Ruf ans Universum, der durch die Zeiten hallt.«

Ihr habt mich gerufen?

»Es gibt viele Mächte auf dieser Welt«, sagte Mrs Guthrie, und ihre Stimme wurde rau. »Gute und grausame. Und man weiß nie, wer gerade zuhört.«

Es war Abend, noch lange vor Sonnenuntergang, als ich Mrs Guth-ries Wohnung verließ. Jaro saß wie sein übliches Statuen-Selbst vor dem Haus und beschnupperte mich lange, bevor wir uns auf den Heimweg machten.

Mrs Guthrie und ich hatten uns fast zwei Stunden lang unterhalten, und ich hatte mehr über die Umstände von Bellas Unfruchtbarkeit erfahren. Obwohl Mrs Guthrie mir erstaunlich freigiebig von ihrer Zeit auf Orkney erzählt hatte, fielen mir im Nachhinein auch einige Lücken in ihrer Erzählung auf, die sie wohlweislich nicht gefüllt hatte. Wer die dunkeläugige Alte sei, hatte ich wissen wollen, denn ihre schiere Präsenz auf dem Bild beeindruckte mich, aber Mrs Guthrie hatte das Gespräch so geschickt gelenkt, dass mir erst jetzt auffiel, dass sie meine Frage nie richtig beantwortet hatte. Dass die Frau mittlerweile verstorben sei, hatte sie später in einem Nebensatz verraten. Und ich hatte sie auf einem weiteren Foto an der Wand entdeckt, auf dem sie ein Buch in den Händen hielt, das Bellas Zauberbuch zum Verwechseln ähnelte.

Mrs Guthrie wiederum hatte vorsichtig versucht, mir mehr über die Umstände unseres Schädelfundes zu entlocken, aber selbst in meinem angeschlagenen Zustand hatte ich unser Geheimnis bewahrt. Konnte ich Mrs Guthrie vertrauen? In ihrer Gegenwart fühlte ich mich auf eigenartige Weise geborgen, aber eine kleine Warnleuchte ganz hinten in meinem Bewusstsein blinkte wachsam, wann immer sie sprach.

Ich hatte versucht, mein Entsetzen zu verbergen, als sie mir die Prinzipien der Alten Magie erklärte. So sehr ich sie als Wahnvorstellungen einer exzentrischen Frau abtun wollte, so lebendig war noch der Eindruck der grausamen Erscheinung in mir und ihr Blick, der *mich* meinte, Anna Cairns, und der es vollkommen egal war, ob ich an sie glaubte.

Cecile empfing mich an der Haustür wie eine Furie.

»Wo zum Teufel hast du gesteckt? Du wolltest seit einer Stunde hier sein! Die Gäste könnten längst da sein, und du schlenderst herum, als hättest du nichts Besseres zu tun und siehst auch noch aus wie ein … wie ein *Straßenkind*!«

Die Gäste? Für einen Moment war ich verwirrt. Dann fiel es mir wieder ein: Ceciles Eltern.

»Wenn du glaubst, du könntest mich noch einmal vor ihnen blamieren, hast du dich geschnitten, und zwar gewaltig –«

Ihre schrille Stimme schmerzte in meinen Ohren. Ich machte eine abwehrende Bewegung, aber das brachte sie nur noch mehr in Rage. Sie packte mich am Arm und zerrte mich die Treppe hinauf in mein Zimmer, ununterbrochen schimpfend. Auf meinem Bett lag eine violette Paillettenbluse mit Schulterpolstern und meine ›gute‹ schwarze Jeans, frisch gewaschen und sogar gebügelt.

»In zehn Minuten stehst du unten, und wasch dir dein Gesicht!«

Cecile knallte die Zimmertür hinter sich zu, kurz darauf hörte ich sie im Bad hantieren. Ich setzte mich für einen Moment neben die Kleider, am liebsten hätte ich mich unter der Decke verkrochen, ich war so müde, so erschöpft … Dann zog ich mein T-Shirt aus und griff nach der Bluse. Sie passte, fühlte sich aber furchtbar auf der Haut an, überall pikte und kratzte es. Ich fasste in die aufgenähte Brusttasche, die sich seltsam ausgebeult hatte, und holte zwei Blister Tabletten hervor. Cecile musste sie darin vergessen haben. Ich legte sie aufs Bett und schlüpfte in meine Jeans.

Cecile stand noch immer vor dem Badezimmerspiegel und zog sich die Lippen nach, als ich mein Gesicht mit kaltem Wasser abwusch.

»Die Tabletten aus deiner Bluse sind auf meinem Bett, falls du sie suchst«, sagte ich.

Cecile hielt inne, den halb bemalten Mund zu einem ›O‹ geformt. »Soll das ein Scherz sein?«, fragte sie alarmiert.

»Was soll daran witzig sein?«

»Hör zu, Anna, meine Geduld mit dir ist wirklich am Ende. Du hast dir den schlechtesten aller Zeitpunkte ausgesucht, um mir einen Streich zu spielen. Meine Eltern wollen mit uns über ihr Testament sprechen, und wenn das an deinen Sperenzchen scheitert –«

»Es heißt Sperenzien. Und geh doch gucken, wenn du mir nicht glaubst! Was gehen mich deine Tabletten an, ich will einfach nur meine Ruhe!«, fuhr ich sie an und lief ihr hinterher in mein Zimmer, wo sie die Tabletten schon gefunden hatte.

»Valium? Wo hast du die her?«

»Sag ich doch, aus deiner Bluse –«

Unser Geschrei hatte Dad aufgeschreckt, und er stand jetzt im Türrahmen und sah von mir zu Cecile wie ein Schiedsrichter beim Tennis. »Was ist denn hier los?«

Cecile streckte ihm die Tabletten entgegen. »*Deine Tochter* versucht mal wieder, mich zu sabotieren. Sie hat sich Tabletten besorgt und behauptet, es wären *meine* –«

»Ich habe gar nichts besorgt! Wenn ich es doch sage, sie waren schon hier drin!« Ich steckte einen Finger in die Brusttasche der Bluse, die ich jetzt trug.

Cecile schien mich nicht zu hören, ihre Stimme überschlug sich vor Wut. »Ich habe dir so viel durchgehen lassen, drei Jahre lang, aber jetzt reicht es! Ich weiß nicht, was du dir wieder für einen *Mist* ausgedacht hast, aber wenn du glaubst, du kannst mich so bei deinem Vater diskreditieren, dann irrst du! Ab jetzt ist Schluss mit deinen Spielchen, ein für alle Mal. Nur weil deine Mutter darin versagt hat, dir auch nur einen *Funken* Anstand beizubringen –«

»Was fällt dir ein, Mum da mitreinzuziehen?«

Dad war ins Zimmer getreten und zog mich an der Schulter zurück, als ich auf Cecile zuging. »Ruhig, Anna.«

Ich dachte überhaupt nicht daran. »Erst kommst du in unsere Familie wie ein Parasit, stiehlst uns alles, was auch nur entfernt an Mum erinnert, und jetzt hetzt du auch noch Dad gegen mich auf –«

Cecile machte einen Schritt nach vorn und versetzte mir eine schallende Ohrfeige. Sie holte erneut aus, aber ich packte ihr Handgelenk, ehe sie wieder zuschlagen konnte. Sie fasste mit der freien Hand nach meinen Haaren und riss daran, sodass mein Kopf abknickte wie der einer Marionette. Meine Halswirbelsäule machte ein knackendes Geräusch, noch ehe ich schreien konnte.

Dad versuchte, uns auseinanderzuhalten, aber er war zu erschrocken, um richtig durchzugreifen, und ich nutzte die Ablenkung und trat Cecile mit aller Macht gegen das Schienbein. Sie ließ meine Haare los, doch ich hielt noch immer ihre Hand, und sie drosch mit der freien Hand wild auf mich ein. Ich versuchte, ihren Schlägen auszuweichen, drehte mich gegen sie ein und fuhr schützend den Ellbogen aus. Dabei musste ich ihr Gesicht erwischt haben – Ceciles Lippe platzte auf und fing sofort an, zu bluten. Nach ihrem herzzerreißenden Schrei riss Dad mich an beiden Schultern von ihr weg.

»Siehst du das?«, fragte sie, außer sich, an Dad gerichtet. »Sie hat mir die Lippe blutig geschlagen! Deine Tochter wagt es, mich anzugreifen –«

Ich hielt mir den Kopf – Cecile musste mir ein Büschel Haare ausgerissen haben –, mein ganzes Gesicht schmerzte.

»*Du kleines Miststück!* Mach bloß, dass du wegkommst!« schrie sie, ihr Gesicht zu einer Grimasse verzerrt. »Raus aus meinem Haus, ich will dich hier nicht mehr sehen!«

Im nächsten Moment klingelte es an der Tür. Dad und ich warfen uns einen Blick zu, Cecile wischte sich die blutende Lippe mit dem Handrücken ab und stürmte aus dem Zimmer.

»Dad, ich schwöre, ich hab nichts getan! Ich weiß nicht, was hier los ist, warum sie so ausgeflippt ist. Und ich weiß nicht, warum sie mich so sehr hasst –«

Dads Miene blieb unbewegt. »Du kannst heute nicht hierbleiben. Pack ein paar Sachen, und wenn die Murphys im Wohnzimmer sind, verschwinde. Geh zu Liv oder Rahel, mir egal. Wir sprechen am Sonntag, wenn Ceciles Eltern weg sind. Aber das hier wird Konsequenzen haben, Anna, das verspreche ich dir.«

Mit offenem Mund und brennendem Gesicht sah ich ihm nach, wie er das Zimmer verließ.

Jaro kam herbeigetrabt, als ich auf halbem Weg zum Inglis-Hof war. Er leckte meine Hand, und ich bückte mich zu ihm hinunter und vergrub mein heißes Gesicht in seinem Fell. Er hielt ganz still, auch, als ich mein Schluchzen nicht länger unterdrücken konnte.

»Vermisst du dein Frauchen auch so sehr wie ich Mum?«

Ich kraulte ihn am Hals und er blieb dicht bei Fuß, bis wir den Inglis-Hof erreichten.

»Was um Himmels willen ist mit dir passiert?«, fragte Liv, die mir die Tür öffnete. »Komm erst mal rein.«

Ich erzählte ihr in knappen Worten, was mit Cecile vorgefallen war, während sie mich ins Bad führte und mir half, die Wunde auf meinem Kopf zu versorgen.

»Wieso ging dein Vater denn nicht dazwischen? Diese Hexe …«

»Die ist keine Hexe«, sagte ich verächtlich. »Eher ein Dämon, und sie hat Besitz von meinem Vater ergriffen. Er tut nur noch, was sie will, selbst wenn sie sein eigenes Kind aus dem Haus jagt.« Der Kloß in meinem Hals wurde so dick, dass ich kaum schlucken konnte.

»Du bleibst hier, das versteht sich von selbst. Egal wie lange. Ich regle das mit den Eltern.«

»Danke«, sagte ich nur. Dann fiel mir etwas ein. »Wie geht's deinem Onkel?«

Liv nahm eine Bürste und begann, vorsichtig meine Haare zu entwirren.

»Er ist okay. Das Messer hat alle wichtigen Organe verfehlt, nur eine Menge Blut hat er verloren. Wahrscheinlich darf er morgen schon wieder nach Hause. Dad will, dass er zu uns zieht, zumindest für eine Weile, aber Ralph lehnt ab. Weiß der Geier, warum. In seiner trüben Bude würde ich es keinen Tag lang aushalten, aber ehrlich gesagt ist es mir lieber, er kommt nicht.«

Ich zuckte zusammen, als Liv eine schmerzhafte Stelle auf meinem Kopf erwischte, und sie legte die Bürste weg.

»Die Party findet trotzdem statt. Die Eltern sind einverstanden, und Ralph würde es eh nichts bringen, wenn wir hier in Trauer rumsitzen, jetzt, wo wir wissen, dass er durchkommt.«

Die Aussicht auf Unmengen von Alkohol, laute Musik und eine Menschenmenge, in der ich einfach ertrinken konnte, löste ein fast körperliches Verlangen in mir aus.

»Kommt Matt auch?«

»Klar, warum nicht? Alle kommen.«

Bis zu diesem Moment war mir gar nicht aufgefallen, wie warm es im Badezimmer war …

»Und was ist mit McN… Morton?«

»Der natürlich nicht. Wie sähe das denn aus?« Ihr freches Lächeln passte überhaupt nicht zu dieser Information, aber ich ließ es darauf beruhen.

»Liv? Kann ich Bellas Buch noch mal sehen?«

»Das Zauberbuch? Klar.«

»Und ich muss mal telefonieren.«

Um mich vom Gedankenkarussell meiner Familientragödien abzulenken, konzentrierte ich mich wieder darauf, die Umstände von Bellas Tod zu ergründen.

Ich warf meine Sachen in Livs Zimmer, holte mir den Apparat nach oben und ließ mir von der Auskunft die Nummer des Standesamts in Fort William geben.

»Soll ich sie direkt verbinden?«

»Gerne.«

Ich spielte mit dem gravierten Benzinfeuerzeug, das ich bei der brennenden Eibe gefunden hatte, während es durchklingelte. Eine ältere Dame meldete sich, und ich erzählte ihr eine von vorn bis hinten erlogene Geschichte über eine goldene Taschenuhr mit eingraviertem Datum, die ich gefunden hätte und die ich so gerne ihrem Besitzer zurückgeben würde. Dafür müsste ich wissen, wer aus der Umgebung am 30.4.1968 geboren worden war oder geheiratet hatte. Die Dame hörte sich alles an, sagte mir, wie schön das wäre, dass es noch ehrliche Finder gäbe, aber dass sie mir die gewünschten Auskünfte leider nicht geben dürfe. Die Sperrfristen für solche Informationen seien noch nicht abgelaufen, dafür müsse ich mindestens noch dreiundzwanzig Jahre warten. Das seien mir knapp dreiundzwanzig Jahre zu lang, sagte ich, und in dieser Sackgasse angelangt beendeten wir das Gespräch.

Irgendwie musste herauszufinden sein, was an diesem Datum so denkwürdig war, dass jemand es auf ein Feuerzeug hatte gravieren lassen – und für wen –, aber an diesem Abend würde ich das Rätsel nicht mehr lösen. Dafür würde ich die Party nutzen, um weiter zu ermitteln. Eine bessere Gelegenheit, als halb Dunwood auf einem Haufen versammelt zu haben, würde sich so schnell nicht mehr ergeben.

Ich las den restlichen Abend lang in Bellas Zauberbuch, während Liv sich die Nägel lackierte und unter winselnden Lauten die Beine wachste. Irgendwann nach Mitternacht schliefen wir ein.

ACHTZEHN

$\mathcal{A}$m Morgen von Livs siebzehntem Geburtstag ging die Sonne an einem wolkenlosen Himmel auf; aber ganz gleich, wie viele Photonen an diesem Tag auf Dunwood trafen, nichts vermochte Livs Euphorie zu überstrahlen. Ihre übliche Morgenmuffeligkeit war verschwunden, sie hüpfte aus dem Bett, als wäre es ein Sprungbrett, und zog mir mit einem Ruck die Decke weg.

»Aufstehen, Anna, es ist LIV-TAG!«, rief sie und drehte ein paar unkoordinierte Pirouetten durchs Zimmer, bis eine Kollision mit ihrem Schreibtisch sie stoppte.

»Happy Liv-Tag«, murmelte ich verschlafen und blinzelte in die Sonne. Ich hatte tatsächlich die ganze Nacht durchgeschlafen, sollte ich Alpträume gehabt haben, konnte ich mich nicht daran erinnern. Mein Kopf tat noch weh, wo Cecile mir Haare ausgerissen hatte, aber ich versuchte, nicht darauf zu achten.

Liv drehte hart bei und ließ sich neben mir auf meine Gästematratze fallen. Ich drückte sie in ihrem flauschigen Pyjama und wiederholte meine Glückwünsche, dann zog ich unter meinem Kissen ein kleines Päckchen hervor.

Liv riss es mir aus der Hand, quäkte »Geschenkeeee« in der Stimme des Krümelmonsters und entfernte das Geschenkpapier mit der Zurückhaltung eines ausgehungerten Löwen.

»Es ist von Rahel und mir.«

Liv wickelte die silberne Kette aus, an der das Amulett hing, welches ich in Bellas Raben gefunden hatte, und öffnete es mit einem Fingerdruck.

»Scheiße, Anna. Das ist das schönste und traurigste Geschenk auf einmal.«

Sie betrachtete das Automatenfoto, das wir vor wenigen Monaten in Fort William aufgenommen hatten: Wange an Wange klebten Rahel und ich von beiden Seiten an Liv in unserer Mitte, alle drei Grimassen schneidend. Rahel und ich hatten das alte Amulett polieren lassen und eine neue, passende Kette für Liv gekauft.

»Das Trio lebt weiter, egal, wo wir sind«, sagte ich.

Liv sah für einen Moment aus, als wäre sie den Tränen nahe, während ich ihr das Amulett umlegte, aber dann fiel ihr wieder ein, dass unten Torte auf sie wartete, und die Wolken verzogen sich augenblicklich.

Sie weckte ihre Brüder, während ich die Zähne putzte und mich im Bad umzog, und wenig später saßen wir alle versammelt auf der Terrasse und aßen Kuchen. Alec und Archie hatten eine Wette am Laufen, wer von beiden sich mehr Amarena-Kirschen auf einmal in den Mund stopfen konnte, bis ihnen der Saft übers Kinn lief, und Fynn löffelte verschlafen, aber genussvoll ein Stück Kuchen nach dem anderen in sich hinein. Nur Ians Geburtstagsgesicht sah genauso übellaunig aus wie an jedem anderen Tag. Trotzdem sang er mit, als Liv eine zweite und dritte Strophe ›Hoch soll sie leben‹ einforderte und dazu mit der Kuchengabel dirigierte.

Ralph Inglis hatte sich von seinem Bruder doch dazu überreden lassen, ein paar Nächte auf dem Hof zu schlafen, bis er sich ein wenig erholt hatte. Ian musste ihm seinen Schuppen überlassen, und dorthin brachte man ihm seine Mahlzeiten. Ich bekam ihn während des ganzen Wochenendes nicht ein einziges Mal zu Gesicht.

Von ›den Eltern‹ bekam Liv ein kurzes Wildlederkleid mit Fransen und passende kniehohe Stiefel dazu, die sie natürlich vorher selbst ausgesucht hatte und die sie zu ihrem Fest tragen wollte. Ihre Brüder hatten ihr ein illustriertes Set Tarot-Karten gekauft, das selbst ich nicht so richtig hässlich finden konnte und bei dessen Anblick Liv große Augen bekam.

»Das hat Ian ausgesucht«, sagte Fynn. Niemand wusste so recht, wie mit dieser Information umzugehen war, und Ian sah drein, als hätte man ihn eines Attentats bezichtigt.

»Danke«, sagte Liv. »Manchmal sind vier Brüder echt nicht so übel.«

Nach dem Frühstück verwandelte sich der Inglis-Hof in eine Art Party-Produktionsstätte. Wie ein Rudel Weihnachtselfen werkelten Sam, Claudia, Fynn und die Zwillinge in Küche und Garten. Claudia hatte die ganze Speisekammer mit Blaubeerkuchen, Scotch Eggs und Wurstplatten gefüllt. Sam Inglis stellte draußen Bierbänke auf, während Archie und Alec mit Lichtinstallationen betraut waren und im Haus und auf der Lämmerweide Fackeln und Lichterketten aufbauten. Fynn war für die Jelly-Shots zuständig: In einem unbeobachteten Moment sollte er den Wodka untermischen und Livs Eltern im Glauben belassen, es handele sich bei den bunten Götterspeisen in Schnapsgläsern um einen alkoholfreien Party-Gag.

»Und was macht Ian?«, fragte ich, als mir auffiel, dass ich ihn seit Stunden nicht mehr gesehen hatte.

Liv zog mich außer Hörweite ihres Vaters und flüsterte:

»Er kümmert sich um die Stimmungsaufheller.« Sie zwinkerte mir nicht sehr subtil zu. »Außerdem hat er draußen für Musik gesorgt und vor der Scheune eine Leinwand aufgebaut, auch wenn mir niemand verraten will, was es damit auf sich hat.«

Ich übte mich in einem unschuldigen Blick und wechselte das Thema. Als ich überstürzt von zu Hause aufgebrochen war, hatte ich nur ein paar Kleider und Livs Geschenk zusammengeworfen, nicht mal an ein Party-Outfit hatte ich gedacht. Aber das schönste Geschenk für Liv wäre vermutlich, mich nach ihren Vorstellungen einkleiden zu dürfen.

Wir pusteten Ballons auf, bis wir drohten zu hyperventilieren, dann hängten wir auf der Weide weiße Lampions auf, die Mrs Inglis extra zu diesem Zweck gekauft hatte. Den Rest des Nachmittags legten wir uns auf der Lämmerweide in die Sonne und ließen uns von Livs Mutter mit Eiskaffee und noch mehr Kuchen versorgen, bis Liv verkündete, es wäre an der Zeit, uns zu ›stylen‹.

Eine gute Stunde später stand ich vor dem Spiegel im Flur und begutachtete ihr Werk: Sie hatte meine langen Haare auftoupiert und hochgesteckt, sodass sie aussahen wie eine ehemals operntaugliche Frisur, auf der ich eine Nacht geschlafen hatte. Meine Augen waren dick mit schwarzem Kajal umrandet, und bei jedem Wimpernschlag spürte ich das extra Gewicht von drei Schichten Tusche. Als Liv gerade nicht hinsah, entfernte ich mit einem Taschentuch so viel Rouge, wie ich konnte, aber meine Wangen waren noch immer gerötet wie nach einem Sprint. Mein kurzes schwarzes Kleid stellte das einzige Zugeständnis von Liv dar, die mich in ein pinkes Lollipop-Kleidchen hatte stecken wollen, das sich laut ihr ›total super‹ mit meinen roten Haaren gebissen hätte.

»Hal-looo«, rief Ian anerkennend, der gerade um die Ecke bog, bis er feststellte, dass es sich um mich handelte. Er warf mir einen vorwurfsvollen Blick zu, als hätte ich ihn arglistig getäuscht, und machte auf der Stelle kehrt.

»Du siehst fantastisch aus. Wie ein Filmstar«, sagte Mr Inglis, als ich die Treppe herunterkam. »Sieht sie nicht fantastisch aus?«

Mrs Inglis nickte gedankenverloren, wahrscheinlich rechnete sie gerade nach, ob siebzehn Käsetorten auch wirklich ausreichend wären, wenn die Horde Hobbits über sie hereinbräche, und verschwand wieder in der Küche.

Wenig später trudelten die ersten Gäste ein: ein Freund von Fynn und vier unserer Klassenkameraden. Liv begrüßte sie überschwänglich und gab sofort eine Runde Jello-Shots aus. Sie selbst nahm gleich drei. Ich hielt mich vorerst an einem Glas Rotwein fest (bei weniger Hochprozentigem drückten die Inglisses für heute beide Augen zu) und stand in der Nähe des Plattenspielers vor der Scheune herum, wo Fynn eine Auswahl von Livs Lieblingsplatten auflegte.

Bald war die Lämmerweide erfüllt vom Geplapper und Gelächter vieler Menschen, nur von Rahel war weit und breit nichts zu sehen.

»Wann wollte sie hier sein?«, fragte ich Liv, aber wie sich herausstellte, hatte keine von uns eine Uhrzeit mit ihr vereinbart. Als sie gegen halb neun noch immer nicht da war, bat ich Mr Inglis, der mit seiner teuren Spiegelreflexkamera eifrig dabei war, Fotos der Gäste zu schießen, mit der Diashow noch zu warten. Um neun ging ich ins Haus und rief bei den Azaras an, aber obwohl ich es ewig durchklingen ließ, nahm dort niemand ab. Ich legte auf, bemüht, das ungute Gefühl in meiner Magengegend zu ignorieren.

»Kann ich mal?«, fragte ein Mädchen mit lila Haaren, das ich noch nie zuvor gesehen hatte, und deutete auf den Apparat.

»Klar.«

Die Gästeschar war angeschwollen wie ein Fluss und drängte durch die offenen Terrassentüren bereits bis ins Haus. Ich lief wieder nach draußen und suchte auf der Weide nach Mr Inglis, wozu ich mir mühsam einen Weg durch die Gäste bahnen musste, als ich um ein Haar Melinda umgerannt hätte. Sie war so stark geschminkt, dass ich sie kaum erkannt hatte, und der Blick aus ihren blauen Augen hätte sich vorzüglich dazu geeignet, mich zu Eis erstarren zu lassen. Was Melinda vergeblich versuchte, vermochte der Anblick ihrer Hand, in der sie die von Matt hielt, an dem – wenig überraschend – auch der Rest von ihm hing.

»Anna, wow, du siehst …«, begann er, aus irgendeinem Grund peinlich berührt. Ich beschloss, zu vergessen, was ich eben gesehen hatte, ignorierte die beiden und setzte meine Suche nach Mr Inglis fort. Ich fand ihn bei der Stereo-Anlage, wo er dabei war, mit Ian den Verstärker anzuschließen. Weil ich keine Ankunftszeit für Rahel versprechen konnte, einigten wir uns darauf, die Diashow ohne sie zu starten. Arme Rahel, sie hatte sich so viel Mühe mit der Auswahl der Fotos gegeben, aber das ließ sich nun nicht ändern.

Auf Mr Inglis' Ansage hin versammelten sich die Gäste auf den

Stühlen und Bänken vor der Leinwand oder ließen sich einfach an Ort und Stelle ins Gras fallen. Mr und Mrs Inglis setzten sich mit Liv auf die vorderste Bank, ich quetschte mich zu Livs Füßen ins Gras, als Fynn den Projektor anwarf.

Diana Ross' ›All of my Life‹ erklang durch die Lautsprecher, und die ersten Fotos von Liv erschienen auf der Leinwand: Mrs Inglis hielt Baby Liv auf dem Arm mit einem geradezu entrückten Ausdruck, von Sam und den vier Söhnen umringt, die in diesem Moment geahnt haben mussten, dass ihnen die längste Zeit der Großteil der Aufmerksamkeit ihrer Mutter gebührt haben würde. Foto um Foto folgte, die echte Mrs Inglis war längst in Tränen der Rührung ausgebrochen. Sie drückte Livs Hand, und Mr Inglis legte einen Arm um seine Frau, deren Tränen überhaupt nicht mehr versiegen wollten; sie schluchzte hörbar. Liv und ich wechselten einen fragenden Blick.

Immer wieder brachen die Gäste in Gelächter aus, wenn ein besonders lustiges Foto von Liv auf der Leinwand erschien, zum Beispiel wie sie mit Ian im Kanu saß und hochkonzentriert ruderte, obwohl ihr winziges Paddel gar nicht bis ins Wasser reichte. Die neuesten Fotos waren nur wenige Monate alt, und im direkten Vergleich fiel mir erst auf, wie viel dünner Liv seitdem geworden war. Sie musste weiter an Gewicht verloren haben, ihr Kopf wirkte irgendwie größer auf den schmalen Schultern. Aber sie schien glücklich, und das zählte am Ende, oder nicht?

Als die Show vorbei war, bedankte sich Sam Inglis bei mir – Claudia umarmte mich unter Tränen – und ich versprach, den Dank an Rahel auszurichten, sollten wir sie jemals wieder zu Gesicht bekommen. Auf meinen Wink hin legte Fynn ›Lady Marmalade‹ auf den Plattenteller und verwandelte die Lämmerweide in eine Tanzfläche.

»Das ist unser Signal«, sagte Mr Inglis und nickte mir zu. »Wir verdünnisieren uns. Viel Spaß, und passt gut auf unsere Prinzessin auf.«

Als ich die ›Prinzessin‹ wenig später am anderen Ende der Wiese wiederfand, begrüßte sie mich mit herausgestreckter, tiefblauer Zunge.

»Lass mich raten, welche Sorte Jello-Shot deine liebste ist.«

»Sie sind alle meine liebsten. Solange sie blau sind«, sagte Liv und legte einen Arm um meine Schulter. »Ich bin schon so betrunken, Anna, hoffentlich mach ich nichts Dummes.«

Ich biss mir mit aller Macht auf die Lippen, auf dass die Worte ›Mc‹ und ›Neil‹ nicht entweichen konnten, organisierte zwei Fläschchen Cola und sorgte dafür, dass sie den Weg in Livs Magen fanden.

»Los«, sagte ich und zog Liv mit, mitten ins Gedränge. »Sie spielen unser Lied.«

»Kung Fu Fighting?«

»Ist doch egal.«

Obwohl ich schon ein Glas Wein und zwei Shots intus hatte, sagte ich nicht nein, als mir irgendwer einen Joint reichte. Hatte ich nicht mal einen sorgenfreien Abend verdient? Ich konnte morgen weiter ermitteln, mir übermorgen über Matt und irgendwann über Cecile Gedanken machen. Die Sorgen liefen nie weit weg. Spaß und Betäubung, Betäubung oder Spaß, schlafen oder wachen, *who cares*, wenn die Sommerabendluft so gut duftete und die Musik einem durch Mark und Bein ging? Liv und ich verloren uns in der Menge, aber irgendwann machte das nichts mehr aus, jeder hier war mein Freund, alle lachten und tanzten, und die Lampions leuchteten so warm wie riesige Glühkäfer. *Wir sollten alle viel mehr tanzen*, dachte ich. Bei jeder Gelegenheit sollte man tanzen. Jemand tanzte von hinten an mich heran, und ich wippte mit im Takt. Derjenige nahm meine Hand und wirbelte mich herum, und zu meiner Überraschung war es Ian, der sich von meiner Verwandlung in eine langwimprige Party-Anna nicht mehr einschüchtern ließ. Ich lachte und ließ mich von ihm in einer wilden Mischung aus Walzer und Sirtaki führen.

»Du kannst ja sogar lächeln«, rief ich ihm über die Musik hinweg zu, und das besagte Lächeln wurde noch breiter.

»Und du guckst gar nicht, als willst du jemanden umbringen«, sagte Ian und drehte mich zweimal um meine Achse. »Mit deinem Gesicht kannst du sonst Regen machen!«

Ich hielt das für eine grandiose Übertreibung, andererseits sah ich mein Gesicht selten, und wenn er es sagte, war vermutlich was dran.

Einer von Ians Kumpels gesellte sich zu uns und brüllte Ian etwas zu. Ich musste mich verhört haben, denn es klang wie ›Ich brauche ein frisches, weißes Hemd‹. Ian wehrte den Typen ab, als hätte der ihn um etwas Unanständiges gebeten, und wir tanzten weiter.

Für eine kurze Weile hatte ich völlig vergessen, dass Rahel noch immer nicht aufgetaucht war, und jetzt fiel mir die Erkenntnis wie ein Pfund Blei auf die Füße. Es war nach zehn. Jede Erklärung, die sie so lange von dieser Party abhielt, war eine schlechte.

Ian verneinte, als ich fragte, ob er sie gesehen hatte. Ich entschuldigte mich und entfernte mich durch die Menge. Vielleicht war sie längst hier, beruhigte ich mich. Bei so vielen Menschen wäre es ein Leichtes gewesen, sie zu übersehen. Allerdings hatte ich weder

Lennox noch einen seiner Leute bisher getroffen, und vier Menschen nicht zu begegnen, war schon um einiges unwahrscheinlicher.

Zuerst fand ich Liv wieder, die inmitten einer Gruppe Tanzender ihre besten Moves präsentierte. Angesichts der unzähligen Wodka-Shots, die sie schon konsumiert hatte, war ihre Koordination beachtlich. Ich tanzte mich zu ihr, und sie ließ sich widerstandslos von mir wegführen.

»Wo ist Rahel?«, brüllte sie viel zu laut in Richtung meines Ohrs.

»Hast du sie auch nicht gesehen?«

»Nein. Wenn sie auftaucht, kann sie was erleben!«

»Ich mach mir Sorgen um sie. Wer sagt, dass nichts passiert ist?«

Livs Gesicht wurde nachdenklich. In weniger als zwei Monaten war eine junge Frau erhängt, Ralph Inglis niedergestochen und ich selbst mitten in Dunwood überfallen worden. Das Dorf fühlte sich längst nicht mehr wie ein sicherer Ort an.

»Anna!«

Ich drehte mich um, und vor mir standen Marie und ihre Freundin Bernadette, jede mit einer Flasche Bier in der Hand.

Ich nahm Marie die Flasche weg und sah Bernadette streng an.

»Ihr seid vierzehn! Was macht ihr überhaupt hier?«

Marie schob die Unterlippe vor, Bernadette trat einen Schritt von mir weg und hielt schützend die Hand vor ihr Bier wie eine Touristin in Sorge vor Taschendieben.

»Alle aus unserer Klasse sind da«, sagte Marie. »Das hier ist nicht deine Party!«

»Aber meine ist es«, wandte Liv ein. »Und als Party-Prinzessin sage ich: Ihr sollt euer Bier haben! Aber nichts Härteres, verstanden? Seid ihr nicht erst zwölf?«

Sie gab Marie ihre Flasche zurück, ehe ich reagieren konnte, und die beiden, noch immer empört, von Liv zwei Jahre jünger gemacht worden zu sein, verzogen sich schleunigst in die Menge.

»Was?«, fragte Liv auf meinen Blick hin. »Sie trinken doch eh. Haben wir in dem Alter auch gemacht. Seit wann bist du die Sittenpolizei?«

Ich zog Liv weiter in Richtung Haus.

»Sie sind zu jung, um es zu übertreiben.«

»Sie sind bei den Scouts. Wer noch nie ohne Erinnerung an den letzten Abend in einem fremden Zelt aufgewacht ist, werfe den ersten Stein.«

»Darum geht's ja gerade. Bei der Freizeit im Februar hatte Bernadette so viel intus, dass sie sich am nächsten Tag nicht mal mehr dran erinnern konnte, wie sie ins Lagerfeuer gekotzt und dann versucht hat, die Brocken mit bloßen Händen herauszuholen. Selbst

Marie hat bei ihrer Rückkehr ausgesehen wie eine Schnapsleiche, obwohl sie immer gesagt hat, dass Alkohol ihr nicht mal schmeckt. Ein Hoch auf den Gruppenzwang.« Ich starrte den beiden mit düsterer Miene nach.

»Hach, wie in guten alten Zeiten«, sagte Liv verträumt. »Weißt du, was du bist? Schon wieder viel zu nüchtern. Wir brauchen mehr Gras. Wo ist Ian?«

»Liv …« Ich hielt sie am Arm fest, als ich jemanden zusammengekauert auf den Stufen vor der Eingangstür sitzen sah.

»Seit wann *rauchst* du?«, fragte Liv entgeistert, und es war angesichts von Rahels Anblick die am wenigsten dringliche aller Fragen.

»Was ist passiert?« Mein Magen krampfte sich schmerzhaft zusammen, ich rechnete mit dem Schlimmsten.

Rahel sah zu uns auf. Ihr Kopf war komplett kahlgeschoren, ihr rechtes Auge von einem riesigen Bluterguss umrandet.

»Das war Lennox«, sagte sie, auf ihr Auge deutend, und stieß eine Wolke Rauch aus.

Was ich gefühlt hatte, als Cecile mir gegenüber handgreiflich geworden war, verblasste im Vergleich zu dem riesigen Ballon aus Wut, der sich jetzt in meinem Inneren aufblies.

»Er hat dir die *Haare* abrasiert?« Liv konzentrierte sich noch immer auf die falschen Details, aber vielleicht war sie zu klaren Gedanken nicht mehr in der Lage.

»Nein, das war ich. Also zuerst habe ich sie mir kurz geschnitten. Es sah richtig gut aus, wie Joan Jett, ohne Spaß! Aber als Lennox mich abholen wollte, ist ein Riesenstreit ausgebrochen. Er meinte, ich hätte es mit Absicht getan, um ihn vor seinen Kumpels bloßzustellen, dass ich aussähe wie der kleine Bruder von Thomas und dass er so nirgendwo mit mir hingehen würde. Wir haben uns immer weiter reingesteigert, und am Ende hat er mir eine verpasst.«

»Und dann hast du dir *selbst* die Haare abrasiert?«

Rahel nickte. »Wenn Haare das Einzige sind, was Leute an mir mögen, will ich lieber gar nicht gemocht werden.«

»Wirst du ihn anzeigen?«, fragte ich.

Rahel grunzte verächtlich. »Was glaubst du, machen die? Ihm einmal auf die Finger hauen?«

»Wir können ihm das doch nicht einfach durchgehen lassen! Hey, wo willst du hin?«, fragte ich Liv, die an Rahel vorbei ins Haus lief.

»Medizin holen.«

Ich setzte mich zu Rahel auf die Stufen, und kurz darauf erschien Liv mit einer Flasche Whisky und drei Gläsern.

»Hier.«

»Vielleicht ist das nicht die beste Idee –«

»Doch«, sagte Rahel. »Als ich vorhin vor dem Spiegel stand, habe ich mir eins geschworen: Ich lasse nie wieder zu, dass Lennox mir ein Fest versaut. Und auch sonst kein Mann.«

»Das ist die richtige Einstellung«, sagte Liv, verteilte die Gläser und schenkte uns ein.

»Genau. *Wenn* jemand uns ein Fest versaut, dann immer noch wir selbst.«

Die beiden sahen mich verwirrt an.

»Cheers. Auf Liv«, sagte Rahel.

»Auf Bella«, fügte Liv nach kurzem Zögern hinzu. »Die sich auch von niemandem was sagen lassen hat.«

»Und darauf, dass ihr Mörder schon bald in einer Zelle sitzt«, ergänzte ich.

Wir tranken aus und ich bot Rahel an, ihr Auge zu überschminken, aber sie lehnte ab. »Ab jetzt erträgt man mich wie ich bin, oder man kann mich mal.«

»Und wenn Lennox es wagt, hier aufzukreuzen, geb ich den Brüdern Bescheid«, sagte Liv. »Mal sehen, wie mutig er dann noch ist.«

Fast schon hoffte ich, dass Lennox auf dieses Angebot zurückkommen würde.

»Aber jetzt lasst uns feiern, wozu bin ich sonst hier?« Rahel erhob sich und bedeutete uns, ihr zu folgen. »Wo ist dein hübscher Matt?«

»Mit 'ner anderen hier.« Es gelang mir nicht, die Enttäuschung aus meiner Stimme herauszuhalten.

»Männer«, sagte Rahel mit Grabesmiene, aber in einen Topf mit Lennox wollte ich Matt, den hübschen, dann doch nicht geworfen wissen.

Wir stürzten uns zurück ins Gedränge, und von da an ließen Rahel, Liv und ich einander nicht mehr aus den Augen. Wir tanzten, lachten und tranken mit geradezu grimmiger Entschlossenheit. Keine von uns hatte es ausgesprochen, aber abgesehen von langweiligen Schulabschlussfeiern wäre dies hier vielleicht die letzte richtige Party zu dritt für lange, lange Zeit.

Irgendwann tauchte Fynn auf und gestand Liv, dass er vergessen hatte, den Wodka in die Jello-Shots zu rühren, aber Liv war nicht sauer, im Gegenteil: Sie hielt sich an seiner Schulter fest und schüttete sich aus vor Lachen. »Und ich dachte, ich wäre total dicht!«, rief sie immer wieder, als hätte sie noch nie im Leben etwas Lustigeres gehört.

Als Matt und Melinda wenig später in unserer Nähe tanzten, winkte er zu mir herüber und lachte. Ich winkte zurück, lenkte aber die beiden anderen unauffällig von ihnen weg. Ich würde daran arbeiten, ihm sein Glück zu gönnen. Ab morgen.

Irgendwann gegen halb zwei lief ich ins Haus, weil mich ein dringendes Bedürfnis überkam. Vor dem Bad im Erdgeschoss hatte sich eine kleine Schlange gebildet, und ich hatte keine Lust zu warten. Als wäre der Hof nicht groß genug, hatten sich Gäste tatsächlich im ganzen Haus verteilt, sogar hier drin lief Musik. Ich stieg die Treppe hoch in den ersten Stock, stellte mein Punschglas auf dem Geländer ab und benutzte das Elternbadezimmer. Dann nahm ich die Treppe zu Livs Dachgeschosszimmer, um mir meine Strickjacke zu holen. Ich öffnete die Tür, schaltete das Licht ein und erschrak.

»O Gott – sorry, ich dachte nicht, dass jemand hier ist –«

Ich lief rückwärts aus der Tür und war fast wieder im ersten Stock, als Fynn mir nachgerannt kam. Im Laufen knöpfte er seine Jeans zu.

»Anna, warte!«

Ich hielt inne, und er holte mich ein. Als ein paar Leute die Treppe hochkamen und uns anstarrten, zog er mich ins Bad und schloss die Tür.

»Bitte, sag niemandem was. Auch nicht Liv. Keiner weiß, dass …«

»Schon gut, Fynn, ehrlich. Ich bin nur erschrocken. Es geht mich überhaupt nichts an, mit wem du –«

»Die bringen mich um, wenn sie das erfahren.«

Ich legte eine Hand auf seinen Arm. »Glaubst du nicht, dass deine Familie will, dass du glücklich bist – egal mit wem?«

Fynn stieß Luft durch die Nase aus. »Du kennst meine Brüder nicht.«

»Mach dir keine Gedanken. Das erzählst du ihnen selbst, wenn du es für richtig hältst. Mögt ihr euch denn sehr?«

Fynn sah zu Boden, aber nur um sein Lächeln zu verbergen. »Ziemlich.«

»Dann ist doch alles klar. Ein Tipp: Schiebt Livs Schreibtischstuhl unter die Klinke, der passt genau. Und wenn du mir vorher noch meine Jacke rausgeben könntest …«

Ich wartete am Fuß der Treppe und nahm ein paar Schlucke warmgewordenen Punsch, bis Fynn mir die Jacke zuwarf. Er bedachte mich mit einem letzten, durchdringenden Blick. Ich gab ihm das ›Ok‹-Zeichen, und er schien beruhigt.

Ich hatte immer gewusst, dass Fynn anders war als seine Brüder. Auf jeden Fall war er der Einzige, mit dem man sich länger als zwei Minuten am Stück unterhalten konnte.

Draußen fand ich Rahel und Liv eine Weile lang nicht wieder. Wenn das möglich war, hatte die Anzahl an Menschen noch zugenommen. Am Rand der Weide übergab sich ein Mädchen in die Wiese, eine andere hielt ihr die Haare aus dem Gesicht, bemüht, ihre Nase aus dem Wind zu strecken. Liv wäre stolz, wenn sie davon erführe. Der Gedanke brachte mich zum Grinsen. Ich beschloss, eine Weile für mich zu bleiben, setzte mich ins Gras und beobachtete die Leute. Warum konnten wir nicht immer zusammen lachen und feiern? Ich dachte an Dad und Cecile, aber sie schienen in diesem Moment unendlich weit weg. Irgendwie würde alles gut werden, das wusste ich auf einmal. Ich wippte vor und zurück im Takt zu irgendeiner Schnulze, als ich Ace am anderen Ende der Weide stehen sah. Ein Teil meines Gehirns markierte die Information mit dem Etikett ›unverfroren‹, aber der Rest wollte sich nicht aus dem Gleichgewicht bringen lassen und sang stumm den Text des nächsten Songs mit. *Got the strangest feeling, like I'm under a spell …*

Ich sah auf meine Armbanduhr, aber die Zeiger wollten sich einfach nicht scharf stellen, und ich gab den Versuch auf. Nach einer Weile ließ ich mich nach hinten umfallen und versank im Anblick des Sternenhimmels. Licht von Sternen, das so lange unterwegs gewesen war, dass die Sterne, die es abgestrahlt hatten, vielleicht längst tot waren. Für jemanden, der aus einer unbestimmten Zukunft durchs All zurückblickte, wäre ich nicht mal ein winziger Lichtpunkt. Es tat gut, sich ganz klein zu fühlen, denn wenn ich klein und unbedeutend war, galt das auch für all meine Probleme.

Ein Stern war besonders hell, er trug einen Namen, den ich kannte, aber Namen waren gerade bedeutungslos … Es ging nur um Licht, dieses ferne, alte Licht, das unter meiner Beobachtung immer schwächer wurde, noch mal kurz aufleuchtete, bis es in eine dumpfe Dunkelheit mündete, die mich ohne Widerstand in sich aufnahm.

Als ich wieder aufwachte, stand die Welt Kopf und wackelte bedenklich. Ein säuerlicher Geschmack im Mund bereitete mir Übelkeit, oder war es umgekehrt? Ich würgte trocken und versuchte, den Kopf von dem weichen Untergrund zu heben, gegen den er immer wieder ohne mein Zutun wippte, aber meine Muskeln hatten vergessen, wie man Befehle ausführte.

Plötzlich hörte das Wackeln auf, und jemand sprach. Mit mir? Ich war nicht sicher, aber die Wörter zerflossen zu Brei, und es war schwer zu sagen, wo eins aufhörte und das nächste anfing. *Anna.* Das hatte ich verstanden. Das Wort kannte ich gut. Es war mein Wort. Ich öffnete den Mund, aber statt eines Wortes fiel meine

Zunge heraus. Die Stimme wurde lauter, eine andere Stimme kam dazu, oder vielleicht war sie immer da gewesen. Tiefer als die erste, fremder auch. Mein Körper kribbelte unangenehm, als wäre ich mit Kohlensäure angefüllt. War das möglich? Eher nicht, beschloss ich.

»Lass sie runter.«

Das hatte ich verstanden.

Die andere Stimme entgegnete etwas Kurzes.

Ich klinkte mich wieder aus, das alles hatte nichts mit mir zu tun. Wichtiger war es, meine Augen offenzuhalten, das fiel mir schwerer, als mir richtig erschien.

Dann fehlte ein Stück Zeit. Wohin es verschwunden war, konnte ich nicht sagen, nur dass mich die Erkenntnis beunruhigte, auf eine wattige, gedämpfte Art. Gedämpft, das war auch ein Wort. *Ge. Dämpft.* Seltsam. Wieder würgte ich, und dieses Mal kam ein bisschen bittere Flüssigkeit. Eine der Stimmen wurde lauter.

»… lass dich nicht einfach mit ihr abhauen!«

Zum ersten Mal kam mir der Gedanke, dass das Gespräch und meine auf den Kopf gedrehte Welt etwas miteinander zu tun haben könnten.

»Rrrbrrmm«, sagte ich, obwohl ich etwas ganz anderes hatte sagen wollen. »Mmmmmrm!«

Ein weiteres Zeitstück fehlte. Aber jetzt sah ich etwas klarer, und dann rutschte ich etwas Weiches hinab, und plötzlich waren die Menschen und die Bäume in meinem Blickfeld wieder richtig herum.

»Matt«, murmelte ich. »Hilfe.«

»Kannst du mich verstehen?«, fragte er.

Ich nickte. Ich hing zwischen Matt und Ian, wurde von den beiden über die Wiese in Richtung Haus geschleift. Probeweise bewegte ich meine Beine, und es funktionierte schon besser, aber mein Gewicht wollten sie noch immer nicht tragen.

Irgendwann fand ich mich auf einem Liegestuhl auf Inglis' Terrasse wieder, Ian reichte mir ein Glas Wasser, Matt saß kniend vor dem Stuhl und sah mich besorgt an.

»Ich dachte, du wärst tot«, sagte er.

Meine Haare fielen mir ins Gesicht, ich musste unterwegs meine Spange verloren haben.

»Ich übernehme hier«, sagte Matt an Ian gewandt. »Aber wir sprechen uns noch.«

»Worüber?«, fragte ich schwerfällig, aber aufrichtig interessiert, was Ian und Matt neuerdings miteinander zu schaffen hatten.

»Über dich, du kleiner Schnapsgeist.«

»Punsch.«

»Wie meinen?«

»Es war Punsch. Der mir den Rest gegeben hat.«

Oder der Wein, die Joints, an denen ich gezogen hatte, der Sekt Stunden zuvor … Wahrscheinlich alles zusammen, wenn ich's mir recht überlegte.

»Was auch immer. Aber ich traue Ian nicht weiter, als ich ihn werfen kann. Und er war dabei, dich wegzutragen, als ich … als wir gerade gehen wollten.«

Dieses Wir gefiel mir gar nicht. Matt sollte wieder ein Ich sein, und wenn schon ein Wir, dann eins, das mich einschloss, nicht die Eiskönigin mit den bösen Augen.

»Wo ist Melinda?«

»Gegangen. Sie hatte nicht sonderlich viel Spaß heute, glaube ich. Im Gegensatz zu dir.«

Darüber konnte man zumindest debattieren, aber ich widersprach besser nicht.

»Brauchst du einen Arzt? Ich war schon kurz davor, einen Notarzt zu rufen, aber jetzt hast du zumindest wieder ein bisschen Farbe im Gesicht und deine Zunge ist da, wo sie hingehört.«

»Mir ist noch schwindelig. Und alles kribbelt.«

»Wer weiß, wie lange du schon so da gelegen hast, bis Ian dich gefunden hat.«

Tatsächlich wurde es langsam hell, ich musste länger weg gewesen sein, als ich gedacht hatte. »Wie spät?«

»Kurz vor fünf.«

»Hast du Rahel gesehen? Es ging ihr nicht so gut –«

»Rahel ist in Ordnung. Lennox und seine Leute sind hier aufgelaufen, und es gab eine Auseinandersetzung, aber ich hab nicht genau mitbekommen, wer noch dran beteiligt war. Archie und Alec, glaube ich. Danach sind Lennox und Co wieder abgezogen.«

Wir schwiegen einen Moment.

»Hat Ian dir den Punsch gegeben? Er schwört, er hätte dich so im Gras gefunden, aber mich lässt das Gefühl nicht los, dass er dich selber abfüllen wollte.«

Ehrlich gesagt konnte ich mich nicht mal mehr erinnern, wer mir das Glas in die Hand gedrückt hatte, aber Ian bestimmt nicht. Auf jeden Fall war es nicht seine Schuld, dass ich nicht wusste, wann ich genug hatte. Normalerweise passierte mir das nicht, aber normalerweise mischte ich auch meine Drogen nicht, und so würde ich es künftig auch wieder halten, das schwor ich mir.

»Ian ist ein Idiot, aber so was traue ich ihm nicht zu. Außerdem bin ich überhaupt nicht sein Typ.«

Matt stand der Zweifel ins Gesicht geschrieben. »Was macht der eigentlich beruflich? Metzger? So sieht er jedenfalls aus.«

Meine Zunge gewöhnte sich langsam wieder ans Sprechen. »Soweit ich weiß, gerade gar nichts. Er hat zwei Ausbildungen angefangen und abgebrochen. Eine davon sogar bei der Polizei.«

Ich erinnerte mich an das Unbehagen meines Vaters damals, als er Mr Inglis mitteilen musste, dass Ian seine zweite Ausbildungsstelle in Folge verloren hatte. Ich wusste nicht genau, was schiefgelaufen war, aber Livs Mutmaßungen nach hatte es was mit Ians Bereitwilligkeit zu tun gehabt, seine Drogen zu teilen. Gegen Geld.

»Halte dich trotzdem fern von ihm, wenn dir meine Meinung irgendwas zählt.«

»Schwierig. Seine Schwester ist meine beste Freundin«, sagte ich, und Matt seufzte.

»Mehr Wasser?«, fragte er mit Blick auf mein leeres Glas.

»Bitte.«

Er verschwand im Haus, und ich entwirrte meine Haare mit den Fingern, so gut es ging. Wahrscheinlich sah ich aus wie eine Hexe, dachte ich, und musste an Mrs Guthries Worte denken. Ich fragte mich, wer damit angefangen hatte, die Bezeichnung als Schimpfwort zu gebrauchen.

Auf der Wiese standen jetzt nur noch vereinzelte Grüppchen von Menschen beisammen. Musik kam aus der Anlage, obwohl niemand mehr sie bediente; ein langsames, schwermütiges Lied.

Ich griff in die Tasche meiner Strickjacke auf der Suche nach Kaugummi und bekam stattdessen einen kleinen Zettel zu fassen. Verdutzt zog ich ihn heraus und faltete ihn auf.

Halte dich da raus. Sonst hängst du als Nächste.

»Irgendwie sahst du vor zwei Minuten schon besser aus«, sagte Matt, als er wiederkam und mir das Glas hinstellte. Ich hatte den Zettel zurück in die Tasche gesteckt, aber der Schreck steckte mir noch in den Knochen. Ich nippte am Wasser und bemühte mich, lebendig und unbefangen auszusehen. Wie war das Ding in meine Tasche gekommen? Hatte es mir jemand im Gedränge zugesteckt? War die Person in Livs Zimmer gewesen? Oder – gruseligste aller Möglichkeiten: Hatte jemand mich beobachtet und die Gelegenheit genutzt, als ich bewusstlos im Gras gelegen hatte? Ich zog meine Jacke enger um mich.

»Ist dir kalt?«, fragte Matt sofort. Er ignorierte meinen Protest, zog seinen Pulli über den Kopf und verlangte, dass ich ihn anzog. Er roch so gut, dass ich länger als nötig herumwerkelte, bis ich das Loch für meinen Kopf fand.

»Soll ich hier verpackt sitzen, während du im T-Shirt frierst?«

»Mir ist sowieso zu warm.«

»Lügen gehen dir etwas zu leicht über die Lippen«, sagte ich schwach.

»Was hat dich nur so zynisch gemacht, Anna Cairns?«

»Das Leben. Der Tod.«

»Vielleicht solltest du zur Abwechslung mal aufhören, alle anderen zu retten, und dich selbst ein bisschen retten lassen.«

»Was soll das heißen?«

»Ich kenne diese kleine Falte da an deiner Nasenwurzel. Die tritt immer in Aktion, wenn du dich um jemanden sorgst. Und seltsamerweise bist am Ende immer du zuständig, jeden zu retten und alles zu lösen.«

»Irgendeine muss es ja tun.«

»Ich meine nur: Du hast Freunde. Mich zum Beispiel. Verteil die Last ein bisschen.«

Er legte eine Hand auf mein Knie, ganz leicht, als könnte ich bei unsanfter Berührung zerfallen. Ich betrachtete seine Hand, die langen, wohlgeformten Finger, richtige Klavierspielerfinger hatte er, und ich nahm meinen ganzen Mut und allen Leichtsinn zusammen und strich mit dem Zeigefinger über seinen Handrücken. Ich fühlte seinen Blick auf mir, aber ich starrte weiter auf unsere Hände, und mein dummes, dummes Herz schlug so schnell, dass ich es am liebsten zerquetscht hätte. Matt lehnte sich nach vorn zu mir und flüsterte: »Such nicht immer nach einem Haken, Anna.«

Und da hob ich meinen Blick und sah in seine ernsten braunen Augen, und ich wusste, dass ich verloren war.

NEUNZEHN

»Erzähl mir *alles*«, forderte Liv, als wir gegen ein Uhr mittags wach wurden. Mein Kopf pochte wie die Hölle, und wenn ich ihn zu schnell bewegte, drehte sich das ganze Zimmer.

»Erst du«, sagte ich, stützte mich seitlich auf den Ellbogen und wartete, bis die Welt wieder stillstand. »Ich hab gehört, Lennox ist noch hier aufgekreuzt? Matt hat was von einem Tumult erwähnt.«

»Kannst du dir das vorstellen? Dass er tatsächlich den Nerv hatte, hier aufzutauchen? Der dachte allen Ernstes, wir würden ihn einfach so zu Rahel lassen. Ich hatte Ian vorgewarnt. Der war dann grade nicht da, aber er hat's den Zwillingen gesagt, und die haben Lennox seine Mütze vom Kopf gehauen und ihn einfach hochgehoben und weggetragen, als wäre er eine Kommode. Es war herrlich, ich sag's dir.«

»Schade, dass ich es verpasst habe.«

»Sehr schade.«

»Und wie war's mit McNeil? Also ... Morton? Ich weiß, dass du dich mit ihm getroffen hast.«

»Wir hatten uns auf der Schattenwiese verabredet, weil da nie jemand hingeht. Nur ganz kurz. Na und? Ich wollte an meinem Geburtstag meinen Freund sehen. Das hat ja wohl null Neuigkeitswert.«

»Da ist was dran.«

»Aber du? Seit wann bist *du* diejenige von uns, die sich dermaßen abschießt, dass sie das Bewusstsein verliert?«

»Kommt nie wieder vor.«

»Das will ich hoffen. Du stiehlst mir noch das Rampenlicht.«

Auf diese Art von Aufmerksamkeit konnte ich dankend verzichten, überhaupt stand ich lieber am Rand als im Zentrum des allgemeinen Interesses, aber am meisten schämte ich mich beim Gedanken daran, dass Matt mich so gesehen hatte.

»Und dann machst du dir auch noch Matt klar? Respekt, Anna. Der konnte sein Glück bestimmt kaum fassen, so lange, wie er schon scharf auf dich ist.«

So wie Liv es sagte, klang das so vorsätzlich, dabei war ich mir heute schon überhaupt nicht mehr sicher, ob das alles eine gute Idee gewesen war. Zu allem Unglück war Matt auch noch ein unglaublich guter Küsser.

»Moment mal …«, sagte Liv. »Hast du gestern nicht erzählt, er war mit dieser Blondäugigen da?«

»Melinda. Aber da läuft nichts.«

Sie waren zusammen hergekommen, und Melinda hatte seine Hand genommen, damit sie sich in der Menge nicht verloren, hatte Matt erklärt. Und sie hätte wohl auch nicht mehr losgelassen, aber Matt hatte ihr an dem Abend klargemacht, dass er nicht zu haben war. Weil er nicht aufhören konnte, an eine andere zu denken. Jap, da war es wieder, dieses flaue Gefühl im Magen, das keine Droge der Welt imitieren konnte, und plötzlich wusste ich ganz genau, wie es Ralph Inglis gehen musste.

Noch schwerer lag mir im Magen, dass ich mich Matt nach dem ersten, ewig langen Kuss regelrecht an den Hals geworfen hatte – und er mich abgewiesen hatte. »Das verschieben wir auf einen Tag, an dem du wieder weißt, wie viele Finger ich hochhalte«, hatte er gesagt.

»Keine«, hatte ich zurückgegeben, aber das hatte nichts an seiner Entscheidung geändert.

Ich erzählte Liv nichts von dem Zettel in meiner Tasche. Irgendwie war die Sache bei Tageslicht noch verstörender. Entweder hatte sich jemand einen makabren Scherz erlaubt, oder, und der Gedanke allein ließ mir eiskalt werden: Bellas Mörder war auf Livs Party gewesen *und* wusste, dass ich ihm auf der Spur war. Obwohl ›auf der Spur‹ einen Euphemismus darstellte. Ich war mit der Entzifferung von Bellas letzten Tagebucheinträgen kaum vorangekommen, Nathan Meitner hatte mir nur einen Namen genannt, den ich schon kannte, und ich würde vielleicht nie herausfinden, wem das Feuerzeug gehörte, mit dem die Eibe in Brand gesteckt worden war. Stattdessen hatten die Dinge zu Hause einen neuen Tiefpunkt erreicht, ich hatte noch immer keine Lösung für mein McNeil-Problem, obwohl mir weniger als eine Woche Zeit blieb, und wenn mich nicht alles täuschte, war ich entweder dabei, den Verstand zu verlieren, oder hatte in einem magischen Ritual, das fünf Nummern zu groß für uns war, die Aufmerksamkeit einer feindlichen Präsenz auf mich gezogen.

Meine letzte Erinnerung von heute Nacht, bevor die Dunkelheit mich verschlungen hatte, war der Anblick von einem Paar Sterne, die mich durchdringend angestarrt und *geblinzelt* hatten.

Spät am Nachmittag raffte ich mich endlich auf und machte mich auf den Weg nach Hause. Ceciles Eltern waren vor Stunden in ihrem Jaguar davongefahren, Dad und Cecile hatten Marie zu einer Freundin geschickt und warteten gemeinsam auf mich im Wohnzimmer. Sie saßen nebeneinander am Esstisch. Ich legte meine Jacke über die Stuhllehne und setzte mich Dad gegenüber. Die Art, wie Cecile Dads Hand hielt, verriet nichts Gutes. Was jetzt kommen würde, hatten die beiden vorher abgesprochen, und ich ging jede Wette ein, dass Cecile die treibende Kraft dahinter war.

»Wir haben lange über den Vorfall am Freitag gesprochen. Was geschehen ist, war mehr als ein Tropfen, der das Fass zum Überlaufen gebracht hat. Du hast Cecile verletzt, und das ist durch nichts zu entschuldigen. Damit hast du endgültig eine Grenze überschritten.«

»Sie hat mich auch verletzt, zählt das nichts? Wer von uns beiden ist denn die Erwachsene?«

»Dein Alter ist keine Rechtfertigung. Und es geht nicht nur um Freitag. Es lief noch nie gut mit euch beiden, und ich kann auf deiner Seite keinerlei Willen erkennen, etwas daran zu ändern. Daher sind wir sind zu dem Schluss gekommen, dass es für alle Beteiligten besser wäre, wenn es zu einer räumlichen Trennung käme.«

Ich brauchte einen Moment, die Bedeutung seiner Worte zu erfassen. »Du wirfst mich raus?«

»Du machst es Cecile unmöglich, mit dir unter einem Dach zu leben. Sie hat sich so viel Mühe gegeben, und du machst ihr das Leben schwer, wo immer du kannst. Und das ist nicht alles: Du schleichst dich zu jeder Unzeit aus dem Haus, du rauchst und trinkst, und nicht zuletzt bist du ein schlechtes Vorbild für deine kleine Schwester.«

»Verstehe ich das richtig: *Sie* hat *mich* angegriffen, und jetzt muss *ich* gehen?«

»Ich war dabei. Du hast sie derart provoziert –«

»Wie oft soll ich es noch sagen: Ich habe ihr die Tabletten nicht untergejubelt! Was sollte ich davon haben? Woher sollte ich überhaupt –«

Ich hielt inne. Ein Verdacht formte sich in mir, der auf den ersten Blick wenig Sinn, aber auf den zweiten und dritten Blick vielleicht gerade deshalb doch Sinn ergab. »Gleesons. Jede Wette, sie haben dir die Tabletten aus Versehen in der Reinigung reingelegt.«

Cecile schnaubte ungläubig, aber ich war mir plötzlich vollkommen sicher.

»Habt ihr euch nie gefragt, wie sich in Dunwood eine Reinigung halten kann? Hier hat doch fast niemand die Kohle dafür. Außerdem räuchert Abigail die frische Wäsche sofort wieder ein. Welcher Masochist bringt da weiterhin seine Sachen hin? Die Reinigung ist ein Umschlagplatz. Ganz sicher.«

Ich hatte mich nicht verhört, als Ians Freund ihn nach einem frischen, weißen Hemd gefragt hatte. Es war ein Code. Ich wusste nicht, wer dahintersteckte, aber es war die logischste Erklärung für meine Beobachtungen.

»Du bist komplett übergeschnappt«, sagte Cecile. »Vielleicht wäre eine Einrichtung ein besserer Ort für dich, das glaube ich langsam. Etwas für widerspenstige Mädchen.«

Sie sah Dad an, um seine Bestätigung einzuholen, aber dessen Blick verriet, dass mein Verdacht zu irgendetwas passte, das er schon mal gehört hatte.

»Bernard, du denkst doch nicht ernsthaft darüber nach! Das ist absurd!«

Dads Entschlossenheit schien zu bröckeln. »Vielleicht ist es nicht völlig abwegig.«

»Bitte, Dad. Ich lüge nicht.«

Cecile stand auf und stemmte die Arme in die Hüften. »Wir haben das besprochen. Entweder sie geht oder ich. Du hast die Wahl.«

Dad sah von mir zu Cecile und zurück, unfähig, sich zu einer Entscheidung durchzuringen.

»Ich gehe«, sagte ich und nahm meine Jacke vom Stuhl.

»Du hast gewonnen. Tu so, als hätte Mum nie existiert, als hätte ich nie existiert, als wäre alles hier schon immer deins gewesen. Es ist mir egal. Das hier ist nicht mehr mein Zuhause.«

»Wo gehst du jetzt hin?«, fragte Dad, als ich mit einer Reisetasche und zwei Einkaufstüten voller Dinge, die dort nicht mehr hineingepasst hatten, die Haustür öffnete.

»Das ist nicht mehr dein Problem.«

Er hielt mich an der Schulter fest.

»Wenn was ist, kannst du trotzdem immer zu mir kommen. Daran ändert sich nichts.«

»Wow.« Ich sah ihm direkt in die Augen. »Dass du das sagen kannst, ohne zu lachen.«

Ich ließ die Tür hinter mir ins Schloss krachen.

Mein erster Gedanke war der Inglis-Hof. Livs Familie hatte Platz für zehn, und sie hätten mich sofort aufgenommen, das wusste ich. Aber der Trubel einer Großfamilie war mir momentan zu viel, ich sehnte mich nach Rückzug, außerdem wollte ich nicht von einer Abhängigkeit direkt in die nächste stolpern. Es gab noch eine andere Möglichkeit.

Bellas Hütte hatte unter den Geschehnissen der letzten Wochen gelitten. Das Fenster war noch immer kaputt, der Garten von der Polizei umgegraben und etliche Beete dabei zertreten worden. Auch in der Hütte herrschte Chaos. Am liebsten hätte ich noch am selben Abend gefegt und aufgeräumt, aber als das Adrenalin langsam meinen Körper verließ, traf mich die Erschöpfung wie eine Ladung Zement.

Ich fütterte Jaro, der irgendwann aus dem Wald gelaufen kam, bezog das Bett unter dem Giebel mit Wäsche aus Bellas Schrank neu und ließ mich hineinsinken. Regen prasselte auf das Dach, übertönte meine Gedanken und senkte sich dann zu einem Flüstern ab, das mich in den Schlaf geleitete.

Als ich das nächste Mal aufwachte, war es Dienstag. Ich schaffte es erst zur Dritten in die Schule, wo Liv und Rahel kurz davor gewesen waren, ganz Dunwood mit Vermissten-Plakaten zu tapezieren.

»Tut mir leid, dass ich mich nicht gemeldet habe. Aber mal ehrlich, ihr hättet auch selbst draufkommen können, wo ich bin.«

»Du hättest wenigstens eine Nachricht in die Eibe legen können«, sagte Rahel. Aber ohne, dass es eine von uns ausgesprochen hatte, war unser geheimer Briefkasten seit dem Mord an Bella, nun ja, tot.

Liv grunzte etwas Unfreundliches, was ich dem Ausmaß ihrer ausgestandenen Besorgnis zuschrieb. Rahel sah mit ihrer Beinahe-Glatze so verändert aus, dass ich immer wieder zweimal hinsehen musste, weil ich sie für jemand anderen hielt. Auch wenn ihr Kahlschlag bei Lennox sein Ziel nicht verfehlt hatte, fand ich, dass sie ohne Haare fast noch schöner aussah; ihre Augen wirkten größer und ein neuer Glanz verlieh ihnen eine geradezu mystische Aura. Wie so eine Sirene, die mit ihren Wangenknochen Schiffsrümpfe aufschlitzen hätte können. Und wenn Haarlosigkeit Typen wie Lennox fernhielt, vielleicht sollten wir uns alle die Köpfe rasieren?

In der großen Pause passte ich Mrs Guthrie ab und bat sie um eine Empfehlung für die *Academy*. Es nutzte alles nichts, ich würde auf keinem Weg, den ich zu gehen bereit war, ein Schreiben aus McNeil herauspressen. Und wenn man mich im Vorstellungsgespräch fragte, warum, dann würde ich keine Antwort haben, weil die Wahrheit sich nicht dafür eignete, erzählt zu werden. Obwohl ich mir nichts vorzuwerfen hatte und McNeil so einiges, ahnte ich, dass mir die Geschichte trotzdem nicht gut ausgelegt werden würde. So war das mit Wahrheiten: Sie brauchten nicht nur eine Mutige, die sie aussprach, sondern auch Mutige, die sie hören wollten.

Ich hatte mir auf der Party eine Auszeit erlaubt und war dabei über jedes Ziel hinausgeschossen. Nicht nur hatte ich mich bis in die Bewusstlosigkeit berauscht, ich hatte außerdem all meine guten Vorsätze und Vorsicht gegenüber Matt fallen lassen. Und all das, obwohl mir nur noch eine Woche Vorbereitung für mein Gespräch an der *Academy* blieb, und – wenn sie mich trotz des McNeil-förmigen Steins im Weg noch haben wollten – nur wenige Wochen, um Bellas Mörder zu finden. Ich musste meine Nachforschungen intensivieren, alles oder nichts, und dabei vorsichtiger sein als zuvor, weil irgendjemand es anscheinend auf mich abgesehen hatte. Jemand, der mir so nahegekommen war, dass er mir einen Zettel in die Tasche stecken konnte. Bei diesem Gedanken wurde mir flau im Magen.

In der nächsten Stunde ließ ich Mrs White über Shakespeare referieren, ohne ihr einen Funken Aufmerksamkeit zu schenken. Stattdessen erstellte ich ein Diagramm auf meinem Block, das meine bisherigen Spuren zusammenfasste. Und wie ich plante, sie weiterzuverfolgen.

Ich musste herausfinden, ob Gleesons Reinigung ein Drogenumschlagplatz war. Und wenn ja, wer dahintersteckte. Gab es eine Verbindung zu Gary und Ace? Hatte der ominöse Sandmann damit zu tun? Bella hatte etwas über die drei gewusst, und ich brauchte nicht allzu viel Fantasie, um mir auszumalen, wie daraus ein Motiv für den Mord hatte werden können.

Was hatte Bella kurz vor ihrem Tod für Jennifer Everard getan? Sie war die Letzte der fünf, deren Namenskürzel in Bellas Tagebuch in den Wochen vor dem Mord erwähnt wurden. Bislang hatte das Tagebuch mir kein Stück weitergeholfen, und ich wurde das Gefühl nicht los, dass ich dabei etwas übersah.

Was hatte Helen bei Bella gesucht, als Nathan Meitner sie dort getroffen hatte? Hatte Helen mir etwas Wichtiges verschwiegen?

Wessen totes Baby hatte in Bellas Garten gelegen, und warum? Vielleicht war das Skelett schon dort begraben gewesen, bevor Bella eingezogen war. Aber wenn unser Ritual funktioniert hatte, *wenn*, dann gab es eine Verbindung zum Mord, und ich musste herausfinden, welche.

Last, but not least: Wem gehörte das Feuerzeug, das ich bei der brennenden Eibe gefunden hatte?

Für die letzten beiden Fragen fehlten mir bisher jegliche Ansatzpunkte, aber die ersten drei allein würden mir alle Hände voll zu tun geben.

In der Biologie-Stunde sorgte ich dafür, dass ich neben Pauline Everard saß, als unsere Hausarbeitsprojekte verteilt wurden. Es brauchte keine große Überredungskunst: Paulines Nebensitzer war bei vergangenen Projekten nur Ballast gewesen, und sie freute sich auf die Aussicht, mit jemandem zusammenzuarbeiten, der tatsächlich mitmachte. »Wie wäre es Freitagnachmittag?«, fragte ich.

»Klar. Aber erst ab sechs, vorher hab ich Theater-AG.«

Ich weiß, Pauline. Ich weiß.

Nach der Schule begann ich endlich damit, die Hütte auf Vordermann zu bringen. Ich arbeitete den halben Nachmittag, bis alles sauber und aufgeräumt war. Nur das kaputte Fenster blieb ein Problem, ich konnte es weiterhin nur mit Folie abdecken. Gerne hätte ich Nathan Meitner gefragt, ob er es reparieren würde, aber vermutlich hätte er die Nachricht von meinem Einzug nicht sonderlich gut aufgenommen. Die Sorge vor ernsthaften Konsequenzen, sollte jemand herausfinden, dass ich unerlaubt hier wohnte, hatte ich längst abgelegt. Niemand scherte sich mehr darum, hier war nichts zu holen. Und wenn jemand käme und Besitzansprüche stellte, konnten wir immer noch weitersehen.

Ich genoss die Zeit allein in der Hütte. Es war fast wie in meinem Schuppen, nur besser, weil ich nie befürchten musste, dass Cecile anklopfte und mir Arbeit zuteilte. Ich vermisste nur drei Dinge: Elektrizität, eine Badewanne … und Marie.

Schnell stellte sich ein neuer Alltag ein. Wann immer ich Zeit dazu fand, arbeitete ich an Bellas Beeten, einfach, weil es mir falsch vorkam, ihr Werk herunterkommen zu lassen. Ich unternahm lange Waldspaziergänge mit Jaro, und abends las ich mich im Schein der Öllampe durch Bellas Bibliothek. Immer öfter kochte ich Kräuterrezepturen daraus nach: Essenzen, Tinkturen, Tees. Wenn das jeweilige Buch vorsah, dass ich bestimmte Mondphasen einhielt oder eine unbekannte Formel dazu sprach, dann tat ich es. Selbst wenn ich nicht daran glaubte, was konnte es schon schaden? Liv und ich wechselten uns mit dem Besitz des Buchs der Alten Magie ab. Ich studierte die Beschwörungen und Rituale, fand immer wieder neue Nuancen oder handschriftliche Bemerkungen, die in winziger Schrift hinzugefügt worden waren. Ob von Bella oder einer früheren Besitzerin – vielleicht der imposanten Alten auf Mrs Guthries Fotos –, das konnte ich zu diesem Zeitpunkt noch nicht unterscheiden. Erst nach einigen Tagen intensiven Studiums lernte ich Bellas Handschrift so gut kennen, dass ich sie von anderen abgrenzen konnte. Aber nirgendwo fand ich genauere Auskünfte, was zu tun war, wenn man mit einem Ritual die Aufmerksamkeit einer feindlichen Präsenz auf sich gezogen hatte.

Die Augen hatte ich seit Livs Party nicht mehr gesehen, weder im Traum noch in wachem Zustand. Aber ich *fühlte* sie. Wenn ich zum Brunnen ging, um Wasser zu holen, wenn ich nach Einbruch der Dunkelheit vom Brewers nach Hause lief, manchmal sogar im Unterricht. Sie verfolgten mich, sie lauerten, und sie warteten auf etwas. Ich brauchte kein Buch, um mir zu verraten, dass ein weiteres Ritual Gefahr bedeuten würde. Völlig egal, ob die Augen nur in meinem Kopf existierten oder nicht, auf die eine oder andere Weise hatte ich sie während des Rituals zum Leben erweckt, und ich wusste nicht, wie ich diese Verbindung wieder schließen konnte. Die Alte Magie war tabu, wenn selbst eine erfahrene Frau, eine fähige ›Hexe‹ wie Mrs Guthrie, ihr abgeschworen hatte. Nur eine Hasardeurin oder eine Lebensmüde würde sich darüber hinwegsetzen, so viel war klar.

Es gab nur ein klitzekleines Problem: Mir verlangte nach ihr. Ich hatte einen Blick über den Tellerrand geworfen und ein Licht gesehen, ein unvergleichliches Licht, von dem ich nie gewusst hatte, dass es existierte. Und jetzt erschien mir alles andere stumpf.

Am späten Mittwochnachmittag packte ich zwei von Bellas Kräuterheilbüchern ein und bezog meinen Wachposten im Driftwood Café, das wie eigens für mich gemacht einen Tisch mit Blick aus dem Schaufenster genau auf Gleesons Reinigung bot. Ich hielt mich so lange wie möglich an einer heißen Schokolade fest, studierte Rezepte für Ringelblumen-Essenzen und Lavendeltinkturen und notierte mir heimlich, wer wann die Reinigung betrat und verließ und was die Person jeweils bei sich trug. Es war eine öde Angelegenheit, das Publikumsaufkommen war wie erwartet gering. Aber entweder hatte ich zufällig Gleesons Happy Hour für Burschen erwischt, Dunwoods junge Männer kleideten sich überdurchschnittlich gerne in Kaschmir und andere pflegeintensive Stoffe, oder die Reinigung hatte mehr zu bieten als Fleckenentfernung.

Auch am nächsten Tag und am Tag darauf bezog ich meinen Posten im Driftwood. Bis jetzt standen auf meiner Liste der unwahrscheinlichen Reinigungskunden unter anderem zwei äußerst schlecht gekleidete Kumpel von Ian Inglis, ein Typ namens Thomas aus Lennox' Clique und Ole von der Tankstelle. Ich wusste nicht genau, worauf ich noch wartete, aber ich saß am Freitag nach der Schule wieder auf meinem Posten, als Abigail Gleeson die Reinigung verließ. Daran wäre absolut nichts Ungewöhnliches gewesen, schließlich arbeitete sie dort. Aber die Art, wie sie sich nervös umsah, und wie sie ihre große schwarze Handtasche an sich gedrückt hielt, ließ meinen inneren Wachhund aufhorchen. Ich bezahlte meine kalte Schokolade und verließ das Café. Abigail in Dunwoods Straßen auf den Fersen zu bleiben, war ungefähr so schwierig, wie Ronald MacDonald zu einem Burgerrestaurant zu verfolgen, aber als sie hinter der Kirche auf einen Waldweg einbog, gestaltete sich das Ganze schon kniffliger. Ich ließ so viel Abstand, dass ich sie gerade noch im Blick behielt, als sie immer weiter in den Wald lief. Was wollte sie hier – an einem Freitagnachmittag – mitten zur Arbeitszeit?

Nach einigen Minuten bog sie plötzlich vom Weg ab mitten zwischen die Bäume. Hier konnte ich ihr nicht mehr ungesehen folgen. Ich blieb hinter einem Baum stehen und beobachtete die Stelle, an der sie abgebogen war, aber nichts bewegte sich. Ich wollte gerade abziehen, da tauchte sie an derselben Stelle wieder auf, richtete ihre Haare und kam den Weg zurück in meine Richtung. Schnell trat ich weiter ins Geäst und wartete, bis sie mich passiert hatte und außer Sicht gelaufen war. Dann folgte ich ihren Spuren zwischen die Bäume. Nichts verriet mir, was Abigail hier gesucht haben könnte, aber aus meiner Sicht gab es darauf nur eine sinnvolle Antwort: einen toten Briefkasten. Vergraben würde sie nichts haben, dazu fehlte ihr das nötige Gerät. Große Steine oder Röhren gab es nicht. Also war die naheliegende Option ein Baum. Ich suchte die Stämme nach unauffälligen Kennzeichen ab, vielleicht hatte jemand etwas in die Rinde geritzt oder einen Ast abgebogen. Falls ja, konnte ich jedenfalls nichts entdecken. Mein Blick fiel auf eine alte Buche. Sie war der größte und älteste Baum im Umkreis und deshalb mit einiger Wahrscheinlichkeit innen hohl. Ich näherte mich dem Baum. Eine Öffnung lag auf der wegabgewandten Seite. Ich fasste hinein, bis mein ganzer Arm im Stamm verschwand, und bekam eine Tüte zu fassen. Ich zog sie heraus. Vier ordentliche Bündel Scheine lagen darin, in Zwanzig- und Fünfzig-Pfund-Noten. Ein Batzen Kohle, der mein Studium auf einen Schlag finanziert hätte, und noch mehr. Für einen Moment drückte ich das Geld an mich, stellte mir vor, wie einfach alles wäre, wenn ich es behielte. Niemand würde davon wissen. War es überhaupt illegal, Kriminelle zu bestehlen?

Es spielte keine Rolle. Ich war nicht hier, um mich zu bereichern, sondern um einen Mörder zu finden. Ich verpackte die Scheine und stopfte sie so in die Buche, wie ich sie vorgefunden hatte. Dann legte ich mich hinter einem Brombeerstrauch auf die Lauer. Es konnte nicht lange dauern, bis der Empfänger auftauchte: Niemand würde so viel Geld gerne unbeobachtet lassen. Allerdings musste ich vor sechs bei den Everards sein, bevor Pauline von ihrer Schauspiel-Truppe zurückkam.

Aber die Kirchturmuhr schlug fünf Mal, und noch immer hatte niemand den Briefkasten geleert. Verdammt. Wenn die Person bis jetzt nicht aufgekreuzt war, lag die Vermutung nahe, dass sie den Einbruch der Dunkelheit abwarten würde. Und bis dahin wäre ich nicht mehr hier, ganz abgesehen davon, dass ich für eine nächtliche Wache nicht gerüstet war. Müsste ich auf ein nächstes Mal warten? Aber woher wusste ich, wann das war? Und welcher Kriminelle war so unvorsichtig, denselben toten Briefkasten immer wieder zu benutzen? Die Weitsicht würde es gebieten, zumindest zwischen mehreren Ablageorten zu rotieren. Meine Optionen waren begrenzt. Aber ich wollte nicht abziehen, ohne zumindest meine Aussichten zu verbessern. Wenn der Dealer, und das war er wohl, sein Geld erst bei Dunkelheit abholen würde, dann blieb mir noch fast eine Stunde Zeit, ihm ein kleines Andenken mitzugeben. Und ich hatte da auch schon eine Idee.

»Anna, grüß dich. Du bist ein bisschen früh, Pauline ist noch nicht da –«

Ich tat überrascht, begrüßte Mrs Everard und folgte ihr durch den engen Flur ins Haus. Clyde, ein Zwergpinscher mit rotem Halsband und übergroßem Beschützerinstinkt, sprang mir kläffend um die Knöchel.

»Der tut nichts«, sagte Mrs Everard. »Er lebt nur in ständiger Sorge um Pauline und mich.« Sie lächelte bedauernd.

»Möchtest du oben in ihrem Zimmer warten? Oder kann ich dir einen Tee anbieten?«

»Ein Tee wäre toll, danke. Ich habe den ganzen Nachmittag nur süßen Kakao getrunken, und jetzt kleben mir beinahe die Kiefer zusammen.« Ich klapperte zweimal mit den Zähnen.

Mrs Everard lachte und führte mich in einen kleinen Salon, der von oben bis unten in Blau gehalten war. Clyde nahm mit gespitzten Ohren auf einem Sessel gegenüber von mir Platz und ließ mich nicht aus den Augen.

»Trägt Ihr Mann so spät noch aus?«, fragte ich beiläufig.

»Nein. Aber um diese Zeit sitzt er meistens noch im Brewers. Erst zum Abendessen kommt er heim.«

Unser schiefes Lächeln musste fast perfekt symmetrisch gewesen sein.

»Kein Tee für Sie? Ich komme mir so doof vor, allein zu trinken«, sagte ich, als Mrs Everard mit einer Tasse zurückkehrte.

»Ich muss mit meiner Trinkmenge aufpassen. Die Nieren. Aber ich leiste dir gerne Gesellschaft.«

Ich nickte dankbar und nippte an meinem Tee.

»Blau war die Lieblingsfarbe meiner Mutter«, sagte ich. »Wäre es nach ihr gegangen, hätten wir unser ganzes Haus so gestrichen. Aber Dad war dagegen.«

Mrs Everard legte den Kopf schräg, wie Menschen es so gerne tun, wenn man über Verstorbene spricht.

»Wie lange ist es jetzt her?«, fragte sie leise.

Wenn man früh mit dem Tod konfrontiert wird, lernt man schnell, echte Empathie von vorgespielter zu unterscheiden. Mrs Everard hatte kein Schutzschild vor sich, als sie mich fragte. Sie war bereit, ein Stückchen von meinem Schmerz bei sich aufzunehmen und für die Dauer dieses Gesprächs zu verwahren. Und ich dankte es ihr mit einer Lüge.

»Drei Jahre. Es war eine schlimme Zeit. Wir hätten damals nicht mehr weiter gewusst ohne die Hilfe von Bella McQuoid. Und jetzt … Jetzt ist sie auch tot.« Ich sah an Mrs Everard vorbei aus dem Fenster. »Pauline hat mir erzählt, dass Bella Ihnen auch mal geholfen hat.«

Jennifer Everard zog das Kinn ein wie eine Schildkröte, die sich in den Panzer verkriecht.

»Hat sie das?«

Ich brachte es nicht übers Herz, die Lüge zu wiederholen. »Bella hat vielen hier geholfen. Das Dorf ist schlechter dran ohne sie.«

Mrs Everard nickte ein paar Mal, wie zu sich selbst. »Ja. Ganz bestimmt. Die Guten gehen immer zuerst. Vielleicht wartet irgendwo etwas Besseres auf sie.« Wieder dieses traurige Lächeln, als hätte sie kein bisschen Vertrauen in die eigenen Worte. Sie strich über die Armlehne der blauen Couch. Der Ärmel ihrer Bluse rutschte ein Stück zurück und legte eine längliche, leicht verblasste Narbe frei. Ohne hinzusehen, zog sie den Ärmel wieder glatt.

»Das sieht schlimm aus.« Ich deutete auf ihren Arm.

»Ach, das ist nichts. Da bin ich in unsere Glas-Vitrine gefallen und habe mir an den Scherben den Arm aufgeschnitten. Ich dummes Huhn.«

Vielleicht hätte ich ihr geglaubt, wäre es die erste alte Verletzung gewesen, die ich an ihr entdeckt hatte.

»Ein Öl aus Hagebutte und Weihrauch hilft bei schlecht verheilenden Narben. Wenn Sie wollen, bringe ich Ihnen eins vorbei.«

»Das ist wirklich nicht nötig.« Ihr Bein wippte vor und zurück; sie wäre gerne aufgestanden, aber die Höflichkeit hielt sie an Ort und Stelle. Höflichkeit und Übung darin, weit Unangenehmeres auszuhalten.

Die Kirchenuhr schlug sechs Mal. Jeden Moment konnte Pauline erscheinen. Ich musste mich beeilen.

»Als Sie im März bei ihr waren, hat Bella auf Sie depressiv gewirkt? Es ist nur, weil … Ich war so schockiert, als sie sich das angetan hat. Sie war so jung und wirkte auf mich immer so ausgeglichen. Ich komme einfach nicht darüber hinweg.«

»Ich hatte sie länger nicht mehr gesehen, bevor sie starb. Ich muss gestehen, nachdem ich ihre Hilfe nicht mehr benötigte, ist auch der Kontakt abgerissen. Kein feiner Zug von mir, ich weiß. Aber niemand wird gerne an die schlimmsten Zeiten erinnert, nehme ich an. Und kurz darauf hatte ja mein Mann den Unfall, und hier war einiges los …«

»Moment, der Unfall ist schon über ein Jahr her, oder nicht? Ich erinnere mich, dass damals zwei Wochen keine Post kam, weil sich kein Ersatz finden ließ –«

»Übermorgen genau ein Jahr. Aber jetzt geht es uns besser. Allen dreien. Wir sind dadurch als Familie stärker zusammengewachsen.«

»Und danach haben Sie Bella nie mehr besucht?«

»Nein, wie ich sagte. Leider.«

Ich suchte in ihrem Blick nach Anzeichen von Unaufrichtigkeit, aber sie verriet sich durch nichts. Selbst das wippende Bein hatte endlich Ruhe gefunden, obwohl der Unfall sicher als ›schlimme Zeit‹ durchgegangen sein musste. Oder etwa nicht?

»Pauline wird jeden Moment hier sein. Ich muss noch die Wäsche aufhängen, sonst würde ich gerne noch mit dir plaudern.«

Sie erhob sich, zupfte an beiden Ärmeln, um sicherzugehen, dass nichts verrutscht war, und ließ mich im Salon sitzen.

Als wenig später Pauline auftauchte, hatte ich einige Minuten Zeit gehabt, ungestört die Bilder im Salon zu studieren. Fotos von Pauline vom Kindesalter bis heute, von Mrs Everard über die Jahre und von Clyde. Nur zwei Fotos zeigten Mr Everard, den Postboten, und auf beiden trug er bereits seine Prothese.

Ich hatte nun eine Theorie, und Pauline würde mir helfen, sie zu testen.

Jetzt, wo ich wusste, wonach ich suchte, war es nicht mehr schwer, Pauline die restlichen Informationen zu entlocken. Ich brauchte nur von Ceciles Übergriff und meinem Rausschmiss von daheim zu erzählen, und es brach förmlich aus ihr heraus. Dass John Everard, der freundliche, allseits beliebte Postbote zu Hause lange Zeit weder beliebt noch freundlich gewesen war. Dass er mit Tellern und Stühlen und einmal sogar mit Clyde geworfen hatte. Dass Pauline Angst gehabt hatte, er würde ihre Mutter irgendwann umbringen. Wie Mrs Everard ihr immer wieder versprochen hatte, beim nächsten Mal würden sie gehen, sie und Pauline und Clyde, aber das nächste Mal war immer ›nur noch ein Mal‹ entfernt gewesen. Dann war Mrs Everard zu Bella gegangen, bei Nacht, als der Postbote schlief. Und eine Woche später war John Everard am Steuer seines Wagens eingenickt und unter einen Sattelschlepper gekracht. Alle waren sich einig gewesen, was für ein Glück er gehabt hatte, dass nur sein rechtes Bein zerquetscht worden war und nicht der Rest von ihm. »Wirklich großes Glück«, sagten auch Mrs Everard und Pauline, aber sie sahen aus irgendeinem Grund dabei gar nicht sehr glücklich aus. Bis deutlich wurde, dass John Everard mehr als nur sein Bein in diesem Unfall verloren hatte: Es war, als hätte in dem Bein seine ganze Bosheit gesteckt. Ohne das böse Bein war er ein anderer Mann. Und die Everards eine andere Familie. Es schien, als hätten Ehefrau und Tochter alles verziehen. Nur Clyde nicht, der blieb wachsam und vertraute dem Postboten nach wie vor kein Stück. Ich gab ihm einen von Jaros Snacks, bevor ich mich verabschiedete.

Mrs Everards Geschichte war eine Variation von Helens Erzählung, warum manche Frauen Bella um Hilfe ersucht hatten. Wenn Helen recht hatte, gab es einige solcher Schicksale, allein in Dunwood. Mir fiel Connor Levy von gegenüber wieder ein, dessen Mutter eines Tages einfach abgehauen war. Wie Dad und ich einmal beim Bäcker angestanden hatten und Mrs Levy mit einer geschwollenen Lippe und blauen Flecken im Gesicht den Laden betreten hatte. »Was ist mit Mrs Levy?«, hatte ich Dad gefragt, und er hatte mich weggezogen und befohlen, nicht hinzusehen. War das wirklich alles, was wir als Mitmenschen tun konnten? Wegsehen und still sein? Bei Mrs Levy, bei Mrs Everard. Beim alten John Einbaum. Alle sahen wir weg, nur Bella nicht.

Sie hatte viel über die Menschen in Dunwood gewusst. Und Wissen war Macht. Irgendjemand hatte nachts wach gelegen und keine Ruhe gefunden, in dem Wissen, dass Bella diese Art von Macht über ihn besaß.

Auf dem Weg zurück zur Hütte dachte ich noch immer über die Everards nach. Es gab nur zwei Möglichkeiten: Entweder hatte Mrs Everard mich angelogen, oder die Einträge in Bellas Tagebuch waren falsch. Zumindest hatte ich jetzt ein genaues Datum, wann Mrs Everard auf jeden Fall dort gewesen sein musste, der Abgleich mit den alten Einträgen würde mir hoffentlich mehr verraten.

»Hi, Mrs Pome–«

Ich stockte. Die alte Frau saß vor ihrem Haus auf einem Stapel Koffer. Sie trug ihren Sonntagshut, obwohl erst Freitag war, und einen alten Pelzmantel. Ihr Gesicht war rot und schweißfeucht – kein Wunder, bei ihrem Aufzug.

»Warten Sie auf jemanden?« Ich trat an ihren Zaun, einer Ahnung folgend.

Sie warf mir einen misstrauischen Blick zu. »Kennen wir uns?«

»Ich bin's, Mrs Pomeroy. Anna Cairns. Sie kennen mich seit siebzehn Jahren. Also quasi länger als ich mich selbst.«

Sie glaubte mir kein Wort.

»Tut mir leid, ich habe keine Zeit zum Tratschen. Werde gleich abgeholt. Wir fahren an die See, mein Mann, die Söhne und ich.«

Sie zog den Mantel enger um sich und rutschte auf dem Koffer hin und her. Wusste der Himmel, wie lange sie hier schon wartete, ich musste sie ins Haus und aus dem Mantel kriegen, sonst würde sie demnächst einen Hitzschlag erleiden. Ich improvisierte.

»Deswegen bin ich hier. Ihr Mann hat auf der Wache angerufen, er ist mit dem Auto liegen geblieben. Sie warten auf den Abschlepper, aber es kann eine Weile dauern. Es wird heute leider nichts mehr mit der Abfahrt. Er sagt, Sie sollen doch bitte schon mal ein Abendbrot richten, er wird einen Mordshunger haben, wenn er später heimkommt.«

Mrs Pomeroy sah aus, als müsse sie im Kopf eine komplizierte Gleichung lösen. »Er hat wirklich angerufen?«

»›Richten Sie meiner Amalia aus, sie soll die eingelegten Gurken nicht vergessen‹, hat er gesagt. ›Ohne schmeckt mir mein Brot nicht.‹«

Jetzt nickte die alte Frau eifrig. Von Mr Pomeroys berühmtem Jieper auf Gewürzgurken hatte sie mir immer wieder erzählt, diese Erinnerung war lebendig in ihr.

»Kann ich Ihnen mit den Koffern helfen?«, fragte ich, als sie sich umständlich daran zu schaffen machte.

Sie ließ mich das Gepäck ins Haus tragen, wo ich sie daran erinnerte, ihren Mantel abzulegen. Ich vergewisserte mich, dass in ihrer Küche soweit alles in Ordnung war und ließ sie allein, als sie begann, mit Feuereifer Wurstbrote zu schmieren.

Es zog in der Hütte, als ich endlich dort ankam und die Tür hinter mir ins Schloss fallen ließ. Die Folie, mit der ich das kaputte Fenster abgedeckt hatte, war zum zweiten Mal seit meinem Einzug abgefallen. Vermutlich hatte der Wind sie abgerissen.

Ich holte frisches Wasser aus dem Brunnen und wusch mir Gesicht und Hände. Anschließend aß ich die Reste meines letzten Einkaufs: zwei Scheiben Toast und eine halbe Dose Bohnen, kalt.

Eigentlich hatte ich sofort in Bellas Tagebuch nachschlagen wollen, aber es war ein langer Tag gewesen, und ich fiel früh erschöpft ins Bett.

Mitten in der Nacht weckte mich ein Laut.

Jemand hatte meinen Namen gerufen; eine dunkle, kalte Stimme. Ein Windzug fegte durch die Hütte, das Fenster drehte sich quietschend in der Angel. Ich saß sofort aufrecht. Obwohl es keine kalte Nacht war, zitterte ich am ganzen Körper.

»Jaro?«, rief ich ins Dunkel. Vor meinem Einschlafen war er noch nicht wieder zurück gewesen, aber nachts hatte er mich noch nie länger verlassen. Ich fühlte mich sicher, wenn er da war. Aber das war er jetzt nicht, stattdessen hörte ich vor der Hütte Schritte im Kies, leise, so als wüsste die verursachende Person, dass sie belauscht wurde. Ich ließ mich aus dem Bett gleiten, zog meine Strickjacke über und kletterte barfuß die Leiter hinab.

Ich wagte es nicht, noch mal nach Jaro zu rufen, sondern schlich zur Eingangstür und stierte aus dem Fenster daneben in die Dunkelheit. Ich hörte keine Schritte mehr, und erst jetzt fragte ich mich, ob sie sich auf mich zu- oder von mir wegbewegt hatten, als ich sie vorhin vernommen hatte. Die Frage beantwortete sich Sekunden später, als sich mit einem charakteristischen Klick das Gartentörchen schloss.

Ich eilte zurück ins Wohnzimmer und zündete mit fahrigen Händen eine Öllampe an. Das Fenster stand offen, die Folie lag wieder am Boden. Jemand war hier gewesen, während ich friedlich geschlafen hatte. Panisch sah ich mich um, ob irgendetwas fehlte, aber meine wenigen Habseligkeiten lagen noch an Ort und Stelle, und auch Bellas Inventar schien auf den ersten Blick vollzählig.

Ich lief zum Fenster, um es zu schließen, und erschrak. Von innen am Fenstergriff hing eine kleine Strohpuppe an einer Schlinge um den Hals. Der Puppe fehlte ein Gesicht, aber es war nicht schwer zu erraten, wen sie darstellen sollte. Mit Reißzwecken grob in den Kopf gedrückt, hing in Wollfäden herab ihr langes, rotes Haar.

Noch bevor die Sonne aufging, hatte ich vor die kaputte Scheibe ein Stück Holz genagelt. Das hätte ich längst tun sollen. Dann holte ich Bellas Zauberbuch unter meinem Kissen hervor und schlug die Seite mit dem *Schutzzauber für das Heim* auf. Es war ein simpler Zauber, ich konnte ihn genauso gut allein wirken. Was nutzte es, der Gefahr durch die Alte Magie entgehen zu wollen, wenn die Bedrohungen der echten Welt mich bis in mein Haus verfolgten? Ich ging den Zauber mehrmals im Kopf durch, bis ich zuversichtlich war, ihn ohne Fehler und Unterbrechungen durchführen zu können. Wenn Bella diesen Zauber gekannt hatte, wieso hatte er sie nicht geschützt? Hatte man sie im Wald überfallen? Oder unter einem Vorwand aus der sicheren Hütte gelockt? Mir fiel wieder ein, wie ich mir bei unserem ersten Einbruch die Hand verletzt hatte, obwohl ich sehr vorsichtig vorgegangen war. War das den Überbleibseln eines Schutzzaubers zuzuschreiben?

Ich verbrannte die Strohpuppe im Kamin, auf keinen Fall wollte ich sie länger bei mir haben. Dann belegte ich alle Fenster und die Eingangstür mit dem Schutzbann.

Um zwei begann meine Schicht im Brewers. Ich hatte gehofft, Helen würde da sein, damit ich sie endlich zu ihrem Besuch bei Bella befragen könnte, aber stattdessen hörte ich Pennys raues Lachen schon beim Eintreten in den Gastraum.

»Was ist denn mit dir los?«, fragte sie zur Begrüßung. »Du siehst aus, als hättest du einen Geist gesehen.«

»So ähnlich. Kann ich dich um einen Gefallen bitten?«

»Das hat sich schon länger niemand mehr getraut«, sagte Penny.

»Ich mach's auch wieder gut, versprochen.«

Penny musterte mich eingehend. »Dann schuldest du mir schon zwei Gefallen. Ich hab deine Schuhe im Gebüsch hinter den Mülltonnen gefunden. Stehen in der Abstellkammer.«

Drei Mal durfte ich raten, wer sie dort versteckt hatte. Vermutlich reimte es sich auf Schmalastair.

»Kann ich heute alle abkassieren? Du kriegst natürlich dein Trinkgeld, wie immer.«

Sie lachte. »Wenn's nur das ist. Das kannst du wegen mir immer. Ich komme eh lieber mit dem Bier als mit der Rechnung in der Hand.«

»Gebongt. Danke, Penny. Wo ist eigentlich Helen?«

Penny holte Stift und Notizblock aus ihrer Schürze und lief an mir vorbei zu Tisch sieben. »Bei ihrer Mutter in Applecross. Die hat sich die Hüfte gebrochen. Gary redet schon die ganze Woche davon, dass er sie dafür feuern will … Sie hat sich noch nicht mal persönlich abgemeldet, sondern nur einen Zettel unter der Tür durchgeschoben. Feiner Zug, wa? Jetzt ist sie erst mal weg, mal sehen, ob sie noch einen Job hat, wenn sie wiederkommt.«

»Und wie lange bleibt sie in Applecross?«

»Wie lange braucht ein Knochen, um zu heilen? Bin ich das Orakel von Dunwood?«

Ich musste so geknickt ausgesehen haben, dass Penny Mitleid mit mir bekam. »Was wolltest du denn von ihr?«

»Es war … was Privates.«

Penny lachte. »Bist du süß. Glaubst immer noch, dass in diesem Dorf irgendwas privat bleibt.«

Da hatte Penny nicht ganz Unrecht, sowohl in der Sache als auch, was meine Naivität anging. Außerdem konnten Penny und Helen sich nicht riechen. Sie waren einmal beste Freundinnen gewesen, aber irgendwann hatten sie sich zerstritten, angeblich wegen eines Mannes, und seitdem herrschte Eiszeit zwischen den beiden. Es war also unwahrscheinlich, dass Penny, die alte Tratschtante, sonderlich zimperlich mit den Geheimnissen ihrer früheren Freundin umging.

»Na gut, versuchen wir's: Weißt du, weshalb Helen mal Bella McQuoid um Hilfe gebeten hat?«

Penny hielt inne und musterte mich aus zusammengekniffenen Augen.

»Was spielt das für eine Rolle? Die Frau ist tot.«

»Aber Helen nicht.«

»Ich verstehe den Zusammenhang nicht. Aber nur so viel: Helen hatte längere Zeit ein Verhältnis. Angeblich mit einem verheirateten Mann. Ich weiß nicht, mit wem, so gesehen bleibt tatsächlich manches ›privat‹, aber wenn du mich fragst, wollte sie 'nen Trank. Um den Kerl von seiner Alten loszueisen, nehme ich an.«

»So was hat Bella angeboten?«

Sie zuckte mit den Schultern. »Du wolltest Spekulation, da hast du sie.«

»Schon gut. Ich zieh mich um. Danke für die Schuhe.«

Penny hielt sich an unsere Vereinbarung und ließ mich alle Gäste abkassieren. Ich untersuchte jeden Geldschein, den ich annahm, unauffällig unter der kleinen Lampe, die ich mitgebracht und hinter einem Saftkarton neben der Kasse deponiert hatte.

Der Laden brummte, gefühlt war halb Dunwood im Verlauf dieses Abends irgendwann im Brewers, aber bisher war kein verdächtiger Schein aufgetaucht. Es war nicht viel mehr als ein Schuss ins Blaue gewesen, das Geld im toten Briefkasten mit phosphoreszierender Farbe zu markieren. Aber wenn der Strippenzieher hinter Gleesons ›Nebenerwerb‹ in Dunwood lebte, dann standen die Chancen nicht schlecht, dass er bald versuchen würde, etwas von dem Geld im Brewers auszugeben.

Der Sandmann hat nicht gerne Konkurrenz. Ein Sandmann brachte Schlaf, brachte Träume. Brachte Dunwoods Sandmann Tabletten und Drogen? Das Valium in Ceciles Bluse, Zauberpilze für Ian Inglis, was auch immer Lennox' Kumpel und Ole sich abgeholt hatten: frische weiße Hemden sicher nicht.

Sandmann. Der Name allein schien Furcht zu gebieten. Sowohl Ace als auch Ian hatten so reagiert, als Bella und Liv sie auf ihn ansprachen. Langsam kam es mir vor, als webte sich durch ganz Dunwood ein unsichtbares Netz; sobald man an einem Faden zog, bebte das ganze Konstrukt.

Und ich würde herausfinden, wo die Spinne saß.

ZWANZIG

*K*urz vor zehn kassierte ich die letzten Runden ab. Längst hielt ich die Geldscheine nur noch mechanisch unter mein Lämpchen und rechnete schon kaum noch mit einem Treffer, als der Rand eines Fünf-Pfund-Scheins aufleuchtete. Mein Puls beschleunigte sich augenblicklich. Ich drehte den Schein um, und da war er: ein fast perfekter Fingerabdruck in phosphoreszierende Farbe. Schnell steckte ich ihn in meine Schürzentasche und schob die Saftpackung vor die Lampe. Ein Mann namens Ewan Becker hatte mit den fünf Pfund für den Tisch bezahlt, an dem er mit drei Kollegen saß; alle vier waren Hilfsarbeiter im Sägewerk in Brackletter. Ewan musste um die fünfundzwanzig sein. Er war als Kind nach einer Meningitis auf einem Ohr taub und geistig behindert geblieben, aber nicht nur deshalb kam er als Drahtzieher eines Drogenrings schwerlich infrage – Ewan war der Sonnenschein schlechthin, ein fröhlicher, immer hilfsbereiter Typ, der keiner Fliege etwas zuleide tun konnte.

Die vier verließen das Brewers als einige der letzten Gäste, und ich beeilte mich, abzurechnen, Penny ihr Trinkgeld auszuzahlen und die Tische zu putzen. Schneller als Gary ›Das zieh ich dir vom Lohn ab‹ hätte sagen können, war ich aus der Tür. Wo Ewan wohnte, wusste ich – im Keller seines verwitweten Vaters, nicht allzu weit vom Inglis-Hof. Als ich dort ankam, lag das Haus im Dunkeln, nicht ein einziges Fenster verriet die Anwesenheit eines Menschen. Vielleicht waren Ewan und seine Freunde noch weitergezogen, vielleicht hatte er sich auch direkt ins Bett gelegt, um seinen Rausch auszuschlafen – jedenfalls konnte ich ungestört mit der Schwarzlichtlampe die Eingangstür untersuchen. Ich hatte den Stamm des toten Briefkastens und die Griffe der Tüte, in der das Geld lag, ebenfalls mit der unsichtbaren Farbe bestrichen: Wer auch immer das Päckchen abgeholt hatte, musste reichlich davon an den Händen getragen haben, bis er sie das nächste Mal gewaschen hatte. Ich bildete mir ein, schwache Abdrücke am Türknauf und auf der Tür selbst zu erkennen, aber eigentlich hätten sie viel stärker leuchten müssen. Vorausgesetzt, Ewan hatte das Geld tatsächlich abgeholt und war direkt danach heimgekommen. Ich schaltete die Lampe aus und stellte mich hinter einen Baum in der Auffahrt. Das Haus von Ewans Vater befand sich in der besten Gegend Dunwoods, auch wenn das nur bedingt etwas aussagte. Mr Becker war Professor in Inverness gewesen und hatte mehrere Geschichtsbücher veröffentlicht. Eigentlich wäre sein Sohn bestimmt nicht darauf angewiesen, für einen Hungerlohn im Sägewerk zu schuften, andererseits – wer wollte schon den ganzen Tag untätig zu Hause sitzen? Die Auffahrt war gepflegt, sicher engagierte Mr Becker einen Gärtner. Absurd, was sich manche Menschen leisten konnten. Nebenan wohnte Doctor Murray, jener Arzt, der Mum so hartnäckig Schmerzmittel verweigert hatte. Das Haus gegenüber, eine alte Villa, stand seit Jahren leer.

Mit einem Mal kam mir ein Gedanke. Ich lief zum Haus nebenan, vorbei an einem pompösen Holzschild, auf dem der Name ›Theodore Murray, General Practitioner‹ in bronzenen Lettern gemalt stand, und stellte sicher, dass niemand mich beobachtete, bevor ich meine Lampe gegen den Türknauf der Eingangstür hielt.

Nichts. Natürlich.

Ich wollte schon wieder abziehen, als ich das kleine Wegchen ums Haus herum bemerkte. Wahrscheinlich hatte ein Haus wie das von Murray einen Hintereingang, für Lieferanten oder Bedienstete oder wen auch immer reiche Leute sich an Personal hielten, aber nicht für würdig erachteten, den Vordereingang zu benutzen. In diesem Moment ging ein Licht direkt über mir an, und ich duckte mich neben einen Busch. Kurz drauf kurbelte jemand die Jalousien herunter und sperrte das Licht mit sich ein. Ich lief das Wegchen entlang zum Eingang um die Ecke und hielt meine Lampe gegen die Tür. *Bingo*, der Knauf leuchtete auf wie ein Weihnachtsbaum, ein fast perfekter Händeabdruck legte sich einmal drumherum. Wer, wenn nicht ein Arzt, hatte Zugriff auf Schlaftabletten, Beruhigungsmittel und wusste der Geier, was sonst? Ich wäre jede Wette eingegangen: Doctor Murray war der Sandmann und Ewan sein Gehilfe. Kalte Wut kroch mir durch die Adern, als ich an Mums weißes, schmerzverzerrtes Gesicht dachte. Sie hätte alles für stärkere Medikamente gegeben, und er hatte sie ihr verweigert. Am liebsten hätte ich an der Tür geklingelt und Murray an Ort und Stelle zur Rede gestellt; ihn gefragt, wie er morgens überhaupt noch in den Spiegel schauen konnte. Aber das wäre nicht nur unklug, sondern vermutlich auch gefährlich gewesen. Ich zwang mich, ruhig zu bleiben, und holte aus meiner Umhängetasche ein Gläschen mit einer Mischung aus Grafitpulver und Maisstärke. Dabei rutschte mir die Tasche von der Schulter, das gravierte Feuerzeug fiel heraus und mit einem lauten, klappernden Geräusch durch ein Gitter direkt vor das Kellerfenster. In Schockstarre wartete ich einige Sekunden, zählte langsam bis zehn, aber nichts rührte sich. Ich angelte im Dunkeln durch das Gitter nach dem Feuerzeug. Es dauerte eine halbe Ewigkeit, bis ich es endlich erwischte, und mir stand bereits Schweiß auf der Stirn. Meine Hände zitterten vor Anstrengung, als ich danach mit einem Pinsel aus Bellas Kommode das Pulver auf die Türklinke auftrug, die Reste abpustete und mit einem Klebeband den Abdruck sicherte. Er allein würde natürlich nichts weiter beweisen, als dass Ewan hier gewesen war, und das würde nicht mal Dr. Murray bestreiten. Und was wäre der Polizei von Dunwood meine Zeugenaussage wert, wenn nicht einmal mein eigener Vater mir glaubte? Nichtsdestotrotz, ein Beweis war ein Beweis, und ich klebte den Abdruck auf ein sauberes Blatt in meinem Notizbuch.

Mit einem letzten, vorwurfsvollen Blick in Richtung der geschlossenen Fenster lief ich das Wegchen zurück zur Straße. Bevor ich das Grundstück verließ, versetzte ich dem bronzenen Namensschild einen Tritt.

Es war nach Mitternacht, als ich zurück in die Hütte kam. Jaro lag vor der Tür und bedachte mich mit einem kritischen Blick. Mehr denn je wünschte ich, er würde bei mir in der Hütte schlafen, aber er schien sich draußen wohler zu fühlen und kam nur selten mit herein. Ich aß am Tisch zwei kalte, halb verbrannte Hamburger, die ich aus der Küche im Brewers mitgenommen hatte, und versank in Gedanken. Mitten im Bissen sprang ich auf, als mir einfiel, dass ich in all der Panik nach dem Einbruch nie mehr in Bellas Tagebuch nach den alten Daten von Mrs Everards Besuch gesucht hatte. Ich öffnete die Schreibtischschublade, in der ich das Buch deponiert hatte – und fand sie leer vor. Eine böse Ahnung beschlich mich, aber bevor ich nicht die ganze Hütte durchsucht hatte, wollte ich glauben, dass ich es nur verlegt hatte. Ich zog alle Schubladen heraus, suchte im geheimen Fach im Schrank, sogar in Bellas Raben, aber das Buch war fort. Der Einbrecher musste es mitgenommen haben, es gab keine andere Erklärung. Ich hätte mich selbst ohrfeigen können, dass ich Bellas Erbe so wenig respektiert hatte. Sie hatte das

Buch für wichtig genug gehalten, um es im Raben zu verstecken, und ich ließ es in einer gewöhnlichen, nicht einmal abschließbaren Schublade liegen? Ich fühlte in meiner Jeans nach dem Zettel mit den letzten Einträgen, den ich immer bei mir trug. Er war noch da, aber was nutzte er mir jetzt? Ich hatte alle Spuren verfolgt, soweit ich konnte, die Ausbeute war denkbar mager. Ich hatte beinahe das Feuerzeug verloren und mir leichtfertig das Tagebuch stehlen lassen, Helen war vorerst nicht erreichbar, und ich hatte einen Sandmann, aber nichts, das ihn direkt mit dem Mord in Verbindung brachte. Bis auf die Tatsache, dass er ein empathiebefreiter Krimineller war und Bella möglicherweise seine Identität gekannt hatte.

Wenn der Sandmann nicht gerne Konkurrenz hatte, musste das bedeuten, dass Gary und Ace selbst etwas am Laufen hatten, und auch davon hatte Bella gewusst. Wie war Bella an all diese Informationen gelangt? Hatte sie die Ehefrauen, Freundinnen, Mütter oder Schwestern der Männer behandelt, und diese hatten geplaudert? War Alte Magie im Spiel gewesen? Oder beides?

Ich würde das Rätsel an diesem Abend nicht mehr lösen. Ich zog meinen Pyjama an, stellte die Öllampe in den Alkoven und kletterte hinauf ins Bett.

Seit Bellas Tod waren erst sechs Wochen vergangen, aber so vieles hatte sich seitdem verändert. Ich hatte Dunwood für den verschlafensten, langweiligsten Ort der Welt gehalten – öde, aber vollkommen harmlos. Wie eine Schlafwandlerin hatte ich hier gelebt, ohne jede Ahnung, dass so viele meiner Mitmenschen Geheimnisse mit sich herumtrugen. Bella als Wahrerin dieser Geheimnisse war nun fort, und all jene, denen sie einmal geholfen hatte oder denen sie in der Zukunft geholfen hätte, waren wieder auf sich allein gestellt. Angewiesen auf einen Arzt, der lieber Drogen vertickte, als Schmerzmittel auszugeben, auf einen Postboten, der seine Familie terrorisiert hatte, bis Bella dem mutmaßlich ein Ende bereitet hatte. Auf Dad, den Polizisten, der die Augen vor allem verschloss, was ihn in seiner Bequemlichkeit störte.

Ich war nicht die einzige Schlafwandlerin gewesen, aber im Gegensatz zu anderen war ich aufgewacht.

Ich blies die Öllampe aus und starrte eine Weile in die Dunkelheit. Draußen rief eine Eule, der Wind strich sachte über das Dach der Hütte hinweg, als wäre es eine dissonante Harfe. *Shuu-huu.*

Mein Kopf wollte keine Ruhe geben. Ich dachte an das Grab im Garten, an das namenlose Baby. War es ein Mädchen gewesen? Ein Junge? Hatte es jemals einen eigenen Atemzug auf dieser Welt getan? Vermisste es jemand, dachte jemand jeden Abend an das kleine Wesen, das nie eine Chance gehabt hatte, aufzuwachsen?

Irgendwo im Dorf war eine Frau schwanger gewesen und hatte danach kein Kind aufgezogen. Selbst unter Schlafwandlern – wie war es möglich, dass niemand etwas bemerkt hatte?

Und auf einmal fühlte ich mich wie jemand, der verzweifelt seine Brille sucht und irgendwann bemerkt, dass er sie die ganze Zeit auf der Nase getragen hat.

Ich kannte längst jemanden, der etwas gesehen hatte.

Die Kunst würde darin bestehen, die Erinnerung aus dem trüben Weiher eines Geistes herauszufischen, der heute nicht mehr von gestern und Erinnerung nicht mehr von Traum zu unterscheiden vermochte.

***

Der darauffolgende Tag war ein Sonntag. Ohne Erpressung durch Cecile und Dad hatte ich keinen Grund mehr, den Gottesdienst zu besuchen, und ich wollte den beiden auch nicht begegnen. Trotzdem hing ich gegen elf vor der Kirche herum wie Falschgeld und wartete hinter einer Kastanie, als die Gemeinde wie ein Fluss aus Menschen durch die Tür strömte, sich zu kurzen Gesprächen in kleinere Wirbel teilte, um nach und nach über die Wege abzufließen.

Der Referendar blickte auf, als ich mich dem Altar näherte, und klappte eine lederne Mappe zu, in der er ein paar Blätter verschwinden lassen hatte.

»Anna! Ich dachte schon, du kommst nicht mehr.« Noah schien diese Sache mit der Vergebung ziemlich ernst zu nehmen und begrüßte mich – die Bücherdiebin – mit einem offenen Lächeln.

»Das dachte ich auch«, sagte ich kleinlaut. »Aber ich wollte mich für neulich entschuldigen –«

»Gleich, aber erst habe ich was für dich. Einen Moment.« Er verschwand hinter der Tür zur Sakristei. Als er wieder herauskam, trug er ein dünnes Büchlein bei sich. Er setzte sich auf die Stufen vor dem Altar und lud mich ein, neben ihm Platz zu nehmen.

Von draußen fiel Licht durch die bunt verglasten Fenster und zeichnete weiche Muster auf den Steinboden. Wenn man den ganzen Unsinn über einen Gott weglässt, und ohne die Gemeinde und Pfarrer O'Malley, war die St Mary's Church ein wirklich schöner Ort.

Ich begann eine umständliche Entschuldigung für meine Aktionen der letzten Monate und versprach Noah, alle entwendeten Bücher zurückzugeben.

»Das wäre echt super von dir«, sagte er leichthin, als wäre es eine großmütige Geste meinerseits und nicht reine Wiedergutmachung.

»Und jetzt Schwamm drüber. Erzähl mir lieber was über deine Mutter. Also, wenn du magst. Ich habe sie ja leider nie kennenlernen dürfen.«

Darum hatte mich seit Mums Tod noch nie jemand gebeten. Obwohl, das stimmte nicht ganz. Matt fragte immer wieder nach ihr, aber er tat es beiläufig, als wollte er keine große Sache draus machen. Vielleicht weil er fürchtete, dass ich sonst sofort dichtmachen würde. Nicht völlig zu Unrecht.

Aber wie fasste man einen Menschen zusammen, den man sein ganzes Leben lang gekannt hatte und der gleichzeitig mit jedem Tag ein bisschen mehr im Nebel des Vergessens verschwand? An manchen Tagen fiel es mir schwer, mich an Mums Gesicht zu erinnern.

»Sie war so ein froher, lustiger Mensch. Zuversichtlich, fast bis zum Schluss. Sie sah immer das Beste in anderen, nicht so wie Dad und ich. Wir sind zynischer. Und dabei will ich so gar nicht unbedingt sein … Jedenfalls nicht immer.«

Noah nickte bedächtig, während ich sprach. Wenn er konzentriert zuhörte, verschwanden seine Grübchen für einen Moment, selbst sein Mund wurde dann ernst.

»So jung seine Mutter zu verlieren, das macht was mit einem. Ist ja ganz klar. Und nicht alles davon kann man beeinflussen, würde ich meinen. Auch deine Schwester und dein Vater müssen sehr gelitten haben, und vielleicht auch euer Verhältnis untereinander …«

Ich stieß missbilligend Luft durch die Zähne. »Dad hat ungefähr fünf Minuten gebraucht, um sich neu zu verlieben. So viel zur großen Liebe. Er hat sie schon beinahe vergessen.«

»Weißt du, Anna, Menschen trauern auf sehr unterschiedliche Weise. Wann immer es von außen komisch aussieht, liegt wahrscheinlich ganz viel Schmerz darunter.«

Ich gab einen unwilligen Laut von mir, aber Noah schien sich nicht daran zu stören. Eine Weile ließ er mich meinen Gedanken nachhängen. Mir gefiel, dass er nicht zu jenen Menschen gehörte, die jede Lücke im Gespräch mit Nichtigkeiten füllen müssen.

»Ich würde so gerne glauben können, dass sie es jetzt gut hat.«

Noah und ich blickten beide überrascht. Ich hatte keine Sekunde lang vorgehabt, dieses Geständnis abzulegen.

»Aber ich kann einfach nicht. Was immer man braucht, um zu glauben … Das habe ich nicht in mir.«

Wieder nickte Noah.

»Vielleicht musst du gar nicht so fest an etwas Bestimmtes glauben. Aber würde es nicht helfen, sich ein paar Möglichkeiten offen zu lassen? Keiner von uns weiß, was nach dem Tod passiert. Nur, dass er passieren wird. Es ist die einzige Sicherheit im Leben.«

Er griff nach dem dünnen Buch, das er für mich aus der Sakristei geholt hatte.

»Das hier ist eine kleine Sammlung von Briefen des deutschen Dichters Rainer Maria Rilke. Ich habe kürzlich wieder in ihnen gelesen, und der Herr sagte zu mir: Die könnte Anna interessant finden. Sie ist neugierig und ein bisschen verloren und sicher manchmal sehr traurig. Und dass die Bibel zurzeit nicht dein Lieblingsbuch ist, so viel haben wir beide verstanden.«

Er grinste schelmisch. »Rilke führte eine rege Korrespondenz mit Freunden und Fremden. Seine Gedanken zum Thema Leben und Tod sind sehr weise und einfühlsam. Was kommt nach dem Sterben? Das weiß niemand. Aber Rilke gab zu bedenken, dass wir im Tod genauso zu Hause sein müssen – und sein werden – wie im Leben. Wieso Angst vor dem Tod haben, wo wir das Leben ganz genau so wenig verstehen? Es ist ebenso mysteriös und unergründlich. Sie sind ein Ganzes, die beiden. Und ich finde diese Sichtweise sehr tröstlich.«

Er reichte mir das Buch und sagte, ich dürfe es so lange behalten, wie ich es hilfreich fände. Dann versetzte er mir mit dem Ellbogen einen sachten Stoß in die Seite.

»Wann immer du jemandem zum Reden brauchst oder Hilfe – du weißt, wo du mich findest.«

»Vielleicht komme ich darauf zurück«, sagte ich. Und glaubte sogar beinahe eine Sekunde lang daran.

Gegen Mitternacht klopfte es an meiner Tür. Draußen in der Dunkelheit standen Liv und Rahel, überpünktlich und mit allerlei Paraphernalien beladen.

»Habt ihr alles dabei?«

»Perücke ist am Mann«, sagte Rahel.

»An der Frau, meinst du.« Liv stützte sich auf ihrem mitgebrachten Spaten ab, als sei er ein Wanderstock. »Dad wollte den Spaten nicht rausrücken, bevor ich verrate, was wir damit vorhaben. Ich glaube, er ahnt, dass es was Krasses ist.«

»Und was hast du gesagt?«, fragte ich.

»Dass wir eine Schnitzeljagd für deine kleine Schwester vorbereiten.« Sie sah sich in der Hütte um. »Wow, du lebst jetzt echt so richtig hier? Es sieht anders aus als noch vor ein paar Wochen. Ordentlicher.«

»Ich habe nicht viel verändert.«

»Dann muss es deine nüchterne Aura sein. Also, wie kriegen wir die Alte jetzt hierher? Rufen? Heraufbeschwören?«

Ich händigte Liv und Rahel je eine angezündete Öllampe aus und griff nach meiner Taschenlampe. Der Mond hatte sich hinter eine dicke Wolkenschicht zurückgezogen, Bellas Garten lag im Stockdunkeln.

»Wir machen es genau wie beim letzten Mal. Erinnert ihr euch, was sie gesagt hat? ›Nichts bleibt ewig begraben.‹ Sie wird sich nicht daran erinnern, aber die ursprüngliche Erinnerung ist womöglich noch da. Wir müssen ihr die Information nur irgendwie entlocken. Du: Setz deine Perücke auf«, wies ich Rahel an.

Es war seltsam, Rahel wieder mit langer schwarzer Mähne zu sehen; nach unserem anfänglichen Schock hatten wir uns schnell an ihren neuen Look gewöhnt. Ich legte ihr eine lange Kette mit Anhänger um den Hals, der Bellas Mondstein zwar nur entfernt ähnelte, aber etwas Besseres hatte ich in der Kürze nicht auftreiben können.

»Findet ihr wirklich, dass ich ihr ähnlich sehe? Oder sind es nur die Haare?«

»Jetzt sogar noch mehr«, versicherte Liv. »Vorher sahst du immer so sanft aus, aber jetzt blitzt da etwas Gefährliches aus deinen Augen, genau wie bei Bella. Als sollte man sich besser nicht mit euch anlegen.«

»Gut.« Rahel lächelte leise. »Sehr gut.«

»Und damit das klar ist«, sagte ich, »es wird nur im absoluten Notfall gezaubert. Nichts läuft ohne mein Kommando.«

»Aye aye«, erwiderten die beiden. Liv schlug die Hacken zusammen und salutierte spöttisch.

Wir gingen um die Hütte herum in den Garten und begannen, uns lautstark zu unterhalten. Wir stellten die Öllampen an gut einsehbaren Stellen auf, und ich leuchtete mit der Taschenlampe in alle Richtungen. Liv stieß mit dem Spaten immer wieder gegen Stein und Holz und tat so, als wolle sie etwas ausgraben. Jaro hatte seine helle Freude am Tohuwabohu, er umkreiste uns wild und sprang immer wieder an Rahel hoch, als wüsste er genau, wen sie darstellen sollte.

»Pst«, sagte ich. »Habt ihr was gehört?«

Wir hielten inne, aber das, was ich für Schritte auf dem Kies gehalten hatte, stellte sich als scharrendes Geräusch irgendwo im Wald heraus.

»Letztes Mal war sie aber schneller. Die lässt ganz schön nach«, sagte Liv.

»Sie ist über achtzig. Es ist ihr gutes Recht, nachzulassen«, gab Rahel zu bedenken. Trotzdem hoffte ich, dass Mrs Pomeroy nicht innerhalb der letzten Woche so weit abgebaut hatte, dass sie sich an gar nichts mehr erinnern konnte. Wenn das hier vorbei wäre, würde ich dafür sorgen, dass sie Unterstützung bekäme. Es war zu gefährlich, sie in dieser Verfassung länger allein leben zu lassen, egal, wie sehr sie sich das wünschte.

Wir steigerten unseren Geräuschpegel weiter, wahrscheinlich waren wir bald bis ins Dorf zu hören, aber niemand erschien. Irgendwann riss mir der Geduldsfaden.

»Ihr wartet hier. Ich werde sehen, ob ich sie aufwecken kann.« Ich lief um die Hütte herum, und als ich um die Ecke bog, stieß ich mit jemandem zusammen. Ich hob die Taschenlampe auf, die mir aus der Hand gefallen war, und leuchtete die Person an.

»Mrs Pomeroy!«, rief ich laut, damit die anderen es hörten. »Sie sind aber spät unterwegs.«

Mrs Pomeroy blinzelte ins Lampenlicht, sie trug ein schwarzes Seidenkopftuch ums Haar, und ihr Gesicht war blass und faltig, ihre Lippen bläulich. Sie sah aus wie ein erbärmlicher Geist, aber was mich am meisten verstörte, war der Ausdruck in ihren Augen. Aus glasklaren, stechend grauen Äuglein funkelte sie mich an. Eine alte Bosheit lag in ihrem Blick, ein über viele Jahre gereifter Hass, wie ein scharfer Whisky.

»Was ist denn hier los?«, fragte Rahel, die jetzt ebenfalls erschienen war. Liv hielt sich wie abgesprochen im Hintergrund.

»Ich wusste, dass Sie noch da sind«, sagte die Pomeroy in ihrer knarzigen, tiefen Stimme. »Es wäre auch zu schön gewesen! Sie können das ganze Dorf täuschen, aber mich nicht. Oh, wie sehr ich mir gewünscht habe, dass Sie endlich fort wären … Aber hier sind Sie und rufen immer weiter falsche Götter an, als hielten Sie sich selbst für einen … Und jetzt? Jetzt ist der ganze Ort verflucht. Und *die* sehen uns, wissen Sie? Sie und mich und jeden hier. Es wird Zeit, dass Sie dahin zurückgehen, wo sie hingehören.«

Die alte Frau war langsam auf Rahel zugegangen und durchbohrte sie mit Blicken. Welches Funkeln auch immer Liv glaubte, in Rahels Augen zu sehen – in Mrs Pomeroys Augen loderte ein ganzes Feuer.

»Es tut uns leid, gute Frau«, sagte Rahel mit ruhiger Stimme, »aber wir tun hier nichts Verbotenes. Wir mussten etwas im Garten arbeiten, zu einer unglücklichen Zeit vielleicht, aber wir waren nicht davon ausgegangen, jemanden zu stö–«

»Ich weiß, was Sie sind. Ich weiß, was Sie hier tun. Sie enthalten dem Herrn eine kleine Seele vor … Das dürfen Sie nicht! Dazu haben Sie kein Recht!«

Der erste Teil des Plans war aufgegangen, die Pomeroy hielt Rahel für Bella. Aber sie befand sich in der falschen Zeit: im Jetzt, in der Zeit nach Bellas Tod. Für die Pomeroy war Bella gestorben *und* immer noch hier, sie schien in diesem Widerspruch kein Problem zu sehen.

»*Was tun wir, Mrs Pomeroy? Sagen Sie es uns.*«

Doch die Pomeroy wandte ihren Blick nicht von Rahel ab. »Wir beide haben überhaupt nichts miteinander zu bereden. Sie verantworten sich vor Ihrem Schöpfer und ich mich vor meinem. Und meiner kennt keine Gnade für Sie, für eine Dunkle, eine Leichenschänderin, eine *Mörderin* –«

Rahel und ich zuckten zurück bei diesen Worten. Wovon um Himmels willen sprach die Alte? Hatte sie endgültig den Verstand verloren? Ich spürte ein Engegefühl in meiner Brust, mein Atem ging flacher.

»Was reden Sie da?«, fragte Rahel, aber ich fiel ihr ins Wort, meine Stimme heiser und schrill.

»Wer lag hier begraben, Mrs Pomeroy? Ich weiß, dass Sie es wissen. Halten Sie uns nicht zum Narren! *Wen haben Sie hier mit Bella gesehen*?«

Die Pomeroy sah jetzt von Rahel zu mir und wieder zurück. Sie bekreuzigte sich mit todernstem Blick und zog eine Perlenkette unter dem Kragen ihres Nachthemds hervor.

»*Im Namen des Vaters und des Sohnes und des Heiligen Geistes. Amen.*«

»Bitte, Amalia. Zwingen Sie uns nicht dazu, es aus Ihnen herauszuholen –«

Ihre Stimme wurde lauter, sie fuhr unbeirrt fort. »*Ich glaube an Gott, den Vater, den Allmächtigen, den Schöpfer des Himmels und der Erde …*«

Rahel und ich wechselten einen verzweifelten Blick.

»Sie lassen uns keine Wahl. Liv, komm raus!«, rief ich über die Stimme der Alten hinweg und fasste nach Rahels Hand.

»Ist das nicht zu gefährlich? Sie wird die ganze Zeit dazwischenquatschen …«

»*An Jesus Christus, seinen eingeborenen Sohn, unsern Herrn …*«

»Es gibt keine andere Möglichkeit. Solange wir uns an den Ablauf halten …«

Liv kam von hinter der Hütte angelaufen, erfasste die Situation, gesellte sich zu meiner Linken, und ich ergriff auch ihre Hand.

»Ich wünschte, es gäbe einen anderen Weg«, sagte ich, aber die

Pomeroy hörte mich nicht, ihre Augen sahen uns nicht mehr, sie war irgendwo in einem Winkel ihres Geistes, den kein irdisches Licht mehr erreichte.

Wir rufen die Hüterinnen der Alten Magie

Rahels und Livs Stimmen vermischten sich mit meiner, zu dritt übertönten wir die alte Frau, die weiter ihren Rosenkranz betete.

Und all die Hexen, die vor uns kamen

»… geboren von der Jungfrau Maria. Gelitten unter Pontius Pilatus …«

Die Namen der Druidentöchter
und die Heilige Mutter Natur

Die Verbindung öffnete sich schnell und leicht, wir waren keine Fremden mehr in diesem Kreis, und als die Energie durch mich hindurchströmte, nahm ich sie auf und blieb ganz klar. Die erste Erleuchtung hatte uns den toten Fötus offenbart – diese würde uns verraten, wer er war. Ich zweifelte keine Sekunde mehr daran. Schatten lösten sich aus uralten Zeiten und liehen uns ihre Stärke, ihr Wissen. Irgendwo in der Ferne spürte ich die Aufmerksamkeit zweier Augen, sie beobachteten mich mit amüsiertem Interesse, aber das Ritual war mein Schutz.

Liv hielt eine gläserne Schale in die Luft, in die sie Erde aus dem Grab des Fötus gefüllt hatte.

Fer reoght benorrh marnum
Ad ver feroight karbat.
Bilbeth naragh ashai.

Die Schale zersprang mit einem hellen Ton, Erde und Glasstaub wirbelten durch die Luft, und wir hielten den Atem an, bis sich der Strudel gelegt hatte. Die Pomeroy setzte zu einem Schrei an, aber er verließ nie ihre Kehle, ein Husten erklang wie das Bellen eines Wolfs, verwandelte sich in ein Röcheln, und dann: Stille. Ein letzter, entsetzter Blick aus steingrauen Augen, und Amalia Pomeroy brach vor uns zusammen.

Rahel beugte sich zu ihr, ohne meine Hand loszulassen, fühlte ihre Stirn, sah uns hilflos an, aber sie wusste, was auf dem Spiel stand. Keine von uns verlor ein einziges Wort, bis wir unser Ritual zu Ende gebracht hatten.

Wir danken euch
Wir danken euch
Wie danken euch.

Wieder fühlte ich jähen Verlust, der mir für einige Momente den Atem nahm. Liv neben mir schluchzte auf, und dann, endlich, setzte die Panik ein.

»Haben wir sie umgebracht?« Liv hielt sich die Hand vor den Mund, das Licht der Öllampe warf ihre Pose wie ein Schattentheater an die Hauswand.

Rahel war neben der Pomeroy auf die Knie gefallen und fühlte ihren Puls.

»Er ist ganz schwach und unregelmäßig … Sie braucht einen Arzt, schnell –«

»Anna hat kein Telefon«, schrie Liv. »Was sollen wir jetzt tun? Wenn sie stirbt, dann sind wir schuld! Die sperren uns alle drei ein!« Sie trat einen Schritt zurück und sah die alte Frau an, als wäre diese eine tickende Bombe.

»Beruhig dich. Sie ist nicht tot –«

»Noch nicht.« Rahels Perücke war ihr zu weit ins Gesicht gerutscht.

»Ich rufe den Notarzt aus ihrem Haus«, ich nickte zur Pomeroy hinunter, »und ihr kümmert euch um sie. Holt einen kalten Waschlappen und irgendwas, das stark riecht. Und wenn sie aufwacht, lasst sie bloß nicht sofort wieder aufstehen.«

Liv stand da wie gelähmt, aber Rahel setzte sich in Bewegung, und ich rannte los in Richtung Mrs Pomeroys Haus.

Die Tür stand wagenweit offen und es roch verbrannt – nicht aus der Küche, sondern aus Mrs Pomeroys Schlafzimmer –, aber jetzt war nicht die Zeit, dem auf den Grund zu gehen. Ich wählte den Notruf mit zittriger Hand, schilderte mein Anliegen und unseren Standort und bat die Frau in der Leitstelle, man möge sich beeilen.

»Ist sie aufgewacht?«, fragte ich, als ich zurück bei den anderen war.

Rahel, die der alten Frau einen feuchten Lappen auf die Stirn hielt, schüttelte mit dem Kopf. Liv umkreiste die beiden wie ein Tiger im Käfig und kaute auf ihrer Unterlippe herum. »Glaubt ihr wirklich, das waren wir?«

»Spielt das jetzt eine Rolle?« Ich kniete mich auf die andere Seite neben die Pomeroy und betrachtete ihr kleines, faltiges Gesicht. »Sie war vorher schon in keinem guten Zustand. Allein die Aufregung … Was war es nur an Bella, das sie immerzu so in Aufruhr versetzt?«

»Das werden wir jetzt vielleicht nie mehr herausfinden«, sagte Rahel.

Schweigend verharrten wir, bis in der Ferne eine Sirene zu hören war, und wenig später traf der Rettungsdienst ein. Die Sanitäter kontrollierten Mrs Pomeroys Puls und Atmung, während wir eine zensierte Version des Vorfalls schilderten, dann holten sie eine Trage aus ihrem Fahrzeug und hoben die alte Frau zu zweit darauf. Sie wirkte so leicht wie ein Eichenblatt. Betreten standen wir daneben, als die Sanitäter die Trage anhoben und Mrs Pomeroy in Richtung Wagen trugen, im rotierenden Blaulicht sahen unsere Gesichter blass und unwirklich aus.

»Ich war mir so sicher, dass wir das Richtige tun«, sagte ich. »Zum allerersten Mal.«

Rahel sah mit zusammengekniffenen Augen an mir vorbei, Liv atmete hörbar mit offenem Mund.

Als die Trage uns passierte, riss Mrs Pomeroy plötzlich die Augen auf, fixierte mich mit entrücktem Blick und griff nach meinem Handgelenk. Die Sanitäter hielten inne.

Die Stimme der Alten war tiefer denn je und knarzte wie Kies unter festen Schuhen, als sie das Wort an mich richtete.

»Anna?« Ein kurzer Moment der Klarheit.

»Ja, Mrs Pomeroy?«

Ihr Griff wurde fester.

»Sorg dafür, dass Rubys Baby auf dem Friedhof begraben wird.«

EINUNDZWANZIG

»*R*ubys Baby?«, fragte Liv ungläubig, als der Rettungs-wagen hinter einer Wegbiegung verschwand. »Ruby *Pearsons* Baby?«

»Kennst du sonst noch eine Ruby?« Mein ruhiger Ton konnte nicht darüber hinwegtäuschen, dass mich der Name wie ein elektri-scher Schock getroffen hatte. Ruby war vierzehn gewesen, als eine Hexe ihr beim Beltane das Gesicht verbrannt hatte und die Familie aus Dunwood weggezogen war. Und jetzt sollten wir ihren toten Fötus in Bellas Garten gefunden haben?

Wir zogen uns in die Hütte zurück und setzten uns vor dem Kaminfeuer auf den Boden. Rahel riss sich die Perücke vom Kopf und strich über ihre kurzen Haare. Plötzlich hielt sie inne.

»Leute«, sagte sie und gestikulierte nach draußen. »Ich erinnere mich gerade an etwas. Ich glaube, es war Ruby, die ich vor dem Fenster gesehen habe. Während des Rituals.«

»Sie war *hier*?«, fragte Liv.

»Red keinen Quatsch. Ruby wohnt in Surrey, niemand hat sie seitdem hier gesehen. Du musst es dir eingebildet haben.«

»Oder jemand hat es mir eingegeben. Scheint so, als wollten die Ahninnen wirklich, dass wir dieser Sache auf den Grund gehen.«

»Wie kann Ruby mit vierzehn ein Baby gehabt haben? Ist das nicht illegal oder so was?« Liv schüttelte ungläubig den Kopf.

»Genau, Liv«, sagte ich. »Wenn du mit vierzehn schwanger wirst, kommt die Polizei und nimmt den Fötus einfach wieder mit.«

»Hatte sie einen Freund?«, fragte Rahel. »Du müsstest das doch wissen, dein Vater hat damals ermittelt –«

Ich stocherte mit einem Eisenhaken in der Glut herum, bis Funken stoben.

»Kann mich nicht erinnern. Ich würde sagen: nein. Aber es war auch nie die Rede davon, dass sie schwanger gewesen sein könnte.«

»Vielleicht irrt die Pomeroy sich. Ihr habt gesehen, wie fertig sie war, wer weiß, was sie alles durcheinanderwirft –«

Rahel und ich starrten ins Feuer. Keine von uns glaubte, dass die alte Frau sich geirrt hatte.

»Also schön. Nehmen wir an, Ruby hatte heimlich einen Freund oder einen betrunkenen One-Night-Stand auf einem Scout-Camp, was auch immer. Sie wird schwanger, und was dann? Sie geht zu Bella und bittet um eine Abtreibung, und die sagt: ›Klar, Ruby, kein Thema‹, und vergräbt den Fötus einfach im Garten? Heilige Sch…«

»Rubys Eltern waren in unserer Kirche«, sagte Rahel leise. »Wenn die von einer Schwangerschaft erfahren hätten, wäre Ruby erledigt gewesen. Das Kind hätte sie nie behalten dürfen, es wäre zu irgendeiner Tante gekommen und Ruby hätte das Haus erst wieder zu ihrem einhundertsten Geburtstag verlassen dürfen. Ihr Leben wäre vorbei gewesen.«

»Aber wie kann es sein, dass ihre Eltern nichts bemerkt haben? Wenn es stimmt, was mein Vater gesagt hat, dann war der Fötus sechs bis acht Monate alt. Sie müsste doch rund gewesen sein wie eine Melone.«

»Du hast es selbst gesagt: Manchmal sieht man es von außen kaum. Vielleicht hat sie es unter weiten Klamotten versteckt. Ich erinnere mich, dass damals erzählt wurde, Ruby wäre vor der Sache mit der Hexe in der Schule gemobbt worden. Vielleicht sogar, weil sie zugenommen hatte?«

»Ich muss mit ihr reden«, sagte ich. »So bald wie möglich. Nur Ruby kennt die Antworten auf diese Fragen, und nur sie weiß, wer der Vater war. Wenn Bella es auch wusste, wäre das ein Grund, sie aus dem Weg zu räumen.«

»Aber wieso erst jetzt?«, fragte Rahel. »Fünf Jahre danach? Das ergibt doch keinen Sinn.«

»Weil uns ein Puzzleteil fehlt. Und vielleicht hat Ruby dieses fehlende Teil.« Ich legte ein Holzscheit aufs Feuer. »Ich muss am Mittwoch nach London für das Gespräch an der *Academy*. Von dort aus ist es ein Katzensprung nach Surrey.«

»Mit dem Zug? Das ist total umständlich«, sagte Liv. »Ian soll dich fahren. Der hat eh nichts zu tun.«

Lieber hätte ich mir die Zähne mit einer rostigen Feile geputzt. »Lass mal. Ich fahre Dienstagabend und bin am Donnerstag zurück. In der Zeit würden Ian und ich uns gegenseitig umbringen. Außerdem fahre ich gerne Zug.«

»Und woher kriegst du Rubys Adresse?«, fragte Liv.

»Von dir. Bestimmt ist ihre neue Adresse im Adressregister der Scouts hinterlegt. Hat dein Vater da nicht Zugriff drauf?«

Liv versprach, mir die Adresse zu besorgen, und die beiden verabschiedeten sich wenig später. Ich schlief schlecht in dieser Nacht. Immer wieder bildete ich mir ein, Schritte vor dem Haus zu hören; meine wirren Träume marmorierten wache Momente, sodass ich das eine kaum vom anderen unterscheiden konnte.

Die Tiere des Waldes hatten sich verschworen und gaben keinen Laut, irgendwo tropfte schwerfällig etwas ins Wasser. Der Wind flüsterte die Namen der Toten.

Am Montagabend fütterte ich Jaro vor seiner Hundehütte, als ich wirklich Schritte auf dem Kies vernahm. Jaro und ich hoben die Köpfe, und einen Moment später war er am Gartentor und bellte.

»Ruuuhig, Junge. Was ist, willst du mich etwa beißen? Das glaub ich nicht. Ich glaube, du magst mich und weißt nicht, wie du es zugeben sollst.«

Ich bog um die Ecke. Matt öffnete vorsichtig das Gartentürchen, und Jaro ließ ihn gewähren.

»Was machst du hier?« Ich hatte nicht vorgehabt, unfreundlich zu klingen, aber ich hatte Gedanken an Matt seit der Party so mühevoll verdrängt, dass es mir unfair vorkam, ihn hier aufkreuzen zu sehen.

»Und dir auch einen wunderschönen guten Abend«, sagte Matt, ohne Jaro aus den Augen zu lassen. »Ich wollte mich eigentlich nur davon überzeugen, dass niemand dich gekidnappt hat. Seit der Party hab ich dich kein einziges Mal auf dem Schulhof gesehen –«

»Ich musste mich auf mein Aufnahmegespräch vorbereiten.« Das war nur die halbe Wahrheit, aber immerhin.

»Diese *Academy*-Geschichte? Wann ist das?«

»Übermorgen. Aber eigentlich wollte ich es niemandem sagen, weil es sowieso nichts wird. Ich habe keine Empfehlung, jedenfalls keine von McNeil, die ich eigentlich bräuchte, und ich werde im Gespräch vor lauter Aufregung nur Mist erzählen –«

»Vielleicht stehen die ja auf deine Art von Mist. Soll vorkommen«, sagte Matt mit einem ziemlich unverschämten Lächeln.

Ich gab ein resigniertes Seufzen von mir.

»Wann fährst du? Nimmst du etwa den Streifenwagen deines Vaters? Das sollte doch Eindruck schinden.«

»Der weiß von nichts. Und momentan sind wir nicht so gut

aufeinander zu sprechen. Aber ich fahre gerne Zug, auch wenn das anscheinend niemand glauben will.«

»Wie lange bist du da unterwegs? Zwölf Stunden und fünfmal umsteigen? Das klingt echt stressig.«

»Der ganze Tag wird stressig. Und außerdem will ich noch nach Surrey. Ich muss … mit jemandem sprechen.«

Ein prüfender Blick seinerseits, und Matt schnallte sofort, womit mein Sonderauftrag zu tun hatte.

»Emma Peel auf geheimer Mission, hm? Ich sag dir was: Du bringst Schirm, Charme und Melone, und ich steuere den Fluchtwagen. Das ist definitiv ein Zwei-Mann-Job.«

Ich machte eine abwehrende Geste. »Das sind zwei komplette Schultage. Es war schwer genug für mich, so lange freigestellt zu werden –«

»Überlass die Details mir. Du brauchst einen Chauffeur, und ich muss mal wieder raus aus diesem Kaff. Win-win. Wenn du mich nicht mitnimmst, muss ich mit meinem Vater auf Rebhuhnjagd. Und ich kann höchstens noch dreimal absichtlich danebenschießen, bis er mir wegen Unfähigkeit selbst den Gnadenschuss versetzt.«

Ich war hin- und hergerissen zwischen der Aussicht, nicht fünfzig Mal umsteigen zu müssen, und der Vorstellung, fast zwei Tage mit Matt im Auto eingepfercht zu sein, wo ich unangenehmen Gesprächsthemen nicht mehr aus dem Weg gehen könnte.

»Das ist viel mehr, als ich von dir verlangen kann. Es macht mir nichts aus, wirklich. Aber danke für das Angebot.«

Matt beugte sich zu Jaro hinunter, der zwischen uns saß wie eine Anstandsdogge, und kraulte ihn am Hinterkopf.

»Dein Frauchen ist wirklich der sturste Mensch, den ich jemals kennengelernt habe. Würdest du ihr klarmachen, dass ich das gerne tue? Sie sollte dringend lernen, Hilfe anzunehmen. Macht das Leben so viel leichter.«

Jaro, der Matt aufmerksam gelauscht und mich dabei nicht aus den Augen gelassen hatte, gab einen kurzen Laut von sich, als wollte er sagen: Recht hat er! Für einen Moment dachte ich an den Abend des Wechselfeuers und wie unbeschwert und einfach mir alles erschienen war, als ich mit Matt über die Waldlichtung getanzt war. Es schien eine Ewigkeit her.

»Also gut. Aber ich bringe den Proviant und zahle den Sprit. Und du fragst mich anschließend nicht, wie es gelaufen ist.«

»Ich gelobe feierlich, nur dann zu sprechen, wenn Eure Majestät mich dazu auffordert.«

»Warum noch gleich bist du so nett zu mir?«

Matt gab dumpfe Laute von sich, zuckte mit den Schultern und deutete auf seinen geschlossenen Mund, als hinderte ihn ein Fluch am Sprechen, während er sich rückwärts durch das Gartentor entfernte.

»Morgen Abend um zehn«, rief ich ihm hinterher.

Was hatte ich mir da nur eingebrockt?

Matt hielt sein Versprechen und stellte keine Fragen, als ich knapp achtundvierzig Stunden später an einer Straßenecke neben der *Academy* wieder zu ihm ins Auto stieg.

Ich fühlte mich wie benommen, die letzten beiden Stunden hatte ich komplett im Autopiloten verbracht. Ich hatte tausendundeine Frage beantwortet, nach Maxwells Gleichungen und der Temperatur der Sonnenoberfläche und welche Wellenlänge meine Lieblingsfarbe hatte. Ich erinnerte mich an keine meiner Antworten, die Aufregung hatte nicht zugelassen, dass ich währenddessen detaillierte Erinnerungen abspeicherte, aber die Gremiumsvorsitzende hatte an ihrer Perlenkette gespielt, als wäre sie ein Rosenkranz, und immer wieder zustimmend genickt.

»Haben sie die Empfehlung von der Guthrie angenommen?«, fragte Matt dann doch.

»Weißt du«, sagte ich gedankenversunken, »das war der seltsamste Teil.«

Ich war mir sicher gewesen, dass man meinen Puls noch durch die Bluse hatte sehen können, als die Sprache auf die Empfehlung des Fachbereichsvorsitzenden kam. Gerade beugte ich mich zu meiner Tasche hinunter, um Mrs Guthries Schreiben hervorzuziehen, als die Vorsitzende einen Schrieb aus ihrer Mappe holte.

»Ihr Fachbereichsleiter war voll des Lobes für Sie, Mrs Cairns. Wir waren so gespannt, Sie endlich kennenzulernen!«

»Wer?«, fragte ich begriffsstutzig.

»Na, dieser Mr … McNeil«, sagte sie nach einem Blick auf das Schreiben. »Er hat uns versichert, dass Sie nicht nur eine hervorragende Schülerin sind, sondern auch ein ganz außergewöhnlicher Mensch. Er wäre traurig, Sie nächstes Jahr nicht mehr unterrichten zu dürfen, aber sein Verlust sei unser Gewinn. Richten Sie ihm bitte herzliche Grüße aus, und versichern Sie ihm, dass wir gut auf Sie achtgeben werden, sollte unsere Wahl auf Sie fallen.«

Die Vorsitzende lächelte warm und blickte die beiden Dozenten neben sich an. »Wenn Sie keine weiteren Fragen haben …?« Die beiden verneinten, und alle drei drückten mir feierlich die Hand, bevor sie mich aus der Tür geleiteten.

»Hat der alte Eierkopf tatsächlich noch rechtzeitig sein Gewissen wiedergefunden.« Matt faltete seinen Londoner Stadtplan zusammen und steckte ihn zurück ins Handschuhfach.

»Das bezweifle ich.« Eine bessere Erklärung hatte ich zwar nicht, aber eine leise Ahnung.

»Egal, das Ergebnis zählt. Und das muss gefeiert werden. Wir suchen uns den nächsten Pub und stoßen auf dich an.«

»Dazu ist es noch zu früh. Sicher weiß ich es erst, wenn das Schreiben kommt.«

»Dann feiern wir eben dein überstandenes Gespräch. Komm schon, Anna, du bist ein Wrack, seit ich dich gestern Abend abgeholt habe. Zwischendurch dachte ich, du kotzt mir auf die Fußmatte, so blass sahst du aus. Fast so schlimm wie auf Livs Party.«

»Es war ja auch nur das potenziell wichtigste Gespräch meines Lebens.«

»*Eben*. Also: Bier oder Whisky? Long Drink oder Cocktail? Ich schmeiß eine Runde. Oder fünf.«

Und davon war er auch nicht mehr abzubringen. Er fuhr uns quer durch London, bis wir eine Bar in Hackney entdeckten, deren Getränkekarte ungefähr so lang war wie das Telefonbuch von Dunwood, und wir bestellten uns jeder den Cocktail mit dem absurdesten Namen, den wir finden konnten.

Ich stieß mit meinem *Fuzzy Meercat Elixir* gegen seinen *Flaming Captain Collins* an, und es dauerte nicht lange, bis mein Mund und Magen schmerzten, weil die zuständigen Muskeln so viel Lachen nicht mehr gewohnt waren.

»Weißt du noch, wo wir uns zum ersten Mal gesehen haben?«, fragte Matt, als der Kellner unsere zweite Runde servierte. Matt war nach einem Cocktail zufrieden gewesen und bot mir an, es dabei zu belassen, aber ich bestand auf einen weiteren.

»Auf dem Pausenhof«, sagte ich. »Es hat geregnet. Du warst der Einzige, der sich nicht unters Vordach verzogen hat. Stattdessen hast du deine Cordmütze abgesetzt und es dir auf die Nase regnen lassen, als hättest du noch nie in deinem Leben Wasser gesehen und als wäre es das Beste, was dir je passiert wäre.«

»Klingt wie ein Bekloppter. Kein Wunder wolltest du nichts von mir wissen.« Matt grinste und nahm einen Schluck von seinem *Snarky Irishman*. »Aber das war nicht das erste Mal.«

»Nein?«

»Nein.«

»Dann hab ich keine Ahnung.«

Matt lehnte sich zurück und lächelte wissend, als debattierte er mit sich, ob er mich überhaupt einweihen sollte.

»Es war im Brewers. Kurz vor Schuljahresbeginn. Ich war dort mit Henry und Dave, und du hast uns bedient.«

»Oh, oh.« Ich ahnte nichts Gutes.

»Henry war grade dabei, uns weiszumachen, man könne jemanden umbringen, indem man einen Penny vom Empire State Building auf ihn runterwirft. Du hast uns die Biergläser vor die Nase geknallt, uns keines Blickes gewürdigt und Henry was von Luftwiderstand und Endgeschwindigkeit erzählt. Dann hast du ihm vorgerechnet, dass der Penny nur ungefähr ein Fußpfund an Energie hat, wenn er jemandem auf den Kopf fällt, und dass genaues Zielen sowieso unmöglich wäre. Und hast ihm vorgeschlagen, wenn er jemanden umbringen wolle, solle er lieber eine ganze Menge Pennys sammeln und sie gegen eine Handfeuerwaffe eintauschen.«

Ich schlug mir die Hand vor die Stirn. »Ich erinnere mich. Nicht an euch, aber an den Penny-Blödsinn.«

»Und ich dachte mir: Diese Frau muss ich kennenlernen.«

»Tja. Und hier sind wir.«

»Hier sind wir in der Tat.« Wir stießen darauf an, und im nächsten Moment rempelte jemand gegen unseren Bistrotisch, fegte Matts leeres Glas um und entschuldigte sich lallend, während er den Tisch festhielt, oder der Tisch ihn.

»Alles okay?«, fragte der Mann, bemüht, sein Gleichgewicht wiederzufinden.

»Alles gut«, sagte ich, während der Betrunkene sich unter weiteren Entschuldigungen entfernte.

Matt strahlte übers ganze Gesicht und sagte: »Alles ganz wunderbar.«

Später, als wir zurück zum Auto schlenderten, kam mir ein Gedanke. »Matt?«

»Hm?«

»Damals, vor dem Wechselfeuer, als du mich abgeholt hast … Hast du wirklich nicht an unserer Schuppentür geklopft und mir einen Streich gespielt?«

Er runzelte die Stirn. »Was für einen Unterschied würde das jetzt machen?«

»Dann wüsste ich, dass du mir problemlos ins Gesicht lügen kannst.«

»Und was würde mich daran hindern, jetzt wieder zu lügen? Und wieso werde ich das Gefühl nicht los, dass du mir eine Lüge bereitwilliger glauben würdest als die Wahrheit? Echt mal, Anna –

ist das nicht unglaublich anstrengend, permanent allem und jedem zu misstrauen?«

»Es ist die einzige Art, sich vor unangenehmen Überraschungen zu schützen.«

»Und vor den angenehmen gleich mit.« Es lag Mitleid in seinem Blick, aber auch ein Funken Enttäuschung.

Ich wollte ihm wirklich, wirklich gerne glauben.

Wir schliefen ein paar Stunden im Auto, ich auf dem Rücksitz, Matt auf dem zurückgeklappten Fahrersitz, bis im Morgengrauen ein Polizist an die Windschutzscheibe klopfte und uns aufforderte, den Platz zu räumen. Wir hielten an einer Raststätte, um uns frisch zu machen, und tranken dort Kaffee aus Pappbechern.

Viel zu früh erreichten wir die Adresse in Surrey, die Liv mir herausgesucht hatte, und wir saßen noch eine Weile im Auto, hörten Radio und aßen Cheddar-Sandwiches mit Chips, die ich uns mitgebracht hatte.

Ruby wäre mittlerweile neunzehn Jahre alt. Vielleicht wohnte sie schon gar nicht mehr bei ihren Eltern, aber ich hoffte, in diesem Fall würden diese mir ihre neue Anschrift verraten. Das Haus der Pearsons stand am Ende einer Sackgasse, mannshohe Büsche umsäumten das Grundstück und schützten es vor neugierigen Blicken. Und daran würde es Ruby auch heute nicht mangeln, wenn das Verhalten der Menschen damals in Dunwood ein Indikator war. Verstohlene Blicke, Getuschel, Kinder, die mit dem Finger auf sie zeigten und von ihren Eltern wissen wollten, was mit Rubys Gesicht passiert sei. Und das war nur der für jeden sichtbare Teil.

Gegen sieben Uhr öffnete sich die Eingangstür und eine Promenadenmischung kam herausgeschossen, gefolgt von einer blonden jungen Frau, die ihr Haar über eine Gesichtshälfte gekämmt hatte. Ich erkannte Ruby sofort.

»Das ist sie. Warte hier, bis ich dir ein Zeichen gebe.« Ich öffnete die Beifahrertür und stieg aus dem Wagen.

»Ruby?«

Sie zuckte kaum wahrnehmbar zusammen und drehte sich zu mir um.

»Hallo. Mein Name ist Anna Cairns. Aus Dunwood. Wahrscheinlich erinnerst du dich nicht mehr an mich, aber ich würde wahnsinnig gerne mit dir über Bella McQuoid reden.«

Rubys Augen wurden weit, sie drückte die Hundeleine an sich, obwohl das kleine Fellbündel frei neben ihr herlief.

»Ich weiß, wer du bist. Sorry, aber: nein.«

»Wusstest du, dass sie tot ist?«

»Wer, Bella? Um Gottes willen, nein … Was ist passiert?«

»Jemand hat sie in der alten Eibe erhängt.«

Ruby strich sich das Haar noch weiter ins Gesicht. »Das ist ja schrecklich.« Ihre Stimme brach gegen Ende des Satzes weg. Sie starrte einige Sekunden vor sich hin, offensichtlich in Aufruhr. Dann richtete sie ihr freies Auge wieder auf mich, und ihr Blick wurde hart. »Hör mal, ich hab keine Ahnung, was du glaubst, dass das mit mir zu tun hat. Aber ich will mit niemandem aus Dunwood reden. Es gibt einen Grund, warum ich damals alle Kontakte abgebrochen habe. Tut mir leid, wenn du den weiten Weg umsonst gefahren bist.«

Sie nickte mir zu und ging weiter die Straße entlang, ihr winziges Hündchen, das aussah wie ein Teddy, hoppelte begeistert neben ihr her.

»Ich weiß von dem Baby«, rief ich, gerade so laut, wie ich musste.

Ruby sah sich um, ob jemand außer ihr mich gehört hatte, aber unser Ende der Straße war noch menschenleer. Sie kam wieder näher, und jetzt stand offene Feindseligkeit in ihrem Gesicht. »Ich bin seit fünf Jahren weg, und in Dunwood werden noch immer Lügen über mich verbreitet? Euer Scheiß-Dorf ist sogar noch armseliger, als ich dachte. Und jetzt verzieh dich, oder ich rufe meinen Vater. Der ist vielleicht als Einziger noch schlechter auf Dunwooder zu sprechen als ich.«

»Die Polizei hat Bellas Tod als Selbstmord abgetan. Der Mörder läuft noch immer frei herum, und ich werde das Gefühl nicht los, dass es Bellas Mörder war, der dir das angetan hat«, ich nickte in Richtung ihrer von Haaren verdeckten Gesichtshälfte, »und vielleicht noch mehr. Ich glaube, dass du Bellas Mörder kennst. Und ich will, dass er für das bestraft wird, was er euch angetan hat. Für alles.«

Ruby hielt meinen Blick einige Herzschläge lang, dann senkte sie den ihren.

»Ich kenne den Täter nicht«, sagte sie leise. »Und wenn ich es täte, wäre er nicht mehr am Leben.«

»Kanntest du den Vater deines Babys?«

»Woher weißt d–«

»Ich weiß es einfach. Und ich glaube, dass Bella es auch wusste. Und dass sie deshalb sterben musste.«

Ruby sah sich noch mal um. Ihr kleiner Vierbeiner hatte neben ihr Sitz gemacht und sah gebannt zwischen uns hin und her.

»Bella wusste nichts. Sie hat damals versucht, die dreizehnte Hexe ausfindig zu machen, ich weiß nicht genau wie. Dann fing sie an, Drohbriefe zu bekommen, genau wie ich. Nachdem wir weggezogen sind, habe ich ihr einen Brief geschrieben, in dem ich ihr eine Lügengeschichte aufgetischt habe. Ich hätte mich wieder erinnert, wer der Vater des Babys war – ein Typ aus meiner Klasse, und dass er garantiert nichts mit der Sache beim Beltane zu tun gehabt haben konnte. Dass ich auf dem Fest ein Zufallsopfer gewesen sein musste. Ich wusste, dass sie in Gefahr wäre, wenn sie nicht aufhörte, nach dem Täter zu suchen.« Sie schüttelte den Kopf. »Aber wieso jetzt? Nach all der Zeit?«

»Ich weiß es nicht. Aber mit deiner Hilfe könnte ich es herausfinden. Es muss wirklich schwer sein, darüber zu reden, aber: Wann hast du erfahren, dass du schwanger warst? Es muss doch … Na ja, es muss doch irgendwann passiert sein.«

»Ich will nicht darüber sprechen. Schon gar nicht hier.«

»Du musst mir nichts sagen, was du nicht willst. Aber ohne deine Hilfe finde ich den Mörder vielleicht nie. Gibt es einen Ort, an dem du dich sicherer fühlen würdest?«

Ruby dachte nach. »Da hinten gibt es einen alten Spielplatz, auf dem die Geräte abgebaut wurden. Niemand geht da mehr hin.«

»Wenn du möchtest, lass uns dort reden.«

»Wer ist der Typ im Auto, der uns die ganze Zeit beobachtet?«

»Mein … Kumpel Matt. Er hat mich gefahren.«

»Weiß er von …?«

»Nichts, was nicht jeder weiß.«

»Ich will nicht, dass er uns folgt.«

»Das wird er nicht.«

Ich signalisierte Matt, dass Ruby und ich uns entfernen würden, und er gab mir das Okay.

Der Spielplatz war leer und von Wildwuchs überwuchert, nur eine Bank stand am Rande der Wiese. Ruby und ich nahmen darauf Platz.

»Wie heißt er?«, fragte ich, auf ihr Hündchen deutend, das die Gelegenheit nutzte, einige explorative Grabungen vorzunehmen.

»Sie heißt Hope. Und sie war der einzige Grund, warum ich in der Zeit nach dem Angriff überhaupt noch das Haus verlassen habe. Auch wenn sie nicht direkt Bodyguard-Statur hat.« Zum ersten Mal deutete sich ein Lächeln auf Rubys Zügen an. Dann fiel ihr etwas ein. »Wer kümmert sich jetzt um Jaro? Oder wurde er auch …«

»Ihm geht's gut. Ich könnte behaupten, ich kümmere mich um ihn, aber genauso richtig wäre, dass er sich um mich kümmert.«

»Er ist der menschlichste Hund, den ich je getroffen habe. Manchmal dachte ich, er wäre ein von Bella verhexter Mann. So, wie er einen anschaut.«

»Das würde mich kein bisschen wundern.«

Die gemeinsame Erinnerung an Jaro schien Ruby etwas auftauen zu lassen.

»Tut mir leid, dass ich dich angeblafft habe.«

»Mir tut's leid, dich so zu überrumpeln. Aber der Gedanke, dass Bellas Mörder einfach davonkommt …«

»Hat Bella dir auch geholfen?«

»Meiner Mum. Sie ist vor drei Jahren gestorben. Und seitdem ist alles anders.«

Ruby nickte nachdenklich. Dann drehte sie ihr Gesicht zu mir und strich sich die Haare zurück, legte ihre entstellte Gesichtshälfte frei. Ich versuchte, meine Bestürzung zu verbergen, aber es gelang mir nicht.

»Ist schon okay, ich bin dran gewöhnt. Seit das Auge raus musste, ist es noch schlimmer geworden. Die Ärzte dachten eine Weile, es wäre noch zu retten, aber Ärzte denken viel, wenn der Tag lang ist. Was einen nicht umbringt …«

»Tut es noch weh?«

»Das ist der Vorteil, wenn die Verbrennungen so tief gehen. Das Nervengewebe stirbt gleich mit ab.«

»Es tut mir so leid. Und alle haben dich im Stich gelassen, inklusive meines Vaters. Er war einer der Polizisten, die damals ermittelt haben.«

Erinnerung dämmerte auf Rubys Gesicht. »Detective Cairns, richtig? Er war damals sehr nett zu mir. Das ändert nichts daran, dass sie viel zu schnell aufgegeben haben. Aber ich war ihm trotzdem dankbar.«

»Ich bin froh, das zu hören.«

Hope kam mit einem Stöckchen im Maul angerannt, das ungefähr die Größe eines Zahnstochers hatte, und forderte Ruby auf, es zu werfen.

Ruby schleuderte das Ästchen fort, und Hope trippelte von dannen, mit ihrem winzigen Fellpopo wackelnd.

»Ich will, dass du ihn findest.«

»Ich werde mein Bestes geb–«

»Und wenn du ihn gefunden hast, bringe ich ihn um.«

Nicht Rubys Worte schockierten mich, sondern die Tatsache, dass ich bisher keine Sekunde darüber nachgedacht hatte, was ich mit Bellas Mörder anstellen würde, sobald ich ihn identifiziert hatte. Der Polizei übergeben? Dazu bräuchte ich unumstößliche Beweise. Und wenn ich die nicht fand?

»Eins nach dem anderen. Für den Anfang, wenn du kannst, sag mir, was du über den Vater deines Babys weißt.«

Ruby kaute auf ihrem Daumennagel herum. »Es war auf der Kanu-Freizeit am Loch Lochy im Sommer davor. Wir hatten einen Wettkampf, sind mit den Kanus ganz zum Nordende hochgepaddelt. Ich kam als dritte ins Ziel, war total stolz auf mich, weil ich gegen viel ältere Jungs gewonnen hatte. Meine allererste Medaille. Wir haben gefeiert und getrunken, du weißt, wie das dort ist. Alle schießen sich ab, das gehört einfach dazu. Ich hatte gar nicht das Gefühl, so übertrieben zu haben, aber Ian hatte einen ganzen Kasten Buckfast dabei, und wir haben *Hey Jinks* gespielt. Das Trinkspiel mit Würfeln? Es war ziemlich chaotisch. Ab einem bestimmten Punkt fehlt mir einfach jede Erinnerung. Bis zum nächsten Morgen.«

»Ian hat den Alkohol mitgebracht? Ian Inglis?« Mir fiel das Foto wieder ein, das wir bei den Inglisses gesehen hatten, als wir die Diashow für Liv vorbereitet hatten. Das Foto von Ruby mit ihrer Medaille. Es musste kurz vorher entstanden sein.

»Ja. Aber er war es nicht, er kann es nicht gar nicht gewesen sein.«

»Wieso nicht?«

»Weil es eine Sache gibt, an die ich mich erinnere.«

Ruby zog an der Haarsträhne über ihrem blinden Auge, eine tausendfach geübte Geste.

»Welche?«

»Zigarettenrauch. Zuerst habe ich mich nicht mehr daran erinnert, und mir war sowieso den ganzen Tag schlecht. Aber selbst als es mir wieder besser ging … Es ist, als ob ich darauf allergisch wäre. Sobald ich ihn rieche, dreht sich mir der Magen um.«

»Und Ian …«

»… hat Asthma.« Ruby nickte.

In der ausladenden Palette an Drogen, die Ian konsumierte, spielte Tabak keine Rolle. Er hatte mit zwölf seine erste und letzte Zigarette geraucht und wäre beinahe an dem dadurch ausgelösten Anfall gestorben.

»Mr Inglis hat als Einziger gesehen, dass mit mir etwas nicht gestimmt hat am nächsten Morgen.«

»Livs Vater?«

»Ihr Onkel. Er hat uns betreut. Er wollte wissen, was los ist, hat mir einen Kakao gekocht und gefragt, ob er meine Eltern anrufen soll. Aber das wollte ich auf gar keinen Fall.«

»Kannst du dich an mehr erinnern? Wer war alles auf dieser Freizeit dabei?«

»Das ist es ja, wir waren sicher vierzig Scouts –«

»Das ist zumindest ein Ausgangspunkt.«

»… und an dem Abend kamen noch Leute aus dem Dorf, die gar

nicht zu den Scouts gehörten. Die meisten davon blieben nicht über Nacht, aber ich kann nicht sagen, wer noch da war und wer nicht.«

»Und du erinnerst dich an nichts sonst? Absolut gar nichts?«

Ruby schüttelte den Kopf. »Und ich will es auch nicht mehr. Es hat mich so lange gequält, nicht zu wissen, was in dieser Nacht genau passiert ist. Ich dachte immer, die Wahrheit kann niemals so schlimm sein wie das, was ich mir ausgemalt habe. Weißt du, wie das ist, in einem Dorf zu leben und dich bei jeder Begegnung mit einem Typen zu fragen, ob er es war? Und als mir klar wurde, dass ich schwanger war …« Sie wand sich bei der Erinnerung.

»Verzeih mir diese Frage, aber ich muss sie stellen. Gab es noch eine andere Gelegenheit, bei der es passiert sein könnte? Hattest du damals einen Freund?«

»Ich war vierzehn, Anna. Ich hab noch mit Stofftieren geschlafen. Ein Spätzünder in jeder Hinsicht.«

»Und du hast es niemandem erzählt?«

Ruby lachte bitter. »Wem denn? Meinen Eltern, die gedacht hätten, ihre Tochter käme in die Hölle und sicherte ihnen auch gleich noch einen Platz dort? Meinen sogenannten Freundinnen, die mich gehänselt haben, als ich immer mehr zugenommen habe? Der Polizei? Alle hätten mich dafür verantwortlich gemacht. Weil ich so betrunken war, dass ich nicht mal sagen konnte, was passiert ist!«

»Nur Bella hat dich nicht abgewiesen.«

»Zuerst schon. Sie wollte, dass wir gemeinsam mit meinen Eltern sprechen, hat mir ihre Hilfe angeboten, mich in eine Klinik zu fahren. Aber ich war außer mir vor Panik, ich wollte nur, dass es weg ist. Ich hätte es sonst selber gemacht, und wenn ich dabei gestorben wäre. Das hat Bella kapiert. Ich war so erleichtert, als es vorbei war, ich hatte nicht mal ein schlechtes Gewissen. Wir haben es in Bellas Garten begraben, und sie hat einen Zauber auf das Grab gelegt, der nur durch Magie gelöst werden könnte, das hat sie zumindest gesagt. Ich bin mir bis heute nicht sicher, was ich glauben soll, aber … jetzt bist du hier und weißt von dem Baby, also …«

»Vielleicht ist der Zauber mit Bellas Tod erloschen.« Etwas sagte mir, dass es die Dinge unnötig verkomplizieren würde, Ruby von unseren Ritualen zu erzählen.

»Vielleicht.«

Ich kramte in meiner Tasche und holte etwas hervor.

»Hast du das hier schon einmal gesehen?«

Ruby inspizierte das Feuerzeug. »Nicht, dass ich wüsste. Sollte ich?«

»Nicht unbedingt.«

»Ich brauche eine Liste mit allen Namen von Camp-Teilnehmern und Besuchern, an die du dich erinnerst.«

»Ich weiß nicht, Anna. Es ist so lange her, ich kann nicht glauben, dass es derselbe war, der Bella ermordet hat. Wieso sollte er damit fünf Jahre warten? Und wieso ein Risiko eingehen, wenn er so lange damit durchgekommen ist?«

»Vielleicht war ihm bewusst, dass Bella kurz davor war, ihn auffliegen zu lassen?«

Ruby sah nicht überzeugt aus.

»Lass mir deine Adresse da, ich schicke dir die Liste.«

»So bald du kannst. Bitte.«

»Ich schreib sie heute Abend und schicke sie morgen weg.«

Ich nickte zufrieden.

»Und hier ist meine Telefonnummer.« Sie zog Stift und Notizblock aus der Tasche und notierte mir ihre Nummer, ich gab ihr im Gegenzug Rahels Adresse. So unverfroren, mir Post an Bellas Adresse schicken zu lassen, war ich nun auch wieder nicht.

»Wenn die Polizei herausfindet, dass es mein Baby war –«

»Mach dir keine Sorgen. Die Polizei von Dunwood ist vor allem gut darin, Dinge nicht herauszufinden.«

Ruby rief nach Hope, und zusammen liefen wir zurück zum Auto. Unsere Verabschiedung war kurz und unbeholfen, und ich stieg zu Matt in den Wagen, als Ruby zwischen den Hecken zu ihrem Haus verschwand.

»Lass mich raten, ich soll nicht fragen«, sagte Matt. Und weil er Matt war, klang seine Stimme nicht vorwurfsvoll, sondern leicht belustigt, und als er mir zuzwinkerte und den Motor startete, überrollte mich eine solche Welle der Zuneigung für ihn, dass ich ihn am liebsten erdrückt hätte.

Stattdessen strich ich ihm nur sanft eine Locke aus dem Gesicht. Matt hielt inne und warf mir einen überraschten Blick zu. Er trat die Kupplung durch und auf die Bremse, und hundert kleine Schmetterlinge, die seit zwei Tagen bereitwillig auf ihr Kommando gewartet hatten, stiegen gleichzeitig in mir auf. Er lehnte sich langsam zu mir herüber, als etwas an meiner Scheibe klopfte.

Ruby stand vor dem Fenster, und ich kurbelte es einen Spalt hinunter.

»Mir ist noch was eingefallen«, sagte sie, und das Haar fiel nach vorn und löste sich von den Narben, die es verdecken sollte.

»Was ist mit der verrückten Frau, die Bella nachgestellt hat? Dieser Blonden?«

Ich kurbelte die Scheibe ganz herunter. Ruby beugte sich zur mir und stützte sich auf dem offenen Fenster ab.

»Hi«, sagte sie zu Matt.

Er nickte. »Hi, Ruby.«

»Welche Blonde?«, fragte ich.

»Mir fällt der Name nicht ein. Eine Frau aus Spean Bridge, damals um die vierzig, schätze ich. Vielleicht jünger. Mit vierzehn erscheinen einem ja alle Erwachsenen steinalt.«

»Und sie hat Bella nachgestellt? Hat sie dir das erzählt?«

»Ich war einmal dabei. Es war an … jenem Abend. Bella und ich saßen in der Hütte und sprachen über, na ja, du weißt schon, und auf einmal trommelte jemand gegen die Tür und schrie, Bella solle rauskommen. Es war eine Frau, aber sie unterhielt sich draußen mit noch jemandem, oder zumindest dachte ich das. Bella wies mich an, sie zu ignorieren. ›Sie kann nicht zu uns herein‹, sagte sie. Ich fragte, wieso Jaro die Frau nicht fortjagte, aber er wäre gerade nicht in der Nähe, sagte Bella, und das sei auch gut so. Die Frau schrie immer wieder ›Gib mir meinen Mann zurück, du Hexe‹ und ›Ich mach dich fertig, komm endlich raus!‹. Ich hatte richtig Angst. Sie wirkte völlig außer sich, wie betrunken oder im Fieberwahn. Bella zog die Vorhänge zu, und eine Weile war es still, aber dann hörten wir seltsame schleifende Geräusche vor der Tür. Bella murmelte etwas, das ich nicht verstand, und zum ersten Mal sah sie beunruhigt aus. Immer wieder stieß etwas dumpf gegen die Tür, und ich fragte mich, ob die da draußen einen Rammbock geholt hatte – totaler Unsinn, aber ich stand sowieso schon völlig neben mir –, und dann sah Bella aus dem Fenster neben der Tür. Die Frau hatte Holzscheite von Bellas Feuerholzlager hinter der Hecke hergeschleift und vor der Tür aufgeschichtet und goss gerade irgendeine Flüssigkeit über den Stapel. Ich stieß einen Schrei aus, und wie auf Kommando fing die Frau draußen an zu lachen. Wie ein Dämon klang sie, das vergesse ich nie, mir lief es eiskalt den Rücken runter. Sie lachte und rief: ›Brennen sollst du! Und ab in die Hölle, wo du hingehörst!‹ Bella murmelte wieder etwas, lauter diesmal, ich glaube, es war gälisch. Sie öffnete die Tür, und draußen stand die Frau. Meitner hieß sie, jetzt weiß ich es wieder. Mrs Meitner. Sie hatte keine Schuhe an, mitten im Februar, ihrer Füße waren zerkratzt und ihr Gesicht ganz verzerrt, wie bei jemandem, der stundenlang geweint hat. Sie stand einfach nur da und guckte, als wüsste sie nicht mehr, wer wir sind und warum sie hier war. Und Bella ging zu ihr, nahm über den Stapel Holz hinweg ihre Hand und sagte: ›Geh Heim, Elizabeth. Deine Schuhe warten.‹ Und das tat Mrs Meitner tatsächlich.«

Ich sah Matt an, der sich nachdenklich am Kinn rieb, und dann wieder Ruby. Was sie an diesem Abend alles mitgemacht hatte … Nathan Meitner fiel mir ein, der angedeutet hatte, dass seine Frau unberechenbar sein konnte, aber ich hatte es für die Übertreibung eines untreuen Mannes gehalten, der seiner Frau eine Mitschuld aufladen wollte.

»Hat Bella dir gesagt, wer die Frau war? Oder woher kanntest du ihren Namen?«

Ruby beugte sich noch näher zu mir. »Ich kannte sie aus den Camps. Sie war Köchin bei uns, zumindest bei den größeren Veranstaltungen. Ihr Mann ist Handwerker und hat Reparaturen an der Hütte übernommen, wenn die Scouts mal wieder was zerlegt hatten. Er war richtig nett, aber sie war gefürchtet für ihre Wutausbrüche. Einmal hat Claire sich beschwert, dass die Nudeln zu weich seien. Die Meitner hat es gehört und kein Wort gesagt, ist einfach in der Küche verschwunden. Und kurz darauf kam sie zurück mit einem Nudelsieb voller heißer Nudeln, ging zu Claire an den Tisch und setzte ihr das volle Sieb auf wie einen Hut. Und niemand hat es gewagt, zu lachen.«

Armer Nathan, dachte ich. Kein Wunder hatte er sich zu Bella hingezogen gefühlt, die die Sanftmut in Person gewesen war.

»Damals hatte ich mir nie was dabei gedacht, aber aus heutiger Sicht ist es komisch …«

»Dass Mrs Meitner so ausfallend wurde? Ich glaube, sie ist krank.«

»Das meine ich nicht«, sagte Ruby. »Aber ist es nicht seltsam, dass die Meitners die einzigen Helfer im Camp waren, die nie Kinder dort hatten?«

***

Es regnete aus vollem Himmel, als Matt mich am frühen Abend wieder am Waldrand absetzte. Es war sein Vorschlag gewesen, unterwegs anzuhalten, damit ich ein paar Tropfen auffangen konnte, und ich hatte dankend angenommen.

»Ich weiß, du findest es komisch«, hatte ich gesagt.

»Dir ist es wichtig. Mehr brauch ich nicht zu wissen.«

Jetzt saßen wir im Auto, während der Regen auf die Windschutzscheibe trommelte; Matt stellte die Scheibenwischer aus, und aus irgendeinem Grund fiel es mir auf einmal sehr schwer, auszusteigen.

»Hältst du es für möglich, dass wir die einzigen beiden Menschen in Schottland sind, die den Regen noch immer lieben?«, fragte er nach einer Weile.

Ich lächelte träge. »Vielleicht ist das die Kunst, etwas auch dann noch zu lieben, wenn es im Überfluss verfügbar ist.«

»Etwas zu lieben, das gleichzeitig unberechenbar und wunderschön ist und dir jedes Mal eine neue Facette von sich zeigt? Einfachste Sache der Welt.« Er verbiss sich ein kleines Lächeln und hielt meinen Blick nur für eine Sekunde, dann räusperte er sich. »Na denn, ich glaube, es ist Zeit, auf Wiedersehen zu sagen. Du bist bestimmt völlig k. o.«

»Ziemlich. Und deine Eltern warten sicher schon.«

»Zweifelsohne.«

Jeden anderen hätte ich für diese Wortwahl belächelt, aus Matts Mund klang sie gerade weit genug aus der Zeit gefallen, um wieder charmant zu wirken. Ich packte meine fünf Sachen zusammen, schlug den Kragen meiner Jacke hoch und öffnete die Beifahrertür einen Spalt.

»Danke. Für alles.« Noch immer übte der Autositz eine magische Anziehungskraft auf mich aus.

»Es war mir eine Freude.«

»Ich hab lange nicht mehr so viel gelacht.«

»Und ich werde die Sache mit dem Cocktail, der dir vor Lachen aus der Nase in den Mund gelaufen ist, wirklich nie mehr erwähnen.«

»Du hast einen Eid geschworen.«

»Und ich nehme meine Schwüre sehr ernst.«

Ich streckte meine Hand aus, und Matt schüttelte sie förmlich.

»Bis dann, Anna Cairns.«

» …«

»Schlaf gut heute Nacht.«

»Du auch.«

» …«

»Matt?«

»Hm?«

Meine Stimme war kaum lauter als der prasselnde Regen.

»Willst du noch mit reinkommen?«

»Bist du sicher?«

»Nein. Aber die Dinge, bei denen ich mir sicher war, sind in letzter Zeit nicht besonders gut für mich gelaufen.«

»Und jetzt brauchst du mich, um eine Gegenhypothese aufzustellen?«

»Nein«, sagte ich. »Aber mit dir macht es mehr Spaß.«

ZWEIUNDZWANZIG

»*I*ch brauche alle eure Fotos vom Scout Camp am Loch Lochy vor fünf Jahren. Und zwar sofort.«

Liv, die auf dem Boden ihres Zimmers herumlümmelte, ein Plüschschaf auf dem Schoß hielt und gedankenverloren an einem Joint zog, beschwichtigte mich mit einer Geste.

»Immer machst du so einen Stress, Anna. Nimm erst mal ein paar Züge, dann kommt dir alles nicht mehr so furchtbar dringend vor.«

Ich saß ihr gegenüber im Schneidersitz, jede Faser meines Körpers voller Anspannung. »Nicht jetzt. Ich will die Fotos.«

»Und ich will Käsekuchen. Aber siehst du hier irgendwo welchen?«

»Hast du mir vorhin überhaupt zugehört? Es geht hier nicht um mich. Da draußen läuft ein Mörder und Vergewaltiger herum, den die Polizei noch nicht einmal sucht. Wird dir bei dem Gedanken nicht ein kleines bisschen unwohl?«

Liv zuckte mit den Schultern. »Du weißt doch gar nicht, ob es wirklich ein und dieselbe Person war.«

»Würde es irgendwas besser machen, wenn nicht?«

»Hm. Nein.«

»Dann mach das Ding aus und hilf mir, oder ich frag deine Mutter.«

»Nur noch fünf Minuten«, sagte Liv. »Sind du und Matt denn jetzt ein Paar?«

Ich rollte mit den Augen und gab einen frustrierten Laut von mir. Als Liv merkte, dass sie so nicht weiterkam, erhob sie sich schließlich doch. Sie drückte mir das Schaf in die Hand und trampelte kurz darauf leise vor sich hin schimpfend die Holztreppe hinunter.

Als ich sie gefragt hatte, ob sie etwas über die wundersame Empfehlung von McNeil wisse, hatte sie erst getan, als hätte sie mich nicht verstanden, und die Vorstellung dann belustigt zurückgewiesen. Ich kannte diesen Ton, sie verwendete ihn jedes Mal, wenn sie in meinem Beisein ihre Eltern belog.

Es dauerte verdächtig lange, bis Liv mit den Fotoalben und zwei Tellern Kuchen erschien. Das heißt, einem Teller Kuchen, denn auf ihrem befanden sich fast nur noch Krümel.

»Ich musste unterwegs Pause machen«, erklärte sie.

»Im ersten Stock?«

»Vor dem Kühlschrank.«

Ich stellte meinen Teller neben mich auf den Boden und schlug das erste Album auf. Schnell fand ich das Foto wieder, das Rahel und ich vor Livs Geburtstag gesehen hatten. Es versetzte mir einen Stich, Rubys heiles, glückliches Gesicht zu sehen. Sie war in den letzten fünf Jahren um mindestens zehn gealtert, von dem unbeschwerten Teenager auf dem Foto war nichts übriggeblieben. Und kein Wunder, nach allem, was sie durchgemacht hatte. Aber was genau hatte Ians Lächeln seitdem verschwinden lassen? Auf dem Bild lachte er so breit wie Ruby, den Körper leicht nach vorn gebeugt, sein Oberarm berührte leicht ihre Schulter.

»Hast du Ian jemals beim Rauchen erwischt, seit seinem Anfall damals?« Ich hatte nicht erwähnt, was Ruby über ihre einzige Erinnerung an diese Nacht erzählt hatte.

»Mann, frag mich was Leichteres. Nicht, dass ich wüsste. Aber ich bin auch nicht die Drogenpolizei.«

»Ist mir schon aufgefallen«, sagte ich trocken.

»Hey, Liv and let Liv.«

Ralph war der Einzige auf dem Foto, dessen Lächeln halbherzig, beinahe melancholisch wirkte. Er stand ein Stück abseits, mit herausgewachsenen, von der Sonne gebleichten Haaren und vor der Brust verschränkten Armen.

Archie und Alec, damals beide dreizehn, rangelten miteinander um den besten Platz vor der Kamera, Fynn stand im Begriff, aus dem Bild zu laufen.

Es gab nur eine Handvoll weiterer Fotos von diesem Camp, und auf keinem war Ruby abgebildet. Tatsächlich war das Camp ungewöhnlich gut besucht gewesen. Liv half mir dabei, möglichst viele der Teilnehmer zu identifizieren, Rubys Liste würde sie hoffentlich vervollständigen. Aber dann? Wie konnte ich sie weiter eingrenzen?

»Wer ist das da hinten, bei der Hütte?«, fragte Liv und zeigte auf das letzte Foto.

Ich nahm es aus dem Album und hielt es näher vors Gesicht, um die winzige Gestalt in der Ferne zu erkennen. Ich erkannte ihn zuerst an seiner Haltung, dann an den Haaren. Nathan Meitner war auf dem fraglichen Camp vor Ort gewesen, das hier war der Beweis.

»Der Typ, der kurz nach ihrem Tod in Bellas Hütte einbrechen wollte?« Liv sah mich an, um Bestätigung suchend, und ich nickte. Ich hatte Nathan die rührselige Geschichte über seine unerfüllte Liebe zu Bella bedingungslos abgekauft; jetzt fragte ich mich, ob das nicht reichlich naiv gewesen war. Egal, ob er mich oder Elizabeth ihn belogen hatte: Seine Frau hatte von ihrer Liaison gewusst, und sie hätte Bella ohne zu zögern bei lebendigem Leibe verbrannt. Und Ruby Pearson gleich mit.

Hatte Nathan die Wahrheit gesagt, als er die Eigentümerschaft des Feuerzeugs bestritten hatte? Was verbarg das Ehepaar Meitner – voreinander oder gemeinsam?

Dr. Theodore Murrays Praxis befand sich im Erdgeschoss seines pompösen Hauses.

Es war nicht schwer gewesen, einen Termin noch in derselben Woche zu bekommen. Noch wusste ich nicht genau, was ich hier wollte oder wonach ich suchte. Dr. Murray ins Gesicht zu sehen, war das eine. Irgendetwas zu finden, anhand dessen ich ihn überführen könnte, das andere. Und so saß ich mit zwei hustenden Kleinkindern und deren missgelaunter Mutter im Wartezimmer und sah den dreien dabei zu, wie sie sich gegenseitig in den Wahnsinn trieben.

»Mummy, haben Tiger Streifen?«, fragte der Ältere, während er mit einem Bauklötzchen begeistert gegen ihre Kniescheibe schlug.

»Au, das tut weh, Peter! Glaubst du, ich bin aus Granit?«, fragte sie. »Und du weißt doch, dass Tiger Streifen haben.«

»Ja, *außen*. Aber was passiert, wenn der Tiger zum Friseur geht, sind die Streifen dann weg?«

Die Mutter rollte mit den Augen. »Ja«, sagte sie, wenig überzeugend. Auch der kleine Peter ahnte, dass die Antwort mehr der Abwehr diente, als sie tatsächliches Wissen vermittelte, und er hakte nach.

»Aber wo kommen die Streifen dann her? Woher wissen die Haare, welche Farbe sie haben müssen?«

»Das hat Gott eben so festgelegt, als er den Tiger geschaffen hat.«

Mir entfuhr ein spöttischer Laut. Die Mutter warf mir einen irritierten Blick zu, der jüngere Bruder hörte für einen Moment auf, mit seinem Wachsmalstift das Tischbein anzumalen, und Peter fragte: »Stimmt das nicht?«

»Nein«, sagte ich. »Es liegt in seinen Genen. Das ist wie ein Bauplan für Tiger, und überhaupt alle Lebewesen, und den hat er von seinen Eltern vererbt bekommen. Und da steht zum Beispiel drin, in welchen Farben und Mustern sein Fell wachsen soll.«

»Peter, wie oft muss ich das noch sagen – man spricht nicht mit fremden Menschen!« Die Mutter drehte den Kleinen zu sich herum und richtete seinen verdrehten Hosenträger. »Weißt du: Manche Leute glauben nicht an Gott, und die kommen später mal in die Hölle.«

»Was ist die Hölle?«

Die Tür zum Wartezimmer öffnete sich, und die Sprechstundenhilfe rief meinen Namen. Erst jetzt fiel mir auf, dass sich von innen keine Klinke an der Tür befand.

»Die Hölle ist ein Konstrukt, das Menschen sich ausgedacht haben, um andere dazu zu bringen, zu tun, was sie wollen. Vor allem kleine Kinder«, sagte ich im Vorbeigehen zu Peter.

»*Was fällt dir ein* –«, begann Peters Mutter, aber ich schnitt ihren Satz mit der zufallenden Tür einfach ab. Sollte sie doch versuchen, ohne Klinke dort herauszukommen.

Dr. Murray saß an einem massiven Schreibtisch aus dunklem Holz und notierte mit angestrengtem Blick über seine Brille hinweg etwas in eine Akte. Das Zimmer war doppelt so groß wie Bellas ganze Hütte, in vergoldeten Rahmen hingen zwei Landschaftsbilder hinter Dr. Murray. Dazwischen, ebenfalls in Gold, sein gerahmtes Diplom. Überhaupt schien Gold Murrays Lieblingsfarbe zu sein. Auf der Besucherseite des Tisches standen zwei Stühle, die im Vergleich zur restlichen Einrichtung wie Campinghocker wirkten.

»Setzen Sie sich«, wies er mich an, ohne Blickkontakt herzustellen, und deutete auf das linke Sitzmöbel, »auf *diesen* Stuhl.«

Unweigerlich fragte ich mich, welch schreckliches Unglück hereinbrechen mochte, würde ich mich auf dem anderen, identisch aussehenden Stuhl niederlassen, aber es war zu früh, um ihn gegen mich aufzubringen.

Er schrieb noch eine Weile, während derer ich sein spärliches Resthaar und die Fettflecken auf seiner Brille studierte, dann klappte er die Akte zu und musterte mich von oben bis zur Hüfte.

»Na, wo drückt denn der Schuh, junge Frau?« Er strich sich träge über seinen Bierfassbauch.

Zur Abwechslung hatte ich mir meine Geschichte vorher bis ins

Detail zurechtgelegt, hatte sogar vor dem Spiegel passende Gesichtsausdrücke geübt.

»Ich leide unter Schlaflosigkeit. Schon seit Monaten. Es wird immer schlimmer. Und ich komme in der Schule kaum noch mit, weil ich immer so müde bin.«

»Na, na, das klingt ja sehr dramatisch.« Ein abschätziges Lächeln kräuselte die linke Hälfte seines Munds. »In deinem Alter kann man doch noch schlafen wie ein Stein!«

So schnell waren wir vom Sie zum Du gewechselt, aber das galt wohl nur für seine Seite der Konversation. Ich hoffte, dass meine kunstvoll geschminkten Augenringe noch überzeugend wirkten, und berichtete Murray von meinen Panikattacken und dem ständigen Gefühl, verfolgt zu werden (dafür musste ich nicht einmal lügen).

»Nimm ein bisschen Baldrian, dann wird das schon wieder.«

»Hab ich versucht. Aber es hilft nicht.«

»Abends eine heiße Milch mit Honig. Und einem Schuss Rum. Wirkt Wunder.«

Auf die subtile Art würde ich nicht weiterkommen.

»Ich hatte gehofft, Sie könnten mir ein paar Tabletten verschreiben. Etwas zur Beruhigung, damit ich schlafen kann. Seit dem Tod meiner Mutter bin ich einfach nicht mehr ganz in der Spur …«

Er schrieb mit, während ich sprach. »Deine Mutter ist wann gestorben?«

»Vor drei Jahren. Lydia Cairns. An Brustkrebs. Sie haben sie damals behandelt –«

Kein Zeichen des Wiedererkennens auf seinem Gesicht. Er erinnerte sich nicht an Mum. Ihre verzweifelten Anrufe, ihr Flehen, sie hatten keinerlei bleibenden Eindruck hinterlassen.

»Drei Jahre sind eine lange Zeit. Nimm dich ein bisschen zusammen, Mädel, du kannst dich doch nicht ewig damit rausreden, wenn du im Leben nichts auf die Reihe kriegst.«

Seine Augen verengten sich. Er lehnte sich in seinem quietschenden Sessel zurück. »Was sagt denn dein Vater zu diesen Sperenzchen? Das ist doch nicht normal. Vielleicht brauchst du eine Aufgabe, nicht so viel Freizeit, um dir komische Gedanken zu machen. Zu viel Nachdenken tut nicht gut.«

»Sperenzien.«

»Was?«

»Es heißt Sperenzien. Abgeleitet von ›Sperantia‹, die Hoffnung.«

Für einen Augenblick blieb ihm die Spucke weg. »Du bist ein ganz schönes Früchtchen, was? Aber ich weiß schon, so sind die jungen Dinger von heute. Ihr wollt alles haben und nichts dafür tun und dass die ganze Welt euch mit Samthandschuhen anfasst. Aber da bist du bei mir an der falschen Adresse.«

Ich hasste diesen Mann mit jeder Faser meines Körpers.

»Tut mir leid«, presste ich durch die Zähne. »Bitte, Herr Doktor, ich brauche Schlaftabletten. Ich dreh sonst bald durch.«

Murray kniff die Lippen zusammen, griff nach einem Rezeptblock und kritzelte etwas darauf. Er leckte seinen Daumen ab, bevor er das oberste Blatt abriss und mir überreichte. »Eine Tablette zur Nacht. Alle vier Wochen kommst du zur Besprechung. Aber in einem anderen Ton, junges Fräulein.«

»Ganz bestimmt. Vielen Dank.«

Er nickte, scheinbar besänftigt.

»Sie haben in Birmingham Ihren Abschluss gemacht?« Ich deutete auf das gerahmte Diplom hinter ihm.

Er brummte bestätigend.

»1948? Zu Norman Haworths Zeit?«

»Wer?«, fragte Murray, in Gedanken schon längst woanders.

»Na, er war doch damals …«, ich brach ab. War das sein Ernst? Ich beschloss, ihn zu testen.

»Wenn Sie mal wieder hinkommen, grüßen Sie Old Joe von mir.«

»Ich kenne so viele Joes, das musst du schon etwas eingrenzen.«

Es war tatsächlich sein Ernst. Weder Haworth noch Old Joe sagten ihm das Geringste. Vielen Dank, Herr Doktor, keine weiteren Fragen.

Wortlos steckte ich das Rezept in die Tasche und verabschiedete mich. Als hätte ich mich gerade erst daran erinnert, drehte ich mich noch mal zu ihm um und streckte ihm das zwischen Daumen und Zeigefinger geklemmte Feuerzeug entgegen. »Gehört das Ihnen? Ich habe es auf dem Boden vor der Praxis gefunden.«

Murray verneinte und bedeutete mir mit einem Wedeln, ich möge mich aus seinem Sichtfeld entfernen. Mit einem letzten Blick auf sein gerahmtes Diplom verließ ich das Sprechzimmer.

Am Samstag darauf war Rubys Liste noch immer nicht bei Rahel angekommen. Ich wollte Ruby nicht auf die Nerven gehen, aber eine innere Stimme drängte mich dazu, der Sache auf die Sprünge zu helfen. Amalia Pomeroy lag noch in der Klinik in Fort William – Rahel hatte dort angerufen und sich als ihre Enkelin ausgegeben. Viel hatte sie nicht aus der Krankenschwester herausbekommen, aber immerhin, dass die Pomeroy noch lebte und nicht in akuter

Lebensgefahr schwebte. Das hieß, ihr Haus stand leer, und sehr sicher hatte sie die Haustür nicht abgeschlossen, bevor sie uns in Bellas Hütte ›überrascht‹ hatte. Ich würde dort nur kurz nach dem Rechten sehen, von ihrem Apparat aus Ruby anrufen und dann der Pomeroy das Geld für ein Ferngespräch auf den Tisch legen. Kein Grund für ein schlechtes Gewissen, redete ich mir zu.

Die Luft stand still im Haus der alten Frau. Ein widerlicher Geruch empfing mich an der Tür, als litte das Gebäude an einer Krankheit, die den Atem verdarb. Ich bemühte mich, ihn zu ignorieren, und ging durch den langen Flur bis zur Kommode mit dem Apparat. Es dauerte nur Sekunden, bis Übelkeit in mir aufstieg, und ich zog mein T-Shirt über Mund und Nase, um den Geruch zu mindern. Hastig wählte ich Rubys Nummer in Surrey.

Ruby meldete sich fast sofort, und ich fragte mich, ob sie außer zu Spaziergängen mit Hope jemals die Wohnung verließ. Ich erkundigte mich kurz nach ihrem Befinden und fiel dann wie üblich mit der Tür ins Haus.

»Hast du die Liste schon abgeschickt? Es ist nur … Die Zeit drängt.«

Zwei Mückchen flogen durch die spaltbreit geöffnete Schlafzimmertür in den Flur.

»Ich kann dir die Namen nicht geben, Anna.« Eine betretene Pause.

»Wieso nicht?«

»Ich … Ich erinnere mich nicht mehr so gut. Es waren so viele Leute da, und ich will auch niemanden falsch verdächtigen –«

»Du verdächtigst überhaupt niemanden. Das tue höchstens ich. Du hältst nur fest, wer damals im Camp dabei war, was ist daran verwerflich?«

Ich konnte Rubys Kopfschütteln förmlich hören.

»Trotzdem, es geht einfach nicht. Und ich bitte dich, die Sache auf sich beruhen zu lassen. Es ist besser so.«

»Warum? Was hat sich seit letztem Mittwoch geändert? Hat dir jemand Druck gemacht? Deine Eltern? Ich verspreche dir, ich halte dich raus, soweit ich kann. Niemand muss etwas wissen außer mir. Willst du, dass er einfach so davonkommt? Ich bin so nah dran, Bellas Mörder zu finden, das spüre ich –«

Rubys Stimme senkte sich zu einem Flüstern ab. »Es ist gefährlich, Anna. Du weißt nicht, worauf du dich einlässt. Hör auf, Fragen zu stellen, sonst bist du die Nächste …«

Diese Drohung hörte ich nicht zum ersten Mal. Das Gemisch aus süßlichem, überwältigendem Gestank in Amalias Haus und Rubys greifbarer Angst brachte mich beinahe zum Würgen.

»Sag mir, wer dir droht. Und ich sorge dafür, dass er aufhört.«

Ruby lachte bitter. »Du bist nur ein Mädchen. Wir machen niemandem Angst.«

»Das wollen sie uns einreden. Aber es ist an der Zeit, sie eines Besseren zu belehren.«

Eine weitere Fliege schwirrte in den Flur. Was zur Hölle verweste im Schlafzimmer der Pomeroy?

»Ich muss aufhören«, sagte Ruby. »Bitte ruf mich nicht mehr an. Tut mir leid, Anna.«

Klick. Ich starrte den Apparat einige Augenblicke lang an, als könnte er mir verraten, wer Ruby seit meinem Besuch zugesetzt hatte, aber er tat mir den Gefallen nicht.

Die dunklen Vorhänge in Amalias Schlafzimmer waren zugezogen, ein Dämmerlicht verlieh dem Raum eine ominöse Aura. Ich betätigte den Lichtschalter, dann einen weiteren, aber keine Glühbirne erwachte zum Leben. Wahrscheinlich war der Strom ausgefallen. Ich seufzte. Bemüht, den Deckenberg auf dem Ehebett nicht zu beachten, lief ich zum Fenster, riss erst die Vorhänge und dann beide Flügel auf und sog frische Luft ein. Das Zimmer sah aus wie eine Müllhalde. Teller mit verkrusteten Speiseresten, Zeitungen, Kleidung, vieles übereinandergestapelt. Über dem Ehebett hing ein gigantisches Kreuz, das jeden Schlafenden sofort erschlagen hätte, hätte es sich von der Wand gelöst. Ich wagte es nicht, den Teppich genauer zu inspizieren, aus Furcht, er könnte zurückstarren. Gegenüber dem Bett stand ein zimmerbreiter Bauernschrank, auf dessen rosenverzierten Türen weitere Fliegen saßen. Das Zentrum des Gestanks musste sich dort drinnen befinden. Ich kämpfte meine ungute Vorahnung zurück, rechnete fast schon damit, dass es Amalia Pomeroy selbst war, die dort in ihrem Kleiderschrank verweste, aber der Gedanke war absurd. Mit einem Ruck riss ich die Schranktür auf – und wich zurück. Auf einmal wurde mir klar, was ich finden würde, wenn ich den Kühlschrank öffnen würde: einen Haufen Kleider. Mrs Pomeroy musste irgendwann damit begonnen haben, die beiden Schränke zu verwechseln, und ihre verderblichen Speisen fein säuberlich in den Regalen ihres Kleiderschranks zu verstauen. Schädlinge hatten sich über das, was irgendwann einmal Fleisch gewesen sein musste, hergemacht und es zu einem grauen, wimmelnden Klumpen zersetzt. Zerlaufenes Fett bedeckte den Regalboden, in einem Krug säuerte Milch vor sich hin. In einem Fach stand eine völlig verkohlte Bratpfanne. Daher musste der Geruch gerührt haben, den ich neulich wahrgenommen hatte … Ich eilte zurück zum Fenster und nahm einige tiefe Züge, aber der Geruch hatte sich bereits an meinen Rezeptoren festgesetzt, und ich war mir nicht sicher, ob er sich jemals wieder vollständig verflüchtigen würde.

Zwei Stunden später hatte ich mithilfe von Amalias Spülhandschuhen alles in blaue Müllsäcke verpackt, sie vors Haus gestellt und das Schlafzimmer grob grundgereinigt, als das Telefon klingelte. Hatte Ruby es sich anders überlegt? Aber nein, sie hatte diese Nummer überhaupt nicht. Wenn ich dranging, konnte das Ärger bedeuten, doch das war jetzt auch schon egal. Jeder, der in den letzten Stunden hier vorbeigekommen war, hätte mich werkeln sehen können.

Ich nahm den Hörer ab. »Ja?«

Die Person am anderen Ende atmete laut.

»Hallo? Ist da jemand?«

Der Atem ging schwer, mit einem dünnen, pfeifenden Oberton. Als ränge jemand um Luft.

»Hallo«, sagte ich noch mal, und meine Stimme klang jetzt klein, genau wie ich mich fühlte. Etwas sagte mir, dass die Person am anderen Ende der Leitung genau wusste, dass ich nicht Amalia Pomeroy war. Und dass sie das schon gewusst hatte, bevor sie diese Nummer gewählt hatte.

»Ich lege jetzt auf«, sagte ich und presste den Hörer nur noch fester gegen mein Ohr. Ich drehte mich Richtung Eingangstür, die noch offenstand und durch die Sonnenstrahlen in den dunklen Flur fielen.

Ein Flüstern kroch durch die Leitung, röchelnd und bedrohlich.

»Das ist deine letzte Warnung, Anna Cairns.«

Die Verbindung brach ab.

Das Gefühl, beobachtet zu werden, begleitete mich, als ich das Haus der Pomeroy verließ. Ich warf einen Blick zu Bellas Hütte – meiner Hütte – hinüber, aber selbst in der warmen Abendsonne erschien sie mir nun wie ein unsicherer Ort; so nah am Waldrand, so weit vom nächsten bewohnten Haus, selbst von einem Telefon entfernt. Jaro hatte mich am Morgen zur Schule begleitet, aber seitdem hatte ich ihn nicht mehr gesehen, und wie so oft wünschte ich ihn an meine Seite. Ich ging nur kurz zurück in die Hütte, um die nötigsten Habseligkeiten in meinen Rucksack zu packen, schloss hinter mir ab und machte mich auf den Weg zum Inglis-Hof.

Liv war überrascht, aber nicht unerfreut, mich zu sehen.

»Kann ich über Nacht hierbleiben? Ich will momentan nicht allein sein.«

»Hey, Livs casa es tu casa, wie wir Italiener sagen.«

»Ihr spanischen Italiener.«

»Hm?«

»Egal. Kann ich mal euer Telefon benutzen?«

Liv nahm meine Hand und inspizierte meine Finger. »Ich denke schon, dass die gerade so durch die Wählscheibe passen.«

»Na gut: *Darf* ich euer Telefon benutzen?«

»Schau an, wenn sie selbst korrigiert wird, ist sie auf einmal kratzbürstig! Nimm den Apparat aus dem Flur oben, das Kabel reicht bis in mein Zimmer. Und ich besorg uns solange Eistee und Kekse.«

Ich warf meine Sachen in Livs Zimmer, holte mir den Apparat nach oben und ließ mir von der Auskunft die Nummer des Fachbereichs Medizin der Universität Birmingham geben. Dort gab ich mich als Reporterin des Dunwood Herald aus und fragte nach, ob ein Theodore Murray bei ihnen 1948 seinen Abschluss gemacht habe. Ich hatte erwartet, dass die Info nicht so einfach zugänglich wäre, aber die Sekretärin sah bereitwillig in ihren Akten nach und bestätigte mir Dr. Murrays Angaben. Das kam einigermaßen überraschend: Murray hatte weder Norman Haworth gekannt, der damals dort Dekan gewesen und inzwischen Nobelpreisträger war, noch Old Joe, den berühmten Uhrenturm direkt auf dem Campus. Ich hatte kürzlich Haworths Biografie gelesen, nur daher waren mir diese Details bekannt. Wenn selbst ich, die nie einen Fuß auf Birminghamer Pflaster gesetzt hatte, diese Dinge wusste – wie konnte jemand ein ganzes Medizinstudium dort abgeschlossen haben, ohne sich daran zu erinnern? Murrays Diplom war gefälscht, so meine Annahme. Aber ich musste mich geirrt haben, die Uni selbst hatte es soeben bestätigt. Die Sekretärin wollte mich gerade verabschieden, als mir eine weitere Idee kam.

»Wäre es möglich, dass Sie mir eine Kopie des Jahrbucheintrags zukommen lassen? Wir hätten gerne ein Foto von Dr. Murray als jungem Studenten.«

Die Sekretärin zögerte nicht eine Sekunde, willigte ein und ließ sich meine, sprich Rahels, Adresse nennen und versprach, den Brief noch am selben Tag in die Post zu geben.

»War das Matt?«, fragte Liv, die mit einem Tablett in den Händen ins Zimmer gelaufen kam.

»Das Leben dreht sich nicht *ausschließlich* um Männer, weißt du?«

»Meins schon«, sagte sie, und stopfte sich Gebäck in den Mund. »Männer und Kekse.«

»Ich bin schon froh, wenn du endlich wieder normal isst. Eine Zeitlang war dir nur noch übel.«

»Jetzt nicht mehr. Und ich kann momentan essen, so viel ich will, und nehme immer noch ab. Der Vater musste mir neue Löcher in den Gürtel stanzen.«

»Und, löst dünn sein tatsächlich all deine Probleme?«

»Zumindest hab ich jetzt einen Freund.«

»Das hattest du vorher auch. Sogar mehrere.«

»Abgesehen davon: nein.«

Sie griff sich einen weiteren Keks und reichte mir das Tablett. Zwischen den Bissen erzählte ich ihr von Ruby und dem Horrorschrank im Haus der Pomeroy. Nur den anonymen Anrufer verschwieg ich, Liv sollte sich nicht mehr Sorgen machen als nötig.

»Ich komme so nicht weiter. Und mir fällt nur noch eine Möglichkeit ein, die ich noch nicht versucht habe: Ich brauche die Polizeiakte zu Rubys Fall. Vielleicht hat die Polizei damals einen Hinweis gefunden, den ich nicht kenne. Und mit dem sie nichts anfangen konnten, weil sie nicht wussten, was ich weiß. Jedenfalls brauche ich deine Hilfe.«

»Wieso meine?«

»Weil du es mit Regeln und Gesetzen weniger genau nimmst als Rahel.«

»Noch vor einer Weile hätte ich dir zugestimmt, aber hast du sie in letzter Zeit mal genau beobachtet? Sie schert sich nicht mehr besonders viel um das, was andere denken.«

»Da ist was dran.«

Genauer gesagt machte mir Rahels neue, wilde Entschlossenheit ein wenig Sorgen. Wenn Liv plötzlich die Berechenbare von beiden war, dann stimmte etwas gewaltig nicht. Als wir in der Woche zuvor nach der Schule ins Dorf gelaufen waren, hatte uns eine Gruppe Bauarbeiter Sprüche nachgerufen. Normalerweise ignorierten wir so etwas und machten, dass wir wegkamen. Aber diesmal hatte einer Rahel an der Hand gefasst und gesagt: »Hübscher Arsch. Der würde sich echt gut auf meinem Schoß machen.«

Aber anstatt sich loszureißen, hatte Rahel ihn zu sich gezogen, ihm in die Augen gesehen und erwidert: »Hübsche Zähne. Die würden sich viel besser in einer Schachtel unter meinem Bett machen.«

Der Typ hatte ihre Hand losgelassen, als hätte er sich daran verbrannt, und war zurück zu seinen Kumpels geflüchtet.

»Also hilfst du mir nun oder nicht?«, fragte ich Liv.

»Natürlich helfe ich dir. Aber wie zum Teufel willst du in ein

Polizeirevier einbrechen? Das ist nicht Bellas Hütte, da sind Menschen drin. Menschen mit Pistolen.«

»*Ein* Mensch. Wir machen es spät abends, wenn's dunkel ist.«

»Ähm, Anna, es gibt da diese neue Sache namens ›elektrisches Licht‹.«

»Nicht, wenn ich ein Wörtchen mitzureden habe.«

DREIUNDZWANZIG

*I*n einem früheren Leben hatte Dad uns abends beim Essen von seiner Arbeit erzählt. Von seinen Kollegen: Wer fleißig war und wer kaum mehr Verstand hatte als eine Tütensuppe, wer wann Dienst hatte, mit wem er am liebsten zusammenarbeitete. Hin und wieder fluchte er auch über das alte Gebäude, in dem die Wache untergebracht war. Dass die Verkabelung aus dem vorletzten Jahrhundert stammen müsse, denn sobald man die Kaffeemaschine und den Staubsauger gleichzeitig einschaltete, fiele die Sicherung heraus.

Ich hatte ihm immer gerne zugehört, der Beruf des Polizisten schien mir aufregend und wichtig, und das machte uns alle auch ein bisschen wichtig – Mum, Marie und mich.

»Du kennst deinen Text?«, fragte ich Liv, als wir am Abend darauf an der Polizeiwache ankamen. Es war gegen halb elf, ein feiner Nieselregen fiel pflichtbewusst auf Dunwood nieder, und im Gebäude brannte nur in einem einzigen Raum Licht. Ich wusste nicht, wer heute Dienst hatte, und es spielte auch keine Rolle. Hauptsache, die Person war allein, wie immer, während der Nachtschicht.

Liv nickte, holte tief Luft, um sich innerlich zu wappnen, und öffnete die Tür zur Wache. Sie würde den diensthabenden Wachmann mit einer Geschichte über ein entlaufenes Schaf ablenken, während ich mich auf die Besuchertoilette schlich.

Das Licht im Flur war an, als ich Minuten später die Wache betrat, aber Liv hatte wie vereinbart die Tür zur Wachstube hinter sich geschlossen, und ich blieb unbemerkt. Ich lauschte auf das Gespräch in der Wachstube.

»Sie Armer, ganz allein im Nachtdienst? Das muss ja super öde sein«, rief Liv unnatürlich laut. Das war mein Signal: Ich legte von innen einen Keil unter die Eingangstür und schlich mich in den Waschraum. Dort klemmte ich einen Schuh in die offene Tür und lockerte mit meinem mitgebrachten Schraubendreher den Griff an der Innenseite, sodass er gerade noch zusammenhielt. Dann steckte ich die beiden blanken Enden eines Stücks Draht in die Steckdose, um einen Kurzschluss zu verursachen. Im angeschlossenen Wartungsraum sprang hörbar eine Sicherung heraus, alle Lichter erloschen.

Ich beeilte mich, im Dunkeln meinen Weg zurück in den Flur zu ertasten, wo ich mich hinter einem Wandschrank versteckte. Gerade rechtzeitig, denn die Tür zur Wachstube öffnete sich, jemand richtete den Schein einer Taschenlampe in den Flur und fluchte vor sich hin.

»Warten Sie hier, und keine Angst, ich muss nur die Sicherung wieder reindrücken. Wenn ich meinen Schlüssel finde …«

Ich erkannte die Stimme des Wachmanns nicht, und das war mir recht. Er verschwand im Waschraum, dem einzigen Zugang zur abgesperrten Abstellkammer, die den Sicherungskasten beherbergte. Die Tür fiel hinter ihm zu. Jetzt schaltete ich meine eigene Taschenlampe ein und gesellte mich zu Liv in die Wachstube.

»Der ist abgeschlossen«, flüsterte Liv und rüttelte demonstrativ an einer Schublade des Aktenschranks.

»Mist. Das muss neu sein. Als ich Dad das letzte Mal hier besucht habe, waren die Akten frei zugänglich … Such nach einem Schlüssel!« Ich leuchtete auf das Schrankschloss. »Er müsste klein und silbern sein. Garantiert ist er irgendwo hier im Zimmer.«

In diesem Moment erwachte das Licht wieder zum Leben. Das erleichterte zumindest die Suche. Liv und ich durchkämmten die kleine Wachstube, jede Schublade der drei Schreibtische und die Fächer der Stifthalter, aber der Schlüssel blieb unauffindbar.

Aus dem Flur war jetzt ein Poltern zu hören, der Wachmann hatte offensichtlich wie geplant die Klinke von innen abgerissen und bemerkt, dass er eingesperrt war. »Hallo!«, rief er immer wieder und pochte gegen die Tür. »Miss Inglis? Hören Sie mich? Hallo!«

»Such weiter«, wies ich Liv an, die wie vom Donner gerührt stehen geblieben war. In meinem Plan hatte ich nicht bedacht, wie schwer es sein würde, einen um Hilfe rufenden Menschen zu ignorieren, selbst wenn er sich nicht in Gefahr befand.

Ich tastete in den Ritzen über und unter dem Aktenschrank, während Liv die Jackentaschen des Wachmanns durchsuchte, immer darauf bedacht, keinerlei Lärm zu verursachen.

»Vielleicht hat er ihn in der Hosentasche. Dann können wir hier hundert Jahre lang suchen«, flüsterte Liv angespannt.

Das war allerdings eine Möglichkeit. Ich sah mich zweifelnd um. Wir würden denselben Stunt kein zweites Mal abziehen können, um an Rubys Akte zu kommen – entweder jetzt oder nie.

»Gib mir eine Büroklammer.«

Liv wühlte in der Ansammlung aus Büroutensilien auf dem Schreibtisch, den sie gerade ein zweites Mal durchsuchte, und förderte schließlich eine Klammer zutage. Der Wachmann hatte seine Hilferufe eingestellt und versuchte jetzt mit schierer Gewalt, die Tür zu öffnen. Sicher war es nicht so einfach, eine Tür einzutreten, wie Hollywood es uns weismachen wollte. Aber war ich bereit, Livs und mein Schicksal darauf zu verwetten?

Ich beeilte mich, die Klammer umzubiegen und in das Schlüsselloch des Aktenschranks zu fummeln. Mum und Dad hatten mir zum elften Geburtstag ein abschließbares Tagebuch mit einem Bild von Daniel Düsentrieb darauf geschenkt. Es hatte nur wenige Tage gedauert, bis ich den Schlüssel dazu verloren hatte, doch das Schloss ließ sich nach einigem Herumprobieren genauso gut mit einer Büroklammer öffnen. Ein Aktenschrank war kein Kindertagebuch, aber auch nicht Fort Knox.

Ich stocherte mit der aufgebogenen Klammer im Schloss herum, begleitet von lauter werdenden Geräuschen aus dem Waschraum und wenig hilfreichen Ratschlägen von Liv. In meinem Plan hatte ich nicht vorgesehen, dass wir wertvolle Minuten allein damit vergeuden würden, den verdammten Schrank zu öffnen. Wenn jetzt jemand zur Wache kam und die Eingangstür versperrt vorfand, hätten wir ein Problem, denn sie war unser einziger unverdächtiger Rückweg.

Ich rüttelte und drehte die Klammer, und endlich: Ein Klick, und die oberste Schublade ließ sich widerstandslos herausziehen. Während ich überlegte, ob wir es wagen konnten, im Nebenraum die Akte zu kopieren, oder ob der eingeschlossene Wachmann uns hören würde, suchte ich eilig nach Rubys Akte. Die dritte Schublade von oben enthielt die Ps.

Palmer, Benjamin. Palmer, Patrick. Palmer, William.

Verbrechen schien eine Tradition im Hause Palmer zu sein. Peddersen, Angela. Philips, Andrew … Merkwürdig.

»Sie ist nicht da«, flüsterte ich beunruhigt.

»Sieh noch mal nach! Vielleicht ist sie falsch einsortiert.«

Ich wünschte, der Wachmann würde seine Ausbruchsversuche endlich einstellen; ich konnte mich kaum konzentrieren, und wir würden ihn sowieso bald aus seiner misslichen Lage befreien lassen. Von den Zs rückwärts durchkämmte ich jede einzelne Mappe, öffnete ein paar davon, um festzustellen, ob Rubys Akte vielleicht als verjährt galt, aber ich fand offene Fälle, die zwanzig Jahre zurücklagen. So viel Verbrechen gab es in Dunwood nicht, dass ein einziger Schrank nicht die gesamte Historie bis in die Fünfziger zurück beherbergen konnte. Die Akte zu Bella McQuoids Fall war anorektisch, sie enthielt lediglich zwei Berichte: einen über den Leichenfundort und einen des Arztes, der ihren Tod festgestellt hatte – unterschrieben von Dr. Murray. Ich hatte nie darüber nachgedacht, dass er derjenige gewesen sein musste, der Bellas Tod als Suizid ausgewiesen hatte. Der Gedanke gefiel mir nicht, aber ich hatte keine Zeit, darüber nachzudenken. Ich blätterte über das Foto der toten Bella in der Eibe hinweg. Wann immer ich es sehen wollte, brauchte ich nur die Augen zu schließen.

Systematisch wühlte ich mich durch die Ms, Ls und Ks, dann stieß ich auf einen weiteren bekannten Namen. *Inglis, Ralph.* Dass Livs Onkel einiges auf dem Kerbholz hatte, wusste ich. Aber dass er polizeilich geführt wurde? Dann fiel mir ein: Auch Ralph war ein Opfer. Die Polizei hatte noch nicht herausgefunden, wer ihn vor Kurzem niedergestochen hatte. Ich zog die Akte heraus und schlug sie auf.

»Hast du sie?«, fragte Liv.

Ich antwortete nicht.

Persönliche Angaben:
Inglis, Ralph, wohnhaft in der Brackletter Road Nummer 4,
Dunwood.
Verheiratet mit Emily Inglis, geborene Wilshire, seit 30. April 1968,
geschieden am 10. April 1973.

Es folgten Vorstrafen wegen Betrugs, des Fahrens unter Alkoholeinfluss und des Fahrens ohne Führerschein. Letzteres hatte ihm vergangenen April eine zehntägige Haftstrafe eingebracht. Ich erinnerte mich an den Vorfall: Ralph hatte die Scouts zum Loch Ness fahren sollen und war unterwegs gestoppt worden. Marie hatte mir davon erzählt, wie sie am Straßenrand warten mussten, bis Sam Inglis sie abholte …

Moment. Verheiratet am 30.4.1968. War es möglich …? Wenn es sich bei dem Datum auf dem Feuerzeug um den Hochzeitstag von Ralph und Emily handelte, dann bedeutete das … Ich überflog die Zusammenfassung von Ralphs Schilderung des Überfalls auf ihn. Er hatte am fraglichen Tag sein Haus verlassen, als er von hinten angefallen, gewürgt und in den Bauch gestochen wurde, ohne dass er den Täter überhaupt zu Gesicht bekam.

Liv sah mir über die Schulter. »Das ist ja gar nicht Rubys Akte.«

»Es gehört Ralph. Das Feuerzeug.«

»Was? Quark, Anna, das ergibt doch keinen Sinn. Bestimmt nur ein Zufall. Was ist mit Rubys Akte? Beeil dich, wir müssen hier raus, bevor er sich befreit!«

Ich steckte Ralphs Hefter zurück an seinen Platz und durchkämmte die restlichen Buchstaben, aber es änderte nichts an der Erkenntnis:

Ruby Pearsons Akte war verschollen.

Liv und ich entfernten den Keil unter der Eingangstür, verließen die Wache auf leisen Sohlen und rannten zurück zum Inglis-Hof. Von dort aus rief ich mit verstellter Stimme einen von Dads Kollegen an und erzählte, ich hätte im Vorbeigehen seltsame Schreie aus der Polizeiwache gehört. Ob jemand nachsehen könne, was dort los sei?

»Wer ist denn da?«, fragte der Polizist. Ich legte auf.

Aus Ians Schuppen ertönte brüllend laute Rockmusik, bis Mr Inglis ihn zur Ordnung rief. Wir schlossen Livs Zimmertür, bereiteten mein Nachtlager vor und löschten alle Lichter bis auf Livs kleine Lavalampe auf ihrem Nachttisch. Während sich das Wachs in der Lampe erwärmte, rauchte Liv eine Zigarette zum Fenster hinaus.

»Ich weiß, was du denkst, Anna, aber es ist absurd. Wie hoch ist die Wahrscheinlichkeit, dass es in Dunwood mindestens hundert Leute gibt, denen dieses Datum etwas bedeutet? Und selbst wenn das Feuerzeug Ralph gehört – jemand könnte es ihm gestohlen haben, oder Ralph hat die Eibe aus einem völlig anderen Grund angezündet. Er ist ein *Junkie*, die tun verrückte Dinge.«

»Selbst ein Junkie hat Gründe für das, was er tut, auch wenn wir sie nicht kennen oder für absurd halten. Die Eibe hat jemanden verängstigt. Oder das, was er mit ihr in Verbindung gebracht hat –«

»Ich bin wirklich die Letzte, die den Onkel verteidigt, aber das traue ich ihm nicht zu. Er ist ein *Loser*, ein Schlaffi, ein Lügner. Aber kein Kinderschänder und *Mörder*. Niemals.«

»Lass uns darüber noch nicht nachdenken.« Ich ließ mich im Schneidersitz auf der Gästematratze nieder und zog mir die Decke über die Beine. »Betrachten wir es ganz emotionslos: Was sind die nackten Fakten? Ich finde kurz nach dem Mord ein Feuerzeug an der brennenden Eibe, in der Bella erhängt wurde. Auf dem Feuerzeug ist das Hochzeitsdatum von Ralph und Emily eingraviert – vielleicht ein Geschenk seiner damaligen Frau. Wir wissen, dass er auf dem Scout-Camp dabei war, auf dem Ruby vermutlich unter

Drogen gesetzt und vergewaltigt wurde. Ralph hat Zugriff auf Drogen.«

»Es waren zig Leute auf dem Camp, das hast du selbst gesagt. Und jeder, der will, hat hier Zugriff auf Drogen.«

»Ralph selbst hat Ruby am nächsten Morgen gefragt, ob alles in Ordnung sei. Er hat scheinbar als Einziger wahrgenommen, dass etwas nicht stimmte. Warum? Vielleicht, weil er es wusste!«

»Wieso sollte er dann Aufmerksamkeit auf sich ziehen?«

»Um von sich abzulenken. Der gute Onkel Ralph, der sich kümmert.«

Liv schwieg und schien fieberhaft nachzudenken.

»Was?«, fragte ich ungeduldig.

»Die Augen.«

»Welche Augen?« Ich hatte Liv nie von dem Augenpaar erzählt, das mich aus meinen Träumen überall hin verfolgte. War ich nicht die Einzige, die seit unseren Ritualen halluzinierte … oder beobachtet wurde?

»Ralph hat immer von Augen gefaselt, die ihn aus dem Gebüsch anstarren würden.«

Ich blinzelte überrascht. »Seit wann?«

»Daran versuche ich mich gerade zu erinnern. Ich glaube nicht, dass er es vor Bellas Tod schon einmal gesagt hat. Paranoid war er oft, aber das war neu.«

»Und du glaubst …«

»Hat die tote Bella ihn verfolgt? Als wir sie gefunden haben –«

»… da hat sie uns aus dem Baum heraus angestarrt. Mit offenen Augen.«

»Und das war die Zeit, in der er wieder mit den Drogen angefangen hat.« Liv drückte ihren Glimmstängel durchs offene Fenster auf einem Dachziegel aus und steckte ihn in eine leere Bierdose, die als Aschenbecher herhalten musste. »Es ist ein seltsamer Zufall. Aber was, wenn wir unrecht haben?«

»Und was, wenn wir recht haben?«

Es war möglich, dass Ralph mich am Tag zuvor im Haus der Pomeroy gesehen und dort angerufen hatte, um mir zu drohen. Nach seinem Krankenhausaufenthalt war er nur wenige Tage auf dem Inglis-Hof geblieben, aber sein eigenes Haus lag nur fünf Minuten entfernt. Doch wenn er der Anrufer gewesen war – woher wusste er, dass ich ihm auf der Spur war?

»Hast du deiner Familie irgendwas erzählt? Von unserem Verdacht wegen Bella, von dem Fötus im Garten, von Ruby?«

»Quatsch. Ich erzähle denen nicht mal, welche Sorte Eis ich nachmittags gegessen habe.«

»Aber jemand könnte was gehört haben. Wäre nicht das erste Mal, dass Ian oder die Zwillinge uns belauschen.«

»Das haben sie seit Jahren nicht mehr getan.«

»Soweit wir wissen.«

»Willst du unterstellen, einer der Brüder hätte Bescheid gewusst und für Ralph spioniert?«

»Nein.« Selbst ich musste zugeben, dass die Vorstellung sehr weit hergeholt war.

Ein Stück erwärmtes Wachs löste sich in der Lavalampe, formte sich zu einer Kugel und schwebte durch die lila Flüssigkeit bis zur Decke.

»Hast du je mitbekommen, dass Ralph sich jemandem gegenüber übergriffig benommen hat? Einer Freundin vielleicht?«

Liv kniff ironisch die Lippen zusammen.

»Anna, hat der Onkel sich dir gegenüber jemals übergriffig benommen?«

Na gut, das hatte er nicht. Aber das sagte absolut nichts darüber aus, ob er generell dazu in der Lage war. Und zu Schlimmerem. Doch was konnten wir mit diesem Wissen anfangen? Die Polizei würde sich totlachen, wenn ich anhand eines gravierten Feuerzeugs beweisen wollte, dass Ralph Inglis einen Mord begangen hatte.

»Übersehen wir hier nicht etwas Wichtiges?«, fragte Liv. »Jemand hat versucht, Ralph umzubringen. Wenn er der Mörder ist, wer hat dann versucht, *ihn* zu erstechen? Und warum?«

»Das weiß ich nicht.«

Liv verließ ihren Fensterplatz und ließ sich auf ihr Bett fallen. Wir starrten wie hypnotisiert die Lavalampe zwischen uns an, wie sie ungerührt Wachskugeln formte und aufsteigen ließ. Hin und wieder seufzte eine von uns, aber für den Moment war alles gesagt, auch wenn keine von uns glauben wollte, was sich heute Abend herauskristallisiert hatte.

Nach einer Weile ertönten aus Livs Bett tiefe, gleichmäßige Atemzüge. Ich ließ die Lampe noch eine Weile an, doch schließlich löschte ich sie und versuchte, ebenfalls einzuschlafen. Aber der Schlaf wollte nicht kommen. Etwas hatte an mir genagt, seit wir die Polizeiwache verlassen hatten. Zuerst war es nur ein vages Unwohlsein, aber als ich in der Dunkelheit lag und mich bemühte, nicht an Ralph Inglis und Ruby zu denken, da drängte es sich an die Oberfläche meines Bewusstseins.

Rubys Akte war verschwunden. Es war Polizisten verboten, Unterlagen mit nach Hause zu nehmen oder sie aus dem Revier zu entfernen, das wusste ich von Dad. Offensichtlich wollte jemand, der Zugriff auf Polizeiakten hatte, nicht, dass diese Informationen weiterhin verfügbar waren. Und selbst wenn es Liv und mir ebenfalls gelungen war, uns Zugang zu den Akten zu verschaffen – nach Ockhams Rasiermesser war dieser Jemand am ehesten Polizist.

Am Abend von Bellas Mord hatte meine Familie das Fest lange vor uns verlassen. Als Matt, Liv und ich zu Hause ankamen, hatte mein Vater im Dunkeln gehockt und in die Luft gestarrt. Wie lange hatte er schon da gesessen?

Mein Vater war maßgeblich daran beteiligt gewesen, dass Bellas Mord als Suizid ausgewiesen und dass nicht weiter ermittelt worden war. Er hätte die Einschätzung des Arztes ignorieren können, aber das hatte er nicht getan. Mein Vater, der Einzige in der Familie, der nie Dankbarkeit gezeigt hatte für das, was Bella für Mum in deren letzten Stunden getan hatte.

Der Mann, den ich einmal gekannt hatte, der ein liebender, fürsorglicher Vater gewesen war, war längst nicht mehr da. Und ich war mir nicht sicher, was ich von der Person halten sollte, die jetzt seinen Platz einnahm.

Am nächsten Morgen saßen Liv und ich wie zwei Zombies am Frühstückstisch. Mrs Inglis schenkte uns Tee ein, von dem Liv sich einen großen Schluck knapp vor den Mund kippte. Ich kaute auf meinem Toast und starrte auf Ians leeren Platz – er war um diese Uhrzeit selten wach.

»Es war wieder spät bei euch gestern Abend«, sagte Mr Inglis, eher belustigt als tadelnd. »Irgendwann müsst ihr mir von euren Abenteuern erzählen. In unserem Alter ist das alles schon vorbei. Deshalb hat man Kinder, nehme ich an, stimmt's, Claudia?«

Mrs Inglis nickte unverbindlich, ich war nicht sicher, ob sie ihrem Mann überhaupt zugehört hatte.

»Warum war damals eigentlich keiner von uns auf Ralph und Emilys Hochzeit?«, fragte Liv unvermittelt.

Ich hielt den Atem an und versetzte Liv unter dem Tisch einen Tritt.

»Au! Was soll d–«

Mr Inglis sah von einer zur anderen und zögerte einen Moment. »Wieso fragst du?«

»Fiel mir einfach so ein. Er ist ja nicht mein richtiger Onkel –«

»Olivia!«

Das hatte Mrs Inglis also gehört. Ein verletzter Ausdruck trat auf ihr Gesicht, wie immer, wenn Liv auf fehlender Blutsverwandtschaft herumritt, und das tat sie gerne.

» … aber er ist Dads richtiger Bruder. Geht man da nicht zu seiner Hochzeit?«

Mr Inglis faltete seine Zeitung zusammen, in der er ohnehin nicht gelesen hatte, und bedachte seine Worte genau.

»Emily und er kannten sich drei Wochen, bevor sie ihre Hochzeit verkündeten. Ich war nicht begeistert von seiner … Impulsivität. Und das habe ich ihm auch so gesagt. Er hat uns ausgeladen, mit großer Geste. Aber am Ende musste er feststellen, dass ihrer beider Gäste zusammen nicht einmal eine Abstellkammer gefüllt hätten, und sie brannten durch. Wir haben sie danach vier Wochen nicht mehr gesehen. Weißt du nicht mehr, wie wir damals seine Schafe versorgt haben? Du hast mir jeden Tag dabei geholfen.«

»Oh«, sagte Liv. »Deshalb taten wir das? Was wäre nur aus ihnen geworden, wenn wir nicht da gewesen wären?«

Mr Inglis schnalzte mit der Zunge, sein Lächeln war verschwunden. Ich wollte nicht wissen, wie oft er im Leben schon seinen Bruder rausgepaukt hatte. Wie konnten Geschwister so unterschiedlich sein? Und was würde Sam Inglis sagen, wenn er davon erfuhr, was Ralph wirklich auf dem Kerbholz hatte? Würde er sich trotzdem schützend vor ihn stellen? Undenkbar. Eins wurde mir in diesem Moment klar: Ich wollte nicht diejenige sein, die Sam Inglis die Nachricht überbrachte.

»Wir müssen los.« Liv faltete sich den Rest ihres Toastbrots in den Mund.

»Danke für das Frühstück«, sagte ich und erhob mich.

Sam Inglis lächelte warm. »Nichts zu danken.«

Mrs Inglis legte sorgfältig ihre Serviette auf eine Scheibe Brot.

VIERUNDZWANZIG

»*A*nna, können wir reden?« Marie hatte vor unserem Klassenzimmer auf mich gewartet.

»Keine Zeit, Englisch-Prüfung.«

Ms White lief an uns vorbei ins Zimmer, in ihrem Arm ein Stapel Prüfungshefte. Ich wollte ihr folgen, aber Marie hielt mich am Ärmel fest.

»Wann hast du dann Zeit?«

»Wir sprechen später, ok? Jetzt lass mich los. Ich falle durch, wenn ich zu spät komme.«

Marie ließ mich widerwillig ziehen.

Ich konnte mich nur schwerlich auf die Prüfung konzentrieren. Immer wieder schweiften meine Gedanken zu Ralph Inglis ab. Weder Liv noch ich konnten uns daran erinnern, ihn beim Beltane-Fest gesehen zu haben, aber das hatte nicht viel zu bedeuten. Seine An- oder Abwesenheit hatte uns ganz einfach nicht interessiert. Aus meiner Sicht deuteten zu viele Pfeile auf Ralph, als dass ein Zufall wahrscheinlich schien. Am verdächtigsten machte ihn sein eigenes Verhalten: Seit Bellas Tod hatten wir seinen Verfall live beobachten können, mit jeder Woche war er mehr auf den Hund gekommen. Er war zurück auf Drogen, war paranoid geworden, seine Dämonen hatten ihn in den Würgegriff genommen und nicht mehr losgelassen. Aber wie sollten wir unsere Vermutung beweisen?

Viel zu früh sammelte Miss White unsere Hefte ein.

In der Zweiten hatten wir Mathe bei McNeil. Nach der Stunde hielt er mich zurück und wies Rahel und Liv an, draußen auf mich zu warten.

McNeil sah verlegen aus, Schweiß hatte seinen Haaransatz und die Achselhöhlen durchnässt.

»Anna, *Miss Cairns*, es gibt da etwas, das ich aus dem Weg räumen möchte –«

Ich starrte unbewegt und versuchte, aus seinem zerknirschten Gesicht schlau zu werden. Was ging hier vor?

»Ich habe Ihnen unrecht getan und möchte es wieder gut machen.«

Wovon sprach der schwitzige Mann?

»Es geht um ihre Empfehlung für die *Academy*. Ich habe vielleicht etwas vorschnell gehandelt, als ich Ihnen das Schreiben verweigert habe. Ich weiß, eigentlich ist es zu spät, aber ich werde das Versäumnis auf meine Kappe nehmen und es der Kommission erklären.«

Während er sprach, heulten in meinem Kopf alle Alarmsirenen los. Ich hatte keine Ahnung, was seinen seltsamen Sinneswandel hervorgerufen hatte, aber wenn er jetzt an die *Academy* schrieb, würde Livs Fälschung auffliegen, und ich wäre erledigt.

»Das ist wirklich nicht nötig«, sagte ich schwach vor Sorge. »Mrs Guthrie war so freundlich und hat mir eine Empfehlung mitgegeben. Das Gespräch ist super gelaufen.«

»Dennoch«, sagte er. »Ich bestehe darauf. Den Brief habe ich schon so gut wie fertig …«

Nein, nein, nein.

»… und ich werde ihn noch diese Woche zur Post bringen.«

»Das ist eine Katastrophe«, sagte ich kurz darauf auf dem Pausenhof zu Liv und Rahel. »Wenn er diesen Brief abschickt, kann ich nicht nur die *Academy* vergessen – ich kriege wahrscheinlich noch eine Anzeige wegen Urkundenfälschung an den Hals.«

Rahel war weiß im Gesicht geworden.

»Welche Empfehlung?«, fragte sie mit sich überschlagender Stimme. »Ich dachte, wir sollten McNeil dazu kriegen, dass er dir eine schreibt?«

Jetzt dämmerte es auch auf Livs Gesicht. »O nein, Rahel, das hat sich längst erledigt … Was hast du getan?«

»Macht ihr Witze? Wieso sagt mir das niemand? Ich habe schon vor fast drei Wochen –« Sie schlug sich die Hände vors Gesicht. »Ich musste es vor euch verheimlichen, damit ihr da nicht mit drinhängt –«

»Rahel, um Himmels willen, sag, was du getan hast!«

»Ich hab seine Ex-Frau kontaktiert.« Der Satz explodierte zwischen uns wie eine Bombe.

»Du hast was?«, fragten Liv und ich gleichzeitig.

»Es war die einzige Möglichkeit! Dachte ich jedenfalls. Liv, weißt du noch, wie du uns immer erzählt hast, dass niemand weiß, warum sie sich scheiden lassen hat? Also … ich hab's herausgefunden.«

Liv und mir schwante Schreckliches, wenn auch aus unterschiedlichen Gründen. Ich hielt mich an ihr fest.

»Ich habe einen Rachezauber beschworen. Allein. Zwei Tage nach Livs Party. Zuerst dachte ich, es hätte nicht funktioniert, weil nichts passiert ist … Deshalb habe ich bei der Post nachgefragt, ob die eine Nachsendeadresse für Mrs McNeil haben. Es gäbe eine, sagten die, aber sie dürften mir die nicht geben. Die Frau auf dem Postamt hat mich ganz komisch angesehen, aber mehr konnte sie nicht sagen. Also bin ich gegangen, und als ich vor dem Postamt stand, kam sie durch eine Hintertür rausgelaufen und rief mir nach. Und dann hat sie mir erzählt, sie wäre eine Freundin von Mrs McNeil und dass es ihr nicht gut ginge seit der Scheidung. Was ich denn von ihr wollen würde? Natürlich konnte ich nicht die Wahrheit sagen. Ich hab mir was aus den Fingern gesaugt, dass wir Stammbäume für die Schule anlegen mussten und ich erfahren hätte, dass wir entfernt verwandt wären, und ich würde so gerne noch mal mit ihr reden. Das fand sie richtig gut, Mrs McNeil würde sich bestimmt freuen. Sie dürfe mir offiziell die Adresse nicht geben, aber von Freundin zu Verwandter, das ginge schon, ich dürfe eben niemandem sonst davon erzählen. Katy McNeil wohnt in Fort William, und ich bin mit dem Rad hingefahren und hab mit ihr gesprochen. Und jetzt kommt's: Kurz nachdem sie und McNeil vor zwei Jahren nach Dunwood gezogen sind, hat sie aus Versehen einen Brief für ihn geöffnet. Und jetzt ratet, von wem der war –«

»Von einer Schülerin«, sagte Liv tonlos.

»Von einer … Woher weißt du das?«, fragte Rahel.

Liv schüttelte nur mit dem Kopf.

»Er hatte ein Verhältnis. Mit einer Fünfzehnjährigen. Das müsst ihr euch mal vorstellen! Sie hat das Mädchen kontaktiert, aber die wollte auf keinen Fall, dass McNeil angezeigt wird. Sie würde alles abstreiten, wenn es dazu käme. Natürlich hat sich Mrs McNeil sofort getrennt und ist ausgezogen.«

Mein Magen hatte sich einmal um sich selbst geknotet. »Bitte sag mir, dass du ihn nicht damit erpresst hast.«

Rahel sah zu Boden.

»Rahel!«

»Ich habe aus Fort William einen Brief an ihn geschickt. Mit ausgeschnittenen Buchstaben aus der Zeitung, damit er meine Schrift nicht erkennt.«

»Was genau stand da drin?«, fragte Liv heiser. Wenn Rahel ihre

Drohung zu vage formuliert hätte, könnte McNeil genau so leicht sie verdächtigen.

»Dass ich weiß, was er getan hat. Und wenn er sich noch mal einer Schülerin gegenüber unangemessen verhielte, egal wie, dann würde ich sein Gesicht und die ganze Geschichte auf ein Flugblatt drucken und es überall in Dunwood und in Fort William verteilen.«

Liv stöhnte auf. »O Gott, Rahel. Jetzt wird er denken, das waren Anna oder ich!«

»Wieso sollte er das denken? Er hat doch keine Ahnung, dass ich ihm auf die Schliche gekommen bin. Und selbst wenn er Anna verdächtigt, kann er nichts tun!«

»Weil *ich* auch was mit ihm hatte! Also, *habe*. Und jetzt weiß er nicht, welche von uns es ist!«

»*Du* hattest was mit McNeil? Seit wann das? Wieso hast du uns nichts gesagt?«

»Anna wusste es. Aber ich hatte ja keine Ahnung, dass das seine Masche ist! Ich dachte, wir haben uns eben verliebt und das Alter spielt keine Rolle, wenn man sich gut versteht. Und jetzt sieht es so aus, als spielt das Alter für ihn sehr wohl eine Rolle, aber nicht so, wie ich dachte! Und sie war erst *fünfzehn*. Ein richtiges Kind!«

Liv beugte sich vorn über, einen Arm in die Seite gestützt. »Mir ist ganz schlecht. Wieso habt ihr mich nicht abgehalten? Die ganze Zeit wart ihr auf meiner Seite, als ich für ihn geschwärmt habe … Wieso konntet ihr nicht früher rauslassen, was ihr wirklich davon haltet?«

»Erstens«, sagte ich, »stimmt das nicht. Und zweitens: Weil wir nicht damit gerechnet haben, dass da jemals was draus wird! Es ist total normal, für einen Lehrer zu schwärmen. Darum geht's doch, dass man das aus sicherer Distanz tun kann, in dem Wissen, dass es nie wahr wird. Bis so ein Gestörter wie McNeil daherkommt und sich an Schülerinnen ranwanzt! Aber egal, wen er jetzt verdächtigt – er hat die Drohung ernst genommen, und jetzt wird er diesen Brief abschicken und mir alles zerstören!«

Liv und Rahel sahen belämmert drein. Jede hatte gute Absichten gehabt und etwas aufs Spiel gesetzt, um mir zu helfen. Und jede für sich hätte ihr Ziel erreicht, aber gemeinsam hatten sie eine Katastrophe losgetreten.

»Das müssen wir verhindern«, sagte Liv.

»Aber wie?« Rahel war begierig, ihren Fehler auszumerzen. »Warten, bis er zum Briefkasten geht, und den ganzen Kasten abfackeln? Ihm eins überbraten in der Hoffnung auf selektive Amnesie? Den Postboten bestechen?«

Das Glühen in Rahels Augen machte mir Angst. Mir blieb die

Ironie nicht verborgen, dass ich mir wochenlang den Kopf zerbrochen hatte, wie ich McNeil dazu bringen könnte, mir eine Empfehlung zu schreiben, und jetzt hing meine gesamte Zukunft davon ab, dass er genau das nicht tat.

»Ich weiß es nicht. Aber wir brauchen einen wasserfesten Plan, und wir brauchen ihn schnell.«

Es blieb keine Zeit mehr, Rahel von unseren Entdeckungen über Ralph Inglis zu erzählen, bevor die Pausenklingel ertönte.

Erst auf dem Heimweg berichteten Liv und ich von unserem Einbruch ins Revier und unserem Verdacht gegenüber Ralph. Rahel fiel aus allen Wolken.

»Ist das euer Ernst? Und was sagst du dazu?«, fragte sie an Liv gewandt.

»Es war Annas Idee. Ich halte ihn nach wie vor nicht dazu fähig.«

»Sag mir, dass du dir absolut sicher bist, dass er's nicht gewesen sein kann, und ich lasse die Sache fallen.«

Liv brummte unwillig.

»Eben«, sagte ich. »Wir müssen die Wahrheit aus ihm herauslocken, egal, ob schuldig oder nicht.«

Ich weiß nicht mehr, welche von uns zuerst das Wort ›Wahrheitsserum‹ aussprach. Aber nachdem wir es einmal heraufbeschworen hatten, füllte es den Raum wie eine astrale Präsenz, die wir nicht mehr verscheuchen konnten.

Wir hatten uns am selben Abend zu dritt in Bellas Hütte getroffen. Jaro war so glücklich über meine Rückkehr, dass er sich gegen alle Gewohnheit quer vor den Kaminofen legte und uns beobachtete. Liv hatte das Buch der Alten Magie auf den Knien und blätterte darin, Rahel strich sich über die raspelkurzen Haare, die Stirn nachdenklich in Falten gelegt. Liv und ich hatten ihren halbherzigen Einwand, wir sollten die Polizei einschalten, schnell entkräftet.

»Aber selbst wenn er uns gegenüber gesteht – und wieso sollte er das tun? Das würde uns doch auch niemand abnehmen. Wir müssten Ralph dazu bringen, dass er sich stellt.«

»Er wird einen Teufel tun«, sagte Liv. »Wenn er es war, dann ist das mit Ruby fünf Jahre her. Wer es schafft, so lange die Klappe zu halten, der schafft es auch noch länger.«

Jaro gab einen tiefen Seufzer von sich, der uns aus dem Herzen sprach.

»Aber Gewissensbisse hat er«, sagte ich. »Zumindest unterbewusst. Bellas Geist verfolgt ihn.«

Liv nickte nachdenklich. »Er war schon immer mehr abergläubisch als gläubig.«

»Also müssten wir diesem Impuls ein bisschen auf die Sprünge helfen.«

»Aber wie?«

»Ganz einfach, indem du ihn heimsuchst, Rahel.« Mit einem Mal schien mir alles ganz klar. »Wir geben ihm das, was er am meisten fürchtet: Bellas Geist, der auf Rache aus ist. Am besten dann, wenn er sowieso nicht ganz bei Sinnen ist.«

»Auf Drogen, meinst du.«

»Genau.«

»Und vorher flößen wir ihm das Serum ein. Dann brauchen wir nur noch jemanden, der sein Geständnis aufnimmt. Jemanden, der in den Augen der Polizei oder vor einem Gericht zu einhundert Prozent glaubhaft ist.«

»So was wie ein Priester?«, fragte Rahel.

»Mit einem Priester kann ich nicht dienen. Aber ich kenne da einen Referendar, der mir unglaublich gerne helfen möchte.«

»Und du meinst, der würde das tun?«

»Er muss ja vorher gar nicht so genau wissen, was er da tut. Er muss nur zur rechten Zeit am rechten Ort sein und bereit sein, zuzuhören.«

»Ist das nicht irgendwie … unethisch?«, fragte Rahel.

Liv schnaubte entrüstet. »Weißt du, was auch unethisch ist? Mord.«

»Vergiss nicht, was er Ruby angetan hat«, sagte ich. »Die wird ihr ganzes Leben unter den Folgen leiden. Und wenn Ralph unschuldig ist, hat er nichts zu verlieren. Dann haben wir ihm im schlimmsten Fall einen Schrecken eingejagt.«

»Auch wahr.« Rahel schlug mit der flachen Hand auf den Tisch. »Also gut, ich werde mein Bestes geben, Bellas Geist zu kanalisieren.«

Wir suchten die Zutaten für das Wahrheitsserum aus Bellas Regalen zusammen. Das Rezept verlangte nach frischem Brunnenwasser, Lavendelöl, Hopfen und gemahlenem Amethyst.

»Feder vom Kopf eines schwarzen Raben«, las Liv vor. »Der Kollege hier hat sicher nichts dagegen, wenn wir uns bei ihm bedienen.« Sie rupfte dem ausgestopften Vogel im Erker eine Feder aus. Die Essenz musste drei Stunden über offenem Feuer köcheln, bevor wir sie in einem Ritual aktivierten.

Als Liv die letzten Worte gesprochen hatte und aus dem Kessel mit dem Serum ein gelblicher Dampf aufstieg, sprach ich einen

Gedanken aus, der mich seit dem Nachmittag bei Mrs Guthrie beschäftigte.

»Fragt ihr euch eigentlich manchmal, wen wir hier überhaupt anrufen?«

Liv tat erstaunt. »Die Ahninnen. Wen sonst?«

»Aber woher wissen wir, welche von ihnen antworten? Und ob sie es alle gut mit uns meinen? Kommt es euch nicht ein wenig … riskant vor?«

»No risk, no fun«, sagte Rahel unbekümmert. »Ohne Einsatz kein Gewinn.«

»Schon. Aber wissen wir überhaupt, worin unser Einsatz besteht?«

»Aus nichts weniger als unseren Seelen natürlich. Mensch, Anna, liest du keine Märchen? Im Ernst – was soll bitte passieren?« Liv nahm den Kessel vom Feuer und stellte ihn zum Abkühlen auf den Boden. »Drei Tropfen auf die Stirn und einen auf den Hals. Ich werde mir was ausdenken müssen, wie ich den Onkel dazu bringe.«

Danach saßen wir bei Kerzenlicht am Tisch, tranken verdünnten Wein und suchten nach einer Lösung für McNeil, was sich weitaus schwieriger gestaltete. Keiner der Zauber in Bellas Buch eignete sich dazu, jemanden davon abzuhalten, einen Brief einzuwerfen. Es sei denn, man wäre bereit, denjenigen in einen todesähnlichen Dämmerschlaf ungewisser Dauer zu versetzen, ihn schlichtweg zu vergiften oder ihn vor ein Hexengericht zu stellen und Generationen von Ahninnen über ihn verfügen zu lassen. Diese letzte Möglichkeit gefiel Rahel, aber Liv war entgegen ihrer sonstigen Experimentierfreudigkeit zögerlich.

»Ich weiß nicht … Das ist eine wirklich riskante Sache. Wenn dabei etwas schief geht oder unsere Anklage gegen McNeil für ungerecht befunden wird, dann bezahlen wir drei den Preis, bis der Gerechtigkeit genüge getan wird.«

»Aber er ist doch schuldig«, wandte Rahel ein.

»Nur hat das nichts damit zu tun, was wir jetzt von ihm wollen«, sagte ich. »Bist du bereit, das Risiko in Kauf zu nehmen? Wir haben keine Ahnung, um welchen ›Preis‹ es dabei überhaupt geht.«

Wir schwiegen eine Weile, während jede von uns grübelte, worin dieser Preis, den die Ahninnen einfordern konnten, bestehen möge. Aber im Unterschied zum ersten Zauber hatten wir nun zumindest eine Ahnung, was er bedeuten konnte.

»Wir müssen ihn auf herkömmliche Weise erledigen. *Es*. Meine ich«, sagte ich schließlich.

Liv zog eine Augenbraue hoch.

»Was ist mit dem Postboten?«, fragte Rahel. »Hast du nicht einen Draht zu seiner Frau und Tochter?«

›Draht‹ war eine arge Übertreibung. Ich kannte nun Mr Everards dunkle Seite, aber nach allem, was ich wusste, war er geläutert, ein neuer Mensch. Es gab nichts, womit ich ihn hätte erpressen können, selbst wenn ich grundsätzlich dazu bereit gewesen wäre.

Es klopfte an der Tür. Ein energisches, aber nicht aufdringliches Klopfen, genau zweimal. Es gab nur eine Person in meinem Leben, zu der dieses Klopfen passte, und jetzt war nicht der Zeitpunkt, sie zu empfangen. Aber was blieb mir anderes übrig, als zu öffnen?

»Hi«, sagte Matt. »Stör ich?«

Ich schob die Tür ganz auf und gab ihm den Blick auf Rahel und Liv frei. Die beiden winkten.

»Wie du siehst …«

»Oh. Mein Timing ist mal wieder tadellos. Wie sieht's morgen aus? Ich würde gerne mit dir reden.«

Genau das wollte ich gerne überhaupt nicht.

»Morgen um vier«, rief Liv an mir vorbei. »Und lass dich nicht abwimmeln, sie hat Zeit. Alles andere ist gelogen.«

Jaro kam aus der Hütte getrottet und stupste Matt mit der Schnauze an.

»Hast du neuerdings ein Sekretariat?«, fragte Matt.

»Nur, bis sie wegen der Kopfschmerzen aufhören muss.«

»Ich hab gar keine Kopfschmerzen«, quäkte Liv.

»Wirst du aber gleich.«

Matt winkte mich zu sich und wir traten ein paar Schritte in die frühe Nacht hinaus.

»Hör mal, Anna. Ich glaube, ich war immer fair und offen dir gegenüber und hab kein Geheimnis aus meinen Gefühlen gemacht. Aber du bist wie eine Wechseldusche, ich weiß nie, was als Nächstes kommt. Und wenn ich etwas bestimmt nicht will, dann dich zu irgendwas zu überreden. Ich dachte, nach neulich Nacht …«

»Tut mir wirklich leid, aber ich hab gerade null Kapazität für irgendwas. Ich wollte nicht mit deinen Gefühlen spielen, ehrlich nicht, aber –«

»Aber?«

»Das überfordert mich alles ein bisschen … Ich weiß noch nicht mal, wo ich in sechs Wochen wohnen werde. Hier geht alles drunter und drüber, ich verbocke alles, was ich in Angriff nehme, und du … du bist einfach unglaubwürdig gut zu mir. Und ich hab keine Ahnung, was ich davon halten soll.«

Matt nickte und trat zwei Schritte zurück. Gerne hätte ich seine Hand gefasst, aber ich rührte mich nicht.

»Weißt du was? Sag mir Bescheid, wenn du es herausgefunden hast. Ich lass dir bis dahin erst mal deine Ruhe.«

Er winkte in die Hütte, zwinkerte mir bedauernd zu und strich Jaro über den Kopf. Als er davonging, sah ich seinem Rücken nach und fühlte mich elend.

Ich setzte mich wieder zu den anderen beiden an den Tisch, und eine Weile lang sagte niemand etwas. Liv kaute an einem Fingernagel, Rahel kraulte Jaros Fell und seufzte hin und wieder. Hier saßen wir, im Haus der Hexe, mit allen erdenklichen Möglichkeiten, und waren trotzdem machtlos, einen simplen, profanen Vorgang zu stoppen. Einen Vorgang, der, einmal losgetreten, wie eine Lawine über meine Zukunft rollen und alles fortreißen würde, worauf ich so lange gehofft und hingearbeitet hatte. Mein Blick streifte über Bellas Bücherregal, in dem nur etwa ein Dutzend meiner eigenen Bücher standen. Biografien über Haworth, Newton und Einstein, Kräuter und Pilze des schottischen Hochlands, Wildblumen und ihre Wirkung … Und ein Plan nahm langsam Form an.

»Hast du Zugang zum Büro deines Vaters?«, fragte ich Rahel und saß jetzt kerzengerade auf meinem Stuhl.

»Klar«, erwiderte sie. »Aber warum –«

»Das erkläre ich dir gleich. Und Liv, kannst du dich für morgen mit Mc … mit Morten verabreden?«

»Kann? Ja. Will? Absolut nicht.«

»Wie trinkt er seinen Kaffee?«, fragte ich.

»Mit viel Milch und ungefähr fünf Würfeln Zucker. Es ist ekelhaft, wenn du mich fragst.«

»Gut«, sagte ich. »Sehr gut.«

»Hast du einen Plan?«

»Jein. Aber bis ich ihn umsetzen kann, werde ich Mortons Bewegungsradius ein wenig einschränken. Sagen wir, auf wenige Meter um sein Klo herum.«

Ich ging zum Regal und suchte eine Mischung aus getrockneten und pulverisierten Hyazinthen- und Narzissenzwiebeln heraus. Die Menge musste ich selbst abschätzen, meine Kräuterbücher gaben verständlicherweise keine Dosierungsanleitung zur sachten Vergiftung von Mathelehrern an. Ich füllte eine mir passend erscheinende Menge in ein Glasgefäß, schüttete noch mal die Hälfte dazu – sicher war sicher – und übergab es Liv.

»Gib ihm das in sein süßes Gesöff. Wenn du gut umrührst, merkt er nichts davon. Außerdem hast du ja Übung darin, Leuten was unterzujubeln.«

Liv schüttelte die Haare. »Moment mal, ich habe noch gar nicht zugestimmt –«

Ich hob die Augenbrauen.

»Schon gut. Ich schulde dir was. Aber keine Garantie, dass ich die Klappe halten kann, wenn ich ihn sehe.« Sie verfiel in eine gestelzte, tiefe Tonlage. »*Du bist so reif für dein Alter! Das zwischen uns ist etwas ganz Besonderes, deshalb dürfen wir es niemandem erzählen, die machen es nur kaputt,* arrrrrgh! Ich war so dämlich! Und nach mir sucht er sich die nächste Dumme, die das alles glaubt.«

»Nein«, sagte Rahel, und es klang so fein wie ein Stück Draht, mit dem man jemandem die Kehle durchschneiden konnte. »Das wird er nicht.«

»Hm?«, fragte Liv. Ihre Wangen glühten, vom Wein oder vor Erregung.

»Findet ihr es nicht grundfalsch, dass sie einfach so davonkommen? Livs Onkel, Ace, Lennox, McNeil. Es gibt keinerlei Konsequenzen für das, was sie getan haben. Wer einen Schniedel hat, kann sich anscheinend alles rausnehmen. Und das sind ja nur die, von denen wir wissen.« Sie fuhr sich über den Haarflaum auf ihrem Kopf.

»In diesem Kaff kann man tun, was immer man will, solange man dreist genug ist. Und alle gucken weg. Die Polizei erkennt einen Mord nicht mal, wenn er vor ihrer Nase geschieht, der liebe Herr Dorfdoktor unterhält einen Drogenring, ein Lehrer datet seine Schülerinnen, und keine Sau juckt es.«

»Gerechtigkeit ist nichts, was geschieht«, wiederholte ich die Worte meines Vaters aus einem früheren Leben. »Sie ist etwas, das wir schaffen.«

»Dann lasst sie uns verdammt noch mal schaffen«, sagte Rahel.

Ihre Augen hatten einen beinahe übernatürlichen Glanz. Ich sah von ihr zu Liv, deren hohle Wangen und spitze Nase harte Schatten auf ihr Gesicht warfen.

»Und bei McNeil und deinem Onkel fangen wir an.«

»Wow«, sagte Liv, und ein seltsamer Ausdruck trat auf ihre Züge.

»Wer sind wir, und was ist aus uns geworden?«

FÜNFUNDZWANZIG

Am nächsten Tag warteten Rahel und ich auf Liv in deren Zimmer. Mrs Inglis hatte uns Haferplätzchen und Tablets – selbstgemachte Schmelzbonbons – gebracht, und wir waren allmählich einem Zuckerschock nahe. Liv hatte um sieben Uhr zurück sein wollen, aber der kleine Zeiger rückte der Acht bereits gefährlich nah auf die Pelle. Ich stierte aus dem Dachfenster. Keine Liv am Horizont. Was, wenn etwas schief gegangen war? McNeil konnte sie dabei entdeckt haben, wie sie ihm etwas ins Getränk mischte. Vielleicht hatte sie keine Gelegenheit gefunden, weil er plötzlich jedes Durstgefühl verloren hatte. Oder ich hatte mich in der Dosis vertan …

»Wie wollt ihr Ralph überhaupt dazu kriegen, das Serum zu benutzen? Der lässt sich doch nicht einfach so was ins Gesicht schmieren.«

Aber Liv und ich hatten einen Plan. Es musste abends passieren, wenn es dunkel war. Erstens würde Rahels Auftritt dann gespenstischer wirken, und zweitens war laut Liv nach Sonnenuntergang die Chance auf einen nüchternen Ralph quasi gleich null. Wir würden uns unter einem Vorwand zu ihm einladen, ihn ablenken und ihm den Wahrheitstrank verabreichen. Selbst wenn ich dem Trank nicht traute – vielleicht würde allein Rahels Auftritt einen bereits beeinträchtigten Ralph aus der Fassung bringen. Ich war guter Dinge.

Um Viertel nach acht (ich hatte das Aus-dem-Fenster-Starren endlich aufgegeben) erschien Liv, klatschnass und außer Atem. Sie knallte die Zimmertür hinter sich zu und ließ sich auf eins ihrer Sitzkissen fallen.

»Hat es geklappt?«, fragte ich.

Liv winkte ab, noch immer um Atem ringend. »Bin den ganzen … ganzen Weg gerannt«, keuchte sie, einen Arm in die Seite gestützt. »Brauche was Süßes.«

Ich gab ihr zwei Tablets in die Hand, die sie sich wie eine Verhungernde in den Schlund stopfte. Eine Weile kaute sie, kämpfte mit der klebrigen Süßigkeit, dann endlich erhielten Rahel und ich einen kurzen Bericht über das, was sich in McNeils Wohnung abgespielt hatte.

Liv hatte laut eigenen Angaben eine oscarreife Vorstellung der naiven Freundin gegeben, die auf keinen Fall etwas davon ahnt, dass ihr viel älterer Freund und Mathematiklehrer reihenweise minderjährige Schülerinnen abschleppte. Allerdings hatte sie es sich nicht nehmen lassen, ihn ins Schwitzen zu bringen, indem sie – nicht zum ersten Mal – gefordert hatte, die beiden sollten ihre Beziehung endlich öffentlich machen. Es hatte sich ein Streit entsponnen, und um ein Haar hätte McNeil sie nach Hause geschickt, aber Liv hatte ihn davon überzeugen können, dass er sie in diesem Zustand besser nicht zu ihrer Familie entließ. Wer wusste, was sie alles erzählt hätte? Liv schlug vor, ihnen beiden einen Kaffee zu kochen, aber McNeil bestand darauf, es selbst zu tun. Am Ende hatte Liv sich kurz entschuldigt und mit zwei Rollen Papier seine Toilette verstopft, sodass McNeil nachsehen und das Desaster entfernen musste, während Liv das Pulver in seinen Kaffee rührte. Als McNeil wiederkam, war ihm der Kaffee zu kalt gewesen, aber ehe er etwas dagegen unternehmen konnte, hatte Liv sich seine Tasse geschnappt, in der Küche die Hälfte weggegossen und das Ganze mit heißem Kaffee aufgefüllt.

»Teil B des Auftrags ist auch erfolgreich ausgeführt«, sagte Liv. »Es lief besser, als wir es uns ausgemalt haben.«

»Sehr gut«, sagte ich. »Aber er hat maximal die halbe Dosis getrunken?«

Liv nickte.

»Es wird schon reichen.« Rahel wirkte unbesorgt. »Mach dir keinen Kopf.«

Ich war nicht überzeugt, schließlich hatte mein Hauptaugenmerk darauf gelegen, ihn nicht aus Versehen über den Jordan zu geleiten, aber es ließ sich nicht mehr ändern. Ich würde es am nächsten Tag erfahren, die erste Stunde war eine Mathestunde.

In jener Nacht träumte ich von Mum. Sie saß an meinem Tisch in Bellas Hütte, in einem weißen Kleid, mit leicht gebräunter Haut und Sommersprossen auf Nase und Händen, und begutachtete meine neue Bleibe.

Wo warst du nur so lange?, fragte ich, und sie lächelte mich an, gutmütig und entspannt, als wäre sie eben erst aus einem langen Urlaub wiedergekehrt.

Wir haben dich vermisst. Alles ist so leer ohne dich. Sogar der Regen klingt anders.

Das muss er auch, sagte Mum, und ihr Lächeln wurde noch breiter. *Denn er bringt dir meine Grüße. Ich denke Tag und Nacht an euch, meine Kinder. Meine geliebten Kinder.*

Ihre Worte berührten etwas in mir, das so alt war wie meine allerersten Zellen, etwas, das genau so sehr Mum war, wie es Anna war, und das ich lange nicht mehr gespürt hatte.

Ich darf jetzt kein Kind mehr sein, sagte ich. *Wie ist man ein Kind ohne Eltern?*

Du bist immer mein Kind, Anna. Ich wollte so gerne bei euch bleiben. Aber wenn die Zeit kommt, ziehen wir weiter.

Ich hasse den Tod, sagte ich. *Ich will nicht, dass alles endet.*

Mum schüttelte sachte den Kopf. *Nichts, das angefangen hat, endet. Alles verwandelt sich.*

Du fehlst mir so sehr.

Ich weiß. Aber ich bin nicht so weit, wie du denkst. Wir gehen nicht fort, wir gehen nur vor.

Der Regen klimperte gegen die Scheibe, als wäre sie ein Klavier mit tausend Tasten, und ich lauschte angestrengt, suchte nach den Frequenzen, die Mum dorthinein überlagert hatte und die nur für meine Ohren bestimmt waren.

Hörst du sie?, fragte Mum. *Du musst gut aufpassen.*

Und dann fand ich sie, in einer kleinen Sekunde hier, einer Terz da, einem Rhythmus, der nicht klopfte, sondern vorpreschte, übermütig und forsch.

Siehst du? Es ist ganz einfach. Aber jetzt muss ich gehen, sagte Mum. *Du weißt ja nun, wie du mich findest.*

Bist du nicht einsam dort?, fragte ich.

Mum lachte freundlich, als hätte ich etwas Essenzielles noch immer nicht begriffen. *Aber Anna … Wir sind die Vielen*, sagte sie. *Einsam seid ihr.*

Ihre Stimme vermischte sich mit dem Klang des Regens, und der nächste Windstoß trug ihre Erscheinung mit sich fort.

Marie wartete vor unserem Klassenzimmer, als ich am nächsten Morgen kurz vor knapp zur Mathestunde erschien. Sie hatte die

Schultasche fest an sich geklammert und ihr kleines Gesicht in Falten gelegt.

»Anna, ich muss dir was erzählen. Es geht um Dad … Ich wollte dich in deiner Hütte besuchen, aber du bist ja nie da –«

»Nach der Stunde, okay? Wir kommen sonst beide zu spät.«

»Aber es ist wichtig –«

Jemand kam schwungvoll um die Ecke gestürmt und lief beinahe in uns hinein.

»Na, na, jetzt aber zackig«, sagte Rektor Fiennes und nickte uns mahnend zu.

Ich lief vor ihm ins Klassenzimmer und fing Maries letzten besorgten Blick auf, bevor die zuschlagende Tür sie ausschloss.

Rektor Fiennes baute sich vor der Tafel auf, räusperte sich geräuschvoll und wartete, bis Stille einkehrte.

»Unser sehr geschätzter Mr McNeil hat sich heute Morgen aus der Klinik krankgemeldet«, begann Rektor Fiennes. »Ich bin mir sicher, ich spreche für uns alle, wenn ich ihm aus der Ferne eine schnelle Genesung und baldige Rückkehr wünsche. Aber langer Rede kurzer Sinn: Deshalb müssen Sie mit mir Vorlieb nehmen. Oder ich mit Ihnen, je nach Perspektive.« Er gluckste belustigt in sich hinein. Die Gesichter in der Klasse blieben unbewegt.

»Wenn mich jemand kurz auf Stand bringen würde, an welchem Kapitel Sie zuletzt gearbeitet haben …«

Liv, Rahel und ich wechselten Blicke aus den Augenwinkeln. McNeil im Krankenhaus? Was hatte das zu bedeuten? Hatte ich mich so sehr in der Dosis verschätzt? In welchem Zustand befand er sich? Immerhin war er in der Lage gewesen, selbst mit Fiennes zu sprechen. Mir wurde abwechselnd heiß und kalt. Mal befürchtete ich, ich hätte McNeil um ein Haar auf dem Gewissen gehabt, mal unterstellte ich ihm, er hätte wegen ein bisschen Durchfall überreagiert und sich wie ein sterbender Schwan vor die Notaufnahme gelegt. In diesem Fall: Was fiel ihm ein, uns einen solchen Schrecken einzujagen? Er brachte meinen gesamten Plan durcheinander. Es sei denn …

Als Fiennes uns in der langen Tradition arbeitsscheuer Lehrkräfte eine Gruppenarbeit zuteilte und sich am Pult der Tageszeitung widmete, konnten wir drei endlich kurz miteinander sprechen.

Liv war weiß um die Nase. »Ich hätte ihn beinahe *umgebracht*«, fauchte sie mir ins Ohr. »Ich dachte, du weißt, was du tust!«

Rahel legte mahnend einen Finger auf den Mund.

»Das dachte ich auch«, flüsterte ich zurück, vorgeblich auf mein Mathebuch konzentriert. »Irgendwas muss schief gelaufen sein …«

»Stell dir mal vor, ich hätte ihm die ganze Dosis verpasst! Dann stünde jetzt vielleicht gerade die Polizei bei uns vor der Tür!«

»Hast du aber nicht –«

»Miss Inglis, Konzentration, wenn ich bitten darf!« Fiennes hatte von seiner Zeitung aufgeschaut und blickte streng in unsere Richtung.

»Und ich selbst hätte noch das verdammte *Mordmotiv* in der Tasche«, flüsterte Liv, ohne den Mund zu bewegen, wie eine Bauchrednerin. »Ich muss das Ding loswerden. Wir können von Glück sagen, wenn er nichts ahnt!«

»Du wirst sie auf keinen Fall los. Gib sie mir, wenn du zu feige bist. Niemand außer McNeil wird davon erfahren, und er kann nichts dagegen tun, ohne selbst seinen Hals in die Schlinge zu stecken.«

Rahel sah als Einzige gänzlich ungerührt aus. »Wenn ihr mich fragt, hat er alles verdient, was mit ihm passiert. Karma, Baby.«

Livs Lippen wurden schmal, und wir steckten zu dritt die Köpfe über das Buch, ohne dass eine von uns sich mit der Aufgabe beschäftigte.

Zu allem Übel rief Rektor Fiennes anschließend Liv an die Tafel, um unser Ergebnis zu präsentieren. Sie schrieb in ihrer Verlegenheit einfach die gesamte Aufgabe ab. »Weiter sind wir nicht gekommen«, sagte sie und sah aus, als stünde sie kurz vor den Tränen.

»Sie meinen, weiter als bis nichts? Nehmen Sie sich mal ein Beispiel an Ihrem Bruder, Miss Inglis. Vielleicht kann Ihnen Fynn ein wenig Nachhilfe geben, wenn Sie nett fragen.«

Liv verzog das Gesicht zu einem falschen Lächeln und begab sich schleunigst zurück auf ihren Platz. Das letzte Mal, als ihr jemand Mathe-Nachhilfe angeboten hatte, waren die Dinge etwas aus dem Ruder gelaufen …

Auf dem Weg zur nächsten Stunde fiel Rahel etwas ein.

»Anna, es kam schon wieder Post für dich. Aus Birmingham. Hat das was mit der *Academy* zu tun?«

Sie holte einen großen braunen Umschlag aus der Tasche und reichte ihn mir.

»Nein«, sagte ich gedankenverloren und öffnete im Gehen den Brief. Ich zog zwei schwarz-weiße Aufnahmen und einen Notizzettel aus dem Umschlag: ein Gruppenfoto des Abschlussjahrgangs Medizin 1948 und ein Porträt. ›Dr. Theodore Marshall Murray‹ stand auf der Rückseite. »Wir waren bestürzt, von seinem Tod zu erfahren und freuen uns, dass Sie in Ihrer Schülerzeitung sein

Andenken bewahren wollen«, hatte die Sekretärin mit Filzstift als Notiz ergänzt. Ich drehte das Foto wieder um und blieb mitten im Gang stehen.

»Was ist los?«, fragte Rahel und bremste ebenfalls. »Noch mehr schlechte Neuigkeiten?«

Wortlos zeigte ich ihr das Foto. Der Mann auf dem Bild hatte blondes, dichtes Haar, weit auseinanderstehende Augen und eine plumpe Nase.

Was er nicht besaß, war irgendeine Ähnlichkeit mit dem Mann, der in Dunwood seit Jahren unter seinem Namen als Arzt praktizierte.

SECHSUNDZWANZIG

Nach der Sechsten wartete ich vor der Schule auf Marie. Als die anderen aus ihrer Klasse herauskamen, suchte ich in der Menge nach ihr, konnte sie aber nicht entdecken.

»Bernadette? Hast du Marie gesehen?«, fragte ich ihre Freundin, die mit zwei anderen Mädchen quatschend an mir vorbeilief.

Bernadette verneinte. Marie hätte sich nach der Vierten nach Hause schicken lassen, weil ihr nicht wohl gewesen war. Bevor ich nach Details fragen konnte, waren die Mädchen schon weitergegangen.

Zu Hause in der Hütte schnürte ich ein Päckchen für die Polizei. Ich legte die Fotos des echten Dr. Murray hinein, außerdem meine Zeugenaussage, in der ich beschrieb, wie ich die Geldübergabe aus Gleesons Reinigung über Ewan als Boten zu ›Dr. Murray‹ zurückverfolgt hatte. Den gesicherten Händeabdruck von ›Murrays‹ Hintertür sowie die Adresse des Sekretariats der medizinischen Fakultät in Birmingham fügte ich als Bonus hinzu. Bei so viel Vorarbeit hätte ich das ganze stilecht auf einem silbernen Tablett präsentieren sollen, aber ich begnügte mich damit, es in den Briefkasten der Polizeiwache zu werfen und mir das Gesicht des falschen Dr. Murray vorzustellen, wenn er kapierte, dass er aufgeflogen war. Irgendwann würde ich von Dad erfahren, wie sich der Betrüger die Identität des toten Theodore Murray angeeignet hatte und ob er überhaupt Medizin studiert hatte. So oder so war er nicht befugt gewesen, Bella einen Totenschein auszustellen oder meine krebskranke Mutter zu behandeln. Nun, im Gefängnis würde er reichlich Zeit dazu haben, sich an Mum und das, was er ihr angetan hatte, zu erinnern.

Am Abend trafen Rahel und ich uns auf dem Inglis-Hof. Liv hatte sich wieder beruhigt und war einverstanden, dass wir unseren ursprünglichen Plan bezüglich McNeil weiterverfolgen sollten. Vielleicht würde er durch die unvorhergesehene Komplikation sogar noch besser funktionieren als gedacht, auf jeden Fall verschaffte es mir mehr Zeit wegen des Briefes, den er an die *Academy* schicken wollte.

Aber zunächst mussten wir herausfinden, ob Ralph Inglis Bella auf dem Gewissen hatte. Was wir mit ihm planten, war komplexer und fehleranfälliger als McNeils sanfte Vergiftung.

Gegen zehn Uhr machten wir uns zu dritt auf den Weg zu Ralphs Hof.

Ich hatte Noah auf zwölf Uhr dorthin bestellt, was sich als schwerer erwiesen hatte als gedacht. Aber auch wenn ich mich geweigert hatte, ihm vorab Details zu nennen, so hatte er doch meine wachsende Verzweiflung gespürt und irgendwann eingewilligt. Bis Mitternacht also mussten wir Livs Onkel so weit gebracht haben, dass er bereit war, ein Geständnis abzulegen.

Ralphs Haus befand sich nur etwa fünf Gehminuten vom Inglis-Hof entfernt, aber gefühlt betrat man mit seinem Grundstück eine andere Welt: eine Kreuzung aus verwunschenem Märchengarten und Schrottplatz. Wir bahnten uns einen Weg durch dornige Ranken bis zur Tür des Haupthauses. Dort teilten wir uns auf.

»Wie besprochen, du wartest hinter dem Gebüsch, und wenn wir zweimal mit der Lampe blinken, kommst du langsam aus der Hecke auf die Terrasse«, wies ich Rahel an. Sie trug wieder ihre schwarze Perücke und den Mondstein und hatte sich die Augen mandelförmig schwarz umrandet. Ich reichte ihr eine Taschenlampe, und sie verschwand in der Dunkelheit hinter dem Haus.

Liv drückte einmal lang auf den Klingelknopf. Nichts passierte.

»Ich glaube nicht, dass er da ist.« Sie ließ den Finger einige Sekunden durchgehend auf der Klingel. »Was jetzt?«

Ich klopfte gegen die Tür. Im Innern blieb alles still.

»Wir können unverrichteter Dinge wieder abziehen«, sagte ich, »oder wir nutzen die Gelegenheit, uns mal bei ihm umzusehen. Wer weiß, was wir hier finden.«

Liv zögerte nur einen Augenblick und drückte dann die Klinke herunter. Die Tür gab nach. Auch ein Angriff auf sein Leben hatte Ralph Inglis anscheinend nicht dazu gebracht, gewohnheitsmäßig abzuschließen. Wir traten ins Haus und ich schaltete meine Taschenlampe ein, die ich sicherheitshalber mitgebracht hatte. Der Geruch, der uns empfing, erinnerte mich an den im Haus der Pomeroy. Nur um einige Nuancen … reicher. Mein Magen hob sich bei der Erinnerung an das wimmelnde Fleisch im Schrank. Hoffentlich war Ralph noch in der Lage, seinen Kühlschrank korrekt zu identifizieren. Liv stolperte im Flur über einen leeren Kasten Bier, und ich konnte sie gerade noch vor einem Sturz retten. Irgendwo tickte laut eine Uhr, und dann – Liv und ich zuckten zusammen wie die schuldbewussten Einbrecherinnen, die wir waren – erklang ein einzelner, abgehackter Schnarchton, wie das Röcheln, nachdem man zu lange die Luft angehalten hatte.

»Wahrscheinlich liegt er breit wie ein Sumoringer auf der Couch und kriegt nichts mit«, flüsterte Liv so laut, dass man sie bis nach Brackletter hören musste. »Wir können genauso gut weitermachen, wo wir schon mal da sind.«

Unter anderen Umständen hätte ich sie für verrückt erklärt, aber unter anderen Umständen wären wir gar nicht erst hier gewesen.

»Also gut. Aber sei *leise*«, flüsterte ich zurück und drohte mit dem Finger.

»Hörst du was?«, fragte Liv.

»Nein.«

»Eben«, sagte sie. »Ist das nicht komisch?«

Wie auf Kommando rang Ralph erneut mit einem röchelnden Laut nach Luft.

»Klingt, als würde er im Traum ertrinken«, sagte ich. »Wer weiß, wie viel er intus hat.«

»Umso besser. Dann checkt er vielleicht nicht, dass wir gar nicht hier sein sollten.«

Wir bahnten uns einen Weg durch Ralphs verrümpelten Flur und durch die Küche bis ins Wohnzimmer, aus dem das Schnarchen ertönte.

»Puh«, sagte Liv angewidert. »Hier stinkt's ja noch übler als sonst.« Der Geruch hier kippte ins Saure, wo er zuvor eigenartig süßlich erschienen war.

Auf dem Kaminsims am anderen Ende des Raums brannten mehrere Kerzen. Ralph lag auf der Couch, sein linker Arm hing zur Seite hinab, sein Kopf überstreckt nach hinten abgewinkelt.

»Igitt«, sagte ich.

Livs Onkel hatte sich übergeben. Mehrmals. Neben seinem Kopf, auf dem Boden vor dem Sofa und sogar auf seinem eigenen Bauch befanden sich beträchtliche Mengen von Erbrochenem. Der Couchtisch lag voller Müll: überall leere Flaschen und Medikamentenblister, ein Metalllöffel, benutzte Alufolie, ein Gürtel.

Wir wechselten einen fragenden Blick.

»Sollen wir morgen wieder kommen? In diesem Zustand können wir nichts mit ihm anfangen«, sagte ich.

»Wieso nicht? Ich wecke ihn. Dann sehen wir ja, wie viel er noch rafft.«

Ich hatte kein gutes Gefühl dabei, hinderte Liv aber auch nicht. Wir waren schließlich hier, um einen Mord aufzuklären.

Liv hockte sich vor das Sofa, darauf bedacht, nicht in die Lachen zu treten, und ich leuchtete ihr mit der Taschenlampe. Sie griff nach Ralphs Schulter und rüttelte unsanft. Zunächst reagierte er überhaupt nicht, dann zuckte er plötzlich zusammen, gab einen gurgelnden Laut von sich und begann, zu würgen. Speichel rann ihm aus dem Mund, und jetzt erst schlug er die Augen auf.

»S– Sam?«

»Nein, ich bin's, Onkel Ralph.«

»Livia?« Ralphs Stimme klang verwaschen und rau. »'s machsdu hier?«

»Ich wollte nur mal nach dir sehen. Du schaust ja nicht so gut aus.«

Ralph blickte sich verwirrt um, als wäre er nicht sicher, wo er sich befand.

»Geh n'chhause«, sagte er schwerfällig. »Bitte geh. Sollsmich so nicht sehen …«

Liv blieb ungerührt sitzen. »Brauchst du ein Glas Wasser? Ich kann dir eins holen.«

Ralph schüttelte den Kopf mit aller Vehemenz, die er aufbringen konnte, und schloss die Augen wieder. »Nur schlafen«, sagte er und drehte das Gesicht zur Rückenlehne.

»Wieso ist sein Gesicht so rot?«, flüsterte ich. »Er sieht aus wie ein verdammter Hydrant.«

Liv zuckte mit den Schultern. »Onkel Ralph, ich hab hier was für dich. Eine … Medizin. Die wird dir guttun. Ich reibe sie dir jetzt ein, bitte nicht erschrecken.«

Sie holte die kleine Phiole mit dem Wahrheitsserum aus der Tasche und öffnete den Stopfen.

»… keine Medizin mehr«, murmelte Ralph. »Alles … zu viel. Keine Medizin …«

Liv überhörte seine Worte einfach und ließ etwas Serum auf Ralphs Hals tropfen. Als sie versuchte, seine Stirn zu erreichen – drei Tropfen waren laut Bellas Buch nötig –, patschte Ralph blind nach ihrer Hand und erwischte die Phiole, die ihm in den Kragen fiel und sein Sweatshirt durchnässte.

»Oh, oh.« Liv verzog schuldbewusst das Gesicht.

Ralph drehte sich wieder zu ihr herum und versuchte vergeblich, sich auf den Ellbogen zu stützen.

»'smich *bitte* in Ruhe.«

»Noch nicht, Onkel Ralph. Wir haben Dinge mit dir zu besprechen.« Livs Ton war jetzt kühl. »Anna ist auch hier.«

Ich trat in sein Sichtfeld und hob verhalten eine Hand zum Gruß. Ralph stöhnte auf und schüttelte resigniert den Kopf. »'swollt ihr heute alle von mir …?«

»Ich habe Ihr Feuerzeug bei der Eibe gefunden, direkt nachdem sie angezündet wurde«, sagte ich. »Können Sie mir sagen, was Sie dort getan haben?«

Ich kniete mich zu Liv vor das Sofa. Der säuerliche Gestank nahm mir fast den Atem.

Ralphs Miene blieb unbewegt.

»Sie haben die Eibe angezündet, nicht wahr? Wieso? Was hat der Baum Ihnen getan? Sie wissen, dass man dort Bella McQuoid erhängt hat –«

Die Erwähnung von Bellas Namen brachte Ralph endgültig aus der Fassung. »Nein, nein, o nein«, wimmerte er. »… kann das alles nicht mehr … wollte es nicht … wirklich nicht … Sie verfolgt mich … überall die schwarzen Augen … sie sehen mich – sieht mich … will mich in den Wahnsinn treiben …«

»Warum sollte sie das tun?«, fragte Liv ungehalten. »Weil du sie umgebracht hast?«

Ralph jaulte auf wie ein getretener Hund. »Herr im Himmel … Ihr versteht nicht …«

»Dann erklär es uns.«

Aber Ralph schüttelte nur immer wieder mit dem Kopf und jammerte leise vor sich hin. Ich kauerte in meiner unbequemen Position vor der Couch und versuchte, Kontakt mit dem See aus Erbrochenem zu vermeiden, als ich auf dem Teppich unter der Couch etwas entdeckte. Vorsichtig griff ich nach dem kleinen Gegenstand und zog ihn hervor. Während Ralph wimmerte und stöhnte, inspizierte ich im besseren Licht meiner Taschenlampe, was ich gefunden hatte.

Eine feine Silberkette, an der zwei Anhänger baumelten: die Buchstaben L und C.

Ich hatte diese Kette oft an ihrer Trägerin gesehen, immer wenn ich mit ihr eine Schicht im Brewers teilte – es war Helen Christies Kette. Sie trug die Initialen ihrer Tochter Lucy jeden Tag bei sich. Weil sie die kleine Lucy vermisste, die weit weg von Dunwood von ihrer Großmutter aufgezogen wurde. Und weil das schlechte Gewissen Helen jeden Tag plagte. Das hatte sie mir einmal unter Tränen nach einer langen Schicht gestanden.

Ich unterdrückte einen Laut. Ein ungutes Gefühl überkam mich, es steigerte sich aus der latenten Übelkeit, die der Geruch in Ralphs

Haus seit unserem Eintreten verursacht hatte. Penny hatte von Helens Affäre mit einem verheirateten Mann gesprochen. Verheiratet war Ralph schon seit Jahren nicht mehr, aber … Ich hatte nie viel auf Intuition gegeben, sie als esoterischen Hokuspokus für Menschen verworfen, die Fakt und Fiktion nicht zu unterscheiden gelernt hatten. In diesem Moment wurde mir klar, dass Intuition nichts anderes ist als eine Erkenntnis, die ihren Weg zur Ebene des Bewusstseins noch nicht gefunden hat. Helen war einfach so verschwunden, hatte sich nicht einmal persönlich bei Gary abgemeldet. Das war untypisch für sie. Und ich hatte Helen noch nie ohne ihre Kette gesehen.

»Ich bin gleich wieder da«, sagte ich zu Liv, die noch immer versuchte, aus Ralph etwas über Bella herauszubekommen.

»Was? Du kannst jetzt nicht gehen, wir haben ihn gleich so weit –«

Aber ich war schon aufgestanden und lief zurück in den Flur. Ich hatte mich nicht getäuscht, der Geruch hier war ein anderer: Die Säure von Ralphs Mageninhalt vermischte sich mit einem fauligen Geruch, der alles durchdrang. Das Beunruhigende aber war eine süßliche Note, die ich noch nie zuvor gerochen hatte und die sofortige Übelkeit verursachte. Ich versuchte, das Licht einzuschalten, aber sämtliche Schalter waren tot. Vermutlich hatte Ralph länger keine Stromrechnung mehr bezahlt. Ich leuchtete mir mit der Taschenlampe den Weg und ließ mich von meiner Nase bis zum Ende des Flurs leiten, von wo aus eine Treppe nach oben unter den Dachboden führte. Die Stiegen knarzten, als ich sie erklomm, und vielleicht bildete ich es mir ein, aber der Geruch schien intensiver zu werden. Die Tür zum Dachboden war verschlossen.

»Liv?«, rief ich die Treppe hinab. »Weißt du, wo Ralph den Schlüssel zum Dachboden aufbewahrt?«

Es war mir egal, ob Ralph mich hörte, er war weit entfernt von einem Zustand, in dem er mich hätte aufhalten können.

Livs Stimme klang ungehalten. »Auf dem Türrahmen! Aber kommst du da jetzt *bitte* wieder runter? Ich brauche dich hier –«

Ralphs Zetern steigerte sich immer weiter, ich konnte längst keine Worte mehr ausmachen. Ich versuchte, die beiden auszublenden, und tastete auf dem Türrahmen nach dem Schlüssel. Da war er. Meine Hand zitterte unkontrolliert, als ich ihn im Schloss drehte. Die Tür sprang nach innen auf, und ich leuchtete in den Raum. Gerümpel türmte sich, so weit der Lichtkegel reichte: alte Möbel, Kartons, eine kaputte Stehlampe, riesige Bilderrahmen, ein zerbrochener Spiegel, ein Bettgestell. Ich bahnte mir meinen Weg durch die Berge an ausgemustertem Hausrat, leuchtete alles mit meiner

Lampe an und kämpfte mich weiter ins Innere des Dachstuhls vor. Immer wieder würgte ich trocken, der Gestank war hier atemberaubend, hundertmal schlimmer als im Haus der Pomeroy. Ganz hinten an der Wand lehnte eine Matratze, und daneben, in der Ecke, lag ein großer, schwarzer Reisekoffer. Darunter ein unheilvoller dunkler Fleck. Ich trat gegen den Koffer, ob er sich verschieben ließe, aber er bewegte sich keinen Millimeter. Was auch immer er enthielt: Es war sehr schwer. Mein Atem beschleunigte sich, ich biss mir auf die geschlossenen Lippen. Ich fühlte mich nicht bereit für das, was jetzt folgen mochte, aber mir blieb keine Wahl. Ich nahm die Taschenlampe in den Mund und beugte mich hinab, um die Klappen des Koffers zu öffnen. Etwas lugte aus dem Spalt zwischen den Kofferhälften hervor. Im selben Moment, als mein Gehirn registrierte, was es war, gab ich einen Schrei von mir, und die Taschenlampe fiel mir aus dem Mund und rollte über den Boden davon. Eine Strähne blonden Haars fiel über die linke Kofferschnalle. Ich beeilte mich, die Lampe wieder zu fassen. Vermutlich hätte ich sofort die Polizei rufen können, aber ich wollte – ich musste – ganz sichergehen, dass ich mich nicht irrte. Mit einem *Schnapp* öffneten sich die Klappen. Ich schielte, um meinen Blick unscharf zu stellen, und hob langsam den Deckel. Ein winselnder Laut entfuhr mir.

Helen lag eingerollt wie ein schlafendes Kätzchen im Koffer, ihr Gesicht halb nach unten gedreht, das blonde Haar verklebt und zerzaust. Eine bläuliche Hand ruhte an ihrem Hals, als ränge sie um Luft, und in einem Reflex der Empathie schnürte sich auch mein Hals zu. »Oh, Helen«, sagte ich. »Oh, arme, arme Helen.« Ich wollte sie nicht hier liegen lassen, wo ihr Mörder sie wie ein altes Gepäckstück entsorgt hatte, aber was sollte ich tun?

»Ich hole Hilfe«, versprach ich, obwohl meine Stimme kaum gehorchte.

Sachte legte ich den Deckel zurück auf die Tote, strich mit einer Hand über den Kofferdeckel und wandte mich ab.

»*Anna*«, flüsterte etwas aus den Tiefen des Raums. Ich fuhr herum, leuchtete hektisch um mich.

»Liv?«, fragte ich, obwohl es nicht wie sie geklungen hatte. »*Hallo?*«

Die Stimme rief ein zweites Mal meinen Namen, und am anderen Ende des Raums blitzten zwei leuchtende Punkte auf. Ich musste sofort hier raus … Voller Panik stolperte ich durch das Gerümpel, versuchte, nicht auf die spöttische Stimme zu achten, die mal aus der einen, dann aus der anderen Richtung erklang, und hastete zurück zur Speichertür. Ich ließ sie hinter mir ins Schloss fallen und eilte die Treppe hinunter zurück ins Wohnzimmer; gerade rechtzeitig, um zu sehen, wie in der Hecke draußen vor dem Fenster ein Licht erwachte.

Eine dunkle Figur löste sich aus dem Gestrüpp, ein Licht auf Bauchhöhe strahlte nach oben, was ihrem Gesicht eine unheilvolle Aura verlieh und den baumelnden Mondstein zum Funkeln brachte. Gemessenen Schrittes näherte sich die Gestalt dem Haus, ihren Blick starr auf unser Fenster gerichtet. Für einen Moment war ich selbst unsicher, ob nicht die echte Bella draußen stand, bereit, endlich Rache zu nehmen, und mir lief erneut ein Schauer über den Rücken.

»Liv, ich hab da oben etwas gef–«, begann ich, aber Liv hob mit warnendem Blick eine Hand.

Dann entdeckte auch Ralph die Figur im Garten. Er schrie, kaum noch menschlich, wie der Hilferuf eines Tiers vor der Schlachtung.

»Was ist d–«, fragte er mit sich überschlagender Stimme. »Ist sie das? O Gott Allmächtiger, sie kommt … Sie kommt sich rächen … kommt, um mich zu holen!«

Mit letzter Kraft versuchte er, sich an der Sofarücklehne hochzuhangeln, aber Liv reagierte schnell und hielt ihn an der Kapuze seines Hoodies zurück.

»Sie ist es, Ralph. Und sie wird dich nie in Frieden lassen, solange du nicht gestehst. Sag, was du getan hast! Sag es endlich! Erleichtere dein Gewissen!«

Ralph fiel zurück auf die Couch und schlug beide Hände vors Gesicht. Er heulte wie ein verstörtes Kind, erbärmlich und klein.

»Du hast Bella umgebracht! Gib es zu, und sie wird dich in Ruhe lassen!« Liv rüttelte ihn an der Schulter. Ralph warf abermals einen Blick in den Garten, wo Rahel nun direkt vor dem Fenster stand.

Ein Gurgeln sprudelte aus seiner Kehle, gefolgt von einigen kaum verständlichen Worten. »Ich wo-wollte es nicht! Ich … Sie musste weg … Es ging einfach nicht mehr …«

»Wieso nicht?«, fragte Liv. »Weil sie von Ruby wusste?«

Ralph hyperventilierte nun richtig, brachte kaum noch etwas hervor, weil er abwechselnd aufheulte und nach Luft rang.

»Es war … wegen … wegen Ruby und … sie war– … ein Risiko … bei der Polizei … Es gab nur den einen Ausweg … Also hab–habe … ihren Hund vergiftet … sie in den Baum ge– … in den Baum ge– …«, er schluchzte aus vollem Halse, »ich w-w-will nicht in die H-Hölle …«

Ralph erstarrte und winkelte beide Arme an. Im ersten Moment dachte ich, er würde einen letzten Versuch unternehmen, vom Sofa hochzukommen, um Bella zu entfliehen. Doch dann verkrampfte sich sein ganzer Körper, ein Schütteln durchfuhr ihn, sein Kopf kippte in einem unnatürlichen Winkel zur Seite.

»Was geschieht mit ihm?« Liv war aufgesprungen und zurückgewichen. »Ist er übergeschnappt?«

»Ich glaube, er hat einen Anfall –«

Draußen klopfte jemand gegen die Scheibe.

»Spielt er das nur? Damit wir ihn in Ruhe lassen?«, fragte Liv mit einem entsetzten Blick auf den zuckenden Ralph.

»Das glaub ich nicht«, sagte ich, noch immer wie versteinert.

Wieder klopfte es gegen die Scheibe.

»Lass Rahel rein«, sagte ich, bemüht, Ruhe zu bewahren, »und dann müssen wir einen Notarzt rufen. Und die Polizei.«

Liv rührte sich nicht vom Fleck. »Aber Noah ist noch nicht hier … Er muss es ihm gestehen, sonst war alles umsonst! Sie glauben uns nie, dass er gestanden hat!«

Ich ging selbst, um die Terrassentür zu öffnen und Rahel einzulassen.

»Hat es geklappt? Hat er es zugegeben?«

»Wo ist das Telefon?«, fragte ich, an Liv gewandt. Ich konnte nur hoffen, dass Ralph seine Rechnung bezahlt hatte und der Apparat überhaupt funktionierte.

»Anna, nein! Wir warten auf Noah –«

»Was ist hier los?« Rahel sah vom krampfenden Ralph zu Liv zu mir.

»Er stirbt, wenn wir keine Hilfe rufen! Willst du das? Dass er sich so feige davonstiehlt? Oben auf dem Dachboden liegt Helens Leiche in einem Koffer. Wahrscheinlich hatte sie ein Verhältnis mit ihm. Wer weiß, was sie gesehen hat … Wir brauchen kein Geständnis mehr! Jetzt kriegen sie ihn dran! Für alles, verstehst du?«

Liv schlug sich bei dieser Enthüllung entsetzt eine Hand vor den Mund. Sie sah von mir zum sich windenden Ralph und zurück.

»Kein Wunder hatte er immer so einen Riesenschiss vor der Hölle. Weil er wusste, dass sie längst auf ihn wartet.«

Rahels Augen glänzten auf eine Weise, die mich schaudern ließ. Sie ging zur Couch, beugte sich über Ralph, dem Speichel aus dem Mundwinkel lief, und drückte ihn mit einer Hand auf seiner Brust tief ins Polster.

»Der kommt nicht in die Hölle«, sagte sie mit eisiger Stimme. »Die Hölle ist, wo immer *er* ist.«

»Was tust du da?«, fragte ich alarmiert. »Lass ihn in Ruhe … Die Polizei soll sich um ihn kümmern –«

Rahel hatte mich nicht gehört oder tat zumindest so. Sie strich Ralph sachte über die Wange, lächelte kalt, dann legte sie ihm eine Hand über den Mund. Ralphs Augenlider flatterten, er wand sich unkontrolliert unter Rahels Griff, der durch seine Gegenwehr nur fester wurde.

»Rahel!«, schrie ich. »Hör auf! Was um Himmels willen …«

»*An-naaa*«, rief die dunkle Stimme, sie war plötzlich lauter als alle anderen Geräusche im Raum, so nah wie nie zuvor, gleichzeitig Verlockung und Bedrohung … Ich hielt mir die Ohren zu, doch der Ruf hallte aus allen Richtungen, fand in meinem Schädel einen Resonanzkörper und dröhnte, dröhnte, bis ich beinahe wahnsinnig wurde …

»*Komm zu uns, Anna … Wir warten auf dich …*«

»Sei still!«, rief ich und schüttelte wild mit dem Kopf, obwohl ich wusste, dass es nichts helfen würde. »Wer bist du? Wo seid ihr?«

»Anna?« Liv zerrte an meinem Arm, bis ich die Hände von den Ohren ließ. »Mit wem redest du?« Entsetzen stand ihr ins Gesicht geschrieben. *O Nachtigall, wer sagt mir, ob ich wache oder träume …*

Ein Laut von Ralph ließ uns zusammenfahren. Seine Zuckungen waren schwächer geworden, doch noch immer ließ Rahel ihn nicht los. Sie hatte beide Hände über sein Gesicht gelegt und drückte ihn in die Kissen. Es sah so aus, als …

Endlich löste sich meine Schockstarre. Ich stieß Liv aus dem Weg, die zur Seite taumelte, und wich einer Lache aus Erbrochenem aus. Dann packte ich Rahel bei den Schultern und zog sie mit aller Kraft von Ralph weg. Wir gerieten ins Straucheln und fielen übereinander zu Boden. Rahel riss im Fallen das Chaos auf dem Couchtisch mit. Wir lagen keuchend auf dem Teppich, Ralphs Mageninhalt in den schwarzen Strähnen von Rahels Perücke, und für ein paar Sekunden herrschte vollkommene Stille.

»Bist du wahnsinnig geworden?«, fragte ich, und noch während ich sprach, hallte der elende Chor in meinem Kopf nach: *wahnsinnig geworden … wahnsinnig geworden?*

»Was in Gottes Namen ist hier gerade passiert?« Liv half uns dabei, wieder auf die Beine zu kommen, und fühlte Ralphs Puls, der vollkommen bewegungslos in den Kissen lag. »Er lebt noch –«

Rahel schüttelte mit dem Kopf. »Ich weiß nicht, warum ich das getan habe«, sagte sie leise, als wäre sie gerade aus einem Traum erwacht. Sie musterte erstaunt die eigenen Hände, als gehörten sie gar nicht ihr, sondern einer Fremden.

Die Türklingel schrillte.

Wir warteten in der Dunkelheit vor Ralphs Haus, nur der Mond spendete wenig fahles Licht, als das Polizeiauto vorfuhr. Dad und eine junge Kollegin aus Brackletter stiegen aus, und ich überließ es Rahel, die sich als Erste wieder gefangen zu haben schien, die Situation zu erklären. Liv zog an einer Zigarette, als ginge es um ihr Leben, und starrte mit düsterem Blick vor sich hin.

Dad suchte Blickkontakt zu mir, und ich konnte eine gewisse Genugtuung nicht unterdrücken, wie zerknirscht er schien. Ich hatte die ganze Zeit recht gehabt, und sein Fehlurteil hatte eine junge Mutter das Leben gekostet.

Noah stand daneben und betrachtete uns besorgt. Er sah leicht zerknautscht aus, als hätte er schon geschlafen.

»Anna, was ist passiert? Du hast gesagt, ihr bräuchtet meine Unterstützung … Bin ich zu spät?«

»Es ist Mr Inglis … Vermutlich eine Überdosis. Wir haben Alkohol und Medikamentenverpackungen bei ihm gefunden. Und Helen Christies Leiche.«

Die Sanitäter luden den bewusstlosen und an eine Infusion angehängten Ralph in den Wagen. Dads junge Kollegin stieg dazu, während Dad über Funk Verstärkung und die Spurensicherung anforderte. Noah bot an, uns in der Sakristei etwas zu essen zu machen und über das Vorgefallene zu sprechen, aber ich lehnte höflich ab. Nachdem er sich davon überzeugt hatte, dass er nichts weiter für uns tun konnte, bat Dad ihn, Helens Mutter in Applecross anzurufen und ihr die Nachricht zu überbringen. Ich dachte an die fünfjährige Lucy, die nie erfahren hatte, dass ihre ältere Schwester Helen in Wirklichkeit ihre Mutter war, und die sie jetzt nie mehr als solche kennenlernen würde.

»Er war es also wirklich«, sagte Rahel und spielte mit der Perücke in ihren Händen.

Ich musterte sie beklommen. Was war dort drinnen gerade passiert? Und schlimmer noch – was wäre passiert, wenn ich Rahel nicht aufgehalten hätte?

Liv zündete sich eine neue Zigarette mit der eben zu Ende gerauchten an, nahm einen Zug und warf den Stummel in die Hecke.

»Wir sind so was von erledigt«, sagte sie.

Rahel war ungerührt. »Wieso? Wir haben nichts Verbotenes getan.«

»Nicht *wir* sind erledigt. Wir. Meine Familie. Ab jetzt bin ich für alle nur noch die Nichte eines Mörders –«

»Er ist nicht dein Onkel«, wandte Rahel ein.

Liv schien sie nicht zu hören.

»Ich kann es einfach nicht glauben … Nach allem, was mein Vater für ihn getan hat. *Familie lässt man nie hängen*, hat er gesagt.

Blut ist dicker als Wasser, egal, was passiert. Es wird ihn kaputt machen. Er hätte sich beide *Beine* für ihn ausgerissen ...«

Liv gestikulierte, dass die Asche ihrer Zigarette in hohem Bogen davonflog. Es war das erste Mal, seit ich sie kannte, dass Liv ihn ›ihren‹ Vater genannt hatte. Und sie hatte es nicht einmal bemerkt. In der ganzen Zeit hatte ich nie darüber nachgedacht, was es für Liv bedeuten würde, wenn wir den Mörder in ihrer Familie fänden. Ich war selbstverständlich davon ausgegangen, dass Liv es wissen wollen würde. Aber es war eine Sache, wenn wir es wussten – und eine völlig andere, wenn das ganze Dorf davon erfuhr.

Weder Rahel noch ich hatten etwas Tröstendes zu sagen. Keine von uns mochte sich ausmalen, was diese Verwerfungen für die Familie Inglis bedeuten würden.

»Ich will nach Hause in mein Bett«, sagte Liv schließlich. »Mit einer Flasche Whisky.« Sie zog sich die Strickjacke enger um den Leib, winkte resigniert und machte sich davon in die Nacht.

Rahel und ich blieben allein zurück.

»Wo wirst du heute Nacht schlafen?«, fragte sie nach einer Weile. »Du kannst doch jetzt nicht wieder allein in diese Hütte gehen.«

Doch genau das wollte ich. Wir hatten Bellas Killer gefunden, und ich hätte nichts als Erleichterung verspüren sollen. Aber im Zuge dessen hatten wir heute Abend eine unsichtbare Linie überschritten. Nicht viel weiter, und etwas wäre kaputt gegangen. In uns dreien und zwischen uns. Die Stimmen, die Augen und was immer von Rahel Besitz ergriffen zu haben schien: Wir waren heute Nacht nur knapp etwas entgangen, das konnte ich fühlen. Zu lange hatten wir mit dem Feuer gespielt, ohne den Hauch einer Ahnung, was wir da taten, und es war Zeit, damit aufzuhören.

Bellas Hütte – meine Hütte – und Jaro mit seinem weichen Fell und den treuen Augen waren genau das, wonach ich mich jetzt sehnte. Und zum ersten Mal seit vielen Jahren wäre Dunwood heute Nacht wieder ein sicherer Ort.

SIEBENUNDZWANZIG

$\mathcal{D}$as Leben tat, was es am besten tut: Es ging weiter. Wie durch eine stumme Übereinkunft erwähnte keine von uns mehr die Ereignisse jener Nacht, soweit sie nicht Ralph allein betrafen. Rahel schien wieder die Alte – oder zumindest die neue Alte – und Liv hatte sich erstaunlich schnell damit abgefunden, dass ihre Familie zur Attraktion der Stunde geworden war.

Am Montag nach Ralphs Verhaftung begann die letzte Schulwoche vor den Sommerferien. Wenn es mir gelänge, meine Karten gegen McNeil richtig auszuspielen, dann wäre es meine letzte Schulwoche in Dunwood überhaupt. Marie war die vergangenen Tage krank zu Hause geblieben, und ich wollte sie unbedingt besuchen, sobald sich eine Gelegenheit ergab. Das hieß, wenn Cecile nicht anwesend war.

Ralph Inglis lag unter Bewachung in der Klinik in Fort William. Er hatte seit dem fraglichen Abend das Bewusstsein nicht wiedererlangt und noch nicht von der Polizei verhört werden können. »Akutes Leberversagen nach Medikamenten- und Drogen-Überdosis«, so lautete die Diagnose, und seine Chancen standen laut Ärzten höchstens fünfzig-fünfzig Ich wusste, auf welchen Ausgang Liv hoffte, aber ich wünschte mir, dass Ralph ein langes, restliches Leben lang für alles büßen müsste, was er Bella, Ruby und Helen angetan hatte. Helens Kette hatte ich Dad übergeben und ihn gebeten, sie nach Ende der Ermittlungen Helens Mutter zu schicken. Irgendwann wäre die kleine Lucy dankbar dafür, etwas von ihrer leiblichen Mutter zu besitzen, das sie daran erinnerte, wie oft sie in Helens Gedanken gewesen war.

Obwohl Ralph den Mord an Bella und – implizit – auch die Übergriffe auf Ruby gestanden hatte, so nagte an mir die offene

Frage, wer eigentlich versucht hatte, Ralph selbst aus dem Weg zu räumen – und warum. Hatte noch jemand einen Verdacht gegen ihn gehegt? Oder hatte es mit seinen Drogengeschichten zu tun? Wir würden es vielleicht nie mehr erfahren. Es fiel mir nicht schwer, mir vorzustellen, dass Ralph in drogeninduzierter Paranoia die Nachricht auf die Tafel vor dem Brewers geschrieben hatte. Genauso einfach wäre es für ihn gewesen, mir während Livs Party unbemerkt eine Nachricht in die Jackentasche zu stecken und mich vor dem Haus der Pomeroy beobachtet und den Drohanruf dort getätigt zu haben. Auch wenn Liv vehement bestritt, irgendjemandem von unserem Verdacht erzählt zu haben, war ich nicht restlos überzeugt. Irgendwie musste Ralph davon erfahren haben, dass ich ihm auf der Fährte war, aber es spielte jetzt keine Rolle mehr.

Drei Tage nach Ralphs Verhaftung brachte Rahel ein Päckchen mit in die Schule, das sie Liv auf dem Pausenhof mit einem vielsagenden Blick aushändigte.

»Hat alles geklappt?«, fragte ich.

Rahel nickte, und Liv sah auf einmal sehr geknickt aus.

»Bist du nicht erleichtert, dass du rechtzeitig erfahren hast, was für ein Schmierlappen er in Wirklichkeit ist?«, fragte Rahel.

Liv sah mit glasigen Augen in die Ferne. »Ich vermisse den Morten, den ich dachte, gekannt zu haben. Er war nicht so übel, wisst ihr. So schlau und fürsorglich und gelassen. Wie ein Vater.«

»Du hast einen Vater«, erinnerte ich sie.

»Sogar zwei«, sagte Liv mit einem schmerzvollen Lächeln. »Aber manchmal ergeben zwei halbe eben trotzdem kein Ganzes.«

Eine Gruppe Schüler aus der Stufe unter uns passierte uns. Sie warfen nicht sehr verstohlene Blicke herüber, tuschelten untereinander und machten bedeutungsvolle Gesichter.

»So wird es ab jetzt immer sein, oder? Ich bin die Nichte des Killers von Dunwood. Es ist fast so, als hätte ich selber jemanden ermordet.«

Rahel und ich schwiegen betreten, jede besänftigende Lüge hätte Liv nur noch mehr echauffiert.

Liv seufzte tief, dann straffte sie den Rücken, drehte sich zu der Gruppe um und rief: »Glotzt nicht so, ihr Arschgeigen, sonst geb ich ihm eure Adressen, sobald er wieder draußen ist!«

Die Meute verzog sich, nicht ohne einige besorgte Blicke in Richtung Liv.

»Was?«, fragte Liv achselzuckend. »Dann kann ich es genauso gut für mich nutzen.«

Ich legte Liv eine Hand auf die Schulter. »Versprichst du mir was?«

Liv grunzte unwillig, sie war nicht in der Stimmung für Zugeständnisse. »Hm?«

»Ändere dich bloß nicht, bis du zu mir nach London ziehst.«

»Ach, das«, sagte Liv. »Ich bin langsam eh zu alt für Veränderung.«

Das brachte Rahel und mich zum Lachen.

»Also tun wir's heute Mittag?«, fragte Liv. »Entweder heute oder ich verliere den Mut.«

»Heute klingt gut«, sagte ich.

»Ruft mich an und erzählt mir, wie's gelaufen ist.« Rahels Augen glänzten. »In allen Einzelheiten.«

Ian hatte unter Androhung von nicht näher benannten Konsequenzen zugestimmt, uns in die Klinik nach Fort William zu fahren, wo McNeil und Ralph auf verschiedenen Stationen lagen.

»Aber ihr sitzt beide hinten. Kein Weibergeschwätz, und ich bestimme, was im Radio läuft.«

»Was ist denn Weibergeschwätz?«, fragte Liv.

»Na, ihr wisst schon. Jungs und … Lippenstifte.«

»Wir versprechen, nicht über Jungs mit Lippenstiften zu reden«, versprach Liv und quetschte sich neben mich auf die Rückbank.

»Kein Bowie, kein Freddie Mercury, verstanden«, sagte ich.

Ian seufzte theatralisch.

Als wir die Klinik erreichten, ließ er uns aussteigen und fuhr weiter, um einen Parkplatz zu suchen.

»Ich bin scheiße aufgeregt.« Liv wuschelte sich mit einem Blick gegen die Fensterscheibe der Eingangshalle durch die Frisur. »Wie seh ich aus?«

»Wunderschön und wie mindestens neunzehn. Also viel zu alt für ihn.«

Liv streckte mir die Zunge heraus, und wir liefen hinüber zur Rezeption, wo wir uns McNeils Zimmernummer geben ließen. Im Aufzug wippte Liv auf den Fersen vor und zurück und spielte mit einem kleinen, in rotes Geschenkpapier verpackten Päckchen.

Vor Tür Nummer zweihundertsieben sammelten wir uns einen Moment.

»Bereit?«

Liv holte tief Luft. »Los geht's.«

Ich klopfte an, und ohne eine Antwort abzuwarten, traten wir ins Krankenzimmer. McNeil teilte sich den Raum mit einem älteren Mann, der mit dem Gesicht zur Wand lag und zu dösen schien.

McNeil selbst saß auf dem Bett, trug einen grauen Pyjama, keine Strümpfe und las ein Buch.

»Olivia!«, rief er erstaunt aus, als er uns erblickte. »Und A– … Miss Cairns. Was – äh – was verschafft mir die Ehre?« Er fuhr sich über den Scheitel und setzte sich gerader auf.

»Mr McNeil«, sagte Liv mit fester Stimme. »Wir haben uns freiwillig gemeldet, Ihnen als Klassenvertreterinnen einen Besuch abzustatten. Und Anna hier wollte sich gerne persönlich verabschieden.«

Ich trat neben Liv und setzte mein furchterregendstes falsches Lächeln auf, wahrscheinlich entblößte ich sogar die Weisheitszähne.

»Geht es Ihnen besser?«, fragte ich. »Sie sehen noch etwas grau aus.«

McNeil stutzte, fing sich aber schnell. »Nehmen Sie doch Platz«, sagte er und deutete auf eine kleine Sitzecke mit zwei Stühlen.

»Wir stehen lieber«, ich lächelte weiter auf ihn hinab, »und wir wollen Sie gar nicht lange aufhalten. Ruhe ist so wichtig für die Genesung, sagt man.«

»Richtig, richtig«, sagte McNeil. »So sagt man, ja.«

Eine kurze Pause trat ein, in der er wohl fieberhaft grübelte, was unser Auftritt zu bedeuten hatte, aber wir ließen uns Zeit mit der Auflösung.

»Wir haben kürzlich hier in Fort William eine frühere Schülerin von dir getroffen«, log Liv, noch immer ausnehmend freundlich.

McNeil zuckte zusammen, als wäre ein Gewitter über das Zimmer hereingebrochen. Ein kurzer Blick zu mir, ob ich die vertrauliche Anrede bemerkt hatte und was ich wohl sonst noch wusste, dann fokussierte er sich auf die brisantere Information.

»Och, das ist nett … Ich habe hier ja länger unterrichtet«, sagte er und weitere Schweißperlen gesellten sich auf seine Stirn. »Leider kann ich mir kaum alle Namen merken.«

Er legte sein Buch auf den Nachttisch, rückte es zurecht und drehte es mit dem Cover nach unten.

»Ich glaube, an diesen Namen würden Sie sich erinnern.« Ich war näher an McNeils Bett getreten, während Liv auf die andere Seite gelaufen war, sodass er zwischen uns hin- und hersehen musste wie bei einem Tennismatch.

»Miss Cairns, wenn es wegen der Empfehlung ist, ich habe sie schon fertig. Leider kam ich … kam ich noch nicht dazu, den Brief einzuwerfen, ich hoffe, Sie verstehen –«

»Ich verstehe voll und ganz. Mein Vorschlag: Vergessen wir die Angelegenheit.« Ich legte eine Hand auf die Querstrebe an seinem Fußende.

McNeil zog die Füße an. »Aber nein … Sobald ich wieder zu Hause bin, werde ich –«

»Ich bestehe darauf«, sagte ich. »Konzentrieren Sie sich ganz auf Ihre Genesung. Alles andere würde Sie vielleicht nur unnötig gefährden.« Bei den letzten Worten ließ ich mein Lächeln erlöschen, ohne unseren Blickkontakt zu unterbrechen.

Liv setzte sich auf der anderen Seite zu McNeil auf den Bettrand, als der alte Mann im Nebenbett, der während unserer Unterhaltung aufgewacht sein musste, sich zu Wort meldete.

»Mr McNeil, Sie haben Besuch! Zwei so hübsche junge Damen, na, Sie haben aber ein Glück.«

McNeil verzog die Lippen zu einem gequälten Lächeln.

»Weil wir uns jetzt länger nicht mehr sehen«, sagte Liv, ohne auf den Alten zu achten, »haben wir ein kleines Abschiedsgeschenk mitgebracht. Nur eine Erinnerung an unsere gemeinsame Zeit.«

Liv stellte das kleine rote Geschenk vor McNeil auf die Bettdecke.

»Ach, also – das wäre doch nicht nötig …« Er wich ein Stück zurück und starrte das Präsent an, als würde es laut ticken.

Liv nickte ihm aufmunternd zu. »Na los, aufmachen! Du bist doch sicher neugierig.«

McNeil warf einen hilfesuchenden Blick hinüber zu seinem Bettnachbarn, aber der hatte sich bereits einem Becher Pudding zugewandt. Mit fahrigen Händen öffnete McNeil die Schleife und entfernte das Papier.

»Eine Kassette?«, fragte er. »Ich verstehe nicht –«

Liv erhob sich und legte eine Hand auf seine Schulter. »Keine Sorge, sie ist selbsterklärend.«

»Wir haben auch eine Kopie«, sagte ich. »Falls Ihre mal verloren geht. Bei uns ist sie sicher. Es sei denn, wir treffen irgendwann weitere Schülerinnen, die sich dafür interessieren. Oder Sie vergessen, zu Hause den Brief an die *Academy* zu vernichten. Aber auch, wenn Sie doppelt so alt sind wie wir – so vergesslich sind Sie noch nicht, oder, Morton?«

»Aber … ich dachte, Sie wollen unbedingt diese Empfehlung von mir … Wieso auf einmal nicht mehr?«

Ich presste bedauernd die Lippen zusammen. »Wissen Sie, Morton, so sind junge Mädchen. Sie ändern ihre Meinung wie der Wind.«

Liv erhob sich vom Bett und warf McNeil einen Kuss durch die Luft zu, bevor wir die Tür hinter uns schlossen. Das Letzte, was wir sahen, war McNeils Gesicht, das so weiß war wie eine frischgetünchte Wand.

»Beinahe hätte er mir leidgetan«, sagte Liv auf dem Weg zum Auto. »Aber eben nur beinahe. Wenn er jetzt an einem Herzinfarkt stirbt, sind ganz sicher wir schuld.«

»Das Risiko gehen wir ein.« Zu gerne wäre ich dabei gewesen, wenn McNeil die Kassette abhörte, auf der Liv ihren letzten Streit mitgeschnitten hatte, bei dem es darum ging, dass Liv ihre Beziehung öffentlich machen wollte. Sie hatte sich das Diktaphon von Rahels Vater geliehen, und Rahel hatte mithilfe von dessen Gerät eine Kopie angefertigt, die nun in Bellas Raben sicher verwahrt lag.

Ian kam uns in der Eingangshalle entgegen. »Schon fertig? Das ging ja fix.«

»Wir sind eben effizient.« Ich zwinkerte ihm zu.

»Hast du geraucht?«, fragte Liv und schnüffelte wie ein Spürhund, als wir ins Auto einstiegen. »Du stinkst wie eine ganze Eckkneipe.«

»Quatsch nicht«, sagte Ian. »Ich stand vor dem Eingang, da quarzen die Patienten, als wäre es das Letzte, was sie im Leben tun dürfen.«

Ians Blick traf meinen im Rückspiegel.

»Fahren wir?«, fragte Liv.

Ian löste die Handbremse, setzte aus der Parklücke zurück, legte den ersten Gang ein und gab Vollgas.

Den ganzen Rückweg lang starrte Liv stumm aus dem Fenster. Wenn ich ehrlich war, fehlte mir die Vorstellungskraft dafür, warum ein Teil von ihr noch immer an McNeil hing, aber umso mehr tat sie mir leid. Als wir in die Auffahrt zum Inglis-Hof einbogen, drehte sie sich plötzlich zu mir, als wäre ihr etwas eingefallen.

»Du musst heute Nacht hierbleiben. Bitte.«

Eigentlich hatte ich vorgehabt, mir einen Schlaftrank nach Bellas Rezept zu kochen und mich um acht ins Bett zu werfen, aber Livs Hundeblick rührte mich, wie immer. Wie oft hätten wir jetzt noch die Gelegenheit?

Später saßen wir mit der gesamten Familie Inglis am Abendbrottisch, als das Telefon klingelte. Livs Eltern wechselten einen besorgten Blick, dann schob Mr Inglis seinen Stuhl zurück und nahm den Anruf entgegen.

»Ja bitte? Am Apparat. Ja, ich bin der Bruder. Wie geht es –«

Der gesamte Raum wurde still, sogar Archie und Alec unterbrachen ihre Streitereien für einen Moment, als sie den Gesichtsausdruck ihres Vaters sahen.

»Ich verstehe. Wann können wir … Mhm. Ja … Natürlich. Ich komme morgen früh.«

Er hängte den Hörer ein, blieb einige Sekunden lang regungslos stehen und holte tief Luft.

»Ralph ist tot. Ein plötzlicher Herzstillstand. Vor etwa einer halben Stunde …«

Seine Nasenflügel blähten sich, die Unterlippe zitterte, bis er darauf biss.

»Sam …« Claudia eilte ihrem Mann zur Seite und drückte seine Schulter. »Es tut mir leid.«

Mr Inglis nickte tapfer, man konnte ihm den Widerstreit der Gefühle vom Gesicht ablesen. Mit der Übung eines fünffachen Vaters gelang es ihm, seine Fassung wiederzuerlangen, die eigenen Gefühle zurückzudrängen und sich stattdessen um seine Kinder zu kümmern.

»Das ist eine schwere Zeit für unsere Familie. Zuerst die Nachricht, dass Ralph eines – oder mehrerer – schrecklicher Verbrechen beschuldigt wird, und nun das. Ich will, dass ihr wisst, dass eure Mutter und ich für euch da sind, egal, was kommt. Und dass wir das gemeinsam durchstehen werden.«

Er sah in die Runde, und ich wünschte mir, ich wäre in diesem zutiefst privaten Moment nicht hier.

»Gott sei Dank ist er tot«, platzte Liv heraus. »Ich meine, es tut mir leid, Dad … Du hast deinen einzigen Bruder verloren. Aber ist es nicht besser für alle? So gibt es keinen Gerichtsprozess, keine tausend Zeitungsartikel, keine neugierigen Reporter … Und irgendwann werden die Leute hier alles vergessen. Nicht dieses Jahr und nicht nächstes, aber irgendwann ganz bestimmt.«

Ian nickte langsam, Archie und Alec sahen von Liv zu ihrem Vater, erwarteten seine Reaktion.

»Für dich ist das Glas immer halb voll, Olivia, und das zeichnet dich als Mensch aus. Aber vielleicht wirst du irgendwann verstehen, dass es egal ist, was mein Bruder getan hat – oder getan haben soll –, er bleibt für immer mein Bruder. Und sein Verlust schmerzt.«

Ich erhob mich lautlos vom Tisch und bedeutete mit einer Geste, dass ich mich verziehen würde.

»Anna, es tut mir leid, dass du Zeugin des Ganzen hier wurdest. Ich hoffe, du siehst es uns nach, dass wir heute keine guten Gastgeber sind.«

»Nein, o nein, es … Mein herzliches Beileid. Ich wollte Ihnen nur etwas Privatsphäre lassen –«

»Du gehörst doch quasi zur Familie. Claudia und ich sind froh, dass Olivia dich hat. Besonders in Momenten wie diesem.«

»*Noch*«, sagte Liv mit derselben Miene, die sie die ganze Fahrt über aufgesetzt hatte. »Bald ist sie fort.«

Ich hob entschuldigend die Schultern und wünschte mir, ich würde im Erdboden versinken.

»Wir gehen auf mein Zimmer«, verkündete Liv.

»Alles ok?«, fragte ich, als wir die Tür von Livs Dachkammer hinter uns geschlossen hatten.

Liv begann, wie eine Besessene in ihrer Plattensammlung zu wühlen, als suchte sie nach dem einen Lied, das alles besser machen würde.

»Kann ich dir irgendwie helfen?«

Liv zog eine Platte aus ihrer Hülle, stellte fest, dass es die falsche war, und feuerte sie quer durch den Raum, wo sie zu unser beider Überraschung einfach in der Wandvertäfelung stecken blieb.

»Ich will nicht, dass du gehst.«

Endlich war es raus. Livs Gesicht lief rot an, sie kämpfte mit den Tränen.

»Morton zu verlieren, ist eine Sache, und damit leben zu müssen, dass der Onkel purer Abschaum ist und uns alle hassen werden, eine andere. Aber du? Ich weiß gar nicht, wie Dunwood ohne dich funktioniert. Seit wir vier sind, warst du immer da. Wenn ich Hausaufgaben abschreiben wollte, wenn ich mich vor einem Typen blamiert habe, egal, was ich erlebt habe – wir haben es entweder zusammen erlebt, oder mein erster Gedanke war: Das muss ich Anna erzählen.«

»Du kannst mir immer alles erzählen. Ich bin nur eine Zahlenkombination weit entfernt. Und es ist nur für ein Jahr, nicht mal ganz. Dann kommen du und Rahel nach, und wir gründen die epischste WG seit der Ranch von The Grateful Dead.«

Eine Träne rollte über Livs Wange und bog zu ihrer kleinen Schnute ab, die sie immer zog, wenn sie weinte.

»Es ist trotzdem nicht dasselbe«, sagte sie.

»Ich weiß. Aber die Dinge ändern sich. Und ich geh ja nicht weg, ich gehe nur vor«, wiederholte ich Mums Worte aus meinem Traum.

Liv nickte und wischte sich übers Gesicht. Diesen Moment nutzte die Platte in der Wand, um mitten in zwei zu brechen.

»Genau wie unsere Freundschaft«, sagte Liv mit erstickter Stimme.

Ich robbte zu ihr hinüber und schloss sie in die Arme, und jetzt flossen die Tränen ungehemmt. Ich hielt sie, bis das Schluchzen leiser wurde, und reichte ihr ein Taschentuch, in das sie sich geräuschvoll schnäuzte. Sie rieb sich mit dem Ärmel das Gesicht trocken, dann hielt sie plötzlich inne und wandte sich abrupt zu mir.

»Wirst du Ruby anrufen? Sie muss es doch wissen …«

Der Gedanke war mir schon am Abend von Ralphs Verhaftung gekommen, aber ich hatte es seitdem vor mir hergeschoben, genau wie den Besuch bei Marie. Wie überbrachte man so eine Nachricht? Aber Liv hatte recht, es war unfair, sie länger warten zu lassen.

»Jetzt wäre ein guter Zeitpunkt. Wenn du dabei bist, geht es leichter.«

Liv kniff mich liebevoll in den Arm und ging los, um das Telefon zu holen, während ich mich innerlich auf das Gespräch vorbereitete. Würde die Wahrheit Ruby irgendeine Form von Frieden bringen? Oder würde sie nur schlecht verheilte Wunden wieder aufreißen?

Liv reichte mir den Apparat, und ich wählte Rubys Nummer, die ich inzwischen auswendig wusste. Es klingelte eine Ewigkeit, bis Ruby sich meldete.

»Ruby? Ich bin's, Anna. Ich … muss dir was erzählen.«

Im Hintergrund war ein Durcheinander an Stimmen und Musik zu hören, ich musste mitten in eine Feier geplatzt sein.

»Ich hab gesagt, du sollst nicht mehr anrufen –«

»Wir wissen, wer Bella umgebracht hat.«

Für einen Moment hörte ich nur die Menschen im Hintergrund, Frank Sinatra sang *Moon River*.

»Sicher?«

»Ganz sicher. Er hat es gestanden.«

»Warte bitte …« Ruby schien das Telefon in einen anderen Raum zu tragen, dann fiel eine Tür ins Schloss.

»Anna? Ich … Ich brauch nur kurz einen Moment.«

Ich wartete, während Ruby mehrmals tief ein- und ausatmete.

»Wenn jetzt kein guter Zeitpunkt ist, kann ich später wieder anruf–«

»Nein. Jetzt oder nie. Aber Anna … Woher weiß ich, ob es derselbe war, der …?«

»Weil er um Verzeihung gebeten hat, für das, was er dir angetan hat.«

Ruby entfuhr ein bitteres Lachen.

»Und es wird vielleicht ein Schock sein, weil du ihn kanntest.«

»Das wusste ich. Ich hab's immer gewusst. O Gott, also … sag's einfach, mein Herz explodiert gleich –«

»Es war Ralph Inglis. Livs Adoptivonkel.«

Liv neben mir kaute auf ihrem Daumennagel herum.

»Bist du noch da?«

»Nein. Also ja. Ich meine, ich glaub's einfach nicht … Er hat so verständnisvoll getan und so besorgt gewirkt … Ich hab ihn ehrlich keine Sekunde lang verdächtigt.«

»Er hatte schon lange Probleme mit Drogen. Ich halte es für wahrscheinlich, dass er dir was untergejubelt hat. Dass du nicht einfach nur zu viel getrunken hast.«

»Du meinst … ich war gar nicht mitschuldig?«

Ihre Stimme klang so klein, hätte mir jemand gesagt, dass die Ruby am anderen Ende erst vierzehn wäre, ich hätte es sofort geglaubt.

»Nichts, was du getan oder gelassen hast, macht dich auch nur für eine Sekunde lang mitschuldig, Ruby. Ich hoffe, das weißt du.«

»Der kleinere Teil von mir wusste es. Aber der andere war lauter. Auf gewisse Weise war es leichter zu ertragen, wenn ich mir sagte, dass ich irgendwie beteiligt war. Ich weiß, wie absurd das klingt …«

»Vielleicht kannst du diesen Teil jetzt endlich zurücklassen.«

»Ja … Vielleicht. Wie habt ihr es herausgefunden?«

Ich zögerte. »Wir haben ihn in einer ziemlich … verletzlichen Situation abgepasst. Und ihm einen kleinen Schubs gegeben. Mehr hat es nicht gebraucht.«

»Nach all der Zeit. Ich hätte nicht gedacht, dass ich es jemals noch erfahre.«

»Da ist noch was.«

»Oh?«

»Ralph ist tot. Er ist heute nach einer Überdosis in der Klinik verstorben. Und man hat eine weitere Leiche bei ihm gefunden, eine junge Mutter aus Dunwood, die mit mir im Brewers als Bedienung gearbeitet hat. Du kennst sie vermutlich nicht, weil sie erst vor wenigen Jahren nach Dunwood gezogen ist. Ihr Name war Helen.«

»Nein, der Name sagt mir nichts. Wie schrecklich … So viele Leben zerstört durch eine einzige Person. Was ist mit ihrem Kind?«

»Ihre Tochter lebt bei der Großmutter. Sie ist nicht allein, immerhin.«

»Ich verstehe.«

Einige Sekunden lang war nur das sachte Knistern in der Leitung zu hören.

»Wenn es irgendwas gibt, das ich … das wir für dich tun können, ruf jederzeit an. Vielleicht sehen wir uns irgendwann noch mal. Wenn alles glatt geht, wohne ich in wenigen Wochen schon in London.«

»Du hättest das alles nicht auf dich nehmen müssen. Ich weiß gar nicht, wie ich mich bedanken kann.«

»Brauchst du nicht, ehrlich.«

»Trotzdem. Danke. Ich muss jetzt irgendwie … Ich muss das erst mal sacken lassen. Aber eins noch … Weißt du, wann er beerdigt wird?«

Ich hatte mir bisher keine Gedanken darüber gemacht, wo Ralph seine letzte Ruhe finden würde, aber ich konnte mir kaum vorstellen, dass ein Doppelmörder auf demselben Friedhof wie seine Opfer begraben würde. Was geschähe dann mit Ralphs Leiche?

»Ich sag dir Bescheid, wenn wir mehr wissen. Aber –«

»Es ist nur … Bist du ganz sicher, dass er es war? Irgendwie bin ich davon ausgegangen, dass es *klick* machen würde, dass ich mich vielleicht wieder erinnern würde, wenigstens an Bruchstücke … Und dass es eine Erleichterung wäre, zu wissen, wer es war. Aber ich fühle nichts. Gar nichts.«

»Du warst bewusstlos –«

»Ich weiß, ich weiß. Aber irgendwie … Egal. Du sagst, er hat gestanden, also muss es so sein.«

»Ich kann mir nur im Ansatz vorstellen, wie schwer das für dich sein muss. Du kannst mich jederzeit anrufen, wenn du reden willst. Oder Fragen hast.«

»Danke, Anna. Für alles.«

»Danke für dein Vertrauen. Ohne deine Hilfe hätten wir die Wahrheit vielleicht nie herausgefunden. Hoffentlich hilft es dir, alles zu verarbeiten. Mach's gut, Ruby.«

Wir legten auf.

»Und?«

»Sie sagt, sie kann nicht glauben, dass er es war.«

»Konnte ich zuerst auch nicht. Wahrscheinlich, weil er immer mehr wie ein Opfer gewirkt hat als wie ein Täter.«

»Vielleicht war er beides«, sagte ich. »Vielleicht macht das eine das andere wahrscheinlicher.«

»Ich bin jedenfalls froh, dass er den Abgang gemacht hat.« Sie seufzte. »Und ich hab nicht mal ein Foto von uns …«

Ich war gerade dabei, die zwei zerbrochenen Hälften von *Dusty in Memphis* zusammenzufügen und hielt inne. »Alles okay? Wozu willst du ein Foto mit einem Mörder?«

»Mit Morton.«

»Oh. Immerhin hast du ein Andenken an euren letzten Streit.«

»Nur passend. Das haben wir eh die Hälfte der Zeit gemacht.«

»Und die andere Hälfte lassen wir dem Nebel der vagen Vorstellung, danke.«

»Quatsch nicht so geschwollen, leg lieber was von Joni auf.«

Und das tat ich dann auch.

ACHTUNDZWANZIG

»Zieh deine Schuhe an, wir machen einen Ausflug.«
Marie spitzte die Ohren. »Wohin denn?«

»Das siehst du dann. Und nicht die Sandalen – feste Schuhe.«

Niemand sonst, den ich kannte, hätte so eine Anweisung einfach befolgt, aber Marie sprang auf wie ein junger Retriever, dem man sein Lieblingsfrisbee geworfen hat.

»Brauche ich eine dicke Jacke?«

»Wir bleiben schon in unserem Breitengrad«, sagte ich belustigt, und reichte ihr einen der beiden Weidenkörbe voller Leckereien, die ich mitgebracht hatte. »Hier, du trägst den hier, der ist leichter.«

Marie griff sich den Korb und wir verließen das Haus. Vor der Tür wartete Jaro, der Marie einen kleinen Schrecken einjagte, aber als ich ihr versicherte, dass sie jetzt zu seiner Familie gehöre, hielt sie ihm todesmutig die Hand zum Beschnuppern hin. Jaro stupste sie ungestüm an – alles, was er tat, wirkte ungestüm, allein durch seine imposante Statur –, und Marie tätschelte vorsichtig seinen Kopf. »Sein Fell ist ganz hart«, sagte sie. »Wie frisch gemähtes Gras.«

»Aber innen drin hat er einen weichen Kern aus Schokolade. Auch wenn er versucht, es zu verbergen.«

Jaro bellte, und ich warf ihm als Entschuldigung ein Stück Trockenfutter zu, das ich jetzt immer in der Tasche trug.

Wir liefen den Weg bis zur Eibe, wo ich in unserem geheimen Briefkasten eine Nachricht für Liv hinterließ – weniger, weil ich ihr wirklich etwas mitzuteilen hatte, als dass ich ein letztes Mal unsere Tradition aufleben lassen wollte –, dann durchquerten wir den Wald nach Brackletter.

»Wie zwei Rotkäppchen«, sagte Marie und ahnte weder, dass sie damit den Nagel auf den Kopf getroffen hatte, noch, dass die Erwähnung mich zusammenzucken ließ, weil sie mich an Aces Überfall erinnerte.

»Wer wohnt hier?«, fragte Marie, als wir vor dem heruntergekommenen Haus am Ortsrand von Brackletter angekommen waren.

»Mr Einbaum.« Ich klingelte ein paar Mal in kurzen Abständen. »Er ist fast taub, du musst laut sprechen, sonst versteht er kein Wort.«

Die Tür öffnete sich und das runzlige Gesicht von Mr Einbaum erschien. Er trug ein braunes Cord-Sakko, das aussah, als hätte er darin geschlafen, und eine passende Hose. So viel Stil musste sein.

»Dürfen wir reinkommen? Wir haben Ihnen ein paar gute Sachen mitgebracht.«

»Sind Sie nicht die von neulich?«, fragte Einbaum. »Wegen der Volkszählung?«

Marie sah mich fragend an.

»Heute sind wir ganz privat hier. Haben Sie Lust auf ein Stück Zitronenkuchen und etwas Milch?« Ich hob den Korb direkt in sein Sichtfeld. Mr Einbaums tiefliegende Äuglein blitzten auf.

»Für mich? Sind Sie sicher? Ja nun, dann kommen Sie mal rein. Aber nich' erschrecken, ich hab heute noch nich' aufgeräumt.«

Heute nicht und heute vor drei Jahren auch nicht, dachte ich, als wir dem alten Mann in sein Wohnzimmer folgten.

»Ich würde Ihnen einen Kaffee machen, aber die Maschine funktioniert schon länger nicht mehr … Setzen Sie sich doch«, sagte er und begann, Stühle freizuschaufeln, die unter Bergen von Zeitungen begraben standen. Marie und ich beeilten uns, ihm zu assistieren. Oben auf einem Stapel lag die Ausgabe des Dunwood Herald von 1964. Hatte er etwa seitdem keinen Besuch mehr gehabt? Die Vorstellung schien nicht ganz abwegig.

Im Hintergrund plärrte der Fernseher auf voller Lautstärke. Marie versuchte taktvoll, ihn leiser zu stellen.

»Die Batterien sind leer«, krächzte Einbaum, als sie mit der Fernbedienung hantierte. Er schien heute besser zu hören als bei meinem letzten Besuch. »Sie müssen am Gerät leiser stellen. Ich hab eh nur noch den einen Kanal …«

Kurz darauf saßen wir an einem leidlich aufgeräumten Esstisch, Marie verteilte Kuchen, und ich goss Milch in Tassen, die ich zuvor von einer Staubschicht befreit hatte. In der Küche, fein säuberlich auf einer Abtropfmatte drapiert, hatte Mr Einbaum eine Tasse, eine Schüssel und einen Löffel bereitstehen. Es war der Anblick des einsamen, angelaufenen Silberlöffels, einst Teil eines rege benutzten Sortiments, der mir am meisten zu Herzen ging.

»Mr Einbaum –«

»Sagen Sie doch John.«

»Na gut, also … John – haben Sie etwas dagegen, wenn ich mal nach Ihrer Post sehe? Der Briefkasten quillt über –«

Er winkte ab. »Da sind sowieso nur Mahnungen drin. Ich gucke schon lange nicht mehr rein. Die Verwaltung will den Hof pfänden … Steuerschulden. Ich kann nicht zahlen. Das wissen die Krawattenfritzen genau. Aber das sitz ich aus. Ich bin neunundachtzig, wollen die mich jetzt noch vom Hof jagen? Wenn sie noch ein bisschen warten, können sie das ganze Ding abreißen, und mich mit drin.«

Während John und Marie ein zweites Stück Kuchen vertilgten, entschuldigte ich mich, um mich ein wenig im Haus umzusehen und mir gedanklich Notizen zu machen: Batterien für die Fernbedienung, jemanden, der sich mit Fernsehern auskannte, eine neue Kaffeemaschine. Die Fenster im Wohn- und Schlafzimmer mussten dringend abgedichtet werden – ein Wunder, dass er den letzten Winter überhaupt überlebt hatte. Der Wasserhahn im Bad war so verkalkt, dass nur noch ein dünnes Rinnsal herauskam. Das immerhin könnte ich sofort lösen, sofern John Essig im Haus hatte.

Einbaum war gerade dabei, Marie von seiner Arbeit in den Kohleminen zu erzählen, als ich wieder zu ihnen stieß. Wir hörten so lange zu, bis John merklich müde wurde, obwohl er versuchte, es sich nicht anmerken zu lassen.

»Wir müssen jetzt leider weiter«, sagte ich und stand auf. »Aber wenn sie mögen, komme ich übermorgen wieder, dann können wir mal nach Ihrem Fernseher schauen.«

Seine Augen leuchteten auf. »Bringen Sie dann auch wieder Kuchen?«

Auf dem Rückweg durch den Wald schwiegen Marie und ich eine Weile, jede in ihre Gedanken versunken.

»Sie haben Dr. Murray festgenommen«, sagte sie schließlich. »Du hattest recht: Er heißt gar nicht Murray, sondern Campbell, Coryn Campbell, und er hat fünf Jahre im Gefängnis gesessen wegen … Also, ich glaube, weil er Rezepte für Medikamente ausgestellt hat und die verkauft hat. Und danach hat er sich eine falsche Identität beschafft und ist nach Dunwood gekommen, und niemand hier hat was geahnt. Niemand außer dir.«

Ein Gefühl der Befriedigung breitete sich in mir aus beim Gedanken an Murrays, nein, Campbells Gesicht, als er begriffen haben musste, dass er aufgeflogen war. Befriedigung, die ich nach

Ralphs Geständnis nicht verspürt hatte. Vermutlich, weil der Anblick von Helens Leiche im Koffer sie im Keim erstickt hatte. Ralph hatte zu viel Verwüstung hinterlassen, zwei tote Frauen, ein traumatisiertes und lebenslang gezeichnetes Mädchen, und dann den feigen Ausweg genommen. Aber Campbell würde jahrelang Zeit haben, im eigenen Saft zu schmoren, sich an Mums Namen zu erinnern und was für ein gewissenloses Etwas er war. Vielleicht würde ich ihm einen Brief schreiben, damit er wusste, wem er das alles zu verdanken hatte. Mit freundlichen Grüßen von Lydia Cairns' Tochter, *Arschloch.*

»Dad und Cecile streiten ständig, seitdem du weg bist. Abends sitzt er in deinem Zimmer und starrt die Wand an. Es macht Cecile fuchsteufelswild. Sie hat ihm vorgeworfen, er hätte als Vater versagt, weil so etwas aus dir geworden ist, und dass es viel friedlicher wäre, seit du weg bist. Da ist er richtig laut geworden. Dass du schlauer wärst als wir alle zusammen, hat er geschrien, und dass du das von Mum haben müsstest, denn von ihm hättest du es weiß Gott nicht, und dass er hofft, dass du es aus diesem Kaff herausschaffst und uns alle stolz machst.«

Ich schluckte. »Das hat er gesagt?«

»Ja. Er will, dass du nach Hause kommst. Das sagt er nicht, aber ich weiß es. Und ich will das auch. Bitte, Anna, du fehlst mir so. Ohne dich und Mum ist das Haus wie ein Mausoleum.«

Würde ich es übers Herz bringen, Marie zu sagen, dass ich aller Wahrscheinlichkeit nach in wenigen Wochen nicht nur eine, sondern hunderte Meilen weit weg wäre? Ich hatte keinen Plan B, aber für den Fall, dass keine Zusage von der *Academy* käme, würde ich nicht in Dunwood bleiben. Irgendwas würde sich auftun. Aber bis dahin wollte ich Marie nicht noch mehr Sorgen bereiten.

»Ich denk drüber nach, okay? Aber egal, wo ich wohne, ich werde ab jetzt ein Telefon haben, das verspreche ich. Und wir telefonieren, so oft du magst.«

Marie stutzte, ihre Augen wurden glasig. Dad irrte sich, *sie* war die Hellste in unserer Familie. Vielleicht nicht, was Formeln und Gleichungen anging, aber sie erfasste eine Situation wie niemand sonst, den ich kannte. Sie verstand all die Dinge, die in keinem Buch standen. Von denen man erwartete, dass Mensch sie sich selbst aneignete, auch wenn die wenigsten darin Erfolg hatten.

»Du gehst fort«, sagte sie.

Ich blieb stehen. Über uns im Geäst einer Esche saß eine Krähe und äugte misstrauisch herunter.

»Du gehst für immer, oder? Und du weißt nicht, wie du es mir sagen sollst.«

»Ich wollte warten, bis ich es schriftlich habe. Aber es sieht so aus, ja.«

Als sie die Tränen zurückkämpfte und kaum zu atmen wagte, damit ja kein Schluchzen entwich, dieses kleine Gesicht zwischen den blonden Zöpfen, das viel zu erwachsen wirkte, zerbrach etwas in mir. Dad hatte versagt, was mich anging, aber nicht weniger hatte ich Marie gegenüber versagt. Seit Mums Tod hatte ich eine Mauer um mich errichtet, die Marie ausgeschlossen hatte wie alle anderen. Kein Wunder hatte sie sich an Cecile geklammert, an wen auch sonst? An einen Vater und eine Schwester, die sich so tief in sich selbst vergraben hatten, dass man einen Presslufthammer benötigt hätte, um eine einzige Gefühlsregung freizulegen?

»Nicht umarmen«, sagte Marie, als ich dazu ansetzte. »Sonst fließt es und hört nie mehr auf.«

»Das ist okay. Weißt du, was Mum immer gesagt hat? Wenn du die Tränen unterdrückst, dann baut sich so lange Druck auf, bis dir irgendwann die Augäpfel rausfallen. Also lass alles raus.«

Ich hatte Mum immer ausgelacht für diesen Spruch, weil er physiologisch unsinnig war, aber zum ersten Mal verstand ich, dass emotionale Wahrheiten auf eine Weise wahr sein können, der man sich wissenschaftlich nicht nähern kann.

Marie blieb standhaft. »Lass uns über was anderes reden.«

»Alles, was du magst.«

Und sie begann, mir von den letzten Wochen zu erzählen, zuerst stockend, aber schnell kam sie ins Plappern und sprudelte vor sich hin wie ein geschwätziger kleiner Gebirgsbach. Wie dünnhäutig Cecile geworden war, dass sie Marie kürzlich eine Ohrfeige verpassen hatte wollen, aber dass Dad dazwischen gegangen war und Cecile eine letzte Warnung ausgesprochen hatte. Es tat weh, dass er diesen Mut nicht ein paar Wochen eher gefunden hatte, aber wenn der Eklat zwischen Cecile und mir der Katalysator für seine Veränderung gewesen war, dann war alles vielleicht doch zu etwas gut gewesen. Es würde bedeuten, dass Marie in einem sichereren Haus lebte, wenn ich weg wäre.

Dann erzählte sie, dass sie eine Eins in Geschichte und eine Vier in Chemie geschrieben hatte, und wie McNeil im Unterricht einen Zettel von ihr an Bernadette abgefangen hatte.

»Er konnte aber nichts damit anfangen, ha! Was mein Glück war, weil ich ihr geschrieben hatte, dass McNeils Parfum bis in die letzte Reihe stinkt und ob er es von seiner Großmutter geklaut hätte … Jedenfalls war die Nachricht codiert. Wie du es mir mal beigebracht hast.«

»Das hab ich dir beigebracht?«

»Du hattest es aus einem Buch über Kryptologie. Ganz einfach: Alle Buchstaben des Alphabets werden um mehrere Stellen nach vorne oder hinten verschoben –«

»… und die Empfängerin braucht nur den Schlüssel.«

»Genau.«

Es war so eine Winzigkeit, aber dass Marie sich gemerkt hatte, was ich ihr irgendwann vor vielen Jahren einmal erklärt hatte, als sie eigentlich noch zu klein dafür gewesen war, rührte mich.

»Du hast ja doch aufgepasst.«

»Immer. Wenn du mir erklärt hast, wie man aus zwei Lupen ein Teleskop bastelt und dass man die Cassiopeia im Herbst am besten sieht und wie man die Andromeda-Galaxie findet.«

Ein Gedanke flackerte in mir auf, aber bevor ich ihn richtig zu fassen bekam, war er schon wieder verschwunden.

»Siehst du, ich kann dir gar nichts mehr beibringen.«

Marie sagte nichts.

Als wir vor dem Haus unserer Eltern ankamen, waren wir plötzlich verlegen. Schon war ich die Fremde hier, und wir wussten beide, dass ich nicht mit reingehen würde.

»Also dann«, sagte Marie. »Danke, dass du mich mitgenommen hast. Mr Einbaum ist ganz niedlich. Ich hab ihm versprochen, nächste Woche mit Plätzchen vorbeizukommen. Morgen vor dem Frühstück fahren Dad, Cecile und ich für drei Tage nach Glasgow. Bist du noch da, wenn wir zurück sind?«

»Ganz sicher, Marienkäferchen.«

»Tschüss, Anna. Bis bald.«

An jenem Abend fühlte ich mich zum ersten Mal einsam in meiner Hütte. Nachdem ich ein paar Lavendelsträußchen zum Trocknen aufgehängt, Helmkrauttee gekocht und die Stube ausgefegt hatte, saß ich am Esstisch und starrte aus dem Fenster. Etwas nagte an mir. Schuldgefühle gegenüber Marie, die ich nicht erst seit meinem Auszug im Stich gelassen hatte und die mir jetzt gleichzeitig viel zu erwachsen und unendlich schutzbedürftig erschien. John Einbaums Gesicht, als er realisiert hatte, dass wir nur wegen ihm gekommen waren, diesem verhutzelten alten Männchen, das von allen vergessen schien – allen, außer dem Finanzamt. Ich hatte ihn fragen wollen, ob er Bella gekannt hatte, aber als er einmal in Fahrt gekommen war, hatte ich es nicht übers Herz gebracht, seine Geschichten über das Leben in den Highlands in den Fünfzigern zu unterbrechen.

Das Tageslicht versiegte endgültig und ein herzhafter Regen setzte ein. Ich verkroch mich ins Bett. Ob Bella sich hier nicht oft einsam gefühlt hatte? Als ich die Augen schloss, lief wie ein Stummfilm unsere letzte Begegnung vor mir ab, wie sie uns an Beltane vor Alastair beschützt hatte. Wie viele Stunden hatte sie danach noch zu leben gehabt? Hatte Ralph ihr vor ihrer Hütte aufgelauert? Und wie war es ihm gelungen, Jaro zu vergiften? Sein Geständnis war so dürftig gewesen – ich war davon ausgegangen, dass die Polizei alles Weitere ermitteln würde, doch jetzt hatte er die Antworten mit ins Grab genommen. Ich konnte mich des Gefühls nicht erwehren, dass noch immer ein Puzzleteil fehlte. Die Übergriffe auf Ruby lagen fünf Jahre zurück. Wieso hatte Ralph erst jetzt beschlossen, dass Bella ein Risiko für ihn darstellte? Hatte Bella ihn selbst als Täter ausfindig gemacht und zur Rede gestellt? Es spielte jetzt keine Rolle mehr, nahm ich an. Aber das Fragezeichen blieb.

Am nächsten Tag schlief ich bis zum Mittag und unternahm später einen ausgedehnten Spaziergang mit Jaro durch den Wald. Er war der einzige Teil von Dunwood, den ich wirklich vermissen würde: den Dunehoig und sein kristallklares Wasser, die Bachstelzen, die mit ihren langen Beinchen ihrem Namen alle Ehre machten, und den Klang des Windes, wie er um die Bäume streifte. Wir waren schon fast in Brackletter, als sich das Wetter in schottischer Hochland-Manier binnen Minuten wendete und dunkle Wolken heraufzogen. Sofort machte ich kehrt, aber der Regen setzte Minuten später ein, Blitz und Donner folgten. Jaro rannte voraus und ich so gut ich konnte hinterdrein, aber als wir an der Hütte ankamen, war ich bis auf die Haut durchnässt. Das Feuer im Kamin war ausgegangen, und ich brauchte eine Weile, bis ich es wieder in Gang brachte, dann zog ich die nassen Klamotten aus und hängte sie über einen Stuhl vor den Ofen. Aus der Gesäßtasche der Jeans fiel klimpernd Kleingeld auf den Boden. Ich hob es auf und fühlte in die Tasche, ob noch mehr darin war, doch fand stattdessen nur einen durchweichten Zettel – die Einträge aus Bellas Tagebuch. Gerade wollte ich das Papier in die Flammen werfen, als mich ein Impuls davon abhielt. Ich hatte nie herausgefunden, ob Jennifer Everard mich angelogen hatte, als sie gesagt hatte, dass sie Bella seit über einem Jahr nicht mehr gesehen hatte, oder ob Bella in ihren Aufzeichnungen einen Fehler gemacht hatte. Und wieso ich zu zwei Paar der Initialen überhaupt keine Personen in Dunwood und Umgebung gefunden hatte. Irgendetwas hatte ich übersehen, und obwohl es jetzt keinen Unterschied mehr machte, wurmte mich dieses letzte Rätsel Bellas und dass ich nicht in der Lage gewesen war, es zu lösen.

Das prasselnde Feuer im Rücken und den Donner vor dem Fenster, saß ich am Tisch und starrte den Zettel an, strich ihn gedankenverloren glatt. Wenn die Einträge codiert waren, dann fehlte mir der Schlüssel. Vielleicht hatte sie denselben simplen Code angewandt wie Marie in ihrer Nachricht an Bernadette, aber es gab fünfundzwanzig Möglichkeiten, die Buchstaben im Alphabet zu verschieben, und ich hatte keine Möglichkeit zu überprüfen, welche davon korrekt war.

Die Kirchenglocken schlugen acht Mal und erinnerten mich daran, dass ich noch nicht zu Abend gegessen hatte. In meinem Schrank befand sich nur ein Rest trockenes Brot, das ich gerade wenigstens über dem Feuer anröstete, als in einem entlegenen Winkel meines Gehirns eine Erinnerung freigelegt wurde: die Zeichnung eines kleinen Zifferblatts auf der ersten Seite von Bellas Tagebuch, das ich nicht mehr besaß. Ein Zifferblatt, dessen Zeiger auf zehn Uhr zeigten. Zwei Stunden vor Mittag – oder vor Mitternacht. Ich warf das Brot auf einen Teller, suchte in meiner Schultasche nach einem Stift, schrieb auf einen weiteren Zettel das Alphabet und darunter die Initialen von Bellas letzten Kundinnen, nun um zwei Buchstaben nach vorn verschoben:

Aus J. E., die ich für Mrs Everard gehalten hatte, wurde H. C. Wie Helen Christie. Was LT war, das Bella ihr verabreicht hatte, war mir noch immer nicht klar. Moment, hatte Penny nicht etwas von einem Liebestrank gesagt? Das würde passen. Aber wer würde allen Ernstes einen Liebestrank wollen, um sich ausgerechnet Ralph Inglis' Zuneigung zu sichern? Sicher konnte niemand so verzweifelt sein.

Aus E. K. wurde C. I., wie Claudia Inglis. Sie hatte Bella also tatsächlich aufgesucht, aber nicht wegen einer Herzschwäche, sondern für … Schlafmittel? Wieso brauchte eine Frau, die in der Speisekammer mit dem Kopf auf den Marmeladengläsern einschlief, Schlafmittel? War sie süchtig?

Die unbekannte O. V., die von Bella mutmaßlich gegen Depressionen behandelt wurde, war in Wirklichkeit eine M. T. Das sagte mir nichts.

C. I. war nun nicht mehr Mrs Inglis, sondern wurde zu A. G. Wie Abigail Gleeson aus der Reinigung? Und die Unbekannte O. T. E., die von Bella Kräutermedizin zum Abbruch einer Frühschwangerschaft bekommen hatte, wurde zu M. R. C.

Wie Marie-Rose Cairns.

Nein, das war unmöglich. Gab es noch jemanden mit diesen Initialen? Marie, die, soweit ich wusste, nie auch nur jemanden geküsst hatte, konnte unmöglich gemeint sein. Hatte ich mich mit der Entschlüsselung doch vertan?

Mir wurde kalt.

Ich musste mit Marie sprechen, sofort.

Ich war schon zur Hälfte den Waldweg entlang gerannt, als ich bemerkte, dass ich noch immer den Bleistift umklammert hielt; und erst, als mein Elternhaus in Sichtweite auftauchte, fiel mir wieder ein, dass Dad, Marie und Cecile heute nach Glasgow gefahren waren. Was nun? Auf gar keinen Fall konnte ich drei Tage warten, bevor ich mit Marie sprach. Vorher würde es mich zerreißen … Ich stand keuchend und zitternd vor der Haustür. Schlüssel hatte ich keinen, und die Fenster waren alle geschlossen, selbst die im ersten Stock, damit es nicht hineinregnete. Vielleicht hatten Dad oder Cecile drinnen irgendetwas hinterlassen, das ihre Unterkunft in Glasgow verriet, sodass ich dort anrufen konnte. Ich musste ins Haus, irgendwie.

Ich dachte an die Brechstange, die ich in Bellas Hütte versteckt hatte, aber das würde mir alle möglichen Probleme mit Dad einbringen, und wir hatten weiß der Himmel schon genug davon. Ich hatte die abstehenden Strähnen meines Zopfs mit Haarklammern gebändigt, die ich verwenden konnte, aber unsere Eingangstür war erst vor zwei Jahren ausgetauscht worden und das Schloss war neu und bombensicher. Aber die Terrassentür … Ich lief ums Haus und fummelte schon unterwegs zwei Klammern aus meiner Frisur. Eine Schneeammer flog auf und davon, als sie mich kommen sah.

»Flieg du nur weg. Ich wünschte, das könnte ich auch.« Meine Gedanken rasten, als ich mit zwei Klammern begann, im Schloss herumzustochern. Hatte ich zu voreilig gefolgert? Trog mich meine Erinnerung an das Zifferblatt, oder hatte es eine ganz andere Bedeutung? Wäre Marie hier, vielleicht würde sie mich auslachen, dass ich so etwas Absurdes überhaupt in Erwägung zog. Aber ich war nicht mehr bereit, die Stimme der Intuition zum Schweigen zu bringen. Die Sorgenfalten auf Maries Stirn, die Geschichten von Mädchen aus den Camps, die schworen, sich nach einem Fest dort an nichts mehr erinnern zu können. Wie viele hatte Ralph wirklich auf dem Gewissen? Mit einem Klick öffnete sich der Schließmechanismus, die Tür gab nach. Ich eilte in die Küche, suchte auf dem Frühstückstisch, an der Pinnwand, neben dem Telefon nach Zetteln, einer Broschüre, irgendwas, das den Aufenthaltsort der drei in Glasgow verriet. Nichts. Auch nicht im Flur oder im Schlafzimmer. Ich rief bei Bernadette zu Hause an, aber die hatte sich herzlich wenig dafür interessiert, wo ihre Freundin die nächsten drei Tage unterkommen würde, und alles andere wollte ich sie am Telefon nicht fragen. Ich wählte die Nummer von Ceciles Eltern in Dundee an, aber niemand nahm ab. Vielleicht waren sie auch nach Glasgow gefahren; es würde zumindest erklären, wo das Geld für Hotelübernachtungen herkäme. Zuletzt nahm ich mir Maries Zimmer vor. Ich durchsuchte den Utensilo auf ihrem Schreibtisch, klappte die Schreibtischunterlage hoch, wühlte in ihren Schubladen, öffnete sogar ihr Sparschwein. Längst suchte ich nicht mehr nach dem Namen eines Hotels, ich wollte nur noch einen Hinweis darauf, was wirklich passiert war. Etwas – und ich konnte mir nicht einmal vorstellen, was das sein sollte –, das mir hier und jetzt bewies, dass ich falschlag.

Eine halbe Stunde später hatte ich Maries Zimmer einmal auf den Kopf gestellt, sämtliche Schubladen herausgezogen und ausgeleert, sogar die Matratze hochgeklappt, aber ich hatte nichts gefunden außer ein paar nie abgeschickten Liebesbriefen an einen Jungen namens Theo aus ihrer Klasse. Ich ließ mich inmitten des Chaos auf den Boden fallen. Neben mir lag Maries namenloser Plüschhund, der mit der abgefallenen Schnauze, den ich Minuten zuvor vom Bett geworfen hatte. Ich drückte ihn an mich, stellvertretend für meine kleine Schwester, die ich nicht beschützt hatte, als sie es am dringendsten gebraucht hatte, und die möglicherweise … Etwas knisterte. Ich hielt den Hund auf Armeslänge vor mich und wendete ihn. Ein kleiner Riss verlief in der Naht von da, wo einmal seine Nase gewesen war, bis zur Brust. Ich drückte einen Finger hinein, fühlte Papier und zog es heraus. Es war ein einzelner Zettel, den ich mit kalten Fingerspitzen auseinanderfriemelte.

Welches Geräusch macht ein Gesicht, wenn es frittiert wird? Frag mal Ruby Pearson. Oder erzähl jemandem, was passiert ist, und du findest es bald selbst heraus.

NEUNUNDZWANZIG

*I*ch rechnete zurück … Nur sechs Wochen vor Beltane waren Marie und Bernadette vom Scout-Camp zurückgekommen, blass und übernächtigt wie zwei Schnapsleichen. *Bernadette war so betrunken, dass sie sich ins Lagerfeuer übergeben und versucht hat, mit bloßen Händen die Brocken wieder herauszuholen …*

Und Marie, die Alkohol ekelhaft fand, die vernünftige, immer ernste Marie. Sie waren nicht betrunken gewesen. Man hatte sie unter Drogen gesetzt. Nicht man. *Ralph.* Das war das fehlende Puzzleteil. Das war der Grund, warum Ralph gerade jetzt zugeschlagen hatte – Bella hatte schon im März herausgefunden, was passiert war, und Ralph zur Rede gestellt.

Ruby war nicht Ralphs einziges Opfer geblieben, vielleicht war sie nicht einmal sein erstes gewesen. Ralph war tot, aber die Mädchen lebten noch – *Gott sei Dank lebten sie noch* –, und sie verdienten die Wahrheit. Die ganze Wahrheit.

Ich stand auf, aber vom langen Verharren im Schneidersitz war mein rechtes Bein eingeschlafen, und ich knickte beim ersten Schritt mit dem Fuß um. Obwohl er noch halb taub war, fühlte ich den Schmerz sofort. Ich humpelte zur Treppe, musste mich dort am Geländer festklammern und innehalten, weil mir plötzlich weiß vor Augen wurde. *Bleib ruhig*, schalt ich mich selbst. *Du bist niemandem zunutze, wenn du dich die Treppe hinunterwirfst.*

Ich musste eine Weile auf der obersten Stufe sitzen bleiben, bis mein Kreislauf sich so weit erholt hatte, dass ich weiterhumpeln konnte. Den rechten Fuß durfte ich nur vorsichtig belasten, aber irgendwie schaffte ich es aus dem Haus. Jaro kam mir entgegengelaufen, und ich stützte mich mit einer Hand auf ihn, als ich mich wie ein waidwundes Tier in Richtung Inglis-Hof voranschleppte. Ich wusste nicht genau, was ich dort wollte, aber vielleicht würde Liv es wissen. Sie war nicht die Einzige, die nie gelernt hatte, ohne die andere zu funktionieren, und wenn ich je etwas anderes angenommen hatte, war ich eine Idiotin gewesen.

Jaro bellte, als der Hof in Sicht kam, wie um uns anzukündigen.

»Dad?«, rief Ian, der mich als Erster erblickt hatte, und Sam Inglis sah von dem Schaf auf, dem er gerade die Schermaschine auf den Bauch gesetzt hatte. Er musste vor Überraschung seinen Griff gelockert haben, denn das Schaf nutzte die Gunst der Stunde, wand sich aus seinen Armen und hoppelte mit klackenden Hufen in Richtung Weide davon.

»Was ist passiert, Anna?«, fragte Sam, der mir entgegengeeilt kam und mir einen Arm zum Unterhaken anbot. »Bist du gestürzt? Du bist ja leichenblass.«

Ich zögerte kurz, dann nahm ich den Arm an. »Nicht so schlimm, ehrlich. Ich bin nur umgeknickt. Mr Inglis, ich muss dringend zu Liv –«

Ian war ebenfalls hinzugekommen, vermutlich mehr aus morbider Neugier denn aus Hilfsbereitschaft, und er musterte skeptisch meinen Fuß.

»Du solltest vielleicht einen Arzt draufschauen lassen –«, sagte Mr. Inglis.

»Nicht nötig«, sagte ich, lauter als beabsichtigt. »Da ist nichts gebrochen. Ich kann ihn sogar bewegen –« Ein Schmerzenslaut entfuhr mir, als ich versuchte, den Knöchel kreisen zu lassen.

»Siehst du? Spiel nicht die Heldin, Anna. Leider haben wir in Dunwood ja nun keinen Doktor mehr, aber …«, er sah auf seine Armbanduhr, »es ist kurz nach neun. Ian kann dich fahren, und wenn ihr gleich losmacht, seid ihr gerade noch rechtzeitig in der Notaufnahme in Fort William –«

Ians panischer Blick traf meinen.

Mr Inglis hatte angehalten und ich notgedrungen mit ihm. »Nein, wirklich, es geht schon. Ich muss ihn nur etwas kühlen … Ist Liv oben?«

»Die ist mit ihrer Mutter und den Zwillingen bei den Mayfairs zu Besuch, aber sie müssten bald zurück sein. Ian soll dir ins Haus helfen und einen Tee machen, ich muss mal eben ein entflohenes Schaf einfangen.«

Lieber wäre ich auf dem kaputten Fuß bis nach Glasgow gehumpelt, aber es blieb mir nichts anderes übrig, als Ian ins Haus zu folgen und am Küchentisch Platz zu nehmen, während er den Teekessel aufsetzte. Immer wieder pfiff er eine Zeile aus einem Doors-Song, die mit dem Hund ohne Knochen, glaube ich, und ich zog den Schuh aus und legte den schmerzenden Fuß auf den Stuhl gegenüber.

»Zucker?«

»Hm? Ach so. Nein, danke.«

Er servierte mir den Tee, aber anstatt sich direkt zu verziehen, blieb er neben mir stehen und trat von einem Fuß auf den anderen.

Ich schlürfte ein paar Schlucke, um etwas zu tun zu haben, verbrannte mir die Zunge und setzte die Tasse ab.

»Tut mir leid wegen deinem Onkel«, sagte ich, als die Stille unerträglich wurde.

Ian schnaubte verächtlich.

»Familie ist Familie. Egal, was oder wie er war, es ist nicht einfach für euch.«

Ian stierte mich jetzt unverhohlen an. Was wollte er von mir? Wieso konnte er mich nicht einfach in Ruhe lassen? Er war angetrunken, begriff ich auf einmal. Die schweren Lider, und außerdem roch er nach Kneipe. Ich rutschte auf meinem Stuhl ein Stück von ihm weg. Beinahe erinnerte er mich an Ralph, der auch kein Gefühl für unangemessene Nähe gehabt hatte.

»Ihr hattet was damit zu tun, oder? Du und Liv. Ihr wart an dem Abend dort.«

Ich brauchte einen Moment, bevor ich verstand, wovon er sprach.

»Ich habe Helens Leiche auf Ralphs Speicher gefunden, ja. Wieso ist das wichtig?«

Ian setzte sich auf den Stuhl neben mir und lehnte sich so weit herüber, dass ich mich abwandte, um seinen Atem nicht riechen zu müssen.

»Seltsamer Zufall, oder? Ist ja nicht so, als ob du ihn regelmäßig besucht hättest.«

»Worauf willst du hinaus, Ian? Denkst du, ich habe Helen umgebracht und den Mord Ralph angehängt?«

»Hab ich nicht gesagt.«

»So klingt es aber.«

Die Wanduhr tickte, draußen schrie irgendwo ein Schaf.

»Ralph hat mir damals das Schwimmen beigebracht«, sagte Ian und lehnte sich endlich auf seinem Stuhl zurück. »Oben am Loch Lochy. Er war ein wirklich guter Lehrer. Alle Kinder wollten zu ihm, weil er eine Engelsgeduld hatte und dir nie das Gefühl gegeben hat, du wärst zu blöd oder langsamer als alle anderen. Und wenn er gesagt hat, er hält dich fest, dann tat er das. Nicht wie die anderen, die einfach loslassen und denken, du merkst es nicht.«

Ian sah an mir vorbei aus dem Fenster.

»Einmal fanden wir eine Ratte, die ins Wasser gefallen war und nicht mehr rausgefunden hat. Sie war schon halb tot, vielleicht schon Tage da drin … Ein hässliches Vieh. Dad sagte, es wäre gnädiger, sie zu ersäufen, aber Ralph zog sie aus dem Wasser und fand eine Kiste für sie und päppelte sie das ganze restliche Camp lang auf. Er nannte sie Sammy, um Dad zu ärgern. Und das Ding hat sich so schnell erholt, es war unglaublich. Wurde richtig zutraulich und alles, am Ende brachte er ihr schon Tricks bei. Sie konnte Pfote geben wie ein Hund.« Er schüttelte den Kopf, als würde ihn die Erinnerung wieder aufs Neue überraschen.

Ich hatte keine Ahnung, was Ian mit dieser rührseligen Geschichte bezwecken wollte. Sollte ich Mitleid mit Ralph empfinden?

»Und am letzten Tag vor der Abreise wollte er Sammy freilassen. Ich sollte eine gute Stelle aussuchen, wo er nicht so schnell wieder im See landen würde. Obwohl Ratten gute Schwimmer sind, das weiß ja jeder, aber Sammy hatte wohl keinen sehr guten Orientierungssinn … Wir gingen auf Ralphs Zimmer, und er öffnete die Kiste, aber Sammy war verschwunden. ›Siehst du, er wusste, dass es Zeit ist zu gehen‹, hat Ralph gesagt. Ich sollte schon vorgehen zum See, und er würde gleich kommen.«

Ein schmerzvoller Ausdruck lag auf Ians Gesicht.

»Ich habe Sammy gefunden. Jemand hatte ihn über die Eingangstür zur Hütte genagelt, kopfüber. Wer glaubst du, macht so was, hm? Wer guckt tagelang zu, wie sich so ein Tier wieder fängt und Vertrauen fasst und hängt es dann auf wie eine Kutterschaufel?«

Ich zuckte hilflos mit den Schultern. Wer in der Tat? Und warum?

»Hältst du es für möglich, dass … dass Ralph selbst es war? Hat er nicht damals schon Drogen genommen? Vielleicht hielt er es für eine Art … Lektion?«

Ian stand auf und trat gegen den Stuhl, auf dem mein Fuß lag. Reflexartig zog ich ihn an und jaulte auf, als der Schmerz mit voller Wucht zurückkam.

»*Hey*, was soll das?«

Ich stand ebenfalls auf, balancierte auf einem Bein und hielt mich an der Tischkante fest.

Ian kam näher, zu nah, ich musste zu ihm aufschauen, hatte keine Möglichkeit, zurückzuweichen.

»Weißt du, dass ich dich mal echt süß fand? Ich hab dich für schlauer gehalten als die restlichen dummen Gänse. Aber du bist genau so doof wie die anderen. Ganz genau so.«

Ich hielt seinem Blick stand und holte Luft, wollte etwas sagen, als mir eine verwirrende Erkenntnis kam.

»Hast du geraucht?«, fragte ich, und die kleinen Härchen in meinem Nacken stellten sich auf. »Du stinkst nach Qualm, wie neulich nach der Klinik … Und diesmal sind es nicht nur deine Klamotten –«

Ian schüttelte den Kopf, lachte ungläubig, als hätte ich nicht alle Tassen im Schrank. Dann ließ er mich einfach stehen.

Mir schwirrte der Kopf, und schmerzen tat er auch. Was sollte das alles, warum hatte Ian mir diese Geschichte erzählt? Soweit ich wusste, hatte er keine Ahnung, was Ralph wirklich alles auf dem Gewissen hatte. Für ihn war er ›nur‹ Helens Mörder, vielleicht hatte er noch nicht einmal Bellas Tod mit ihm in Verbindung gebracht. Aber das war schlimm genug, sicherlich wog eine Geschichte über Ralphs Tierliebe in Ians Augen kein Menschenleben auf?

Es stimmte, Ralph war bei den Kindern beliebt gewesen. Auch in den Camps, an denen Liv und ich teilgenommen hatten, war er immer mittendrin gewesen, hatte mit uns gesungen und gelacht und die Kinder auf seinen Schultern getragen, bis ihm das Kreuz geschmerzt haben musste. Aber das war vor seinem ersten Absturz. Danach wurde er immer verschlossener, verlor seine kindliche Freude, und irgendwann schlug sein Verhalten ins Destruktive um. Er vergaß im Winter eine Gruppe Scouts im Gelände und fuhr abends ohne sie heim. Bis es jemandem auffiel, waren die fünf schon stark unterkühlt und in Panik aufgelöst. Ein paar Eltern hatten damals verlangt, dass man Ralph von den Camps verbannen solle, aber Sam hatte ihn rausgepaukt, für ihn gebürgt und versprochen, dass sich Derartiges nicht wiederholen würde. Dann war Ralph mit Alkohol und Drogen intus am Steuer gestoppt worden und verlor seinen Führerschein, was er niemandem erzählte, nicht einmal seinem eigenen Bruder. Als er im Frühjahr die Scouts zum Loch Ness hochgefahren hatte, jene Freizeit, auf der Marie und Bernadette dabei gewesen waren …

O nein. Wie hatte ich dieses Detail vergessen können? Ich kannte die Geschichte davon, wie Ralph betrunken und ohne Führerschein erwischt worden war. Und ich hatte sie selbst in der Polizeiakte gelesen. Livs Vater hatte die gestrandeten Scouts abholen und weiterfahren müssen, mit hochrotem Kopf und peinlich berührt, und Ralph hatte zehn Tage lang in Haft gesessen. *Das ganze Camp lang.* Und wenn er nicht auf der Loch-Ness-Freizeit dabei gewesen war, dann –

Mr Inglis kam von draußen herein, zog sich in der Diele die Stiefel aus und betrat hinter mir die Küche.

»Was macht der Fuß? Und wo ist Ian, ich hatte doch gesagt, er soll sich um dich kümmern … Du bist ja noch blasser als vorher, Anna, setz dich um Gottes Willen wieder hin –«

»Ich muss los«, sagte ich und fühlte den kalten Schweiß in meinem Nacken. Es gelang mir nicht, die Panik aus der Stimme zu halten. »Ich hab was daheim vergessen … Würden Sie Liv bitte ausrichten, dass sie mich anrufen soll? Oder, nein, ich habe ja gar kein Telefon …«

Ich lachte verlegen und humpelte Richtung Flur. Mr Inglis kam mir nach und legte eine Hand auf meine Schulter. »Mach doch keinen Blödsinn, du kannst oben auf Liv warten, ein bisschen Musik hören. Ich helf dir die Treppe hoch.«

Ich zuckte bei seiner Berührung zusammen. *Schnell, Anna, lass dir was einfallen.* Aber mein Gedankenkarussell drehte sich immer schneller, ich konnte es nicht mehr aufhalten.

Ian war auf beiden Scout-Freizeiten dabei gewesen. Er war auf den Fotos gewesen, er hatte den Alkohol besorgt, er war immer im Besitz von Drogen. Es war Ian, der während seiner kurzen Zeit bei der Polizei Zugang zu Rubys Akte gehabt hatte. Und Ian war es, der mit mir auf der Party getanzt hatte, kurz bevor ich nach einem Drink das Bewusstsein verloren hatte und mit einer Drohnachricht in der Tasche wieder zu mir gekommen war. Schon früher hatte er Liv und mich belauscht. Wer wusste, was er in den letzten Wochen alles gehört hatte? Und er stank nach Rauch, ich war mir ganz sicher. Er musste irgendwann nach seiner Episode wieder damit angefangen haben. Heimlich, damit seine Mutter ihm nicht die Hölle heiß machte. Ian war der Vergewaltiger aus den Camps. Hatte er es mir durch die Blume mitteilen wollen? War die Geschichte mit der Ratte eine Drohung? *Denk dran, was mit ihr passiert ist …*

Mr Inglis stützte mich die Treppen nach oben bis in den zweiten Stock. Ian war nirgendwo zu sehen, er musste nach draußen in seinen Schuppen verschwunden sein. Hatte Ralph alles gewusst und Ian in Schutz genommen? Wer hatte Bella umgebracht? Ralph, Ian oder beide zusammen? Es ergab viel mehr Sinn, dass nicht einer allein mit Bella und Jaro gleichzeitig fertig geworden war und dass nicht einer allein sie in die Eibe gehängt hatte. Es war ein Zwei-Mann-Job. Aber wie sollte ich das alles beweisen? Wenn ich nur mit Marie sprechen könnte …

Mr Inglis öffnete Livs Zimmertür und half mir zur Couch.

»Wenn du mir sagst, was du hören willst, leg ich dir eine Platte auf –«

»Nein, danke, ist schon okay –«

»Na dann: Elvis«, sagte er und setzte die Nadel auf die Platte, die noch auf dem Plattenspieler lag.

Ich streckte das Bein mit dem schmerzenden Fuß aus, so gut ich konnte. Das Pochen wurde eher schlimmer, vielleicht war etwas gebrochen.

»Mr Inglis«, sagte ich, als er gerade hinausgehen wollte. »Darf ich Sie etwas fragen?«

»Immer«, sagte er freundlich. »Wer nicht fragt, bleibt dumm. Obwohl dir das sicher niemand nachsagen würde, was, Anna? Liv hat erzählt, dass du wohl auf diesem College angenommen wirst. Wahnsinn, ich gratuliere –«

»Danke. Es ist noch nichts sicher.« Ich bedachte meine Worte gut. Wie fühlte man einem Vater auf den Zahn, ob sein Sohn ein kriminelles Doppelleben führte? Selbst wenn er je etwas bemerkt haben sollte, würde er nicht automatisch davon ausgehen, dass es für alles eine harmlose Erklärung geben müsste?

»Es geht um Ian. Mir sind da ein paar Dinge aufgefallen, und ich bin mir nicht sicher … Sie wissen, dass Ian mit Drogen zu tun hat, nicht?«

Mr Inglis stutzte und schluckte nachdrücklich. »Mit *Drogen* zu tun? Du sagst das, als hinge er mit einer Nadel im Arm auf dem Bahnhofsklo rum. Er konsumiert ab und an mal etwas Marihuana, nehme ich an. Aber er ist volljährig, das sind die Siebziger … Wer ohne Sünde ist, werfe den ersten Stein. Soweit ich das mitbekomme, sind du und Liv auch nicht gerade zwei Klosterschülerinnen.« Er zwinkerte mir zu, aber sein Mund blieb ernst.

»Schon, ja. Aber es geht nicht nur darum. Hatte Ian ein sehr enges Verhältnis zu seinem Onkel? Haben Sie den Eindruck, dass ihn sein Tod sehr mitgenommen hat?«

»Na, du stellst Fragen. Natürlich hat es ihn mitgenommen. Uns alle. Worauf willst du hinaus?«

Ich nahm mir ein Herz. »Gab es jemals Beschwerden über Ian? Sagen wir, von Mädchen, die auf den Camps dabei waren?«

Ein eigenartiger Ausdruck trat auf Mr Inglis' Gesicht.

»Mir gefällt nicht so recht, in welche Richtung das geht. Wie kommst du auf solche Gedanken? Hörst du etwa auf dummes Getratsche im Dorf? Wirklich, Anna, von dir hatte ich mehr erwartet. Lass Liv das lieber nicht hören, ich glaube nicht, dass sie dir solch eine Anschuldigung verzeihen könnte. Nach allem, was passiert ist.«

Er nickte mir mahnend zu, verließ das Zimmer und schloss die Tür hinter sich. Ich stützte meinen Kopf in die Hände. Wie sollte ich hier in aller Ruhe auf Liv warten, jetzt, wo ich wusste, was ich wusste – und wie sollte ich es Liv sagen?

Etwa eine halbe Stunde später hörte ich ein Auto in die Einfahrt fahren. Liv musste bei Mrs Mayfair von deren berüchtigtem Selbstgebrannten getrunken haben, denn ihre Schritte auf der Treppe klangen wie die eines jungen Elefanten.

»Ich *versuche*, mich daran zu erinnern«, sagte sie mit schwerer Zunge, als sie in der Tür stand, »wie mein Zimmer mal ohne dich ausgesehen hat, aber es gelimm– … gelingt mir nicht.«

»Mach die Tür hinter dir zu. Wir müssen reden.«

Liv machte ein gespielt ernstes Gesicht und versetzte der Tür einen Tritt.

»Was gibt's? Du siehs' aus, als hätte wer den Abgang gemacht, während ich weg war –«

Sie ließ sich neben mir auf die Couch fallen und begann, umständlich ihre Stiefel auszuziehen, wobei ihr ständig die Locken in den geöffneten Mund fielen. Ich wartete, bis sie das Unterfangen erfolgreich abgeschlossen hatte, und drehte mich zu ihr, sodass wir uns Auge in Auge gegenübersaßen.

»Liv, hör zu … Das hier wird die schwerste Unterhaltung, die wir je führen mussten, aber wir haben keine andere Wahl. Ich muss dir was sagen, etwas wirklich Schlimmes, und du wirst mir vielleicht nicht glauben wollen, aber ich hoffe, dass du es trotzdem kannst. Denn wir müssen diese Sache in Ordnung bringen, wir beide und Rahel, und wir müssen es noch heute Nacht tun.«

Livs betrunkenes Grinsen war nach und nach von ihrem Gesicht gerutscht, nur Reste davon hingen ihr noch um die Mundwinkel und verliehen ihr den Ausdruck eines traurigen Clowns.

»Du macht's … machst doch keine Witze, oder, Anna? Ich glaube nämlich nicht, dass ich die heute noch verstehen würde. Die Mayfair hat uns abgefüllt, ich sag's dir … Die Alte säuft wie ein russischer Seemann. Die Mutter hat auf der Heimfahrt kaum noch die Straße getroffen …«

Ausgerechnet jetzt musste Liv betrunken sein. Aber vielleicht würde es die Sache auch erleichtern. Ich erzählte ihr von Bellas entschlüsselten Tagebucheinträgen, langsam und in klaren Worten, damit sie folgen konnte. Von der Drohung in Maries Stoffhund, die in derselben Handschrift verfasst war wie jene, die ich auf ihrer Party in meiner Tasche gefunden hatte. Liv fiel aus allen Wolken, denn davon hörte sie zum ersten Mal, genau wie von dem Drohanruf, als ich bei der Pomeroy aufgeräumt hatte. Dass Ralph in dem fraglichen Camp nicht dabei gewesen sein konnte, weil er im

Gefängnis saß, und zu guter Letzt, dass Ian heute Abend nach Rauch gerochen hatte, zum zweiten Mal innerhalb weniger Tage.

»Ralph ist nur eine halbe Stunde, nachdem Ian mit uns in der Klinik war, gestorben. Ich glaube: Ian hat ihn getötet. Weil sie gemeinsam Bella ermordet haben und Ralph kurz davor war, alles zu erzählen. Aber wenn Marie … Wenn sie sich genau wie Ruby an nichts erinnert … dann können wir nichts davon beweisen.«

Als ich geendet hatte, saß sie da und starrte mit offenem Mund auf einen unsichtbaren Punkt mitten im Raum.

»Und was wills' du jetzt machen?«, fragte sie schließlich.

Ich war nicht sicher, ob sie alles einfach so geschluckt hatte – es wäre völlig untypisch für sie –, aber ich legte ihr den Plan dar, den ich vor ihrem Eintreffen notdürftig ausgearbeitet hatte.

»Das«, sagte Liv und zeigte mit kreisendem Finger grob in meine Richtung, »ist das Absurdeste, was ich je gehört habe. Du bis' vollkommen übergeschnappt. Aber ich sag dir was: Ian war's nicht. Nie im Leben.«

»Aber –«

»Aber wenn sich die Mölgichk– die *Mög*lichkeit bietet, ihm mal so richtig einen Einlauf zu verpassen, dann mus' man sie nutzen, so lautet das Gesetz.«

Ich blickte fragend, ob dem irgendeine Einschränkung folgen würde, aber sie war in Gedanken schon viel weiter.

»Ich hol den Stoff. Du rufs' Rahel an, und dann statten wir ihm einen kleinen Besuch ab.« Sie beugte sich herunter, um den linken Stiefel auf den rechten Fuß zu ziehen.

»Äh, Liv?«

»Ja?«

»Die brauchst du dafür nicht.«

»Ah. Ja, richtig.«

Sie stand auf und lief los, der Schuh hing noch halb über ihrem Fuß, bis sie ihn nach einigen Schritten verlor. Als sie außer Sicht war, holte ich das Telefon aus dem ersten Stock und wählte Rahels Nummer. Ich erklärte ihr im Flüsterton die Lage und unseren Plan und bat sie, so schnell wie möglich zum Hof zu kommen. Danach vergewisserte ich mich, dass Liv noch außer Hörweite war, und wählte eine weitere Nummer.

»Ja?«

»Hier ist Anna. Ich … brauche deine Hilfe.«

Es rauschte in der Leitung.

»Hallo?«

»Na endlich«, sagte Matt, und ich konnte sein Lächeln förmlich vor mir sehen. »War das denn so schwer?«

DREISSIG

»*W*as willst du? Mach dich vom Acker. Kleine Mädchen gehören um diese Uhrzeit ins Bett«, sagte Ian. In seinem Schuppen brannte gedimmtes Licht, durch den geöffneten Türspalt war das Chaos in seiner Behausung zu erahnen. Irgendein Sänger grölte sich zu minimalistischen Gitarren die Lunge aus dem Leib.

Rahel und ich standen einige Meter entfernt im Schutz der Dunkelheit hinter einem Busch und beobachteten die Szene.

»Ich will nich' allein trinken. Die Mayfair hat uns Selbstgebrannten mitgegeben, du fährst doch so auf das Zeug ab.« Liv hielt ihm die Flasche direkt vor die Nase.

»Trink mit Anna. Ich hab heute Abend keine Lust mehr auf Gegacker.«

»Sie musste heim. *Bitte, Ian* … Ich kann noch nich' schlafen! Die Sache mit Ralph macht mich völlig fertig. Das ganze Dorf hasst uns jetzt … Ich will nicht allein sein. Nur *ein* Mal, und ich lass dir für immer deine Ruhe, versprochen –«

Ian griff nach der Flasche, zog den Korken und roch daran.

»Meine Fresse. Von mir aus. Halbe Stunde, aber danach machst du die Biege, verstanden?«

Liv drehte sich kurz zu uns um, bevor sie Ian in den Schuppen folgte, und die Tür fiel hinter beiden ins Schloss.

»Was tun wir, wenn er nicht einschläft?«, fragte Rahel flüsternd.

»Das wird er. Liv hat die Schlaftabletten ihrer Mutter. Ziemlich sicher ist das Mandrax, was sie da nimmt. Das Zeug würde ein Nashorn ausknocken, aber es wird 'ne Weile dauern.«

Im Haupthaus ging ein Licht im Erdgeschoss an und kurz darauf wieder aus. Wir mussten hoffen, dass niemand sonst aus der Familie heute Abend noch etwas von Ian wollte, oder … Ich stutzte.

»Ich hoffe, wir tun das Richtige«, sagte ich.

Rahels Augen glänzten. »Vielleicht ist das Falsche immer noch besser als gar nichts.«

»Das ergibt keinen Sinn.«

»Das verstehst du doch schon noch, irgendwann.« Sie schien völlig ungerührt von den Entwicklungen des Abends. Nicht nur das, fast hatte ich den Eindruck, dass ein Teil von ihr das alles genoss. Aber das war absurd. Oder etwa nicht? In diesem Moment reifte in mir eine Entscheidung: Wenn diese Nacht vorbei war, würde ich Bellas Zauberbuch verbrennen. Zu unserem eigenen Schutz. Die Alte Magie hatte nichts als Chaos in unser Leben gebracht. Liv wurde mit jedem Tag dünner, ich befürchtete, dass sie eines Tages einfach verschwinden würde. Ich selbst hatte zumindest einen Teil meines Verstandes verloren und wusste noch nicht einmal, wodurch. Oder an wen … Aber Rahel hatte von uns dreien die größte Veränderung durchgemacht, nicht nur äußerlich. Sie war verwegen geworden, beinahe rücksichtslos, auf eine Art, die mir Angst machte.

Mein Entschluss stand fest: Wir würden die böse dreizehnte Hexe von Dunwood heute Nacht austreiben, und danach wäre Schluss damit. Für immer.

Die Schuppentür öffnete sich und Liv pfiff leise durch die Zähne.

»Er is' hinüber. Bei dem sind komplett die Lichter aus. Schnell jetzt …«

Wir überzeugten uns, dass Ian in tiefer Bewusstlosigkeit vor sich hin schnarchte, fesselten ihm so vorsichtig wie möglich Hände und Füße und luden ihn zu dritt vom Bett in eine große Schubkarre, die Liv und ich zuvor bereitgestellt hatten. Ian musste mindestens zweihundert Pfund wiegen, und ich fürchtete, er könnte jederzeit aufwachen. Als wir ihn gerade aus der Tür rollten, stieß Liv torkelnd gegen einen Blecheimer, der unter beträchtlichem Getöse auf dem Pflaster davonkullerte. Ich sammelte den Eimer wieder ein und legte ihn sachte auf den schlafenden Ian.

»Pass doch auf!«, schimpfte ich flüsternd. Liv zeigte mir einen ausgewählten Finger, und wir blieben einen Moment wie versteinert stehen, bis wir sicher sein konnten, dass niemand nachsehen kam.

Im Licht des Dreiviertelmondes schoben wir die Karre auf den Feldweg, der hinter dem Hof zum Wald führte. Liv und Rahel schoben Ian, während ich voraushumpelte, um vor Löchern und großen Steinen zu warnen. So gelangten wir nach einer Weile zur Schattenwiese am äußersten Rand des Inglis-Grundstücks. Die

Wiese lag von drei Seiten von Bäumen umschlossen, weshalb sie im Frühling kaum genutzt wurde. Im hohen Gras wuchsen überall Pilze, aber nur direkt am Waldrand, in einer kleinen Ausbuchtung, bildeten sie einen perfekten Kreis: den Hexenring. Hier hatte der Legende nach Elizabeth Winley ihr Baby abgelegt, hier wandelte ihr unruhiger Geist beim Mondschein angeblich noch immer durch die Nacht. Rahel entzündete eine Öllampe und wir luden Ians schlaffen, gefesselten Körper ab und lehnten ihn gegen einen Baumstumpf.

»Und wie kriegen wir ihn jetzt wieder wach?« Liv beugte sich zu Ian hinunter und pustete ihm ins Gesicht. »Hallo? Ist da jemand?«

»Dafür ist der Eim–«, begann ich, als Rahel einen Schritt nach vorn trat und Ian einmal quer übers Gesicht ohrfeigte. Liv und ich starrten sie erschrocken an, aber Rahel zuckte mit den Schultern.

»Was? Im Vergleich zu dem, was er auf dem Kerbholz hat, war das ja wohl ein Witz.«

Aber Ian rührte sich immer noch nicht, er schnarchte mit offenem Mund und zuckte ab und zu im Schlaf zusammen.

»… dafür ist der Eimer«, beendete ich meinen Satz von vorhin. »Wer geht Wasser holen?«

»Ich nicht«, sagten Liv und Rahel wie aus einem Mund.

»Klar, lasst ruhig die Lahme zum Fluss humpeln, vielen Dank auch.« Ich setzte mich dennoch in Bewegung. »Vergesst nicht, das Diktiergerät einzuschalten. Und wenn er aufwacht: Wartet gefälligst auf mich.«

Ich zog mit dem Blecheimer los in Richtung Dunehoig, der sich wenige hundert Fuß vom Hexenring durch die Wiesen zog. Der Mond spendete genug Licht, damit ich mich orientieren konnte, aber hauptsächlich ließ ich mich vom Plätschern des Bachs leiten. Dort beugte ich mich über das Ufer und ließ klares Wasser in den Eimer laufen, als etwas im Geäst knackte. Ich stierte in die Dunkelheit zwischen den Bäumen, konnte aber nichts erkennen. Etwas hielt mich davon ab, zu rufen.

Anna, Anna …, flüsterte eine körperlose Stimme. *Pass auf, dass du dich nicht verlierst, Anna. Komm zu uns …* Ruckartig zog ich den Eimer heraus und machte, dass ich fortkam. Die Stimme lachte mir nach.

Nur noch das eine Mal, schwor ich mir. *Danach ist alles vorbei …*

Ich stellte den Eimer neben dem bewusstlosen Ian ab.

»Bereit?«, fragte Rahel, deren Augen im Mondlicht unergründlich glänzten.

»Bereit.«

Die Schattenwiese bedurfte keiner rituellen Reinigung, keines Zedernrauchs. Die Luft knisterte fein, als wir uns die Hände reichten und in die klare Nacht die Worte skandierten, für die wir längst keine Anleitung mehr brauchten.

Wir rufen die Hüterinnen der Alten Magie
Und all die Hexen, die vor uns kamen
Die Namen der Druidentöchter
Und die Heilige Mutter Natur
Stark wie die Wurzel
Wendig wie das Wasser
Frei wie die Krähe
Mutig wie der Donner.
Wir rufen euch
Wir rufen euch
Wir rufen euch.

Ich zog Bellas Dolch aus meinem Ärmel, ritzte damit die Haut an der Kuppe meines Ringfingers ein, und als das Blut herausquoll, malte ich damit einen roten Kreis auf Rahels Stirn. Schweigend gab ich den Dolch an sie weiter, und sie tat es mir gleich, trug dann das Zeichen auf Livs Gesicht auf. Liv, als Letzte, fuhr mir mit dem blutigen Finger über die Stirn.

Ich steckte den Dolch zurück in seine Scheide, und wir fassten uns an den Händen.

Finn certes finn reger och jar.
Bilbeth naragh ashai.

Rahel goss den Inhalt des Eimers über Ian aus, dessen Lider sofort zu flackern begannen. Sekunden später öffnete er die Augen. Er sah sich benommen um, schien uns zuerst gar nicht wahrzunehmen, dann bemerkte er, dass seine Hände gefesselt waren, und er blickte zu uns auf.

»Was … Wo sind wir …?« Irgendwann wurde ihm die Misslichkeit seiner Lage bewusst. »Sagt mal, seid ihr wahnsinnig geworden? Macht mich gefälligst los!«

»Nich' so schnell, Bruderherz. Wir haben da ein paar Fragen. Und du solltes' dir gut überlegen, wie du darauf antwortest, oder es könnte sehr unangenehm für dich werden.« Liv war neben Ian getreten und stützte sich auf seiner Schulter ab. »Ian Inglis, du bist angeklagt vor einem Gericht der Hexen. Sag die Wahrheit, und nichts als die Wahrheit, oder sei verflucht bis in alle Ewigkeit.«

Ein ungläubiges Lachen entfuhr Ian.

»Seid ihr irre? Macht mich sofort los, oder ich schwör euch, ich schlag euch alle drei zu Brei, sobald ich die Gelegenheit dazu bekom–«

»Schhh«, machte Rahel und legte Ian einen Finger auf den Mund. »Du hörst uns jetzt zu und beantwortest ein paar Fragen. Oder wir machen dich nicht los. So einfach ist das. Wir haben die ganze Nacht Zeit.«

Ians Nasenflügel blähten sich; etwas in Rahels kalter, sanfter Stimme schien ihn zu beunruhigen. »Was für Fragen?«

»Nummer eins«, begann ich und stellte mich zu seiner anderen Seite. »Hast du Bella McQuoid ermordet? Oder hast du Ralph dabei geholfen, es zu tun?«

»W– … *Was?* Darum geht's hier? Die durchgeknallte Hippie-Braut? Ich kannte die Alte nicht mal, was sollte ich von ihr wollen? Seid ihr auf Drogen?«

»*Nummer zwei*«, fuhr ich fort, »warst du derjenige, der mich immer wieder bedroht hat, damit ich meine Nachforschungen zu Bellas Tod aufgebe? Auf Livs Party, in meiner Hütte und am Telefon bei der Pomeroy?«

Ian versuchte, die gefesselten Beine unter seinen Körper zu bringen, aber es gelang ihm nicht. »Ich sag kein Wort mehr. Keine Ahnung, was in euren kranken Hirnen abgeht, aber ihr gehört in medizinische Behandlung. Das ist doch nicht normal –«

»*Und drittens*: Hast du Ruby Pearson und Marie während der Scout Camps Schlaftabletten verabreicht, sie vergewaltigt und anschließend bedroht? Hast *du* Rubys Gesicht in den Kessel voll Frittierfett gedrückt, damit sie den Mund hält? Weil du wusstest, dass sie von dir schwanger war?«

»*Hiiilfe!*«, rief Ian aus vollem Hals. »Archie? Alec? Kann mich jemand hö–«

Rahel packte Ian grob am Kinn, drehte sein Gesicht zu sich und hielt ihm mit der anderen Hand die Nase zu. »Hör auf, dich dumm zu stellen, Inglis. Wir wissen, dass du es warst. Du verschlimmerst deine Lage nur, wenn du es leugnest. Ich zähle jetzt bis zehn, und wenn du bereit bist, ein Geständnis abzulegen, dann nickst du.« Ian wand sich unter ihrem Griff, doch sie ließ nicht locker.

»Rahel!«, rief ich. »Verdammt, willst du ihn ersticken? Hör auf damit, wir brauchen ihn noch!« Ich drängte mich zwischen die beiden und sah Rahel besorgt an. Sie verzog ironisch den Mund und begann zu lachen. Ein tiefes, grollendes Lachen, das gar nicht nach Rahel klang und das schnell anschwoll wie ein Gebirgsbach, bis es durch meinen ganzen Kopf dröhnte. Ich legte beide Hände über die Ohren und schloss die Augen, als jemand schrie.

»Was zum Teufel *ist* mit euch beiden?« Liv stieß Rahel und mich auseinander, und ich schüttelte benommen den Kopf. Rahel sah überrascht aus, als wäre sie aus einem kurzen Schlaf hochgeschreckt.

Wessen Lachen war das?

»Olivia, macht mich los, oder ich schwöre bei Gott –«

»Warst du's, Ian?« Liv hatte sich wieder ihrem Bruder zugewandt. »Schwör nicht auf Gott, der bedeutet dir nichts. Sondern auf dein eigenes Leben. Und wenn du nicht die Wahrheit sagst, werden die Ahninnen für Gerechtigkeit sorgen. Und dann wirst du dir wünschen, du kämst ins Gefängnis … Zum letzten Mal: *Hast du Bella McQuoid umgebracht?*«

»NEIN.«

Ian sagte das Wort mit so viel Nachdruck, dass ich ihm beinahe glaubte. Und was nun? Wenn er log, würde der Blitz aus heiterem Himmel in ihn hineinfahren? Würde sein Herz aufhören zu schlagen, ein Blutgefäß in seinem Kopf einreißen? Und wenn er die Wahrheit sagte – was bedeutete das für uns? Für Liv, Rahel und mich? Dann würden wir selbst den Preis an die Ahninnen entrichten müssen …

»Er war es nicht«, sagte Rahel, und sie klang ganz nüchtern, fast schon belustigt. Sie trat einige Schritte von Ian zurück, als habe sie auf einen Schlag jegliches Interesse an ihm verloren.

Liv und ich tauschten einen langen Blick. *Sag mir, was ich denken soll, und ich glaube es.*

Auf einmal wandte Liv sich ab, sah sich suchend um, als hätte jemand nach ihr gerufen. »Hörst du das?«, fragte sie beunruhigt. »Irgendwo schreit ein Kind …«

Aber alles, was ich hörte, war das rauschende Blut in meinen Ohren.

»Macht ihr mich bitte *endlich* los?«

Für einen kurzen Moment musterte ich Ian, dessen Flehen kraftlos geworden war, als ich aus dem Augenwinkel einen Schatten wahrnahm, der über die Wiese huschte.

Und dann hörte ich es auch.

Ein dünnes, erbärmliches Wehklagen. Das Schreien eines kranken Säuglings.

»Es ist Elizabeth«, rief Liv. »Elizabeth Winley. Ich habe sie gesehen, da hinten, zwischen den Bäumen … Sie sucht ihr Kind …«

»Sieh nicht hin, Liv! Es ist nicht real … Nichts davon ist echt, hast du gehört? Mach Ian los, wir müssen hier weg –«

Ein Schrei ließ uns beide herumfahren, ein sehr realer Schrei – Rahel.

Jemand hatte sie von hinten in den Schwitzkasten genommen

und hielt ihr ein Messer an den Hals. Zuerst weigerte sich mein Gehirn, die wenig menschlichen Züge des Angreifers einer Erklärung zuzuordnen, doch dann begriff ich, woher die schreckliche Vertrautheit rührte.

Eine groteske, knorrige Nase entsprang zwischen eng zusammenliegenden Augen, das Gesicht mündete in ein langes, spitzes Kinn. Die Hexe trug ein schwarzes Tuch über Kopf und Schultern, genau wie zu Beltane. Aber statt des Reisigbesens baumelte am Gürtel dieser Hexe ein anderes Werkzeug: eine schwere, im Mondlicht glänzende Axt.

»Wer ist das?«, schrie Liv in Panik. »Anna?«

Aber der Schock hatte mich zu kaltem Stein erstarren lassen.

»Ian, ist das einer deiner Jungs? Sag ihm, er soll sie loslassen, bitte …«

Die Hexe schüttelte langsam den Kopf. Sie deutete auf Liv, danach in Richtung Wald. Rahel sah uns aus aufgerissenen Augen an, wagte nicht, sich zu bewegen.

»Sie will, dass du gehst«, sagte ich.

Aber Liv bewegte sich nicht von der Stelle.

Anna, Anna, Anna, lockte Elizabeth Winleys Stimme in meinem Kopf.

»Mein Gott«, sagte ich tonlos, »ich hätte es wissen müssen.«

Nicht Ian war derjenige, den wir gesucht hatten. Sondern jemand, an den wir während der ganzen Zeit nicht einmal gedacht hatten. Jemand, auf den all das zutraf, was Ian verdächtig gemacht hatte. Jemand, der auf keinem der Camp-Fotos auftauchte, obwohl er immer dabei gewesen war –

»Wer auch immer Sie sind«, begann Liv, aber ich unterbrach sie.

»Es ist dein Vater, Liv«, sagte ich kaum hörbar. Und dann lauter: »Es ist Sam.«

»Was?«, schrie Liv. »Bist du völlig übergeschnappt?« Sie sah von Ian zu mir und zurück zur Hexe, die wie versteinert dastand, Rahel in ihrem erbarmungslosen Griff. Dann erklang unter der Verkleidung ein leises Lachen, die Hexe griff sich ins Gesicht, zog sich die Maske vom Kopf und warf sie ins Gras.

Liv gab einen Laut von sich, der wie ein Würgen klang, Ian entfuhr ein Stöhnen, und Sam Inglis lächelte kalt.

»Zu schlau zum Leben, was, Anna? Du hättest deine Nase lieber weiterhin in deine Bücher stecken sollen statt in anderer Leute Angelegenheiten. Nur dank dir sind wir alle überhaupt hier. Aber nicht alle werden heute Nacht auch wieder heimkehren … Olivia, mach Ian los. *Mach schon!*«, rief Sam, als Liv sich nicht bewegte.

Er nickte in Richtung Hof. »Du und Ian, ihr könnt gehen. Ich vertraue darauf, dass ihr versteht, dass es für euch nur einen Weg hier raus gibt. Ihr geht zurück zum Hof, und ihr lasst euch nichts anmerken, ihr wisst von nichts, und ihr habt nichts gesehen. Wenn ihr je auch nur ein Wort verratet, dann lösche ich diese ganze Familie aus, jeden Einzelnen von euch. Und mit eurer Mutter fange ich an. Ihr habt die Wahl.«

Liv sah wieder von Ian zu mir, dann in Richtung Hof. Sie dachte dasselbe wie ich: Selbst wenn wir dazu bereit wären, Rahel ihrem Schicksal zu überlassen – und das waren wir nicht –; wir würden es nicht alle bis zum Hof schaffen. Ian war an Händen und Füßen gefesselt, mein Knöchel kaum belastbar, bis auf Liv boten wir ein lächerlich leichtes Ziel.

»Komm schon, Olivia. Abschied ist schwer, ich weiß, aber Anna und Rahel werden ja nicht weit sein. Nie mehr.« Dieser Gedanke schien ihn über die Maßen zu amüsieren.

»Jemand weiß, dass wir hier sind«, sagte ich, atemlos vor Anspannung. »Sie können uns alle in Stücke hacken und vergraben, aber Sie kommen nicht damit davon. Jetzt nicht mehr. Wenn Sie auch nur *irgendetwas* mit dem klugen, besonnenen Mann gemein haben, für den ich Sie immer gehalten habe, dann legen Sie das Messer weg und verschlimmern Ihre Lage nicht weiter –«

»Du bist eine verdammt schlechte Lügnerin.« Jeder Anschein von Belustigung war von Sams Gesicht verschwunden. »Bis eben hieltest du noch meinen Sohn für den Schuldigen. Es gab keinen Grund für euch, zu denken, dass ihr nicht zu dritt mit einem gefesselten, betrunkenen Kerl fertig werdet. Erst recht, wenn er so helle ist wie Ian.

Du warst nicht die Erste, die ihn verdächtigt hat, Anna. Schon damals hat Bella dumme Fragen gestellt. Sie hat Ian wegen der Sache mit Ruby verdächtigt. Aber ich konnte ihr ruhigen Gewissens sagen, dass er nichts damit zu tun hatte. Und dann stand sie vor Beltane wieder hier, mit absurden Anschuldigungen … Aber genau wie Bella wirst du nun keine Gelegenheit mehr haben, jemandem davon zu erzählen. Mach Ian los, Olivia, oder ich fange mit der hier schon mal an –«

Rahel kniff die Augen zusammen, als Sam das Messer tiefer in ihre Haut drückte, aber kein Laut kam über ihre Lippen.

»Ich kann es nicht glauben!« Liv rührte sich noch immer nicht von der Stelle. »*Du* bist der Mörder? *Du* hast Bella umgebracht? Und Mädchen in den Camps vergewaltigt? Und Rubys Gesicht verbrannt … Das warst alles du?«

»Er war es«, sagte ich, bevor Sam reagieren konnte. »Deine Mutter nahm Mandrax, das sie vom Sandmann gekauft haben muss.

Wahrscheinlich, weil sie ahnte, mit wem sie verheiratet war … Sam muss irgendwann angefangen haben, ihre Schlaftabletten zu benutzen, um die Mädchen zu betäuben. Und er hat Ralph gezwungen, mit ihm zusammen Bella zu ermorden, als Bella ihm auf die Spur kam. Sam war es gewohnt, ein Doppelleben zu führen, aber Ralph hat die Schuld aufgefressen. Deshalb nahm er wieder Drogen, und ich wette, *er* hat die Nachricht auf die Tafel vor dem Brewers geschrieben … Ich glaube, ein Teil von ihm *wollte* erwischt werden. Die ganze Zeit habe ich mich gefragt: Was war Ralph noch alles imstande gewesen zu tun? Aber die richtige Frage hätte gelautet: In wessen Schuld stand Ralph so tief, dass er bereit war, alles für ihn zu tun? Natürlich in Sams. An Beltane müssen sie Jaro ebenfalls mit Mandrax ausgeschaltet und Bella unter einem Vorwand aus ihrer Hütte gelockt haben. Dein Vater war auf jedem Scout-Camp dabei, aber nie auf Fotos abgebildet, weil *er* sie alle geschossen hat. Er wollte seine teure Kamera nicht aus der Hand geben … *Er* hat mir auf Livs Party etwas ins Glas gerührt, als ich meinen Punsch vor dem Elternschlafzimmer abgestellt habe, und mir, als ich bewusstlos wurde, eine Drohung in die Tasche gesteckt. Weil er wusste, dass ich nach Bellas Mörder suchte. *Er* ist in Bellas Hütte eingebrochen, während ich schlief, um Bellas Tagebuch zu stehlen, von dessen Existenz er erst durch uns erfahren hat. Er hat uns belauscht, die ganze Zeit. Er hatte ein Verhältnis mit Helen. *Ein verheirateter Mann,* hat Penny gesagt, aber Ralph war zu diesem Zeitpunkt längst nicht mehr verheiratet gewesen … Er hat Helen umgebracht und es Ralph in die Schuhe geschoben. Sie muss Fragen gestellt haben, weil sie Ralphs Feuerzeug wiedererkannt hatte. Und Ralph lief sofort zu Sam, wie immer, wenn er in Schwierigkeiten war. *Er war es.* Das wolltest du mir heute sagen, nicht wahr, Ian? Er hat Sammy, die Ratte getötet, um Ralph eine Lektion zu erteilen. Er sollte gefälligst tun, was Sam befahl –«

Sam bedeutete mir mit einer Geste zu schweigen, und mir blieb das Wort im Hals stecken.

»Es war zu unser aller Bestem, aber ich erwarte nicht, dass ihr das begreift. Ralph war noch nie fähig, gute Entscheidungen zu treffen. Er sollte gar nicht erst damit anfangen. Ich dachte nicht, dass du die Lektion verstanden hattest, Ian. Respekt … Sonst weißt du kaum, an welchem Ende die Zahnpasta aus der Tube kommt.«

Ein tiefes Grollen erklang aus Ians Kehle, er riss frustriert an seinen Fesseln. »Ich wusste, dass *du* die Ratte getötet hast. Und ich hab dich an jenem Morgen aus Rubys Zimmer kommen sehen … Die ganze Zeit hab ich gedacht, es *muss* eine Erklärung dafür geben, das würdest du nie und nimmer tun! Aber ich hab dich beobachtet,

Dad. Ich wusste schon so lange, dass du kein guter Mann bist …
Und Mum hat es geahnt. Deshalb braucht sie diese ganzen Tabletten, deshalb strauchelt sie seit Jahren durchs Leben wie ein gottverdammter Geist … Deshalb hast du mich damals auf der Wache besucht, kurz bevor sie mich rausgeworfen haben. Sie hatten mir vorgeworfen, ich hätte Akten gestohlen. Aber das warst du, richtig? Und danach hast du den Enttäuschten gespielt, weil ich schon wieder eine Stelle verloren hatte. Aber *Mord*? Das hab selbst ich dir nicht zugetraut –«

»Dreifacher Mord«, ergänzte ich. »Sie haben Ralph eine Überdosis verpasst … an dem Abend, an dem wir ihn fanden, richtig? Als wir an dem Abend bei ihm waren, dachte Ralph zuerst, *Sie* wären noch mal zurückgekommen … Bis vorhin hatte ich geglaubt, Ian hätte Ralph getötet, weil er starb, so kurz nachdem wir drei die Klinik verlassen hatten. Und zuvor haben Sie versucht, ihn zu erstechen –«

»Ich habe ihn nicht abgestochen. Das hatte er – wie so vieles – seinen Drogenschulden zu verdanken … Und wer auch immer es war, er hätte uns allen einen Gefallen getan, aber Ralph war selbst zu feige zum Sterben. Ich habe ihm den Gnadentod geschenkt, Herrgott noch mal! Er war fertig. Mit den Nerven, körperlich … Sein Leben war nicht mehr wert als das der erbärmlichen Ratte, die er so gerne retten wollte. Aber er war schon immer zu blöd und zu achtlos, seine Fehler zu vertuschen. Alles blieb an mir hängen. Aber nun war er endgültig zur Gefahr für uns alle geworden, er war seiner Sinne nicht mehr Herr. Manchmal muss man schwierige Entscheidungen treffen, um sich und seine Familie zu schützen –«

Etwas löste sich in meinen Eingeweiden, es verdrängte das Gefühl der Angst, breitete sich bitter und heiß in mir aus, bis es mich beinahe von innen verbrannte.

»*Sie haben meine Schwester vergewaltigt!* Meine liebevolle, kleine Marie, die keiner Seele was zuleide tun kann, und *Sie* haben sie in Stücke gebrochen!«

»Deine Schwester?« Sam sah mich an, als hätte ich den Verstand verloren. »Daran würde ich mich aber erinnern. So ein süßer kleiner Käfer.«

»Ich hab Ihre Drohungen in ihrem Zimmer gefunden. In Ihrer Schrift, genau wie die, die Sie mir bei Livs Party in die Tasche gesteckt haben –«

Wieder schüttelte Sam unwillig den Kopf. »Ich hab deine Schwester nicht angerührt. Obwohl sie wirklich ein zuckersüßes kleines Lämmchen ist. Genau wie du früher … Aber euer alter Herr ist Polizist. Auch wenn er nicht viel taugt, was? Wir hätten ihm Bella vors Fenster hängen können, und er hätte immer noch nach Ausreden gesucht, um nicht ermitteln zu müssen. Er hat mit seiner Frau damals auch seine Eier begraben, wenn du mich fragst. Von ihm hast du deinen Grips jedenfalls nicht … Oder vielleicht doch, sonst wärst du jetzt nicht hier und hättest uns alle in diese missliche Lage gebracht. Glaubst du, es macht mir Spaß? Niemand hätte sterben müssen, wenn jeder seine Nase in die eigenen Angelegenheiten gesteckt hätte! Es ist doch niemandem was passiert! Meine Lämmchen haben es immer gutgehabt. Sie bekommen überhaupt nichts davon mit, dafür sorge ich schon. Es ist wie beim Scheren – wenn man weiß, wie es geht, muss niemand davor Angst haben. Ich habe so viel Rücksicht genommen, und was ist der Dank? Dass meine eigenen Kinder mich ansehen, als wäre ich der Teufel persönlich?«

Eine Welle der Übelkeit überkam mich, aber irgendwo in einer hinteren Kammer meines Bewusstseins wurde mir klar, dass Sam gerade eine Wahrheit preisgegeben hatte. *Bernadette war so betrunken, dass sie sich ins Lagerfeuer übergeben und danach versucht hat, die Stücke mit bloßen Händen herauszuholen …* Es war Bernadette gewesen. Marie musste für sie zu Bella gegangen sein, weil Bernies Eltern sie ohne mit der Wimper zu zucken zu Hause rausgeschmissen hätten. Marie hatte die Drohung nur bei sich verwahrt. Vielleicht hatte sie – genau wie ich – die ganze Zeit nach der bösen Hexe von Dunwood gesucht …

»Ich zähle bis zehn. Wenn du bis dahin nicht Ian von seinen Fesseln befreit hast, müsst ihr alles mit ansehen. Eins, zwei, drei –«

»Lassen Sie sie los, oder ich schieße.«

Noch nie war ich so froh gewesen, eine Stimme zu hören, wie in diesem Augenblick die von Matt. Er kam aus dem bewaldeten Halbkreis gelaufen, ein Gewehr im Anschlag auf Sam – und Rahel – gerichtet.

»Nehmen Sie das Messer weg, Mr Inglis. Es ist vorbei. Es führt für Sie kein Weg mehr hier raus.«

Zum ersten Mal trat Beunruhigung auf Sams Züge, aber er fing sich schnell wieder. »Du würdest eher sie treffen als mich. Wenn du überhaupt den Mumm dazu hast, du Bürschchen –«

»Probieren Sie's aus«, sagte Matt ruhig. »Es wäre mir ein Vergnügen.«

»Tu's nicht«, flüsterte ich durch die Zähne, als Matt zu Liv und mir aufschloss. »Er hat recht –«

»Ich sage euch jetzt, was passieren wird. Du, Junge, wirst den Finger vom Abzug nehmen, es sei denn, du willst Rahel erledigen, bevor ich die Chance dazu bekomme. Ihr alle rührt euch nicht vom Fleck, oder ich lasse sie ausbluten wie ein Osterlamm –«

»Es wäre Ihr eigenes Todesurteil«, sagte ich.

»Was glaubst du, habe ich noch zu verlieren, hm? Ian, du wirst mir die Axt vom Gürtel nehmen und daran deine Fesseln durchtrennen. Und dann werden wir drei uns im wahrsten Sinne des Wortes vom Acker machen. Wenn auch nur einer von euch zuckt, öffne ich ihr den Hals.«

Niemand von uns wagte, sich zu rühren, als Sam sich mit Rahel als Schutzschild langsam auf Ian zubewegte. Ian zögerte, warf Liv und mir einen Blick zu, bevor er die Fessel an seinen Händen über die Klinge der Axt an Sams Gürtel rieb. Es dauerte eine gefühlte Ewigkeit, aber schließlich hatte er sich befreit.

»Steh auf, na los«, forderte Sam ihn auf. »Und löse die Fesseln von deinen Beinen.«

»Schieß in die Luft«, flüsterte ich so leise, dass ich nicht sicher war, ob Matt mich überhaupt gehört hatte. »Jetzt!«

Ein Schuss zischte an Sams Kopf vorbei, der für einen Moment die Fassung verlor. Ian fing sich als Erster wieder, packte die Axt und zog sie mit der stumpfen Seite voraus unter Sams Beinen durch. Sam ging zu Fall, und Rahel mit ihm, sie schrie auf und verstummte gleich wieder, und ich befürchtete das Schlimmste –

»Aaaaaaaaaah!«, schrie Liv und stürzte sich auf Sam, und Sekunden später folgte Ian ihrem Beispiel. Rahel war zur Seite gerollt, und ich humpelte zu ihr, so schnell der kaputte Fuß mich trug.

»Nimm das Gewehr nicht runter!«, rief ich Matt zu. »Ihr müsst ihn fesseln!«

Ein Riss verlief schräg über Rahels Wange und bis zum Hals hinunter, frisches Blut quoll in beunruhigenden Mengen daraus hervor. Ich zog den Dolch aus meinem Ärmel und zerschnitt damit mein Kleid, drückte die Stofffetzen auf Rahels Wunde.

»Es wird alles gut«, sagte ich, als sie vor Schmerz aufstöhnte, und im Sternenlicht schien ihre Haut beinahe grau, ihre Pupillen groß wie Teller.

»Mach mal kein Drama«, sagte sie mit schwacher Stimme. »Ich werd schon durchkommen.«

Ian und Liv war es gelungen, Sam auf den Bauch zu drehen. Liv saß rittlings auf seinen Beinen und hielt sie umklammert, während Ian, dessen Beine noch immer gefesselt waren, versuchte, Sams Hände zu binden.

»Helft mir gefälligst, er windet sich wie ein Scheiß Tintenfisch!«

Ich sah zu Matt, der noch immer die Waffe auf Sam gerichtet hatte. »Anna?«

»Na mach schon, ich komm klar«, sagte Rahel und drückte ihre Hände selbst auf die bedeckte Wunde.

Ich robbte auf allen vieren zum sich windenden Sam hinüber, und zu dritt rangen wir mit ihm, aber es gelang uns einfach nicht, seine Hände zu fesseln. Ich war binnen kürzester Zeit völlig außer Atem, Liv hatte einen Fuß ins Gesicht abbekommen, und Ian, obwohl deutlich kräftiger, litt noch unter den Folgen unserer Sedierung.

»Woher nimmt dein Vater nur so viel Kraft«, stöhnte ich, mein ganzes Gewicht auf Sams Körper gestützt.

»*Er ist nicht mein Vater*«, zischte Liv und versetzte ihm einen Ellbogenstoß in die Nieren.

»Nimm du das Gewehr«, sagte Matt zu Rahel, die sich aufgerichtet hatte und den Stofffetzen gegen die blutende Wange presste. »Aber nur schießen, wenn er versucht, wegzulaufen. Alles andere ist zu gefährlich!«

Sie wird es tun, Anna, flüsterte Elizabeth Winley. *Sie wird es tun …*

Ich fing Rahels Blick nur für den Bruchteil einer Sekunde auf, bevor Sam sich unter mir wegdrehte und ich kurz das Gleichgewicht verlor, aber dieser eine Augenblick genügte. »*Nein!*«, rief ich, als Matt sich zu uns auf den Boden warf, und der Schrei klang für meine eigenen Ohren wie langgezogen, als würde sich die Zeit um ihn herum ausdehnen, und dann zerbarst mir beinahe das Trommelfell, als sich direkt neben meinem Kopf ein Schuss löste.

Rahel stand mit blutendem Gesicht und weiß-glänzenden Augen über uns, und noch bevor eine von uns reagieren konnte, folgte ein zweiter Schuss in Sams Rücken. Sein Blut lief warm über meine Hände, ein paar Mal zuckte sein Körper unter dem meinen, dann erschlaffte er mit einem bedauernden Seufzer, als ein letztes Mal Luft aus seinen Lungen entwich.

EINUNDDREISSIG

*Z*ehn Monate später

»Was hast du da in deiner Tasche?«, fragte Marie und betastete die Ausbeulung meiner Jeansjacke. Sie hatte sich bei mir untergehakt, und wir spazierten den schmalen Kiesweg zwischen gelb blühendem Ginster und Steinbeeren hinauf. Es war ein freundlicher letzter Apriltag, Wachteln, Dohlen und Fichtenkreuzschnäbel saßen in den Zweigen und sangen ihre Lieder für die Toten.

»Da hinten ist es. Gleich neben der Pinie.«

»Ich weiß. Ich erinnere mich.«

Ich drückte ihren Arm fester, und Marie lächelte mir aufmunternd zu.

Die Pinie war in den letzten vier Jahren gewachsen, ihre einst dürren Ästchen wölbten sich nun über den Grabstein wie ein Bogengang, als wolle sie Mums Ruhestätte beschützen. Mein Magen wurde flau.

Lydia Kate Cairns
Geliebte Ehefrau und Mutter
21. Juli 1938 – 30. April 1972

»Schau mal, wer da ist«, sagte Marie und schob mich näher ans Grab.

»Hättest du nicht gedacht, was?«

»Hi, Mum«, sagte ich und winkte unbeholfen. »Ich hab 'ne Weile gebraucht. Aber ich bin froh, hier zu sein. Und ich hab dir was mitgebracht –«

364

Ich zog einen etwas mitgenommenen Strauß Blauglöckchen aus meiner Umhängetasche und legte ihn zu unseren Füßen auf die feuchte Erde. »Deine Liebsten.«

»Das sind doch wir«, sagte Marie, und es sollte wohl keck klingen, aber ihre Stimme wurde rau.

»Erzähl ihr von deinem Preis«, forderte sie mich auf, und ich erzählte Mum – und Marie zum zweiten Mal – von meiner Auszeichnung, die ich für mein erstes Semester an der *Academy* erhalten hatte. Für die Klassenbeste oder den ›überambitioniertesten Bücherwurm‹, wie Liv es nannte, obwohl sie vor Stolz ganz rote Ohren bekommen hatte.

Marie soufflierte geschickt weitere Fragen und bald fühlte es sich an, als berichtete ich Mum von einem Schulausflug, nur dass ich ein Dreivierteljahr weg gewesen war und so viel zu berichten hatte wie noch nie in meinem Leben. Ich erzählte von meinem Zimmer bei Rahels Schwester, einem süßen Mansardenstübchen mit viel Sonnenlicht, und von meinem liebsten Café in Bethnal Green. Von den anderen Studenten und Studentinnen und meiner Mentorin, Professor Kilkenny, die womöglich die schlauste Person war, die ich je kennenlernen würde.

»Sie weiß einfach *alles*«, versicherte ich Mum, und damit kam mein Redefluss auf einmal ins Stocken. Auch Marie fand keine weiteren Stichworte mehr, sondern trat nur von einem Fuß auf den anderen, als warte sie auf etwas.

Da war noch so viel, was ich Mum in Maries Anwesenheit nicht erzählen konnte, obwohl wir Schwestern seit jener Nacht auf der Schattenwiese fast jeden Tag telefonierten. Sam hatte nicht gelogen: Bernadette war sein letztes Opfer gewesen, der Auslöser für alles, was seitdem passiert war. Und Marie hatte ihr Deckung gegeben; mutige, fürsorgliche Marie. Ich sah so viel von Mum in ihr.

Niemand hatte erfahren, was mit Sam geschehen war. Wir hatten seine Leiche auf der Schattenwiese begraben, im Zentrum des Hexenrings. Ian fuhr noch in derselben Nacht das Auto der Inglisses nach Fort William und stellte es an einem Waldstück ab. Matt und ich nahmen ihn mit zurück nach Dunwood. Der Polizei erzählten die Inglisses, Mr Inglis sei am Abend weggefahren, um ›den Kopf freizubekommen‹. Die ganze Familie bestätigte, Ralphs Tod habe ihm schwer zugesetzt, man befürchte, dass er sich etwas angetan haben könnte. Die Detectives suchten lange nach ihm, hauptsächlich in jenem Waldstück bei Fort William, hatten aber bis heute keine Spur von Sam gefunden.

Rahel und Liv beendeten ihr letztes Jahr an der Dunwood

Gesamtschule, wo McNeil seinen Posten zum Halbjahr aufgegeben hatte.

Liv hatte seither keinen Fuß mehr auf die Schattenwiese hinter dem Inglis-Hof gesetzt. Sie könne schwören, dass sie in Neumondnächten von dort Schreie hören würde, sagte sie, und sie würde einen Besuch dort sicher nicht überleben. Sie hatte wieder an Gewicht zugelegt, war sogar etwas runder als vorher, und sie sah endlich wieder aus wie Liv. Neun Monate lang hatte sie dem männlichen Geschlecht abgeschworen, angeblich für immer, aber seit vier Wochen traf sie sich mit Tom Riley aus der Stufe unter uns, und die beiden schienen sich sehr gut zu verstehen. »Ist das nicht unfair von mir?«, hatte sie mich am Telefon gefragt. »Ich bin fast ein Jahr älter als er, und gefühlt bin ich in einem Jahr um fünf gealtert. Auf keinen Fall will ich so sein wie McNeil.«

Ich hatte mir ein Lachen verkniffen und versichert, dass diese Art von Altersunterschied wohl gerade noch in Ordnung ginge.

Rahel trug ihre Haare jetzt in einem Pixie Cut, der keinen Millimeter der Narbe quer über ihre linke Wange und ihren Hals verbarg. Das Unberechenbare in ihren Augen jener Tage hatte sich etwas beruhigt, aber heute wagte es nur noch selten ein Typ, sie anzusprechen, obwohl sie nichts von ihrer Schönheit eingebüßt hatte. Sie hatte sich an drei Kunsthochschulen in London beworben und rechnete jeden Tag mit einer Zulassung, ja, sie zweifelte keine Sekunde daran. Ich beneidete sie um diese Sicherheit.

Bellas Buch hatte ich verbrannt. Die Stimme hatte ich seitdem nie wieder gehört.

Hatten Liv, Rahel und ich in jenem Sommer die Gesetze des Universums gebogen und Kräfte heraufbeschworen, die uns beinahe mit in den Abgrund gerissen hatten? Oder hatten unsere Erwartungen, unsere Unsicherheiten und unsere Fantasie die Sollbruchstellen unserer Persönlichkeiten zum Glänzen gebracht, bis sie kurz davor waren, uns zu brechen? Wie viele Zufälle konnte ein Weltbild intakt überleben? Ich war nicht sicher, ob ich die Antwort darauf kennen wollte.

»Ich hab da noch was«, sagte ich, als Marie sich gerade zum Gehen wenden wollte. Etwas umständlich zog ich eine gläserne Phiole aus meiner Jackentasche. »Es ist nur ein Bruchteil, aber ich habe fast eintausend Regentage lang gesammelt. Und ich glaube, es ist an der Zeit, damit aufzuhören.«

An Mums letztem Sonntag war ich an ihrem Bett gesessen, und wir hatten bei offenem Fenster dem Aprilregen zugehört, der beinahe zärtlich auf die Brombeer-Sträucher vor dem Haus herniederging.

»Versprichst du mir etwas?«, hatte ich gefragt.

»Ich weiß nicht, ob ich noch viel Zeit habe, etwas einzulösen, Anna, mein Schatz.«

»Wenn es … also, wenn da etwas ist, auf der anderen Seite … Wenn du kannst … Schickst du mir dann ein Zeichen? Eins, das nur ich verstehe, damit ich weiß, dass du es gut hast, dort?«

Mums spröde Lippen formten sich zu einem fragenden Lächeln. Ihre überzeugte Atheisten-Tochter bat um Nachrichten aus dem Jenseits?, schienen ihre Augen zu fragen. Jetzt hatte sie wirklich alles erlebt.

»Ich verspreche es. Wenn ich eine Möglichkeit finde, dann sende ich dir eine Botschaft. Im ersten Regenschauer eines Tages. Wo nur du sie findest. Du und dein Mikroskop.«

Der Raum vor meinen Augen wurde trüb, und ich sah zur Zimmerdecke hinauf. »Ganz bestimmt?«

»Ehrenwort.«

Ich löste den Stopfen von der Phiole und goss das Regenwasser über die Zistrosen auf Mums Grab, wo es allmählich versickerte, zurück im Kreislauf des Lebens.

Danach wies Marie uns den Weg zu einem weiteren Grab am anderen Ende des Friedhofs. Es war schmucklos, nur mit einem schlichten Holzkreuz versehen, aber von einem gepflegten Blumenteppich aus Primeln und Heidekraut bedeckt. Marie zupfte ein paar vergilbte Blätter ab, als ich meinen kleinen Strauß niederlegte – es war klar, wem Bella die liebevolle Bepflanzung zu verdanken hatte.

»Ich glaube, dass sie jetzt in Frieden ruhen kann. Wo die böse Hexe endlich ausgetrieben ist«, sagte Marie, und ich nickte.

Auf dem Rückweg zum Parkplatz stupste Marie mich an.

»Dad will wissen, ob du zum Abendessen bleibst. Er kocht Cullen Skink. Du weißt schon, nach ihrem Rezept.«

Ich blieb stumm.

»Gib dir einen Ruck. Jetzt, wo Cecile nicht mehr da ist. Es würde ihm so viel bedeuten.«

»Also gut.«

Marie vollführte einen kleinen Freudentanz. »Aber nur, wenn Matt auch eingeladen ist«, ergänzte ich, als seine hochgewachsene Gestalt am Friedhofstor vor uns auftauchte, neben ihm Jaros stolze Erscheinung. Wir schlossen zu den beiden auf, und Matt sah uns fragend an und gab mir einen Kuss. »Alles in Ordnung?«

Ich lächelte, zum ersten Mal seit vier Jahren fühlte ich mich leicht.

»Alles ganz wunderbar.«

DUNWOOD HERALD
17. JUNI 1976

Grausiger Fund

Am vergangenen Freitag hat ein Spaziergänger auf dem Gelände eines Bauernhofs in Dunwood menschliche Überreste entdeckt. Die zuständige Dienststelle bestätigte, dass es sich bei den Gebeinen um den seit Sommer 1975 verschwundenen Grundstücksbesitzer handle. Zur Todesursache wollten die ermittelnden Behörden keine Angaben machen, einen natürlichen Tod könne man aber ausschließen. Ob die Tötung im Zusammenhang mit weiteren Todesfällen im letzten Jahr stehe, müssen die Ermittlungen ergeben. Es wurde eine zwanzigköpfige Sonderkommission eingerichtet, die durch Kollegen aus Fort William und Perth unterstützt werde.

»Wir arbeiten mit Hochdruck an dem Fall. Der Tote war ein geschätztes Mitglied unserer Gemeinde und ein treusorgender Familienvater. Wir sind es seinen Angehörigen schuldig und zuversichtlich, dass wir den oder die Täter über kurz oder lang ausfindig machen werden. Sie werden keine ruhige Nacht haben, weil sie wissen, dass wir jederzeit vor ihrer Tür stehen können«, so Detective Bernard Cairns vom Dunwood Police Department.

Der Dunwood Herald wird Sie über den Fortgang der Ermittlungen auf dem Laufenden halten.

DANKSAGUNG

Über drei Jahre lang habe ich an *Die Hexe von Dunwood* gearbeitet. Kein Tag davon wäre möglich gewesen ohne meinen wunderbaren Mann. Und kein Dank der Welt kann das jemals wettmachen. Trotzdem: Danke, mein Schatz, für alles. Ohne dich wäre dieses Buch nicht, was es ist.

Ein besonderer Dank an meine Schwester Stefanie: Für deine Begeisterung, dein wertvolles Feedback und dafür, dass du jedes Osterei und jeden Insider verstehst und schätzt.

Ein großes Dankeschön an Jenny, Susan, Julie, Silke und Christos für euer Cheerleading, eure Kritik, eure Bereitschaft, auch zum x-ten Mal einen Meilenstein mit mir zu feiern, euer Testlesen und vor allem eure Freundschaft.

Von Herzen: Danke an meine Eltern, für eure Liebe und Unterstützung, besonders in schweren Zeiten. Und dass ihr meine kreativen Abenteuer nie belächelt habt, sondern immer voller Begeisterung seid. Das macht alles so viel leichter – und vor allem schöner.

INHALTSHINWEISE

Dieses Buch behandelt Themen, die für manche Personen belastend sein können. Es enthält keine sehr detaillierten oder expliziten Darstellungen von Gewalt.

Folgende Themen sind enthalten – ohne Anspruch auf Vollständigkeit:

- Sexuelle Belästigung
- Erhängt aufgefundene Person
- Vergewaltigung (Erwähnung)
- Verletztes Tier (Hund), totes Tier (Ratte)
- Häusliche Gewalt
- Alkohol- und Drogenkonsum von Jugendlichen
- Essstörung / Körperwahrnehmung
- Tod und schwere Krankheit
- Ungewollte Schwangerschaft und Abtreibung (Erwähnung)
- Halluzinationen